해방 전후

해방 전후

이태준 중단편전집 2

애플북스

오늘, 나는 이태준의 소설에 매혹되다

고 명 철

K에게.

오랜만이지? 요즘 무슨 책을 읽고 있니? 기억나는지 모르겠어. 학창 시절 너와 나는 주변에서 부러워한 책벌레였잖아. 우연히 동네 도서관에서 만났고, 그렇게 우리는 서로 읽고 있는 책에 대한 호기심을 느끼면서 자연스레 절친한 친구가 되었어. K야, 고백하건대, 나는 서가에 꽂힌 책들을 볼 때마다 너와 함께 책에 대해 미주알고주알 이야기를 나누던 장면을 떠올리곤 해.

그래서 말인데, 기억하니? 소설가 이태준의 작품들도 우리의 뜨거운 독서 체험을 비껴갈 수는 없었어. 소설을 특히 좋아했던 우리는 '월북 작가로서 오랫동안 금기시된 작품들이 풀려났다'는 홍보 문구가 겉표지에 인쇄된 것을 본 순간 그 특유의 호기심이 발동하여 서로 돌려가며 읽었어. 다 읽은 후에는 늘 그랬듯이 서로의 생각을 나누어 가졌지.

지금 그때 나눈 이야기들 모두를 자세히 떠올릴 수는 없지만 또렷이 기억나는 몇 도막이 있어. 그때까지만 해도 우리에게 낯익은 한국소설은 대개 표준어 중심으로 씌었거나 경상도와 전라도 사투리가 간헐적으로 버무려진 작품들이었잖아. 그런데 이태준의 작품에서는 북한 사람들의 말투가 낯설기도 하면서 읽는 동안 흥미로웠다고 할까. 우리는 이렇게 쓰인 북한 말투가 남한의 말투와 어감이나 뜻이 매우 다르다는 것을 몸소 체험했고, 분단된 현실을 관념이 아닌 일상에서 실감할 수 있다는 데 놀랐어. 이런 이야기도 나눴어. 이태준뿐만 아니라 다른 '월북 및 납북 작가'의 작품들을 폭넓게 읽는 일이 매우 중요하다고. 북한 사람들의 말을 소설로 자꾸 만나다 보면 북한 사람들의 생각과 느낌을 잘 이해할 수 있을 테니까. 누가 아니? 동독과 서독이 순식간에 통일된 것처럼 우리도 통일을 이룰지 말이야.

K야, 우리가 이렇게 엉뚱한 생각을 하게 된 것은 이태준의 작품에 분단의 정치적 이념보다는 일제 식민지 시대를 살아간 사람들의 이야기가 매우 잘 나타나 있기 때문이었지. 더욱이 이태준은 소설 속 인물을 통해 인간 욕망의 적나라한 모습을 아주 세밀하게 보여주었어. 그런 차원에서 '소설은 인간학'이라는 사실을 우리는 재삼 확인했어.

최근 나는 이태준이 처음으로 발표한 단편 〈오몽녀〉를 다시 읽으면서 인간에 대한 그의 생각을 가다듬어보았어. 눈먼 늙은지 참봉과 어릴 적 팔려 온 오몽녀. 그들은 형식상 부부 사이지만 오몽녀는 기회 있을 때마다 지 참봉에게서 벗어날 기회를 노리지. 젊은 오몽녀는 주변 남자들과 관계를 맺더니 마침내 그중 한 젊은 남자와 야간도주에 성공했어. 이 짤막한 이야기에 생각할 거리가 많아. 우리는 오몽녀가 야간도주한 배경과 의도에 대해 다양한 의견을 주고받았어. 뭐, 그때는 우리가 미숙해 오몽녀의 야간도주에 담긴 속 깊은 내막을 잘 이해하지 못했지. 이제 곰곰 생각해 보면, 자기 인생의 주인공으로서 자신의 삶을 개척하기로 한 오몽녀의 행동은 존중받아 마땅해. 다만 우리가 쉽게 놓치는 게 있어. 오몽녀를 약자로만 이해하고 연민을 느낀 나머지 그녀를 객관적으로 바라보지 못한다는 거야. 오몽녀가 굶주림과 성적 욕망을 해소하기 위해 자신의 젊음을 이용하는 과정에서 지 참봉이 목숨을 잃게 되는 원인을 제공하거든. 말하자면, 오몽녀의 '젊음'과 연관된 오몽녀의 '욕망'은 소설 속 인물들의 갈등을 이해하는 데 쉽게 지나칠 수 없는 요인이야.

그래서일까. 이태준의 〈누이〉, 〈산월이〉, 〈은희 부처〉, 〈천사의 분노〉, 〈까마귀〉 등에서 주된 갈등의 원인은 결핍과 부재로부터 비롯한 욕망에 있어. 가령 〈누이〉를 보면, 이웃과의 경계가 거의 존재하지 않는 주거 공간에서 옆집 신혼부부의 삶에 온통 관심을 쏟는 작중인물 '나'는 자신의 정욕과 욕망을 분출하지 못해 고뇌해. 그러다 산책길에 "'누이'라고 부르는 그 이름도 나이도 집도 모르는 그 여자"를 우연히 만나고 인간의 '고독과 외로움'에 빠져들어. '나'는 여자와 헤어지면서 "이제부터 외로운 사람들의 편이 되겠"다는 깨우침을 얻는데, 이 같은 깨우침이 비슷한 삶의 고뇌를 겪고 있는 여인과의 우연한 만남을 통해 생뚱맞게 드러나는 게 이상하지만, 중요한 것은 인간의 욕망을 가볍게 넘길 수 없다는 사실이야. 특히 인간 욕망이 복잡하게 펼쳐지는 현대사회에서 개개인의 고독과 외로움을 에워싼 인간 본연의 문제는 일상을 살아가는 우리에게 시공을 초월해 두루 생각해야 할 중요한 삶의 숙제라고 생각해.

마찬가지로, 생존을 위해 밤거리를 배회하며 겨우 하루하루 생계를 유지하는 퇴기 산월이는 손님을 자기 방으로 유혹하는 데 성공했지만 자신의 부주의로 화재가 나고 말아. 그걸 보면서 산월이의 박복한 인생과 그녀의 삶 전체를 휘감은 '쓰라림과 외로움'을 떠올리게 되지.(〈산월이〉)

그런가 하면 〈은희 부처〉를 한번 봐. 한때 연인이었으나 결국 다른 남자의 아내가 된 은희가 4년 만에 '나'를 만나러 오지. 좀처럼 이해하기 힘든 것은 금실이 좋은 은희 부부가 '나'와 한방을 쓰면서 은희는 남편이 있는데도 불구하고 '나'와 버젓이 동침하고 이튿날 아무렇지도 않은 듯 떠나는 거야. 이 황당한 작품에서도 이태준은 '나'와 은희, 그리고 은희 부부 사이에 합리적으로 온전히 해명할 수 없는 인간 존재의 외로움과 그로 인한 상처를 담아내고 있어.

이쯤 되면, 너도 기억날 거야. 둘 중 누가 먼저 이야기를 꺼냈는지 모르겠지만, 이태준의 소설은 철학적 물음을 안고 있다고 우리의 개똥철학을 주절거린 적이 있어. 지금 생각하면 얼토당토 않은 우격다짐이었지만, 이태준의 작품에서 드러나는 절대 고독과 외로움, 그 상처를 하이데거와 야스퍼스의 형이상학과 심지어 실존주의에까지 연결시켰지. 물론 1930년대 한국소설을 이들 서

양철학과 연관 지어 읽을 수는 있겠지만, 이에 대한 독서와 철학적 사유 없이 몇 개의 개념어를 막무가내로 적용한 것은 철없는 시절의 자유로운 독서에서 온 자신감 덕분이었어. 그래서 우리는 〈까마귀〉에 등장하는 병든 여인과 그녀를 위로하는 남자 사이에 주고받은 삶과 죽음의 대화, 끝내 죽은 여인을 실은 영구차, 이 모든 것들의 배경으로 존재하는 까마귀를 두고 인간 존재의 유한함, 이를 알면서도 쉽게 수용할 수 없는 인간의 욕망, 이 자체가 지닌 인간 실존의 덧없음에 대한 그 무엇의 깨우침을 공감했어.

〈천사의 분노〉에는 사회적 약자를 위해 자선사업을 벌이며 명망가로서 삶을 살아가는 P 부인이 그의 새 자동차 안에 늙은 거지가 얼어 죽어 있는 모습을 보고 분노하는 장면이 그려져. 여기서 우리는 인간에 대한 이태준의 예리한 성찰에 감탄했어. 말하자면, P 부인의 자선행위를 어떻게 생각해야 할까. 늙은 거지의 죽음에 대한 그의 분노를 어떻게 받아들여야 할까. 문맥 그대로 늙은 거지를 죽음으로 내몬 비정한 사회에 대한 분노로 보아야 할까, 아니면 "자기 몸둥이처럼 끔찍이 애끼고 사랑하는 새 자동차"가 늙은 거지의 죽음으로 더럽혀진 데 대한 분노로 보아야 할까. 이 부분을 반복해 읽으며 음미할 때마다 후자가 아닐까 하는 생각이 들어. 왜냐하면 이태준의 소설이 1930년대 이후 일제 식민지 자본주의에 대해 날카로운 비판적 문제의식을 드러내거든. 새삼 강조할 필요도 없이, 1930년대 이후 일제는 전 세계에 밀어닥친 경제대공황과 맞물리면서 식민지 조선의 유무형의 자원을 온갖 방법을 동원해 착취함으로써 일본 제국의 안녕을 도모해 왔잖아.

K야, 우리는 억압적인 식민지 현실에서 고향을 떠나 경성에

왔지만 도시 빈민의 삶으로 곤두박질한 가족의 비극적인 모습을 〈꽃나무는 심어 놓고〉에서 여실히 읽었지. 또 경제적 궁핍에 쫓겨 도시로 떠날 수밖에 없는 현실에서 자살을 선택한 시골 처녀의 죽음을 〈바다〉에서 접했어. 일본 제국의 번성을 위해 식민지 조선의 현실은 점점 피폐해 간 거야. 일본 제국은 말로는 내선일체라고 하여 식민지 조선은 일본과 동등하다고 하면서도 정작 조선을 향한 민족 차별은 점점 심해졌지. 〈고향〉은 이 같은 민족 차별의 구체적인 모습을 낱낱이 보여주고 있어. 동경에서 대학을 졸업하고 귀국하여 자신의 꿈을 펼치고자 했지만 돌아오는 과정에서 겪은 식민지 지식인에 대한 차별과 모욕은 달라진 게 없었어. 저임금과 민족 차별은 그들이 감내해야 할 엄연한 억압적 현실이었어. 〈실락원 이야기〉 또한 〈고향〉과 그 주제 의식이 유사해. 제목 그대로 일본 유학 후 조선의 P 촌 선생으로서 자신의 이상을 실현하지 못하고 포기하게 되는 암담한 현실을 담아냈어.

K야, 이태준의 작품을 읽으면서 우리는 일제의 식민지 자본주의 현실이 지닌 모순을 만날 수 있었어. 특히 〈농군〉을 읽고 일본 제국주의가 만주에서 벌인 만행이 조선에만 국한된 게 아니라 그 당시 동아시아에 두루 해당하는 것임을 새롭게 알게 됐어. 이른바 '만보산 사건'을 배경으로 한 이 작품은 일제가 식민 야욕을 위해 조선인과 중국인을 이간질하고 만주 지역에 거주하는 조선인의 생존을 위협하는 것을 우회적으로 비판한 작품이거든. 이 무렵 노골적인 친일 협력 작품들이 발표되었음을 상기할 때 〈농군〉의 이 같은 비판을 가볍게 넘겨서는 안 된다는 생각이 들어.

끝으로, 〈해방 전후〉에서 정치적 이념의 대립과 갈등의 현실을 추적하는 이태준의 노력은 소설을 통해 이 시기 역사에 대한 깊이 있는 성찰로 우리를 안내하고 있어. 무엇보다 이 작품이 흥미로운 것은 작중인물인 현이 작가 이태준의 분신으로서 해방 이후 극도로 복잡한 현실 아래 미국과 소련 중심으로 재편되는 국제 질서를 예의주시하며 조선의 독립과 중립성을 어떻게 보장해야 하는지, 이조 말 서구열강의 등살에 떠밀려 결국 식민지로 전락한 역사를 타산지석 삼아 "모처럼 얻은 자유를 완전 독립에까지 국제적으로 보장되는 길"을 어떻게 실현해야 하는지 치열하게 고민하고 있다는 점이야.

K야, 아무쪼록 이태준의 단편들을 새롭게 읽으면서 다른 사람들도 우리처럼 그의 소설 세계가 주는 매혹에 흠뻑 빠져들면 좋겠어. 복잡한 현대사회의 일상 속에서 우리는 주변 사람과의 다양한 관계에 삶의 피로를 느끼지. 이태준의 소설이 이러한 우리를 언제 그랬냐는 듯 말끔히 회복시켜 줄 것이라고 믿어. 왜냐고? 이태준 소설처럼 좋은 소설은 '삶의 청량제'거든…….

고명철 | 1970년 제주에서 태어났다. 현재 광운대 국어국문과 교수로 재직 중이다. 저서로 《잠 못 이루는 리얼리스트》《뼈꽃이 피다》《칼날 위에 서다》《문학, 전위적 저항의 정치성》 등이 있고, 젊은평론가상·고석규비평문학상·성균문학상 등을 수상했다.

차례

일러두기

1. 이 책은 작가 이태준이 1936년부터 1948년까지 발표한 중·단편소설을 발표순으로 수록하였으며, 각 작품 말미에 처음 발표된 지면을 밝혀두었다. 책 뒤쪽에는 소년소설을 따로 묶었다.
2. 맞춤법, 띄어쓰기는 현대어 표기로 고쳤으나 작가가 의도적으로 표현한 것은 잘못되었더라도 그대로 두었다. 띄어쓰기와 맞춤법은 국립국어원의 《표준국어대사전》을 기준으로 삼았다.
3. 한글로 표기된 외래어는 외래어맞춤법에 맞게 고쳤으나 시대 상황을 드러내주는 용어는 원문을 그대로 살렸다.
4. 한자는 한글로 표기하고 의미상 필요한 경우에만 한글 옆에 병기하였다.
5. 생소한 어휘는 독자들의 이해를 돕기 위하여 각주로 설명을 달아두었다.
6. 대화에서의 속어, 방언 등은 최대한 살렸으나 지문은 현대어로 고쳤다.
7. 대화 표시는 " "로 바꾸었고, 대화가 아닌 혼잣말이나 강조의 경우에는 ' '로 바꾸었다. 또한 말줄임표는 모두 '……'로 통일하였다.

삼월

창서는 하학하기 전에 미리 서무실에 가 기차 할인권을 얻었다. 그러나 할인권을 써도 전차비까지 일 원은 가져야 집에 갈 수 있다. 이학기가 반이나 지나도록 이학기 치 수업료가 그저 밀린 창서에겐 용돈 같은 것은 떨어졌다기보다 처음부터 없었다.

"너 돈 한 일 원 없니?"

"왜?"

"나 집에 좀 가게."

"흥! 벌써 색시 생각이 나는 게로구나?"

하고 동무는 딴청을 하였다.

"참, 그래서 간다문 좋게…… 있거든 좀 꿔다오."

"없는데……."

"너 있니? 일 원만……."

"일 원 못 돼. 그렇지만 이 자식, 바른대로 자백하라. 색시 생각이 나 가지? 그렇다면 우리 반에서 거둬서라도 주마."

창서는 떠들썩하게 웃음판이 되는 동무들에게서 세 사람의 주머니를 털어 차비를 만들었다.

'이백 원!'

시골 가는 완행차는 전깃불도 아니다. 석탄을 때는 것처럼 그을음만 시꺼멓게 피어오르는 남포를 물끄러미 쳐다보면서 창서는 다시금 손가락을 꼽아보았다. 수업료가 이제도 졸업까지는 두 학기 것이 육십 원 돈, 삼월까지 다섯 달 치 하숙비가 일오는 오, 오오는 이십오 해서 칠십오 원, 동창회비니 사은회비니 무엇 무엇 해서 십오 원은 될 것이요, 졸업하고 나는 날은 제복 제모로 그냥 다닐 수 없을 것이니 양복 일습에 모자까지 오십 원은 들 것이다. 아무리 줄여 잡아도 꼭 이백 원이다.

'꼭 이백 원! 아버지 말씀대로 하면 알톨 같은 이천 냥이로구나!'

차는 유리창이 새뽀얘지며 몹시 쿵쿵거렸다. 굴속을 지나가는 것이다.

'굴!'

굴은 이미 끝이 났다. 그러나 창서의 마음은 어두운 굴속으로만 힘없이 끌려 들어가는 것 같았다.

정거장에서 오 리나 되는 집이지만 그리 늦지 않게 들어섰다. 거친 길바닥에 구두 소리는 별로 저벅거려서 안마당에 들어서기도 전에,

"형님 온다!"

"오빠 오네!"

하고 구멍 뚫어진 문들이 열렸다. 창서는 봉당에 올려 쌓인 볏섬들이 다른 때와 달리 마음에 찔려서 그것부터 둘러보면서 안방으로 들어갔다. 시어머니와 마주 앉아 무슨 마름질을 하던 아내는 반짇고리를 안고 윗방으로 올라가 버리고 어머니는,

"어제부터 기다리구 저녁을 해뒀는데……."

하면서 아랫목 자리를 내준다.

"아버진 어디 가셨수?"

"저 위 안협 집에 가신가 보다."

"마당질은 다 됐수?"

"뭐, 헐 거나 몇 알 되니. 날씨가 좋아 벌써 해쳤단다."

"김장은?"

"김장두 했지…… 김장 걱정을 다 하는구나. 시장하겠다."

하고 어머니는 남폿불을 더 돋우고 벽장에서 삶은 밤을 한 목판 꺼내주고 대견스럽게 아들을 쳐다보고 들여다보고 하다가 며느리를 따라 부엌으로 나갔다.

"형님, 저…… 아버지 어제 안협 집 영감하구 쌈하셨어……."

어머니가 나가자 지금 보통학교 육학년인 사내 동생이 남포 밑으로 바투 나앉으면서 은근스럽게 일렀다. 그러자 윗방에서 누이동생이, 지금 겨우 걸음발 타는 창서의 아들을 안고 내려왔다. 창서는 아이를 받아 안으면서, 물어보나마나 빚 쓴 것 때문이려니는 하면서도,

"왜 싸우셨어?"

하고 누이더러 물었다.

"뭐, 괜히 그리셨지."

누이는 오빠가 속상해할까 봐 될 수 있는 대로 그런 이야기를 감추려는 눈치다. 창서는 더 묻지 않고, 모르는 처녀를 바라보듯 물끄러미 누이의 몸매를 살펴보다가 화제를 돌렸다.

"너, 머리 틀구 있으렴?"

"뭘, 틀 줄도 모르는걸."

누이는 밤껍질을 까며 얼굴이 다홍빛이 되었다. 보통학교만 마치고 들어앉은 지가 여섯 해, 작년 가을에 정혼은 해놓고 올가을에는 성례를 시키기로 하고 있었는데, 그것도 예정대로 될 것 같지 않았다. 아버지가 창서를 왔다 가라 한 것은 속에는 누이의 혼인 문제도 물론 들어 있는 것이다.

"영수 자식, 인제 내 학교서 막 패줄 테야."

사내 동생은 그저 자기의 화제를 계속한다. 영수란 자기와 한 반인 안협 집의 막내아들이다. 창서와 누이는 웃고 말았으나, 차라리 그렇게 분풀이가 용이하게 될 수 있는 동생의 처지와 계획이 부럽기도 하였다.

창서가 밤참 같은 저녁을 먹고도 한참이나 있으니까 울타리 밖에서 아버지의 음성이 들렸다. 누구와 말다툼을 하고 난 듯 거친 음성으로,

"안 그런가? 제 자식은 공부합네 하고 중학교 하나 변변히 못 마치구 돈만 쓰구 다니잖나? 내 자식 대학교 마치는 게 그놈이 역심이 나 그리는 게야, 그놈이…… 음흉한 놈 같으니……."

하고 침을 퉤퉤 뱉는 소리다.

"누구허구 같이 오시는 게지?"

"우리 일꾼이 따라 올라가더니 같이 오시는 게로구나."

창서는 밖으로 나가 아버지를 맞았다. 아버지는 아들을 보자 공연히 떠들며 왔다는 듯이 반이나 센 수염의 침부터 닦았고, 방에 들어와서는 성을 푸느라고 안 나오는 트림을 목을 길게 빼면서 담배를 피워 들었다. 그리고 아들의 저녁을 먹였느냐고 자기 마누라에게 넌지시 물어보고는 아들더러는,

"어서 건너가 자거라, 늦었는데……."

하였다. 창서는 자기 방으로 건너왔다.

오래간만에 만날 때마다 남처럼 수줍어하는 아내, 그는 불을 죽이고야 소곤소곤 이야기를 하였다.

"아버님과 어머닌 당신 졸업만 하면 그날로 큰 수가 생길 줄 알구 계시다우."

"그리게 말유……."

창서는 그렇지 않아도 아까 울타리 밖에서 나던 아버지의 '내 자식 대학교 마치는 게 그놈이 역심이 나서……' 하던 소리가 잊혀지지 않았다.

"뭐, 요즘 새루 군수가 갈려 왔대나, 읍에……."

"그래?"

"그런데 퍽 젊대…… 대학교 마치구 이내 돼서 왔다구들 그러면서……."

"그래?"

"어머니서껀 저 아래 외삼춘서껀은 당신도 인제 이내 군수가 된다구 그런다우."

"……."

창서는 서글펐다.

"되기 어려우?"

"당신두 내가 군수가 됐으면 좋겠수?"

"……."

아내는 그 시누이와 같이 보통학교만 졸업한 여자라 소위 인텔리층의 시대적 번민을 충분히 이해할 만한 교양은 없었다. 그러나 남편에게서 가끔 들은 말이 있고, 막연히 기분으로나마 남편의 이상이 시아버지나 시어머니나 외삼촌 같은 사람들과는 전혀 다르다는 것쯤은 어렴풋이 짐작해 온 아내라 그러한 반문에 얼른 '그럼'이라고는 대답이 나오지 않았다.

"참 딱한 일유."

"그리게 말유. 졸업하고 이내 아무 데라도 취직이 안 되우?"

"……."

창서는 눈만 어둠 속에서 껌벅거렸다.

"대학 출신도 취직하기 그렇게 어려운가 뭐?"

"그럼…… 더구나 끈이 없는 사람은…….."

"인제도 한 이백여 원이 있어야겠단다구 아버님이 그러시던데 또 그렇게 들우, 정말?"

"그럼……."

"그럼 시누이 혼인 어떻게 허우? 시누이는 내년에 해두 괜찮을 것처럼 말합디다만, 저쪽서 꼭 올루 해안다구 접때두 시삼춘댁 될 마누라가 다녀갔는데."

"아버님 올에 곡가 시세가 좋다구 베하구 두태는 모두 팔면 한 이백 원 되긴 하겠다구 그러십디다만, 다 팔면 뭘 먹나……

참! 우리 논, 논 말유."

"응?"

"거 금융조합에 팔백 원에 잽혔다죠?"

"그렇지 아마."

"그걸 팔아버릴랴구 당신하구 의논할랴구 오랜 거야…… 그러구 안협 집 빚이 이자까지 천 원 돈이라는구랴. 두 군데 빚이 모두 당신이 쓴 거 아뉴?"

"……."

"논은 거 하나 있는 걸 우리 일꾼이 다 판단 말 듣군 몇 번이나 아깝댔는지…… 그러니깐 아버진 인제 서울 서방님이 대학교만 나오면 그까짓 논이 다 뭐냐구, 인제 김 서방두 양복하구 자전거나 타구 편지 심부름이나 다니게 된다구 그리셨다우."

"흥…… 논을 팔아서라두 시원하게나 됐으면 좋겠는데."

"그러게 말야…… 값을 기껏 받구 팔아두 두 군데 빚을 치르면 당신 쓸 이백 원이 남을지 말지 하대는구랴…… 어제 구장두와 그러는데……."

"……."

"내년 사월이 또 어머니 환갑이시지…… 후년엔 아버님 환갑이시구…… 참……."

"……."

"아버님은 말끝마다 난 인전 모른다, 내년 삼월꺼정이지, 하시면서 당신을 하늘처럼 믿는데…… 그리구 자랑이 여간 아니시라우. 안협 집 영감이 요즘 빚 독촉을 성화하듯 하는 게 뭐 당신이 대학 졸업하는 걸 샘이 나 덤비는 거라구, 그렇게 욕을 하셨다우.

그래 쌈을 다 하셨는데, 아까두 올라가시더니 또 그런 소릴 하셨나 봐. 내려오시면서 내 자식이 대학교 어쩌구 안 그리십디까?"

"……."

"도련님두 내년 봄엔 중학교에 가야지…… 그건 당신이 으레 시킬 걸루 아시구들 걱정두 않구 계신데……."

"……."

창서는 잠든 체하고 잠자코 말았으나 잠이 올 리 없었다. '괜히 공부를 했구나!' 하는 생각 따위는 인제는 시들푸들하였다.

'차라리, 차라리…… 삼월이 오기 전에 아버지와 어머닌 희망을 안으신 채…….'

하는 생각을 다 하면서 닭 우는 소리를 들었다.

— 〈사해공론〉, 1936. 1.

까마귀

"호—"

새로 사 온 것이라 등피에서는 아직 석유내도 나지 않는다. 닦을 것도 별로 없지만 전에 하던 버릇으로 그렇게 입김부터 불어 가지고 어스레해진 하늘에 비춰보았다. 등피는 과민하게도 대뜸 뽀—얗게 흐려지고 만다.

"날이 꽤 차졌군……."

그는 등피를 닦으면서 아직 눈에 익지 않은 정원을 둘러보았다. 이끼 앉은 돌층계 밑에는 발이 묻히게 낙엽이 쌓여 있고 상나무, 전나무 같은 상록수를 빼어놓고는 단풍나무까지 이미 반나마 이울어 어떤 나무는 잎이라고 하나도 없이 설—명하게 서 있다. '무장해제를 당한 포로들처럼' 하는 생각을 하면서 그런 쓸쓸한 나무들이 이 구석 저 구석에 묵묵히 섰는 것을 그는 등피를

다 닦고도 다시 한참이나 바라보다가야 자기 방으로 정한 바깥
채 작은사랑으로 올라갔다.

여기는 그의 어느 친구네 별장이다. 늘 괴벽한 문체를 고집하
여 독자를 널리 갖지 못하는 그는 한 달에 이십 원 남짓하면 독
방을 차지할 수 있는 학생층의 하숙 생활조차 뜻대로 되지 않았
다. 궁여의 일책으로 이렇게 임시로나마 겨우내 그냥 비워두는
친구네 별장 방 하나를 빌린 것이다. 내년 칠월까지는 어느 방이
든지 마음대로 쓰라고 해서 정자지기가 방마다 문을 열어 보이
는 대로 구경하였으나 모두 여름에나 좋은 북향들이라 너무 음
습하고 너무 넓고 문들이 많아서 결국은 바깥채로 나와, 상노들
이나 자는 방이라는 작은사랑을 치우게 한 것이다.

상노들이나 자는 방이라 하나 별장 전체를 그리 손색 있게 하
는 방은 아니었다. 동향이어서 여름에는 늦잠을 자지 못할 것이
흠일까, 겨울에는 어느 방보다 밝고 따뜻할 수 있고 미닫이와 들
창도 다 갑창까지 들인 데다 벽장문과 두껍닫이에는 유명한 화
가인지 아닌지는 몰라도 낙관이 있는 사군자며 기명절지가 붙어
있다. 밖으로도 문 위에는 추성각秋聲閣이라 추사체의 현판이 걸
려 있고 양쪽 처마 끝에는 파랗게 녹슨 풍경이 창연히 달려 있다.
또 미닫이를 열면 눈 아래 깔리는 경치도 큰사랑만 못한 것 같지
않으니, 산기슭에 나붓이 섰는 수각과 그 밑으로 마른 연잎과 단
풍이 잠긴 연당이며 그리고 그 연당 언덕으로 올라오면서 무릉
석으로 석가산을 모으고 잔디밭 새에 길을 돌린 것은 이 방에서
내려다보기가 기중일 듯싶었다. 그런 데다 눈을 번뜻 들면 동편
하늘이 바다처럼 트이고 그 한편으로 훤칠한 늙은 전나무 한 채

가 절벽같이 가려 섰는 것이다. 사슴의 뿔처럼 삭정이가 된 상가지에는 희끗희끗 새똥까지 묻어서 고요히 바라보면 한눈에 태고太古가 깃들이는 듯한 그윽한 경치이다.

오래간만에 켜보는 남폿불이다. 펄럭— 하고 성냥불이 심지에 옮기더니 좁은 등피 속은 자옥하게 연기와 김이 서리었다가 차츰차츰 밝아지는 것이었다. 그렇게 차츰차츰 밝아지는 남폿불에 뺑— 둘러앉았던 옛날 집안 사람들의 얼굴이 생각나게, 그렇게 남폿불은 추억 많은 불이다.

그는 누워 너무나 고요함에 귀를 빼앗기면서 옛사람들의 얼굴을 그려보다가 너무나 가까운 데서. 까악— 까악— 하는 까마귀 소리에 얼른 일어나 문을 열었다. 바깥은 아직 아주 어둡지 않았다. 또 까악— 까악— 하는 소리에 쳐다보니 지나가면서 우는 소리가 아니라 바로 그 전나무 삭정 가지에 시커먼 세 마리가 웅크리고 앉아 그러는 것이었다.

"까마귀!"

까치나 비둘기를 본 것만은 못하였다. 그러나 자연이 준 그의 검음과 그의 탁한 음성을 까닭 없이 저주할 필요는 느끼지 않았다. 마침 정자지기가 올라와서,

"아, 진지는 어떡하십니까?"

하는 말에, 우유하고 빵이나 먹고 밥 생각이 나면 문안 들어가 사 먹는다고, 그래도 자기는 괜찮다고 어름어름하고 말막음으로,

"웬 까마귀들이······?"

하고 물었다.

"네, 이 동네 많습니다. 저 나무엔 늘 와 사는걸입쇼."

"그래요? 그럼 내 친구가 되겠군……."

하고 그는 웃었다.

"요 아래 돼지 길르는 데가 있습죠니까. 거기 밥찌께기 같은 게 흔하니까 그래 까마귀가 떠나질 않습니다."

하면서 정자지기는 한 걸음 나서 팔매 치는 형용을 하니 까마귀들은 주춤하고 날 듯한 자세를 가지다가 아래를 보더니 도로 앉아서 이번에는 '까르르……' 하고 GA 아래 R이 한없이 붙은 발음을 하는 것이다.

정자지기가 내려간 후, 그는 다시 호젓하니 문을 닫고 아까와 같이 아무렇게나 다리를 뻗고 누워버렸다.

배가 고팠다. 그는 또 그 어느 학자의 수면 습관설이 생각났다. 사람이 밤새도록 그 여러 시간을 자는 것은 불을 발명하기 전에 할 일이 없어 자기만 한 것이 습관으로 전해진 것뿐이요, 꼭 그렇게 여러 시간을 자야만 될 리는 없다는 것이다. 그는 이 수면 습관설에 관련하여 식욕이란 것도 그런 것으로 믿어보고 싶었다. 사람은 하루 꼭꼭 세 번씩 으레 먹어야 될 것처럼 충실히 먹는 것이나 이것도 그렇게 많이 먹어야만 되게 되어서가 아니라, 애초에는 수효 적은 사람들이 넓은 자연 속에서 먹을 것이 쉽사리 손에 들어오니까 먹기만 하던 것이. 습관으로 전해진 것뿐이요, 꼭 그렇게 세 끼씩이나 계획적으로 먹어야만 될 리는 없을 것 같았다. 그런데, 사람이 잠을 자기 위해서는 그처럼 큰 부담이 있는 것은 아니나 먹기 위해서는, 하루 세 번씩 먹는 그 습관을 지키기 위해서는 얼마나 큰, 얼마나 무거운 부담이 있는 것인가. 그러기에 살려고 먹는 것이 아니라 먹으려고 산다는 말까지 생긴 것이 아닌가 생각되었다.

'먹으려구 산다! 평생을 먹으려구만 눈이 뻘게 허둥거리다 죽어? 그건 실로 인간의 모욕이다.'

그는 쓴웃음을 지으며 지금 자기의 속이 쓰려 올라오는 것과 입속이 빡빡해지며 눈에는 자꾸 기름진 식탁이 나타나는 것을 한낱 무가치한 습관의 발작으로만 돌려버리려 노력해 보는 것이다.

'어디선지 르나르는 예술가는 빵 한 근보다 꽃 한 송이를 꺾는다고, 그러나 배가 고프면? 하고 제가 묻고는 그러면 그는 괴로워하고 훔치고 혹은 사람을 죽일지도 모른다. 그렇더라도 글쓰기를 버리지는 않을 게라고 했다. 난 배가 고파할 줄 아는 얄미운 습관부터 아예 망각시켜 보리라. 잉크는 새것이 한 병 새벽 우물처럼 충충히 담겨 있것다, 원고지도 두툼한 게 여남은 축 쌓여 있것다!'

그는 우선 그 문 앞으로 살랑살랑 지나다니면서 '쌀값은 오르기만 허구…… 석탄두 들여야겠는데……'를 입버릇처럼 하던 주인마누라의 목소리를 십 리나 떨어져서 은은한 풍경 소리와 짙은 어둠에 함빡 싸인, 이 산장 호젓한 방에서 옛 애인을 만난 듯한 다정스러운 남폿불을 돋우고 글만을 생각하는 데 취할 수 있는 것이 갑자기 몸이 비단에 싸이는 듯, 살이 찔 듯한 행복이었다.

저녁마다 그는 남포에 새 석유를 붓고 등피를 닦고 그리고 가마귀 소리를 들으면서 어둠을 기다리었다. 방 구석구석에서 밤의 신비가 소곤거려 나올 때 살며시 무릎을 꿇고 귀한 손님의 의관처럼 공손히 남포 갓을 들어 올리고 불을 켜는 것이며 펄럭거리던 불방울이 가만히 자리 잡는 것을 보고야 아랫목으로 물러나 그제는 눕든지 앉든지 마음대로 하며 혼자 밤이 깊도록 무얼 읽고 무얼 생각하고 무얼 쓰고 하는 것이다. 그래서 아침이면 늘 늦도록 자곤 하였다. 어떤 날은 큰사랑 뒤에 있는 우물에 올라가 세수를 하고 나면 산 너머로 오정 소리가 울려오기도 했다. 그러다가 이날은 무슨 무서운 꿈을 꾸고 그 서슬에 소스라쳐 깨어보니 밤은 벌써 아니었다. 미닫이에는 전나무 가지가 꿩의 장목처럼 비끼었고 쨍쨍한 햇볕은 쏴— 소리가 날 듯 쪼여 있었다. 어수선한 꿈자리를 떨쳐버리는 홀가분한 기분과 여기 나와서는 처음 일찍 깨어보는 호기심에서 그는 머리를 흔들고 미닫이부터 쫙 밀어놓았다. 문턱을 넘어 드는 바깥 공기는 체온에 부딪히는 것이 찬물 같았다. 여윈 손으로 눈을 비비며 얼마나 아름다운 아침일까를 내어다보았다. 해는 역광선이어서 부신 눈으로 수각을 더듬고 연당을 더듬고 잔디밭길을 더듬다가 그 실뱀 같은 잔디밭길에서다. 그는 문득 어떤 여자의 그림자 하나를 발견한 것이다.

여태 꿈인가 해서 다시금 눈부터 비비었다. 확실히 여자요, 또 확실히 고요히 섰으되 산 사람이었다. 그는 너무 넓게 열렸던 문을 당황히 닫아버리고 다시 조그만 틈으로 내어다보았다.

여자는 잊어버린 듯 오래도록 햇볕만 쏘이고 서 있다가 어디선지 산새 한 마리가 날아와 가까운 나뭇가지에 앉는 것을 보더니 그제야 사뿐 발을 떼어놓았다. 머리는 틀어 올리었고 저고리는 노르스름한 명줏빛인데 고동색 스웨터를, 아이 업듯, 두 소매는 앞으로 늘어뜨리고 등에만 걸치었을 뿐, 꽤 날씬한 허리 아래

엔 옥색 치맛자락이 부드러운 물결처럼 가벼운 주름살을 일으켰
다. 빨간 단풍잎 하나를 들었을 뿐, 고요한 아침 산보인 듯하다.

'누굴까?'

그는 장정 고운 신간서에처럼 호기심이 일어났다. 가까이 축
대 아래로 지나가는 것을 보니 새 양봉투 같은 깨끗한 이마에 눈
결은 뉘어 쓴 영어 글씨같이 차근하다. 꼭 다문 입술, 그리고 뾰
로통한 콧봉오리에는 여간치 않은 프라이드가 느껴지는 얼굴이
었다.

'웬 여잔데?'

이튿날 아침에도 비교적 이르게 잠이 깨었다. 살며시 연당 쪽
을 내어다보니 연당 앞에도 잔디밭길에도 아무도 사람이라고는
보이지 않았다. 왜 그런지 붙들었던 새를 날려 보낸 듯 그는 서운
하였다.

이날 오후이다. 그는 낙엽을 긁어다가 불을 때고 있었다. 누
군지 축대 아래에서 인기척이 났다. 머리를 쓸어 넘기며 내려다
보니 어제 아침의 그 여자다. 어제 그 옷, 그 모양, 그 고요함으로
약간 발그레해진 얼굴을 쳐들고 사뭇 아는 사람을 보듯 얼굴을
돌리려 하지 않고 걸음을 멈추고 섰는 것이다. 이쪽은 당황하여
다시 머리를 쓸어 넘기며 일어섰다.

"×선생님 아니세요?"

여자가 거의 자신을 가지고 먼저 묻는다.

"네, ×××입니다."

"……."

여자는 먼저 물어놓고 더 말이 없이 귀밑까지 발그레해지는

얼굴을 폭 수그렸다. 한참이나 아궁에서 낙엽 타는 소리뿐이었다.

"절 아십니까?"

"……."

여자는 다시 얼굴을 들 뿐 말은 없다가 수줍은 웃음을 머금고 옆에 있는 돌층계를 히뜩히뜩 올라왔다. 이쪽에서는 낙엽 한 무더기를 또 아궁에 쓸어 넣고 손을 털었다.

"문간에 명함 붙이신 걸루 알았어요."

"네……."

"저두 선생님 독자예요. 꽤 충실한……."

"그러십니까? 부끄럽습니다."

그는 손을 비비며 여자의 눈을 보았다. 잦아든 가을 호수와 같이 약간 꺼진 듯한 피곤한 눈이면서도 겨울 별 같은 찬 광채가 일어났다.

"손수 불을 때시나요?"

"네."

"전 이 집 정원을 저이 집처럼 날마다 산보 와요, 아침이문……."

"네! 퍽 넓구 좋은 정원입니다."

"참 좋아요…… 어서 때세요."

"네, 이 동네 계십니까?"

"요 개울 건너예요."

이날은 더 이야기가 나올 새 없이 부끄러움도 미처 걷지 못하고 여자는 돌아가고 말았다.

그는 한참 뒤에 바깥 한길로 나와 개울 건너를 살펴보았다. 거기는 기와집, 초가집 여러 집이 언덕에 층층으로 놓여 있었다. 어느 것이 그 여자가 들어간 집인지 짐작조차 할 수 없었다.

이날 저녁에 정자지기를 만나 물었더니,

"그 여자 병인이올시다."

하였다. 보기에 그리 병색은 아니더라 하니,

"뭐 폐병이라나요. 약 먹느라구 여기 나왔는데 숨이 차 산엔 못 댕기구 우리 정자루만 밤낮 오죠."

하였다.

폐병! 그는 온전한 남의 일 같지 않게 마음이 쓰였다. 그렇게 예모 있고 상냥스러운 대화를 지껄일 수 있는 아름다운 입술이 악마 같은 병균을 발산하리라는 사실은 상상만 하기에도 우울하였다.

그러나 그다음 날부터는 정원에서 그 여자를 만나 인사할 수 있는 것이 즐거웠고, 될 수만 있으면 그를 위로해 주고 그와 더불어 자기의 빈한한 예술을 이야기하고 싶었다. 그래서 그 여자가 자기의 방문 앞으로 왔을 때는 몇 번이나,

"바람이 찹니다."

하여보았다. 그러나 번번이,

"여기가 좋아요."

하고 여자는 툇마루에 걸터앉았고 손수건으로 자주 입과 코를 막기를 잊지 않았다. 하루는,

"글쎄 괜찮으니 좀 들어오십시오."

하고 괜찮다는 말에 힘을 주었더니 여자는 약간 상기가 되면서 그래도 이쪽에 밝히 따지려는 듯이,

"전 전염병 환자예요."

하고 쓸쓸한 웃음을 지었다.

"글쎄 그런 줄 압니다. 괜찮으니 들어오십시오."

하니 그제야 가벼운 감격이 마음속에 파동 치는 듯, 잠깐 멀―리 하늘가에 눈을 던지었다가 살며시 들어왔다. 황혼이었다. 동향 방의 황혼이라 말할 때의 그 여자의 맑은 눈 속과 흰 잇속만이 별로 또렷또렷 빛이 났다.

"저처럼 죽음에 대면해 있는 처녀를 작품 속에서 생각해 보신 적 계세요, 선생님?"

"없습니다! 그리구 그만 정도에 왜 죽음을 생각허십니까?"

"그래두 자꾸 생각하게 되어요."

하고 여자는 보일 듯 말 듯한 웃음으로 천장을 쳐다보았다. 한참 침묵 뒤에,

"전 병을 퍽 행복스럽다 했어요. 처음엔……."

하고 또 가벼이 웃었다.

"……."

"모두 날 위해주구 친구들이 꽃을 가지구 찾어와 주구, 그리구 건강했을 때보다 여간 희망이 많지 않어요. 인제 병이 나으면 누구헌테 제일 먼저 편지를 쓰겠다, 누구헌테 전에 잘못한 걸 사과 하리라 참 벨벨 희망이 다 끓어올랐어요…… 병든 걸 참 감사했 에요. 그땐……."

"지금은요?"

"무서워졌어요. 죽음두 첨에는 퍽 아름다운 걸루 알었드랬에 요. 언제든지 살다 귀찮으면 꽃밭에 뛰어들듯 언제나 아름다운

죽음에 뛰어들 수 있는 걸 기뻐했에요. 그런데 이렇게 닥들이고
보니 겁이 자꾸 나요. 꿈을 꿔두…….”
하는데 까악— 까악— 하는 소리가 바로 그 전나무 삭정 가지에
서인 듯, 언제나 똑같은 거리에서 울려왔다.
　“여기 나와선 까마귀가 내 친굽니다.”
하고 그는 억지로 그 불길스러운 소리를 웃음으로 덮어버리려
하였다.
　“선생님은 친구라구꺼정! 전 이 동네가 모두 좋은데 저게 싫
어요. 죽음을 잊어버리면 안 된다구 자꾸 깨쳐주는 것 같아요.”
　“건 괜한 관념인 줄 압니다. 흰 새가 있듯 검은 새도 있는 거
요. 소리 맑은 새가 있듯 소리 탁한 새도 있는 거죠. 취미에 따라
까마귀도 사랑할 수 있는 샌 줄 압니다.”
　“건 죽음을 아직 남의 걸로만 아는 건강한 사람들의 두개골을
사랑하는 것 같은 악취미겠지요. 지금 저헌텐 무서운 짐생이에
요. 무슨 음모를 가지구 복면허구 내 뒤를 쫓아다니는 무슨 음흉
한 사내같이 소름이 끼쳐요. 아마 내가 죽으면 저 새가 덥석 날러
와 앞을 설 것만 같이…….”
　“…….”
　“죽음이 아름답게 생각될 때 죽는 것처럼 행복은 없을 것 같
어요.”
하고 여자는 너무 길게 지껄였다는 듯이 수건으로 입을 코까지
싸서 막고 멀—거니 어두워 들어오는 미닫이를 바라보았다.

　이 병든 처녀가 처음으로 방에 들어와 얼마 안 되는 이야기를

그의 체온과 그의 병균과 함께 남기고 간 날 밤, 그는 몹시 우울하였다.

'무슨 말을 하여야 그 여자를 위로할 수 있을까?'

'과연 그 여자의 병은 구할 수 없는 것일까?'

'어떻게 하면 그 여자에게 죽음이 다시 한 번 꽃밭으로 보일 수 있을까?'

그는 비스듬히 벽에 기대어 이것을 생각하다가 머릿속에서 무엇이 버스럭거리는 소리를 들었다. 가만히 이마에 손을 대니 그것은 벽장 속에서 나는 소리였다. 그는 벽장을 열고 두어 마리의 쥐를 쫓고 나무때기처럼 굳은 빵 한 쪽을 꺼내었다. 그리고 한 손으로는 뒷산에서 주워온 그 환약과 같이 동그라면서도 가랑잎처럼 무게가 없는 토끼의 배설물을 집어 보면서 요즘은 자기의 것도 그렇게 담박한 것이 틀리지 않을 것을 미소하였다. '사람에게서도 풀내가 나야 한다' 한 철인 소로의 말이 생각났으며, 사람도 사는 날까지 극히 겸손한 곤충처럼 맑은 이슬과 향기로운 풀잎으로만 만족하지 못하는 것을, 그 운명이 슬픈 생각도 났다.

'무슨 말을 하여주면 그 여자에게 새 희망이 생길까?'

그는 다시 이런 궁리에 잠기었고 그랬다가 문득,

'내가 사랑하리라!'

하는 정열에 부딪히었다.

'확실히 그 여자는 애인을 갖지 못했을 거다. 누가 그 벌레 먹는 가슴에 사랑을 묻었을 거냐.'

그는 그 여자의 앉았던 자리에 두 손길을 깔아보았다. 싸—늘한 장판의 감촉일 뿐 체온은 날아간 지 오래였다.

'슬픈 아가씨여, 죽더라도 나를 사랑하면서 죽어다오! 애인이 없이 죽는 것은 애인을 남기고 죽기보다 더욱 슬플 것이다······ 오래전부터 병균과 싸워온 그대에겐 확실히 애인이 있을 수 없을 게다.'

그는 문풍지 떠는 소리에 덧문을 닫고 남포의 불을 낮추고 포의 슬픈 시 〈레이븐〉을 생각하면서,

"레노어? 레노어?"

하고 포가 그의 애인의 망령을 불렀듯이 슬픈 음성을 소리쳐 보기도 하였다. 그 덮을 것도 없이 애인의 헌 외투 자락에 싸여서, 그러나 행복스럽게 임종하였을 레노어의 가엾고 또 아름다운 시체는, 생각하여 보면 포의 정열 이상으로 포근히 끌어안아 보고 싶은 충동도 일어났다. 포가 외로운 서재에 앉아 밤 깊도록 옛 책을 상고할 때 폭풍은 와 문을 열어 젖뜨렸고 검은 숲속에서는 보이지도 않는 까마귀가 울면서 머리 풀어 헤친 아름다운 레노어의 망령이 스르르 방 안 한구석에 들어서곤 하였다.

'오오! 나의 레노어! 너는 아직 확실히 애인을 갖지 못했을 거다. 내가 너를 사랑해 주며 내가 너의 주검을 지키는 슬픈 애인이 되어주마.'

그는 밤이 너무나 긴 것을 탄식하며 어서 날이 밝기를 기다리었다.

그러나 밝는 날 아침의 하늘은 너무나 두껍게 흐려 있었고 거친 바람은 구석구석에서 몰려 나오며 눈발조차 희끗희끗 날리었다. 온실 속에서나 갸웃이 내어다보는 한 송이 온대 지방 꽃처럼, 그렇게 가냘픈 그 처녀의 얼굴이 도저히 나타나기를 바랄 수 없

는 날씨였다.

'오, 가엾은 아가씨! 너는 이렇게 흐린 날, 어두운 방 속에 누워 애인이 없이 죽을 것을 슬퍼하리라! 나의 가엾은 레노어!'

사흘이나 눈이 오고 또 사흘이나 눈보라가 치고 다시 며칠 흐리었다가 눈이 오고 그리고 날이 들고 따뜻해졌다. 처마 끝에서 눈 녹은 물이 비 오듯 하는 날 오후인데 가엾은 아가씨가 나타났다. 더 창백해진 얼굴에는 상장喪章 같은 마스크를 입에 대었고 방에 들어와서는 눈꺼풀이 무거운 듯 자주 눈을 감았다 뜨면서,

"그간 두어 번이나 몹시 각혈을 했어요."

하였다.

"그러나…….."

"의사는 기관에서 터진 피래지만, 전 가슴에서 나온 줄 모르지 않아요."

"그래두 의사가 더 잘 알지 않겠어요?"

"의사가 절 속여요. 의사만 아니라 사람들이 다 날 속이려구만 들어요. 돌아서선 뻔—히 내가 죽을 걸 이야기허다가두 나보군 아닌 체들 해요. 그래서 벌써부터 난 딴 세상 사람처럼 따돌리는 게 저는 슬퍼요. 죽음이 그렇게 외로운 거란 걸 날 죽기 전부터 맛보게들 해요."

아가씨의 말소리는 떨리었다.

"그래두…… 만일 지금이라두, 만일…… 진정으루 사랑하는 사람이 있다면 그 사람의 말만은 곧이들으시겠습니까?"

"……."

눈을 고요히 감고 뜨지 않았다.

"앓으시는 병을 조곰도 싫어하지 않고 정말 운명을 같이 따라 하려는 사람만 있다면?"

"그럼 그건 아마 사람이 아니겠지요. 저헌테 사랑하는 사람이 있긴 있어요…… 절 열렬히 사랑해 주어요. 요즘두 자주 저헌테 와요."

"……."

"그는 정말 날 사랑하는 표루 내가 이런, 모두 싫어허는 병이 걸린 걸 자기만은 싫어허지 않는단 표루 하로는 내 가슴에서 나온 피를 반 컵이나 되는 걸 먹기까지 한 사람이야요. 그렇지만 그게 내게 위로가 되는 줄 아세요?"

"……."

그는 우울할 뿐이었다.

"내 피까지 먹구 나허구 그렇게 가깝게 해두 그는 저대로 건강하구 저대루 살아가야 할 준비를 하니까요. 머리가 조흐면 이발소에 가고, 신이 해지면 새 구둘 맞추구, 날마다 대학 도서관에 다니면서 학위 받을 연구만 하구 있어요. 그러니 얼마나 저허군 길이 달러요? 전 머릿속에 상여, 무덤 그런 생각뿐인데……."

"왜 그런 생각만 자꾸 하십니까?"

"사람끼린 동정하구퍼두 동정이 안 되는 거 같어요."

"왜요?"

"병자에겐 같은 병자가 되는 것 아니곤 동정이 못 될 겁니다. 그런데 어떻게 맘대루 같은 병자가 되며 같은 정도로 앓다, 같은 시각에 죽습니까? 뻔—히 죽을 사람을 말로만 괜찮다, 괜찮다 하구 속이는 건 이쪽을 더 빨리 외롭게만 만드는 거예요."

"어떤 상여를 생각하십니까?"

그는 대담하게 이런 것을 물어주었다. 그렇게 하는 것이 그 아가씨의 세계에 접근하는 것이 될까 하였다.

"조선 상여는 참 타기 싫어요. 요즘 금칠 막 한 자동차두 보기두 싫어요. 하—얀 말 여럿이 끌구 가는 하—얀 마차가 있다면…… 하구 공상해 봤어요. 그리구 무덤두 조선 무덤들은 참 암만해두 정이 가질 않어요. 서양엔 묘지가 공원처럼 아름답다는데 조선 산수들이야 어디 누구의 영—원한 주택이란 그런 감정이나요? 곁에 둘 수 없으니 흙으루 덮구 그냥 두면 비에 패니까 잔디를 심는 것뿐이지 꽃 한 송이 심을 데나 꽂을 데가 있어요? 조선 사람처럼 죽는 사람의 감정을 안 생각해 주는 사람들은 없는 것 같아요. 괜—히 그 듣기 싫은 목소리루 울기만 허고 까마귀나 들게 떡 쪼가리나 갖다 어질러놓구……."

"……."

"선생님은 왜 이렇게 외롭게 사세요?"

그는 아무 대답도 하지 않았다. 그 여자에게 애인이 없으리라 단정한 자기의 어리석음을 마음 아프게 비웃었고 저렇게 절망에 극하여 세상 욕심이라고는 털끝만치도 없는 거룩한 여자를 애인으로 가진 그 젊은 학도가 몹시 부러운 생각뿐이었다.

날은 이미 황혼에 가까웠다. 연당 아래 전나무 꼭대기에서는 아직, 그 탁한 소리로 울지는 않으나 그 우악스러운 주둥이로 그 검은 새들이 삭정이를 쪼는 소리가 딱— 딱— 울려왔다.

"까마귀가 온 게지요?"

"그렇게 그게 싫으십니까?"

"싫어요. 그것 배 속엔 아마 별별 구신 딱지가 다 든 것처럼 무서워요. 한번은 꿈을 꾸었는데 까마귀 배 속에 무슨 부적이 들구 칼이 들구 시퍼런 불이 들구 한 걸 봤어요. 웃지 마세요. 상식은 절 떠난 지 벌써 오래요……."

"허허……."

그러나 그는 웃고, 속으로 이제 까마귀를 한 마리 잡으리라 하였다. 그 배를 갈라서 그 속에는 다른 새나 조금도 다를 것이 없는 내장뿐인 것을 보여주리라. 그래서 그 상식을 잃은 여자의 가마귀에 대한 공포심을 근절시키고, 그래서 죽음에 대한 공포심까지도 좀 덜게 해주리라 마음먹었다.

그는 이 아가씨가 간 뒤에 그길로 뒷산에 올라 물푸레나무를 베다가 큰 활을 하나 메었다. 꼿꼿한 싸리로 살을 만들고 끝에다는 큰 못을 갈아 촉을 박고 여러 번 겨냥을 연습하여 보고 까마귀를 창문 가까이 유혹하였다. 눈 위에 여기저기 콩을 뿌리었더니 그들은 마침내 좌우를 의뭉스러운 눈으로 두리번거리면서도 내려와 그것을 쪼았다. 먼 데 것이 없어지는 대로 그들은 곧 날 듯 날 듯이 어깨를 곧추세우면서도 차츰차츰 방문 가까이 놓인 것을 쪼며 들어왔다. 방 안에서는 숨을 죽이고 조그만 문구멍에 살촉을 얹고 가장 가까이 들어온 놈의 옆구리를 겨냥하여 기운껏 활을 당겨가지고 쏘아버렸다.

푸드득하더니 날기는 다 날았으나 한 놈이 죽지에 살이 박힌 채 이내 그 자리에 떨어졌고 다른 놈들은 까악까악거리면서 전나무 꼭대기로 올라갔다. 그는 황망히 신을 끌며 떨어진 놈을 쫓아 들어가 발로 덮치려 하였다. 그러나 까마귀는 어느 틈에 그의 발밑에 들지 않고 훌쩍 몸을 솟구어 그 찬란한 핏방울을 눈 위에 흩뿌리며 두 다리와 한 날개로 반은 날고 반은 뛰면서 잔디밭 쪽으로 덥풀덥풀 달아났다. 이쪽에서도 숨차게 뛰어 다우쳤다. 보기에 악한과 같은 짐승이었지만 그도 한낱 새였다. 공중을 잃어버린 그에겐 이내 막다른 골목이 나왔다. 화살이 그냥 박힌 채 연당으로 내려가는 도랑창에 거꾸로 박히더니 쌕— 쌕— 하면서 불덩어리인지 핏방울인지 모를 두 눈을 뒤집어쓰고 집게 같은 입을 딱딱 벌리며 대가리를 곤추들었다. 그리고 머리 위에서는 다른 놈들이 전나무에서 내려와 까악거리며 저희 가족을 기어이 구하려는 듯이 낮게 떠돌며 덤비었다.

그는 슬그머니 겁이 나기도 했으나 뭉어리 돌을 집어 공중엣 놈들을 위협하며 도랑에서 다시 덥풀 올려 솟는 놈을 쫓아 들어가 곧은 발길로 멱투시를 차 내던지었다. 화살은 빠져 떨어지고 까마귀만 대여섯 칸 밖에 나가떨어지며 킥— 하고 뻐들적거렸다. 다시 쫓아가 발길을 들었으나 그때는 벌써 까마귀는 적을 볼 줄도 모르고 덮어 누르는 죽음과 싸울 뿐이었다. 그는 두근거리는 가슴으로 이 검은 새의 죽음의 고민을 내려다보며 그 병든 처녀의 임종을 상상해 보았다. 슬픈 일이었다. 그는 이내 자기 방으로 돌아왔고 나중에 정자지기를 시켜 그 죽은 까마귀를 목을 매어 어느 나뭇가지에 걸게 하였다. 그리고 어서 그 아가씨가 나타나면 곧 훌륭한 외과의나처럼 그 검은 시체를 해부하여 까마귀의 배 속에도 다른 날짐승과 똑같이 단순한 조류의 내장이 있을 뿐, 결코 그런 무슨 부적이거나 칼이거나 푸른 불이 들어 있지 않다는 것을 증명하리라 하였다.

그러나 날씨는 추워가기만 하고 열흘에 한 번도 따뜻한 해가 비치지 않았다. 달포가 지나도록 그 아가씨는 나타나지 않았다. 날씨는 다시 풀어져 연당에 눈이 녹고 단풍나무 가지에 걸린 까마귀의 시체도 해부하기 알맞게 녹았지만 그 아가씨는 나타나지 않았다.

하루는 다시 추워져 싸락눈이 사륵사륵 길에 떨어져 구르는 날 오후이다. 그는 어느 잡지사에 들어가 곧작 한 편을 팔아가지고 약간의 식료를 사 들고 다 나온 길인데 개울 건너 넓은 마당에는 두어 대의 검은 자동차와 함께 금빛 영구차 한 대가 놓여 있는 것이다.

그는 가슴이 섬뜩하였다. 별장 쪽을 올려다보니 전나무 꼭대기에서는 진작부터 서너 마리의 까마귀가 이 광경을 내려다보며 쭈그리고 앉아 있었다.

'그 여자가 죽은 거나 아닌가?'

영구차 안에는 이미 검은 포장에 덮인 관이 실려 있었다. 둘러섰는 동네 사람 속에서 정자지기가 나타나더니 가까이 와 일러주었다.

"우리 정자루 늘 오던 색씨가 갔답니다."

"……."

그는 고요히 영구차를 향하여 모자를 벗었다.

"저 뒤에 자동차에 지금 오르는 사람이 그 색씨하구 정혼했던 남자랩니다."

그는 잠자코 그 대학 도서실에 다니며 학위 얻을 연구를 한다는 청년을 바라보았다. 그 청년은 자동차 안에 들어앉아, 이내 하―얀 손수건을 내어 얼굴에 대었다. 그러자 자동차들은 영구차가 앞을 서며 고요히 굴러 떠나갔다. 눈은 함박눈이 되면서 펑펑 쏟아지기 시작하였다. 그 자동차들이 굴러간 자리도 얼마 안 있어 덮어버리고 말았다.

까마귀들은 이날 저녁에도 별다른 소리는 없이 그저 까악―까악―거리다가 이따금씩 까르르― 하고 그 GA 아래 R이 한없이 붙은 발음을 내곤 하였다.

― 〈조광〉, 1936. 1.

바다

"야, 과연!"

"무스게라능야?"

"멀기 말이오, 멀기…… 과연 기차당이."

"무시게?"

"멀기 말임둥, 과연 무섭지 앙이오?"

이들은 지껄인다기보다 고함을 치되, 여간 곁에서가 아니면 알아듣기 어려웠다.

파도는 정말 소리만 들어도 무서웠다. 비도 채찍처럼 휘어 박지만 빗소리쯤은 파도가 쿵— 하고 나가떨어진 뒤에 스러지는 거품 소리만도 못한 것이요, 다만 이따금 머리 위에서 하늘이 박살이 나는 듯한 우렛소리만이 파도와 다투어 기승을 부린다.

"옥순 아버이허구 또 뉘 배레 못 들어왔능야?"

"냐? 무스게라오?"

"뉘 배레 못 들어왔능야?"

"옥순 아버이와 왈룡이네 부자랑이."

"야, 그거…….'

해도 다 지나간 듯 바다도 하늘도 캄캄해만 졌다. 다른 때는 이 언덕에 나서면 시오 리라고는 하지만 아래위 동리처럼 알른거리던 배기미[梨津]의 불빛도 이날은 한정 없이 올려 솟는 파도와 그 부서지는 자욱한 안개 속에 묻혀버리고 바다는 불똥 하나 보이지 않는 완전한 암흑이었다. 이 암흑 속에서 물이라기보다 산이 무너지는 듯한 파도 소리, 그리고 귓등을 갈기고 젖은 옷자락을 찢어 갈 듯이 덤비는 바람과 빗발, 게다가 가끔 자지러지게 우렛소리가 정수리를 내리쪟는 것이다.

"제에메?"

부대 쪽으로 등을 가리고 쪼그리고 앉아 바들바들 떨던 옥순이는 어머니를 불렀다.

"…….'

귀에 느껴지는 것은 폭풍우와 파도 소리뿐, 어머니의 대답은 들리지 않는다.

"제에메?"

시커먼 그림자의 곁으로 바싹 다가서며 다시 불러보았다.

"…….'

번쩍 번갯불에 켜졌던 어머니의 얼굴은 조갑지 속처럼 해쓱한 것이 그냥 바다 쪽만 향하고 서 있는 것이다.

"제에메?"

또 한 번 부르면서 마침 서너 번이나 재우쳐서 일어나는 번 갯불에 획 좌우를 둘러보니 웅성거리던 이웃 사람들은 어느 틈에 거의 다 흩어졌다. 모두 저희 아버지나 저희 지아비는 아니라는 듯, 슬금슬금 빠져 들어간 이웃 사람들이 원망스러운 생각과 함께 외로움이 울컥 솟았다. '정말 왈룡이가 못 살아 오는 날은?' 옥순은 또 한 번 가슴속에 방망이질이 일어났다.

"제에메?"

"……."

"그만 들어가장이. 모두 돌아들 갔소…… 여기 섰으문 어찌 겠소?"

옥순이는 어머니의 비 흐르는 손을 잡아당겼다.

"앙이, 옥순네 아즈망임둥?"

이런 데서도 목소리 큰 것을 들어 황 생원이었다.

"황 생원이오? 이거 어찌겠소?"

그제야 옥순 어머니는 입을 열었다.

"어찌긴 무쉴 그리 염려를 함둥? 괜한스리……."

"이거 아무래두 당한 일이랑이. 어찌문 좋소? 이거 어찌오, 이거를……."

"넨장…… 앙이 물녘에서 늙으면서두 그리 겁이 많소? 왈룡이네 아즈망인 어찌겠소? 그 집인 부재오 두 식구랑이. 그래두 그 아즈망인 집우루 들어간 지 오래요. 날래 들어갑세."

"……."

"멀기랑게 바다 중간에서 이리 모질게 치는 법이 있소? 어디 파선이 무슨 파선이오. 지금 들어왔다가 어디다 배를 대겠소? 그래 부러 앙이 들어오는 거랑이……."

황 생원은 기어이 옥순네 모녀를 이끌고 들어왔다.

깜박깜박하는 고망어 기름불, 그것이나마 심지를 돋워가면서 이 모녀는 어제저녁과 마찬가지로 귀를 곤추세우고 밤을 새워 앉아 있었다. 황 생원의 말과 같이 설혹 배가 성한 채 있더라도 육지에 나와 검접을 할 수가 없을 것을 짐작은 하면서도, 그래도 누워서 다리를 뻗고 눈을 붙일 수는 도저히 없었다.

"어찌 살았길 바래겠능야! 그러겐 이만 못한 멀기에두 배기미 사람들이 둘이나……."

"……."

파도 소리는 조금도 낮아지지 않았다. 빗소리조차 밖에서 맞으며 들을 때보다 더 요란스러웠다. 겨울 난 문풍지에는 급한 바람이 몰려들 때마다 푸르럭푸르럭 부— 부— 하는 소리가 났다. 마치 파선을 당하는 사람들의 혼 나간 소리처럼 무시무시하기도 했다.

"네 홍인만 아니문 이번 문어잽이사 앙이 나갈 거르."

어머니의 입에서는 기어이 딸의 탓이 나오고 말았다.

옥순이는 왈룡이와 정혼한 지가 삼 년째다. 해마다 '이번 가을엔 성례를 시켜야, 시켜야' 별러왔지만 한 해는 이쪽 집에서 배를 고치게 되면, 한 해는 저쪽 집에서 그물을 새로 사도록만 되었다. 올가을에는 어떻게 하든지 성례를 시켜야 한다고 두 집 아버지들은 이른 봄부터 덤벼 웬만한 풍랑, 웬만한 추위, 웬만한 피곤은 가리지 않고, 또 후리질 따위로는 촌사람들의 뉘투성이 조알갱이나 구경하게 되므로 어떻게 배기미로 가지고 가서 은전이 되고 지전이 될 수 있게 방어니 문어니 도미니 하고 물길을 멀리 나가서라도 값나갈 생선을 쫓아다니게 된 것이다.

이번에도 멀리 나갈 날씨가 아니었다. 샛풍이 세었다. 갈매기들이 오 리 밖을 나가 뜨지 않고 가층구치 끝으로만 모여들었다. 이걸 보면서도 옥순 아버지와 왈룡이네 부자는 너덜령 끝을 돌아 사뭇 나가기만 했던 것이다.

새벽녘이 되어서야 빗소리는 멎었다. 그러나 바람 소리와 파도 소리는 더욱 높아지는 것만 같았다. 가마골에 웅크리고 엎드린 고양이만이 눈을 붙였을 뿐, 옥순이와 그의 어머니는 뜬눈으로 밤을 새웠다. 드므(물독) 옆으로 샛창이 훤해오는 것을 보자 어머니는 왈룡 어머니에게 나가본다고 나가버렸다. 옥순이도 이내 밖으로 나왔다. 바람은 뼈가 저리게 찼다. 횡허케 언덕으로 나갔다. 먹장 같은 구름이 군데군데 얇아지긴 했으나 푸른 하늘은 아직 손바닥만치도 드러나지 않았다.

밝은 때 보는 파도는 더 어마어마스러웠다. 산더미 같은 것이 불끈 올려 솟아서는 으리으리한 절벽을 이루고, 그것은 이내 거대한 야수의 아가리처럼 희끗하는 이빨을 악물면서 와르릉 소리를 치고는 눈보라같이 육지로 휩쓸고 나왔다.

'간나! 멀기……'

옥순은 그 물의 절벽이 달려들어 올 때마다 이를 악물고 바르르 떨었다. 그 능글능글한 물의 절벽으로 마주 내닫고도 싶었다.

'어서 윤선이라두 하나 지나능 거르 봐두……'

울뚝불뚝 뒤에 뒤를 이어 올려 솟는 파도의 산 때문에 아무리 발돋움을 하여야 먼 바다를 내다볼 수평선이 눈에 걸리지 않는다. 옥순이는 눈물을 씻고 웅크리고 앉았다가 마을 쪽에서 자기 어머니와 왈룡 어머니와 왈룡이 누이 채봉이가 나오는 것을 보고는 이내 일어섰다. 왈룡 어머니나 채봉이는 자기 어머니보다도 더 몇 곱절 자기를 탓할 것을 생각하고는 그들에게 죄나 지은 것처럼 얼른 길을 돌아 집으로 들어왔다.

집안은 여러 날 비웠던 것처럼 횡한 맛이 새삼스러워 윗방에서 아버지의 음성이 나는 듯, 정지 뒷길에서 왈룡이의 휘파람 소리가 지나가는 듯, 옥순은 집 속이 못 견디게 서글프고 무시무시해졌다. 그러나 바깥보다는 덜 추웠다. 이불을 끌고 가마목으로 가 고양이가 일어나는 자리에 쓰러지고 말았다.

두어 달 뒤, 바다는 언제 그런 풍랑이 있었느냐는 듯이 갓난아이들도 나가 놀게 잔잔하고, 하늘도 그런 풍운이 있은 것은 아득한 태초의 전설이라는 듯이 양 떼 같은 구름송이만 수평선을 둘러 피어오르는 따갑되 명랑한 여름날 아침이었다.

옥순이는 모랭이 함지를 끼고 새까맣게 그을리고 쪼들린 얼굴이 땀기에 흠뻑 배어 소리도 안 나는 모새밭을 밟으며 바다로 나오고 있었다. 아버지가 생존했을 때 같으면 누가 그냥 주어도 내버릴 것밖에는 소용이 없던 가락미역, 그리고 모새가 어적어적하는 바둑조개, 방게 같은 것도 이제는 맨 소금국에라도 그것들이 손쉬운 반찬이요, 또 제 손으로 따 들이고 주워 들이지 않으면 구할 수 없는 귀물들이 되었다.

"야, 옥순아!"

반이나 나왔는데 구장이 부채를 든 손으로 뛰어나오다 말고
손짓을 하며 불렀다.

　"내 말임둥?"

　"어망이레 찾는다."

　"무스게오?"

　"너이 어망이레 찾는당이."

　옥순이는 곧 다시 나올 셈으로 함지는 모새밭에 놓아두고 돌
아섰다.

　'무슨 일일까? 어머니가 찾으시면 어머니가 나서 부르시지
않구?'

　옥순은 며칠 전에 술이 잔뜩 취해가지고 와서 아버지가 못다
갚은 빚 독촉을 하고 나중에는 어머니에게 손찌검까지 하려고
덤비던 그 사람 잘 치는 구장임을 생각할 때, 소름이 오싹 돋는
것을 발바닥에까지 느꼈다.

　"제에메 어디 있슴둥?"

　옥순이가 구장의 뒤를 따라 저희 집 정지로 들어서자 어머니
는 보이지 않았기 때문이었다. 어머니가 보이지 않을 뿐 아니라
웬 보지 못하던 양복쟁이 하나가 더럽기는 했으나 말끔히 쓸어
놓은 노존 위에 운동화를 신은 채 각반 친 다리를 떡 뻗치고 섰
는 것이다.

　"야? 어디서 찾슴둥?"

　"가망이 있거라, 인추 온당이……."

하더니 구장은 이내 양복쟁이에게,

　"숙성함넝이……."

하였다. 안경을 쓰고 윗수염을 제비꼬리처럼 기른 양복쟁이는 이번에는 한 다리를 척 문턱에 올려 딛고 저고리를 뒤적거리더니 피존 갑을 꺼냈다. 먼저 구장에게 권하고 저도 한 개를 입에 물더니 그것을 문 채 옥순에게,

"당신 이름이 뭐요?"

하였다. 말투가 앞대 사람이다.

"옥숭이꼬마."

"옥순이……."

그는 옥순이가 면구스러울 정도로 옥순의 얼굴 생김을 뜯어보았다. 그러다가 옥순이가 획 돌아서니까,

"나 성냥 좀 주."

하였다.

"무스게오?"

"비지깨 말이랑이."

하고 옆에 섰던 구장이 싱글거리며 통역처럼 하였다.

옥순이는 부뚜막으로 가서 성냥갑을 집어다 구장에게 주었다. 양복쟁이는 잠시도 놓치지 않고 안경알 속으로, 혹은 안경알 너머로 옥순의 이모저모를 노려보았다. 구장보다 노상 젊은 사람이다. 담배로 불을 붙이더니,

"저 색시, 청진 더러 가봤소?"

하고 드러내놓고 물었다.

"……."

옥순이가 잠자코 있으니까 구장이,

"청진이 무스게오. 배기미나 가봤지비……."

하더니,

"무스거 오래 보나마나 하당이. 이 동네선 제일 똑똑함녕이……"

하였다. 그래도 양복쟁이는 다시 한 번 힐끔 눈을 던지더니,

"나 물 한 그릇 주시오, 응? 미안하오만……"

하면서 노존 위에 던졌던 맥고모자를 집어 들었다. 그리고 물이 먹고 싶어서가 아니었던 만큼 물그릇을 가져올 때와 물그릇을 도로 받을 때의 옥순의 손과 얼굴에만 그의 안경은 확대경처럼 번뜩였다. 입에 물었던 물을 뱉을 겸 양복쟁이는 밖으로 나갔다. 구장도 따라 나가 뭐라고 한참이나 수군거리더니 양복쟁이는 아주 사라져버리고 구장만이 갑자기 점잖은 기침 소리를 내며 다시 들어왔다.

"옥순아, 네 어찌겠능야?"

"무스거 말임둥?"

"게 앉아 내 말으 들어보랑이……"

"……"

"너 이제두 물녁으로 나가드라만, 사철 그리겠능야? 요즘에사 방게나 마풀으 줏어다 끓이기루 죽지야 앙이허겠지. 그러나 겨울이문 어찌겠능야, 무스거 줏어다 먹겠능야?"

"……"

"딸은 자식이 앙이겠능야? 딸두 자시기지비 남자만 자식이겠느야? 산 어망이두 모셔야겠구 돌아간 아바이 빚두 자식이 되갚을 도리르 해야지 않능야?"

"무스거 해서 갚슴둥?"

"그렁이 내 말으 들으라능 거다. 페일언허구서리, 네 이제 그 어른으 따라 청진으로 가거라…….."

"…….."

"청진으루 가서 귀경두 하구 세상이 어떻다는 것두 약간 눈으 떠야지비. 직업을 가지라능 거다."

"직업으? 무시겜둥? 비지깨 공장임둥?"

"치! 그까짓 비지깨 공장에 너르 보내겠능야?"

"그럼 무시겜둥?"

"내 너르 못 갈 데 지시르 할 리 있능야? 이제 그 어른이 청진서 고등 식당으 경영한당이. 나진에다 지점으 두구, 지금 지점으로 들어가는 길인데 너만치 한 아더르 삼사 명으 모집한당이…….."

"…….."

"직업에 귀청이 있능야? 또 그게 어째 천하겠능야? 식당에서 점잖은 신사더르 접대하능 게 무실에 천엄이겠능야?"

"내사…….."

"네 생각으 해보랑이…… 무실에…….."

"내사 그렁 거 실스꼬마…….."

"무시거? 앙이, 네 무슨 공뷔 있능야, 재강이 있능야. 사람이랑게 남녀르 막론허구 대처에 가 구불러야 때르 빼능기라…….."

"…….."

"좀 조캥이? 아, 고분 우티가 있어 맛있는 요리도 먹어 손님들으게 귀염으 받어 돈으 모아…… 모으능 게 무시게냐, 당장에 앙이 네 간다구만 허문 당장 비단우티르 해주구선 월급으로 돈 백 원이나 준당이…… 그러몬 네 어른 빚으 갚구두 너이 어망이 배기미루 댕기며 생선 장사할 미청이 너끈하게 되지 않겠이? 그 노릇으 앙이 하구 네 무스거 하겠능야?"

"내사 실스꼬마……."

옥순은 벌써 구장의 속이 뻔히 들여다보이는 것 같았다.

"앙이…… 배기미 술장수 간나들처럼 술으 팔라능 건 줄 아능야? 손님 접대하능 거랑이…… 교제하능 거랑이."

"……."

"너느 어째 좋응 거르 좋은 주르 모르능야? 채봉이는 첫마디에 좋아 나서더라."

"채봉이? 채봉이레 감둥?"

"그러므…… 앙이 가무 무실 하갱이…… 채봉인 청진이나 가는 줄 아능야? 나진으로 간당이. 나진 지점으로 간당에…… 야?"

구장은 갑자기 말소리를 낮추어 옥순의 귀에다 약간 호주[1] 냄새를 풍기며 이렇게 속삭였다.

"네 얼굴이 채봉이보다 낫다구 너르 청진 본점으로 갖다 앉히겠다드라. 좋지 앙이냐?"

"……."

"네 비단우티나 입구 분이나 싹 발라봐라. 너르 고바 앙이할 사람이 누구겠냐! 무실 이 구석에서 썩갱이? 치……."

"……."

옥순은 어리둥절할 뿐 그래서 다시는 대답이 없이 바다로 나

---

1 중국술이라는 뜻으로 '고량주'를 달리 이르는 말.

오고 말았으나 그렇게 해서 설혹 아버지의 빚을 갚고 어머니를 살리고 제 몸에 고움과 편안함이 돌아온다 하더라도 그것은 모든 동리 사람들이 손가락질과 쑥덕거림과 침을 뱉는 '쌍짓'이란 생각이 점점 또렷해졌다.

'사람은 어째 갈매기처리 물에 뜨지 못하구 빠져 죽능야?'

옥순은 잔잔한 바다를 내다보니 어느 쪽에서고 왈룡이가 철벅철벅 걸어 나올 것만 같았다. 그러나 그것은 꿈속에서나 있을 수 있는 일인 것을 깨달을 때, 그리고 '겨울이문 어찌겠능야, 무스거 줏어다 먹겠능야?' 하던 구장의 말, 다른 모든 말은 우습게 들으려면 우습게 들을 수 있지만 이 말 한마디만은 하늘이 내리는 말이나 다름없이 무서웠던 것을 깨달을 때 옥순은 눈앞이 아찔하며 쓰러질 것 같았다.

뚜—

청진서 배기미로 들어오는 윤선(기선) 소리다. 이 배를 타고 채봉이는 그 양복쟁이와 함께 나진으로 가고, 이 배가 웅기 이북까지 갔다 돌쳐나오는 편에, 옥순이는 구장과 같이 배기미로 가서 바로 그 배에 돌쳐나오는 그 양복쟁이를 만나 청진으로 가게 되었다.

먼저 선선히 대답한 채봉이가 떠나기 전날부터 울며불며 몸부림을 쳤고 옥순이는 도리어 한번 대답한 이후로는 남 보는 데, 더구나 어머니 보는 데 눈물 한 방울 떨구지 않았다.

'저 배에 채봉이는 가구 마능구나!'

모두 자기 탓이거니 생각하니 까맣게 멀리 뵈는 배기미 거리에서 어느 구석에서고 충혈된 채봉의 눈이 자기를 흘겨보는 것만 같았다.

'이리구 어찌 살갱이.'

이날 옥순은 채봉이가 탔을 그 윤선이 너덜령 끝에 한 줄기의 연기만 남기고 사라지는 것을 보고는 그 전날 감돌이네가 복어 알을 한 모랭이나 감자밭 머리에 파묻는 것을 본 생각이 났다. 조심조심 남의 눈을 피해가며 옥순은 감돌네 감자밭 머리로 가서 그것을 파냈다. 거름기도 없는 샛노란 모래밭, 복어알은 깨끗한 채 싱싱한 채 파낼 수가 있었다. 치마 속에 감추어 들고 집으로 와보니 어머니는 딸의 청진 갈 옷을 지으러 재봉틀이 있는 구장네 집으로 가서 오기 전이었다. 소금을 조금 뿌리고, 누가 와 열어보더라도 얼른 알지 못하게 미역 오리로 위를 덮어서 울타리 썩은 것을 뜯어다 땀을 흘리며 끓였다. 다른 때의 찌개보다 이상하게 빨리 끓는 것 같았다. 달콤한 냄새가 나고 웬 일본장 냄새까지 풍기는 것 같았다. 숭어 장조림이나 하는 듯 입안에 침이 서렸다. 냄비 뚜껑을 열어보니 보기에도 먹고 죽는다는 것은 공연한 말같이 먹음직스러웠다. 얼른 바깥으로 뛰어나가 누가 오지 않나 살피고 들어와서는 그새 거품이 넘어 뿌시시거리는 냄비를 손을 데이며 내어놓았다.

제일 큰, 전에 아버지의 숟가락이던 것을 집어다 국물 한 숟갈을 떠들었다. 그러나 완연히 음식이건만 이것을 먹으면 죽는 것이기 때문에 먹으려는 자기, 죽으면 어머니가 어떻게 될까? 어머니를 위해 이왕 대담해 놓은 바엔 죽어도 청진 가 죽는 게 옳지 않은가? 이런 생각이 번개같이 오고 가고 하는 새 떠서 들었던 국물은 어느 결에 반이나 노존에 떨어지고 말았다.

'죽는 년이 아무 때문…….'

옥순이는 숟갈을 내던지고 사기 탕기를 갖다 알까지 건져서 그릇이 넘치도록 따랐다. 그리고 흔들거리는 손으로 눈을 꼭 감고 입에 갖다 댔다. 눈을 감았던 때문인지, 손이 떨렸던 때문인지, 누가 옆에서 콱 떠다밀은 것처럼 뜨거운 국물을 덥석 입술을 올려 물었다. 깜짝 놀라 탕기를 떨굴 뻔하고 손바닥으로 입술을 쌌다. 어디선지 생선 냄새를 맡고 고양이가 야옹거리면서 앞에 나타나 말똥말똥한 눈알을 굴리고 쳐다본다.

"저리 가……."

고양이는 혀끝을 내어 아래턱을 핥을 뿐, 달아나지 않았다. 그러는데 굴뚝 쪽에서 인기척이 난다.

옥순은 얼른 탕기에 담았던 것까지 냄비에 쏟아서 골방으로 가지고 갔다. 뜨겁지만 않은 것이면 여기서라도 마셨을는지 모른다.

"옥순아?"

하고 어머니가 찾는 소리에 얼른 빈 동이 속에 숨겨두고 정지로 내려왔다.

"무신 냄새야, 이게?"

"아무것도 앙이오."

"무시게 끓였능야?"

불자리를 보고 묻는 어머니에게 더 아무것도 아니라고 할 수는 없었다. 그러나 바른대로 댈 수도 없는 것이라 얼른 말머리를 돌렸다. 억지로 좋아하는 기색을 지어,

"다 됐소?"

하고 어머니가 옆에 끼고 온 울긋불긋한 새 옷을 받아 들었다.

"초마 기장이 길 것 같당이······."

하면서 어머니도 속으로는 편할 리 없지만은 이런 경우에선 모녀간이 모두 귀한 손님 사이와 같이 서로 흔연한 안색을 갖추기에 힘을 쓴다.

옥순이는 이날 밤, 몇 번이나 어머니 몰래 골방으로 올라가려하였다. 그러나 그럴 때마다 어머니는 자지 않고 있다가,

"어째 아직 앙이 자능야?"

하고 딸을 될 수 있는 대로 위로하려 하였다. 그럭저럭하다 옥순이는 깜박 잠이 들었다가 깨어보니 벌써 날이 밝았다.

날이 밝자 옥순네 집에는 이른 아침부터 찾아오는 사람이 많았다. 옥순이의 비단옷을 구경하러 오는 사람, 옥순이를 이별하러 오는 사람, 옥순의 어머니를 위로하러 오는 사람, 또는 팔려가는 처녀를 멸시와 천한 흥미에서 구경하러 오는 사람, 꼭 무슨 잔칫집과 같았다. 그 틈에서 옥순의 모녀는 정신을 차릴 수가 없었다.

"날이 좋아 윤선으 타기 좋갔당이."

철없이 윤선을 타고 청진 구경을 갈 옥순이를 부러워하는 어떤 계집애의 말이다.

"어서 새 우티르 입구 나서봐라."

어떤 안질이 난 늙은이가 눈을 닦으며 하는 소리다.

점심때 조금 전이다. 어서 물에 나가 목욕을 하고 와 새 옷을 입고 구장 집에 가서 점심을 먹고 구장과 같이 배기미로 가야 될

판이었다. 옥순은 따라 나오는 경순이, 서분이, 왕례, 다 좋은 구실을 들어 쫓고 혼자 가충구치 끝으로 나왔다. 어머니가 주는 시뻘건 비누 한 장을 받아 들고…….

날씨는 아름답다기보다 고요하였다. 잔물결 하나 일지 않았다. 해당화가 반이나 모래밭에 떨어진 것은 며칠 전의 바람인 듯하였다. 웅웅거리는 꿀벌의 소리, 반짝반짝거리는 금모새, 정신이 다 아릿해지는 해당화 향기, 옥순은 깜박 잠이 들 듯한 피곤과 정신의 마취를 느끼곤 하였다. 그러다가는 몇 번이나 발바닥이 뜨끈뜨끈한 바위 끝으로 기어 나가 세 길도 더 될 물 밑이 한 뼘처럼 모래알 하나하나까지 들여다보이는 물속을 엿보곤 하였다.

구름이 뭉게뭉게 무슨 아름다운 동리처럼, 꽃밭처럼, 아늑한 골짜기처럼 피어올랐다. 가깝거니 하고 쳐다보면 까맣게 바다 저편이었다.

그 구름 동리, 그 구름 꽃밭, 그 구름 골짜기에 가면 꼭 왈룡이가 있을 것 같았다. 가만히 귀를 웅송거리면 왈룡이의 부르는 소리조차 들려오는 것도 같았다.

'왈룡이구나!'
하다가 제 생각에 놀라 다시 들으면 그것은 해당화 꽃가지에서 나는 왕벌의 소리였다.

점심때가 되어 옥순의 어머니와 구장댁이 찾아 나왔을 때는, 옥순은 비누만 새것인 채 바위 위에 남겨놓았을 뿐 이미 육지에서는 사라진 뒤였다.

— 〈사해공론〉, 1936. 7.

장마

"가만히 눴느니 반침이나 좀 열어보구려."

"건 또 무슨 소리야?"

"책이 모두 썩어두 몰루?"

하고 아내는 몰래 감추어두고 쓰는 전기다리미 줄을 내다가 곰 팡을 턴다.

"책두 본 사람이 좀 내다 그렇게 털구려."

"일이 없어 그런 거겠군! 좀 당신 건 당신이 해봐요. 또 남보구만 그런 것두 못 보구 집에서 뭘 했냐 마냐 하지 말 구……."

"쉬…… 고만둡시다. 말이 길면 또 엊저녁처럼 돼."

하고 나는 마룻바닥에서 일어나 등의자로 올라앉았다. 등의자 도 삶아낸 것처럼 눅눅하다. 적삼 고름으로 파놓은 데를 쓱 문대보니 송충이나 꿰뚫은 것처럼 곰팡이와 때가 시퍼렇고 시커멓게 묻어난다. 나는 그제야 오늘 아침에 새로 입은 적삼인 것을 깨닫고 얼른 고름을 감추며 아내를 보았다. 아내는 아직 전기다리미 줄만 마른행주로 훔치고 있었다. 보았으면 으레 '어린애유? 남 기껏 빨아 대려 입혀놓으니까……' 하고 한 마디, 혹은 내가 가만히 듣고 있지 않고 맞받으면 열 마디, 스무 마디라도 나왔을 것이다.

늙은 내외처럼 흥흥거리기만 하고 지내는 것은 벌써 인생으로서 피곤을 느낀 뒤이다. 젊은 우리는 가끔마다 한 번씩 오금을 박으며 꼬집어 떼듯이 말총을 쏘고 받는 것도 다음 시간부터의 새 공기를 위해서는 미상불 필요한 청량제이기도 하다.

그러나 요즘 두 주일 동안은 비에 갇혀 내가 나가지 못한 때문인지 공연히 말다툼이 잦았다. 부부간의 말다툼이란 (우리의 길지 못한 경험에선) 언제든지 지내놓고 보면 공연스러웠던 것이 원칙으로, 우리가 엊저녁에 말다툼한 것도 다툴 이유로는 여간 희박한 내용이 아니었다. 소명이란 년이 하루에 옷을 네 벌을 말아놓았다는 것이 동기였다. 해는 나지 않고 젖은 옷은 썩기만 하는데 왜 자꾸 비를 맞고 나가느냐고 쥐어박으니 아이는 악을 쓰고 울었다. 나는 시끄러우니까 탄할밖에 없었다. 아이들이란 비도 맞고 놀아 버릇을 해야 감기 같은 것에 저항력도 생기는 것인데 어른이 옷을 말려 댈 수가 없다는 이유로 감금을 하려 들 뿐만 아니라 구타까지 하는 것은 무슨 몰상식, 무책임한 짓이냐고 하였더니, 아내는 지지 않고 책임이라 하니 그런 책임이 어째 어멈에게만 있고 애비에겐 없을 리가 있느냐는 것이다. 또 그렇게 아이들이 하루에 옷을 몇 벌을 말아놓든지 다리지 않게 왜 옷을 여러 벌 사다 놓지 못하느냐? 또 젖은 옷도 썩을 새 없이 말릴 만한 그런 설비 완전한 집을 왜 지어놓지 못하느냐? 그러고도 큰소리만 탕탕 하고 앉았는 건 남편이나 애비 된 자로서 무슨 몰상식, 무책임한 짓이냐, 하고 우리 집 경제적 설비의 불완전한 점은 모조리 외고 있었던 것처럼 지적해 가면서 특히 '왜 못 하느냐'에 강한 악센트를 넣어가며 나의 무능을 힐책하는 것이었다.

이런 경우에 나의 말막음은 역시 태연한 것으로,

"또 이건 무슨 약속 위반이야? 혼인하기 전에 물질적으로 어떤 곤란이 있든지 불평하지 않기로 약속한 건 누구야?"

그래도 저쪽에서 나오는 말이 많으면 최후로는,

"그럼 마음대로 해봐."

이다. 이 마음대로 해보라는 말은 가장 함축이 많은 술어로서 저쪽에서 듣고만 있지 않고,

"마음대로 어떻게 하란 말야?"

하고 해석을 요구하는 경우에는 얼마든지 폭탄적 선언으로 설명을 들려줄 수 있는 것이니 아내의 비위를 초점적으로 건드리는 데는 가장 효과 있는 말이 된다.

어제는 이 술어를 설명하는 데까지 이르렀더니 아내의 골은, 밤 잔 원수가 없다는 말은 아무 의미도 없게, 아침까지 풀리지 않은 모양이었다.

비는 어쩌면 그칠 듯하다. 나는 마루 밑에서 구두를 꺼냈다. 안팎으로 곰팡이가 파랗게 피었다.

"여보?"

나는 엊저녁 이래 처음으로 의논성스럽게 아내를 불러본다.

아내는 힐끗 보기만 한다.

"여보?"

"부르지 않군 말 못하나."

"곰팡이가 식물이든가, 동물이든가?"

"싱겁긴……."

나는 사실 가끔 싱겁다.

오래간만에 넥타이를 매느라고 거울을 들여다보았더니 수염이 마당에 잡초와 같이 무성하다.

'면도를 하구 나가?'

면도칼을 꺼내보니 녹이 슬었다. 여럿이 쓰는 물건 같으면 또 남을 탓했을른지 모르나, 나 혼자밖에 쓰는 사람이 없는 면도칼이라 녹이 슨 것은 틀림없이 내가 물기를 잘 닦지 못하고 둔 때문이다. 녹을 벗기려면 한참 갈아야 되겠다. 물을 떠 오너라, 비누를 좀 내다 다우, 다 귀찮은 노릇이다. 링컨과 같은 구레나룻을 가진 이상[1]의 생각이 난다. 사내 얼굴에는 수염이 좀 거칠어서 야성미를 띠어보는 것도 좋은 화장일지 모른다. 그러나 내 수염은 좀 빈약하다. 사진을 보면 우리 아버지는 꽤 긴 구레나룻이셨는데 아버지는 나에게 그것을 물리지 않으셨다.

아직 열한 점, 그러나 낙랑이나 명치제과쯤 가면, 사무적 소속을 갖지 않은 이상이나 구보[2] 같은 이는 혹 나보다 더 무성한 수염

---

1 시인·소설가(1910~37).
2 소설가 박태원(1909~86)을 가리킴.

으로 커피잔을 앞에 놓고 무료히 앉았을는지도 모른다. 그러다가 내가 들어서면 마치 나를 기다리기나 하고 있었던 것처럼 반가이 맞아주는지도 모른다. 그리고 요즘 자기들이 읽은 작품 중에서 어느 하나를 나에게 읽기를 권하는 것을 비롯하여 나의 곰팡이 슨 창작욕을 자극해 주는 이야기까지 해줄는지도 모른다.

나는 집을 나선다. 포도원 앞쯤 내려오면 늘 나는 생각, '버스가 이 돌다리까지 들어왔으면'을 오늘도 잊어버리지 않고 하면서 개울물을 내려다본다. 여러 날째 씻겨 내려간 개울이라 양치질을 하여도 좋게 물이 맑다. 한 아낙네가 지나면서,

"빨래하기 좋겠다!"

하였다.

이런 맑은 물을 보면 으레 '빨래하기 좋겠다!'나 느낄 줄 아는 조선 여성들의 불우한 풍속을 슬퍼한다.

푸른 하늘은 한 군데도 뵈지 않는다. 고개에 올라서니 하늘은 더욱 낮아진다. 곰보네 가게는 유리창도 열어놓지 않았고, 세월 잃은 아이스크림 통은 교통 방해가 되리만치 길가에 나와 넘어졌다.

"저따위가 누굴 속이긴…… 내가 초약이 되는 거야. 이리 내……."

열두어 살밖에 안 된 계집애 목소리 같은 곰보 아내의 날카로운 소리다. 나는 곰보가게라고 하지만 다른 사람들은 흔히 안주인을 표준으로 곱추가게라고 한다. 얼굴은 늘 회충을 연상하게 창백한데, 좀 모두가 소규모여서 그렇지 그만하면 이쁘다고 할 수 있는 눈이요, 코요, 입을 가져서 곱추만 아니었다면 곰보로는

올려 보지도 못할 미인이다. 병신이 되었기 때문에 할 수 없이 이 고갯마루턱에다 빙수 가게나 내고 앉았는 곰보에게 온 모양으로, 속으로는 남편을 늘 네까짓 것 하는 자존심이 떠나지 않는 모양이었다. 가끔 지나는 귓결에 들어보아도 색시는 그 패다 만 앳된 목소리로 남편에게 '저따위가' 어쩐다는 소리를 잘 썼다. 그러면 아내와는 아주 딴판으로 검고 우악스럽게 생긴 남편은 '요것이……' 하고 눈을 히뜩거리며 쫓아가 어디를 쥐는지 '아야앗' 소리가 반은 비명이요, 반은 앙탈이게 멀리 지난 뒤에도 들리는 것이었다. 사내는 그 가냘픈 그리고 방아깨비 다리처럼 꺾여진 색시에게 비겨 너무나 우람스럽게 튼튼하다. 어떤 날 보면 보성학교 밑에서부터 고갯마루턱 저희 가게 앞까지 사이다니 바나나를 한 짐이나 되게 장 본 것을 실은 자전거를 사뭇 탄 채로 올라오는 것이었다. 그런 장정에게 한번 아스라지게 잡히고 앙탈스러운 비명을 내는 것도 그 색시로서는 은연히 탐내는 향락의 하나일지도 모른다. 비는 오고 물건은 팔리지 않고 먹을 것은 달린다 하더라도 남편과 단둘이 들어앉아 약이니 띠니 하고 무슨 내기였던지 화투장이나 제끼는 재미도 어찌 생각하면 걱정거리 많은 이 세상에서 택함을 받은 생활일지도 모른다.

비는 다시 뿌린다. 남산은 뽀얗게 운무 속에 들어 있다. 고개는 올라올 때보다도 내려갈 때가 더 무엇을 생각하며 걷기에 좋다.

얼굴 얽은 이와 등 곱은 이의 부처, 저희끼리 '난 곰보니 넌 곱추라도 좋다' '난 곱추니 넌 곰보라도 좋다' 하고 손을 맞잡았을 리는 없을 것이요, 누구라도 사이에 들어서서, 그러나 한쪽에 가서는 신랑이 곰보라는 말을 반드시 하였을 것이요, 또 한쪽에 가서는 신부가 곱추라는 것을 반드시 이야기하고서야 되었을 것이다.

'자기와 혼인하려는 처녀가 곱추라는 말을 들었을 때, 그 총각의 심경은 어떠하였을 것인가?'

나는 생각하기에도 괴롭다.

아직도 고개는 더 내려가야 한다.

'우리 부처는 어떻게 되어 혼인이 되었더라?'

나는 우리 자신의 과거를 추억해 본다. 나는 강원도, 아내는 황해도, 내가 스물여섯이 되도록 한 번도 본 적도 없고 들은 적도 없었다. 다만 인연이란 내가 잘 아는 조 양(지금은 그도 여사이나)이 내 아내와도 친한 동무였다. 그렇다고 처음부터 조 양 때문에 우연히 서로 보고 로맨스가 일어난 것도 아니었다. 혹 그런 기회가 있었더라면 모르나, 내 아내란 위인이 결코 로맨스의 여왕이 될 소질은 피천 한 푼어치도 없는 사람이다. 애초부터 결혼을 문제 삼아가지고 조 양이 우리 두 사람을 맞대놓았다. 조 양은 저쪽에다 나를 무엇이라고 소개했는지는 모르지만 나한테다가는,

"첫째 가정이 점잖고, 고생은 못 해봤으나 무엇이든 처지대로 감당해 나갈 만한 타협심이 있고, 신여성이라도 모던과는 반대요, 음악을 전공하나 무대에 야심이 있는 것이 아니라 취미에 그칠 뿐이요, 인물은 미인은 아니나 보시면 서로 만족하실 줄 압니다."

하였다. 나는 곧 만날 기회를 청했다. 조 양은 이내 그런 기회를 주선해 주었다. 나는 이발을 하고 양복에 먼지를 털어 입고 구두

를 닦아 신고 갔었다. 내가 보기만 하는 것이 아니라 나도 보이는 터라 얼떨떨하여서 테이블만 굽어보고 있었으나, 대체로 그가 다혈질이 아닌 것과 겸손해 보이는 것과 좀 수줍은 티가 있는 것과 얼굴이 구조 다케코[3] 형인 데 마음에 싫지 않았다.

'그러나 결혼엔 사랑이 있어야 한다는데, 사랑을 언제 해가지고 결혼에 도달할 건가? 이렇게 미리부터 결혼을 조건으로 하고 만나는 데는 순수한 사랑이 얼크러질 리가 없다. 이건 아무리 서로 마음에 들어 활동사진에 나오는 것 같은 러브신을 가져본다 하더라도 어디까지 결혼하기 위한 선보기의 발전이지 로맨스일 리는 없다…….'

나는 차라리 만나본 것을 후회하였다. 다만 조 양을 그의 인격으로나 교양으로나 우정으로나 모든 것을 믿는 만큼, 모든 것을 맡겨버리고 서로 미지의 인연대로 약혼이 되게 하였다면, 그랬다면 그 혼인식장에 가서나 아내의 얼굴을 처음으로 대하는, 그 고전적인, 어리석은 흥미란 얼마나 구수한 것이었으랴. 나는 그렇게 못 한 것을 지금까지도 후회하거니와 나는 이왕 만나본 김에야 좀 더 사귀어볼 필요가 있다 하고, 한번 같이 산보할 기회를 청해보았다. 저쪽에서 답이 오기를 자기도 그렇게 하고 싶다고 하였고, 토요일 오후에는 두시부터 다섯시까지, 세 시간 동안은 학교에서 나가 있을 수 있는데, 무슨 공원이나 극장 같은 번잡한 데는 싫다고 하였다.

나는 그때 서대문턱 전차 정류장에서 그를 만나가지고 어디로

---

3 교토에서 이름을 떨쳤던 여류 가인(1887~1928).

걸어야 좋을지 몰랐다.

"어느 쪽으로 걸을까요?"

"전 몰라요."

하고 그는 붉어진 얼굴로 주위를 둘러보았다. 그는 동무나 선생을 만날까 봐 얼른 그 자리를 떠나자는 눈치였다.

"이 성 밑으로 올라갈까요?"

그는 잠자코 걷기 시작했다. 한참 올라가다가,

"그럼 이 산 위로 올라가 볼까요?"

하고 향촌동 위를 가리켰더니,

"거긴 동무들이 산보 잘 오는 데예요."

하였다. 할 수 없이 나는 중학 때 왼쪽으로 진관사 가던 길을 생각하였다. 서대문형무소 앞을 지나 무학재를 넘어서면 저 세검정에서 내려오는 개천이 모래도 곱고 물도 맑았다. 철도 그때와 같이 가을이라 곡식 익는 향기와 들국화와 맑은 하늘과 새하얀 모랫길이 곧 우리를 반길 것만 같았다. 그래서 먼지가 발을 덮는 서대문형무소 앞을 참고 걸어서 무학재를 넘어섰다. 고개만 넘어서면 곧 길이 맑고 수정 같은 개천이 흐르리라고 믿었던 것은 나의 착각이었다. 얼마를 걸어도 먼지만 풀석풀석 일어난다. 거름 마차만 그 코를 찌르는 냄새에다 먼지를 일으키며 지나간다. 자동차가 한번 지나면 한참씩 눈도 뜰 수가 없고 숨도 쉴 수가 없다. 벌써 한 시간이나 거의 소비했다. 조용한 말이라고는 한 마디도 못 해보았다. 그 세검정에서 내려오는 개천은 여간 더 멀리 걷기 전에는 만날 것 같지도 않았다. 햇볕은 제일 뜨거운 각도로 우리를 쏘았다. 나는 산을 둘러보았다. 이글이글 달은 바위뿐이다. 그러나 산으로나 올라가 앉을 자리를 찾는 수밖에 없었다. 산은 나무가 좀 있는 데를 찾아가니 맨 새빨갛게 송충이 먹은 소나무뿐이었다. 그리고 좀 응달이 진 데를 찾아가 앉으니, 실오리만 한 물줄기에는 빨래꾼들이 천렵이나 하듯 법석였다. 빨랫방망이들 소리에 우리는 여간 크게 발음을 하지 않고는 서로 알아들을 수가 없었다.

아내는 성북동으로 처음 나와볼 때, 왜 그때 이렇게 산보하기 좋은 데를 몰랐느냐고 나를 비웃었고, 소설을 쓰되 연애소설은 쓸 자격이 없겠다 하였다. 나의 변명은 그때 우리는 연애가 아니었다는 것이다. 그런 소리를 하면 아내는 샐쭉해져서,

"그럼 한이 풀리게 연애를 한번 해보구려."

하는 것이다. 아닌 게 아니라 가끔 연애욕이 일어난다. 이것은 누구에게나 영원한 식욕일지도 모른다. 또 얼마를 해보든지 늘 새로운 것이어서 포만될 줄 모르는 것도 이것일지 모른다.

버스는 오늘도 놀리고 간다. 우산을 접으며 뛰어가려니까 출발해 버린다. 나는 굳이 버스의 뒤를 보지 않으려, 그 얄미운 버스 뒤에다 광고를 낸 어떤 상품의 이름 하나를 기억해야 할 의무를 가지지 않으려 다른 데로 눈을 피한다.

벌써 삼 년째 거의 날마다 집을 나와서는 으레 버스를 타지만, 뛰어오거나 와서 기다리거나 하지 않고 오는 그대로 와서 척 올라탈 수 있게, 그렇게 버스와 알맞게 만나본 적은 한 번도 없다. 그 여러 백 번에 한두 번쯤은 그런 경우가 있는 편이 도리어 자연스러운 일일 것 같은데 아직 한 번도 그 자연은 오지 않는다.

'그러나 어디로 먼저 갈까?'

나는 한참 생각하다가 어느 편으로도 먼저 오는 버스를 타기로 한다. 총독부행이 먼저 온다. 꽤 고물이 된 자동차다. 억지로 비비고 운전수 뒷자리에 앉았더니 기계에 기름도 치지 않았는지 차를 정지시킬 때와 출발시킬 때마다 무엇인지 불 부삽 자루만 한 것을 잡아당겼다 밀었다 하는데 그놈이 귀가 찢어지게 삐익—삐익 소리를 낸다. 그러나 이 총독부행의 코스를 탈 때마다 불쾌한 것은 돈화문 정류장을 거쳐야 하는 데 있다. 거기 가서는 감독이 꼭 가래야만 차가 움직이는데 감독의 심사는 열 번에 한 번도 차를 곧 떠나게 하는 적은 없다. 차 안의 모든 눈이 '이 자식아, 얼른 가라구 해라' 하는 듯이 쏘아보기를, 어떤 때는 목욕탕에 들어앉았을 때처럼 '하나 둘……' 하고 수를 헤어보면, 무릇 칠팔십까지 헤도록 해야 가라고 하는 것이다. 그나 그뿐이 아니라 뻔쩍하면 앞차로 갈아타라, 뒤차로 갈아타라 해서 어떤 신경질 승객에게서는 '바가야로' 소리가 절로 나오게 되는데, 제일에 나 같은 키 큰 승객이 욕을 보는 것은 기껏 자리를 잡고 앉았다가 앉을 자리는 벌써 다 앉아버린 다른 차로 가서 목을 펴지 못하고 억지로 바깥을 내다보는 체하며 서서 가야 하는 것이다.

"망할 자식, 무슨 심사루 차를 이렇게 오래 세워둬……."

또,

"저 자식은 밤낮 앞차로 갈아타라고만 하더라. 빌어먹을 자식……."

하고 욕이 절로 나오지만, 생각해 보면 그 감독이란 친구도 고의로 그러는 것은 아닐 뿐 아니라 승객 일반을 위해서는 그런 조절,

정리가 필요한 것은 물론이다.

　그러나 이런 사회학적 사고는 나중 문제요 먼저는 모두 저 갈 길부터 바빠서 욕하고 눈을 흘기고 하는 것이 보통이니, 이것은 조선 사회에 아직 나 같은 공덕 교양이 부족한 분자가 많기 때문인지는 몰라도 아무튼 버스 감독이란 것도 형사나 세관리만 못하지 않게 친화력과는 담쌓은 직업이다.

　오늘도 다행히 차는 바꿔 타란 말이 없었으나 헤기만 했으면 아마 일흔을 헤었을 듯해서야 차가 움직였다.

　안국동에서 전차로 갈아탔다. 안국정이지만 아직 안국동이래야 말이 되는 것 같다. 이 동洞이나 리里를 깡그리 정화町化시킨 데 대해서는 적지 않은 불평을 품는다. 그렇게 비즈니스의 능률만 본위로 문화를 통제하는 것은 그릇된 나치스의 수입이다. 더구나 우리 성북동을 성북정이라 불러보면 '이 주사'라고 불러야 할 어른을 '리상'이라고 남실거리는 격이다. 이러다가는 몇 해 후에는 이가니 김가니 박가니 정가니 무슨 가니가 모두 어수선스럽다고 시민의 성명까지도 무슨 방법으로든지 통제할는지도 모른다.

　모든 것에 있어 개성을 살벌하는 문화는 고급한 문화는 아닐 게다.

　"조선중앙일보사 앞이오."

하는 바람에 종로까지 다 가지 않고 내린다. 일 년이나 자리 하나를 가지고 앉았던 데라 들어가면 일은 없더라도, 이젠 하품 소리만큼도 의의가 없는 '재미 좋으십니까? 소리밖에는 주고받을 것이 없더라도, 종로 일대에서는 가장 아는 사람이 많이 모여 있는 곳이라 과히 바쁘지 않으면 으레 한 번씩 들러보는 것이 나의 풍속이다.

그러나 들어가서는 늘 싱거움을 느낀다. 나도 전에 그랬지만 손목만 한번 잡아볼 뿐, 그리고 옆에 의자가 있으면 앉으라고 권해볼 뿐, 저희 쓰던 것을 수긋하고 써야만 한다. 나의 말대답을 하다가도 전화를 받아야 한다. 손은 나와 잡고도,

"얘! 광고 몇 단인가 알아봐라."

소리를 급사에게 질러야 한다. 선미禪味 다분한 여수[4]가 사회부장 자리에서 강도나 강간 기사 제목에 눈살만 찌푸리고 앉았는 것은 아무리 보아도 비극이다. 〈동아〉에선 빙허[5]가 또 그 자리에서 썩는 지 오래다. 수주[6] 같은 이가 부인잡지에서 세월을 보내게 한다.

'이렇게까지들 사람을 모르나?'

좋게 말하자면 사원들의 재능을 만점으로 가장 효과적이게 착취할 줄들을 모른다. 내가 한번 신문, 잡지사의 주권자가 된다면 인재 배치에만은 지금 어느 그들보다 우월하겠다는 자신에서 공연히 썩는 이들을 위해, 또 그 잡지 그 신문을 위해 비분해 본다.

"왜 벌써 가시렵니까?"

"네."

나는 언제나 마찬가지로 동경 신문 몇 가지를 뒤적거리다가는 그들이 나의 친구가 되기에는 너무 시간들이 없는 것을 느끼고 서먹해 일어선다.

---

4 시인 박팔양(1905~88)을 가리킴.
5 소설가 현진건(1900~43)을 가리킴.
6 시인이자 수필가인 변영로(1898~1961)를 가리킴.

"거, 소설 좀 몇 회 치씩 밀리게 해주십시오."

"네."

대답은 한결같이 시원하다. 그러나 미리는 안 써지고 쓸 재미도 없다. 이것은 참말 수술이라도 해야 할 악습이다. 이러고 언제 신문 소설이 아닌 본격 장편을 한 편이라도 써보나 생각하면 병신처럼 슬퍼진다.

출판부로 내려와 본다. 여기 친구들도 바쁘다. 돌리는 의자를 끝까지 추켜올리고는 그 위에서도 양말을 벗어 던진 발로 뒤를 보듯 쪼그리고 앉아 팔을 걷고 한 손으로는 담뱃재를 톡톡 떨어가면서, 한 손으로는 박짝박짝 철필을 긁어 내려가는 아명 신복 씨[7]는 바쁜 사람 모양의 전형일 것이다.

"원고 써주셔서 감사합니다."

"웬 원고는요?"

난 몇 번 부탁은 받았으나 아직 써 보낸 것은 하나도 없다고 기억된다.

"인제 써주시면 감사하겠단 말씀이죠."

하고, 역시 여기서 간쓰메[8]가 되어 있는 윤 동요 작가[9]가 해설해 준다.

"그럼 인제 써드리리다."

하였더니 그 말이 떨어지기 바쁘게 신복 씨는 의자를 뱅그르르 돌리며 내려서더니 원고지와 펜을 갖다 놓는다.

---

7 아동문학가 최영주(1905~45)를 가리킴.
8 일본어로 '통조림'을 뜻함.
9 아동문학가 윤석중(1911~2003)을 가리킴.

"수필 하나 써주십시오."

"무슨 제목입니까?"

"바다 하나 써주십시오."

나는 작문 한 시간을 하지 않으면 안 되게 되었다.

'바다!'

멀리 쳐다보이는 것은 비에 젖은 북한산이다. 들리는 건 처마 물 떨어지는 소리와 공장에서 윤전기 돌아가는 소리다.

'바다!'

암만 바다를 불러보아도 내가 그리려는 바다는 오백오십 리를 동으로 가야 나올 게다. 한 줄 쓰다 찍, 두 줄 쓰다 찍, 작문 시간에 학생들에게 심히 굴지 말아야 할 것을 느낀다. 파리가 날아와 손등에 앉는다. 장마 파리는 구더기처럼 처끈처끈하고 스멀거리는 감촉을 준다. 날려버리면 이내 또 그 자리에 와 앉는다. 이런 때 끈끈이를 손등에다 발랐으면 요 파리란 놈이 달라붙어 가지고 처음 날 때 멀리 달아나지 않은 것을 얼마나 후회할까 생각해 본다. 그러다 보니 '바다'를 써야 할 것을 한참이나 잊어버리고 있었다.

"이 선생님?"

"네?"

"〈조광〉 내월호 어느 날 나오는지 아십니까?"

"모릅니다."

하고 가만히 생각해 보니 알더라도 모른다고 해야 할 대답이다. 신문들의 경쟁보다 잡지들의 경쟁은 표면화되어 있다. 〈중앙〉과 〈조광〉에 다 그만치 놀러 다니는 나를 이 두 군데에서 다 이런 것을 묻기도 하는 반면 요시찰인시할지도 모른다. 모른다가 아니라 그럴 줄 알아야 할 사실이다. 좀 불쾌하다. 또 깨달으니 '바다'를 한참이나 잊어버리고 있었다.

　말동무가 그립다. 조광사에 들러보고 싶은 생각도 난다. 그러나 들르나마나다. 뻔한 노릇이다. 노산[10]은 전화로 맞추고 가기 전에는 자리에 없기가 일쑤요, 일보[11]는 직접 편집에 양적으로 바쁜 이요, 석영[12]은 삽화 그리기에 한참씩 눈을 찌푸리고 빈 종이만 내려다보아, 얼른 보기엔 한가한 듯하나 질적으로 바쁜 이다.
　바로 낙랑으로 가니, 웬일인지 유성기 소리가 나지 않는다. 그러나 문만 밀고 들어서면 누구나 한 사람쯤은 아는 얼굴이 앉았다가 반가이 눈짓을 해줄 것만 같다. 긴장해 들어서서는 앉았는 사람부터 둘러보았다. 그러나 원체 손님도 적거니와 모두 나를 쳐다보고는 이내 시치미를 떼고 돌려버리는 얼굴뿐이다. 들어가 구석 자리 하나를 차지하고 앉는다. 불쾌하다. 내가 들어설 때 쳐다보던 사람들은 모두 낙랑 때가 묻은 사람들이다. 인사는 서로 하지 않아도 낙랑에 오면 흔히는 만나는 얼굴들이다. 그런 정도로 아는 얼굴은 숫제 처음 보는 얼굴만 못한 것이 보통이다. 그런 얼굴들은 내가 들어서면, 나도 저희들에게 그런 경우에 그렇게 할 수 있듯이,
　　'저자 또 오는군!'

10　시조 시인이자 수필가 이은상(1903~82)을 가리킴.
11　소설가 함대훈(1906~49)을 가리킴.
12　삽화가이자 영화인인 안석주(1901~50)를 가리킴.

하고 이유 없이 일종의 멸시에 가까운 감정을 가질 것과 나아가서는,

'저자는 무얼 해먹고 살길래 벌써부터 찻집 출근이람?'
하고 자기보다는 결코 높지 못한 아무 걸로나 평가해 볼 것에 미처서는 여간 불쾌하지 않다.

커피 한 잔을 달래놓았으나 컵에 군물이 도는 것이 구미가 당기지 않는다. 그 원료에서부터 조리에까지 좀 학적 양심을 가지고 끓여놓은 커피를 마셔봤으면 싶다. 그러면서 화제 없는 이야기도 실컷 지껄여보고 싶다.

나는 심부름하는 애를 불렀다.

"너 이층에 올라가 주인 좀 내려오래라."

"아직 안 일어나셨나 본데요."

"지금 몇 신데…… 가서 깨워라."

"누구시라고 여쭐까요?"

"글쎄, 그냥 가 깨워라. 괜찮다."
하고 우기니깐, 그 애는 올라간다.

주인은 나와 동경 시대에 사귄 '눈물의 기사' 이 군이다. 눈물에 천재가 있어 공연한 일에도 '아하!' 하고 감탄만 한번 하면 곧 눈에는 눈물이 차버리는 친구로, 밤낮 찻집에 다니기를 좋아하더니 나와서도 화신상회에서 꽤 고급을 주는 것도 미술가를 이해해 주지 못한다는 불평으로 이내 그만두고 이 낙랑을 차려놓은 것이다.

그는 나를 만나면 늘 조용히 하고 싶은 말이 있노라 했다. 한번은 밤에 들렀더니 이층에 있는 자기 방으로 끌고 가서, 자기가

연애를 하는 중이라고 말하였다. 상대자는 서울 청년들이 누구나 우러러보지 않는 사람이 없는 평판 높은 미인인데, 그 모두 쳐다만 보는 높은 들창의 열쇠를 차지한 행운의 사나이는 자기란 것과, 그렇게 되기 위해서는 열 몇 달이라는 시일을 두고 이 낙랑의 수입을 온통 걸어가면서 뭇 사나이의 마수를 막아가던 이야기를 눈물이 글썽글썽해서 하였다. 그러고는,

"자네 알다시피 내겐 처자식이 있지 않나? 이를 어쩌면 좋은가?"

하고 그것을 좀 속 시원하게 말해달라 하였다. 나는 오래 생각할 것도 없이 만일 내 자신에게 그런 경우가 생겨도 그렇게밖에는 할 도리가 없기 때문에,

"단념해 보게."

하였다.

"어느 편을?"

하고 그의 눈은 최대한도의 시력을 냈다.

"연인을."

하니,

"건 죽어도……."

하였다.

"그럼 연애를 그대로 하게나."

하였더니,

"아낸 그냥 두구 말이지?"

한다.

"그럼 몰래 하는 연애까지야 아내가 간섭 못 할 것 아닌가? 결

혼을 할 작정이라면 몰라도…… 자네 결혼까지 하고 싶은가?"
하였더니,

　"그럼…… 그럼……."

하고 그는 고개를 숙였다. 그는,

　"죽어도 단념할 수는 없다니 자네 나갈 탓이지 제삼자가 뭐라
고 용훼하나?"

하고 물러앉으려 하였더니 그는 내 손을 덥석 잡고,

　"아직 우린 순결하네. 끝까지 정신적으로만 사랑해 나갈 순 없
을까?"

　묻는 것이었다.

　"그건 참 단념하는 것만은 못하나 좋은 이상이긴 하네."

하였더니 그는,

　"이상이라? 그럼 불가능하리란 말일세그려?"

했다. 그리고 그 여자의 초상화 그린 것을 내어다 보이며,

　"미인 아닌가?"

하면서 울었다.

　그 뒤 얼마 만에 만났더니 그는 얼굴이 몹시 상했고 한쪽 손
무명지를 붕대로 칭칭 감고 있었다. 왜 그러냐 물었더니,

　"생인손을 앓아 잘라버렸네."

하는데 그 대답이 퍽 부자연스러웠다. 나는 감격성 많고 선량한
그가 그 연애 사건으로 말미암아 단지한 것임을 직각하였으나
여럿이 있는 데서라 다시 묻지는 못하였는데 영업이 잘되지 않
아 낙랑도 인계할 만한 사람이 있거든 한 사람 소개해 달라고 하
는 양이 여러 가지 비관이 있는 모양이었다. 그 뒤로는 다시 못

만났는데 심부름하는 아이는 한참 만에 내려오더니,

"주인 선생님이 일어나셨는데 어디루 나가셨나 봐요. 아마 댁으로 진지 잡수러 가셨나 봐요."

하는 것이다.

"집에? 집에 가 잡숫니 늘?"

"어쩌다 조선 음식 잡숫고 싶으면 가시나 봐요."

한다. 구보도 이상도 나타나지 않는다. 비는 한결같이 구질구질 내린다. 유성기 소리가 나기 시작한다. 누구든지 한 사람 기어이 만나보고만 싶다. 대판옥이나 일한서방쯤 가면 어쩌면 월파[13]나 일석[14]을 만날지도 모른다.

'친구?'

나는 이것을 생각하며 낙랑을 나서 비 내리는 포도를 걷는다. 낙랑의 이 군만 해도 서로 친구라고 부르는 사이다. 그러나 그가 집으로 갔나 보다고 할 때, 나는 그의 집안을 상상하기에 너무나 막연하다. 그의 어머니는 어떤 부인이요 아버지는 어떤 양반이요 대체 이 군은 어디서 났으며 소학교는 어디를 다녔으며 어릴 때의 그는 어떤 아이였더랬나? 나는 깜깜이다. 그가 만일 친상을 당했다 하더라도 나는 어떤 노인이 죽은 것을 의미하는 것인지 막연할 것이다. 그의 조상에는 어떤 사람이 나왔나 그의 어린애들은 어떻게 생긴 아이들인가 모두 깜깜하다.

'이러고도 친구 간인가? 친구라 할 수 있는 것인가?'

생각이 들어간다. 생각해 보면 오늘 만나본 중앙일보사의 모

---

13 시인 김상용(1902~51)을 가리킴.
14 국어학자이자 시인인 이희승(1896~1989)을 가리킴.

든 사람들, 또 지금부터 만났으면 하는 구보나 이상이나 월파나 일석이나 모두 안 그런 친구는 하나도 없지 않은가? 모두 한 신문사에 있었으니깐 알았고 한 학교에 있으니깐 알았고 한 구인 회원이니깐 알은 것뿐이 아닌가? 직업적으로, 사무적으로, 자주 만나니까 인사하고 자주 인사하니까 손도 잡고 흔들게 되고 하는 것뿐이지 더 무슨 애틋한, 그리워해야 할 인연이나 정분이 어디 있단 말인가? '친구 간에 어쩌고 어쩌고' 하는 말이 모두 쑥스럽지 않은가? 그러자 나는 몇 어렸을 때 친구 생각이 난다.

용기, 홍봉이, 학순이, 봉성이…… 그들은 정말 친구라 할 수 있을까? 어려서 발가벗고 한 개울에서 헤엄을 치고 자랐다. 그래서 용기 다리에는 무슨 흠집이 있고 봉성이 잔등에는 기미가 몇인 것까지도 안다. 학순이는 대운동회 때, 나와 이인삼각의 짝이 되어 일등을 탄 다음부터 더 친하게 놀았다. 그들의 조부모는 어떤 사람들이고 부모는 어떤 사람들이고 죄 안다. 그들의 집안 풍경까지도 소상하다. 누구네 집 마당에는 수수배나무가 서고, 누구네 집 뒷동산에는 밀살구나무가 선 것까지도…….

'참! 지난봄에 학순에게서 편지온 걸…….'

나는 아직 답장을 해주지 못한 것을 깨닫는다. 몇 가지 부탁이 있는 것까지 모른 체해버리고 만 것이 생각난다. 그때 즉시 답장을 하지 못한 것은 바빠서라기보다 그냥 모른 척해버리고 싶었기 때문이다. 그의 편지 사연은 지금도 기억할 수 있다.

어느 잡지책에선가 보니 자네가 《달밤》이란 소설책을 냈데그려. 이 사람, 내가 얘기책 좋아하는 줄 번연히 알면서 어쩌면 그

거 한 권 안 보내준단 말인가? 그런데 책 이름을 어째 그렇게 지었나? 《추월색》이니 《강상명월》이니만치 운치가 없지 않은가? 그런데 내용은 물론 연애소설이겠지? 하여간 한번 읽어보고 싶네. 부디 한 권 부쳐주기 바라며 또 한 가지 부탁은 돈은 못 부치나 담배 꽁댕이를 모아 담아 먹으려 하니 아주 조그만 고불통 물부리 하나만 사서 《달밤》과 함께 똘똘 말아 부쳐주게. 야시에 가면 십 전짜리 그런 고불통이 있다네…….

소학교 이후 그는 농촌에만 묻혀 있으니 남의 창작집을 《추월색》 따위 이야기책과 비겨 말하려는 것이 무리는 아니나 좀 불쾌하기도 하고 《달밤》을 보낸댔자 그의 기대에 맞을 리가 없을 것이 뻔하여 그 고불통까지도 잠자코 내버려 두었던 것이다.

나는 후회한다. 그가 알고 읽든, 모르고 읽든, 한 책 보내주어야 할 정리에 쥐뿔같은 자존심만 낸 것을 후회한다.

나는 진고개로 들어서서 고불통 '마도로스파이프'부터 눈여겨보았다. 하나도 십 전 급의 것은 없다. 모두 오륙 원 한다. 이런 것은 그에게 《달밤》이 맞지 않을 이상으로 당치 않은 것들이다.

대판옥 서점으로 들어섰다. 책을 보기 전에 사람부터 둘러보았으나 아는 한 사람도 없다. 신간서도 변변한 것이 보이지 않는데 장마 때에 무슨 먼지나 앉았을라고 점원이 총채를 가지고 와 두드리기 시작한다. 쫓겨 나와 일한서방으로 가니 거기도 아는 얼굴은 하나도 없는 듯하였는데, 그 아는 얼굴이 아니었던 속에서 한 사람이 번지르르한 레인코트를 털면서 내 앞으로 다가왔다.

"이 군 아냐?"

그의 목소리를 듣고 보니 전에 안경 안 썼던 때의 그의 얼굴이 차츰 떠올랐다.

"강 군……."

나도 그의 성을 알아맞혔다. 중학 때 한 반이었던 사람이다. 그는 나의 손을 잡고, 흔들면 흔들수록 옛날 생각이 솟아나는 듯 자꾸 흔들기를 한참 하더니 나를 본정 그릴로 데리고 간다. 클럽에 들어서 모자를 벗는 것을 보니 머리는 상고머리요 레인코트를 벗는 것을 보니 양복저고리 에리에는 일장기 배지를 척 꽂았다. 자리를 정하고 앉더니 그는 그 일장기 꽂힌 옷깃을 가다듬고,

"그간 자네 가쓰야쿠부리[15]는 신문 잡지에서 늘 봤지."

하였고, 다음에는,

"그래 돈줄 잡았나?"

하는 것이다.

"돈?"

하고 나는 여러 가지 의미의 고소를 그에게 주었다. 그리고,

"자넨 좀 붙들었나?"

물었더니,

"글쎄, 낚시는 몇 개 당겨놨네만……."

하고 맥주를 자꾸 먹으라고 권하더니 자기도 한잔 들이켜고 나서는,

"자네도 알겠지만 세상일이 다 낚시질이데그려, 알아듣겠나? 미끼가 든단 말일세 허허……."

---

15 일본어로 '활약상'을 뜻함.

하고 선웃음을 치는 것이 여간 교젯속에 닿지 않았다.

　"나 그간 저어 황해도 어느 해변에 가 간사지 사업 좀 했네."

　"간사지라니?"

　나는 간사지가 무엇인지 모른다. 그는,

　"허, 안방 도련님일세그려."

하고 설명해 주는데 들으니, 조수가 들락들락하는 넓은 벌판의 변두리를 막아 다시는 조수가 못 들어오게 하고 그 땅을 개간한다는 것이다.

　"한 사오십 정보 맨들어놨네."

하더니 내가 그 사업의 가치를 잘 몰라주는 것이 딱한 듯,

　"잘 팔리면 오십만 원쯤은 무려할 걸세. 난 본부에 들어가서두 막 뻗대네."

하는 것이다.

　"본부라니?"

　나는 간부와 대립되는 본부는 아닐 줄 아나 그것도 무엇인지 몰랐다.

　"허, 이 사람! 서울 헛있네그려. 본불 몰라? 총독부를!"

하고 사뭇 무안을 준다. 그리고 자기는 정무총감한테 가서도 하고픈 말은 다 한다고 하면서, 간사지란 지도에도 바다로 들어가는 것인데 그것을 훌륭한 전답지로 만들어놓았으니 국토를 늘려놓은 셈 아닌가 하면서,

　"안 해 그렇지, 군수 하나쯤이야 운동하면 여반장이지."

하고 보이를 크게 부르더니 날더러 뭘 점심으로 시켜 먹자고 한다. 런치를 시키더니,

"여보게?"

하고 목소리를 고친다.

"말하게."

"자네 여학교에 관계한다데그려?"

"좀 허지."

"나 장개 좀 들여주게."

하고 또 선웃음을 친다.

몹시 불쾌하다. 점심만 시키지 않았으면 곧 일어나고 싶다.

"이 사람, 친구 호사 한번 시키게나그려? 농담이 아니라 진담일세. 나 지금 독신일세."

나는 그에게 아직 미혼이냐 이혼이냐 상배를 당했느냐 아무것도 묻지 않았고 친구라는 말에만 정신이 번쩍 났다. 그는 역시 친구라는 말을 태연히 쓴다.

"친구 간에 오래 격조했다 만났는데 어서 들게."

하고 맥주를 권하였고,

"친구 간 아니면 갑자기 만나 이런 말 하겠나?"

하고 트림을 한다.

런치가 나오기 시작한다. 나는 이 사람이 금세 '세상일은 다 낚시질이데그려' 하던 말을 잊을 수 없다. 이것도 그의 낚시질인지 모른다. 내가 미끼를 먹는 셈인지도 모른다.

"여잔 암만해두 인물부터 좀 있어야겠네…… 자넨 어떻게 생각하나?"

나는 '옳지, 낚시질 시작이로구나' 하고,

"글쎄……."

하였을 뿐이다. 생각하면 낚시질이란 반드시 어부 편에만 이익이 돌아가는 것은 아니다. 고기가 미끼만 곧잘 따 먹어낼 수도 없지는 않은 것이다. 그가 비싼 것을 시키는 대로, 그가 권하는 대로 내 양껏 잘 먹고 잘 소화해 볼 생각이 생긴다.

그는 나중에,

"자넨 문학가니까 연애나 결혼이나 그런 방면에 나보다 대갈줄 아네. 자네가 간택한 여자라면 난 무조건하고 승복할 테니 아예 농담으로 듣지만 말게…… 내 자랑 같네만 본부에 있는 친구들서껀, 참 자네 ○○ 사무관 아나?"

한다.

"알 택 있나?"

"며칠 안 있으면 도지사 돼 나갈 걸세. 그런 사람들도 당당한 재산가 영양들만 소개하지만 자네 소개가 원일세. 소설에 나오는 것 같은 쪽 뽑은 신여성 하나 권해주게. 내 어려운 살림은 안 시킬 걸세."

그리고,

"친구 간이니 말일세만 독신된 후론 자연 화류계 계집들과 상종이 되니 몸도 이젠 괴롭고 첫째 살림 꼴이 되나 어디……."

하더니 명함 한 장을 꺼내 주고 서울 오면 교제상 어쩔 수 없어서 비전옥에 들어 있으니 자주 통신을 달라 한다. 그리고 길에 나와 헤어져서 저만치 가다 말고 돌아서더니,

"꼭 믿네."

하고 소리를 지르는 것이다.

그가 이제부터 또 누구에게 '낚시는 몇 개 당겨났네만' 하는

말에는 오늘 나에게 런치 먹인 것도 들어갈는지도 모른다.

비는 그저 내린다. 못 먹는 맥주를 두어 컵이나 먹었더니 등허리가 후끈거린다. 이런 것이 다 나에게도 교젯속 공부일지 모른다.

지금쯤 아내는 골이 풀어졌을 듯도 하다. 그러나 내가 들어서면 또 절로 새침해질는지도 모른다.

"내 어려운 살림은 안 시킬 걸세."

하던 강 군의 말이 잊혀지지 않는다.

'난 아내에게 어려운 살림을 시키는 남편이다!'

나는 낙랑 뒤를 돌아 중국 사람들의 거리로 들어섰다. 아내가 젖이 잘 나지 않던 어느 해다. 누가 중국 사람들이 먹는 돼지족을 사다 먹이라 하였다. 사다 먹여보니 젖이 잘 나왔다. 여러 번 먹어보더니 맛을 들여 젖은 안 먹이는 지금도 그것만 사다 주면 좋아한다. 나는 천증원에 들러 제일 큰 것으로 하나 샀다. 그리고 그길로는 한도漢圖로 갔다. 고불통은 다른 날 사 보내기로 하고 우선《달밤》만 한 책을 학순에게 부쳤다.

우리 성북동 쪽 산들은 그저 뽀얀 이슬비 속에 잠겨 있다.

— 〈조광〉, 1936. 10.

철로

송전^{松田} 정거장은 간이역이다. 플랫폼 위에, 표를 찍고 들어간 손님들이나 잠깐 앉았으라고 지어놓은 것 같은 바라크 한 채가 일반 대합실이요 역원실의 전부이다. 그래서 순사나 운송 점원 아닌 사람도 누구나 입장권 없이 무상출입을 하게 되었다. 우연히 바람 쏘이러 나갔다가도 아는 사람을 만날 수 있고 그리 친하지 않은 사람이 가는데도 여럿이 따라 나와 떠나는 이를 즐겁게 해줄 수 있다. 그리고 화원이 없는 데라 달리아 꽃이 보고 싶으면 언제든지 여기로 올 수 있고, 유리창만 다 밀어놓으면 별장들보다 더 시원하니 어떤 사람은 낮잠을 자려고도 이리로 나온다. 이런 것은 간이역이 가진 미덕이다.

철수도 정거장에 무시로 들어왔다. 처음으로 기차가 개통되었을 때는, 바다에서 들어와 오후는 흔히 정거장에서 해를 보냈다. 날이나 궂어 바다에 나가지 못할 날이면 '옳다, 내 세상이다' 하고 종일을 정거장에서 한 시간이라는 것이 얼마나 긴 동안인지도 모르면서 네 시간만 있으면 온다, 다섯 시간만 있으면 온다, 하는 기차만 무작정 기다리고 있는 것이 낙이었다.

기차는 큰 장난감같이 보였다. 객차나 기관차를 떼었다 달았다 하는 것이며, 뺙—뺙 하는 기적 소리, 언덕을 올라갈 때면 치치팡팡거리는 소리, 밤이면 이마에다 불을 달고 꼬리에는 새빨간 새끼 등을 단 것, 모두 재미있으라고 만든 것 같았다. 그것을 타고 오는 사람, 가는 사람, 손님들도 모두가 무슨 볼일이 있어 다니는 것이 아니라 장난으로 타보기 위해 다니는 것만 같았다.

'나는 언제나 한번 저놈을 타보나?'

혼자 몇 달을 별러서 한 냥 한 돈을 내고 고저庫低까지는 타보았다. 그 눈이 아찔하게 빠르던 것, 굴속으로 지나갈 때 생판 대낮인데도 밤중처럼 캄캄하던 것,

'야! 나도 육지에서 무슨 벌이를 하면서 늘 기차를 타고 다녔으면!'

하는 욕망이 절로 치밀었다.

그러나 바다는 여간해서 놓아주지 않았다. 동틀 머리에는 으레 잠이 깨어졌다. 철썩거리는 파도 소리는 어서 일어나라고 부르는 것 같았다. 부르는 것 같지 않더라도, 아무리 생각하더라도 다른 도리는 없었다. 아무리 일찍 깨어도 한 번도 바쁘지 않은 아침은 없다. 어머니가 조반을 짓는 동안 열 봉(천 개)이나 되는 낚시에 섶(생홍합)을 까가며 미깟(미끼)을 찍어(끼워)놔야 한다.

아무리 서둘러도 어머니의 어서 밥 먹고 나가라는 재촉이 늘 앞선다.

급한 밥을 먹고 일어서 나오면 배만은 하루같이 바다가 그리운 듯, 멀기(파도) 들어올 때마다 꽁지를 들먹거렸다. 물을 서너 바가지 퍼버리고 나서 여남은 번 노질만 하면 으레 아침 하늬바람은 육지로부터 살갑게 불어 나왔다. 돛을 달고 앉아 담배를 한 대 피워 물어야 그제야 후— 하고 한숨이 나가고 제 세상을 만난 듯 마음이 턱 놓이기는 하나 아침 볕만 늠실거리는 망망한 바다로 모래섬에 지저귀는 물제비 소리만 들으며 나가는 것은 한없이 외롭기도 하였다.

고기가 잘 물리지 않아서 배에서 다시 낚시를 골라가지고 두 번 채비나 하게 되는 날은 두시 차가 뚜— 하고 치궁致弓 굴속을 빠져나와 뱀 같은 것이 달려감을 보면 낚시 앉힐 것은 그냥 내버리고라도 어서 육지로 나오고만 싶었다.

두 번 채비를 안 하는 날도 집으로 들어올 때는 아침에 바다로 나올 때처럼 늘 바빴다. 바람이나 아침 바람이 바뀌지 않고 그냥 하늬바람이 내불기만 해서 갈지자로 엇먹어 들어오게 되는 날은 더 마음이 안타까웠다.

'오늘은 황길네 배보다 먼저 팔아버려야 할 텐데…….'

'오늘은 별장에서들 좀 사러 와야 할 텐데…….'

안마을이나 촌에서들 오는 사람은 물건 타박만 할 뿐 아니라 돈 가진 이가 별로 없다. 모두 감자나 좁쌀이나 된장, 고추장 따위다. 돈으로 들어와야 몇십 전 자기가 얻어가지고 담배도 사 피워본다.

한 사 년 전 송전 불녁(해변)에 별장들이 새로 생긴 해 여름이었다. 한번은 고기를 잡아가지고 나오니 함지들을 끼고 섰는 촌 아낙네들 사이에 아룽아룽한 치마를 짧게 입고 단발한 머리를 오똑 올려 솟은 처녀가 바윗등에 서 있었다. 가까이 들어와 보니 나이가 거의 자기 또래인데 그렇게 이쁘게 뵈는 처녀는 처음이었다. 정거장에 나가 차 안에 앉은 여학생도 많이 보았지만 그렇게 눈서껀 입서껀 귀서껀 정신 나게 생긴 처녀는 본 적이 없었다. 그 처녀는 가자미가 펄떡펄떡 뛰는 것을 보고 내우도 없이 뱃전으로 다가오더니 새하얀 팔을 척 걷어 만져보았다. 그리고,

　"이거 한 마리 얼맙니까?"

하고 물었다. 철수는 이런, 나이 열칠팔이나 된 처녀에게서 공대를 받아보기는 처음이라 옆에 사람들이 좀 부끄러웠다.

　"한 두름에 사십 전 주우다."

하였더니,

　"한 두름이 몇 마립니까?"

하고 또 그 동그란 눈을 쌍꺼풀이 지게 뜨며 물었다. 옆에서 누가 스무 마리가 한 두름이라 가르쳐주니 얼른 오십 전짜리 은전을 꺼내 주며 한 두름 달라고 하였다. 사놓기는 하고 들고 가기 무거워하는 것을 보고 철수는 자기가 해수욕장까지 들어다 주었다.

　그때 그 길에서 그 처녀는 조금도 부끄러워하지 않고 별것을 다 물어왔다. 고기를 어떻게 잡느냐, 낚시는 어떻게 생겼느냐, 무슨 고기 무슨 고기가 잡히느냐, 풍랑을 만나면 어떻게 되느냐, 저기 빤히 보이는 섬이 무슨 섬이냐, 여기서 그 섬까지 몇 리나 되느냐, 종일이라도 같이만 있으면 물어보는 것이 한이 없을 것 같

왔다.

그 뒤부터 그 처녀는 자주 생선을 사러 나왔고 많이 사는 날은 으레 철수가 들어다 주었다. 들어다 줄 때마다 처녀는 철수에게 바다에 관한 여러 가지를 물었다. 물을 때마다 철수는 뭐든지 잘 대답하였다. 모두 철수로서 넉넉히 대답할 수 있는 것이었다. 알섬은 왜 이름이 알섬이냐 물으면 바다의 날짐승들이 봄이면 모두 그 섬으로 모여들어 알을 까기 때문이라 설명해 주었고, 바람이 육지에서 내려 부는데 어떻게 돛을 달고 들어오느냐 물으면 한 손으로는 돛 모양을 하고 한 손으로는 키 모양을 내어가며 바람과 반대 방향으로도 진행할 수 있는 것을 떠듬거려서나마 설명해 주었다. 그러면 처녀는 가던 걸음을 멈추고,

"어쩌문!"

하고 감탄하곤 하였다. 그 감탄을 받을 때마다 철수는 바다 위를 그냥 뛰어나갈 듯 신이 났다.

그러다 어느덧 바다에 찬물이 들어 그 처녀의 그림자가 물녘에서 사라지고 말았을 때 철수는 그렇게 서운한 감정이란 일찍이 느껴본 적이 없었다. 정거장에 나와서,

'여기서 차를 타고 갔겠구나!'

생각하면서 멀리 산모퉁이를 돌아가 버린 철로 길만 바라볼 때는 가슴이 찌르르하였다.

가으내, 겨우내, 봄내, 철수는 무시로 그 별장집 처녀를 생각하다가 다시 해수욕 철을 맞이하였다. 은근히 기다려지는 마음에 아침 차에는 나올 새가 없으나 저녁 다섯시 차에는 으레 정거장으로 나오곤 했다. 철이 맞지는 않으나 전에 아버지가 쓰던 나

카오리를 털어 쓰고 오월 단오 때 고저로 씨름하러 가서 사 신고 온 운동화를 내어 신고 바다에서 들어오면 부리나케 정거장으로 오곤 하였다.

"너 어드메 가니?"

아는 사람이 물으면 대뜸 얼굴이 시뻘게지며 말문이 막혀 어름거리면서도 여전히 나오곤 하였다.

그러나 처녀는 어느 날인지 아침 차에 내린 듯하였다. 그래서 역시 고기 사러 오매리 불녘으로 나온 것을 만나보게 되었다.

철수는 가슴이 뛰어 얼굴을 잘 들지 못하였다. 일 년 동안 처녀는 엄청나게 몸이 피었다. 머리는 그저 자른 대로였으나 쪽만 틀어놓는다면 벌써 아이를 낳은 황길이 처만 못하지 않을 몸피였다. 그러나 처녀는 조금도 내우 티가 없이 먼저 알아보는 체하고,

"나 모르겠소?"

소리를 다 하였다. 철수는 얼굴이 후끈거려 짠 바닷물에 세수를 해가며 묻는 말에도 잘 대답을 못 하고 비슬비슬 피하기까지 하였다.

이해 여름도 고기를 많이 사는 날은 들어다 주곤 하였다. 그러다 찬물이 들어서면 어느 날에 떠나는지 처녀의 그림자는 다시 볼 수 없게 된다. 정거장에 나가면 산모롱이에 철로 길만 아득한 것이다.

작년에도 또 처녀는 철수가 마중 나오는 낮차에는 내리지 않았다. 으레 서울에서 밤차를 타는 듯했다. 그런데 이번에는 잘랐던 머리를 길러가지고 쪽을 틀고 왔었다. 쪽을 틀어 그런지 철수

의 눈에는 아직도 처녀라기에는 지나치게 어른인 편이었다. 자기는 스물두 살, 처녀는 아무래도 열아홉이나 갓 스물은 되었으리라 하였다. 그리고,

'혼인을 했나 보다!'

생각해 보았다. 왜 그런지 그런 생각은 슬픈 생각이었다.

'혼인을 했으면 저희 시집으로 갔을 테지 또 친정집 별장을 왔을 리가 있나? 왜 못 와? 다니러 올 수도 없어?'

철수는 혼자 물어보았다. 나중에는 아낙네들 지껄이는 소리를 유심히 들어보기도 하였다. 촌 아낙네들은 여학생이 나타날 때마다 으레 그의 소문거리를 잘들 알아내 지껄이기 때문이다. 그러나 한 아낙네도 그 처녀가 시집을 갔거니, 아직 안 갔거니를 지껄이지는 않았다.

이해 여름에도 그 처녀가 고기를 사러 오면 철수는 다른 사람의 눈을 피해가며 싸게 팔았고 또 무거운 것이면 으레 전과 같이 이야기를 하면서 들어다 주었다. 하루는 바다 이야기 아닌 것을 물었다.

"외금강까지 가자면 여기서 몇 시간이나 걸립니까?"

철수는 이것은,

"모르는데요."

할 수밖에 없었다.

"외금강까지 가는 데 여기서부터 정거장이 몇이나 됩니까?"

그것도 철수는 알지 못했다. 처녀는 자꾸 물었다.

"요다음 정거장이 고저, 그다음은 어딘가요?"

"통천입니다."

"통천 다음엔요?"

"모르겠는데요."

철수는 여간 분하지 않았다. 왜 미리 외금강까지 몇 시간이나 걸리고 정거장은 몇이고 무슨 정거장 무슨 정거장이 차례로 놓였는지 그렇게 여러 번 정거장에 나다니면서도 진작 그것쯤 알아두지 못해가지고, 자기는 무엇이든 잘 아는 줄 알고 묻는 처녀에게 모른다는 대답만 하게 되었나, 하고 여간 분하지 않았다. 그리고 생각해 보면 자기는 송전에서 외금강 가는 데만 모르는 것이 아니라 송전에서 북으로 안변까지 가는 데도 잘 모른다. 시간이 얼마 걸리는 것이나 정거장이 몇인 것은 물론, 정거장 이름도 겨우 패천과 흡곡 둘밖에는 생각나지 않는다.

'나는 육지는 너무 모르는구나!'

하는 생각이 났다.

'그 처녀는 육지에 사는데…….'

철수는 적지 않은 불안을 느꼈다.

'그 처녀가 모래섬 같은 데 혼자 산다면!'

철수는, 어디는 몇 길이나 되고 어디다 낚시를 놓으면 무슨 고기가 물리고, 섶을 따려면 어느 섬으로 나가야 하고 전복을 따려면 어떤 날씨라야 하고, 이런 것은 눈을 감고도 훤한 바다를 내다보면서 한숨을 쉬었다. 그리고 그길로 정거장으로 가 낯익은 아이들을 붙잡고 남으로 간성까지, 북으로 원산까지 가는, 위의 세 가지 지식을 배우려 하였다. 그러나 한 아이도 시원하게 그것을 가르치지는 못할 뿐 아니라 또 정거장 이름은 단 다섯을 차례대로 외기가 힘들었다.

철수는 그것이 일조일석에 얻을 수 없는 학문임을 깨닫고 그 뒤로는 거의 날마다 저녁때면 정거장으로 나왔다. 보통학교 다니는 아이들을 붙들고 손을 꼽아가며 배워 그 처녀가 서울로 돌아갈 무렵에는 동해북부선 스물다섯 정거장 이름을 다 외게 되었다. 내년에 와서 다시 한 번만 물어주었으면 얼마나 좋으랴 싶었다.

그러나 올여름에도 해수욕 철이 되자 그 처녀가 오기는 왔으되 그런 것은 물어볼 기회조차 가지려 하지 않았다. 아무리 무겁도록 생선을 많이 사더라도 그것을 들어다 줄, 그리고 이야기 동무가 될 하이칼라 청년 하나가 금년에 따라와 있었다.

'저 자식이 웬 자식일까?'

청년은 키가 늠름하고 이마가 미끈한데 웃을 때 보니 백금니가 보였다.

철수로는 얼른 알 수가 없었다. 둘이서는 눈꼴이 실 만치, 무인지경처럼 히룽새룽거렸다. 고기를 사면 으레 청년이 돈을 치르고 처녀는 청년이 들었던 사진기를 받아 가졌다. 그러면 작년까지도 자기가 들어다 주던 생선 꾸러미는 그 청년이 들고 자기와는 일찍이 한 번도 그렇게 붙어 서본 적이 없게 가까운 사이로 나란히 걸어가는 것이다.

'혼인을 했나, 저자허구? 오래비나 아닌가? 오래비면 무슨 희롱을 서로?'

철수는 팔월 달의 그 빛나는 해가 잘 보이지 않았다. 며칠 되지 않아 이웃 아낙네들은 그 처녀와 청년의 소문을 지껄였다.

"작년 가을에 정혼을 했다던가? 며칠 앙이 쉬구 서울로 간답데, 성례를 하러……."

아닌 게 아니라 다른 해 같으면 아직 반도 안 있었는데 하루는 오더니 내일 밤차로 서울 가져가게 생홍합 한 초롱만 산 채로 따다 달라고 아주 석유 초롱까지 가지고 나왔다. 생걸 그렇게 많이 갖다 무엇에 쓰느냐고 물었더니 처녀는 조금도 거리낌 없이,

"집에 큰일멕이가 좀 있어 그래요."
하였다.

이튿날 저녁, 철수는 섶 한 초롱을 둘러메고 꾸벅꾸벅 정거장으로 들어왔다. 처녀와 그 백금니박이 청년은 진작부터 나와 차를 기다리고 있었다. 낯익은 처녀의 어머니만이 자기에게로 오더니,

"수고했네."
하고 전보다 후하게 섶값을 내주었다. 그리고 차가 오거든 찻간에 좀 올려놔 주고 가라고 부탁하였다.

하늘엔 별이 총총하다. 처녀는 제 약혼자와 어깨나 서로 걸은 듯이 붙어서 여러 사람의 눈을 피하느라고 새파란 포인트라이트가 있는 쪽으로 걸어갔다.

이윽고 기차는 들어왔다. 철수는 떨리는 가슴을 억지로 진정하면서 섶 초롱 놓아둔 데로 갔다. 전에는 장난감처럼 재미있게만 보이던 기차가 이렇듯 마음을 아프게 해줄 줄은 몰랐다. 한 손으로도 번쩍 들릴 섶 초롱이 두 손으로도 무거웠다. 억지로 찻간에 올려놓았더니 웬 사람이 와서 어깨를 툭 친다. 돌아다보니 그

백금니박이 청년이다. 왜 그러느냐 묻기도 전에 그는,

"저 앞 이등차로 가져와 빨리."

하고 앞서 가는 것이다. 철수는 어리둥절해서, 차는 빨리 떠난다는 생각에서만, 어느 모서리에 부딪쳤는지 정강이가 으스러지는 것 같은 것도 만져볼 새 없이 다시 섶 초롱을 안고 이등차로 달려갔다. 미처 놓기도 전에 청년은 또,

"빨리 내려가, 차 떠나."

하고 소리를 쳤고 하마터면 고꾸라질 뻔하면서 뛰어내리니 그 처녀는 어느 자리에 앉았는지 자기의 넘어질 뻔하는 꼴에 깔깔 웃는 소리만 굴러 나왔다.

이등 찻간은 벌써 저만치 달아났다. 정강이 벗겨진 데를 한번 어루만져 보는데 차는 벌써 꼬리에 달린 새빨간 테일라이트가 이미 앞을 스치고 달아났다.

철수는 쫓아가기나 할 것처럼 얼른 철로로 내려섰다. 테일라이트는 깊은 바다 속으로 닻[碇]이 가라앉아 들어가듯 어둠 속으로 뱅글뱅글 도는 듯이 졸아들면서 달아난다. 그 뒤에 희미하게 떠오르는 두 줄기의 대철, 뚝뚝 뚝뚝 뚝뚝 뚝뚝 마치 철수의 가슴처럼 울린다. 그러나 대철의 울리는 소리는 철수의 가슴처럼 그냥 계속하지는 않았다. 그 테일라이트가 산모롱이로 사라지고 말았을 때는 숨넘어간 뱀과 같이 조용하였다. 맨발이 밟혀지니 싸늘할 뿐이다. 철수는 멍하니 섰다가 언젠지 저도 모르게 발을 떼어놓았다.

뚜―

얼마 안 걸어 차가 다시 패천을 떠나는 소리가 별 밝은 하늘을

울려왔다.

"벌써 패천을!

패천 다음엔

흡곡,

자동,

상음,

오게,

안변."

작년 여름에 달포를 두고 애를 써 외놓은 그 정거장 이름들이다. 철수는 울음이 나오려는 입속으로 그것을 외며 자꾸 걸었다.

— 〈여성〉, 1936. 10.

복덕방

  철썩, 앞집 판장 밑에서 물 내버리는 소리가 났다. 주먹구구에 골독했던 안 초시에게는 놀랄 만한 폭음이었던지, 다리 부러진 돋보기 너머로, 똑 모이를 쪼으려는 닭의 눈을 해가지고 수챗구멍을 내다본다. 뿌연 뜨물에 휩쓸려 나오는 것이 여러 가지다. 호박 꼭지, 계란 껍질, 거피해 버린 녹두 껍질.

  "녹두 빈자떡을 부치는 게로군, 홍······."

  한 오륙 년째 안 초시는 말끝마다 '젠—장······'이 아니면 '홍!' 하는 코웃음을 잘 붙이었다.

  "추석이 벌써 낼 모레지! 젠—장······."

  안 초시는 저도 모르게 입맛을 다시었다. 기름내가 코에 풍기는 듯 대뜸 입안에 침이 흥건해지고 전에 괜찮게 지낼 때, 충치니 풍치니 하던 것은 거짓말이었던 것처럼 아래윗니가 송곳 끝같이 날카로워짐을 느끼었다.

안 초시는 그 날카로워진 이를 빈 입인 채 빠드득 소리가 나게 한번 물어보고 고개를 들었다.

하늘은 천리같이 트였는데 조각구름들이 여기저기 널리었다. 어떤 구름은 깨끗이 바래 말린 옥양목처럼 흰빛이 눈이 부시다. 안 초시는 이내 자기의 때 묻은 적삼 생각이 났다. 소매를 내려다보는 그의 얼굴은 날래 들리지 않는다. 거기는 한 조박의 녹두 빈자나 한 잔의 약주로써 어쩌지 못할, 더 슬픔과 더 고적함이 품겨 있는 것 같았다.

혹혹 소매 끝을 불어보고 손끝으로 튀겨보기도 하다가 목침을 세우고 눕고 말았다.

"이사는 팔하고 사오는 이십이라 천이 되지…… 가만…… 천이라? 사로 했으니 사천이라 사천 평…… 매 평에 아주 줄여 잡아 오 환씩만 하게 돼두 사 환 칠십오 전씩이 남으니, 그럼…… 사사는 십륙 일만 육천 환하구……."

안 초시가 다시 주먹구구를 거듭해서 얻어낸 총액이 일만 구천 원, 단 천 원만 들여도 일만 구천 원이 되리라는 셈속이니, 만 원만 들이면 그게 얼만가? 그는 벌떡 일어났다. 이마가 화끈했다. 도사렸던 무릎을 얼른 곧추세우고 뛰나 보려는 사람처럼 쪼그렸다. 마코 갑이 번연히 빈 것인 줄 알면서도 다시 집어다 눌러보았다. 주머니에는 단돈 십 전, 그도 안경다리를 고친다고 벌써 세 번짼가 네 번째 딸에게서 사오십 전씩 얻어가지고는 번번이 담뱃값으로 다 내어보내고 말던 최후의 십 전, 안 초시는 주머니에 손을 넣어 그것을 집어내었다. 백통화 한 푼을 얹은 야윈 손바닥, 가만히 떨리었다. 서 참위參尉의 투박한 손을 생각하면 너무나 얇고 잔망스러운 손이거니 하였다. 그러나 이따금 술잔은 얻어먹고, 이렇게 내 방처럼 그의 복덕방에서 잠까지 빌려 자건만 한 번도, 집 거간이나 해먹는 서 참위의 생활이 부럽지는 않았다. 그래도 언제든지 한 번쯤은 무슨 수가 생기어 다시 한 번 내 집을 쓰게 되고, 내 밥을 먹게 되고, 내 힘과 내 낯으로 다시 한 번 세상에 부딪혀 보려니 믿어졌다.

초시는 전에 어떤 관상쟁이의 '엄지손가락을 안으로 넣고 주먹을 쥐어야 재물이 나가지 않는다'는 말이 생각났다. 늘 그렇게 쥐노라고는 했지만 문득 생각이 나 내려다볼 때는, 으레 엄지손가락이 얄밉도록 밖으로만 쥐어져 있었다. 그래 드팀전을 하다가도 실패를 하였고, 그래 집까지 잡혀서 장전을 내었다가도 그만 화재를 보았거니 하는 것이다.

"이놈의 엄지손가락아, 안으로 좀 들어가아, 젠—장."

하고 연습 삼아 엄지손가락을 먼저 안으로 넣고 아프도록 두 주먹을 꽉 쥐어보았다. 그리고 당장 내어보낼 돈이면서도 그 십 전짜리를 그렇게 쥔 주먹에 단단히 넣고 담배 가게로 나갔다.

이 복덕방에는 흔히 세 늙은이가 모이었다.

언제 누가 와, 집 보러 가잘지 몰라, 늘 갓을 쓰고 앉아서 행길을 잘 내다보는, 얼굴 붉고 눈방울 큰 노인은 주인 서 참위다. 참위로 다니다가 합병 후에는 다섯 해를 놀면서 시기를 엿보았으나 별수가 없을 것 같아서 이럭저럭 심심파적으로 갖게 된 것이 이 가옥 중개업이었다. 처음에는 겨우 굶지 않을 만한 수입이었으나 대정大正 팔구년 이후로는 시골 부자들이 세금에 몰려, 혹은 자녀들의 교육을 위해 서울로만 몰려들고, 그런 데다 돈은 흔해져서 관철동, 다옥정 같은 중앙 지대에는 그리 고옥만 아니면 만 원대를 예사로 훌훌 넘었다. 그 판에 봄가을로 어떤 달에는 삼사백 원 수입이 있어, 그러기를 몇 해를 지나 가회동에 수십 간 집을 세웠고 또 몇 해 지나지 않아서는 창동 근처에 땅을 장만하기 시작하였다. 지금은 중개업자도 많이 늘었고 건양사 같은 큰 건축회사가 생기어서 당자끼리 직접 팔고 사는 것이 원칙처럼 되어가기 때문에 중개료의 수입은 전보다 훨씬 준 셈이다. 그러나 이십여 간 집에 학생을 치고 싶은 대로 치기 때문에 서 참위의 수입이 없는 달이라고 쌀값이 밀리거나 나뭇값에 졸릴 형편은 아니다.

"세상은 먹구살게는 마련야……."

서 참위가 흔히 하는 말이다. 칼을 차고 훈련원에 나서 병법을 익힐 제는, 한번 호령만 하고 보면 산천이라도 물러설 것 같던, 그 기개와 오늘의 자기, 한낱 가쾌로 복덕방 영감으로 기생, 갈보 따위가 사글셋방 한 간을 얻어달래도 네―네 하고 따라나서야 하는, 만인의 심부름꾼인 것을 생각하면 서글픈 눈물이 아니 날 수도 없는 것이다. 워낙 술을 즐기기도 하지만 어떤 때는 남몰래 이런 감회를 이기지 못해서 술집에 들어선 적도 여러 번이다.

그러나 호반(무인)들의 기개란 흔히 혈기에서 나오는 것이기 때문이지 몸에서 혈기가 줆을 따라 그런 감회를 일으킴조차 요즘은 적어지고 말았다. 하루는 집에서 점심을 먹다 듣노라니 무슨 장사치의 외는 소리인데 아무래도 귀에 익은 목청이다. 자세히 귀를 기울이니 점점 가까이 오는 소리인데 제법 무엇을 사라는 소리가 아니라 '유리병이나 간장통 팔거—쏘—' 하는 소리이다. 그런데 그 목청이 보면 꼭 알 사람 같아 일어서 마루 들창으로 내어다보니, 이번에는 '가마니나 신문 잡지나 팔거—쏘—' 하면서 가마니 두어 개를 지고 한 손에는 저울을 들고 중노인이나 된 사나이가 지나가는데 아는 사람은 확실히 아는 사람이다. 그러나 그를 어디서 알았으며 성명이 무엇이며 애초에는 무엇을 하던 사람인지가 감감해지고 말았다.

"오—라! 그렇군…… 분명…… 저런!"
하고 그는 한참 만에 고개를 끄덕이었다. 그 유리병과 간장통을 외는 소리가 골목 안으로 사라져갈 즈음에야 서 참위는 그가 누구인 것을 깨달아 낸 것이다.

"동관 김 참위…… 허!"
나이는 자기보다 훨씬 연소하였으나 학식과 재기가 있는 데다 호령 소리가 좋아 상관에게 늘 칭찬을 받던 청년 무관이었었다. 이십여 년 뒤에 들어도 갈데없이 그 목청이요 그 모습이었다. 전날의 그를 생각하고 오늘의 그를 보니 적이 감개에 사무치어 밥 숟가락을 멈추고 냉수만 거듭 마시었다.

그러나 전에 혈기 있을 때와 달라 그런 기분이 오래가지는 않았다. 중학교 졸업반인 둘째 아들이 학교에 갔다 들어서는 것을 보고, 또 싸전에서 쌀값 받으러 와 마누라가 선선히 시퍼런 지전을 내어 헤는 것을 볼 때 서 참위는 이내 속으로,

'거저 살아야지 별수 있나. 저렇게 개가죽을 쓰고 돌아다니는 친구도 있는데…… 에헴.'

하였을 뿐 아니라 그런 절박한 친구에다 대면 자기는 얼마나 훌륭한 지체냐 하는 자존심도 없지 않았다.

'지난 일 그까짓 생각할 건 뭐 있나. 사는 날까지…… 허허.'

여생을 웃으며 살 작정이었다. 그래 그런지 워낙 좀 실없는 티가 있는 데다 요즘 와서는 누구에게나 농지거리가 늘어갔다. 그래 늘 눈이 달리고 뽀로통한 입으로는 말끝마다 젠—장 소리만 나오는 안 초시와는 성미가 맞지 않았다.

"쫌보야, 술 한잔 사주랴?"

쫌보라는 말이 자기를 업수이 여기는 것 같아서 안 초시는 이내 발끈해 가지고,

"네깟 놈 술 더러 안 먹는다."

한다.

"화토 패나 밤낮 떼면 너이 어멈이 살아 온다덴?"

하고 서 참위가 발끝으로 화투장들을 밀어 던지면 그만 얼굴이 새빨개져서 쌔근쌔근하다가 부채면 부채, 담뱃갑이면 담뱃갑, 자기의 것을 냉큼 집어 들고 다시 안 올 듯이 새침해 나가버리는 것이다.

"조게 계집이문 천생 남의 첩감이야."

하고 서 참위는 껄껄 웃어버리나 안 초시는 이렇게 돼서 올라가면 한 이틀씩 보이지 않았다.

한번은 안 초시의 딸의 무용회 날 밤이었다. 안경화라고, 한동안 토월회에도 다니다가 대판大阪에 가 있으니 동경에 가 있으니 하더니 오륙 년 뒤에 무용가노라 이름을 날리며 서울에 나타났다. 바로 제일회 공연 날 밤이었다. 서 참위가 조르기도 했지만,

안 초시도 딸의 사진과 이야기가 신문마다 나는 바람에 어깨가 으쓱해서 공표를 얻을 수 있는 대로 얻어가지고 서 참위뿐 아니라 여러 친구를 돌라췄던 것이다.

"허! 저기 한가운데서 지금 한창 다릿짓하는 게 자네 딸인가?"

남은 다 멍멍히 앉았는데 서 참위가 해괴한 것을 보는 듯 마땅치 않은 어조로 물었다.

"무용이란 건 문명국일수록 벗구 한다네그려."

약기는 한 안 초시는 미리 이런 대답으로 막았다.

"모르겠네 원…… 지금 총각 놈들은 모두 등신인가 바……."

"왜?"

하고 이번에는 다른 친구가 탄하였다.

"우린 총각 시절에 저런 걸 보문 그냥 못 배기네."

"빌어먹을 녀석…… 나잇값을 못 하구 개야 저건 개……."

벌써 안 초시는 분통이 발끈거려서 나오는 소리였다.

한 가지가 끝나고 불이 환하게 켜졌을 때다.

"도루 차라리 여배우 노릇을 댕기라구 그래라. 여배운 그래두 저렇게 넓적다린 내놓구 덤비지 않더라."

"그 자식 오지랖 경치게 넓네. 네가 안방 건는방이 몇 칸이요나 알았지 뭘 쥐뿔이나 안다구 그래? 보기 싫건 나가렴."

하고 안 초시는 화를 발끈 내었다. 그러니까 서 참위도 안방 건넌방 말에 화가 나서 꽤 높은 소리로,

"넌 또 뭘 아니? 요 쫌보야."

하고 일어서 버리었다.

이 일이 있은 후 안 초시는 거의 달포나 서 참위의 복덕방에

나오지 않았었다. 그런 걸 박희완 영감이 가서 데리고 왔었다.

　박희완 영감이란 세 영감 중의 하나로 안 초시처럼 이 복덕방에 와 자기까지는 안 하나 꽤 쏠쏠히 놀러 오는 늙은이다. 아니 놀러 오기만 하는 것이 아니라 와서는 공부도 한다. 재판소에 다니는 조카가 있어 대서업 운동을 한다고《속수국어독본》을 노상 끼고 와 그《삼국지》읽던 투로,
　"긴상 도코꼬우에 유끼이마쑤까."
　어쩌고를 외고 있는 것이다.
　그러나《속수국어독본》뚜껑이 손때에 절고, 또 어떤 때는 목침 위에 받쳐 베고 낮잠도 자서 머리때까지 새까맣게 절어 '조선 총독부편찬'이란 잔글자들은 보이지 않게 되도록, 대서업 허가는 의연히 나오지 않는 모양이었다.
　"너나 내나 다 산 것들이 업은 가져 뭘 허니. 무슨 세월에……
홍!"
　하고 어떤 때, 안 초시는 한나절이나 화투 패를 떼다 안 떨어지면 그 화풀이로 박희완 영감이 들고 중얼거리는《속수국어독본》을 툭 채어 행길로 팽개치며 그랬다.
　"넌 또 무슨 재술 바라구 밤낮 화토 패나 떨어지길 바라니?"
　"난 심심풀이지."
　그러나 속으로는 박희완 영감보다 더 세상에 대한 야심이 끓었다. 딸이 평양으로 대구로 다니며 지방 순회까지 하여서 제법 돈냥이나 걷힌 것 같으나 연구소를 내느라고 집을 뜯어고친다, 유성기를 사들인다, 교제를 하러 돌아다닌다 하느라고, 더구나

귀찮게만 아는 이 애비를 위해 쓸 돈은 예산에부터 들지 못하는
모양이었다.

"얘? 낡은 솜이 돼 그런지, 삯바느질이 돼 그런지 바지 솜이
모두 치어서 어떤 덴 홑옷이야. 암만해두 사쓸 한 벌 사 입어야
겠다."

하고 딸의 눈치만 보아오다 한번은 입을 열었더니,

"어련히 인제 사드릴라구요."

하고 딸은 대답은 선선하였으나 샤쓰는 그해 겨울이 다 지나도
록 구경도 못 하였다. 샤쓰는커녕 안경다리를 고치겠다고 돈 일
원만 달래도 일 원짜리를 굳이 바꿔다가 오십 전 한 닢만 주었다.
안경은 돈을 좀 주무르던 시절에 장만한 것이라 테만 오륙 원 먹
은 것이어서 오십 전만으로 그런 다리는 어림도 없었다. 오십 전
짜리 다리도 있지만 살 바에는 조촐한 것을 택하던 초시의 성미
라 더구나 면상에서 짝짝이로 드러나는 것을 사기가 싫었다. 차
라리 종이 노끈인 채 쓰기로 하고 오십 전은 담뱃값으로 나가고
말았다.

"왜 안경다린 안 고치셨어요?"

딸이 그날 저녁으로 물었다.

"흥……."

초시는 말은 하지 않았다. 딸은 며칠 뒤에 또 오십 전을 주었
다. 그러면서 어떻게 들으라고 하는 소리인지,

"아버지 보험료만 해두 한 달에 삼 원 팔십 전씩 나가요."

하였다. 보험료나 타먹게 어서 죽어달라는 소리로도 들리었다.

"그게 내게 상관 있니?"

"아버지 위해 들었지 누구 위해 들었게요 그럼?"

초시는 '정말 날 위해 하는 거문 살아서 한 푼이라두 다우. 죽은 뒤에 내가 알 게 뭐냐' 소리가 나오는 것을 억지로 참았다.

"오십 전이문 왜 안경다릴 못 고치세요?"

초시는 설명하지 않았다.

"지금 아버지가 좋고 낮은 걸 가리실 처지야요?"

그러나 오십 전은 또 마코값으로 다 나갔다. 이러기를 아마 서너 번째다.

"자식도 소용없어. 더구나 딸자식…… 그저 내 수중에 돈이 있어야…….'"

초시는 돈의 긴요성을 날로날로 더욱 심각하게 느끼었다.

"돈만 가지면야 좀 좋은 세상인가!"

심심해서 운동 삼아 좀 나다녀 보면 거리마다 짓느니 고층 건축들이요 동네마다 느느니 그림 같은 문화주택들이다. 조금만 정신을 놓아도 물에서 갓 튀어나온 메기처럼 미끈미끈한 자동차가 등덜미에서 소리를 꽥 지른다. 돌아다보면 운전수는 눈을 부릅떴고 그 뒤에는 금시곗줄이 번쩍거리는, 살진 중년 신사가 빙그레 웃고 앉았는 것이었다.

"예순이 낼 모레…… 젠─장할 것."

초시는 늙어가는 것이 원통하였다. 어떻게 해서나 더 늙기 전에 적게 돈 만 원이라도 붙들어 가지고 내 손으로 다시 한 번 이 세상과 교섭해 보고 싶었다. 지금 이 꼴로서야 문화주택이 암만 서기로 내게 무슨 상관이며 자동차, 비행기가 개미 떼나 파리 떼처럼 퍼지기로 나와 무슨 인연이 있는 것이냐, 세상과 자기와는 자기 손에서 돈이 떨어진, 그 즉시로 인연이 끊어진 것이라 생각되었다.

"그러면 송장이나 다름없지 뭔가?"

초시는 이런 질문을 자신에게 던지는 지가 이미 오래였다.

"무슨 수가 없을까?"

또,

"무슨 그루테기가 있어야 비비지!"

그러다도,

"그래도 돈냥이나 엎질러 본 녀석이 벌기도 하는 게지."

하고 그야말로 무슨 그루터기만 만나면 꼭 벌기는 할 자신이었다.

그러다가 박희완 영감에게서 들은 말이었다. 관변에 있는 모 유력자를 통해 비밀리에 나온 말인데 황해 연안에 제이의 나진이 생긴다는 말이었다. 지금은 관청에서만 알 뿐이나 축항築港 용지는 비밀리에 매수되었으므로 불원하여 당국자로부터 공표가 있으리라는 것이다.

"그럼, 거기가 황무진가? 전답들인가?"

초시는 눈이 뻘게 물었다.

"밭이라데."

"밭? 그럼 매 평 얼마나 간다나?"

"좀 올랐대. 관청에서 사는 바람에 아무리 시골 사람들이기루 그만 눈치 없겠나. 그래두 무슨 일루 관청서 사는진 모르거든⋯⋯."

"그래?"

"그래, 그리 오르진 않었대…… 아마 평당 이십오륙 전씩이면 살 수 있다나 보데. 그러니 화중지병이지 뭘 허나 우리가……."

"음……."

초시는 관자놀이가 욱신거리었다. 정말이기만 하면 한 시각이라도 먼저 덤비는 놈이 더 먹는 판이다. 나진도 오륙 전 하던 땅이 한번 개항된다는 소문이 나자 당년으로 오륙 전의 백 배 이상이 올랐고 삼사 년 뒤에는, 땅 나름이지만 어떤 요지는 천 배 이상이 오른 데가 많다.

'다 산 나이에 오래 끌 건 뭐 있나. 당년으로 넘겨두 최소한도 오 환씩야 무려할 테지…….'

혼자 생각한 초시는,

"대관절 어디란 말야 거기가?"

하고 나앉으며 물었다.

"그걸 낸들 아나?"

"그럼?"

"그 모 씨라는 이만 알지. 그리게 날더러 단 만 원이라도 자본을 운동하면 자기는 거기서도 어디어디가 요지라는 걸 설계도를 복사해 낸 사람이니까 그 요지만 산단 말이지, 그리구 많이두 바라지 않어, 비용 죄다 제치구 순이익의 이 할만 달라는 거야."

"그럴 테지…… 누가 그런 자국을 일러주구 구경만 하자겠나…… 이 할이라…… 이 할……."

초시는 생각할수록 이것이 훌륭한, 그 무슨 그루터기가 될 것 같았다. 나진의 선례도 있거니와 박희완 영감 말이 만주국이 되는 바람에 중국과의 관계가 미묘해지므로 황해 연안에도 으레 나진과 같은 사명을 갖는 큰 항구가 필요할 것은 우리 상식으로도 추측할 바이라 하였다. 초시의 상식에도 그것을 믿을 수 있었다.

　오늘은 오래간만에 피죤을 사서, 거기서 아주 한 대를 피워 물고 왔다. 어째 박희완 영감이 종일 보이지 않는다. 다른 데로 자금운동을 다니나 보다 하였다. 서 참위는 점심 전에 나간 사람이 어디서 흥정이 한 자리 떨어지느라고인지 아직 돌아오지 않는다. 안 초시는 미닫이틀 위에서 낡은 화투를 꺼내었다.

　"허, 이거 봐라!"

　여간해선 잘 떨어지지 않던 거북패가 단번에 뚝 떨어진다. 누가 옆에 있어 좀 보아줬으면 싶었다.

　"아무래두 이게 심상치 않어…… 이제 재수가 티나 부다!"

　초시는 반도 타지 않은 담배를 행길로 내어던졌다. 출출하던 판에 담배만 몇 대를 피고 나니 목이 컬컬해진다. 앞집 수채에는 뜨물에 떠내려가다 막힌 녹두 껍질이 그저 누렇게 보인다.

　"오냐, 내년 추석엔……."

　초시는 이날 저녁에 박희완 영감에게서 들은 이야기를 딸에게 하였다. 실패는 했을지라도 그래도 십수 년을 상업계에서 논 안 초시라 출자를 권유하는 수작만은 딸이 듣기에도 딴사람인 듯 놀라웠다. 딸은 즉석에서는 가부를 말하지 않았으나 그의 머릿속에서도 이내 잊혀지지는 않았던지 다음 날 아침에는, 딸 편이 먼저 이 이야기를 다시 꺼내었고, 초시가 박희완 영감에게 묻던 이상으로 시시콜콜히 캐어물었다. 그러면 초시는 또 박희완 영감

이상으로 손가락으로 가리키듯 소상히 설명하였고 일 년 안에 청장을 하더라도 최소한도로 오십 배 이상의 순이익이 날 것이라 장담 장담 하였다.

딸은 솔깃했다. 사흘 안에 연구소 집을 어느 신탁회사에 넣고 삼천 원을 돌리기로 하였다. 초시는 금시발복이나 된 듯 뛰고 싶게 기뻤다.

"서 참위 이놈, 날 은근히 멸시했것다. 내 굳이 널 시켜 네 집보다 난 집을 살 테다. 네깟 놈이 천생 가쾌지 별거냐……."

그러나 신탁회사에서 돈이 되는 날은 웬 처음 보는 청년 하나가 초시의 앞을 가리며 나타났다. 그는 딸의 청년이었다. 딸은 아버지의 손에 단 일 전도 넣지 않았고 꼭 그 청년이 나서 돈을 쓰며 처리하게 하였다. 처음에는 팩 나오는 노염을 참을 수가 없었으나 며칠 밤을 지내고 나니, 적어도 삼천 원의 순이익이 오륙만 원은 될 것이라, 만 원 하나야 어디로 가랴 하는 타협이 생기어서 안 초시는 으슬으슬 그, 이를테면 사위 녀석 격인 청년의 뒤를 따라나섰다.

일 년이 지났다.

모두 꿈이었다. 꿈이라도 너무 악한 꿈이었다. 삼천 원어치 땅을 사놓고 날마다 신문을 훑어보며 수소문을 하여도 거기는 축항이 된단 말이 신문에도, 소문에도 나지 않았다. 용당포와 다사도에는 땅값이 삼십 배가 올랐느니 오십 배가 올랐느니 하고 졸부들이 생겼다는 소문이 있어도 여기는 감감소식일 뿐 아니라 나중에, 역시, 이것도 박희완 영감을 통해 알고 보니 그 관변 모씨에게 박희완 영감부터 속아 떨어진 것이었다. 축항 후보지로 측량까지 하기는 하였으나 무슨 결점으로인지 중지되고 마는 바람에 너무 기민하게 거기다 땅을 샀던, 그 모 씨가 그 땅 처치에 곤란하여 꾸민 연극이었다.

돈을 쓸 때는 일 원짜리 한 장 만져도 못 봤지만 벼락은 초시에게 떨어졌다. 서너 끼씩 굶어도 밥 먹을 정신이 나지도 않았거니와 밥을 먹으러 들어갈 수도 없었다.

"재물이란 친자 간의 의리도 배추밑 도리듯 하는 건가?"

탄식할 뿐이었다. 밥보다는 술과 담배가 그리웠다. 물론 안경다리는 그저 못 고치었다. 그러나 이제는 오십 전짜리는커녕 단십 전짜리도 얻어볼 길이 없다.

추석 가까운 날씨는 해마다의 그때와 같이 맑았다. 하늘은 천리같이 트였는데 조각구름들이 여기저기 널리었다. 어떤 구름은 깨끗이 바래 말린 옥양목처럼 흰빛이 눈이 부시다. 안 초시는 이번에도 자기의 때 묻은 적삼 생각이 났다. 그러나 이번에는 소매 끝을 불거나 떨지는 않았다. 고요히 흘러내리는 눈물을 그 더러운 소매로 닦았을 뿐이다.

여름이 극성스럽게 덥더니, 추위도 그럴 징조인지 예년보다 무서리가 일찍 내리었다. 서 참위가 늘 지나다니는 식은[1] 관사에 들 울타리가 넘게 피었던 코스모스들이 끓는 물에 데쳐낸 것처럼 시커멓게 무르녹고 말았다.

---

1 일제강점기에 일본이 조선에서 신용 기구를 통한 착취를 강화하기 위해 만든 '식산은행'의 준말.

참위는 머리가 떵—하였다. 요즘 와서 울기 잘하는 안 초시를 한번 위로해 주려, 엊저녁에는 데리고 나와 청요릿집으로, 추탕집으로 새로 두 점을 치도록 돌아다닌 때문 같았다. 조반이라고 몇 술 뜨기는 했으나 혀도 그냥 뻑뻑하다. 안 초시도 그럴 것이니까 해는 벌써 오정 때지만 끌고 나와 해장술이나 먹으리라 하고 부지런히 내려와 보니, 웬일인지 복덕방이라고 쓴 베 발이 아직 내어걸리지 않았다.

"이 사람 봐아…… 어느 땐 줄 알구 코만 고누……."

그러나 코 고는 소리는 들리지 않았다. 미닫이를 밀어젖힌 서 참위는 정신이 번쩍 났다. 안 초시의 입에는 피, 얼굴은 잿빛이다. 방 안은 움 속처럼 음습한 바람이 휭— 끼친다.

"아니……?"

참위는 우선 미닫이를 닫고 눈을 비비고 초시를 들여다보았다. 안 초시는 벌써 아니요, 안 초시의 시체일 뿐, 둘러보니 무슨 약병인 듯한 것 하나가 굴러져 있다.

참위는 한참 만에야 이 일이 슬픈 일인 것을 깨달았다.

"허!"

파출소로 갈까 하다 그래도 자식한테 먼저 알려야겠다 하고 말만 듣던 그 안경화 무용연구소를 찾아가서 안경화를 데리고 왔다. 딸이 한참 울고 난 뒤다.

"관청에 어서 알려야지?"

"아니야요. 아스세요."

딸은 펄쩍 뛰었다.

"아스라니?"

"저……."

"저라니?"

"제 명예도 좀……."

하고 그는 애원하였다.

"명예? 안될 말이지, 명옐 생각하는 사람이 애빌 저 모양으루 세상 떠나게 해?"

"……."

안경화는 엎드려 다시 울었다. 그러다가 나가려는 서 참위의 다리를 끌어안고 놓지 않았다. 그리고,

"절 살려주세요."

소리를 몇 번이나 거듭하였다.

"그럼, 비밀은 내가 지킬 테니 나 하자는 대루 할까?"

"네."

서 참위는 다시 앉았다.

"부친 위해 보험 든 거 있지?"

"네, 간이보험이야요."

"무슨 보험이든…… 얼마나 타게 되누?"

"사백팔십 원요."

"부친 위해 들었으니 부친 위해 다 써야지?"

"그럼요."

"에헴, 그럼…… 돌아간 이가 늘 속사쓸 입구퍼 했어. 상등 털 사쓰를 사다 입히구, 그 우에 진견으로 수의 일습 구색 맞춰 짓게 허구…… 선산이 있나, 묻힐 데가?"

"웬걸요, 없어요."

114

"그럼 공동묘지라도 특등지루 널찍하게 사구…… 장례식을 장—하게 해야 말이지 초라하게 해버리면 내가 그저 안 있을 게야. 알아들어?"

"네에."

하고 안경화는 그제야 핸드백을 열고 눈물 젖은 얼굴을 닦았다.

안 초시의 소위 영결식이 그 딸의 연구소 마당에서 열리었다.

서 참위와 박희완 영감은 술이 거나하게 취해갔다. 박희완 영감이 무얼 잡혀서 가져왔다는 부의 이 원을 서 참위가,

"장례비가 넉넉하니 자네 돈 그 계집애 줄 거 없네."

하고 우선 술집에 들러 거나하게 곱빼기들을 한 것이다.

영결식장에는 제법 반반한 조객들이 모여들었다. 예복을 차리고 온 사람도 두엇 있었다. 모두 고인을 알아 온 것이 아니요, 무용가 안경화를 보아 온 사람들 같았다. 그중에는 고인의 슬픔을 알아 우는 사람인지, 덩달아 기분으로 우는 사람인지 울음을 삼키느라고 끽끽 하는 사람도 있었다. 안경화도 제법 눈이 젖어가지고 신식 상복이라나 공단 같은 새까만 양복으로 관 앞에 나와 향불을 놓고 절하였다. 그 뒤를 따라 한 이십 명 관 앞에 와 꾸벅거리었다. 그리고 무어라고 지껄이고 나가는 사람도 있었다.

그들의 분향이 거의 끝난 듯하였을 때,

"에헴!"

하고 얼굴이 시뻘건 서 참위도 한마디 없을 수 없다는 듯이 나섰다. 향을 한 움큼이나 집어 놓아 연기가 시커멓게 올려 솟더니 불이 일어났다. 후— 후— 불어 불을 끄고, 수염을 한번 쓰다듬고

절을 했다. 그리고 다시,

"헴······."

하더니 조사를 하였다.

"나 서 참월세, 알겠나? 흥······ 자네 참 호살세 호사야······ 잘 죽었느니. 자네 살았으문 이만 호살 해보겠나? 인전 안경다리 고칠 걱정두 없구······ 아무튼지······."

하는데 박희완 영감이 들어서더니,

"이 사람 취했네그려."

하며 서 참위를 밀어냈다.

박희완 영감도 가슴이 답답하였다. 분향을 하고 무슨 소리를 한마디 했으면 속이 후련히 트일 것 같아서 잠깐 멈칫하고 서 있어보았으나,

"으흐······."

하고 울음이 먼저 터져 그만 나오고 말았다.

서 참위와 박희완 영감도 묘지까지 나갈 작정이었으나 거기 모인 사람들이 하나도 마음에 들지 않아 도로 술집으로 내려오고 말았다.

— 〈조광〉, 1937. 3.

코스모스 피는 정원

한집에서

"선주? 이렇게 꽉 했는데두 달아날 테요?"

"아야, 아퍼요. 팔이⋯⋯."

"그러게 왜 달아나요?"

하고 한 걸음 나서며 선주를 안았다. 분명히 안았는데 품 안이 허전하다. 허전한 김에 치영은 잠을 깬다.

'벌써 날이⋯⋯.'

날은 다 밝았는데 꿈이었다. 유리창에는 굵다란 물방울이 어룽어룽 굴러 내린다. 치영은 노곤한 다리를 힘껏 뻗으며 돌아누웠다. 봄비라 그런지 별로 빗소리도 들리지 않는다. 울고 싶은 우울, 꿈에 선주를 본 날 아침은, 아니 아침뿐이 아니라 온종일 그날은 슬픈 날이었다. 어제 아침처럼 '이제부터는 학생이 아니로 구나! 의학사, 의사로 돈벌이를 할 것인가? 의학자로 학구 생활을 할 것인가?' 이런 생각은 던져둔 채, 선주를 본 꿈 생각으로만 머리가 무겁다. 꿈속에서 보는 선주는 늘 그 선주였다. 그 선주, 여고보 시대의 선주, 소녀로부터 처녀로 옮겨 가는, 그 명랑하면서도 부끄럼 잘 타는 십칠팔 세 때의 선주였다. 꿈은 세월도 먹지 않는 듯 늘 처음 보던, 그리고 얼마 뒤에 자꾸 무슨 대답을 들어 가지려고 이편에서 조르면 '난 아무것도 몰라요' 하고 얼굴이 새빨갛게 타버리던, 그 선주만이 만나지는 것이었다.

치영은 벌써 칠팔 년 전 일인, 처음으로 선주와 부딪쳐보고 처음으로 이성에 대한 새 감정의 봉지를 터뜨리던 때를 추억해 본다.

어스름한 짙은 황혼이었다. 장마 때면 도랑이 되어버리는 동구 밖의 우묵한 좁은 길, 길 좌우 언덕에는 찔레꽃이 달빛처럼 환하게 밝아 있었다. 마침 밭에서 들어오는 연장을 실은 소, 씩씩거리는 황소인데 어둠 속에서 어디로 가던 길인지 선주가 동생의 손목을 이끌고 나타났다. 곧 황소와 마주치게 되자 선주는 이쪽이 누구인 것도 알아볼 새 없이 달려들었다. 치영은 얼른 그와 그의 동생을 업듯이 등 뒤로 보내고 두 팔을 쭉 벌려 소를 막아주었다. 그리고 소에게 실린 연장 끄트머리를 피하느라고 얼굴을 뒤로 제쳤을 때 치영의 그 머리는 선주의 가슴에 푹 묻혀보는 듯하였다. 소가 저만치 가고 누구인지 알아볼 수 없는 농군이 마저 지나간 뒤에야 치영은 길로 내려섰다. 그제야 선주도 받힐 것처럼 무섭던 황소를 막아준 남학생이 아주 모르지는 않는 치영인 것을 알았다. 그러나 고맙다는 말은 몇 번이나 할 듯 할 듯 하기만 하다가 잠잠한 채 앞서 가는 동생을 따라가 버리고 말았다. 너무나 황홀하여 갈 바를 잊고 우두커니 서 있던, 그때 치영이에겐 찔레꽃의 향기조차 새삼스럽게 코를 찌르는 것 같았다.

그날 저녁 선주의 얼굴은, 워낙 살결이 맑고 군 데 없는 바탕이지만 치영이 눈 속에 퍽 아름다운 인상을 찍어주었다. 꿈에 나타날 때마다 늘 그 찔레꽃이 달빛처럼 환하게 밝은 향기의 언덕을 배경으로 하곤 하였다. 어떤 때는 쫓아가 손을 잡으면 '난 아무것도 몰라요' 하고 생시에서처럼 뛰어 달아났다. 또 어떤 때는 손을 잡힌 채로 가만히 앉아 이것도 생시에서 하듯, 언제까지든지 기다릴 터이니 기쁘게 공부하여 돈벌이나 하는 의사가 되지 말고 학위를 얻어 훌륭한 과학자가 되어달라고 당부하였다.

그런데 지금 깨고 난 꿈은 선주가 뛰어 달아나려던 꿈이었다.

"선주!"

치영은 가만히 불러본다. 만일 큰 소리로 부른다면 방금 밑에 층에서 무엇이고 하고 있을 선주가 알아들을 것이다. 알아듣더라도 지금은 선주라거나 선주 씨 하여서는 올라오지 않을 것이다. 아주머니, 해야 되는 친구의 아내, 친구라도 이만저만하지 않은 소학 이전에서부터의 죽마고우.

치영은 한편 다리를 번쩍 쳐들었다. 한숨이 나가는 대로 벽이나 한번 쾅— 하고 차보려던 것이다. 그러나 아래층에서 너무 조용한 것을 느끼자 들었던 다리를 도로 슬그머니 놓고 만다. 아래층에서 쏴— 하는 수돗물 쏟아지는 소리가 올라온다. 치영은 머리맡을 더듬어 끌러놓았던 손목시계를 갖다 본다.

"이런!"

날이 흐렸을 뿐, 해는 뜬 지가 오래다.

치영은 얼른 일어나 방을 치우고 아래로 내려갔다. 수도 앞에서 자기 남편이 먹고 간 그릇인 듯한 것을 부시다가 얼른 일어나 자리를 내는 선주, 혼인 후에 몸이 느는 편으로 에이프런을 졸라맨 까닭도 있겠지만 가슴께가 봉긋이 올려 솟은 것이 별로 드러나 보인다. 꿈속에서 보던 선주와는 형이라도 몇째 위에 형처럼 우람스러운 어른이다.

"김 군, 벌써 갔나요?"

"네."

그러고는 세수를 하고 나서도, 밥상을 받고도, 치영은 선주에게 아무 말도 하지 않았다. 선주도 그랬다. 또 치영은 한 번도 선주의 얼굴을 쳐다보지 않았다. 이것은 늘 삼가는 바이다. 쳐다보고 싶은 생각은 기회 있는 대로 있었지만 과거는 깨끗이 잊어버리고 털끝만치라도 관심하지 않는 체하려 억지로 눈을 피하곤 하여왔다. 그의 손이나 가슴을 볼지언정 목 위에 눈을 보내지 않으려 했고, 어깨와 새까만 머리 쪽에 철따라 금비녀나 비취비녀가 꽂혀 있는 것은 바라볼지언정 눈과 부딪칠까 봐 무서워했다. 그래 치영은 늘 고개를 숙이는 것이 이 집에 와 버릇이 되었다.

"참, 조반 안 잡수세요?"

한 반이나 먹다가야 치영은 생각이 나서 물었다.

"어서 잡수세요."

하고 선주는 역시 부엌에서 무엇을 하는 체하고 있다. 선주는 자기 남편이 먹기 전에 먼저 먹지 않는 것과 똑같이 치영이가 먹기 전에도 먼저 먹지 않았다. '내가 서울서 안 살면 몰라도 내가 살림하면서야 자넬 하숙밥을 먹게 하겠나? 사나이 자식들끼리 그런 일이 있기도 용혹무괴지. 그걸 생각하고 쭈뼛거려서는 남아가 아닐세. 더구나 자네와 나 사이에……' 하고 강제로 치영을 끌어온 것도 그의 남편인 만치 그 남편은 눈곱만 한 것이라도 자기 아내가 치영에게 노엽게 할까 봐 자주 잔소리를 하였다.

수저나 식기 같은 것도 똑같은 것으로, 양말 한 짝을 빨더라도 치영의 것과 함께 빨게 하였다. 남편이 이렇게 당부하지 않더라도 또 선주는 선주대로 치영에게 미안함과 그리울 바 추억을 가진지라 조금치도 성의를 아끼지 않았다. 다만 괴로운 것은 치영의 외로움을 조석으로 눈앞에 두고 봐야 하는 것이었다. 치영은 동무에 팔려, 어디 가서 잘 먹고 노는 날 저녁에도 선주의 생각에는 다른 뜻이 있어 들어오지 않는 것만 같았고, 엊저녁과 같이 밤늦게 들어와 자기 부처가 불을 끄고 누운 방 옆을 지나 혼자 묵묵히 이층으로 올라가는 것을 보면 무슨 더러운 죄나 짓는 것처럼 송구스러워 견딜 수가 없었다. 올라가면서 이쪽을 향하고 시퍼런 눈방울을 흘기는 것도 같고, 올라가서는 찬바람이 이는 자리에서 잘 생각은 않고 언제까지든지 앉아만 있는 것도 같았다. 이런 날 밤이면 선주는 이마가 따끈거리며 잠이 오지 않았다.

자기에게 팔이나 다리를 던지고 씩—씩 코를 고는 익수(남편)가 밉살머리스럽기도 하였다. 곧 이층으로 뛰어 올라가, 영원히 녹지 않는 얼음이 박힌 치영의 가슴을 녹여주고 싶은 정열조차 숨차게 끓어오르는 적이 한두 번이 아니었다.

치영은 고요히 상을 물리고 일어섰다. 이렇게 익수가 나가고 없어 선주와 단둘이 될 때에는, 얼굴을 마주칠까 봐 더 겁이 났고 평범히 할 말이라도 주눅이 들어 벼르기만 하고 못 하고 말았다. 숭늉을 한 그릇 더 달래고 싶었으나 여러 해 만에 만난 것처럼 가슴이 울렁거려 그냥 이층으로 올라가려는데,

"양복 찾아오셨나요?"

하고 선주가 밥상을 들며 물어본다.

"지금 그거나 찾으러 갈까 합니다."

"그럼 어서 찾아오세요. 보게……."

치영이가 학생복을 벗게 되자 처음으로 신사복을 맞춘 것은, 늘 셋이 모이면 화제에 궁한 이 집안에서는 상당히 큰 이야깃거리였다. 며칠 전부터 익수는 넥타이 매는 것을 알려주었고 선주는 양복감에 따라 넥타이를 어떻게 택해야 된다는 것을 어느 잡지에서 본 대로 말해주었다. 서로 쳐다보는 자유만 가지지 않을 뿐, 남편이 있는 자리에서는 꽤 치영이와 지껄이는 선주였다.

신사복을 처음 입어보는 것으로라도 우울을 씻어볼까 하고 치영은 곧 거리로 나와 양복을 찾고 와이셔츠를 사고 선주가 일러준 것을 참고해 가며 넥타이도 하나 골라서 샀다. 사가지고 돌아오니 선주는 그제야 조반을 먹고 있다가,

"양복이 곤색이라구 하셨죠?"

하였다. 치영의 생각에는 선주가 자기와 단둘이 되는 자리에서 어색한 감정이 일어날까 봐, 그것을 미리 경계하기 위해 부러 말을 자꾸 거는 것 같았다.

"네, 곤색입니다."

"저기 체경 있는 데 가 입으세요."

"뭘요."

하고 치영은 손바닥만 한 면경밖에 없는 자기 방으로 올라가려 하였으나 선주가 굳이 자기 방으로 가서 남편의 체경 달린 양복장 문을 열어주는 것이다. 그리고 그 양복장 속에서 무엇인지 얄팍하고 기다란 종이갑 하나를 집어내더니,

"오늘은 이걸 매시라고 그랬어요."

한다.

"뭡니까, 그게?"

"넥타이야요. 어제 우리가 본정 갔다가 드린다구 산 거야요."

"네—"

하고 그것을 받느라고 마주 서는 바람에 눈길이 선주의 것과 마주쳤다. 가슴이 찌르르하였다. 선주의 얼굴도 붉어 있었다. 넥타이가 좋다는 말도, 고맙다는 말도 다 잊어버리고 우선 웃저고리를 벗고 와이셔츠를 입었다. 넥타이를 매려고 거울 속을 들여다보니 선주가 그저 서 있다. 아침마다 익수가 이 거울 앞에서 넥타이를 매려니, 그럴 때 흔히는 선주가 저렇게 뒤에 서서 보아주는 것이나 아닐까? 이런 생각이 미칠 때 넥타이는 어디로 가고 그네들 부부의, 의좋게 가지런히 서 있는 광경만으로 거울 속이 차버린다. 치영은 눈을 힘주어 감았다 뜬다.

"보는 사람이 있으니까 넥타이가 안 매집니다."

"그럼 가겠어요. 저리……."

하고 선주는 분명히 웃는 듯하며 밥 먹던 데로 갔다. 그리고 치영이가 말쑥하게 아래위로 신사복으로 차리고 나왔을 때는 한 어

머니가 훌륭해진 아들을 보듯, 한 누이동생이 출중한 오라버니를 우러러보듯, 사랑과 공경과 감격으로 치영을 보아주는 듯했다. 서로 말은 없어도, 또 치영이가 눈을 들어 마주 보지는 않아도 선주의 그런 호의와 감격이 확실히 이쪽 가슴에 느껴짐을 깨달았다. 치영이가 겨우 감사하다는 말 대신에,

"넥타이가 잘 어울리는가 봅니다."

하고 선주의 앞을 지나치려 하니, 선주의 손이 어깨를 건드린다. 돌아다보니 선주의 그 찬물에 데어 발그레한 손이 여기저기 묻은 실밥을 뜯어주는 것이었다. 그리고 나직한 목소리로 이렇게 묻는 것이다.

"졸업 후에 어떡하실지 작정하셨어요?"

"아직 못 했습니다."

선주가 진정스럽게 물어줌이 비록 원망스러운 사람일지라도 거짓이 아니요 참된 호의임을 모르지 않는지라 정숙하게 대답하였다.

"학위를 얻도록 허시지요."

"글쎄요. 너무 또 햇수가 걸리니까요. 그렇다구 이대루 나가 아무 의사가 되어버리기두 싫구요."

"고작 사 년이래면서 뭐 멀어요. 저희 집엔 십 년을 계셔도 괜찮으니 염려 마시구 연구부에 계시두룩 하세요. 집에서도 오늘 아침에 나가시면서 그렇게 하시는 게 좋을 거라구 그리시던데요."

"……."

"낙심 말구 나가주시면 전 그 외의 행복이 없겠어요."

하고 선주는 말끝이 흐려졌다. 치영이도 콧날이 찌르르하며 눈앞이 흐려짐을 느꼈다. 선주는 오래 숨겨오던 울음을 더 걷잡을 수 없어 밥상 치우던 것도 벌여놓은 채 자기 방으로 들어가 버렸고, 치영도 학생복 벗은 것을 자기 방에 올려다 두고는 지향도 없이 밖으로 나오고 말았다.

비는 그친 지 오래다. 서울 하늘이 반은 시퍼렇게 드러났다. 치영은 골목 밖을 나와서 다시 눈을 감고 지금도 울고 있기가 쉬운 선주의 모양을 상상해 본다.

'이다지 애착이 끊어지지 않을 걸 내가 어떻게 처음부터 그렇게 선선히 익수에게 양보하는 태돌 가졌을까?……모두 선주를 위해서다. 선주의 행복을 위해서요, 우정은 다음이었다. 익수에겐 재산, 또 그는 나처럼 학비 때문에 중간에 쉬지를 않았다. 삼년이나 먼저 학교를 마쳤고 이내 들기 어려운 식은에 뽑혔다. 선주의 행복을 위해 익수는 확실히 나보다 우월하였다. 양보가 아니라 나는 익수에게 권한 것이었다. 그랬기에 오늘 선주는 내 눈으로 보는 바와 같이 비교적 안락한 가정을 가진 것 아니냐? ……그런데 왜 나는 선주를 원망하나?'

치영은 어느 틈에 늘 다니던 버릇대로 그 연미사진관 쪽을 향해 걷고 있었다. 어떤 상점의 큰 진열창이 나오면 기웃이 자기의 신사복 모양을 비춰보기도 하면서, 남들이 다 유심히 보는 것 같아서 걸음이 쭈뼛거려짐을 느끼면서도, 치영의 머릿속에는 이날 아침의 우울과 흥분이 날래 사라지지 않는 것이다. 선주의 꿈이 깬 날 아침인데도, 또 늦잠을 자서 익수가 은행으로 간 뒤에 선주와 단둘이 있어본 긴장과, 넥타이를 받은 것, 또 선주의 손이 양복의 실밥을 뜯어주던 것, 또 그까짓 것들보다는 '낙심 말구 나가 주세요. 전 그 외의 행복이 없겠어요' 하고 울음을 참지 못하던 것, 그것들이 주는 뜨거운 것인지 차가운 것인지도 모를 강렬한 자극의 감격, 그 감격은 날래 식어질 불이 아니었다. 치영은 또 혼자 마음속에 중얼거리면서 걷는다.

'내가 선주를 원망하는 건 그 점이다. 내가 익수에게 권하는 눈치를 알자 옳다 됐구나 하는 듯이, 마치 그러기를 고대했던 것처럼 이내 익수에게 허혼해 버린 것이다. 난 사실이지 익수에게 권하기는 하면서도 속으로는 선주도 나를 위해 익수와 혼인하지 않아주기를 은근히 바랐던 거다⋯⋯.'

얼마 더 걷지 않아 연미사진관의 진열창이 나왔다. 중앙에 걸린 제일 큰 사진, 오늘도 그저 걸려 있었다. 어떤 기생임에 틀리지 않는 여자인데 퍽 보드라워 보이는 두 손길을 책상 위에 깔고 그 위에 한편 뺨을 갸름하게 가벼이 대고 무엇을 생각하다가 갑자기 쳐다보는 듯한 표정을 가까이에서 찍은 사진이다. 그런데 그 눈 뜸과 입 가짐이 꼭 선주와 같은 것이다.

처음 이 사진을 발견할 때는 '선주가 저런 모양으로!' 하고 놀랐으나 자세히 들여다보니 선주는 아니요, 어떤 기생의 사진인 듯하였다. 그러나 그 눈에 빛나는 총기와 선주의 제일 고운, 그 다문 입의 표정이 바로 그 사람처럼 닮아 있는 것이다. 선주의 사진이 치영에게 한 장 있기는 하나 명함판보다도 작은 것이어서 정말 얼굴만치 큰 이 사진에서처럼 선주다운 싱싱한 표정이 느껴지지 않았다. 치영은 학교 시간이 늦은 것도 잊고 정신없이 서서 바라보았다.

'이거야말로 보고 싶되 한집에 있는 얼굴이되 보지 못하고 사는 나를 위해 하나님의 동정인가 보다.'

하고 그 후부터는 십 분 하나는 더 걸어야 하되 학교에 가는 길을 이 사진관 앞을 돌아서 다녔고, 저녁 산보나 혹은 선주의 목소리만으로는 마음만 뒤숭숭할 때에는 으레 이 사진관 진열창으로 왔다. 와서는 기웃이 사진관 안을 엿보고 좌우에 지나는 사람들이 유심히 보지 않나를 엿보면서 그 이름도 모르는 기생의 사진을 쳐다보았다.

'선주의 얼굴을 이렇게 자유로 감상할 수 있는 나라면……'

사진관 진열창 앞에 설 때마다 어린아이 같은 탄식이 나왔다.

'엎질러진 물이다!'

하고 단념하려 하나, 그래서 며칠 동안은 이 사진을 보러 오지도 않아보았으나 그것은 일주일을 넘기기가 어려웠다.

'어떤 기생일까?'

'기생이면 요릿집에만 가면 누구나 불러 볼 수가 있을 것 아닌가? 그러나 학생으로…… 무슨 돈에……'

하고 여러 번 속으로 궁금해하고 별러만 왔다. 이렇게 궁금해하고 별러오는 동안 은근히 그 사진의 인물에게 정이 들기도 하였다.

만일 만나보아서 과연 사진과 같이 꼭 선주를 닮았으면 선주의 실물은 아니로되 선주를 복사한 여자거니 하고라도 가슴의 상처를 메울 수가 있을 것 같기도 했다.

'이름이 무얼까? 주소는?'

한번은 사진관 안에 심부름하는 아이만이 보였을 때, 용기를 얻어 들어가 보았다. 그러나 아무리 아이에게라도 학생복을 입고 와서 기생 사진을 가지고 이름이 뭐냐, 어디 사느냐, 말이 나오지 않았다. 원판이 있으면 야끼마시¹라도 한 장 해 가지고 싶었으나 그런 말을 내기에는 더욱 어려워서 어름어름하다가 중판엔 얼마요, 명함판엔 얼마냐고 공연히 사진값만 물어보고 나왔었다.

오늘은 학생복이 아니라 용기를 더 낼 수도 있고, 생전 처음 신사복이라 졸업 기념도 되고 하니 독사진도 한 장 박을 필요도 있다.

사진을 박으면 사진사는 영업 정책상 손님에게 호의를 가질 것이다. 호의를 갖는다면 여염 부인도 아니요, 기생의 이름쯤, 그가 부속된 권번쯤, 알고서야 가르쳐주지 않을 리 없을 것이다.

치영은 진열창 앞에 오래 서 있지 않고 사진관 안으로 들어갔다.

물론 사진관에서는 사진사나 조수 같은 사람이나 모두 기대하던 이상으로 친절하다. 이내 사장寫場으로 인도되었다.

"무슨 판으로 박으실지…… 하나 큼직하게 박으시지."

하고 사진사는 손을 싹싹 비비며 견본 앨범을 내놓았다. 앨범을 받아 장장이 넘겨보았으나 또 기생의 사진들도 몇 장 붙었으나 진열창에 있는 그 기생은 보이지 않는다.

"저……."

"네?"

---

1 일본어로 '복사본'을 뜻함.

"저어…… 진열창에 걸린 기생 사진요?"

"네, 그 중앙에 걸린 거 말씀이죠?"

"그건 너무 크지요?"

"좀 큽지요. 그러나 얼굴을 실물만큼 취미로 박는 분들이 요즘 많습니다. 그렇게 한 장 박으시죠?"

"……그게 기생이죠?"

하고 치영은 말이 나온 김에 쇠뿔도 단김에 빼렸다는 생각을 하고 얼굴을 제법 들면서 물어보았다.

"기생입니다. 저 남추월이라구, 한동안 검무 춤 잘 추기루 유명하던 기생입니다."

"네……."

"걔두 아마 지금은 늙었을 겝니다."

하고 사진사는 여전히 손을 비빈다.

"늙어요?"

"그럼요, 저 사진이 벌써 근 십 년 전 겁니다. 그러니 지금은 서른이 훨씬 넘었을 거 아닙니까? 기생은 갓 스물이 환갑이라구 안 그럽니까?"

하고 웃는 것이다.

그러자 사장에서 걸상도 옮겨놓고 반사기와 배경도 옮겨놓고 하던 조수인 듯한 청년이 오더니,

"그럼 지금은 기생 노릇 안 허나요?"

하고 치영이가 묻고 싶은 것을 대신 물어준다.

"안 헐 걸 아마…… 전라도 부자한테 살림 들어갔단 지가 오래지…… 아일 낳어두 아마 서넛 낳을 걸세."

치영은 결국 소중판으로 박기로 하고 걸상에 가 앉았다. 사진사는 자꾸 좀 웃는 얼굴을 가지라고 하였다.

그러나 웃음을 억지로 짓자니 얼굴의 근육들이 이상스럽게 여기었다. 켕기는 웃음대로, 잘못되었는지 모른다고 하여 한 번 더 다시 박고 사진관을 나섰다.

날은 맑아졌으나 길은 그냥 질었다.

치영은 어데로 가야 할지 모른다. 그러나 속으로 '선주도 늙을 게다…… 한 십 년 지나면 선주도 아마 아일 서넛 나을 것이다……' 하면서 허턱 큰길 쪽으로 걸었다.

애인의 딸

열대여섯 해가 지나갔다. 선주만이 꽃다운 시절을 놓쳐버린 것이 아니라 김익수도 장치영도 다 사십객이 되어버렸다. 선주 여사는 그동안 딸 형제, 아들 형제, 사남매를 낳았고, 남편이 S 은행 본점에서 얼마 오래 있지 않고 남쪽 어느 곳 지점으로 전근되어서 시골 살림을 하는 지도 벌써 오래다. 뒤를 이어 무럭무럭 자라는 사남매를 가진 여섯 식구의 가정, 비교적 고급의 봉급이어서 선주 여사의 가정은 늘 윤택하고 즐거웠다.

그러나 치영은 그저 외로웠다. 의학박사의 학위를 얻었고 세전문학교에 강사로 다니며 수입도 군색하지는 않아서 문밖에다 정원 널찍한 터를 사고서 서재도 하나 얌전하게 지었다. 그러나 늙은 식모가 한 사람 있을 뿐, 장 박사의 생활의 짝이라고는 오직 책이 있을 뿐이었다. 선배들과 친구들이 그렇게 권하였건만, 그 중에도 익수는 마땅한 혼처가 있을 때마다 벌써 여러 차례나 편질 혹은 일부러 서울까지 와서 결혼하기를 권유해 보았으나, 장 박사는 말로, 혹은 글발로 서양 시인 키츠의 말을 빌려, '나의 최대의 행복은 결혼에 있지 않네. 내 담소한 서재에서 책과 더불어 있는 시간이 얼마나 거룩하고 즐거운지 모르네. 내가 책을 정신없이 읽고 있을 때 책장에 와서 살랑살랑 흔들며 내 뺨을 스치는 미풍이 내 사랑스러운 아내일 것이요, 저녁이면 창을 통해 내 머리맡에 반짝이는 별들이 귀여운 내 아들이요, 딸들일 것일세'라고 하여 한 번도 혼담에 응하지 않았다.

그러나 시인 키츠의 속은 어떠하였는지 모르나, 장 박사는 냉정한 과학자의 속으로도 가끔가끔 외로움에 시달리지 않으면 안 되었다. 꿈을 꾸는 도수가 줄었을 뿐 마흔이 넘은 오늘까지도 가끔 그 첫사랑이요, 마지막 사랑인 선주의 꿈을 꾸었다. 지금도 선주 여사는 그때, 찔레꽃이 달빛처럼 환하게 밝은 언덕을 배경으로 하고 나타났다. 그 선주에다 대면 형이라도 몇째 위의 형이기보다 더 올라가 어머니뻘 되게 중년 부인이 되었건만, 또 가끔 서울에 오는 그 중년 부인인 손선주 여사를 만나도 보건만 꿈속에서 한결같이 그 소녀 시대에서 처녀 시대로 옮기는, 앳된 선주만이 나타나곤 하였다. 앳되고 깨끗한 순정 시절의 선주, 그는 이제는 사십객 장 박사의 애욕의 대상은 아니었다. 오래 불도를 하는 이 마음속에 보살을 지녔듯이, 이제는 한낱 종교와 같이 늘 영혼 속에 머물러 그윽한 위로와 감격을 주는 대상이었다. 그래서 선주의 꿈을 꾸어도 그날 아침이 그전과 같이 그렇게 슬프지만은 않았다. 오랫동안 그 꿈이 오지 않으면 장 박사는 은근히 그 꿈을 기다리며 살았다.

그런데 꿈보다도 사실은 더 감격스러웠다.

선주 여사는 서울에서 살림할 때 맏딸을 낳았다. 이름은 장 박사의 의견까지 종합하여 지은 옥담이다. 옥담이는 돌이 겨우 지나서 아우를 보았다. 장 박사는 옥담을 귀애했다. 젖을 뗄 때에는 반은 장 박사가 기르다시피, 저녁이면 이층으로 안고 올라와 데리고 자면서 똥오줌까지 받았다. 그러다가 겨우 말을 배우며 '아찌, 아찌' 하고 장 박사를 따를 만하다가 시골로 가게 되니 장 박사의 외롭고 서글픔은 한층 더 컸었다.

그러다가 옥담이가 저희 아버지를 따라서 서울 오기는 벌써 보통학교에 들던 해였다. 장 박사는 그때 옥담을 보고 깜짝 놀랐다. 어려서는 그리 몰랐는데 여덟 살 먹은 옥담의 얼굴에는 저희 어머니의 모습이 완연히 드러났다. 그 후 여름 방학마다 옥담이를 불러올리든지, 자기가 가든지 해서 일 년 만에 만나볼 때마다 옥담은 점점 그 선주, 찔레꽃 언덕의 선주가 더 그대로 되어가는 것이었다. 장 박사는 남모르는 그리움과 감격에서 옥담을 꼭 안아주곤 하였다.

그리고 서재에서 책을 볼 때에는 그런 줄 모르다가도 어쩌다 백화점 같은 데 가서 어린아이들의 그 조그만 정물들과 같이 아름다운 양말이나 구두나 장난감들을 보면 어디서 솟아나는 생각인지 문득 결혼도 하기 전에 아이 생각부터 났고, 그러고는 이내 옥담이 생각이 나서 명절 때든 아니든 크리스마스 때든 아니든, 옥담의 소용품을 여러 가지로 사 부치곤 하였다.

그러던 옥담이가 장 박사에게 오게 되었다. 다니러 오는 것이 아니라 시골에서 보통학교를 졸업하고 벌써 삼사 년 전부터 장 박사에게 와 있으며 공부하는 것이다.

장 박사는 방을 따로 하나 치우고 책상과 학용품 같은 것은 물론, 옷 넣고 입을 의장까지 하나 사다 놓고 오랫동안 외가에 나가 있던 제 자식을 맞으려는 것 같은 어버이로서의 애정을 체험하면서 맞이하였다.

옥담은 영리하여 처음부터 들고 싶어 하던 ✕화여고보에 문제없이 뽑혔다. 저녁이면 좋은 아저씨, 장 박사의 지도로 산보와 복습도 잘하여서 성적과 건강이 모두 훌륭하였다. 이학년이 되면서부터는 음악을 과외로 배우겠다고 하여 장 박사는 피아노를 다 사들였다.

"옥담아?"

"응?"

"응이 뭐야, 밤낮 어린앤가?"

"그럼 네…… 자…….."

하고 옥담은 피아노 걸상에서 일어서며 아저씨의 팔에 매달린다.

"피아노가 좋지?"

"응."

"그래두 응이야?"

"하하……."

하고 옥담은 순진하게 웃어버린다. 그리고,

"아저씬 무슨 창가가 좋우?"

묻는다.

"나……."

하고 아저씨는 잠깐 생각하다가,

"난 좋아하는 찬송가가 있지."

한다.

"무슨 찬송가? 찬송가면 내가 치께."

"정말?"

"그럼 뭐 찬송가야 못 칠까 봐…… 내가 치께 해봐요, 어서……."

"난 할 줄은 모른다, 얘."

"나허구 같이 해요, 응? 내 찬송가책 가져오께."

"그래."

옥담은 정말 곡조 찬송가책을 가져왔다.

"몇 장?"

"몇 장인지나 알면 제법이게."

"뭔데? 그럼 첫마디만 해봐요."

"첫마디."

장 박사는 굉장히 잘할 것처럼 넥타이를 다 늦추어 놓더니 목청을 다듬느라고 마른기침을 자꾸 한다.

"괜히 벼르기만 하네…… 어서요."

"자, 봐라…… 에헴…… 하―날 가―는 밝은 길―이― 내―앞―에 있으니…… 잘하지?"

"응, 그거…… 난 뻴난 거나 하신다구. 내 치께 나두 거 좋아……."

옥담은 찬송가책에서 이내 그 '하늘 가는 밝은 길이'를 찾았다. 그리고 아저씨의 노래를 반주할 뿐만 아니라 저도 노래 불렀다. 반주는 아저씨의 노래만큼 서투르나 노래는 여간 맑고 아름답지 않았다. 너무나 잘 부르는 그의 노랫소리에 아저씨는 이내 입을 다물고 듣기만 하고 서 있었다.

이후로 장 박사는 가끔 피아노 머리에서 혹은 옥담의 등 뒤에서 그 거친 목청으로 이 '하늘 가는 밝은 길이'를 부르곤 한다. 암만 불러도 잘되지는 않았다. 옥담의 반주는 이내 책을 덮고도 외어 쳤으나 장 박사의 목소리나 곡조는 별로 나아지지 않았다. 그러나 장 박사는 늘 한 마디씩이라도 불러보기를 즐겼다.

옥담이가 온 뒤로부터는 휴등했던 방에 다시 불이 들어온 듯 이렇게 늘 밝은 기운이 집안에 떠돌았으나, 그러나 혼자 서재에서 책만 보다가 눈이 피곤할 때나 무엇이 동기였는지는 막연하나 갑자기 옛날 선주의 생각이 머리를 퉁길 때에는 혼자 무인지경에 앉은 것처럼 역시 고적하였다.

"옥담아?"

어떤 때는 그의 이름부터 부르기도 하나 흔히는,

"하―날 가―는 밝―은 길―이……."

하고 노래부터 부른다. 그러면 자기 방에서 복습을 하고 앉았던 옥담이는 날쌔게 피아노 앞으로 뛰어와서 그 반주를 울렸다. 둘이서 끝까지 부르고는 으레 옥담이가 건반 위에 두 손을 펼친 채 고개를 돌려 방긋이 쳐다보았다.

"오!"

장 박사는 '오!' 소리만 냈을 뿐 '선주!' 소리는 늘 삼켜버렸다. 옥담이가 그렇게 쳐다보는 눈은 더 저희 어머니 같았다. 박사는 고요히 옥담의 어깨를 또닥또닥해 주고 그때가 밤이면 으레 부엌으로 갔다. 옥담은 피아노 연습을 하게 하고 자기는 물을 끓여 찻상을 차리는 것이다. 옥담의 컵에 설탕을 넣고 그것을 다 풀어까지 놓고서 옥담을 부르는 것이다.

한번은 이렇게 밤 식당에서 차를 마시면서 옥담이가 제 딴은 속으로 벼르기만 하던 것을 물어보았다.

"아저씨?"

"왜?"

"왜, 아저씬 아주머니 안 얻우?"

"아주머니?"

"응, 아저씨 색실 말야. 왜 안 얻우?"

"어디 떨어졌나 얻게……."

"남 놀리긴…… 난 아주머니 하나 있었으면 좋겠어."

"왜?"

"없으니깐 안됐지 뭐유. 집엔 식모 늙은이뿐이구…… 어린애두 하나 없구, 뭘."

"너 어린애 아니냐?"

"내가 왜……."

"……."

아저씨는 씩― 웃었을 뿐, 더 대꾸를 하지 않았다.

옥담이는 그 후에도 늘 혼자 궁금하였다.

'왜 우리 아저씬 결혼 안 하실까?'

학교에서 처녀로 있던 여선생님이 혼인하는 것을 볼 때나, 동무들 중에 저희 오빠나 아저씨가 혼인한다는 말을 들을 때나 늘 옥담은 자기 아저씨 생각을 하였고, 그 독신으로 늙으려는 태도가 커갈수록 더 궁금스러웠다.

한 해는 여름 방학 때였다. 옥담은 진작 시골집으로 내려갔을 것이로되 며칠 있다가 동경에서 열리는 학회에 가는 아저씨와 같이 떠날 작정으로 그날을 기다리고 있는 때였다.

장마는 진 지 오래다. 올해도 넓은 뜰 안에 구석구석이 코스모스가 무더기무더기로 올려 솟았다. 쑥갓처럼 먹음직스럽게 자랐다. 벌써 서너 차례나 솎아주었지만 또 벌써 가까이 가서 들여다보면 옆으로 가지를 뻗지 못하고 키만 올려 솟는다. 옥담은 우산을 받고 오전 때까지 그것들을 다시 솎아주고 순도 잘라주었다.

아저씨는 무슨 화초보다 코스모스를 사랑하였다. 언덕 위에 지은 집이라 가을이면 담과 지붕 위에는 온통 유리처럼 맑고 푸른 하늘뿐이라, 그런 하늘 밑에 한 마당 어우러진 코스모스밭은 꽃밭이라기보다 진주와 보석의 밭이었다. 아저씨는 '우리 집은 코스모스 피었을 때가 제일 아름다운 때라' 하시고 그때면 으레 친구들을 잘 청하셨다. 그리고 '하날 가는 밝은 길이'를 둥그런 마당에서 잘 부르셨다.

옥담은 혼자 점심을 먹고 시름없이 내리는 빗발을 내려보면서 또 자기가 솎아준 코스모스의 포기 포기에 눈을 주면서 창가에 서 있었다. 아저씨는 오늘도 일찍 돌아오지 않는다. 피아노도 좀 쳐보았다. 그러나 흥이 나지 않는다. 아저씨의 책상으로 와서 책장을 들여다보았다. 가죽 뚜껑을 한 책들은 파랗게 곰팡이가 피었다. 옥담은 그런 책들을 꺼내 곰팡이를 닦다가 아저씨가 중학 때에 쓰던 것인 듯한 헌 영어사전 한 책을 발견하였다. 자기도 지금 영어사전을 쓰는 중이라 펴볼 흥미가 났다. 한번 찾아본 단어에는 빨간 연필로 언더라인을 그어서 페이지마다 시뻘겋다. 그 시뻘건 것을 보느라고 여기저기 넘기는데 그 속에 웬 사진 같은 것이 퍼뜩 넘어간다. 다시 그 페이지를 펼쳐본즉 사진이다.

'뭐?'

옥담은 놀랐다. 며칠 전에 박은 자기의 사진 같아서다. 그러나 빛깔이 누르스름한 데가 있는 것이 오랜 사진이다. 꼭 자기 얼굴 같으나 머리와 옷 모양도 다르다.

'옛날 사진?'

가만히 보니 자기 어머니 같은 데도 많다. 더 생각해 보니 자기 어머니의 처녀 때 사진이 틀리지 않을 것 같다.

'우리 엄마 학생 때, 그럼 이게 우리 아버지 책일까?'
하고 겉장을 들췄다. 거기는 분명히 '치영 장'이라고 영어로 아저씨의 이름이 씌어 있다.

'웬일일까?'

옥담은 곰곰이 생각하다가 얼른 그 사진의 뒤쪽을 돌려보았다. 거기에는 이렇게 씌어 있다기보다도 장식되어 있는 것이다.

'그대는 나의 태양, 그대가 있음으로 나는 인생의 아침을 맞이하도다.'

옥담은 눈이 의심스러웠다. 몇 번 다시 읽어보아도 그런 말이다.

'그대는 나의 태양…… 인생의 아침을…….'

옥담은 소설에서 더러 이런 유의 달콤한 문구를 읽기도 하였거니와, 처음이라 하더라도 그런 문구에서 우러나는 감정에 이미 과민할 나이였다. 옥담은 이 때문이 아니지만 얼굴이 가슴과 함께 홧홧 달았다.

꼭꼭 눌러쓴 글자가 아무리 중학생 때 글씨라 하더라도 아버지의 글씨보다는 아저씨의 글씨다.

'우리 엄마와……?'

사진은 자세히 들여다볼수록 엄마의 학생 때 얼굴이 틀린 것 같지 않다.

'옳아!'

옥담은 아저씨와 엄마가 친하게 지내면서도 어딘지 어색한 데가 있던 것을 몇 가지 생각해 내었다.

'정말 그런가 보다! 그래서 아저씨가…….'

아저씨가 독신 생활을 하는 비밀의 열쇠도 여기서 잡히는 듯하였다.

옥담은 사진을 도로 영어사전에 끼워, 그 영어사전을 또 도로 책장에 끼워놓았다. 그러나 천연스럽게 앉아 있을 수가 없었다. 다시 꺼내보고 다시 생각해 보고 다시 넣어두려 하였다. 이날, 비에 젖은 레인코트를 털며 들어서는 아저씨의 모양은 다른 날보다 더 몇 배 외롭게 보였다.

"아저씨?"

"그래?'

"……"

불러는 놓고 옥담은 아저씨의 얼굴만 쳐다보았다. 아저씨는 언제나 마찬가지로 그 시선부터가 쓰다듬어주는 듯한 부드러운 눈웃음을 보여주었다. 그러나 옥담의 눈은 새삼스럽게 아저씨의 얼굴에서 다른 여러 가지를 발견하였다. 움푹 가라앉은 눈자위, 두드러진 광대뼈, 벌써 흰 것이 꽤 많이 섞인 윗수염, 웃을 때에는 배나 더 접혀지는 주름살들, 청춘이란 이미 한 개 전설과 같이 지나가 버린 오랜 빈 마당과 같은 얼굴이었다.

"왜 옥담아?"

아저씨는 책을 한 짐씩이나 넣고 다니는 가방을 책상 위에 놓더니 옥담을 꼭 안고 머리를 쓰다듬었다.

"혼자 심심했니?"

"아―니."

"그럼?"

"저어……."

"응? 뭐? 점심 뭐 해먹었니? 참, 우리 오래간만에 오늘 저녁 나가 먹을까?"

"싫어요."

"왜?"

"진창에 뭘 하러…… 아저씨."

"그래?"

옥담은 그 사진 이야기가 그리 쉽사리 입 밖에 나와지지 않았다.

그래 말로 물어보기보다 실물, 그 사진을 내보이면 아저씨가 먼저 뭐라고 말이 있으려니 하고 영어사전이 꽂힌 책장 앞으로 뛰어갔다.

메트로놈

그러나 옥담의 손은 쉽사리 그 영어사전에 미치지 못하였다. 첫머리에 있는 다른 책 하나를 뽑아 들며,

"아저씬 왜 책에 모두 곰팡이 핀 것두 모르셨수?"

하고 자기가 곰팡이 닦은 것을 자랑하였을 뿐이다.

다음 날, 아저씨가 나간 뒤에야 옥담은 다시 사진을 꺼내보았다. 이번에는 자기 책상 속에 갖다 넣어두고 여러 번 바라보면 여러 번 바라볼수록 자기 어머니의 처녀 때가 틀리지 않으리라는 자신이 생긴다. 그래 웃기 좋아하는 아저씨되 어딘지 쓸쓸한 구석이 있는 얼굴인 것을 바라볼 때, 어느새 시골 자기 아버지의 번둥번둥한 얼굴이 밉살머리스럽게 생각되기까지 하였다.

'왜 우리 엄만 아저씨 같은 일 버렸을까? 내가 보기엔 아저씨가 더 점잖으시구 학식두 더 많아 뵈는데…… 박산데…… 엄마가 처녀 땐 좀 맹초였나 보다.'

하는 생각도 했다.

옥담은 아저씨와 함께 서울을 떠났다. 아저씨는 그 차로 바로 부산으로 직행하였고 옥담은 중간에서 내려 고향 집으로 들어갔다. 집에 가서는 아버지와 어머니가 자꾸 이상스럽게 보였다. 더욱 어머니가 그랬다.

"왜 날 그렇게 빤―히 보니? 어멈이 늙어 뵈니?"

"아―니…… 좀 늙으시기두 했지만……."

"좀만 늙었니. 이젠 늙은이다, 나두……."

어머니는 한숨까지 쉬며 웃었다. 그리고,

"너이들 다 나서 길러서 가르쳐서 하느라고 내가 늙지 않니?"

하였다.

"그래서 늙으셨어?"

"그럼."

"그럼 엄만 슬픈 일은 조금두 없수?"

"슬프긴 왜? 너이들 잘 자라구 아버지 은행에 잘 다니시구 먹을 게 없니 입을게 없니, 뭬 슬퍼?"

"먹구 입을 것만 걱정 없으면 고만인가?"

"그럼 먹구 입는 것처럼 중한 게 어딨니?"

"그것만 걱정이 없으문 고만유?"

"그럼."

"정말?"

딸을 말뚱말뚱 쳐다보았다.

"정말이지. 정말 아니문 어―째."

하고 어머니는 귓등으로 듣는 듯, 갓난이를 치켜들고 세―장 세―장을 시작했다.

그러나 며칠 뒤에 달 밝은 밤이었다. 아버지만 어디 나가시고는 온 식구가 마루에 걸터앉아 옥수수를 한 자루씩 들고 먹으면서였다.

"이렇게 맛난 옥수수, 아저씨 좀 드렸으문……."

옥담이가 우연히 한 말이었다.

"아저씨가 옥수수 좋아하시던?"

"그럼 뭐…… 내가 서울서야 봤나 뭐. 작년 여름에 우리 집에 와 그렇게 잘 잡숫는 걸 엄마두 보군, 뭘……."

"참 잘 잡숫더라…… 이번에도 동경서 나오시다 들르시건 네가 쩌드리렴."

"엄마가 좀 쩌드리구랴. 내가 쩌드리는 것보담 엄마가 쩌드리문 더 좋아하실걸……."

"……."

옥담은 계획이 있어 이런 말을 한 것은 아니다. 속에 있기는 하던 생각이지만 나오기는 우연한 것인데, 어머니는 아무 말도 없이 딸의 눈치만 한번 힐끗 보았을 뿐이다. 그리고 달빛에 보아도 어머니의 얼굴은 무심한 채 있지 못하였다. 옥담은 속으로 '옳구나!' 하였다. 그리고 미련한 척하고,

"참, 엄마."

하면서 방으로 뛰어 들어가 서울에서 가지고 온 사진을 들고 나왔다.

어머니는 달빛에나마 그 사진이 아득한 옛날 자기 처녀 적임을 얼른 보아 깨달았다.

"이게 웬 거냐…… 어서 났니?"

어머니의 말소리는 평범하지 못하다.

"엄마지?"

"어디서 났냐니까?"

"글쎄, 엄마지?"

"……."

어머니는 잠깐 멍청하니 섰다가 무슨 생각엔지 사진의 뒤쪽을 돌려보았다. 무엇이 씌어 있는 것을 알자 사진 쪽을 볼 때보다 바로 눈에 갖다 대더니 더 얼굴빛이 달라졌다.

"내가 아저씨 책장을 치다가 얻었어. 중학교 때 쓰시던 건가 봐. 다 해진 영어사전 속에 들어 있겠지."

"그래, 아저씨 뵈드렸니? 그냥 잠자쿠 가져왔니?"

"잠자쿠 가져왔지, 엄마 같길래."

"그게 아마 너이 아버지가 학생 때 쓰시던 책인가 보다. 아저씨하곤 너이 아버지가 퍽 친했으니까. 너이 아버지 책이 거기 가 있었구나."

옥담은 '아니야. 책엔 아저씨 이름이 씌어 있던데. 그리구 그 사진 뒤쪽에 쓴 글씨두 아저씨 글씨가 분명한데' 소리가 입술에서 날름거렸으나 꾹 참고,

"글쎄……."

해버리고 말았다. 어머니는 그 사진을 돌려주지 않았다. 동생들이 그게 무엇이냐고 덤벼들어도 꼭 쥐고 내놓지 않았다. 그리고 천연스럽게 앉았지 못하고 갑자기 어멈을 불러 다림질감을 내다가 눅이라 하였고, 다림질을 하면서도 여러 번 다리미 불을 엎질렀다. 옥담은 어머니가 그렇게 하는 것이 모두 아저씨를 생각하는 때문이거니 하였고, 이렇게 해서나마 어머니가 아저씨를 생각해 주는 것이 외로운 아저씨를 위해 즐거웠다.

그러나 어머니는 이날 저녁뿐이었다. 이튿날 아침부터는 전과 마찬가지로 무심히 지내는 것이었다.

'오! 아저씨를 위해 누가 있나?'

옥담은 어머니가 원망스러웠다. 아저씨와 아버지와 어머니와의 삼각관계를 여러 모양으로 상상해 보고 지금보다도 더 비극의 주인공이었을 그 시대의 아저씨를 위해 눈물까지 머금어보

았다.

'아저씬 불쌍한 이다! 훌륭한 이다!'

아저씨를 평소에 보다 더 존경하고 싶은 정성이 끓어올랐다. 어머니가 아저씨를 버린 것이 죄라면 그 죄를 어머니 대신 자기가 지고 싶었다. 할 수만 있는 일이라면 어머니 때문에 아저씨가 받는 그 외로움, 그 어둠을 자기로써 단란하게, 명랑하게 해드리고 싶었다. 그래 아저씨가 동경에서 나오다가 들렀을 때, 아저씨만 혼자 서울로 떠나게 하지 않고 자기도, 방학은 아직 세 주일이나 남았으나 함께 따라나서고 말았다.

떼—깍 떼—깍 떼—깍…….

아저씨가 동경 갔던 선물로 사다준 메트로놈(박자기)이었다. 바스켓에 넣었던 것을 차 안에서 심심해 꺼내 틀어놓았다. 우퉁우퉁 달려가는 기차 소리도 그 떼—깍 떼—깍 소리에 맞는 것 같았다. 모든 것이 박자가 맞으면 재미있구나 하였다. 사람의 생활도 박자를 맞어주는 메트로놈이 필요하리라 생각된 옥담은,

'내가 아저씨의 메트로놈이 되어드렸으면!'

하였다. 아저씨는 떼—깍 떼—깍 소리와 함께 한참이나 고갯짓을 하다가 옆에 사람들도 들을 만치,

"하—날 가—는 밝은 길—이……."

하였다. 옥담이도 나직이 따라 부르면서 서울이 가까워지는 창밖을 내다보곤 하였다.

봄이 가져오는 것

옥담에게 졸업을 가져오는 봄이 왔다. 봄은 졸업장만 가져오지 않았다. 졸업장에 얹어 덤으로 가져오는 것이 많았다. 졸업날, 어느 화장품 회사에서는 분과 베니와 향수와 눈썹 그리는 먹까지 넣어서 이쁜 한 갑씩을 선사하였다. 자기네 상품 광고에 지나지 않지만 기껏 크림밖에 써보지 못한 소녀들에게는 무안하리만치 흥분과 호기심을 일으켜 놓는 것이었다. 옥담은 자기 방에서 무슨 큰 비밀이나 가지는 것처럼 숨을 죽여가며 물분을 발라보고 베니 칠을 해보고 하였다. 훨씬 돋보였다. 아침마다 만지던 자기의 뺨이지만 갑자기 더 포근포근 살이 오르는 것 같았다. 거울을 가까이 들여다보고 물러서 들여다보고 하다가는 누가 오는 듯하면 미리 준비해다 놓은 물수건으로 얼른 화장된 얼굴을 문대어버렸다. 문대어버리고 나면 겉에 발랐던 분 빛과 베니 빛은 확실히 없어졌다. 그러나 살 속에 나타났던 따끈따끈한 혈조의 빛은 곧 사라지지 않았다. 사라지지 않을 뿐 아니라 모르는 며칠 사이에 얼굴은 갑자기 자라는 듯 손으로 만져보아도 다를 만치 피었다.

전문학교에 들어서 두루마기를 양속으로 골라 좀 몸에 맞게 지어 입고 구두도 굽이 좀 높아진 새것을 신고 나섰더니 아는 사람마다 여러 해 만에 만나는 것처럼 커졌다고, 이뻐졌다고 놀렸다. 집에서는 이 봄으로 혼인 문제를 일으켰다.

"누가 혼인한대나."

하고 귓등으로도 담아 듣지 않는 체는 하면서도 한가한 저녁이면, 아니 어떤 때는 공부를 하다 말고도 연애니, 결혼이니 하는 문제에, 언제 시작되었는지도 모르게 공상의 무지개가 뻗어 오르곤 하였다.

하루는 전문학교에 와 이태째 되는 가을이었다. 학교에서 돌아오니 아저씨가 코스모스가 피어 넘친 마당에 서 있었다.

"좋은 편지 왔다."

는 하면서도 어딘지 웃음은 억지로 짓는 것 같았다.

"어디서 왔어요?"

"집에서."

편지를 받아보니 아버지에게서 온 편지이긴 하나 자기에게 온 것은 아니었다.

"아저씨한테 온 건데 뭘."

"그래두 가지구 들어가 읽어봐."

하는 것이다.

옥담은 무슨 예감에선지 얼굴이 따끈함을 느끼며 편지를 가진 채 자기 방으로 들어왔다.

편지는 혼인 사연이었다. 전에처럼 공부보다는 시집을 보내는 것이 어떠냐는 의견이 아니라 적당한 자국이 있으니 정혼해야겠다는 주장이요, 자세한 것은 당장에도 들려줄 겸 불일간 아버지가 상경하리라는 것이었다.

'적당한 자국!'

옥담은 그 마디에 더 한 번 눈을 주었다. 그리고 밖을 내다보았다. 아저씨는 이쪽으로 등을 돌리고 서서 코스모스를 어린아이 머리를 쓸어주듯, 그 크고 여윈 손길로 한번 획 쓸어주고 나서는 그 가냘픈 고개들이 다시 일어나 간들거리는 것을 물끄러미 들여다보고 있었다.

'외로운 아저씨!'

눈물이 핑 어렸다.

'아버지는 아저씨한테서 어머닐 빼앗고 또 나까지…….'

옥담은 눈이 자꾸 젖어서 밖으로 나오지 못했다.

이날 밤이다. 복습을 하고 피아노를 한 곡조 치고 자리에 누우려 불을 끄니 마당이 대낮처럼 밝다.

"아저씨, 달 좀 봐."

하고 어린아이같이 소리를 질렀다.

"난 벌—써부터 보구 있다누."

하는 소리는 아직 서재에서 났다. 옥담은 끄르려던 옷고름을 다시 여미고 아저씨의 서재로 갔다. 아저씨는 진작부터 불을 끄고 달을 보고 있었다.

"여기 와 저 달 좀 봐라."

"어쩌문!"

옥담은 의자를 끌고 와 아저씨 옆에 가지런히 앉았다. 넓은 유리창에는 아래 절반은 코스모스요, 위의 절반은 달이었다.

달과 코스모스! 그것을 빈 듯한 서재에서 혼자 밤이 깊어가는 줄도 모르고 내다보고 앉았는 아저씨! 너무나 감상적인 그림이었다.

"아저씨?"

"그래."

"벌레들도 꽤는 울지?"

"그리게."

"벌레 같은 미물도 달 밝은 게 좋을까? 그런 감각이 있을까?"

"감각이야 있겠지. 환―한 걸 유쾌해할는지 공포를 느낄는지 그건 몰라두……."

"아무리 벌레기루 달빛에 공포야 느낄까, 뭐."

"글쎄……."

아저씨는 눈을 돌려 달빛에 박꽃처럼 뽀얘진 옥담의 얼굴을 바로 들여다보았다. 달은 없어도 찔레꽃이 달밤 같던 그 옛날 황혼의 언덕에서 보던 선주의 얼굴, 바로 그 얼굴이 무슨 보자기에 싸여 있다가 고대로 끌러진 것 같았다.

"옥담아?"

"네?"

"……"

장 박사는 멍―하니 바라만 보았다.

"왜 아저씨?"

"……"

"응, 왜요?"

"넌……."

"네."

"넌, 넌, 달빛이 유쾌하냐, 무서우냐?"

"남을 벌레루 아시나베."

"……"

장 박사는 또 멍―하니 바라보기만 하였다. 벌레 소리는 달빛과 무엇을 경쟁하듯 울어댔다.

"아저씨?"

"응?"

"아버지 올라오실 것 없다구 편지해 줘요."

"왜?"

"나 혼인하기 싫어요."

"왜?"

"글쎄, 싫어요."

"어디 지금 당장 하라시니? 정혼만 해두면 좋지 않니?"

"정혼두 싫어요."

"왜?"

"나 평생 시집 안 가."

"그게 무슨 소리야?"

"나 평생 이렇게 살구퍼."

"뭐?"

"……."

옥담은 더 대답하지 않았다. 그리고 이내 울기 시작했다. 왜 그런지 갑자기 버릇이 된 것처럼 눈물이 잘 솟아올랐다.

"왜 우니? 응?"

"……."

"옥담아?"

장 박사는 의자를 더 바투 대어놓고 옥담의 등을 어루만지며 물었다.

"옥담아? 그런 편지 온 걸 왜 즐거워할 거지 울긴?"

"……."

"응?"

"내가 다 알았어요."

"무얼?"

"아저씨가 이렇게 외롭게 지내시는 거……."

"그게 무슨 소리야?"

"우리 엄마가 아저씨한테 잘못한걸……."

"……."

장 박사는 입이 선뜩하여 한참이나 아무 말도 못 하였다.

나 다녀올게

이날 밤에 옥담은 울음에 젖은 입으로 몇 번이나,

"난 언제까지든 아저씨 헬퍼로 아저씨한테 있을 터예요."

하였다. 그리고 아버지가 정말 올라와서 그 적당한 자국이라는 데를 역설하였으나 옥담은 우물쭈물하지 않고 태연스럽게 혼인할 의사가 전혀 없다는 것을 끝까지 주장하였다.

이렇게 옥담은 장 박사를 아저씨라고 하는 대신 아버지라고 부르면서까지 학교에서 돌아오면 그의 서재의 일을 돕고, 그의 정원의 일을 돕고, 그의 살림까지 거의 맡아 보살피는 것으로 온전히 행복스러운 날들이 흘러갔다. 아침이면 마당에서 라디오 체조, 저녁이면 '하늘 가는 밝은 길이'의 노래, 토요일이면 북한산이나 남한산으로 하이킹, 그렇지 않으면 가까운 온천으로 주말여행, 그리고 봄이 되면 넓은 마당의 구석구석에 코스모스를 가꾸기 시작하면서 가을밤 달의 화원을 기다리는 것이 이 집의 풍속이었다. 이웃에서들은 그전과 같이 전문학교 다니는 선생님 댁이라 부르지 않는다. 피아노 치는 집, 노래 잘하는 집, 코스모스 많이 피는 집, 그렇지 않으면 '왜 그 딸하구 아버지하구 동무처럼 밤낮 손목 잡고 산보 나오는 집 말야' 하는 것이다.

그러나 세월은, 그런 딸, 그런 순정의 처녀 옥담에게도 역시 실없는 장난꾼이었다. 한번은 코스모스들이 반은 피고 반은 봉오리 진 이른 가을이었다. 장 박사는 어떤 저서의 원고를 몰아치느라고 달포를 학교에 강의 시간만 마지못해 다녀올 뿐, 수염도 변변히 깎을 새 없이 원고지에 묻혀 지냈다. 그런데 다른 때 그럴 때 같으면 옥담이가 학교에 갔다 와서는 이쪽에서 부를 새 없이 옆을 떠나지 않고 시중을 들어줄 것인데 이번에는 몇 번이나 찾아도 가끔 저녁 외출을 하고 방에 있지 않았다. 박사는 생각하기를 졸업 학년이라 동무끼리 나날을 가까이 두고 놀러 다니는가 보다 했을 뿐이다. 그러다가 원고가 끝나매 마침 내일이 토요일이라 박사는 학교에서 돌아오는 길로, 전에도 그렇게 했던 것과 마찬가지로, 미쓰코시[2] 뷰로[3]에 들러 내금강까지 왕복 두 장을 사 가지고 돌아왔다. 집에 와서도 전과 같이 저녁 식탁에서 포켓에 넣었던 손을, 주먹을 내어놓고,

"이 속에 뭐 들었는지 알문 용—치."

한 것이다.

"뭘까?"

2 일제강점기 때 서울에 있던 백화점.
3 안내소·사무실.

옥담의 기름 송이 같은 눈방울은 불빛에 더욱 아련하였다.

"어디 용—치."

"뭘까?"

옥담은 머뭇거리다가 냉수 컵을 들어 물부터 마셨다. 전에는 대뜸 '그까짓 걸 못 알아맞혀' 하고 무슨 활동사진 표니, 무슨 음악회 표니, 그리고 망월사 가는 차표니, 소요산 가는 차표니 하고, 함부로 주워대다가 나중에는 막 달려들어 주먹을 펼쳐보려 덤볐으나 이날은 이상스럽게 냉수부터 마시며 침착을 지키려 애를 쓰는 것 같았다.

"뭘까?"

하면서 웃는 웃음도 가화假花와 같이 어설펐다. 그러나 박사는 그런 것들에 마주 눈치를 가지려 하지 않고 무슨 기분 좋지 않은 일이나 있었나 해서 일부러 일어서 옥담이 옆으로 가 새파란 이등 차표 두 장이 든 주먹을 펴 보였다.

"내금강!"

옥담은 차표에 찍힌 대로 읽었다.

"뷰로에서 물어봤더니 요즘 단풍이 한참이래더라. 너 단풍 땐 못 가봤지?"

그러나 옥담은,

"언제 가시게?"

부터 되물었다.

"내일."

"내일……?"

옥담은 어느 틈에 얼굴을 약간 갸웃했다.

"왜, 내일 무슨 약속 있니?"

"응."

하고 옥담은 고개를 까딱였다.

"누구하구, 무슨?"

"동무하고."

"동무 누구?"

"……"

옥담은 또 냉수 컵을 들어 마셨다.

"누군데? 네 동무면 데리고 같이들 가자꾸나. 월요일 아침에 돌아온다구 그러구."

"……"

옥담은 얼굴만 붉어질 뿐, 얼른 누구라 대답하지 않았다.

"무슨 약속이냐?"

물어도 대답이 없다.

"무슨 굉장한 비밀인 게로군."

해보니 얼굴을 폭 수그리고 식탁에 엎드리고 만다. 박사는 더 묻지 않고 물러섰다. 그리고,

"너 물르기 어려운 약속이면 내금강은 요담 주말로 연기하자꾸나. 난 낼 집에서 쉬게."

해주었다. 옥담은 확실히 무슨 비밀이 눈 가장자리에 찰랑거렸다. 눈을 바로 주려 하지 않았다. 이튿날 학교에 다녀와서는 부리나케 세수를 고쳐 하고 양장으로 옷을 갈아입고, 아끼는 새 구두를 내어 신었다.

"어딜 가시누? 아주 성장인데."

박사는 서먹해지는 기분을 억지로 감추며 놀려주었다.

"나 다녀오께."

옥담이도 말소리만은 천연스럽게 하면서 핸드백을 집어 들었다.

"어디 좀."

"뭐?"

박사는 옥담의 새파란 가죽 핸드백을 빼앗아 속을 열어보았다.

"내용은 너무 빈약하시군."

하고 자기 지갑에서 지전 몇 장을 꺼내 넣어주었다.

누가 밖에서 기다리기나 하는 것처럼 뛰어나가는 옥담의 발소리는 이내 사라져버렸다. 그가 한편 구석으로 밀어버린 흙 묻은 헌 구두만 한참 굽어보고 섰다가 박사는 바지 포켓에 두 손을 찌른 채 서재로 들어와서 그대로 걸상에 풀썩 물러앉았다.

'나 다녀오께⋯⋯.'

옥담이가 남기고 나간 말이다. 박사의 귀에는 그 말이 메아리 소리처럼 계속해 들렸고 또 그렇게 찌르르하는 강한 자극을 느꼈다. 물론 옥담은 어딘지는 모르나 다녀서는 곧 돌아올 것이다. 그러나 우선은 열 번 나갔다, 열 번 다 돌아와 준다 치더라도 언제든지 한 번은 '나 다녀올게' 하지 않고 '안녕히 계셔요' 하고는 이 집에서 아주 나가버릴 날이 있을 것을 깨닫지 않을 수 없었다. '난 언제까지든 아저씨 헬퍼로 아저씨한테 있을 터예요' 한 말을 영구히 그러리라고 믿었던 것은 아니다. 아닐 뿐 아니라 도리어 옥담이가 제 말을 고집해 언제까지나 지킨다 하더라도 박사의 도리로는 그것을 용인해 둘 리가 없었다. 그가 졸업 학년이 되

면서부터는 박사도 그의 시골집 부모들과 똑같이 옥담의 결혼을
위해 늘 관심을 가져오던 차였다. 다만 '안녕히 계셔요' 하고는
이 집에서 아주 나가버릴 날이 의외로 가까이 닥친 것을 갑자기
깨닫는 놀람과 서글픔이 있을 뿐이었다.

순리

옥담은 어디를 멀리 걸은 듯, 피곤하기는 하나 유쾌한 얼굴로
어둡기 전에 돌아왔다. 박사는 즐거이 맞이하였다. 그리고 저녁
뒤에 마당으로 나와 코스모스가 우거진 벤치에 걸터앉아 옥담을
불러냈다.

"네?"

"여기 아버지 옆에 앉어."

"왜?"

"왜는 무슨 왜…… 그래 오늘 재미있게 놀았나?"

"응…… 조 별 봐, 아버지, 고건 늘 먼저 뜨네."

박사도 잠깐 옥담의 눈과 함께 별을 바라보았다.

"옥담아?"

"응?"

"이 아버지한테도 비밀인가?"

"……"

"응, 나한테두?"

"아—니……"

"그럼 오늘 갔던 델 좀 얘기해."

"저…… 미쓰코시 갔다가 인왕산, 왜 접때 아버지허구 갔던 코스 있지? 거기 산보하구 왔어."

"누구허구?"

"……"

"그건 물으면 안 되나?"

"안 될 건 없어두……."

"그럼 왜? 실례되나?"

"내가 먼저 말하려구 하던 걸 들켜서나 얘기하는 것처럼 되니까 하기 싫어졌어……."

"건 내가 미안하다. 그렇지만 그런 일이 나쁜 일은 아니지 않니? 나쁜 일이 아니니까 네가 한 거 아니냐?"

"나쁜 일은 왜…… 내가 또 다른 남자와 다닌다면 나쁘지만."

"그러게 말야. 나쁜 일 아닌 걸 윗사람이 짐작으로 알고 분명히 알려구 묻는데 뭐 들킨 거냐? 내가 분명히 알아야 널 도와주지 않니?"

"……"

"아직껏 너는 날 많이 도와줬지? 이번엔 내가 널 도와줄 차례 아니냐. 그러니깐 묻는 거지. 네 행복을 괜히 간섭하려구 묻는 거냐, 어디?"

하고 박사는 옥담의 한편 손을 끌어다 꼭 쥐면서 등을 어루만져 주었다. 영리한 옥담은 이내 기분을 고쳐서 여물은 가을벌레들의 맑은 소리에 싸여 도란도란 지껄이기 시작했다.

"안 지 얼마 안 돼요. 퍽 쾌활해요. 웃음에 말두 잘하구…… 저어, 동경 가 와세다 다녔대나요. 전라도 사람인데 좀 부잔가 봐. 삼형젠데 이이가 가운데라나…… 이름은 김병식…….”

“김병식, 나인?”

“스물여덟.”

“아직 미혼인가?”

“미혼이래, 공부하노라고 동경 가 오래 있었대.”

“어떻게 알았나?”

“요전 개학하구 이낸데, 왜 한번 우리 반 아이네가 저희 엄마 환갑날이라고 저녁에 청해서 나두 갔더랜 거 알지?”

“응.”

“그날 걔네 집에서 도람프덜 하구 놀아서 알았는데…….”

“그래?”

“그담에 학교로 그이가 편질 했겠지. 그래 그 내 동무 애한테 그일 자세하게 물었더니, 저희 오빠 친군데 퍽 좋은 이라구 하면서 사귀어보라군 하면서 걔가 샘을 내겠지.”

“그럼 그 애두 그 사람을 사랑한 게로군?”

“뭘…… 그래두 저쪽에선 맘에 없는걸. 그리고 확실히 자기만이라도 그일 사랑하는 것두 아니야…… 괜히 남의 일이니까 샘을 부리지 뭐…… 그래서 요즘 와선 걔가 그일 중상을 막 해.”

“뭐라구?”

“뭐 난봉을 좀 편대나?”

“사실인지 아나?”

“아냐. 그럴 사람 아닌데 뭘…… 난 뭐 천친가. 돈을 좀 자유스럽게 쓰구, 양복 같은 것두 좀 잘해 입구, 외양두 남한테 빠지지 않으니까 그런 말을 모두 만들어내지. 것두 첨부터 그런 말을 한 대문 또 몰라. 첨엔 사실대루 좋은 사람이니 교제해 보라고 해놓고는 지금 와선 그게 무슨 능청스런 소리람!"

박사는 더 묻지 않았다. 그 대신 당장 내일 저녁으로 그 청년을 집에 초대하기로 하였다.

옥담은 일요일 하루를 집안을 치우고, 식탁을 꾸미고, 몸매를 다듬느라고 분주하였다. 박사는 옥담이가 적어준 대로 친히 장에 나가서 생선을 사고 나물을 사고 실과를 사고 그릇까지도 몇 가지 새로 사왔다. 젊었을 때 선주를 잃어버리던 상처의 아픔이 다시 저려 올라옴도 속일 수 없는 진정이거니와 옥담을 코 흘릴 때부터 데리고 기른, 외로운 늙은 학자의 심경으로는 애틋함이 친딸에 사위를 보는 것 같은 즐거움도 또한 속일 수 없는 진정이었다. 전날에 선주의 행복을 빌었듯이 진심에서 옥담의 행복을 빌면서 그의 청년, 김병식을 맞이한 것이다.

청년은 들은 바와 같이 쾌활한 성격이다. 여러 번 와본 집처럼 서툴러 하는 데가 없어서 주인 편이 도리어 쭈뼛거릴 만하다. 눈속은 그리 맑지 못하나 작은 눈이 아니요, 이마가 좀 벗어진 데는 나이가 스물여덟은 더 들어 보이나 시원스러웠다. 입이 좀 묵직해 보이지 않았다. 잠자코 있을 때에도 두 입술을 꾹 힘을 주어 다물지 못하고 곧 무슨 소리를 내야만 될 것처럼 자리를 잡지 않았다.

"김 군, 서울 와 있은 지 오래요?"

"한 이태 됩니다…… 아니올시다, 참 세월처럼 빠른 건 없군요! 벌써 삼 년이나 됐군요."

"그간 무얼 하셨소?"

"뭐, 한 거 없습니다. 솔직하게 말씀이지 조선 사회서 할 게 있습니까? 아직 먹을 건 있으니까 관공청에 가 '오이, 기미'[4] 소린 듣구 싶지 않구, 그렇다구 무슨 사업에 투자하려니 믿을 만한 사업도 없구요. 아무튼지 우선 가정생활부터 독립해 가지고 뭘 좀 해볼까 합니다. 앞으로 많이 지도해 주십시오."

하는, 이런 투의 말이 건드리기가 바쁘게 그 자리 잡지 못한 입술에서 품위 없이 엎질러져 나오는 것이었다.

박사는 곧 이 청년의 감정과 교양이 너무 시정市井적인 데 불쾌하였다. 혹시 자기가 옥담을 빼앗긴다는 관념에서 불순한 감정으로 보고 듣고 하기 때문이 아닐까? 자기부터 의심도 하였고, 그래서 이날뿐 아니라 사흘이 멀다 하고 저녁을 초대해서 가까이 사귀어보았으나 속을 더 들여다보면 더 들여다볼수록 속이 너무 비어 보였다. 또 뒤로 소문을 하여 알아본즉 민적에는 없으나 어려서 장가든 처를 쫓아버린 사나이였다. 서울 와서도 하는 일 없이 한 달에 사오백 원 돈을 갖다가 낭비하는 것도 알았다. 그가 결코 옥담의 행복을 보장할 만한 사나이가 아님을 판정하였을 때, 박사는 옥담을 불러 앉혔다.

"너 나를 믿지?"

"아이, 무슨 구술시험 보시듯 하네."

옥담은 그런 말을 이제 와 대답해야 하는 것은 너무 새삼스러웠다.

---

4 일본어로 '어이, 자네'를 뜻함.

"글쎄, 네 진정으로 대답해라. 중대한 충고를 네게 해야 되겠어서 그런다."

"그럼 그냥 하시믄 되지 않어요?"

"그래…… 난 네 행복을 위해선 네 육친이나 똑같은 성월 갖고 있다고 내 딴은 믿는다."

"……."

"너……."

"응?"

"너 김 군 단념 못 하겠니?"

"못 하겠어요."

"아니! 너 어떻게 그렇게 준비하고 있은 것처럼 대답이 쉬우냐?"

"……."

"난 적어두 달포를 두구 여러 가질 참작해 하는 말인데."

"저두요."

"……."

그만 박사 편이 말이 막혔다. 그러나 속으로 '아직 철없는 것' 해버리고 자기가 하려던 말을 계속했다.

"내가 다 알아봤다. 우선 첫날 보고도 사람이 좀 침착치 못하다 했다."

"난 괜히 뚱―한 하무려 타입은 싫어……."

"글쎄 쾌활한 건 나두 좋아한다. 그렇지만 뭘 알고 격에 맞게 선선히 지껄이고 격에 맞게 선선히 행동하는 게 정말 쾌활한 거지. 귀둥냥으로 된 말 안된 말 지껄여 대는 건 쾌활 아니야."

"그럼 뭐예요?"

"그건 경망이지."

"흥……."

옥담은 가벼운 코웃음을 지었다.

"그리구 결점이 많더라. 너 하나만 해두 결점 없는 사람인데 왜 티 많은 사람한테 가니?"

"결점? 응, 저 본처 쫓아버린 것? 나두 알어…… 그렇지만 건 죄악이라군 생각 안 해요. 것두 제 의사로 결혼했다가 희생시킨다면 죄지만, 이건 부모네 맘대루 한 건데 그이가 책임질 게 뭐 있어요? 그리고 공정하게 보더라도 싫은 걸 억지로 살면 두 사람이 다 희생 아냐요? 두 사람이 죽는 것보단 한 사람이 죽는 게 낫지 않어요? 나도 또 그래요. 저이가 나 때문에 자기 아내가 싫어졌다면 내가 책임져야죠. 그렇지만 벌써 칠팔 년째 갈라서고 지금은 완전한 독신자니까 전에 한번 그런 액운이 있었다는 걸로 흠될 것 없지 않어요? 그런 걸 흠으로 잡는 건 쓸데없는 관념 아냐요?"

"……."

박사는 너무나 놀랐다. 옥담의 속에 어느 틈에 그런 맹랑한 준비 지식이 들었나 함을 놀라지 않을 수 없었다.

"그인 퍽 선량한 사람인 줄 난 믿어요. 그이가 내가 묻지도 않는데 먼저 자기 과걸 다 얘기해 줬어요. 전처 보낸 걸로 늘 마음이 아픈 거서껀 또 서울 와 지내는 동안 그런 화풀이로 요릿집에 돌아다닌 거서껀 죄다 말하고 울면서 인제부터 새 코스로 살겠다고 약속했어요. 그런데 어떻게 믿지 않어요?"

"그래……?"

"그리구 또 정말 그이가 과거 생활이 죄악이었다구 하면 난 더 좋을 것 같아요."

"어째?"

"나로 인해 그이가 구해지는 것 아냐요?"

"……."

"그인 인제부터 공부 더 할 것도 맹세했어요."

"무슨 공부?"

"철학."

"어디 가서?"

"집에서 연구하겠다구…… 먹을 건 있으니까 조용히 아버지처럼 학구 생활 하겠다구 그러는데…… 그인 나와 똑같이 아버질 존경해요. 아버지가 정말 내 행복을 위하시면 그일 버리게 해서 내게 상철 만드시는 것보단 그일 지금부터 잘 지도해 주시는 편이 더 순리가 아니세요?"

"……."

박사는 어리둥절해지고 말았다.

의견이 아니라 감정을

장 박사는 이날 밤 밤새도록 생각해 보았다. 자기 가슴속의 첫사랑의 상처로 미루어 옥담의 말이 가볍게 들리지 않은 것이다. 비록 남의 눈에는 우습게 보이더라도 당자 옥담의 눈에는 최초요, 또는 최후로 발견한 영웅이 그 청년일 것이다. 그 점을 존중해야 할 것을 자기가 선주를 못 잊는 감정에 비추어 결정하려 하였다.

날이 밝기를 기다려 박사는 옥담을 불렀다.

"너 밤에 많이 생각해 봤니?"

"아—니?"

옥담은 천연스럽다.

"아니라니? 그렇게 무심해? 아가씨두 원……."

"무심은 왜요?"

"생각해 보지 않았다는 게 무심이지 뭐야?"

박사는 옥담의 귀를 붙들어 아프다고 할 때까지 흔들었다. 옥담은 귀와 함께 붉어진 입으로,

"생각할 게 없는걸, 뭐. 난 한번 맘먹은 건 언제든지 그대로니까……."

한다.

"물론 매사에 그래야 쓰지, 그 대신 마음먹기까진 충분히 생각해서 후회가 없어야 해."

"……."

"게 앉어."

옥담은 눈치를 살금살금 보며 앉는다.

"난 지난밤 오래 생각해 봤다."

"……."

"네 의견을, 아니 네 의견이 아니지, 네 감정이지. 네 감정을 존중하기로 했다."

"정말?"

옥담은 그제야 뛰어 일어서며 박사의 곁으로 왔다. 그리고,

"난 아저씨만은 믿었어."

"뭘?"

"내 감정을 무시하지 않으실 걸."

"어떻게?"

옥담은 그것을 대답하지 않았다.

박사는 이 뒤로 더욱 자주 그 청년을 집에 초대하였다. 그리고 어떤 때는 목사와 같은 근엄한 태도로 그의 과거 생활의 간증을 받았고, 어떤 때는 형이나 친구와 같이 애정으로 그를 충고하였다. 당자도 곧 감화됨이 있는 듯 장 박사나 옥담이가 보기에만 아니라 사실로 기생집과 요릿집은 물론 마작 구락부나 빌리어드홀에까지 발을 끊었다.

박사는 곧 옥담의 집에도 알렸다. 옥담의 집에서는 그의 아버지와 어머니가 다 함께 올라와서 사위 될 사람의 선을 보았다. 그들의 눈에는 김병식이가 총각이 아닌 것만 유감일 뿐 장 박사보다는 도리어 만족해들 하였다. 그래 이듬해 봄, 옥담이가 졸업하기가 바쁘게 결혼식이 벌어졌다.

튤립과 라일락의 오월 달 혼인식장. 신부 옥담이도 튤립과 같이 탐스럽고 라일락과 같이 향기로웠다. 신랑 집도 신부 집도 본가는 다 시골이지만 신랑의 친구는 대개 서울에 있었고, 또 신부 편으로도 친아버지 친어머니의 친구는 서울에 얼마 없었지만 장박사의 편으로 남자 손님이 적지 않았다. 예복은 입었든 안 입었든 학자풍의 점잖은 신사들은 대개가 장 박사의 친구들이었다.

장 박사는 젊었던 그 옛날에 옥담의 어머니, 선주의 혼인을 당할 때처럼 그렇게 슬프지는 않았다. 그러나 옥담이마저 자기의 변화하지 못한 생활 속에서 빠져나가는 것은 해를 잃어버린 위에 또 딸까지 잃어버리는 암흑이었다. 친자식은 아니라 하나 친자식을 모르는 장 박사에게 있어서는 옥담을 친자식과 무엇이 다른지 구별할 도리가 없었다.

"너이 서울에다 집을 산다지?"

약혼이 되자 장 박사는 이것부터 옥담에게 물었다.

"그럼. 곧 서울에다 사구 그이만 먼저 들어 있겠다구 그랬어."

"어떤 집을 고르누? 집을 고르는 덴 그 집의 장래 주부이실 네 의견이 있겠지?"

"막 놀리셔……."

하고 옥담은 얼굴을 돌이켰다.

"놀리는 게 아니라 너이 집 고르는 조건엔 내가 바랄 조건두 한 가지 있어 그런다."

"무슨?"

"그걸 묻기 전에 네가 김 군한테 집에 청구한 조건부터 들어 보자꾸나?"

"공기 좋은 데루 사자구 그랬지 뭐."

"또?"

"교통 편하구."

"또?"

"본격적 양관이기 전에 차라리 조선집이 좋다구. 그리구……."

"또?"

"그거지 뭐…… 참 될 수 있으면 수도하구 가스하구 다 들어 온 집."

"그거뿐야?"

옥담은 수그린 고개를 까딱거렸다. 박사는 성큼 옥담에게 달려들었다. 그리고 또 귀를 잡아 흔들었다. 옥담은 '아야앗' 소리를 질렀다.

"너 이 조건을 첫째로 쳐야 해!"

"무슨?"

옥담은 끄들린 귀가 아파 눈물이 핑 돌았다.

"우리 집에서…… 십 분 안에 갈 수 있는 가까운 데다 정할 것."

"……."

옥담은 잠깐 멍―하니 서 있다가 새로운 눈물이 핑 쏟아지고 말았다. 이것은 끄들린 귀가 아파서 나오는 눈물보다는 훨씬 뜨거운 것이었다.

박사는 옥담의 친아버지보다 더 혼사에 긴장하였다. 옥담의 친아버지는 옥담이 말고도 또 딸도 있고 아들도 있다. 옥담의 혼인 후에도 다시 사위를 보는 또는 며느리를 보는 혼사가 있을 것이다. 그러나 장 박사에게 있어선 옥담이가 최초요 최후일 것이었다. 내일부터는 살림이 없을 사람처럼 돈을 아끼지 않고 썼다. 친아버지가 너무 과한 듯해 손을 못 대는 것은 장 박사가 모두 사주었다.

"피아노도 너 가지고 가거라."

하였다. 그러나 옥담은,

"집 사는 대로 피아노부터 그랜드로 하나 산다구 그랬어요."

하고 피아노만은 마다하였다. 장 박사도 더 좋은 것을 산다니까 피아노는 주지 못하였다.

혼인식장 준비도 장 박사가 나서 주선하였다. 자기가 친히 그 지배인과 아는 K 호텔로 정하고 손님도 될 수 있는 대로 식장이 짜이고 근엄스러운 기분이 나게 학위와 명망이 높은 사람뿐인 자기의 친구, 혹은 선배까지들도 친히 전화로 초청한 것이다.

그래 식장은 정각 전에 좌석이 넘쳤고 신랑 신부는 모르는 손님들이되 모두 의관을 정중하게 차리고 온 이가 많았다. 주례자도 당대의 명망가 ××신문 사장이 나서게 되었다. 장 박사는 기뻤다. 사람에게 신부는 내 친딸이나 다름없다는 것을 자랑하고 싶었다. 자기는 체험하지 못하였으나 결혼식이란 일생일대에 얼마나 신성하고, 얼마나 뜻깊고, 얼마나 새롭고, 얼마나 정중한 의식인가를 절실히 느꼈다. 그중에서도 그 새로움! 꺾인 꽃이건만 신부의 가슴에 있으니 화원에서 보는 듯한 튤립과 라일락, 아무나 낄 수 있는 것이지만 신랑의 손에 있으니 더욱 눈이 부시는 백설 같은 흰 장갑, 때는 오후이되 모두가 아침인 듯 새로웠다.

'오! 축복할 새날!'

하는 감격으로만 가득 찬 박사는 복도에서 대령하고 서 있는 보이들보다도 더 공손하게 한편 옆에 서서 식의 진행을 바라보고 있었다. 신랑과 신부에게 차례로 묻는 다짐에, 다,

"예."

하고 대답이 지나고 신랑의 손이 신부의 손에 반지를 끼워주는 순간이었다. 보이들밖에는 어딘지도 모를 뒤편 어느 문 쪽에서,

"이놈, 이 멀쩡한 놈아!"

소리, 계집의 발악하는 소리가 유리창 깨어지듯 뛰어들었다.

"여기 증인들이 있다. 이놈, 이 개 같은 놈…… 혼인하마구 남 영감까지 떼드려 놀 젠 언제구 오늘 와선……."

기생이었다. 동무 기생 서너 명이 모조리 술이 얼근해서 따라서는 것인데, 발악을 하는 기생은 신랑을 붙잡으면 옆구리에 차고 달아나기나 할 것처럼 광목 깔아놓은 길로 들이닥쳤다. 신랑의 친구인 듯한 청년 하나가 얼른 나서며 길을 막았다.

"웬 놈야?"

소리와 함께 기생은 그 청년의 뺨을 철썩 올려붙였다.

"기생도 사람이다. 너이 연놈들 눈깔엔…… 날 쥑여라 쥑여! 어서 이놈아……."

장 박사가 뛰어들었다. 성큼 기생을 안고 한 손으로 기생의 입부터 틀어막으며 밖으로 나오려 했다. 기생은 선선히 끌리지 않았다. 막 할퀴고 막 물어뜯었다. 장 박사의 목과 손에서는 이내 피가 흘렀다. 모두들 일어섰다. 모두들 어쩔 줄을 몰랐다. 장 박사는 여러 사람의 도움을 받아 이내 기생의 한패를 밖으로 끌어내기는 하였다. 그러나 기생을 끌어내고 보니 신랑 신부는 어딘지 사라지고 없었다. 손님들은 장 박사의 친구들도 장 박사에게 인사도 없이 슬몃슬몃 흩어지기 시작했다.

가을비의 새벽

그러나 혼인식은 끝난 셈이다. 옥담은 정당한 김병식의 새 아내로 그를 따라 어느 온천으로 신혼여행까지 다녀왔다. 다녀오는 길로 옥담의 부처는 곧 장 박사에게 찾아와 사례하였다. 사례뿐 아니라 병식은 다시는 기생과의 접촉이 없을 것을 열 번 스무 번 맹세하였다. 박사도 달게 들어주었다. 옥담과 알기 전에 알았던 기생이므로 박사는 앞으로만 다시 그런 일이 없기를 충고하였다. 자기가 당한 망신은 다만 옥담의 기분을 위해 아무것도 아닌 체 하였다.

옥담도 가서 말없이 살았다. 소원대로 십 분쯤밖에는 안 걸리는 곳에 새로 지은 기와집을 사고 가끔 옥담이 혼자서 혹은 동부인해서 외로운 박사를 찾아와 보며 저희끼리는 깨가 쏟아지게 살았다.

그러나 여름이 지나면서부터는 옥담은 늘 혼자만 찾아왔다.

"김 군은 요즘 뭘 하나, 바쁜가?"

하면,

"뭘, 괜히 나댕기지."

할 뿐 옥담은 자기 남편에게 관한 말을 일체로 하기 싫어하는 눈치가 보였다. 그 눈치를 느끼자 박사는 건강한 줄 알았던 사람에게서 위험한 병균을 발견했을 때처럼 속으로 깜짝 놀람이 있었다. 박사는 따져 물었다.

"왜 네가 요즘 얼굴빛이 나쁘냐?"

"아―니. 나쁘긴 왜?"

하고 옥담은 웃었으나 억지로 꾸밈이다.

"난 못 속여…… 어디 아프냐?"

"아닌데."

"그럼?"

"왜? 어떻게 달러 뵈세요?"

"무슨 걱정이 생겼니?"

"아니."

박사는 더 묻는 대신 뜨거운 애정과 어린애를 걱정하는 듯한 눈으로 옥담의 눈을 내려다보았다. 옥담의 눈은 이내 흐려지고 마는 것이다. 나중엔 눈물방울이 굴러 나오고 말았다.

"요전에 무슨 볼일이 있다구 인천엘 한 사흘 가 있다 왔세요."

"무슨 볼일?"

"글쎄, 그냥 볼일이라구만 그리구 더 묻는 걸 싫어하니까……."

"가서 사흘씩? 거기서 자구?"

옥담은 고개를 끄덕인다.

"그리군?"

"그리군 늘 나가면 새루 석 점 넉 점에야 술에 취해 들어와선 괜히 탓을 잡구, 아침은 열두 시나 돼야 얻어나 먹구……."

"요즘두 그리니?"

"그럼."

"충고해 보지?"

"그럼…… 인전 내 말 같은 건 여간 우습게 알어야지, 뭐."

"……."

박사는 일어섰던 걸상에 다시 펄썩 주저앉았다.

이날 밤, 박사는 옥담의 집을 찾아갔다. 사실 옥담뿐, 저녁때인데 그의 남편은 있지 않았다. 옥담과 함께 그가 들어오기를 기다렸다. 열시, 열한시, 새로 두시가 넘어도 안 들어온다. 동이 틀 무렵에야 자동차 소리가 나더니 들어오는데 새벽 기운에 술은 깼으나 유흥에 지친 몸은 사지를 제대로 가누지 못하며 들어서는 것이었다.

"어디 갔다 늦었네그려?"

박사가 마주 나가며 억지로 좋은 얼굴을 지었다.

"네, 네…… 아 웬일이세요? 친구들을 만나 좀……."

박사는 별말을 하지 않았다. 저녁 먹고 산보 나왔다가 들렀는데 밤이 늦도록 들어오지 않으니까 궁금해서 옥담과 함께 기다려보았다 하였을 뿐이었다. 그러나 속으로도 박사는 그렇게 무심히 지낼 수는 없는 일이다. 이튿날 저녁에 또 갔다. 또 옥담이뿐이다. 또 기다렸다. 이날 밤은 밤이 다 새어버리도록 안 들어왔다. 밖에서 잔 것이다. 박사는 학교에는 안 가는 날이나 다른 볼일은 많은 날이었다. 그러나 가지 않고 이튿날 오후 두시까지나 그냥 기다리고 있다가 기어이 병식을 만났다.

"아니…… 오늘은 학교에 안 가셨나요?"

"볼일은 있지만 못 가고 이렇게 앉았네."

"네?"

하고 그는 어리둥절해한다.

"나 엊저녁 여덟시부터 여기 와 자넬 기다렸네."

"네?"

술은 취해 있지 않았다. 그는 준열히 나무라는 박사의 말을 근심하는 태도로 앉아 들었다. 박사는 저녁마다 왔다. 며칠 동안은 저녁마다 병식이가 아내와 함께 있었다. 그러나 속으로는 옥담에게 더욱 비위가 상했다. 박사의 그 지극한 사랑과 충고에 감동하기보다는 이런 계획적인 투로 자기의 자유를 단속하는 아내와 장 박사가 더욱 아니꼬워졌다. 하루는 나가더니 한 일주일이 되어도 들어오지 않았다.

박사도 어쩔 수가 없었다. 이왕 당한 일이니 얼마 동안은 속을 썩이면서라도 네가 처음 약혼할 때 하던 말대로 너로 말미암아 그 남편이 구해지는 사람이 되도록 끝까지 사랑과 성의와 충고로 그를 대하는 수밖에 없다고 옥담에게 일렀을 뿐이다.

그 뒤 옥담에게서 남편이 돌아왔다는 말은 들었으나 만나보지는 못하고 여러 날이 지났다.

산듯산듯한 가을비가 한 이틀 계속해 내리는 날 새벽이었다. 박사는 아직 어렴풋한 잠 속에 있는데 누가 대문을 덜컹거렸다. 나가보니 옥담이 다 흐트러진 머리를 아무렇게나 쪽 찌고 밤잠을 못 자 충혈된 눈대로 까—실한 소름에 싸여 새벽 비에 젖어 들어서는 것이다.

"웬일이냐?"

박사의 목소리는 떨렸다.

옥담은 대문 안에 들어서기가 바쁘게 그냥 엉—엉 울어대었다. 박사는 어디를 맞은 것이나 아닌가 하고 옥담의 뺨, 눈, 팔, 다리를 옷을 들치며 살펴보았다. 상한 데는 없어 보였다. 우선 달래며 방으로 데리고 들어갔다.

"난 인전 더 참지 못하겠어요."

한참 울고 난 옥담은 이미 결심이 있는 듯 태연히 하는 말이다.

"그때 아버지 충골 안 받은 벌이에요."

박사는 멍—하니 듣는 수밖에 없었다.

"글쎄, 그 녀석이 새로 두시나 돼서 들어오는가 보더니 건넌방으로 들어가겠지. 그래 웬일인가 했더니, 글쎄 웬 계집년을 데리구 와선……."

"뭐?"

박사는 이마가 화끈해지는 듯 눈을 비볐다.

"바루 딴 년두 아니구 혼인날 그년을 데리구요. 어쩌문 날 송장으루 아는지 막 지껄이구 노는군. 그래 날 사람으루 아는 녀석이야요 그게……?"

"그래, 지금 그년허구 있덴?"

"있겠지…… 인제야 쿨쿨덜 자는가 봅디다."

하고 다시 옥담은 울음을 참지 못하였다.

박사는 눈을 꽉 감았다 떴다. 이마에 번개 줄기 같은 핏대가 뻗쳤다. 양말도 신지 않은 채, 속셔츠 위에 그냥 재킷만 걸친 채 박사는 밖으로 나왔다. 무얼 찾는 듯 두리번거리다가 그냥 우산을 받을 생각도 없이 마당으로 내려섰다.

"아버지?"

옥담은 쫓아 나와 박사를 막았다.

"난 인전 그놈과 남이야요. 아버지도 그놈과 남이야요. 찾어갈 것 없어요."

"아니다. 그런 짐생 같은 놈은……."

박사는 후들후들 물 끓는 주전자처럼 떨었다.

"그래두 글쎄, 인전 걸 뭐라구 상낼 해요. 참으세요. 같은 사람 돼요."

하면서도 옥담은 힘에 부쳐 딸려 나오고 있었다. 박사는 대문을

나서더니 옥담을 낙엽처럼 뿌려 던졌다. 그리고 옥담이가 따를
수 없게 뛰었다.

코스모스가 만개한 날

옥담이가 숨이 땅에 닿아서 쫓아와 자기 집 마당 안에 들어섰
을 때는 벌써 계집은 어디론지 달아나고 자기 남편은 뜰아래에
거꾸러져 피를 흘리고 있었다.

"아버지?"

옥담은 숨소리인지 말소리인지 모를 소리를 냈다. 박사는 손
에 잡았던 장작개비를 그제야 놓았다. 행랑아범이,

"아니 이게 웬 변입니까?"

하고 부엌에서 냉수를 떠들고 나와 쓰러진 서방님에게로 가더니
냉수 바가지를 풀썩 놓아버리고 눈이 더 똥그래져 물러섰다.

병식은 피는 코에서 터진 듯했으나 어느 급소를 맞은 듯 얼굴
이 종잇빛이 되어 꼼짝은커녕 숨이 끊어진 것이다. 바로 가 들여
다보니 눈을 뒤집어쓴 것이다.

"아버지?"

옥담은 모깃소리만치 질렀다. 더 큰 소리가 나와지지 않았다.

"쥑였다, 내가……."

박사는 태연히 혀끝을 내어 입술을 축였다. 그리고 옥담을 꼭
안았다.

"내 걱정은 마라. 너일 위해 난 이만치 쓰여진 걸 만족한다!"

하고 박사는 눈물 엉킨 눈을 꿈벅이었다. '너일 위해'란 옥담만이 아니라 그의 어머니 선주까지를 가리킴인 듯했다. 박사는 곧 경찰서로 가서 숙직 경관에게,

"사람을 죽이고 왔소."

하고 자수하였다.

그러나 사람은 죽지는 않았다. 옥담이가 곧 의사를 불러 대어 턱 밑으로 동맥을 몹시 맞아 정지되었던 피는 심장이 고정되기 전에 다시 돌 수가 있었다. 한 두어 주일 동안 치료해야 될 만한 타박상의 진단이 내렸을 뿐 병식의 생명에는 아무 관계가 없었다.

옥담은 시골의 아버지를 전보로 올라오게 하여 변호사를 대어 가지고 서울 아버지의 석방을 위해 애를 썼다. 신문에서 그 기사를 읽은 사람마다 눈물을 머금고 장 박사를 위해 그 경찰서로 진정의 편지를 보냈다. 경찰관들도 장 박사의 인격이나 사건의 원인을 보아 가혹한 심문 한번 하지 않았다. 검사국으로 넘어갈 것도 없이 놓여나오리라는 말을 변호사에게서 들을 때 옥담은 그렇게 기쁨, 그렇게 광명함, 그렇게 감사함을 느껴본 적은 없었다.

가을장마는 이내 들었다. 씻은 듯이 푸른 하늘 아래 한 마당에 넘쳐 어우러진 코스모스는 어느 해 가을보다 더 다감스러웠다.

'오늘은 나오실까?'

아침이면 옥담은 대문 쪽을 내다보고 눈물을 머금었다. 어제 치워놓은 그대로지만 아버지의 서재를 다시 치우고 여러 날 동안 파리하고 수염이 거칠어졌을 박사의 얼굴을 생각하고는 면도칼과 면도물까지 아침마다 준비해 놓고 기다렸다.

코스모스가 만개한 날 아침이다. 역시 면도물을 갈아놓고 피

아노로 가서 오래간만에 '하날 가는 밝은 길이'를 치며 불렀다. 한번 부르고 나면 속은 좀 시원하나 너무나 주위가 더 적적해졌다. 또 불렀다. 암만 불러도 그치고 싶지 않았다. 목이 쉬도록 부르는데, 나중에는 자기 목소리 아닌 소리가 함께 울리는 것이다. 깜짝 놀라 돌아보니 유리창 밖에는 서울 아버지 장 박사다. 수염이 정말 시커멓게 난 입으로 그러나 광명에 넘치는 얼굴로 '하날 가는 밝은 길이'를 따라 부르면서 들여다보는 것이었다.

'아!'

옥담은 거의 날아서 밖으로 나왔다. 그리고 울컥 목에 막히는 것이 있어 아무 말도 못 하고 벙어리가 되어 키 큰 박사에게 가 뛰어올라 매달리기만 하였다. 팔로가 아니라 영혼으로 매달림인 듯 옥담은 눈물 솟는 눈을 한참이나 꼭 감고 뜨지 못하였다.

장 박사의 집에서는 전과 같이 '하날 가는 밝은 길이' 노래가 무시로 흘러나왔다. 동네에서들도 여전히 피아노 치는 집, 노래 잘하는 집, 코스모스 많이 피는 집, 그리고 '왜 그 딸하구 아버지하구 동무처럼 밤낮 손목 잡고 산보 나오는 집 말야' 하는 것이었다.

— 〈여성〉, 1937. 3~7.

사막의 화원

작년 여름 S 어촌에서다. 해수욕을 하고 날 때마다, 저녁 산보를 할 때마다, 김 군은,

"제길헐, 찻집이나 식당이나 하나 있으면 오죽 좋아…….."

하고 버릇처럼 중얼거리던 판인데 하루는 원산 사람이 와 식당을 차린다는 소문이 났다. 소문은 곧 해수욕장 솔밭에 실현되었다. 바라크라기보다 천막인 편으로 아직 간판도 나붙기 전에 김 군과 나는 찾아갔다. 걸상은 사이다와 삐루(맥주) 궤짝을 둘러놓았고 테이블도 송판으로 아무렇게나 못질해 세워 팔꿈치를 좀 얹으니까 바닥이 모래기도 했지만 이내 한편으로 씰그러지는 것이었다. 그래도 백로지를 덮고 그 위에다 엽서만 한 종이에 메뉴부터는 써놓았는데 칼피스,[1] 사이다, 삐루, 오야꼬돔부리,[2] 오무라이스…… 이렇게 꽤 여러 가지가 적혀 있었다. 그때가 점심때였

던지 우리는 오야꼬돔부리를 주문하였다. 그랬더니 주인인지 요리산지 모를 사루마다³만 한 반바지에 게다를 신고 이마에 두드럭두드럭한 여드름을 비비고 섰던 청년이 허리를 굽신하며, 아직 닭을 사지 못해 오야꼬돔부리는 될 수 없다 하였다. 그럼 무엇이 되느냐 하니까 오무라이스나 사까나 후라이⁴는 곧 된다 했다. 우리는 그 두 가지를 다 시키니까 그는 어느 구석에선지 부채를 한 자루 집어다 놓더니 숯 뛰는 소리가 나는 데로 들어가 버렸다. 그리고 그의 대신으로 나타난 사람이 하나코라는 이 식당 마담이었다. 아까 청년보다는 나이가 훨씬 위인 여자로, 가까이 들여다보니 나이 마흔이나 되었을 얼굴이었다. 쪽도 아니요 트레머리도 아닌 머리에 기름을 고르지 못하게 칠하였고 얼굴은 희나 그것도 몇 번 쳐다보니 햇볕을 보지 못한 때문인지 가죽이 두꺼운 눈두덩이요 뺨이요 입술이었다. 작은 눈 위에는 눈썹조차 적은 듯 거의 전부가 그린 것이었다. 그는 우리 앞으로 와서 부채질을 해주었다.

"당신 나이 몇 살이오?"

그는 반이 금니투성이인 잇속을 히쭉 열어 웃기만 했다.

"마담이 뭐야요?"

그는 생긴 것처럼 마담도 모르는 꼴이었다. 이름만은 하나코라고 이내 대주었다. 왜 이름을 그렇게 지었느냐니까,

"꽃이라면 손님들이 많이 오시지 않아요?"

---

1 우유를 가열 살균하고 냉각 발효한 뒤 꿀·설탕·조청 등 단물을 넣어 만든 음료수.
2 일본어로 '닭고기가 들어간 계란덮밥'를 뜻함.
3 일본어로 '팬티'를 뜻함.
4 일본어로 '생선튀김'을 뜻함.

하고 저도 어색한 듯 큰 소리를 내어 웃어버렸다. 남의 면박을 잘 주는 김 군이,

"제길헐, 이름만 꽃이면 꽃인가? 어서 저기 가 음식이나 빨리 만들어 와……."

하니까 얼굴이 시뻘게서 부엌으로 가버렸다.

음식은 그 '메뉴'의 글씨나 또 '하나코'처럼 못 만들지는 않았다. 꽤 맛나게 먹은 우리는 그다음 날도 찾아갔다. 그리고 그날은 유성기 소리도 들었다. 몇 장 안 되는 것이 모두 유행가 부스러기뿐이었으나 그중 좀 나은 것은 '사바쿠니 힘아 구례데' 하는 노래여서 우리는 그것만 서너 번이나 거푸 들었다. 그리고 식당 이름을 '동해식당'이라 하려는 것을 우리가 '사바쿠니 힘아 구례데'와 마담 '하나코'를 합하여서 '식당 사막의 화원'이라 지어주었고 김 군은 간판까지 써주었던 것이다.

우리는 이 식당 '사막의 화원'에 밤에도 가끔 갔다. 갈 때마다 놀라운 것은 하나코는 우리에게만 꽃이 못 될 뿐, 이 색채에 주린 빈한한 어촌 청년들에게는 자기의 이름대로 훌륭히 꽃 노릇을 하는 것이었다. 모여드는 청년들은 대개 하나코보다 어린 청년이었으나 하나코는 곧잘 그들의 무릎에 앉아 맥주를, 혹은 소주를 따르며 그 어설픈 애교를 떨었다. 그 어설픈 애교에도 멍하니 혼이 나가서 건침을 삼켜가며 쳐다보고 앉았는 것이 김 군의 말대로 하면 '이 거리의 채플린들'이었다.

그런데 사막의 화원이 열려 한 열흘쯤 되어서다. 점심을 사 먹으려고 가니까 요리사가 매를 맞고 누워 꼼짝을 못 한다는 것이었다. 하나코는 잘 대지를 않아 동네 청년들에게 물어보니, 지난

밤에 자는 것을 누가 돌멩이를 들여 던져 골이 깨졌다는 것이다. 원인을 물으니 하나코가 말로는 요리사를 조카라고 하나 사실은 서방이라는 것을 엿보아 알았기 때문이란 것이 짐작이라고는 하면서들도 그 채플린들의 일치되는 대답이었다.

우리는 궁금하기도 하고 무얼 좀 마시고도 싶어 사막의 화원으로 갔는데 웬걸, 사막의 화원 자리엔 검댕 묻은 돌멩이들과 소독저 부러진 것들만 휴지 조각들과 함께 널렸을 뿐, 기둥 하나 남아 있지 않았다. 모랫바닥엔 지난밤에 쏟아진 빗물 자리뿐이요, 바다에선 파도 소리가 높이 부서졌다. 마침 지나가는 주재소 급사를 붙들고 물어보니, 하나코는 원산 어떤 유곽에 매인 몸으로 이웃 요릿집 요리사로 있는 그 사나이와 정이 들어 도망 왔던 것이라 한다. 그래 사나이는 순사에게 붙잡히고 계집은 포주에게 붙잡혀 매를 한 마당이나 맞고 원산으로 끌려갔다는 것이다.

사막의 화원! 우연한 일이었으나 우리는 그들의 행복의 둥지를 이렇게 단명하게 지어준 것을 후회하였다. 그리고 아직 이마에 여드름이 두드럭두드럭한 그 청년 요리사보다 청춘이란 탄력이 다 꺼져버린 그 결코 꽃답지 못한 하나코의 인생을 생각하고 우리의 해변 산보는 우울하지 않을 수 없었다.

— 〈조선일보〉, 1937. 7. 2.

패강랭泪江冷[1]

　다락에는 제일강산이라, 부벽루라, 빛 낡은 편액들이 걸려 있을 뿐, 새 한 마리 앉아 있지 않았다. 고요한 그 속을 들어서기가 그림이나 찢는 것 같아 현玄은 축대 아래로만 어정거리며 다락을 우러러본다. 질퍽하게 굵은 기둥들, 힘 내닫는 대로 밀어 던진 첨차와 촛가지의 깎음새들, 이조의 문물다운 우직한 순정이 군데군데서 구수하게 풍겨 나온다.

　다락에 비겨 대동강은 너무나 차다. 물이 아니라 유리 같은 것이 부벽루에서도 한 뼘처럼 들여다보인다. 푸르기는 하면서도 마름(수초)의 포기포기 흐늘거리는 것, 조약돌 사이사이가 미꾸리라도 한 마리 엎디었기만 하면 숨 쉬는 것까지 보일 듯싶다. 물은

---

1 '패강'은 대동강의 별칭임. '패강랭'은 '패강이 얼었다'는 뜻.

흐르나 소리도 없다. 수도국 다리를 빠져, 청류벽을 돌아서는 비단 필이 훨쩍 펼쳐진 듯 질펀하게 깔려나갔는데 하늘과 물은 함께 저녁놀에 물들어 아득한 장미꽃밭으로 사라져버렸다. 연광정 앞으로부터 까뭇까뭇 널려 있는 마상이와 수상선들, 하나도 움직여 보이지 않는다. 끝없는 대동벌에 점점이 놓인 구릉들과 함께 자못 유구한 맛이 난다.

현은 피우던 담배를 내어던지고 저고리 단추를 여미었다. 단풍은 이제부터 익기 시작하나 날씨는 어느덧 손이 시리다.

'조선 자연은 왜 이다지 슬퍼 보일까?'

현은 부여에 가서 낙화암이며 백마강의 호젓함을 바라보던 생각이 난다.

현은 평양이 십여 년 만이다. 소설에서 평양 장면을 쓰게 될 때마다, 이번에는 좀 새로 가보고 써야, 스케치를 해 와야, 하고 벼르기만 했지, 한 번도 그래서 와보지는 못하였다. 소설을 위해서뿐 아니라 친구들도 가끔 놀러 오라는 편지가 있었다. 학창 때 사귄 벗들로, 이곳 부회 의원이요 실업가인 김金도 있고, 어느 고등보통학교에서 조선어와 한문을 가르치는 박朴도 있건만, 그들의 편지에 한 번도 용기를 내어본 적은 없었다. 이번에 받은 박의 편지는 놀러 오라는 말이 있던 편지보다 오히려 현의 마음을 끌었다.—내 시간이 반이 없어진 것은 자네도 짐작할 걸세. 편안하긴 허이. 그러나 전임으론 나가주고 시간으로나 다녀주기를 바라는 눈칠세. 나머지 시간이래야 그리 오래 지탱돼 나갈 학과 같지는 않네. 그것마저 없어지는 날 나도 그때 아주 손을 씻어버리려 아직은 지싯지싯 붙어 있네.—하는 사연을 읽고는 갑자기 박을 가 만나주고 싶었다. 만나야만 할 말이 있는 것은 아니지만 손이라도 한번 잡아주고 싶어 전보만 한 장 치고 훌쩍 떠나 내려온 것이다.

정거장에 나온 박은 수염도 깎은 지 오래어 터부룩한 데다 버릇처럼 자주 찡그려지는 비웃는 웃음은 전에 못 보던 표정이었다. 그 다니는 학교에서만 지싯지싯 붙어 있는 것이 아니라 이 시대 전체에서 긴치 않게 여기는, 지싯지싯 붙어 있는 존재 같았다. 현은 박의 그런 지싯지싯함에서 선뜻 자기를 느끼고 또 자기의 작품들을 느끼고 그만 더 울고 싶게 괴로워졌다.

한참이나 붙들고 섰던 손목을 놓고, 그들은 우선 대합실로 들어왔다. 할 말은 많은 듯하면서도 지껄여보고 싶은 말은 골라내일 수가 없었다. 이내 다시 일어나 현은,

"나 좀 혼자 걸어보구 싶네."

하였다. 그래서 박은 저녁에 김을 만나가지고 대동강가에 있는 동일관이란 요정으로 나오기로 하고 현만이 모란봉으로 온 것이다.

오면서 자동차에서 시가도 가끔 내다보았다. 전에 본 기억이 없는 새 빌딩들이 꽤 많이 늘어섰다. 그중에 한 가지 인상이 깊은 것은 어느 큰 거리 한 뿌다귀에 벽돌 공장도 아닐 테요 감옥도 아닐 터인데 시뻘건 벽돌만으로, 무슨 큰 분묘와 같이 된 건축이 웅크리고 있는 것이다. 현은 운전사에게 물어보니, 경찰서라고 했다.

또 한 가지 이상하다 생각한 것은, 그림자도 찾을 수 없는 여

자들의 머릿수건이다. 운전사에게 물으니 그는 없어진 이유는 말하지 않고,

"거, 잘 없어졌죠. 인전 평양두 서울과 별루 지지 않습니다."
하는 매우 자긍하는 말투였다.

현은 평양 여자들의 머릿수건이 보기 좋았었다. 단순하면서도 흰 호접과 같이 살아 보였고, 장미처럼 자연스러운 무게로 한 송이 얹힌 댕기는, 그들의 악센트 명랑한 사투리와 함께 '피양 내인'들만이 가질 수 있는 독특한 아름다움이었다. 그런 아름다움을 그 고장에 와서도 구경하지 못하는 것은, 평양은 또 한 가지 의미에서 폐허라는 서글픔을 주는 것이었다.

현은 을밀대로 올라갈까 하다 비행장을 경계함인 듯, 총에 창을 꽂아 든 병정이 섰는 것을 발견하고는 그냥 강가로 내려오고 말았다. 마침 놀잇배 하나가 빈 채로 내려오는 것을 불렀다. 주암산까지 올라갔다가 내려오자니까 거기는 비행장이 가까워 못 올라가게 한다고 한다. 그럼 노를 젓지는 말고 흐르는 대로 동일관까지 가기로 하고 배를 탔다.

나뭇잎처럼 물 가는 대로만 떠가는 배는 낙조가 다 꺼져버리고 강물이 어두워서야 동일관에 닿았다.

이 요릿집은 강물에 내민 바위를 의지하고 지어졌다. 뒷문에 배를 대고 풍악 소리 높은 밤 정자에 오르는 맛은, 비록 마음 어두운 현으로도 적이 흥취 도연해짐을 아니 느낄 수 없다.

'먹을 줄 모르는 술이나 이번엔 사양치 말고 받아먹자! 박을 위로해 주자!' 생각했다.

박은 김을 데리고 와 벌써 두 기생으로 더불어 자리를 잡고 있었다. 김의 면도 자리 푸른 살진 볼과 기생들의 가벼운 옷자락을 보니 현은 기분이 다시 한 번 개인다.

"이 사람, 자네두 김 군처럼 면도나 좀 허구 올 게지?"

"허, 저런 색시들 반허게!"

하고 박은 씩— 웃는다.

"그래 요즘 어떤가? 우리 김 부회 의원 나리?"

"이 사람, 오래간만에 만나 히야까시²부턴가?"

"자넨 참 늙지 않네그려! 우리 서울서 재작년에 만났던가?"

"그렇지 아마…… 내 그때 도시 시찰로 내지 다녀오던 길이니까……."

"참 자넨 서평양인지 동평양인지서 땅 노름에 돈 좀 잡았다대 그려?"

"흥, 이 사람! 선비가 돈 말이 하관고?"

"별수 있나? 먹어야 배부르데."

"먹게, 오늘 저녁엔 자네가 못 먹나 내가 못 먹이나 한번 해 보세."

"난 옆에서 경평대항전 구경이나 헐까?"

"저이들은 응원하구요."

기생들도 박과 함께 말참례를 시작한다.

"시굴 기생들 우습지?"

"우습다니? 기생엔 여기가 서울 아닌가. 금수강산 정기들이

<hr>

2 일본어로 '놀림'을 뜻함.

다르네!"

기생들은 하나는 방긋 웃고, 하나는 새침한다. 방긋 웃는 기생을 보니, 현은 문득, 생각나는 기생이 하나 있다.

"여보게들?"

"그래."

"벌써 열둬— 해 됐네그려? 그때 나 왔을 때 저 능라도에 가 어죽 쒀먹던 생각 안 나나?"

"벌써 그렇게 됐나 참."

"그때 그 기생이 이름이 뭐드라? 자네들 생각 안 나나?"

"오— 그렇지!"

비스듬히 벽에 기대었던 김이 놀라 일어나더니,

"이거 정작 부를 기생은 안 불렀네그려!"

하고 손뼉을 친다.

"아니, 그 기생이 여태 있나?"

"살았지 그럼."

"기생 노릇을 여태 해?"

"암—"

"오—라!"

하고 박도 그제야 생각나는 듯이 무릎을 친다.

그때도 현이 서울서 내려와서 이 세 사람이 능라도에 어죽 놀이를 차렸다. 두 기생이 있었는데 그중에 한 기생이 특히 현을 따라, 그때만 해도 문학청년 기분이던 현은 영월의 손수건에 시를 써주고 둘이만 부벽루를 배경으로 하고 사진을 다 찍고 하였었다.

"아니, 지금 나이 살일 텐데 아직 기생 노릇을 해? 난 생각은 나두 이름두 잊었네.”

　“그리게 이번엔 자네가 제발 좀 데리구 올라가게.”

　“누군데요?”

하고 기생들이 묻는다.

　“참, 이름이 뭐드라?”

　박도,

　“이름은 나두 생각 안 나는걸…….”

하는데 보이가 온다.

　“기생, 제일— 오랜 기생, 제일— 나이 많은 기생이 누구냐?”

　보이는 멀뚱히 생각하더니 댄다.

　“관옥인가요? 영월인가요?”

　“오! 영월이다 영월이. 곧 불러라.”

　현은 적이 으쓱해진다. 상이 들어왔다. 술잔이 돌아간다.

　“그간 술 좀 뱄나?”

　박이 현에게 잔을 보내며 묻는다.

　“웬걸…… 술이야 고학할 수 있던가 어디…….”

　“망할 자식 가긍허구나! 허긴 너이 따위들이 밤낮 글 써야 무

슨 덕분에 술 차례가 가겠니! 오늘 내 신세지…….”

　“아닌 게 아니라…….”

하고 김이 또 현에게 잔을 내어밀더니,

　“현 군도 인젠 방향 전환을 허게.”

한다.

　“방향 전환이라니?”

　“거 누구? 뭐래던가 동경 가 글 쓰는 사람 있지?”

"있지."

"그 사람 선견이 있는 사람야!"

하고 김은 감탄한다.

"이 자식아, 잔이나 받아라. 듣기 싫다."

하고 현은 김의 잔을 부리나케 마시고 돌려보낸다.

박이 다 눈두덩을 내려 쓸도록 모두 얼근해진 뒤에야 영월이가 들어섰다. 흰 저고리 옥색 치마, 머리도 가림자만 약간 옆으로 탔을 뿐, 시체 애들처럼 물들이거나 지지거나 하지 않았다. 미닫이 밑에 사뿐 앉더니 좌석을 획 둘러본다. 김과 박은 어쩌나 보느라고 아무 말도 않고 영월과 현의 태도만 번갈아 살핀다. 영월의 눈은 현에게서 무심히 스쳐 지나 박을 넘어뛰어 김에게 머무르더니,

"영감, 오래간만이외다그려."

하고 쌩긋 웃는다.

"허! 자네 눈두 인젠 무뎄네그려! 자넬 반가워할 사람은 내가 아니야."

"기생이 정말 속으로 반가운 손님헌텐 인살 안 한답니다."

하고 슬쩍 다시 박을 거쳐 현에게 눈을 옮긴다.

"과연 명기로군! 척척 받음수가……."

하고 김이 먼저 잔을 드니 영월은 선뜻 상머리에 나앉으며 술병을 든다.

웃은 지 오래나 눈 속은 그저 웃는 것이 옛 모습일 뿐, 눈시울에 거무스름하게 그림자가 깃들인 것이나 볼이 홀쭉 꺼진 것이나 입술이 까시시 메마른 것은 너무나 세월이 자국을 깊이 남기

고 지나갔다.

"자네, 나 모르겠나?"

현이 담배를 끄며 묻는다.

"어서 잔이나 드시라우요."

잔을 드는 현과 눈이 마주치자 영월은 술이 넘는 것도 모르고 얼굴을 붉힌다.

"자네도 세상살이가 고단한 걸세그려?"

"피차일반인가 봅니다. 언제 오셨나요?"

하고 현이 마시고 주는 잔에 가득히 붓는 대로 영월도 사양하지 않고 받아 마신다.

"전엔 하—얀 나비 같은 수건을 썼더니……."

"참, 수건이 도루 쓰고퍼요."

"또 평양말을 더 또렷또렷하게 잘했었는데……."

"손님들이 요샌 서울말을 해야 좋아한답니다."

"그깟 놈들…… 그런데 박 군? 어째 평양 와 수건 쓴 걸 볼 수 없나?"

"건 이 김 부회 의원 영감께 여쭤볼 문젤세. 이런 경세가들이 금령을 내렸다네."

"그렇다드군 참!"

"누가 아나 비러먹을 자식들……."

"이 자식들아 너이야말루 비러먹을 자식들인 게…… 그까짓 수건 쓴 게 보기 좋을 건 뭐며 이 평양 부내만 해두 일 년에 그 수건값허구 당기값이 얼만지 알기나 허나들?"

하고 김이 당당히 허리를 펴고 나앉는다.

"백만 원이면? 문화 가치를 모르는 자식들······."

"그러니까 너이 글 쓰는 녀석들은 세상을 모르구 산단 말이다."

"주제넘은 자식······ 조선 여자들이 뭘 남용을 해? 예편네들 모양 좀 내기루? 예펜넨 좀 고와야지."

"돈이 드는걸······."

"흥! 그래 집안에서 죽두룩 일해, 새끼 나 길러, 사내 뒤치개 질해······ 그리구 일 년에 당기 한 감 사 매는 게 과하다? 아서라, 사내들 술값, 담뱃값은 얼만지 아나? 생활 개선, 그래 예편네들 수건값이나 당기값이나 줄여먹구? 요 푼푼치 못한 경세가들아? 저인 남용할 것 다 허구······."

"망할 자식 말버릇 좀 고쳐라······ 이 자식아 술이란 실사회선 얼마나 필요한 건지 아니?"

"안다. 술만 필요허냐? 고유한 문환 필요치 않구? 돼지 같은 자식들······ 너이가 진줄 알 수 있니······ 허······."

"히도오 바가니 스르나 고노야로······."[3]

"너이 따윈 좀 바까니시데모 이이······."[4]

"나니?"[5]

"나닌 다 뭐 말라빠진 거냐? 네 술 좀 먹기루 이 자식, 내 헐 말 못 헐 놈 아니다."

하고 현은 트림을 한다.

"이 사람들 고걸 먹구 벌써 취했네그려."

---

3 "사람 우습게 보지 마 이 자식아."
4 "깔보아도 좋아."
5 "뭐야?"

박이 이쑤시개를 놓고 다시 잔을 현에게 내민다. 김은 잠자코 안주를 집는 체한다.

오래 해먹어서 손님들 기분에 눈치 빠른 영월은 보이를 부르더니 장구를 가져오게 하였다. 척 장구채를 뽑아 잡고 저쪽 손으로 먼저 장구 전두리를 뚱땅 울려보더니,

"어—따 조오쿠나 이십—오—현 탄—야월……."

하고 불러내기 시작한다. 현은 물끄러미 영월의 핏줄 일어선 목을 건너다보며 조끼 단추를 끌렀다. 부들부들 떨리는 손으로 상머리를 뚜드려본다. 그러나 자기에겐 가락이 생기지 않는다.

"에—헹—에— 헤이야—하 어—라 우겨—라 방아로구나……."

하고 받는 사람은 김뿐이다. 현은 더욱 가슴속에서만 끓는다. 이런 땐 소리라도 한마디 불러내었으면 얼마나 속이 시원하랴 싶어진다. 기생들도 다른 기생들은 잠잠히 앉아 영월의 입만 쳐다본다. 소리가 끝나자 박은,

"수고했네."

하고 영월에게 술 한잔을 권하더니 가사를 하나 부르라 청한다. 영월은 사양치 않고 밀어놓았던 장구를 다시 당기어 안더니,

"일조—오— 나앙군……."

불러낸다. 박은 입을 씻고 씻고 하더니 곡조는 서투르나 그래도 꽤 어울리게 이런 시 한 구를 읊어서 소리를 받는다.

"각하—안— 산—진 수궁처…… 임—정— 가고옥— 역난위를……."

박은 눈물이 글썽해 후— 한숨으로 끝을 맺는다.

자리는 다시 찬비가 지나간 듯 호젓해진다. 김은 보이를 부르더니 유성기를 가져오라 했다. 재즈를 틀어놓더니 그제야 다른 두 기생은 저희 세상인 듯 번차 김과 마주 잡고 댄스를 추는 것이다.

"영월이?"

영월은 잠자코 현의 곁으로 온다.

"난 자넬 또 만날 줄은 몰랐네 반갑네."

"저 같은 걸 누가 데려가야죠?"

"눈이 너머 높은 게지?"

"네?"

유성기 소리에 잘 들리지 않는다.

"눈이 너머 높은 게야?"

"천만에…… 그간 많이 상허셨에요."

"응?"

"많이 상허셨에요."

"나?"

"네."

"자네가 그리워서……."

"말씀만이라두……."

"허!"

댄스가 한 곡조 끝났다. 김은 자리에 앉으며 현더러,

"기미모 오도레."[6]

---

6 "너도 춤춰라."

한다.

　"난 출 줄도 모르네. 기생을 불러놓고 딴스나 하는 친구들은 내 일찍부터 모욕하는 발세."

　"자네처럼 마게오시미 쓰요이한[7] 사람두 없을 걸세. 못 추면 그냥 못 춘대지……."

　"흥! 지기 싫여서가 아닐세. 끌어안구 궁댕이 짓이나 허구, 유행가 나부랭이나 비명을 허구, 그게 기생들이며 그게 놀 줄 아는 사람들인가? 아마 우리 영월인 딴쓸 못할 걸세. 못하는 게 아니라 안 할걸?"

　"아이! 영월 언니가 딴쓸 어떻게 잘하게요."

하고 다른 기생이 헬깃 쳐다보며 가로챈다.

　"자네두 그래 딴쓸 허나?"

　"잘 못한답니다."

　"글쎄, 잘허구 못허구 간에?"

　"어쩝니까? 이런 손님 저런 손님 다 비월 맞추자니까요."

　"건 왜?"

　"돈을 벌어야죠."

　"건 그리 벌기만 해 뭘 허누?"

　"기생일수룩 제 돈이 있어야겠습디다."

　"어째?"

　"생각해 보시구려."

　"모르겠는데? 돈 많은 사내헌테 가면 되지 않나?"

7　고집이 센.

"돈 많은 사내가 변심 않구 나 하나만 다리고 사나요?"

"그럴까?"

"본처나 되면 아무리 남편이 오입을 해두 늙으면 돌아오겠지 허구 자식 낙이나 보면서 살지 않아요? 기생야 그 사람 하나만 바라고 갔는데 남자가 안 들어와 봐요? 뭘 바라고 삽니까? 그리게 살림 들어갔다 오래 사는 기생이 몇 됩니까? 우리 기생은 제가 돈을 퐈서 돈 없는 사낼 얻는 게 제일이랍니다."

"야! 언즉시야라 거 반가운 소리구나!"

하고 박이 나앉는다. 그리고,

"난 한 푼 없는 놈이다. 직업두 인전 벤벤치 못하다. 내 예펜네라야 늙어서 바가지두 긁지 않을 거구, 자네 돈 퐈으면 나하구 살세?"

하고 영월의 손을 끌어당긴다.

"이 사람, 영월인 현 군 걸세."

"참, 돈 가진 기생이나 얻는 수밖에 없네 인전……."

하고 현도 웃었다.

"아닌 게 아니라 자네들 이제부턴 실속 채려야 하네."

하고 김은 힐긋 현의 눈치를 본다.

"더러운 자식!"

"흥 너이가 아무리 꼬장꼬장한 체해야……."

"뭐 이 자식……."

하더니 현은 술을 깨려고 마시던 사이다 컵을 김에게 사이다째 던져버린다. 깨지고 뛰고 하는 것은 유리병만이 아니다. 기생들이 그리로 쏠린다. 보이들도 들어온다.

"이 자식? 되나 안 되나 우린 이래 빼두 예술가다! 예술가 이상이다. 이자식······."

하고 현의 두리두리해진 눈엔 눈물이 핑— 어리고 만다.

"이런 데서 뭘······ 이 사람 취했네그려, 나가 바람 좀 쐬세."

하고 박이 부산한 자리에서 현을 이끌어 내민다. 현은 담배를 하나 집으며 복도로 나왔다.

"이 사람아? 김 군 말쯤을 고지식하게 탄할 게 뭔가?"

"후······."

"그까짓 무슨 소용이야······."

"내가 취했나 보이······ 내가······ 김 군이 미워 그리나? 자넨 들어가 보게······."

현은 한참 난간에 의지해 섰다가 슬리퍼를 신은 채 강가로 내려왔다. 강에는 배 하나 지나가지 않는다. 바람은 없으나 등골이 오싹해진다. 강가에 흩어진 나뭇잎들은 서릿발이 끼쳐 은종이처럼 번뜩인다. 번뜩이는 것을 찾아 하나씩 밟아본다.

"履霜堅冰至(이상견빙지)······."

《주역》에 있는 말이 생각났다. 서리를 밟거든 그 뒤에 얼음이 올 것을 각오하란 말이다. 현은 술이 홱 깨인다. 저고리 섶을 여미나 찬 기운은 품속에 사무친다. 담배를 피려 하나 성냥이 없다.

"이상견빙지······ 이상견빙지······."

밤 강물은 시체와 같이 차고 고요하다.

— 〈삼천리문학〉, 1938. 1.

영월 영감

작년 가을, 어느 비 오는 날이었다. 성익은 집에 들어서자 사랑 마루에 웬 누르퉁퉁한 지우산과 검은 지까다비[1] 한 켤레가 놓인 것에부터 눈이 미치었다. 한 손에 찬거리를 사 들은 길이라 안에부터 들어가 아내에게 들은즉, 자기는 처음 보는 어른인데 아이들더러, 나두 너희 할아범이야 하는 것을 보아, 아마 당신 아저씨뻘 되는 양반인 게라고 하였다. 옆에서 어린것 하나는, 아주 무섭게 생긴 할아버지야 하였다. 나와 뵈이니, 정말 성익도 어렸을 때는 무서워하던 영월 아저씨였다.

성익은 참 뜻밖이요 오래간만에 뵙는 아저씨였다. 혼인한 지십 년이 넘는 성익의 아내는 이번이 처음이도록 여러 해 동안을

---

1 일본인 노동자들이 즐겨 신은 일종의 작업화.

뵐 수 없던, 생사조차 모르던 영월 아저씨였다.

젊어 영월 군수를 지내어 영월댁이라, 영월 영감이라, 영월 아저씨, 영월 할아버지로 불리어지는 인데, 키가 훤칠하고, 이글이글 타는 눈방울이 늘 술 취한 사람처럼 화기 띤 얼굴에서 번뜩일 뿐 아니라 음성이 행길에서 듣더라도 찌렁찌렁 울리는 데가 있는 어른이어서, 영월 할아버지 오신다 하면 아이들은 울음을 그치었다. 위엄은 아이들이나 하인배에뿐 아니라 그분과 동년배요 항렬로는 도리어 위 되는 이라도 영월 영감이 오는 눈치면 으레 물었던 담뱃대를 뽑아 들고 길을 비키었다. 세도가 정상 시가 아닌 때에 득세를 하는 것은 소인 잡배의 무리라 하고, 읍에 한번 가는 일이 없이 온전히 출입을 끊었다가 기미년 일에 사오 년 동안 옥사 생활을 거친 후로는, 심경에 큰 변화를 일으킨 듯, 논을 팔고 밭을 팔고 가대와 종중의 위토까지를 잡혀 쓰면서 한동안 경향 각지로 출입이 잦았었다.

그러나 무슨 이권이나 세도를 얻으려 다니는 것 같지는 않다가 한번은 그런 예사로운 출입으로 나간 것이 소식이 끊이기를 십오륙 년, 대소가가 모두 궁금하게 여기던 것조차 이제는 지쳐버리게 되었는데, 이렇게 서울서 문득 찢어진 지우산과 지까다비로 조카 성익의 집에 나타난 것이었다.

"그간 어디 가 계셨습니까?"

"일소부주一所不住지 안 당긴 데 있나……."

음성이 높은 것, 우묵하게 꺼지기는 하였으나 그 푸른 안정이 쏘아 나오는 눈, 그리고 저녁상에서 성익은 갈비를 다시 구워 올 것도 없게 실패 쪽처럼 벗겨 자시는 것을 보면 그 식사나 기력의 정정함도 옛 풍모 그대로였다. 그러나 이마와 눈시울에 잘고 굵은 주름들은 너무나 탄력을 잃었다. 더구나 머리와 수염이 반이 넘어 흰 것을 뵙고는, 성익은, 이분도 시대의 운명을 어쩌기는 커녕 자기 자신이 그 운명 속에 휩쓸리고 마는 것이 아닌가 하는 서글픔이 가슴에 뿌지지하게 느껴졌다.

"아저씨두 이전 반백이나 되셨군요?"

"반백은 넘었지. 허!"

하고 그 수염을 한번 쓸어보면서,

"빈발여하백鬢髮如何白고 다인적학로多因積學勞²라더니 내 백발은 적학로도 아니고…… 허허!"

하고 크게 웃었다. 그리고 조카가 이것저것 물었으나 별로 대답이 없이 손자 되는 어린것의 머리만 쓰다듬다가,

"세월밖에 헤일 게 없구나! 대답할 게 없으니 아무것두 묻지 마라…… 내가 다녀갔단 말 시굴집에들 알릴 것두 없구…… 네게 온 건 돈 얼마 변통해 쓸까 하구 왔는데……."

하였다. 성익은 그래도 그동안 대소가 소식들부터 알려드리고 나서,

"얼마나 쓰실 일입니까?"

물었다.

"한 천 원 가까이 됐으면 좋겠다."

성익은 얼른 마루 아래 놓인 아저씨의 지까다비 생각이 났다. 이분이 금광을 하시는 것이나 아닌가? 하였으나 아무것도 묻지

---

2 귀밑머리가 어찌 셌는고 공부를 많이 싸은 노고 때문이지.

말라는 말을 먼저 받았다. 아무튼 비록 행색은 초췌할망정 생사조차 알리지 않다가 십여 년 만에 찾는 조카에게 자기 개인의 밥값 같은 것이나 궁해서 돈 말을 할 영월 아저씨로는 믿어지지 않았다. 성익은 할 수 없이 무리를 해서 모아온 골동품에 손을 대었다. 고려자기 찻종 하나와 단계석 벼루 하나를 이튿날 식전에 들고 나가 천 원은 못다 되고 칠백 원을 만들어다 드리었다. 돈이 칠백 원이란 말만 들었을 뿐, 영월 영감은 헤어보지도 않고 빛 낡은 양복 조끼 안주머니에 넣더니 저녁때가 가까웠는데도 떠나야 한다고 나섰다. 비는 그저 지적지적 내리었다.

"애장품을 없애줘 미안타. 그러나 그런 건 누가 보관턴 보관돼 갈 거구……."

하면서 마당에 내려 화단에서 비에 젖는 고석을 잠깐 눈주어 보더니,

"어디서 구했니?"

하였다.

"해석입니다. 충남 어느 섬에서 온 거라는데 파는 걸 사 왔습니다."

"넌 너의 아버닐 너무 닮는구나! 전에 너의 아버니께서 고석을 좋아하셔서 늘 안협으로 사람을 보내 구해 오셨지…… 그런데 난 이런 처사處士 취민 대애반대다."

"왜 그러십니까?"

"더구나 젊은이들이…… 우리 동양 사람은, 그중에두 우리 조선 사람이지, 자연에들 너무 돌아와 걱정이야."

"글쎄올시다."

"자연으루 돌아와야 할 건 서양 사람들이지. 우린 반대야. 문명으루, 도회지루, 역사가 만들어지는 데루 자꾸 나가야 돼……."

이렇게 영월 영감은 목소리가 더 우렁차지며 얼굴이 더 붉어지며 가을비에 이끼 끼는 성익의 집 마당을 부산하게 나섰다.

돈을 언제 갚는단 말도, 어디 와 있다는 말도, 성익도 기다리지도 않았지만 전혀 소식이 없다가 꼭 돌이 되어, 요 전달 하순이었다.

하루는 세브란스 병원에서 성익에게 메신저 보이가 왔다. 박대하란 환자를 대신해 쓴다 하고 곧 좀 외과 진찰실로 와달라는 것이었다. 박대하란 영월 영감이다. 성익은 곧 달려갔다. 간호부가 가리키긴 하나 누군지 알아볼 수 없게 얼굴 온통이 붕대 뭉치가 되어 진찰대에 누워 있었다. 멀겋게 부풀은 입술이 번질번질한 약을 바르고 콧구멍과 함께 숨을 쉴 정도로 내어놓아졌을 뿐, 눈까지 약칠한 가제에 덮여 있는 것이다. 송장이 아닌가 싶었다.

"이분이?"

"네, 박대하 씨라구요. 광산에서 다치셨대요. 입원을 허실 텐데 시내에 보증인이 있어야니까요."

하고 간호부는 환자의 귀 가까이로 가더니,

"불러달라시던 분 오셨에요."

하였다. 환자의 육중한 입술이 부르르 떨리었다. 성익은 덥썩 환자의 손을 끌어 쥐었다. 뜨거웠다.

"성익이냐?"

분명히 영월 아저씨였다.

"네, 이게 웬일입니까?"

"뭐, 허, 답답해라······ 대단친 않구······ 자꾸 보증인인갈 세래널 알렸다."

"아니, 다치신 덴 얼굴뿐입니까?"

"그럼."

"어디서 다치셨는데, 누구 같이 온 사람두 없습니까?"

간호부가 복도로 나와 같이 온 사람을 가리켜주었다. 우중충한 복도에 섰는 흙물이 시뻘건 바지저고리 바람의 장정이었다.

"당신이오?"

"네."

남포를 놓는데, 세 방을 한꺼번에 놓는데, 심지 하나가 중간에서 불이 꺼지는 것을 보고 그것마저 들어가 대려놓는데 먼저 타들어간 것이 의외에 빨리 터졌다는 것이다.

"광산은 어디요?"

"거기가 양평 따입지요. 그런데 과히 오래가든 않는답니까?"

"글쎄, 아직 모르겠소."

하고 성익은 그제야 의사에게로 왔다. 머리를 돌에 맞아 뇌진탕을 일으켰으나 반시간도 못 돼서 정신을 차렸다는 정도니까 꿰맨 자리만 아물면 뇌엔 별일이 없을 것이요, 얼굴은 전면적으로 매연과 모래에 타박상을 받았으나 큰 상처는 없고, 안과에서 보았는데 눈도 동공은 상하지 않았으니까 중증의 결막염 정도니까 며칠 치료하면 뜰 수 있으리란 것이다.

성익은 다행으로 알고 아저씨를 병실로 옮기고 곧 입원 수속을 끝내었다. 그리고 아저씨께 돌아오니 그의 앞에는 광부가 꾸부리고 무슨 부탁을 듣고 서 있었다.

"아마 한 길은 더 울렸으리……."

"그렇습죠."

"허니 천반두 울리지 않았나 조심해서들 보구, 내 나가길 기대
릴 게 아니라 따내게들……."

"그립죠."

"서 덕대보구 따 들어가다 재바닥만 비치거든 감석을 골라 내
게 좀 보내달라구 그러게."

"네."

"어서 떠나게. 중상은 아니라구 염려들 말라구 그리게."

"네, 그럼……."

광부가 나간 뒤에 성익은 잠깐 멍청히 서서 병실 안을 둘러보
았다. 다른 침대 하나에는 아직 환자가 없다. 두 쪽 유리창에도
도시의 하늘답지 않게 전선줄 한 오리 걸리지 않고 유리 그대로
멀뚱하다. 누워 있는 영월 아저씨는 번질번질한 부푼 두 입술이
있을 뿐, 모두 흰 붕대와 흰 약과 흰 홑이불에 덮여 있다. 비었다
기보다 시체실에 혼자 섰는 것처럼 서뭇해진다. 저분이 금광을?
그럼, 저분이 여태껏 찾아다닌 것도 금이던가? 금? 그럼, 내 돈
칠백 원도 금광에 투자한 셈이던가? 성익은 씁쓰레한 군침을 입
안에 다시며 침상 앞으로 나섰다.

"아저씨?"

"성익이냐? 이거 답답해 어디 견디겠나!"

영월 영감은 시울이 팅팅히 부어 떠지지 않는 눈을 눈썹만 슴
벅거려 본다.

"그런데 어쩌실려구 뻐언히 위험한 델 들어가셨습니까?"

"인정처럼 고약한 게 없거던…… 첨에는 심질 십여 척씩 늘이 구두 뒤돌아볼 새 없이 뭬나오더랬는데 것두 몇 해 다뤄보니 심상해져 겁이 어디 나? 사람이 비켜야만 터질 것처럼 믿어진단 말이야."

"그런데 아저씨께서 금광을 허시리라군 의웁니다."

"어째?"

"막연히 그런 생각이 듭니다."

"막연이겠지…… 힘없이 무슨 일을 허나? 홍경래두 돈을 만들어 뿌리지 않었어? 금 같은 힘이 어딨나? 금 캐기야 조선같이 좋은 데가 어딨나? 누구나 발견할 권리가 있어, 누구나 출원하면 캐게 해, 국고 보조까지 있어, 남 다 허는 걸 왜 구경만 허구 앉었어?"

"이제 와 아저씬 금력을 믿으십니까?"

"이제 와서가 아니라 벌써 여러 해 전부터다. 금력은 어디 물력뿐이냐? 정신력도 금력이 필요한 거다."

"그래 광을 허십니까?"

"그럼."

"허면 꼭 금을 캘 걸 믿으십니까?"

"암, 못 캐란 법은 어딨나? 왜 못 될 걸 믿어?"

"그러나 사실에 성공하는 사람이 천에 하나나 만에 하나 아닙니까?"

"억만에서 하나기루 그 하나이 자기가 되길 계획해 못쓸까? 사람이란 그다지 계획력이 미약한 건가?"

"글쎄올시다."

"글쎄올시다가 아니야. 그렇게 막연히 살아 무슨 전도가 있나? 천에 하나 만에 하나가 저절루 자기가 되길 바라선, 요행히 되길 바라선 건 허영이지, 건 투기지. 그런 요행이야 천에 하나 만에 하나밖에 없을 게 당연지사겠지. 그러나 끝까지만 나가문야 천이면 천, 만이면 만 다 성공할 게 원측이지."

"그래두 일생을 광산으로 다녀두 보따리를 벤 채 죽는 사람이 얼마든지 있지 않습니까?"

"……."

영월 영감은 부푼 입술이 거북한 듯 말 대신 고개를 젓는다.

"참, 말씀 그만두시죠. 입술두 퍽 부셨는데."

"말꺼정 못 하군 정말 죽은 거 같게…… 그런 것들은 다 투기자들이지. 물욕부터 앞서 제가 실패한 원인을 반성할 여유가 없이 나가구, 또 뻔—히 경험으로 봐 안 될 것두 요행만 바라구 나가거던…… 그런 사람들 실패하는 거야 원형이정이지…… 나두 벌써 십여 차 실패다. 그러나 똑같은 실팬 한 번도 안 했다. 똑같은 실팰 다시 허기 시작허문야 건 무한한 거다. 그러나 금을 캐는 데 있을 실패가 그렇게 무한한 수로 있을 건 아니지. 실패를 잘만 해서 실패된 원인만 밝혀나간다면야 실패가 많아질수록 성공에 가까워가는 게 아니냐? 난 그걸 믿는다."

"……."

"조선 땅엔 금은 아직 무진장이다. 어느 시대구 어느 나라서구 불변 가치를 갖는 게 금밖에 또 있니? 힘없이 움즉일 수 있니? 금만 한 힘이 있니?"

"......."

"금을 금답게 쓰지 못하는 자들이 얼마나 많이들 금을 캐내
니? 땅이 울 게다! 땅이……."

하고 영월 영감은 홑이불을 밀어 던지고 석수처럼 돌때에 뿌우
연 손을 올려 가슴 위에 깍지를 꼈다.

이튿날부터 영월 영감은 광산에서 기별이 오기를 기다렸다.

"몇 자 안 내려가 재바닥이 비칠 건데…… 맥형 생긴 게 틀림
은 없는데……."

그리고 사흘부터는 의사를 조르기 시작하였다.

"허! 이거 일월을 못 보니 꼭 죽었소그려. 언제나 눈을 뚜? 머
린 이내 아물겠소?"

"맘이 급허시면 더 더딥니다. 눈은 차츰 부기가 낫기 시작합니
다만 머리야 젊은 사람과 달라 어디 그렇게 빨리 아뭅니까?"

"내가 늙어 그럴까?"

"조그만 헌디 하나라두 연령 관계가 큽니다. 신진대사 차이가
크니까요."

의사가 나간 뒤 한 시간이나 지나서다. 속으로는 그저 그 생각
이었던 듯,

"내가 지금 사십만 같애두! 사십만……."

하고 한숨을 쉬는 것이었다.

"이론이 그렇지, 그것 아무는 데 며칠 상관이 될라구요."

"어디 이것뿐이냐? 매사에 일모도원이다! 넌 올에 몇이지?"

"서른둘입니다."

"서른둘! 호랑이 같은 때로구나! 왜들 가만히들 있니?"

"……."

한참 침묵이 지나서다.

"너 낼 산에 좀 갔다 와다우."

"산에요?"

"광산에 가, 그새 작업을 어떻게 했는지두 좀 알구, 나온 걸 어떤 돌이구 간에 한 가지씩 가져오너라. 엊저녁 꿈엔 돼지를 다 봤는데……."

"돼지요?"

"미신이나 금광 허는 사람들이 돼지 보길 바라지들…… 돼질 보면 금이 난다구들, 허허……."

영월 영감은 차츰 제빛이 돌아오는 입술에 빙그레 웃음을 띠었다.

성익은 아저씨가 일러준 대로 이튿날 자동차로 양평을 지나 풍수원이란 데로 왔다. 여기서는 사람을 하나 사가지고 동북간으로 고개라기는 좀 큰 산을 넘어 아저씨의 광산을 찾았다. 다복솔이 깔린 평퍼짐한 산허리에 서너 군데나 생흙이 밀려 나와 사태 난 자리처럼 쌓였다. 가까이 가보니 흙이 아니라 모두 돌이었다. 굿막과 화약고도 이내 나타났으나 사람이라고는 질통꾼 서너 명만 보였다. 질통꾼들에게 서 덕대를 물으니 굿 속에서 작업 중이라 한다. 굿 속으로 따라 들어가려 하였으나 바닥이 질고 천반에선 여기저기 기름과 철분에 시뻘건 샘물이 낙숫물 떨어지듯 하여 달리 차리지 않고는 들어설 수가 없다. 우선 서 덕대를 좀 나오라고 이르고 땀이나 들이려 냉장고같이 시원한 굿 초입에 서 있었다. 굿 속은 키 큰 사람은 모자가 닿으리만치 낮다. 통나무로 좌우 벽선과 천반을 버티어 들어갔다. 간드레 불을 든 질통꾼들이 한 삼십 간 들어가서는 꼬부라져 사라지고 만다. 거기까지는 수평이다. 그 뒤는 캄캄하여 도무지 짐작을 할 수가 없다. 물방울 떨어지는 소리뿐 가만히 귀를 기울여야 쿠웅쿠웅 바위 울리는 소리가 은은히 돌아 나온다. 그쪽은 저승과 같이 아득하고 신비스럽다.

'저기서 금이 난다!'

성익은 담배를 피워 물고 생각하였다.

그 몇만 분지, 몇십만 분지의 일인 금을 얻으려 산을 헐고 바위를 뚫고…… 그 적은 비례의 하나를 찾기 위해 몇만 배, 몇십만 배의 흙을 파내고 돌을 쪼아내고…… 성익은 고개를 기다랗게 내밀어 광산 전체를 쳐다보았다. 까맣게 올려다보이는 석벽도 이 산의 봉우리는 아직 아니었다.

'하나를 위해 구만 구천구백구십구의 헛일을 해야 하는…….'

성익는 한숨이 나왔다. 어렸을 때 풀기 어려운 산술 숙제를 받던 생각이 난다. 그러나 이내 또, 아저씨의 '사람이란 그다지 계획력에 미약한 거냐' 하던 말도 생각난다.

'계획? 내 자신에겐 지금 무슨 계획이 진행되며 있는가?'

성익은, 굿막 퇴장에 걸터앉아 아무 의식 없이 머르레한 눈으로 건넌산을 바라보는, 그 풍수원서 데리고 온 사람의 꼴에서 자기를 발견하는 것 같은 허무함을 느끼었다.

다시 붙인 담배를 반이나 태웠을까, 그때 굿 속에서 사람들이 나타났다.

"내가 서이관이오."

하고 나서는 서 덕대는 늙은 푼수로는 야무진 목소리다.

"우리 광주 영감 좀 어떠신가요?"

"차츰 나가십니다. 도무지 감석인갈 보내지 않으니까 궁금허시다구 좀 가보래 왔습니다."

"허!"

서 덕대는 굿막 퇴장으로 와 담배부터 피워 문다. 전체가 까맣고 만만하게 몽친 것이 엿누룽갱이 같은 늙은이다. 침을 찍 뱉어 버리더니,

"영감 운이 아직 틔질 않어…… 영감 운이 틔셔야 우리네두 고생한 끝이 나겠는데……."

하는 꼴이 좋은 바닥이 아직 비치지를 않는 모양이다.

"그럼, 아직 광석이랄 게 나오지 않습니까?"

"나오기야 나오죠. 허잘것없는 게 나오니 그런 거야 자동차비가 아까워 어떻게 보내드리나요."

"더 따 들어가문 좋은 게 나올 것 같습니까?"

"허! 그걸 장담헐 수 있나요. 장담두 많이 해봤죠만 이전 내 입으룬 장담 않죠."

"그럼 이 광산이 영감 보시겐 신통치 않은가 봅니다그려?"

"것두 장담 아뇨? 내 눈두 과히 어둡진 않죠. 금점 밥을 먹는 지두 서른대여섯 해 되죠. 당구³ 십 년 격루루 산을 보면 대강 짐

---

3 서당에서 기르는 개.

작은 납니다만 난 이전 산 보구 쫓아다니진 않죠."

"그럼, 뭘 보십니까?"

"산에 한두 번 속았겠어요? 난 이전 광주 보구 쫓아다니지요. 이 영감님 모시구 다니는 지두 벌써 칠 년째죠만 인덕이 그만허시구야 금줄 못 잡을 리 있나요."

성익은 겉옷을 바꿔 입고 서 덕대를 따라 굿 속 작업 현장을 구경하고, 물이 충충히 고여 개구리들만 끓는 쨉이라는, 수직으로 내려 뚫은 광구도 몇 군데 구경하고는 그래도 질이 좀 나은 것이라는 회색 차돌 몇 덩이를 싸 들고 풍수원으로 넘어와 밤을 자고 이튿날 오후 한 시나 돼서 병원으로 돌아왔다.

병원에서는 영월 영감보다 의사가 더 성익을 기다리고 있었다. 간호부가 성익을 보자,

"잠깐만 거기 계셔요."

하고 병실에 들어가기 전에 무슨 일이 있다는 듯이 의사 있는 데로 달려가는 것이다. 성익은 가슴이 섬뜩하여 주춤하고 섰었으나 두어 방만 지나가면 아저씨의 병실이라 우선 병실로 가 문을 열었다. 아저씨는 여전히 침대에 누웠다. 그러나 문소리 나는 쪽을 향해 '성익이냐?' 불러봄 직한 그가 문소리 난 것도 모르는 듯할 뿐 아니라 두 손을 처들어 합장도 아니요 박수도 아닌 손짓을 하고 있는 것이다. 머리맡에는 보지 않던 얼음주머니도 달려 있다.

"아저씨?"

"……."

"아저씨?"

"누구야…… 응?"

성익은 가슴이 철렁 내려앉는다.

"저야요, 성익이야요."

"오오."

그제야 영월 영감은 벌떡 일어나 앉는다.

"누세요."

"이리 내……."

그러나 눈은 아직 열리지 않는다. 한 손으로 한쪽 눈을 억지로 벌리려 한다. 성익은 얼른 붕산수에 적신 약솜을 뜯어 눈곱을 닦아드리었다. 그리고,

"어디 어디……."

하고 내미는 아저씨의 손바닥을 보고는 광석을 놓기 전에 다시 한 번 놀라지 않을 수 없다.

"아저씨 손바닥이……."

"어서 이리 내."

성익은 아저씨의 다른 편 손바닥도 펼쳐보았다. 양편이 똑같다. 검붉은 포돗빛의 혈반이 은단알만큼, 녹두알만큼 꽃 피듯 번져 있는 것이다. 그리고 뜨거운 것이다. 그러나 당자는 아직 자기 피부에 그런 이상이 나타난 것도 모르는 것 같다. 광석 하나를 받아 들더니 광선이 제일 환한 쪽으로 상체를 돌린다.

"가져온 것 다 인내라."

신문지에 싼 채 다 그의 앞으로 가 펼쳐 들었다. 더듬더듬 하나씩 하나씩 모조리 만져보고, 들어보고, 그 다시 푸르스름해진 입술에 갖다 혀끝까지 대어보곤 하더니 그중에서 역시 서 덕대가,

"모두 요눔만 같애두."

하던 것을 용하게 골라내어 한 손으로 눈곱 닦은 눈을 벌리었다. 그 눈에 유리창은 너무 밝았다. 광선이 아니라 독한 연기를 쏘인 듯 눈물이 펑 쏟아져 다시는 벌리지도 못하고 만다.

"누세요. 제가 말씀드릴게요."

"서 덕대가 뭐래?"

"퍽 좋은 바닥이 나왔답니다."

"어떤?"

"차돌인데 맥이 넓구 여간 질이 좋지 않다구 안심허시랍디다."

"노다지가 나오다니?"

"네?"

성익은 아저씨의 정신 상태가 아무래도 의심스러웠다.

"아저씨?"

아저씨는 두 손에 한 움큼씩 광석을 움켜쥔 채 얼음주머니를 뒤통수로 때리며 벌떡 뒤로 드러누워 버린다.

간호부가 그제야 나타난다. 이쪽에서 뭐랄 새도 없이,

"선생님이 좀 오시래요."

하고 앞선다.

의사는 다른 환자의 처방을 끝내어 간호부에게 주어버리더니 이렇게 말한다.

"지금 들어가 보셨지요?"

"네, 손바닥에 그런데……."

"네, 네……."

의사는 영월 영감의 진찰부를 꺼내놓더니 보지는 않고,

"손바닥과 발바닥에 모두 피하출혈이 현저하게 드러났습니다."

"어떤 딴 증세가 난 겁니까?"

"패혈증입니다. 더 의심할 수 없는……."

"패혈증이라뇨?"

"피가 썩는 겁니다. 어떤 상처로 미균이 들어가 가지군…… 아마 그 머리 다치신 상처겠죠…… 광산 같은 데서 애초에 소독이 완전히 됐을 리 있습니까?"

"걸 어째 진작 모르셨나요?"

"건 모릅니다. 발증이 되기까진 모르는 겁니다. 또 미리 안댔자 지금 의학으론 테라폴 따위 살균제나 놓는데 그런 걸룬 절망입니다."

"절망이야요?"

"벌써 피 대부분이 상했습니다. 가족에 곧 알리시구 유언이라두 들어두시죠."

성익은 복도로 나와 한 십 분 동안 제정신을 차리기에 애를 썼다. 정신을 차려가지고는 우선 우편국으로 가 이분의 두 아들에게 다 전보를 쳐주었다. 그리고 성익은 또 한 가지 생각이 났다. 얼른 자동차로 종로로 와서 광석 표본을 진열창에 많이 늘어놓은 무슨 광산 사무손가를 찾았다. 팔지 않는다는 것을, 성냥갑만 한 유리갑에 넣은 노다지 한 덩어리를 억지로 샀다. 영월 영감은 의사의 예언대로 최후의 맑은 정신이 돌아왔다. 방 안은 으스름한 황혼이다. 성익은 간호부에게 불을 켜라 일렀다. 그리고 약솜으로 아저씨의 두 눈을 닦고 최대한도로 띄어드리었다. 지네미 상한 고기 눈처럼 머르레한 눈동자는 이내 눈물에 잠기고 만다.

"아저씨, 이걸 자세 보세요."

"이게…… 에! 노다지로구나!"

"많이 나왔습니다."

"오! 오…….”

영월 영감은 말이 놀라는 것처럼 우쩍 상반신을 일으켰다. 두 주먹을 뛰려는 말발굽처럼 움켜 들었다. 주먹은 손가락 가락가락 부르르 떨리면서 펼쳐진다. 그러나 눈은 자기 힘으로 떠지지 않는다. 부들부들 팔째 떨리던 주먹은 탁 자기 얼굴을 휩싸 때리더니 '아휴!' 하고 성익의 팔에 쓰러지고 말았다.

성익은 차마 유언을 묻지 못하였다.

두 아들이 나타났을 때는, 영월 영감은 이미 시체실로 옮겨진 뒤였다.

성익은 아저씨의 화장장에서 돌아오는 길 버스 안에서 맏상제 봉익에게 물었다.

"자넨 몇이지 올에?"

"형님보다 내가 두 살 아래 아뉴?"

성익은 눈을 감고 잠깐 멍청히 흔들리다가 중얼거리었다.

"서른! 서른둘! 호랭이 같은…….”

— 〈문장〉, 1939. 2~3.

아련 阿蓮

나는 어렴풋이 잠이 들었다가, 개 짖는 소리에 깼다. 깨기는 하였으나, 짖기 잘하는 우리 집 개라 이내 멎으려니 하고 다시 잠을 청했다. 그러나 자꾸 짖기만 한다. 안방에서 아내가 내다보고 바둑아 바둑아 부르며 달래나, 바둑이는 점점 더 짖기만 한다. 아내는 나더러 좀 나가보라고 소리친다. 나는 아내더러 좀 나가보라고 대답했다. 개는 그저 짖어대는 품이 누가 왔는지, 무슨 일이 생겼음에 틀리지 않다.

나는 미닫이를 열고 불을 내대고, 아내는 전지를 켜 들고 아랫마당으로 내려갔다. 개 짖는 소리가 그제야 멎는다.

"뭐유?"

나는 방에서 소리를 질렀다. 아내는 전지를 한곳으로만 한참 비추고 섰더니, 잠자코 사방을 두리두리하며 뛰어 올라왔다.

"뭐유?"

"좀 나오슈."

"뭐냐니까?"

"글쎄 나오세요, 좀······."

하는 아내는 무슨 처참한 광경이나 본 것처럼 얼굴이 하얘서 후
들후들 떤다. 그러자 대문 쪽에서 웬 갓난애 울음소리가 난다. 울
음소리를 듣자, 아내는 나더러 얼른 나오라고 발을 구른다.

나도 가슴이 뚝딱거렸다. 내려가 보니, 하―얀 포대기 속에서
새빨간 어린애 얼굴이 아스라지게 우는 것이다. 나는 아이를 자
세히 들여다보기 전에 먼저 전지를 받아 사방을 둘러 비춰보았
다. 누가 이따위 짓을 했을까? 담도 없이 나무숲으로 둘린 우리
집이라, 아이를 갖다 놓고는 으레 어느 구석에서든지 집어 들여
가나 안 들여가나 지키고 섰을 것이다. 지금 우리의 이 광경을 말
끔 보고 섰을 것이었다. 나는 몹시 불쾌하기부터 했다.

"어쩌우?"

"내버려 두지, 어째?"

하고 엿보는 사람이 있으면 알아듣도록 크게 소리 질렀다.

"당신두······."

아내는 어느 틈에 아이를 안아 들었다. 아이는 울음을 그친다.
내가 자식이 있는 사람이라면 구차한 사람이 우리의 동정을 바
라는 것으로 여길 것이겠으나, 우리가 무자식한 사람이라 아무의
자식이구 생기기만 하면 감지덕지 기를 줄 알고 우리의 약점을
이용하는 것이 아니면, 그들이 우리를 도리어 동정하는 행동 같
아서 자못 불쾌할 뿐이었다.

"어린 거야 무슨 죄유? 감기 들었겠다."

아내는 아이를 안은 채 더풀더풀 안으로 올라갔다. 나는 대문 밖으로 나와 전지를 끄고 한참이나 어정거렸다. 그 아이의 임자가 나타나 알은체해 주기를 바란 것이다. 그러나 좀처럼 나타나는 사람이 없었다.

아이는 계집애였다. 포대기 안에서는 새로 빨아 채곡채곡 개킨 기저귀 세 벌이 나왔고, 우유로 기르던 아이인 듯 고무줄 달린 젖병에는 아직도 따스한 우유가 반이나 든 채 있었다. 그리고 융 저고리 앞섶에다는 서투른 언문 글씨로 생일을 적고, 특히 이달 열하룻날이 백일이라고까지 쓴 헝겊이 붙어 있었다. 팔다리가 가느다란 것이 묶었던 것을 끌러놓으니, 버둥거리며 즐거운 듯이 주먹을 빨았다.

아직 낳은 지 백일도 못 되는 아이를 인상을 뜯어보는 것은 잔인하기는 하나, 우리는 눈부터 코부터 귀 붙은 것부터 머리 생긴 것부터 덤비며 들여다보고 만져보고 하였다. 나는 하나도 마음에 안 들었다.

"누굴까? 어떤 종잔지나 알었음⋯⋯."

"건 알아 뭘 허우."

"어떡허실랴우 그럼?"

"그리게 왜 안구 들어와? 우리가 그냥 두구 들어옴 저희가 도루 가져갈 거 아니야?"

"어떻게 그럭허우? 추운 때⋯⋯ 저 봐, 기침허지 않게!"

아이는 두 주먹을 딴딴히 쥐면서 기침이 날 때마다 바들짝바들짝한다. 이맛살이 쪼그라들고 눈을 꼭 감아 눈물방울이 찔끔 올려 솟더니, 응아아 울어댄다.

"이거 생걱정거리 맡지 않았게!"

아내가 젖을 데우러 나간 새 나는 서너 번 울음을 달래느라고 또닥또닥해 보았으나, 아이도 당치 않은 사람의 손길이라는 듯이 그냥 내처 울었고, 나도 그냥 멀거니 내려다만 보다가, 입맛을 다시며 내 방으로 건너오고 말았다.

나는 아이 울음소리도 귀에 익지 않았거니와 무슨 모욕이나 당한 것처럼 불쾌해 잠이 오지 않았다.

아내가 약을 먹인다, 수술을 한다 하며 하 애를 쓰는 것을 볼 때는, 나도 걱정이 안 되는 것은 아니었다. 내 자신 혼자로도 조그만 문방구 한 가지라도 공을 들여 만지다가는 이담 내가 쓰던 물건만 임자 없이 남을 것이 쓸쓸하였고, 더구나 병이나 나 누웠으면 그 쓸쓸함은 몇 배 더하였다. 한번은 어떤 관상쟁이가 나를 고고상孤孤相이라 하였다. 나는 도리어 반동심이 생겨 어디, 군이 한번 아이를 낳아보리라 애를 쓴 적도 없지 않았다.

그러나 아무것도 아니게 생각하면 또한 아무것도 아닌 것이다. 인간이 내 몸 한번 죽어지는 날 아내는 무엇이며 자식은 무엇인가? 하물며 손때 좀 묻히고 남긴 물건이 항상 무엇인가? 사는 날까지 도리어 자번뇌子煩惱를 모르고 내 서재, 내 정원에서 무영무욕신으로 유유자적하는 것이 얼마나 편하고 맑은 생활인가? 난초가 기르기 힘드나 밤을 새워 간호해야 하는 질환은 없고, 서화가 값이 높으나 교육비와 같은 의무는 아니다. 난초에 꽃이 피는 날 아침 바람을 기다리는 재미, 벽에 서화를 갈아 걸고 친구를 기다리는 맛은 어째 인간의 복락 중에 소홀히 여길 것의 하나이랴. 자식 낙은 모르면 모르는 채 나에게만 주어진 복을 아끼고 지킬 것이지, 구태여 남의 자식을 주워 오는 데에까지 자식 탐을 내는 것은 망령된 욕심이라 느껴졌다.

이튿날 나는 곧 가까운 파출소로 갔다. 파출소에서는 곧 부청으로 알려 이날 오후에 순사와 인부 한 사람이 왔다. 나는 내 자신 처사에 스스로 놀랐다. 순사는 검시나 하러 나온 것 같았고, 인부는 아이를 안고 묘지로나 갈 사람같이 끔찍해 보임은 웬일일까? 더구나 아내가 하룻밤 사이에 든 정만으로도 제 혈육을 내놓는 것처럼 마음 아파하는 것이다.

"못생긴 것……."

하고 나는 순사에게 면구쩍어 혀를 몇 번 차고 눈까지 흘겼으나, 나 역시 허연 포대기에 싸여 그 이름도 없는 아이가 아무 상관도 없는 인부에게 안겨 껍신껍신 사라져가는 것을 보고는 눈두덩이 뜨거워옴을 감출 수 없었다. 전생에서부터 맺어진 무슨 인연인 것을 모반하는 죄스러움조차 느꼈다. 아내는 엉―엉 소리를 내어 울었다. 아내가 더욱 애처로워하는 것은 그 아이가 감기가 든 것이다. 우리 대문간에 버려두었던 그동안에 든 것인 듯, 아침에는 손발이 끓고 우유 꼭지도 제대로 빨지 못하면서 기침만 콜록거리었다 한다.

"부청으로 감, 그게 어디루 뉘 손으로 가 길류?"

"내가 아우. 아무튼 관청에서 하는 일인데, 으레 책임 있는 설비가 있겠지."

"거 감기나 났거든 보냈어두…… 저희 어멈이 알믄 얼마나 우릴 모진 연눔으루 알까!"

"저희가 더 모진 연눔이지, 왜 못 기를 처지면 와 사정을 못해……."

나는 어서 여러 날이 지나 이런 뒤숭숭한 기분이 우리 집에서 사라져버리기를 바랐다.

그러나 아내에게 잠재했던 모성 의식은 그 머리털 한 오리 닿은 데 없는 아이건만, 그 아이를 하룻밤 옆에 뉘었던 것만으로도 굳센 자극을 받았던 모양이다. 아이 울음소리가 자꾸 들리는 것 같고, 그 울음소리는 자기를 찾는 것 같고, 팔이 허전하여 무슨 무게든지 아이만 한 것을 안아보고 싶어 견딜 수가 없다는 것이다.

나는 생각다 못해 아내에게 앵무 한 마리를 사다 주었다. 새에게라도 엄마 소리를 가르쳐주고 들으라 하였다. 아내는 거들떠도 보지 않았다. 전에 화초 가꾸듯 하면 응당 앵무에게도 정을 쏟으련만, 굶기지 못해 물과 모이를 줄 뿐, 조금도 탐탁해하지 않다가 하루는 아마 그 아이가 간 지 대엿새 되어서다.

"나 걔 가 보구 왔지."

하는 것이다.

"걔라니?"

"우리 집에 왔던 애."

그러면서 눈물이 대뜸 글썽해졌다. 부청으로 가 물었더니, × ×고아원으로 보냈다 해서 그길로 고아원으로 갔더니, 거기서는 왕십리 사는 유모에게 맡겼다 해서 그리로 찾아가 보고 왔다는 것이다.

"그래 감긴?"

"아주 낫진 않았어…… 그래 소아과루 데리구 가 진찰허구 약
져줘 보냈지."

"잘했수."

하고 무심히 그 자리를 물러섰으나, 아무리 생각해 보아도 아내
에겐 난초보다, 서화보다, 앵무보다, 한 어린애가 몇 곱절 더 귀
한 것임을 나는 무시할 수 없었다. 나는 여러 날 저녁 생각다 못
해 슬그머니 그 고아원으로 찾아갔다.

젖먹이들은 다 젖어멈을 정해 돌려주고 거기서 노는 아이들은
모두 오륙 세, 칠팔 세짜리 큰 아이들이었다. 낯선 사람이라 그들
은 신기한 눈으로 두리번거리며 가까워지는 아이마다 나에게 경
례를 하였다. 나는 대뜸 낙망하고 만 것이, 그 많은 아이들이 하
나같이 못생긴 것이다. 하나같이 골통이 기왓골에 끼어 자란 박
처럼 남북이 내밀지 않았으면 삐뚤고, 퉁그러졌고, 눈이 하나같
이 머르레―한 데다 흘께보기도 한둘이 아니다. 게다가 모두 눈
칫밥만 먹어 몸가짐이 진득해 보이는 아이는 하나도 없다. 샛별
같은 눈, 능금 같은 뺨, 천진한 동심은 하나도 없다. 나는 차라리
죄스러우나 동물원 생각이 났다. 동물들의 새끼라면 저렇게 보기
싫거나 이쪽의 마음을 어둡게는 안 할 것이라 느껴졌기 때문이
다. 나는 몇 번이나 주춤거리다가, 그래도 사무실로 가서 어린애
하나가 필요한 것을 말하고, 좀 깨끗이 생긴 아이면 갓난것을 갖
다 기르고 싶다 하였다. 사무실에서는 매월 그믐날이면 유모들이
아이들을 데리고 월급을 타러 오니, 그날 와서 골라보라 하였다.

나는 고아원에 갔던 것, 그믐날을 기다리는 것, 다 아내에게는

말하지 않았다. 미리 말하였다가 합당한 아이가 없으면 아내의 심정을 긁어 부스럼 만드는 격이 될까 하여서다.

　그믐날 나는 부지런히 나섰다. 아내는 어디 가느냐 물었다. 좀 볼일이 있다 하니, 자기도 곧 나갈 터이니 일찍 들어와 있으라 하였다. 어디 가느냐 물으니, 그저 몇 군데 나가볼 일이 있다 하였다. 이런 문답이 있어 먼저 나온 나와 나중 나온 아내와는 한 장소에서 같은 목적으로 만난 것이다.

　나는 아내에게, 아내는 나에게, 그때처럼 서로 무안해 본 적은 없었다. 또 그때처럼 서로 마음이 엉켜본 적이 없었다. 나는 억지로 허허 웃어버리고 아내와 함께 아이들을 골라보기 시작하였다.

　내가 꿈꾸는 샛별 눈, 능금 뺨은 하나도 없다. 점심때가 지나서야 그 아이, 우리 집에 왔던 아이도 나타났다. 나는 죄를 지은 것처럼 그 아이에게 서먹했다. 그러나 어느 아이보다 얼른 들여다보고는 싶어졌다. 아이는 그새 딴 아이처럼 자랐다.

　"아니, 한 보름 새 이렇게 자랐나?"

　아이는 방실방실 웃었다. 나는 아이들을 무슨 물건이나처럼 고르고 섰던 내 자신을 얼른 후회하였다.

　"여보?"

　아내는 내 눈치만 보았다.

　"얘만 한 아이두 없나 보오."

　"그러게 내가 뭐랩디까?"

하고 아내는 그 아이를 안아보고 싶으니 유모더러 좀 달라고 한다. 유모는 주기는커녕 샐쭉해 돌아서 아이를 안은 채 사무실 쪽으로 가버리는 것이다. 아내는 제 아이처럼 바짝 쫓아간다. 나는 그 유모가 제 아이도 둘이나 있다는 여자가 애정에서 그러는 줄만 알고 크게 감탄하였다. 나중에 알고 보니 맡았던 아이가 없어지면 팔 원씩 받는 월급자리가 떨어지기 때문이었다. 그것을 알고는 그 아이가 더욱 불쌍한 생각이 나 우리는 대뜸 뜻을 정하고 사무실로 들어갔다. 명록을 보니, 그 아이는 이미 내 성을 따라 윤가로 되어 있고, 이름도 우리 동네 아현정에서 아 자를 떼어다 아련으로 되어 있었다. 내버려진 아이는 발견된 그 처소가 원적지가 되고, 그 번지의 호주의 성을 따르는 규정이라 하였다. 그래 아련인 성만 내 성을 따른 것이 아니라, 원적도 이미 내 주소로 되어 있었다. 우리는 허황은 하나 인연감을 다시 한 번 느끼며, 아내는 아련을 안고, 나는 아련을 안은 아내를 데리고 부부 동반으로 산보나 갔던 것처럼 고아원을 나섰다.

"참! 얘 백일 날이 지났네!"

"그럼, 그래두 그날 내가 왕십리루 가봤어…… 이 드레스서껀 모자서껀 그날 내가 사다 준 건데……."

하는 아내는 눈물이 다 글썽해진다.

우리는 바로 화신[1]으로 왔다. 한 번도 들러본 적이 없는 어린애 용품 파는 데부터 올라갔다.

이게 모두 연극 같다면, 나는 우리 인간사치고 연극 같지 않은 게 또 무엇이냐 하고 싶었다.

— 〈문장〉, 1939. 6.

1 보신각 맞은편에 있던 화신백화점을 가리킴.

농군

(이 소설의 배경 만주는 그전 장작림 정권 시대임을 말해둔다.)

1

봉천행 보통 급행 삼등실, 내리는 사람보다 타는 사람이 더 많다. 세면소에는 물도 떨어졌거니와 거기도 기대고, 쭈크리고, 모두 자기 체중에 피로한 사람들로 빼곡하다. 처다보면 시렁도 그뜩, 가죽 가방, 헝겊 보따리, 신문지에 꾸린 것, 새끼에 얽힌 소반, 바가지 쪽, 어떤 것은 중심이 시렁 끝에 겨우 걸치어 급한 커브나 돌아간다면 밑엣 사람 정수리를 내려치기 알맞다.

차는 사리원을 지나 시뻘건 진흙 평야를 달린다. 한쪽 창에는 해가 뜨겁다. 북으로 달릴수록 벌써 초겨울의 풍경이긴 하나 훅훅 찌는 사람내 속에 종일 앉았는 얼굴엔 햇볕까지 받기에 진땀이 난다.

개다리소반에 바가지 쪽들이 차가 쿵쿵거리는 대로 들썩거리는 시렁 밑이다.

"뜨겁죠, 할아버지? 이걸 내립시다."

스물두셋 된 청년, 움푹한 눈시울엔 땀이 홍건하다.

"그냥 둬…… 뜨건 게 낫지. 밖을 볼 수 있어야지."

할아버지는 찌적찌적한 눈을 슴벅거리면서 담뱃대를 내어 희연을 담는다. 두어 모금 빨더니 자기 담배 연기에 기침이 시작된다. 멎을 듯 멎을 듯, 이 노인의 등이 굽은 것은 이 기침병 때문인 듯하다. 땀을 쭉 빼더니 겨우 진정하고 이내 담배를 털어 고무신으로 밟아버린다.

"그리게 아버닌 담밸 끊으셔야 한대두."

맞은편에 끼여 앉아 걱정하는 아낙네도 머리가 반백은 되었다.

"거 윤풍언이 차에서 피라구 한 봉지 사주게…… 망헐 늠의 기침, 물이나 갈아 먹음 원 어떨지……."

똑 수염이 염소 같은 턱은 그저 후들후들 떨면서 햇볕 뜨거운 창밖을 머르레 내다본다.

"흙두 되운 뻘겋다. 저기서 곡식이 돼?"

"뻘겋기만 허지 돌이야 어덨어요? 한새울걸이 돌 많은 늠의 데가 어덨에요. 우리 동네니간 떠나기 안됐지, 농토야 한 자리 탐날 게 있나요?"

하며 청년도 눈을 찌푸리며 창밖을 내다본다.

"우리 가는 덴 흙이 댓진 같대지?"

"한 댓─핸 거름 않구두 조 이삭 하내 개 꼬리만큼씩 수그러진대니까요."

"채심이가 거짓말야 했겠니……."

영감은 창에서 물러나더니 군입을 쩍―쩍 다신다.

"거 웃골 서깟¹은 괜히 팔았느니라."

"또 아버닌!"

하고, 청년에겐 어머니요 노인에겐 며느리인 듯한 아낙네가 노인의 말문을 막는다.

"글쎄 할아버지두 되풀일 허심 뭘 허세요? 묘자리가 백이문 뭘 해요. 여간 사람 아니군 허갈 맡아야 쓰잖어요?"

"몰래두 잘들만 쓰더라 원."

하고 노인은 수그리더니 침을 퉤 뱉는다. 그리고 들릴락 말락 하게 혼잣말처럼 지껄인다.

"그저 난 병만 들건 차에 얹어라…… 칠십 년이나 살던 델 두구 어디 가 묻히란 말이냐! 한새울 사람들이 아무 밭머리에구 나 하나 감장 안 해주겠니……."

"아버닌 자계 생각만 허시는군! 재 아버진 뭐 묻구퍼 공동메다 묻었나……."

하더니 아낙네는 여태 무릎 위에 얹었던 신문 뭉치를 펼친다. 팥알들이 꼬실꼬실 마른 시루떡 부스러기다. 파리가 와 붙은 대로 아들한테 내민다.

"싫수."

"입두 짧기두 허지…… 너두 참, 배고프겠다."

하고 이번엔 영감 옆에 앉은 처녀인지 색시인지 분간 못 할 젊은

---

1 나무를 함부로 베지 못하게 가꾸는 산. 멧갓.

여자에게 내어민다. 살결이 맑지는 않은데 햇볕을 못 본 얼굴인 듯, 너리도 없는 이빨이 누렇게 보이도록 창백하다. 트레머리인지 쪽인지 손질은 많이 했으나 뒤룩거린다. 갓 스물은 되었을까, 눈이 가늘고 이마가 도드라진 것이 약삭빠르게는 보인다. 시루떡을 집으러 오는 손이 새마다 짓물렀던 자리가 있다.

어떤 손가락 사이엔 아직도 붕산말 같은 가루약이 묻어 있다. 햇볕에 구릿빛으로 끄을은 노인, 아낙네, 청년, 이들과는 동떨어져 보인다. 그러나 한 일행이다.

무어라는 소리인지 차 안은 한쪽 끝에서부터 수선스러진다. 차장이 들어섰다. 차장이니 남의 어깨라도 넘어 헤치고 들어오며 차표 조사다. 이 청년은 이내 조끼에서 차표 넉 장을 내어든다.

차장 뒤에는 그냥 양복쟁이 하나가 뒷짐을 지고 넘싯넘싯 차장이 찍는 차표와 그 차표를 내인 승객을 둘러보며 따라온다. 차장은 청년의 손에서 넉 장 차표를 받아 말없이 찍기만 하고 돌려준다. 그런데 양복쟁이가 청년에게 손을 쑥 내미는 것이다. 청년은 조끼에 집어넣으려던 차표를 다시 내어주었다. 양복쟁이는 차표에서 장춘까지 가는 것을 알았을 터인데도,

"어디꺼정 가?"

묻는다.

"장춘꺼지요."

"차는 장춘꺼지지만 거기선?"

"네……."

청년은 손이 조끼로 간다. 만주 어느 지명 적은 것을 꺼내려는 눈치다.

"이리 좀 나와."

청년은 조끼에 손을 찌른 채 가족들을 둘러보며 일어선다. 가족들은 눈과 입이 다 뚱그레진다. 청년은 속으로 경관이거니는 하면서도,

"왜요 어디루요?"

맞서본다.

"오래니깐……."

청년은 양복쟁이의 흘긴 눈을 따라가는 수밖에 없다. 찻간 끝에 변소만 한 방, 차장의 붉은 기와 푸른 기가 놓인 책상, 그리고 양쪽에 걸상이 있었다.

"앉어…… 어…… 이름이 뭐?"

"윤창권입니다."

"쓸 줄 아나?"

"네."

창권은 손가락으로 책상 위에 '尹昌權'이라 써 보인다.

"원적은?"

"강원도 ××군……."

형사가 적는 대로 글자까지 불러준다.

"누구누군가? 젊은 여잔 아낸가?"

"네."

"어째 얼굴이 혼자 그렇게 하얀가?"

"공장에 가 있었습니다."

"무슨?"

"읍에 고치실 켜는 공장입니다."

"응, 방적 회사 말이로군?"

"네."

"늙은인?"

"조부님입니다."

"아버진?"

"안 계십니다."

"부인넨 어머닌가?"

"네."

"만주엔 누가 가 있나?"

"저이 동네서 한 삼 년 전에 간 황채심이란 이가 있습니다. 그이가 늘 들어만 옴 농산 맘대루 질 수 있대서요. 그런데 조선 사람들만 한 삼십 가구 한데 뫼서 땅을 여러 백 섬지기 사기루 했다구요. 한 삼사백 원어치만 맡아두 대여섯 식군 걱정 없을 만치 논을 풀 수 있대나요."

"황채심이…… 그자는 믿을 만헌가? 사람이?"

"네, 전에 동장두 지내구 저 댕긴 사립학교 선생님이더랬습니다."

"돈 얼마나 가지구 가나?"

"한 오백 원 됩니다."

"오백 원, 웬 건가?"

"밭허구 산허구 집서껀 판 겁니다."

"집두 있구 밭두 있으면 왜 고향서 안 살구 가는 거야?"

"밭이라구 모두 삼백이십 원 받은걸요. 조선서 삼백이십 원짜리 밭이나 가지군 살 수 있어야죠. 남의 소작도 해봤는데 땅 나쁜 건 품값두……."

"듣기 싫여…… 아내가 벌었다며?"

"네, 돈 쓸 일은 걸루 다 메꿔나갔습죠. 그렇지만 밤낮 공장에만 갖다 둘 수 있습니까?"

마침 차가 꽤 큰 정거장에 머문다. 형사는 수첩을 집어넣더니, 쓰다 달단 말도 없이 차를 내린다.

"얘 무슨 일이냐?"

어머니가 따라와 진작부터 서 있었던 것이다.

"괜찮어요. 으레 조사허는 건데요."

"글쎄 그래두……."

어머니와 아들은 뒤를 돌아보며 서로 이끌며 저희 자리로 돌아왔다.

2

이튿날 새벽, 차 속은 몹시 추웠다. 어제 조선에서처럼 자리가 붐비지는 않아 한 자리에 둘씩은 제대로 앉을 수가 있으나 다리를 뻗어볼 도리는 없었다. 할아버지와 어머니가 한 자리에서 서로 마주 보듯 양편으로 기대어 입을 떡 벌리고 잠이 들었고, 맞은편 자리에서 창권이 양주는 진작부터 잠이 깨어 있었다.

"여기가 어딜까?"

"……."

남의 집에 가서 자고 깬 것처럼 차 안이 휭—한 게 서툴러 보

인다. 자는 얼굴이기도 하지만 할아버지, 어머니, 다 남처럼 서먹
해 보인다. 창권은 이웃집에 주고 온 강아지 생각이 문득 난다.

"몇 점이나 됐을까?"

"글쎄."

창권은 뒤틀어 기지개를 켜고 창장을 치밀고 밖을 내다본다.
동이 훤히 트기 시작한다.

"벌써 밝는데."

아내도 목을 길게 빼 내다본다.

"아무것두 뵈지 않네."

"인제 조꼼만 더 감 땅이 뵈겠지."

"밤새도록 왔으니 얼마나 멀어졌을까!"

둘이는 다시 눈을 감아본다. 몇 달을 간대도 다시 돌아갈 수
없을 만치 조선이 멀어진 것 같다.

"왜 벌써 깼어?"

하고 창권은 아내의 몸으로 바투 가 기대본다. 아내의 몸은 자기
보다 한결 따스하게 느껴진다.

"공장에선 늘 이만때 깨던걸 뭐."

아내가 공장에서 나와버렸을 때는 집을 팔아버리고 동넷집 단
칸방 하나를 빌려 임시로 들어 있을 때였다. 아내와 몸 운기라도
같이 통해보는 것은 달포 만이다. 만주로 간대야 쉽사리 저희 내
외만의 방을 가져볼 것 같지 않다.

"가문 집은 어떡허우?"

"봐야지…… 아무케나 서너 간 세야겠지."

"겨울 안으루 질 수 있을까?"

"그럼."

"말르나 벽이?"

"그래두 살게 마련이겠지."

창권은 아내의 손을 꽉 잡아보고 놓는다. 아내는 눈물이 글썽
해진다.

창권은 다시 창밖을 주의해 내다본다. 시커멓던 유리창에 희
끄무레하게 떠오르는 안개, 그 안개 속에서 다시 떠오르는 땅, 창
권이네게는 새 세상의 출현이다. 어룽어룽 누비 바탕 같은 것이
지나간다. 그 어룽이는 차츰차츰 밭이랑으로 변한다. 밭이랑은
까마득하게 끝이 없다.

"밭들 봐! 야……!"

아내도 또 다가와 내다본다.

"아이, 벌판이 그냥 밭이죠!"

어쩌다 버드나무가 대여섯씩 모여 서고 거기엔 무덤인지 두엄
가리인지 한둘씩 있을 뿐, 그냥 내처 밭이다.

"저렇게 넓구야 거름을 낼래 낼 수 있어!"

"저걸 어떻게 다 갈까!"

"젠―장 저기 뿌리는 씨알만 해두!"

"그리게 말유!"

지붕 낯선 이곳 사람들의 부락이 지나간다. 길에는 푸른 옷 입
은 사람들이 나타나기 시작한다. 멀―거니 서서 지나가는 차를
구경하는 것이겠지만 창권이 내외에겐 이상히 무서워 보인다.
'밭이 암만 많음 어쨌단 말야? 다 우리 임자 있어. 뭐러 오는 거
야?' 하고 흘겨보는 것만 같다.

창권은 허리띠 밑으로 손을 넣어 전대를 더듬어본다.

3

장쟈워푸[姜家窩棚], 눈이 모자라게 찾아보아야 한두 집, 두세 집, 서로 눈이 모자랄 거리로 드러난다. 이런, 어느 두세 집이 중심이 되어 장쟈워푸란 동네 이름이 생겼는지 알 수 없다. 산은커녕 소 등허리만 한 언덕도 없다. 여기 와 개간권 운동을 해가지고 황무지를 사기 시작하는 조선 사람들도 처음에는 어디를 중심으로 하고 집을 지어야 할지 몰랐으나 차차 자기네의 소유지가 생기자 그 땅 한쪽에 흙을 좀 돋우고 돌 하나 없는 바닥에다 돌 주추 하나 없이 청인에게서 백양목 따위 생나무를 사다가 네 귀 기둥만 세우면 흙으로 쌓아 올리는 것이, 근 삼십 호 늘어앉게 된 것이다. 그래서 이제는 장쟈워푸라면 이 조선 사람들 동네가 중심이 되었다.

창권이네가 온 데도 여기다. 창권이네도 중국옷을 입은 황채심이가 시키는 대로 황무지를 십오 상(약 삼만 평)을 삼백 원을 내고 샀다. 그리고 이십 리나 가서 밭머리에 선 백양목을 사서 찍어다 부엌을 중심으로 하고 양쪽에다 캉(걸어앉을 정도로 높은 온돌)을 만들었다. 그리고 채심이가 시키는 대로 좁쌀을 열 포대, 옥수수 가루를 다섯 포대 사고, 소금을 몇 말 사고, 겨우내 땔 조, 기장, 수수 따위의 곡초를 산더미처럼 두어 낟가리 사서 쌓고, 공동으로 사 온 볍씨값을 내고, 봇도랑을 이퉁허[伊通河]란 내에서 삼십 리나 끌어오는 데 쿨리(그곳 노동자) 삯전으로 삼십 원을 부담하고 그러고는 빈손으로 날마다 봇도랑 째는 것이 일이 되었다.

깊은 겨울엔 땅속이 한 길씩 언다. 얼기 전에 삼십 리 대간선은 째어놓아야 내년 봄엔 물이 온다. 이것을 실패하면 황무지엔 잡곡이나 뿌릴 수밖에 없고, 그 면적에 잡곡이나 뿌려가지고는 그다음 해 먹을 수가 없다.

창권이넨 새로 와서 지리도 어둡고, 가역도 끝나기 전이라 동네에서 제일 가까운 구역을 맡았다. 한 삼 마장 길이 되는 대간선의 끝 구역이었다. 그것을 쿨리 다섯 명을 데리고, 너비 열두 자, 깊이 다섯 자로 얼기 전에 뚫어놔야 한다. 여간 대규모의 수리 공사가 아니다. 창권은 가역 때문에 처음 얼마는 쿨리들만 시키었으나, 날이 자꾸 추워지는 것이 겁나 집일 웬만한 것은 어머니와 아내에게 맡기고 봇도랑 내는 데만 전력하였다.

쿨리들은 눈만 피하면 꾀를 피웠다. 우묵한 양지쪽에 앉아 이를 잡지 않으면 졸고 있었다. 빨리 하라고 소리를 치면 그들도 알아들을 수 없는 말로 마주 투덜대었다. 다행히 돌은 없으나 흙일은 변화가 없어 타박타박해 힘들고 지루했다.

이런 일이 반이나 진행되었을까 한 때다. 땅도 자꾸 얼어들어 일도 힘들어졌거니와 더 큰 문제가 일어났다. 이날도 역시 모두 제 구역에서 제가 맡은 쿨리들을 데리고 일을 하는데 쿨리들이 먼저 보고 둔덕으로 뛰어 올라가며 뭐라고 떠들어댔다. 창권이도 둔덕으로 올라서 보았다. 한편 쪽에서 갈가마귀 떼처럼 이곳 토민들이 수십 명씩 무더기가 져서 새까맣게 몰려오는 것이다.

"마적 떼 아닌가!"

그러나 말을 탄 사람은 하나도 없다. 그들은 더러는 이쪽으로 몰려오고 더러는 동네로 들어간다. 창권은 집안 식구들이 걱정된다. 삽을 든 채 집으로 뛰어 들어가다가 그들 한 패와 부딪쳤다. 앞을 턱 막아서더니 쭉 에워싼다. 까울리, 까울리방즈, 어쩌구 한다. 조선 사람이냐고 묻는 눈치다. 그렇다고 고개를 끄덕이니까 한 자가 버럭 나서며 창권이가 잡은 삽을 낚아챈다. 창권은 기운이 부쳐서가 아니라 얼떨결에 삽자루를 놓쳤다. 삽을 빼앗은 자는 삽을 번쩍 쳐들고 창권을 내려치려 한다. 창권은 얼굴이 퍼렇게 질려 뒤로 물러났다. 창권에게 발등을 밟힌 자가 창권의 등덜미를 갈긴다. 그러고는 일제 깔깔 웃어댄다. 삽을 들었던 자도 삽을 휘휘 두르더니 밭 가운데로 팽개쳐 버린다. 그러고는 창권의 멱살을 잡고 봇도랑 내는 데로 끄는 것이다.

창권은 꼼짝 못 하고 끌렸다. 뭐라고 각기 제대로 떠들고 삿대질이더니 창권을 봇도랑 바닥에 고꾸라뜨린다. 창권이뿐 아니라 봇도랑 일을 하던 쿨리들도 붙들어 가지고 힐난이다. 봇도랑을 못 내게 하는 모양이다. 그러자 윗구역에서, 또 그 윗구역에서 여깃말 할 줄 아는 조선 사람들이 내려왔다. 동리에서도 조선 사람들이 소리를 지르며 나타났다. 창권은 눈이 째지게 놀랐다. 윗구역에서 내려오는 조선 사람 하나가 괭이를 둘러메고 여기 토민들 몰켜 선 데로 뭐라고 여깃말로 호통을 치면서 그냥 닥치는 대로 찍으려 덤벼드는 것이다. 몰켜 섰던 토민들은 와— 흩어져 버린다. 창권을 둘러쌌던 패들도 슬금슬금 물러선다. 동리에서는 조선 부인네들 몇은 식칼을 들고 낫을 들고 달려들 나오는 것이다. 낫과 식칼을 보더니 토민들은 제각기 사방으로 흩어져 달아

난다. 창권은 사지가 부르르 떨렸다.

'여기선 저력해야 사나 부다! 아니, 이 봇도랑은 우리 목줄이 아니고 뭐냐!'

아까 등덜미를 맞고 먹살을 잡히고 한 분통이 와락 터진다. 다리오금이 날갯죽지처럼 뻗는다.

"덤벼라! 우린 여기서 못 살면 죽긴 마찬가지다!"

달아나는 녀석 하나를 다우쳤다. 뒷덜미를 낚아챘다. 공중걸이로 나가떨어진다. 또 하나 쫓아가는데 뒤에서 어머니의 목소리가 난다. 어머니가 달려오며 붙든다.

이 장쟈워푸를 수십 리 둘러 사는 토민들이 한 덩어리가 되어 조선 사람들이 봇동 내는 것을 반대하는 것이었다.

반대하는 이유는 극히 단순한 것이었다. 봇동을 내어 논을 풀면 그 논에서들 나오는 물이 어디로 가느냐였다. 방바닥 같은 들이라 자기네 밭에 모두 침수가 될 것이니 자기네는 조선 사람들 때문에 농사도 못 짓고 떠나야 옳으냐는 것이다. 너희들도 그 물을 끌어다 벼농사를 지으면 도리어 이익이 아니냐 해도 막무가내였다. 자기넨 벼농사를 지을 줄도 모르거니와 이밥을 못 먹는다는 것이다. 고소하지도 않을 뿐 아니라 배가 아파진다는 것이다. 그럼 먹지는 못하더라도 벼를 장춘으로 가지고 가 팔면 잡곡을 몇 배 살 돈이 나오지 않느냐? 또 벼농사를 지을 줄 모르면 우리가 가르쳐줄 터이니 그대로 해보라고 하여도 완강히 반대로만 나가는 것이었다. 그리고 조선 사람이 칼이나 낫으로 덤비면 저희에게도 도끼도 몽둥이도 있다는 투로 맞서는 것이다.

조선 사람들은 일을 계속하기가 틀렸다. 쿨리들이 다 달아났다. 땅이 자꾸 얼었다. 삼동 동안은 그냥 해토되기만 기다리는 수밖에 없고, 해토가 된다 하여도 조선 사람들의 힘만으로는, 못자리는 우물물로 만든다 치더라도, 모낼 때까지 봇물을 끌어오게 될지 의문이다.

그러나 이 봇동 이외에 달리 살길은 없다. 겨울 동안에 황채심과 몇몇 이곳 말 잘하는 사람들은 나서 이웃 동네들을 가가호호 방문하였다. 봇동을 낸다고 물을 무제한으로 끌어오는 것이 아니요, 완전한 장치로 조절한다는 것과 조선서는 봇물이 오면 수세를 내면서까지 밭을 논으로 만든다는 것과 여기서도 한 해만 지어보면 나도 나도 하고 물이 세가 나게 될 것과 우리가 벼농사 짓는 법도 가르쳐주고, 벼만 지어놓으면 팔기는 우리가 나서 주선해 줄 것이니 그것은 서로 계약을 해도 좋다고까지 역설하였으나 하나같이 쇠귀에 경 읽기였다. 뿐만 아니라 어떤 동네에선 사나운 개를 내세워 가까이 오지도 못하게 하였다.

조선 사람들은 지칠 대로 지치고 악만 남았다.

추위는 하루같이 극성스럽다. 더구나 늦게 지은 창권이네 집은 벽이 모두 얼음장이 되었다. 그냥 견딜 수가 없어 방 안에다 조짚을 엮어 둘러쳤다. 석유도 귀하거니와 불이 날까 보아 등잔도 별로 켜지 못했다. 불 안 켜는 밤이면 바람 소리는 더 크게 일어났다.

창권이 할아버지는 물을 갈아 먹어 낫기는커녕 추위 때문에 기침이 더해졌다. 장근 두 달을 밤을 새더니 그만 자리보전을 하고 눕고 말았다. 하 추우니까 인젠 조선 나가는 차에까지 내다 실어달라는 성화도 못 하고 그저 불만 자꾸 더 때달라다가, 또 머루를 달여 먹으면 기침이 좀 멎는 법인데, 머루만 좀 구해 오라고 아이처럼 조르다가, 섣달 그믐을 못 채우고 눈보라 제일 심한 날 밤, 함경도 사투리 하는 노인, 경상도 사투리 하는 노인, 평안도 사투리 하는 이웃 노인들에게 싸여, 오래간만에 돋워놓은 석유 등잔 밑에서 별로 유언도 없이 운명하고 말았다.

4

봄이 되었다. 삼십 리 봇도랑은 조선 사람들의 다시 참호가 되었다. 땅이 한 치가 녹으면 한 치를 걷어내고 반 자가 녹으면 반 자를 파낸다. 이 눈치를 채인 토민들은 다시 불온해졌다. 그러나 조선 사람들은 봇도랑에 나갈 때 괭이나 삽만 가지고 나가지 않았다. 있는 물자는 이 황무지와 이 봇도랑을 위해 남김없이 바쳐 버렸다. 이것을 버리고 돌아설 데는 없다. 죽어도 여기밖에 없다. 집도 여기요 무덤도 여기다. 언제 토민들이 몰려오든지, 오는 날은 사생결단이다. 낫이 있는 사람은 낫을 차고 식칼밖에 없는 사람은 식칼을 들고 봇도랑으로 나왔다.

토민들은 조선 사람들이 사생결단을 하고 달려드는 것을 알았다. 그들은 할 수 없이 저희 관청에 진정을 하였다.

쉰징(순경)들이 한둘씩 여러 번 말을 타고 나타났다.

나타날 때마다 조선 사람들은 현정부縣政府로부터 현지사縣知事의 인이 찍힌 거주권과 개간권의 허가장을 내어보였다. 그러나 그네들은 그런 관청과는 아무런 관련이 없는 사람들처럼, 저희

238

관청 문서를 무시하고 덤비었다.

그러나 삼십 리 긴 봇동에 흩어진 사람들을 일일이 어쩔 수는 없어 그냥 동네 가까운 데로만 다니며 울근거리다가 저희 갈 길이 늦을 듯하면 그냥 어디로인지 사라져버리곤 하였다.

조선 사람들은 밤낮없이, 남녀노소 없이 봇도랑을 팠다. 물길이 될지, 무덤이 될지 아무튼 파는 길밖에 없었다.

토민들은 자기네 관헌이 무력한 것을 보고 돈을 걷어서 군부의 유력한 사람을 먹였다는 소문이 돌았다. 아닌 게 아니라 순경 대신 총을 멘 군인들이 나타나기 시작하는 것이다. 처음엔 다섯 명이 와서 잠자코 봇도랑을 한 십 리 올라가며 보기만 하고 갔다. 다음 날엔 한 이십 명이 역시 총을 메고 말을 타고 나왔다. 황채심 이하 사오 인이 그들의 두목 앞으로 나가 자초지종을 이야기하고, 역시 현정부에서 얻은 개간 허가장을 보이고 또 여기 삼십 호 조선 농민은 가지고 온 물자는 이 황무지와 봇동에 남김없이 바쳤기 때문에 이 황무지에 물을 대고 모를 꽂지 못하는 날은 죽는 날일 수밖에 없다는 것을 간곡히 사정하였다. 그러나 그 군인들은 한다는 소리가,

"타우첸바(돈 내라)."

"늬문 구냥 화칸(너희 딸 이쁘다)."

이따위요, 이쪽 사정은 한 사람도 귀담아듣지 않았다.

이날 밤 조선 사람들은 동회를 열었다. 여기서도 군대의 우두머리를 먹이자는 공론도 없지 않았지만 애초에 개간권 허가 운동을 할 때에도 공안국장에게 돈 오백 원, 현지사 부인에게 삼백 원을 들여 순금 손목걸이를 해다 바쳤던 것이다. 이제는 삼십 호

집집마다 털어 모은대도 단돈 오십 원이 못 될 것이다. 그것으로
는 구석구석에서 벌리는 입을 하나도 제대로 씻기지 못할 것이
다. 생각다 못해 여기서도 현정부에 진정을 해보는 수밖에 없다
는 공론이 돌았다. 진정서를 꾸며가지고 이튿날 황채심이가 장춘
으로 갔다.

그런데 사흘이 되어도 황채심이가 돌아오지 않는다.

다른 한 사람이 갔다.

또 돌아오지 않는다.

이번엔 두 사람이 갔다.

역시 돌아오지 않는다.

가는 족족 잡아두고 보내지 않는 것이 틀림없었다. 무장한 군
인들은 수십 명이 봇도랑에 나와 이리 몰리고 저리 몰리고 하면
서 봇도랑을 파지 못하게 으르대고 욕하고 때리고 하였다.

그러나 매 맞는 것은 죽는 것보다 나은 것이 너무나 엄연하다.
병정들이 저쪽으로 가면 이쪽에선 그냥 팠다. 이쪽으로 오면 저
쪽에서 그냥 팠다.

얼마 안 파면 물곬은 서게 되었다.

병정들은 나중엔 총을 놨다. 총소리는 이들에게 물길이 아니
면 무덤이란 각오를 더욱 굳게 하였다. 총소리를 들으면서도 멀
리서는 자꾸 팠다.

총알이 날아와 흙 둔덕을 푹 파헤쳐 놓는다. 어떤 사람은 도리
어 악이 받쳐 웃통을 벗어 던지고, 보아라 하는 듯이 흙삽을 더
높이 더 높이 떠올려 던졌다.

창권이네 식구도 모두 봇도랑에 나와 있었다. 창권이는 안사

람들만 집에 두기 안되었고, 어머니나 아내는 또 창권이만 봇동에 두면 무슨 일이 나는 것도 모르고 있을까 보아 따라 나왔다.

봇도랑 속은 거의 한 길이나 우묵해지고 양지가 되어 집에 있기보다 따스하고 그 구수하고 푹신한 흙은 냄새도 좋고 만지기에도 좋았다. 물만 어서 떨떨 굴러와 논자리들이 늠실늠실 넘치도록 들어가만 준다면 논은 해먹지 않고 그것만을 보고 죽더라도 한이 풀릴 것 같았다. 까마득한 삼십 리 밖, 이 푹신푹신한 생흙바닥으로 물이 고이며 흘러오리라고는, 무슨 꿈을 꾸고 나서 그것을 생시에 바라는 것같이 허황스럽기도 했다. 더구나 여기 토민들 가운데는, 이퉁허보다 여기 지면이 높기 때문에 조선 사람들이 암만 봇도랑을 내어도 물이 올 리가 없다고 장담을 하는 패도 있다는 것이다. 그러나 황채심이란 전에 조선서 세부 측량 때 측량 기수도 따라다녀 본 사람이다. 그가 지면 고저에 어두울 리 없다.

창권이네가 맡은 구역은 제일 끝 구역이다. 여기만 물이 지나간다면 흙이 태곳적부터 썩어 댓진 같은 황무지는 문전옥답으로 변하는 날이다. 삼만 평이면 일백오십 마지기(두락)는 된다. 양석씩만 나준다면 삼백 석 추수다. 대뜸 허리띠 끈을 끌러놓게 되는 날이다. 무연한 벌판에 탐스러운 모춤이 끝없이 꽂혀나갈 광경을 그려보면 팔죽지가 근지러워진다. 창권은 후닥닥 뛰어 일어나 날 깊은 괭이를 내려찍는다. 잔돌 하나 없는 살흙은 허벅지에 퍽 박힌다.

5

아흐레 만에 황채심만이 순경들에게 끌리어 돌아왔다. 현정부에서는 거주권도 개간권도 다 승인한다는 것이다. 다만 논으로 풀지 말고 밭으로만 일구라는 것이다. 그것을 들을 수 없다고 주장하였더니 가는 족족 잡아 가두었고 나중에는 황채심을 시켜 조선 이민들에게 밭으로만 개간하도록 설복을 시키려 끌고 나온 것이다.

이날 밤이다. 황채심은 순경들이 못 알아듣는 조선말로 도리어 이민들을 격려하였다.

"여러분, 여러분네 알다시피 저까짓 땅에 서속이나 심자구 우리가 한 상에 이십 원씩 낸 건 아뇨. 잡곡이나 거둬가지군 그 식이 장식요. 우리가 만리 타관 갖구 온 거라군 봇도랑에 죄다 집어넣소. 것두 우리만 살구 남을 해치는 일이면 우리가 천벌을 받어 마땅하오. 그렇지만 물만 들어와 보, 여기 토민들도 다 몽리가 되는 게 아뇨? 우린 별수 없소. 작정한 대루 나갈 수밖엔…… 낮에 일할 수 없음 밤에들 나와 팝시다. 낼이구 모레구 웬만만 힘 물부터 끌어 넣고 봅시다……."

어세와 팔짓을 보아 순경들도 눈치를 챘다. 대뜸 황채심의 면상을 포승줄로 후려갈긴다. 코피가 쭈르르 쏟아진다. 와— 이민들은 몰리고 흩어지고 어쩔 줄을 몰랐다.

황채심은 그길로 다시 끌려갔다.

이민들은 최후로 결심들을 했다. 되나 안 되나 이 밤으로 가서 물부터 끌어 넣기로 했다. 십여 명의 장정이 이틍허로 밤길을 올려 달았다. 그리고 제각기 제 구역에서 남녀노소가 밤이슬을 맞으며 악에 받쳐 도랑 바닥을 쳐내인다.

새벽녘이다. 동리에서 한 오 리쯤 윗구역에서다. 무어라는 것인지 지르는 소리가 났다. 중간에서 같이 질러 받는다. 창권이는 둑으로 뛰어 올라갔다. 또 무어라고 소리가 질러온다. 그쪽을 향해 창권이도 허턱 소리를 질러 보냈다. 그러자 큰길 쪽에서 불이 반짝하더니 탕 소리가 난다. 그러자 쉴새없이 탕탕탕 몰방을 친다. 창권은 두 발자국이나 뛰었을까 무에 아랫도리를 후려갈겨 고꾸라졌다.

"익......."

얼른 다시 일어서려니까 남의 다리다. 띠구르르 굴러 도랑 바닥으로 떨어졌다.

어머니와 아내가 달려왔다. 총소리는 위쪽에서도 난다. 뭐라고 하는 것인지 또 악쓰는 소리가 온다. 또 총소리가 난다. 조용하다.

창권의 넓적다리에선 선뜩선뜩 피가 터지었다. 총알이 살만 뚫고 나갔다. 아내의 치마폭을 찢어 한참 동이는 때다. 무에 시커먼 것이 대가리를 휘저으며 도랑 바닥을 설설 기어 오는 것이다. 아내와 어머니는 으악 소리를 지르고 물러났다. 아! 그것은 배암이 아니었다. 물이었다. 윗녘에서 또 소리를 질렀다. 물 내려간다는 소리였다. 아, 물이 오는 것이었다.

창권이네 세 식구는 그제야 와락 눈물이 쏟아졌다.

물줄기는 대뜸 서까래처럼 굵어졌다.

모두 물줄기로 뛰어들었다. 두 손으로들 움켜본다. 물은 생선처럼 찬 것이 펄펄 살았다. 물이다. 만주 와서 처음 들어보는 물 흐르는 소리다. 입술이 조여든 창권은 다시 움켜 흙물인 채 뻘걱 뻘걱 들이켰다.

물은 기둥처럼 굵어졌다.

어디서 또 총소리가 몰방을 친다.

물은 철룩철룩 소리를 쳐 둔덕진 데를 때리며 휩쓸며 내려 쏠 린다. 종아리께가 대뜸 지나친다. 삽과 괭이를 둔덕으로 끌어 올 렸다.

동이 튼다.

두 칸통 대간선이 허—옇게 물빛이 부풀어 오른다. 물은 사뭇 홍수로 내려 쏠린다. 괭이 자루가 떠내려온다. 삽자루가 껍신껍 신 떠내려온다.

"아!"

사람이다! 희끗희끗, 붉은 거품 속에 잠겼다 떴다 하며 내려오 는 것이 사람이다. 창권은 쩔룩거리며 뛰어들었다. 노인이다. 총 에 옆구리를 맞은 듯 한편 바짓가랑이가 피투성이다. 바로 창권 이 할아버지 운명할 때 눈을 쓸어 감겨주던 경상도 사투리 하던 노인이다. 창권은 가슴에서 뚝 하고 무슨 탕개 끊어지는 소리가 났다. 차라리 제 가슴 복판에 총알이 와 콱 박혔으면 시원하겠다.

피와 물에 홍건한 노인의 시체를 두 팔로 쳐들고 둔덕으로 뛰 어올랐다.

'아……!'

창권은 다시 한 번 놀랐다.

몇 달째 꿈속에나 보던 광경이다. 일망무제, 논자리마다 얼음장처럼 새벽 하늘이 으리으리 번뜩인다. 창권은 더 다리에 힘을 줄 수 없어 노인의 시체를 안은 채 쾅 주저앉았다. 그러나 이내 재쳐 일어났다. 어머니와 아내에게 부축이 되며 두 주먹을 허공에 내저었다. 뭐라고인지 자기도 모를 소리를 악을 써 질렀다. 위쪽에서 위쪽에서 악쓰는 소리들이 달려 내려온다.

물은 대간선 언저리를 철버덩철버덩 떨궈 휩쓸면서 두 칸통 봇둥이 뿌듯하게 내려 쏟린다.

논자리마다 넘실넘실 넘친다.

아침 햇살과 함께 물은 끝없는 벌판을 번져나간다.

— 〈문장〉, 1939. 7.

밤길

월미도 끝에 물에다 지어놓은, 용궁각인가 수궁각인가는 오늘
도 운무에 잠겨 보이지 않는다. 벌써 열나흘째 줄곧 그치지 않는
비다. 삼십 간이 넘는 큰 집 역사에 암키와만이라도 덮은 것이 다
행이나 목수들은 토역이 끝나기를 기다리고, 미장이들은 겨우 초
벽만 쳐놓고 날 들기만 기다린다.

기둥에, 중방, 인방에 시퍼렇게 곰팡이가 돋았다. 기대거나 스
치거나 하면 무슨 버러지 터진 것처럼 더럽다. 집주인은 으레 하
루 한 번씩 와서 둘러보고, 기둥 하나에 십 원이 더 치었느니, 토
역도 끝나기 전에 만여 원이 들었느니 하고, 황 서방과 권 서방
더러만 조심성이 없어 곰팡이를 문대기고 다녀 집을 더럽힌다고
쭝얼거리다가는 으레 월미도 쪽을 눈살을 찌푸려 내어다보고는,
이놈의 하늘이 영영 물커져 버리려나 어쩌려나 하고는 입맛을

다시다 가버린다. 그러면 황 서방과 권 서방은 입을 삐죽하며 집주인의 뒷모양을 비웃고, 이젠 이 집이 우리 차지라는 듯이, 아직 새벽질도 안 한 안방으로 들어가 파리를 날리고 가마니 쪽 위에 눕는다.

날이 들지 않는 것을 탓할 푼수로는 집주인보다, 목수들보다, 미장이들보다, 모군꾼인 황 서방과 권 서방이 훨씬 윗길이라야 한다.

권 서방은 집도 권속도 없이 떠돌아다니는 홀아비지만 황 서방은 서울서 내려왔다. 수표다리께 뉘 집 행랑살이나마 아내도 자식도 있다. 계집애는 큰 게 둘이지만, 아들로는 첫아이를 올에 얻었다. 황 서방은 돈을 봐야겠다는 생각이 딸애들 때와 달리 부쩍 났다. 어떻게 돈 십 원이나 마련되면 가을부터는 군밤 장사라도 해볼 예산으로, 주인 나리한테 사정사정해서 처자식만 맡겨놓고 인천으로 내려온 것이다.

와서 이틀 만에 이 역사터를 만났다. 한 보름 동안은 재미나게 벌었다. 처음 사나흘 동안은 품삯을 받는 대로 먹어 없앴다. 처자식 생각이 났으나 눈에 보이지 않으니 우선 내 입에부터 널름널름 집어넣을 수가 있다. 서울서는 벼르기만 하던 얼음 넣은 냉면도 밤참으로 사 먹어보고, 콩국, 순댓국, 호떡, 아스꾸리까지 사 먹어봤다. 지까다비를 겨우 한 켤레 샀을 때는 벌써 인천 온 지 열흘이 지났다. 아차, 이렇게 버는 족족 집어 써선 만날 가야 목돈이 잡힐 것 같지 않다. 정신을 바짝 차려 대엿새째, 오륙십 전씩이라도 남겨나가니 장마가 시작이다. 그 대엿새의 오륙십 전은, 낮잠만 자며 다 까먹은 지가 벌써 오래다. 집주인한테 구걸하

듯 해서, 그것도 꾀를 피우지 않고 힘껏 일을 해왔기 때문에 주인 눈에 들었던 덕으로, 이제 날이 들면 일할 셈 치고 선고가[1]로 하루 사십 전씩을 얻어 연명을 하는 판이다.

새벽에 잠만 깨면 귀부터 든다. 부실부실, 빗소리는 어제나 다름없다.

"이거 자빠져두 코가 깨진단 말이 날 두구 헌 말이여!"

"거, 황 서방은 그래 화투 하나 칠 줄 모르드람!"

권 서방은 또 일어나 앉더니 오관인가 사관인가를 뗀다.

"우리 에펜네허구 같군."

"누가?"

"권 서방 말유."

"내가 댁 마누라허구 같긴 뭬 같어?"

"우리 에펜네가 저걸 곧잘 해…… 가끔 날 보구 핀잔이지, 헐 줄 모른다구."

"화툴 다 허구 해깔라생[2]인 게로구랴?"

"허긴 남 행랑 구석에나 처녀두긴 아깝지."

"벨 빌어먹을 소리 다 듣겠군! 어떤 녀석은 제 에펜네 남 행랑 살이 시키기 좋아 시킨답디까?"

"허기야……."

"이눔의 솔학 껍질 하내 어디 가 백혔나……."

"젠―장 돈두 못 벌구 생홀애비 노릇만 허니 이게 무슨 청승이어!"

---

1 선금조.
2 일본어 투로 '하이칼라쟁이'를 뜻함.

"황 서방두 마누라 궁뎅인 꽤 바치는 게로군."

"궁금헌데…… 내가 편질 부친 게 우리 그저께 밤이지?"

"그렇지 아마."

"어젠 그럼 내 편질 봤겠군! 젠장 돈이나 몇 원 부쳐줬어야 헐 건데……."

"색시가 젊우?"

"지금 한창이지."

"그럼, 황 서방보담 아랜 게로구랴?"

"열네 해나."

"저런! 그럼 삼십 안짝이게?"

"안짝이지."

"거, 황 서방 땡이로구려!"

하는데 밖에서 비 맞는 지우산 소리가 난다.

"누구야, 저게?"

황 서방도 일어났다. 지우산이 접히자 파나마에 금테 안경을 쓴, 시뿌옇게 살진 양복쟁이다. 황 서방의 퀭한 눈이 뚱그래서 뛰어나간다. 뭐라는지 허리를 굽신하고 인사를 하는 눈치인데 저쪽에선 인사를 받기는커녕 우산을 놓기가 바쁘게 절컥 황 서방의 뺨을 붙인다. 까닭 모를 뺨을 맞는 황 서방보다 양복쟁이는 더 분한 일이 있는 듯 입을 벌룽거리기만 하면서 이번에는 덥석 황 서방의 멱살을 잡는다.

"아니, 나릿님? 무슨 영문인지나……."

"무…… 뭐시어?"

하더니 또 철썩 귀쌈을 올려붙인다. 권 서방이 화닥닥 뛰어 내려

왔다. 양복쟁이에게 덤비지는 못하고 황 서방더러 버럭 소리를
지른다.

"이 자식이 손은 뒀다 뭣에 쓰자는 거냐? 죽을쬘 졌기루서니
말두 듣기 전에 매부터 맞어?"

그제야 양복쟁이는 황 서방의 멱살을 놓고 가래를 돋워 뱉더
니 마룻널 포개놓은 데로 가 앉는다. 담배부터 내어 피워 물더니,

"인두겁을 썼음 너두 사람 녀석이지…… 네 계집두 사람 년이
구……."

양복쟁이는 황 서방네 주인 나리였다. 다른 게 아니라, 황 서
방의 처가 달아난 것이다. 아홉 살짜리, 여섯 살짜리, 두 계집애
와 백일 겨우 지난 아들애까지 내버려 두고 주인집 은수저 네 벌
과 풀 먹이라고 내어준 빨래 한 보퉁이까지 가지고 나가선 무소
식이란 것이다. 두 큰 계집애가 밤마다 우는 것은 고사하고 질색
인 건 젖먹이 때문이었다. 그런데 애비마저 돈 벌러 나간단 녀석
이 장마 속에도 돌아오지 않는다.

밥만 주면 처먹는 것만도 아니요, 암죽을 쑤어 먹이든지, 우유
를 사다 먹이든지 해야 되고, 똥오줌을 받아내야 하고, 게다가 에
미 젖을 못 먹게 되자 설사를 시작한다. 한 열흘 하더니 그 가는
팔다리가 비비 틀린다. 볼 수가 없다. 이게 무슨 팔자에 없는 치
다꺼리인가? 아씨는 조석으로 화를 내었고 나리님은 집안에 들
어서면 편안할 수가 없다. 잘못하다가는 어린애 송장까지 쳐야
될 모양이다. 경찰서에까지 가서 상의해 보았으나 아이들은 그
애비 되는 자가 돌아올 때까지 주인이 보호해 주는 도리밖에 없
다는 퉁명스러운 부탁만 받고 돌아왔다. 이런 무도한 연놈이 있

나? 개돼지만도 못한 것이지 제 새끼를 셋이나, 것두 겨우 백일 지난 걸 놔두구 달아나는 년이야 워낙 개만도 못한 년이지만, 애비 되는 녀석까지, 아무리 제 여편네가 달아난 줄은 모른다 쳐도, 밤낮 아이만 끼구 앉아 이마때기에 분칠만 하는 년이 안일을 뭘 그리 칠칠히 해내며 또 시킬 일은 무에 그리 있다고 염치 좋게 네 식구씩이나 그냥 먹여줍쇼 하고 나가선 달포가 되도록 소식이 없는 건가? 이놈이 들어서건 다리 옹두릴 꺾어놔 내쫓아야, 이놈이 사람 놈일 수가 있나! 욕밖에 나가는 것이 없다가 황 서방의 편지가 온 것이다.

"이눔이 인천 가 자빠졌구나!"

당장에 나리님은 큰 계집애한테 젖먹이를 업히고, 작은 계집애한테는 보통이를 들리고, 비 오는 건 아무것도 아니다, 그길로 인천으로 끌고 내려온 것이다.

"그래 애들은 어딨세유?"

"정거장에들 앉혀뒀으니 가 인전 맡어. 맨들어만 놈 에미 애빈가! 개 같은 것들……."

나리님은 시계를 꺼내 보더니 일어선다. 일어서더니 엥이! 하고 침을 뱉더니 우산을 펴 든다.

황 서방은 무슨 꿈인지 모르겠다. 아무튼 나리님 뒤를 따라 정거장으로 나오는 수밖에 없다. 옷 젖기 좋을 만치 내리는 비를 그냥 맞으며.

정거장에는 두 딸년이 오르르 떨고 바깥을 내다보다가 애비를 보자 으아 소리를 내고 울었다. 젖먹이는 울음소리도 없다. 옆에서 다른 사람들이 무심히 들여다보았다가는 엥이! 하고 안 볼 것을 보았다는 듯이 얼굴을 돌린다.

황 서방은 가슴이 섬찍하는 것을 참고 받아 안았다. 빈 포대기처럼 무게가 없다. 비린내만 훅 끼친다. 나리님은 어느새 차표를 샀는지, 마지막 선심을 쓴다기보다 들고 가기가 귀찮다는 듯이, 옜다 이년아, 하고 젖은 지우산을 큰 계집애한테 던져 주고는 시원스럽게 차 타러 들어가 버리고 만다.

황 서방은 아이들을 끌고, 안고, 저 있던 데로 돌아올 수밖에 없다.

"거, 살긴 틀렸나 부!"

한참이나 앓는 아이를 들여다보던 권 서방의 말이다.

"임자보구 곤쳐내래게 걱정이여?"

"그렇단 말이지."

"글쎄, 웬 걱정이여?"

황 서방은 참고 참던, 누구한테 대들어야 할지 모르던 분통이 터진 것이다.

"그럼 잘못됐구려…… 제에길…….."

"……."

황 서방은 그만 안았던 아이를 털썩 내려놓고 뿌우연 눈을 슴벅거린다.

"무…… 무돈 년…… 제 년이 먼저 급살을 맞지 살 줄 알구…….."

"그래두 거 의원을 좀 봬야지 않어?"

"쥐뿔이나 있어?"

권 서방도 침만 찍 뱉고 돌아앉았다. 아이는 입을 딱딱 벌리더니 젖을 찾는 듯 주름 잡힌 턱을 움직거린다. 아무것도 와 닿는 것이 없어 그러는지, 그 움직거림조차 힘이 들어 그러는지, 이내 다시 잠잠해진다. 죽었나 해서 코에 손을 대어본다. 애비 손에서 담뱃내를 느낀 듯 킥킥 재채기를 한다. 그러더니 그 서슬에 모깃소리만큼 애앵애앵 보채본다. 그러고는 다시 까부라진다.

"병원에 가두 틀렸어, 이젠."

남의 말에는 성을 내던 아비의 말이다.

"뭐구, 집궈이 옴?"

"……"

월미도 쪽이 더 새까매지더니 바람까지 치며 빗발이 굵어진다. 황 서방은 다리를 치켜 걸었다. 앓는 애를 바짝 품 안에 붙이고 나리님이 주고 간 지우산을 받고 나섰다. 허턱 병원을 찾았다. 의사가 왕진 갔다고 받지 않고, 소아과가 아니라고 받지 않고 하여 네 번째 찾아간 병원에서 겨우 진찰을 받았다. 의사는 애 애비를 보더니 말은 간호부에게만 무어라 지껄이고는 안으로 들어가 버린다.

"안 되겠습죠?"

"아는구려."

하고 간호부는 그냥 안고 나가라고 한다.

"한이나 없게 약을 좀 줍쇼."

"왜 진작 안 데리구 오냐 말요? 이런 애 죽는 건 에미 애비가 생아일 쥑이는 거요. 오늘 밤 못 넹규."

황 서방은 다시는 울 줄도 모르는 아이를 안고 어청어청 다시 돌아오는 수밖에 없었다.

밤이 되었다. 권 서방에게 있는 돈을 털어다 호떡을 사 왔다. 황 서방은 호떡을 질근질근 씹어 침을 모아 앓는 아이 입에 넣어본다. 처음엔 몇 입 받아 삼키는 모양이나 이내 꼴깍꼴깍 게워버린다. 황 서방은 아이 입에는 고만두고 자기가 먹어버린다. 종일 굶었다가 호떡이라도 좀 입에 들어가니 우선 정신이 난다. 딸년들에게 아내에게 대한 몇 가지를 물어보았으나 달아났다는 사실을 더욱 똑똑하게 알아차릴 것뿐이다.

"병원에서 헌 말이 맞을랴는 게로군!"

"뭐랬게?"

"밤을 못 넹기리라더니…….''

캄캄해졌다. 초를 사 올 돈도 없다. 아이의 얼굴이 희끄무레할 뿐 눈도 똑똑히 보이지 않는다. 빗소리에 실낱같은 숨소리는 있는지 없는지 분별할 도리가 없다.

"이 사람?"

모기를 때리느라고 연성 종아리를 철썩거리던 권 서방이 얼리지 않는 점잖은 목소리를 낸다.

"생각허니 말일세…… 집쥔이 여태 알진 못해두…….''

"집쥔?"

"그랴…… 아무래두 살릴 순 없잖나?"

"얘 말이지?"

"글쎄."

"어쩌란 말야?"

"남 새집…… 들기두 전에 안됐지 뭐야?"

"흥! 별년의 소리 다 듣겠네! 자넨 오지랖두 정치겐 넓네."

"넒잖음 어쩌나?"

"그럼, 죽는 앨 끌구 이 우중에 어디루 나가야 옳아?"

"글쎄 황 서방은 노염부터 날 줄두 알어. 그렇지만 사필귀정으로 남의 일두 생각해 줘야 허느니……."

"자넨 이눔으 집서 뭐 행랑살이나 얻어 헐까구 그리나?"

"예에끼 사람! 자네믄 그래 방두 꾸미기 전에 길 닦아놓니까 뭐부터 지나가더라구 남의 자식부터 죽어 나감 좋겠나? 말은 바른대루……."

"자넴 또 자네 자식임 그래 이 우중에 끌구 나가겠나?"

하고 황 서방은 버럭 소리를 질렀다.

"나면 나가네."

"같은 없는 눔끼리 너무허네."

"없는 눔이라구 이면경계야 몰라?"

"난 이면두 경계두 모르는 눔일세, 웬 걱정이여?"

빗소리뿐, 한참이나 잠잠하다가 황 서방이 코를 훌쩍거리는 것이 우는 꼴이다. 권 서방은 머리만 벅적거리었다. 한참 만에 황 서방은 성냥을 긋는다. 어린애를 들여다보다가는 성냥개비가 다 붙기도 전에 던져버린다. 권 서방은 그만 누워버리고 말았다.

어느 때나 되었는지 깜박 잠이 들었는데 황 서방이 깨운다.

"왜 그려?"

권 서방은 벌떡 일어나며 인젠 어린애가 죽었나 보다 하였다.

"자네 말이 옳으이……."

"뭐?"

"아무래두 죽을 자식인데 남헌테 궂인 거 헐 것 뭐 있나!"

하고 한숨을 쉰다. 아직 죽지는 않은 모양이다. 권 서방은 후닥닥 일어났다. 비는 한결같이 내렸다. 권 서방은 먼저 다리를 무릎 위까지 올려 걷었다. 그리고 삽을 찾아 든다.

"그럼, 안구 나서게."

"어디루?"

"어딘? 아무 데루나 가다가 죽건 묻세그려."

"……"

"아무래두 이 밤 못 넹길 거 날 밝으문 괜히 앙징스런 꼴 자꾸 보게만 되지 무슨 소용 있어? 안게 어서."

황 서방은 또 키룩키룩 느끼면서 나뭇잎처럼 거뿐한 아이를 싸 품에 안고 일어선다.

"이런 땐 맘 모질게 먹는 게 수여. 밤이길 잘했지……."

"……"

황 서방은 딸년들 자는 것을 들여다보고는 성큼 퇴 아래로 내려섰다. 지우산을 펴자 좌르르 소리가 난다. 좌르르 소리에 큰딸년이 깨어 일어난다. 황 서방은 큰딸년을 미리, 꼼짝 말고 있으라고 윽박지른다.

황 서방은 아이를 안고 한 손으로 지우산을 받고 나서고, 그 뒤로 권 서방이 헛간을 가리었던 가마니를 떼어 두르고 삽을 메고 나섰다.

허턱 주안 쪽을 향해 걷는다. 얼마 안 걸어 시가지는 끝나고 길은 차츰 어두워진다. 길만 어두워지는 것이 아니라 바람이 세차진다. 홱 비를 몰아붙이며 우산을 떠받는다. 황 서방은 우산을 뒤집히지 않으려 바람을 따라 빙그르 돌아본다. 그러면 비는 아이 얼굴에 흠뻑 쏟아진다. 그래도 아이는 별로 소리가 없다. 권 서방더러 성냥을 그어 대라고 한다. 그어 대면 얼굴은 죽은 것이 나 마찬가지나 빗물 흐르는 비비 틀린 목줄에서는 아직도 발랑 거리는 것이 보인다. 바람이 또 친다. 또 빙그르 돌아본다. 바람 은 갑자기 반대편에서도 친다. 우산은 그예 뒤집히고 만다. 뒤집 힌 지우산은 두 번, 세 번 만에는 갈기갈기 찢어지고 말았다. 또 성냥을 켜보려 한다. 그러나 성냥이 눅어 불이 일지 않는다. 하늘 은 그저 먹장이다. 한참 숨을 죽이고 들여다보아야 희끄무레하게 아이 얼굴이 떠오른다.

"이거, 왜 얼른 뒈지지 않어?"

"아마 한 십 리 왔나 보이."

다시 한 오 리 걸었을 때다. 황 서방은 살만 남은 지우산을 집 어 내던지며 우뚝 섰다.

"왜?"

인젠 죽었느냐 말은 차마 나오지 않는다.

"인전 묻어버려두 되나 볼세."

"그래?"

권 서방은 질―질 끌던 삽을 들어 쩔겅 소리가 나게 자갈길을 한번 내려쳐 삽을 짚고 좌우를 둘러본다. 한편에 소 등어리처럼 거무스름한 산이 나타난다. 권 서방은 그리로 향해 큰길을 내려 선다. 도랑물이 털버덩한다. 삽도 짚지 못한 황 서방은 겨우 아이 만 물에 잠그지 않았다. 오이밭인지 호박밭인지 서슬 센 덩굴이 종아리를 어인다.

"엠병을 헐……."

밭은 넓기도 했다. 밭두덩에 올라서자 돌각담이다. 미끄러운 고무신 한 짝이 뱀장어처럼 뻐들겅하더니 벗어져 달아난다. 권 서방까지 다시 와 암만 찾아도 보이지 않는다.

"이거디 더 걷겠나?"

"여기 팝시다."

"여기 돌 아니여?"

"파믄 흙 나오겠지."

황 서방은 돌각담에 아이 시체를 안고 앉았고, 권 서방은 삽으로 구덩이를 판다. 떡떡 돌이 두드러지고, 돌을 뽑으면 우물처럼 물이 철철 고인다.

"이런 빌어먹을 눔의 비⋯⋯."

"물구뎅이지 별수 있어⋯⋯."

황 서방은 권 서방이 벗어놓은 가마니 쪽에 아이 시체를 누이고 자기도 구덩이로 왔다. 이내 서너 자 깊이로 들어갔다. 깊어지는 대로 물은 고인다. 다행히 비탈이라 낮은 데로 물꼬를 따놓았다. 물은 철철철 소리를 내며 이내 빠진다. 황 서방은,

"<u>으흐흐⋯⋯</u>."

하고 한 자리 통곡을 한다. 애비 손으로 제 새끼를 이런 물구덩이에 넣을 것이 측은해, 권 서방이 아이 시체를 안으러 갔다.

"뭐?"

죽은 줄만 알고 안아 올렸던 권 서방은 머리칼이 곤두섰다. 분명히 아이의 입에서 무슨 소리가 난다. 꼴깍꼴깍 아이의 입은 무엇을 토하는 것이다. 비리치근한 냄새가 왝 끼친다.

"여보 어디⋯⋯?"

황 서방도 분명히 꼴깍 소리를 들었다. 아이는 아직 목숨이 붙었다. 빗물이 입으로 흘러 들어간 것을 게운 것이다.

"제에길, 파리 새끼만두 못한 게 찔기긴!"

아비가 받았던 아이를 구덩이 둔덕에 털썩 놓아버린다.

비는 한결같다. 산골짜기에는 물소리뿐 아니라, 개구리, 맹꽁이 그러고도 무슨 날짐승 소리 같은 것도 난다.

아이는 세 번째 들여다볼 적에는 틀림없이 죽은 것 같았다. 다시 구덩이 바닥에 물을 쳐내었다. 가마니를 한끝을 깔고 아이를 놓고 남은 한끝으로 덮고 흙을 덮었다.

황 서방은 아이를 묻고, 고무신 한 짝을 잃어버리고 쩔름거리며 권 서방의 뒤를 따라 한길로 내려왔다. 아직 하늘은 트이려 하지 않는다.

"섰음 뭘 허나?"

황 서방은 아이 무덤 쪽을 쳐다보고 멍청히 섰다.

"돌아서세, 어서."

"예가 어디쯤이지."

"그까짓 건…… 고무신 한 짝이 아깝네만……."

"……."

"가세 어서."

황 서방은 아이 무덤 쪽에서 돌아서기는 했으나 권 서방과는 반대 방향으로 걸어가는 것이다. 권 서방이 쫓아와 붙든다.

"내 이년을 그예 찾아 한 구뎅에 처박구 말 테여……."

"허! 이럼 뭘 허나?"

"으흐흐…… 이리구 삶 뭘 허는 게여? 목석만두 못헌 애비지 뭐여? 저것 원술 누가 갚어…… 이년을, 내 젖통일 썩뚝 짤러다 묻어줄 테다."

"황 서방 진정해요."

"노래두……."

"아, 딸년들은 또 어떻게 되라구?"

"……."

황 서방은 그만 길 가운데 철벅 주저앉아 버린다.

하늘은 그저 먹장이요, 빗소리 속에 개구리와 맹꽁이 소리뿐이다.

— 〈문장〉, 1940. 5~6·7.

토끼 이야기

　현은 잠이 깨자 눈을 부비기 전에 먼저 머리맡부터 더듬었다. 사기대접에서 밤샌 숭늉은 얼음에 채운 맥주보다 오히려 차고 단 듯하였다. 문득 전에 서해[1]가, 이제 현도 술이 좀 늘어야 물맛을 알지 하던 생각이 난다.

　'지금껏 서해가 살았던들, 술맛, 물맛을 같이 한번 즐겨볼 것을! 그가 간 지도 벌써 십 년이 넘는구나!'

　현은 사지를 쭈욱 뻗어 기지개를 켜고 파리 나는 천장을 멀거니 쳐다본다.

　〈중외〉[2] 때다. 월급날이면, 그것도 어두워서야 영업국에서 긁어 오는 돈 백 원 남짓한 것을 겨우 삼 원씩, 오 원씩 나누어 들

1　소설가 최학송(1901~32)을 가리킴.
2　일제강점기의 3대 민간 신문 중 하나인 〈중외일보〉.

고, 그거나마 인력거를 불러 타고 호로[3]를 내리고 나서기 전에는, 문밖에 진을 치고 빵 장수, 쌀장수, 양복점원들에게 털리고 말던 그 시절이었다. 현은 다행히 독신이던 덕으로 이태나 견뎠지만, 어머님을 모시고, 아내와 자식과 더불어 남의 셋방살이를 하던 서해로서는, 다만 우정과 의리를 배불리는 것만으로 가족들의 목숨까지를 지탱시켜 나갈 수는 없었다.

"난 〈매신〉[4]으로 가겠소. 가끔 원고나 보내우. 현도 아무리 독신이지만 하숙빈 내야 살지 않소."

현은 그 후 〈중외〉에 있으면서 실상 〈매신〉의 원고료로 하숙집 마누라의 입을 막으려고 공연히 시간만 빼앗기던 것, 내 공부나 착실히 하리라 하고, 서해가 쓰라는 대로 잡문을 쓰고 단편도 얽어 하숙비를 마련하는 한편, 학생 때에 멋모르고 읽은 태서 대가들의 명작들을 재독하는 것부터 일과를 삼았었다. 그러나 사람은 조금만 틈이 생겨도 더 큰 욕망에 눈이 트였다. '공연히 남까지 데려다 고생을 시켜?' 하는 반성이 한두 번 아니었으나, 결국 직업도 없이, 집 한 칸 없이, 현은 허턱 장가를 들어놓았다. 제 한 몸 이상을 이끌어나간다는 것은 확실히 제 한 몸 전신으로 힘을 써야 할 짐이었다. 공부고 예술이고 모두 제이, 제삼이 되어버렸다. 배운 도적질이라 다시 신문사밖에는 떼를 쓸 데가 없었다. 다행히 첫아이를 낳기 전에 월급은 제대로 나오는 〈동아〉에 한자리를 얻어, 또 신문소설이라도 한옆으로 써내는 기술을 가져, 그때만 해도 한 평에 이삼 원씩이면 살 수가 있었으니 전차에서 내

3 일본어로 '천막 천으로 씌운 막'을 뜻함.
4 1910년 8월 조선총독부의 기관지로 창간한 일간 신문인 〈매일신보〉.

려 이십 분이나 걷기는 하는 데지만 우선은 집 걱정을 면할 작정으로 오막살이가 묻어오는 이백여 여 평의 터를 샀고, 그 후 부로 편입이 되고 땅 시세가 오르는 바람에 터전 반을 떼어 팔아 넉넉히 십여 칸 기와집 한 채를 짓게까지 되었다.

'인전 집은 쓰고 앉았으니 먹구 입을 걸······.'

현의 아내는 살림에 재미가 나는 듯하였다. 재봉틀 월부를 끝내고, 간이보험을 들고, 유성기도 이웃집에서 샀다는 말을 듣고 그 이튿날로 월부로 맡아 오더니, 이제는 한 걸음 나아가 현이 어쩌다 소리판을 한둘 사 들고 와도,

"그건 뭣하러 삼 원씩 주고 사오, 음악이 밥 주나! 그런 돈 날 좀 줘요."

하였고, 여름이면 현은 패스 덕이긴 하지만 혼자만 싸다니는 것이 미안하여 한 이십 원 만들어다 아이들 데리고 가까운 인천이라도 하루 다녀오라고 주면, 아침에는 인천까지 갈 채비로 나섰다가도 고작 진고개로 가로새어 백화점 식당에나 들어갔다가는, 냄비, 주전자, 찻종, 그런 부엌세간을 사서 아이들에게까지 들려 가지고 들어오기가 일쑤였다.

이 현의 아내는 바로 이들 집에서 고개 하나 넘어 있는 M 여전 문과 출신이다. 오막살이에서나마 처음에는 창마다 유리를 끼우고, 꽃무늬의 커튼을 드리우고, 벽에는 밀레의 〈안젤루스〉를 걸고, 아침저녁으로 화분을 가꾸었다. 때로는 잠든 어린것 옆에서 〈조슬랭의 자장가〉도 불렀고, 책장에서 비단 뚜껑 한 책을 뽑아다 브라우닝을 읊기도 하였다. 아이가 둘이 되면서부터, 그리고 그 흔한 건양사 집들이 좌우전후에 즐비하게 들어앉는 것을

보면서부터는 모교가 가까워 동무들이 자주 찾아오는 것을 도리어 싫어하였고 어서 오막살이를 헐고 번듯한 기와집을 지어보려는 설계에 파묻히게 되었다. 〈안젤루스〉에 먼지가 앉거나 말거나, 화초분이 말라 시들거나 말거나, 그의 하루는 그것들보다 더 절박한 것으로 '프로'가 꽉 차지는 것 같았다.

현은 일 년에 하나씩은 신문소설을 썼다. 현의 야심인즉 신문소설에 있지 않았다. 단편 하나라도 자기 예술욕을 채울 수 있는 창작에 자기를 기르며 자기를 소모시키고 싶었다. 나아가서는 아직 지름길에서 방황하는 이곳 신문학을 위해 그 대도로 들어설 바 교량이 될 만한 대작이 그의 은근한 본원이기도 했다. 인물의 좋은 이름 하나가 생각나도 적어두어 아꼈고, 영화에서 성격 좋은 배우 하나를 보아도 그의 사진을 찢어 모아두었다.

그러나 머릿속에서 구상만으로 해를 묵을 뿐, 결국 붓을 들기는 몰아치는 대로 몰아쳐질 수는 있는 신문소설뿐이었다.

현의 신문소설이 시작되면 독자보다는 현의 아내가 즐거웠다. 외상값 밀린 것이 풀리고 단행본으로 나와 중판이나 되면 뜻하지 않은 목돈에 가끔 집안이 윤택해지기 때문이다.

'그러나 나도 소위 불혹지년이란 게 낼모레가 아닌가? 밤낮 이것만 허다 까부러질 건가? 눈 뜨면 사로 가고, 사에 가선 통신 번역이나 허고…… 고작 애를 써야 신문소설이나 되고…….'

현의 비장한 결심이 그렇지 않아도 굳어질 무렵인데 〈동아〉가 〈조선〉과 함께 고스란히 폐간이 되는 것이었다.

명랑하라, 건실하라, 시대는 확성기로 외친다. 현은 얼떨떨하여 정신을 수습할 수 없는 데다, 며칠 저녁째 술에 취해 돌아왔던 것이다.

밤잔숭늉에 내단內丹이 씻긴 듯 속은 시원하였으나 골치는 그저 무겁다.

'술이 좀 늘어야 물맛을 알지…… 흥, 신문사 십 년에 냉수 맛을 알게 된 것밖에는 게 무언고?'

다시 숭늉 그릇을 이끌어 왔으나 찌꺼기뿐이다. 부엌 쪽 벽을 뚝뚝 울려 아내를 불렀다.

"기껀 주무셨수?"

"물 좀."

아내는 선선히 나가 물을 떠가지고 와 앉는다. 앉더니 물을 자기가 마시기나 한 것처럼 목을 길게 빼며 선트림을 한다. 아내는 벌써 숨이 가빠하는 것이다. 한 딸, 두 아들이어서 꼭 알맞다고 하던 것이 다시 네 번째의 임신인 것이다.

"나 당신한테 할 말 있어요."

평시에 잔소리가 없는 만치 현의 아내는 가끔 이런 투로 현의 정색을 요구하였다.

"요즘 당신 심경 나두 모르진 않우. 그렇지만 당신 벌써 사흘째 내리 술 아뉴?"

현은 잠자코 이마를 찌푸린 채 더부룩한 머리를 쓸어 넘긴다.

"술 먹구 잊어버릴 정도의 거면 애당초에…… 우리 여자들 눈엔 조선 남자들 그런 꼴처럼 메스껍구 불안스런 건 없습니다. 술루 심평이 피우? 또 작게 봐 제 가정으루두 어디 당신들 사내 하나뿐유? 처자식 수두룩허니 두구, 직업두 인전 없구, 신문소설 쓸

데두 인전 없구…… 왜 정신 바짝 채리지 않구 그류?"

현은 듣기 싫어 소리를 치고 다시 이불을 뒤집어썼으나, 또 반동적으로 이날도, 그 이튿날도 곤죽이 되어 들어왔으나, 사실 아내의 말에 찔리기도 하였거니와 저 혼자 취한다고 세상이 따라 취하는 것도 아니요 저 혼자나마도 언제까지나 취할 수도 없는 것이었다.

현은 아내의 주장대로 그 송장의 주머니에서 털은 것 같은, 가슴이 섬뜩한 퇴직금이지만 그것을 밑천으로 토끼를 기르기로 한 것이다.

뉘네 집에서는 처음 단 두 마리를 사 온 것이 일 년이 못 돼 오십 평 마당에 어떻게 주체할 수 없도록 퍼졌고, 뉘 집에서는 이백 원을 들여 시작했는데 이태가 못 되어 매월 평균 칠팔십 원 수입이 있다는 것을 현의 아내가 직접 목격하고 와서 하는 말이었고, 토끼 기르는 책을 얻어다 주어 현은 하루저녁으로 독파를 하니, 토끼를 기르기에는 날마다 붙잡히는 일이기는 하나 날마다 신문소설을 써대는 것보다는 마음의 구속은 적을 것 같았고, 신문소설을 쓰면서는 본격 소설에 손을 댈 새가 없었으나, 토끼를 기르면서는 넉넉히 책도 읽고 십 년에 한 편이 되더라도 저 쓰고 싶은 소설에 착수할 여력도 있을 것 같았다. 이런 것은 시대가 메가폰으로 소리쳐 요구하는 명랑하고 건실한 생활일 수도 있는 점에 현은 더욱 든든한 마음으로 토끼 치기를 결심하였다. 그리고 우선 아내의 뒤를 따라 아내와 동창이라는, 이백 원을 들여 지금은 매달 칠팔십 원씩을 수입한다는 집부터 견학을 나섰다.

그 집 바깥주인은 몇 해 전에 〈동아〉에서도 사진을 이 단으로

나 낸 적이 있고, 그의 연주회 주최를 다른 사와 맹렬히 다투기까지 하던, 한때 이름 높던 피아니스트였다. 피아니스트답지는 않게 거칠고 풀물이 시퍼런 손으로 현의 부처를 맞아주었다. 마당엔 들어서기가 바쁘게 두엄 내보다는 노릿한 내가 더 나는 훗훗한 냄새가 풍겨 나왔다. 목욕탕에 옷 벗어 넣는 궤처럼 여러 층, 여러 칸으로 된 토끼집이 작은 고층 건물을 이루어 한편 마당을 둘러 있었다. 칸칸이 새하얀 토끼들이 두 귀가 빨족하니 앉아 연분홍 눈을 굴리며 입을 오물거린다. 현은 집에 아이들 생각이 났다. 동화의 세계다. 아동문학을 하는 이에게 적당한 부업같이도 생각되었다. 현 부처는 피아니스트 부처에게서 양토 경험담을 두 시간이나 듣고 보고, 더욱 굳어지는 자신으로 돌아왔다. 와서는 곧 광주 가네보 양토부로 제일 기르기 쉽다는 메리켄으로 이십 마리를 주문하였다. 곧 목수를 데려다 토끼장을 짰다. 토끼장이 끝나기도 전에 '오늘 토끼를 부쳤다'는 전보가 왔다. 현은 아이들을 데리고 산으로 가 풀과 아카시아 잎을 뜯어 왔다. 두부 장수에게 비지도 맡겼다. 수분 있는 사료만으로는 병이 나는 법이라 해서 건조 사료도 주문하였다. 사흘 만에 이 작고 귀여운 현의 집 새 식구 이십 명은 천장을 철사로 얽은 궤짝에 담겨 한 명도 탈 없이 찾아들었다. 그들은 더위에 할락거리기는 하면서도 그저 궤짝 속이 저희 안도인 듯, 밖을 쳐다보는 일이 없이 태연히 주둥이들만 오물거렸다. 자연의 한 동물이라기보다 시험관 속에서 된 무슨 화학물 같았다. 아이들과 아내는 즐기며 끄르며 덤볐으나, 현은 뒤에 물러서서 그 작은, 그 귀여운, 그리고 박꽃처럼 희고 여린 동물에게다 오륙 명의 거센 인생의 생계를 계획한다는 것을 생각할 때 확실히 죄스럽고 수치스럽기도 하였다.

아무튼 토끼가 와서부터 현은 잠시도 쉴 새가 없었다. 먹이를 주고 다음 먹이의 준비까지 되어 있으면서도 얼른 손을 씻고 방으로 들어와지지가 않았다. 토끼장 앞으로 어정어정하는 동안 다시 다음 먹이 시간이 되고, 다시 그다음 먹이를 준비해야 되고 장안을 소제해야 되고, 현은 저녁이나 되어야 자기의 시간으로 돌아올 수가 있었다.

차츰 밤 긴 가을이 깊어졌다. 워낙 구석진 데라 더구나 저녁에는 찾아오는 친구가 별로 없었다. 현은 저녁만이라도 홀로 조용히 등을 밝히고 자기의 세계를 호흡하는 것이 즐거웠다. 십 년 전, 독신일 때 하숙집에서 재독하기 시작했던 태서 명작을 다시금 음미하는 것도 즐거웠고, 등불을 멀찍이 밀어놓고 책장을 살피며 근대의 파란중첩한, 인류의, 문화의, 문학의 뭇 사조의 물결을 더듬으며, 한 새 사조가 부딪치고 지나갈 때마다 이 귀퉁이 저 귀퉁이 부스러뜨리기만 해오던 장편의 구상을 계속해 보는 것도 얼굴이 달도록 즐거움이었다.

많지는 못한 장서나마 현은 한가히 책장을 쳐다볼 때마다 감개무량하기도 하였다. 일목천고一目千古의 감을 느끼는 것이다. 새 책은 날마다 나온다. 또 새 책은 날마다 헌책이 된다. 한때는 인류사상의 최고봉인 듯이 그 앞에는 불법佛法도 성전聖典도 무색하던 것이 이제는 그 책의 뚜껑 빛보다도 내용이 앞서 퇴색해 버리고 말았다. 그 뒤에 오는 다른 새것, 또 그 뒤를 따른 다른 새것들, 책장 한 층에만도 사조는 두 시대, 세 시대가 가지런히 꽂혀 있는 것이다.

'지나가 버린 낡은 사조의 유물들! 희생된 것은 저 책들뿐인가? 저 저자들뿐인가? 저 책들과 저 저자들뿐이라면 인류는 이미 얼마나 복된 백성들이었으랴만, 인류는 언제나 보다 나은 새 질서를 갈망해 헤매지 않으면 안 되었다.'

새 사조가 지나갈 때마다 많으나 적으나, 또 그전 것을 위해서나 새것을 위해서나 반드시 희생자는 났다. 그 사조가 거대한 것이면 거대한 그만치 넓은 발자취로 인류의 일부를 짓밟고 지나갔다. 생각하면 물질문명은 사상의 문명이기도 하다. 한 사상의 신속한 선전은 또 한 사상의 신속한 종국을 가져오기도 한다. 예전 사람들은 일생에 한 번이나 겪을지 말지 한 사상의 난리를 현대인은 일생 동안 얼마나 자주 겪어야 하는가. 청의 시인 이초二樵가 일신수생사一身數生死라 했음은, 정히 현대의 우리를 가르침이라 하고, 현은 몇 번이나 책장을 바라보며 쓴웃음을 지었다.

'일신수생사! 사상은 짧고 인생은 길고⋯⋯.'

토끼는 듣던 바와 같이 빠르게 번식해 갔다. 스무 마리가 아카시아잎이 단풍 들 무렵엔 사십여 마리가 되어 북적거린다. 토끼장도 다시 한 오십 마리 치를 늘리려 재목까지 사들이는 때다. 문제가 일어났다. 먹이의 문제다. 풀과 아카시아잎의 저장을 충분히 할 수 없어 비지와 건조 사료에 오히려 믿는 바 컸었는데 두부 장수가 가끔 거른다. 오는 날도 비지를, 소위 실적의 반도 못 가져온다. 건조 사료도 선금과 배달비까지 후히 갖다 맡겼는데도 오지 않는다. 콩이 잘 들어오지 않아 두부 생산이 줄은 것, 그러니 두부 대신 비지 먹는 사람이 늘은 것, 그러니 비지는 두부보다도 더 귀해진 셈이다. 건조 사료란 잡곡의 겨인데 무슨 곡식이나 칠분도 내지 오분도로 찧으니 겨가 나올 리 없다. 알고 보니 최근까지의 건조 사료란 전년의 재고품이었던 것이다. 현의 아내는 동분서주하였으나, 토끼는커녕 닭을 치던 집에서들까지 닭을 팔고, 닭의 우리를 허는 판이었다.

현의 아내는 억울한 일을 당할 때처럼 며칠이나 얼굴이 붉어 있었으나 결국 토끼를 기름으로서의 생계는 단념하는 수밖에 없었다. 토끼를 헐값이라도 치우기 시작하였다. 그러나 가죽이면 얼마든지 일시에 처분할 수가 있으나 산 것 채로는 어디서나 먹이가 문제라 길이 막혔다. 사십여 마리를 일시에 죽이자니 집안이 일대 도살장이 되어야 한다. 한꺼번에 사십여 마리의 가죽을 쟁을 쳐 말릴 널판도 없거니와 단 한 마리라도 칼을 들고 껍질을 벗길 위인이 없다. 현은 남자면서도 닭의 멱 하나 따본 적이 없고, 현의 아내 역시, 한번은, 오막살이집 때인데, 튀하기는 한 닭 한 마리를 사 왔더니 닭의 흘겨 뜬 죽은 눈이 무서워 신문지로 덮어놓고야 썰던 솜씨였다. 더 늘리지나 말고 오래는 걸리더라도 산 채로 처분하는 수밖에 없었다. 산 채로 처분하자니 팔리는 날까지는 어떻게 해서나 굶겨 죽이지는 않아야 한다. 부드러운 풀은 벌써 거의 없어진 때다. 부엌에서 나오는 것은 무청뿐이요, 밖에서 얻을 수 있는 것은 클로버도 며칠 안 있으면 된서리를 맞을 즈음인데 하루는 현의 아내가 그의 모교인 M 여전 운동장이 클로버투성이인 것을 생각해 냈다. 그길로 고개를 넘어 모교에 다녀오더니, 학교에서는 해마다 사람을 사서 뽑는데도 당할 수가 없어 잔디를 버릴까 봐 걱정이니 제발 뜯어라도 가라는 것이라

한다. 현은 입맛을 쩍쩍 다시다가 '당신이 가기 싫음 내가 가리
다. 오류이 멀쩡해 가지구 미물이라두 기르던 걸 굶겨 죽여야 옳
우?' 하는 아내의 위협에 아내가 홀몸도 아닌 때라, 또 다른 곳도
아니요, 저희 모교 마당에 가서 토끼 밥을 뜯고 앉아 있는 정상이
어째 정도 이상으로 가긍하게 머릿속에 떠올라, 그만 대팻밥모자
를 집어 쓰고 동저고리 바람인 채 고무신을 끌고, 막 학교에서 돌
아오는 큰 녀석에게까지 다래끼를 하나 둘러메어 가지고 고개를
넘어 M 여전으로 왔다.

운동장에는 과연 잔디와 클로버가 군데군데 반반 정도로 대진
이 되어 있었다.

'나야 이렇게 동저고리 바람에 농립을 눌러썼으니 누가 알아
볼라구…… 또 알아본들 현 아무개란 하상…….'

하학이 된 듯 운동장에는 과년한 여학생들이 설멍하니 다리
들을 드러내고 발리볼을 던지기도 하고 자전거를 타고 돌기들도
한다. 현은 남의 집 안마당에 들어서는 것 같은 어색함을 느꼈으
나 수굿하고 한번 여가리에 물러앉아 클로버를 뜯기 시작하였다.

"아버지?"

"왜?"

아들애는 아직 우두커니 서서 언덕 위에 장엄하게 솟은 교사
의 여학생들이 자전거 타는 것만 바라보고 있었다.

"우리 엄마두 여기 학교 나왔지?"

"그럼…… 어서 이 시퍼런 풀이나 뜯어……."

이 아버지와 아들의 짧은 대화를 학생 두엇이 알아들은 듯,

"얘, 너이 엄마가 누군데?"

하며 가까이 온다. 현의 아들애는 코만 훌쩍하고 돌아선다. 현은 힐끗 아들을 쳐다본다. 그 쳐다보는 눈이, 가끔 집에서 '떠들면 안 돼' 하던 때 같다. 아들애는 잠자코 제 다래끼를 집어다 클로버를 뜯기 시작한다.

"이거 뜯어다 뭘 허니?"

"토끼 메게요."

"토끼! 너이 집서 토끼 치니?"

"네."

학생들은 저희도 뜯어서 현의 아들 다래끼에 담아준다.

"너이들 뭣 허니?"

현의 등 뒤에서 다른 학생들 한 떼가 몰려든다. 현은 자기까지 아울러 '너이들'로 불려지는 것같이 화끈해진다.

"우린 요쓰바⁵ 찾는다누."

딴은 그들은 토끼 밥을 뜯어주기 위해서가 아니라 저희들 '행복'을 찾기 위해서였다.

"나두, 나두……."

그들은 모이를 본 새 떼처럼 클로버에 몰려 앉는다. 현은 수굿하고 다른 쪽을 향해 뜯어나가며, 자기의 아내도 한때는 브라우닝의 시집을 끼고 이 운동장 언저리를 거닐다가 저렇게 목마르듯 '행복의 요쓰바'를 찾아보았으려니, 그 '행복의 요쓰바'와 함께 푸른 하늘가에 떠오르던 그의 '영웅'은 오늘 이 마당에 농립을 쓰고 앉아 토끼 밥을 뜯는 사나이는 결코 아니었으려니, 이런

---

5 일본어로 '네잎클로버'를 뜻함.

생각에 혼자 쓴침을 삼켜보는데 무엇이 궁둥이를 툭 때린다. 넓은 마당에 까르르 웃음이 건너간다. 현의 각도로 섰던 발리볼 선수 하나가 볼을 놓쳐버렸던 것이다.

현은 다음 날 오후에도 큰 녀석을 데리고 M 여전 운동장으로 왔다. 클로버는 아직도 한 댓새 더 뜯어 갈 수가 있었다. 그러나 이날이 마지막이게 이날 밤에 된서리가 와버린 것이다. 현의 아내는 마침 김장 때라 무청과 배추 우거지를 이 집 저 집서 모아들였다. 그러나 그것도 잠시 한철이었다. 현은 생각다 못해 한두 마리씩이라도 없애보려 대학병원에 그리 친하지도 못한 의사 한 분을 찾아가 보았다. 십여 년째 대는 사람이, 그도 요즘은 한두 마리씩 더 갔다 맡겨 걱정이라는 것이었다. 현은 대학병원에서 돌아오는 길에 어느 책사에 들렀다. 양토법에 관한 책에는 토끼의 도살법까지도 씌어 있기 때문이다. 전에 아내가 빌려온 책에서는 그만 기르는 법만 읽고 돌려보낸 것이다.

토끼를 죽이는 법, 목을 졸라 죽이는 법, 심장을 찔러 피를 뽑아 죽이는 법, 물에 담가 죽이는 법, 귀를 잡고 어느 다리를 어떻게 잡아당겨 죽이는 법, 동맥을 잘라 죽이는 법, 그리고 귀와 귀 사이의 골을 망치로 서너 번 때리면 오체를 바르르 떨다가 죽게 하는 법, 이렇게 여섯 가지나 씌어 있었다.

현은 먼지 긴 책을 도로 제자리에 꽂고 주인의 눈치를 엿보며 얼른 책사를 나와 집으로 돌아왔다.

오는 길로, 옷을 갈아입는 길로, 토끼 한 놈을 꺼냈다. 묵직하고, 포근하고, 따뜻하고, 뻐들컹거리고, 눈을 똘망거리고…… 교

미기가 지난 놈들이라 새끼 때의 화학물감化學物感 박꽃감은 인전
아니요, 놓기는커녕 웬만큼 서투르게만 붙잡아도 뻐들컹하고 튕
겨져 산으로 치달을 것만 같은 '짐승'이다.

현은 단단히 앙가슴과 뒷다리를 움켜쥐고 마루로 왔다. 딸년
이 방에서 나오다가 소리를 친다.

"얘들아, 아버지가 토끼 꺼냈다!"

큰 녀석 작은 녀석이 마저 뛰어나온다.

"왜 그류, 아버지?"

"병낫수?"

"마루에 가둬, 우리 가지구 놀게."

"이뻐서 그류, 아버지?"

딸년은 제 손에 들었던 빵 쪽을 토끼의 입에다 갔다 댄다. 토
끼는 수염을 쭝긋거리더니 빵 쪽을 물어 떼려 한다. 현은 잠자코
아까 책사에서 본 여섯 가지 방법을 생각해 낸다.

"왜 그류, 아버지?"

"가, 저리들."

현은 그제야 소리를 꽥 질렀다. 아내가 부엌에서 나온다. 현은
아내의 해산달이 멀지 않았음을 깨닫는다. 현은 등솔기에 오싹함
을 느끼며 토끼를 다시 안고 뒤꼍으로 왔다. 아내가 따라오며 그
역시 왜 그러느냐고 묻는다.

"뭣허러 아이처럼 따라댕겨?"

아내는 얼른 물러나지 않는다. 현은 도로 토끼를 갖다 넣고 만
다. 암만 생각하여도 그 목을 졸라 쥐고, 뻐들적거리는 것을 이기
느라고 같이 힘을 쓰며 뒤집어쓰는 눈을 내려다보고 숨이 끊어

지기를 기다리는 노릇, 현은 그 목을 졸라 죽이는 법에 자신이 생기지 못한다. 심장이 어디쯤이라고 그 폭신한 가슴을 더듬어 송곳을 들이박기는, 남의 주사침 맞는 것도 제대로 보지 못하는 현으로는 더욱 불가능한 일이요, 쥐처럼 덫 속에 든 것도 아닌 것을 물속에 끌어넣기나, 귀와 다리를 붙잡고 척추가 끊어지도록 잡아늘리는 것이나, 그 어린아이처럼 따스하고 발랑거리는 목에서 동맥을 싹둑 잘라놓는 것이나, 자꾸 돌아보는 것을 앞으로 숙여놓고 망치로 뒤통수를 때리는 것이나 현으로는 생각할수록 소름이 끼치고, 지금 아내의 배 속에 들어 있는, 마치 토끼 형상으로 꼬부리고 있을 태아를 위해 이런 짓은 생각만으로도 죄를 받을 것만 같았다.

김장철이 지나가자 토끼 먹이는 더욱 귀해서 사람도 먹기 힘든 두부와 캐비지로 대는데 하루에 일 원 사오십 전씩 나간다. 이렇게 서너 달만 먹인다면 그담에는 토끼 오십 마리를 한목 판다 하여도 먹잇값밖에는 나올 게 없다. 서너 달 뒤에 가서는 토끼 문제뿐만 아니다. 토끼 때문에 이럭저럭 사오백 원이 부서졌고, 김장하고 장작 두 마차 들이고 퇴직금 봉지엔 십 원짜리 서너 장이 남았을 뿐이다.

'어떻게 살 건가?'

어느 잡지사에서 단편 하나 써달란 지가 오래다. 독촉이 서너 차례나 왔다. 단돈 십 원 벌이라도 벌이라기보다, 단편 하나라도 마음 편히 앉아 구상해 보기는 다시 틀렸으니 종이만 펴놓을 수 있으면 어디서고 돌아앉아 쓰는 게 수다. 하루는 있는 장작이라 우선 사랑에 군불을 뜨뜻이 지피고, '이놈의 토끼 이야기나 써보리라' 하고 들어앉아 서두를 찾느라고 망설이는 때였다.

"여보, 어디 계슈?"

하는 아내의 찾는 소리가 난다. 내다보니 얼굴이 종잇장처럼 해쓱해진 아내는 두 손이 피투성이다.

"응!"

"물 좀 떠줘요."

"웬 피유?"

아내의 표정을 상실한 얼굴은 억지로 찡기어 웃음을 짓는다. 피투성이 두 손은 부들부들 떤다. 현의 아내는 식칼을 가지고 어떻게 잡았는지, 토끼 가죽을 두 마리나 벗겨놓은 것이다. 현은 머리칼이 쭈뼛 솟았다.

"당신더러 누가 지금 이런 짓 허래우?"

"안 험 어떡허우? 태중은 뭐 지냈수? 어서 손 씻게 물 좀 떠놔요."

하고 아내는 토끼털과 선지피가 엉킨 두 손을 쩍 벌려 내민다. 현의 머릿속은 불현듯, 죽은 닭의 눈을 신문지로 가려놓고야 썰던 아내의 그전 모습이 지나친다. 콧날이 찌르르하며 눈이 어두워졌다.

피투성이의 쩍 벌린 열 손가락, 생각하면 그것은 실상 자기에게 물을 요구하는 것이 아니었다. 현은 펄썩 주저앉을 듯이 먼 산마루를 쳐다보았다. 산마루엔 구름만 허옇게 떠 있었다.

— 〈문장〉, 1941. 2.

사냥

심란한 것뿐, 무슨 이렇다 할 병이 있어서도 아니요 자기 체질에 저혈이 맞으리라는 무슨 근거를 가져서도 아니었다. 손이 바쁘던 때는 어서 이 잡무에서 헤어나 조용히 쓰고 싶은 것이나 쓰고 읽고 싶은 것이나 읽으리라 염불처럼 외워왔으나, 이제 막상 손을 더 대려야 댈 수가 없게 되고 보니 그것들이 잡무만은 아니었던 듯 와락 그리워지는 그 편집실이요 그 교실들이었다.

사람이 안정한다는 것은 손발이 편안해지는 데 있는 것은 아니었다. 한은 한동안 문을 닫고 손발에 틈을 주어보았다. 미닫이 가까이 앉아 앙상한 앵두나무 가지에 산새 내리는 것도 내다보았고 가랑잎 구르는 응달진 마당에 싸락눈 뿌리는 소리도 즐겨 보려 하였다. 그러나 하나도 마음에 안정을 가져오지 않을 뿐 아니라 점점 신경을 날카롭게 메마르게 해주는 것만 같았다. 이번

사냥은 이런 신경을 좀 녹여보려는 한갓 산책에 불과한 것이었다.

한은 즐거웠다. 오래간만에 학생 때 친구 윤을 만나는 것도 반가웠다. 편지 한 장으로 구정을 생각하여 모든 것을 주선해 놓고 부르는 그의 우정이 감사하였다. 오래간만에 촌길을 걸을 것, 험준한 산마루를 달려볼 것, 신에게서 받은 자세대로 힘차게 가지를 뻗은 정정한 나무들을 쳐다볼 수 있을 것, 나는 꿩을 떨구고, 닫는 노루와 멧도야지를 고꾸라트릴 것, 허연 눈 위에 온천처럼 용솟음쳐 흐를 피, 통나무 화톳불에 가죽째 구워 뜯을 짐승의 다리, 생각만 하여도 통쾌한 야성적인 정열이 끓어올랐다. 아무리 문화에 길들었어도 사람의 마음 한구석에는 야성에의 향수가 늘 대기하고 있는 듯하였다.

월정리에서 차를 내리니 윤은 약속대로 두 포수와 함께 폼에 나와 기다리고 있었다. 윤은 한의 손을 잡고,

"그냥 만나선 어디 알겠나?"

하며 의심스럽게 쳐다보았다. 한 역시 한참 마주 들여다보지 않을 수 없었다.

"열다섯 해란 세월이 인생에겐 이렇게 긴 걸세그려!"

대합실에 나와 포수들과 지면을 하고 담배를 한 대씩 피워 물고 찻길을 건너 서북 편으로, 촌길로는 꽤 넓은 길을 걷기 시작하였다. 늙은 포수는 꿩철 따위는 아예 재지도 않는다고 하였고, 젊은 포수만이 우선 저녁 찬거리라도 장만해야 한다고 탄자를 재더니 길섶으로만 꼬리를 휘저으며 달아나는 개의 뒤를 따랐다. 전에는 황무지였으나 수리조합 덕에 개간되어 한 십 리 들어가

혹은 메추리 한 마리 일지 않는 탄탄대로였다. 여기를 걷는 동안, 한은 윤에게서 대서업자로서 본 인생관이라고 할까 세계관이라 할까 단편적이나마 솔직하긴 한 이야기를 심심치 않게 들었다. 결국 민중이란 어리석은 것이란 것, 이 어리석은 무리들에게 도의를 베푸는 손은 너무 먼 데 있는데 그렇지 않은 손들은 그들의 주위에 너무 가까이 너무 많이 있다는 것이다. 그래 그들은 행복하기가 쉽지 못하다는 것이다. 학창을 처음 나와서는 그들을 위해 의분도 느꼈었으나 자기 하나의 의분쯤은 이른바 홍로점설에 불과하였고, 그런 모리배들만의 촌읍 사회에 끼어 일이 년 생계를 세우는 동안 어느 틈엔지 현실에 영리해졌다는 것이요, 그 덕에 오늘에 이르런 사무실 문을 닫고 이렇게 삼사일씩 나와 놀아도 집에선 조석 걱정은 않게끔 되었노라 실토하였다. 그리고 읍사람들은 너무 겉약고 촌사람들은 너무 무지몽매하다는 것을 몇번이나 한탄하였다.

차츰 엷게 눈이 깔린 산기슭이 가까워졌다. 동네를 하나 지나서부터는 논 대신 밭들이 나오며 길도 촌맛이 나기 시작했다. 꼬리가 점점 긴장해지던 도무란 놈이 그루만 남은 콩밭으로 뛰어들었다. 사람 눈에는 아무것도 보이지 않는데 개는 코를 땅에 붙이고 썰썰 매암을 돌면서 내음을 해나간다. 젊은 포수는 총을 바로잡고 바짝 따라선다. 일행은 길 위에 서서들 바라보았다. 불과오륙십 보 안에서다. 아무것도 보이지 않던 밭고랑에서 푸드득하더니 수염낭 같은 장끼 한 마리가 뜬다. 날개도 제대로 펴기 전에 총부리에서 흰 연기가 찍 뻗더니 탕 소리와 함께 꿩은 그 순간 물체가 되어 밭둑에 툭 떨어지는 것이었다. 한은 꿩을 주으러 뛰어갔으나 개가 먼저 와 물었다. 한이 달래보았으나 개는 쏜살같이 저의 주인에게로 달아났다. 주인이 꿩을 받으나 개는 주인의 다리에 제 등어리를 문대기며 끙끙대며 기고 뛰고 하였다. 주인에게 충실하기만 한 것이 아니라 제 공을 되도록 크게 알리려는 공리욕도 개의 강렬한 근성인 듯하였다.

꿩은 죽지 밑에 피가 좀 배어 나왔을 뿐, 그림같이 고요해 있었다. 푸드득푸드득 공간을 파도를 치듯 하며 세차게 날던 것, 어느 불꽃이, 어느 솟는 샘이 그처럼 싱싱한 생명이었으랴만 탕 소리 한번 순간에 이처럼 모든 게 정지해 버린다는 건, 분수없이 허무한 것이었다. 아무튼 사냥 기분은 이 장끼 한 마리에서부터 호화스러워지는 것 같았다.

장산들은 아직도 아득하더니 여기서도 시오 리나 들어가서야 이들의 근거지가 될 동네가 나타났다. 이발소가 있고 여인숙이 있고 주재소까지 있는 꽤 큰 거리였다. 뜨뜻한 갈자리 방에 간소한 여장들을 끄르고 우선 꿩을 뜯고 국수를 누르게 하였다. 한은 시장했기도 했지만 한 산기슭에서 자란 때문일까 꿩과 모밀이 그처럼 제격인 것은 처음 맛보았다.

점심을 치르고 나니 해는 어느덧 산머리에 노루 꼬리만큼밖엔 남지 않았다. 여기서도 오 리는 올라가야 해마다 해보아 몰이에 익숙한 사람들이 있는 산마을이 있고 그 마을 뒤등부터가 곧 노루며 멧도야지며 때로는 곰까지도 나오는 목이 산 갈피마다 무수히 있어 대엿새 동안은 날마다 새 골짜기를 털어볼 수 있다는 큰 사냥터라는 것이었다.

몰이꾼을 맡기려 늙은 포수만이 윗마을로 올라가고 한과 윤과 젊은 포수는 거리에 남았다. 꿩은 해가 질 무렵에도 내리는 것이라고 이들은 다시 사냥을 나섰다. 과연 도무는 낮에보다는 꿩을 흔하게 퉁기었다. 총은 한 마리나 혹은 두 마리인 경우에는 으레하나씩은 떨구었다. 그러나 십여 마리씩 떼로 몰린 데서는 개와 총이 사정 안에 들어서기 전에 어느 한 놈이고 먼저 날았고, 한 놈만 날면 우르르 따라 날아버렸다. 어둑스레해서 거리로 들어설 때는 눈발이 부실부실 날리었다. 기름진 까투리며 장끼며 다섯 마리나 차고 들고 신 등에 눈을 털며 남폿불 빠안한 촌방에 들어서는 정취엔 한은 도회에 남기고 온 몇 친구가 그리웠다. 발을 씻고 불돌을 제쳐놓고 싸리나무 불에 말리고 꿩을 볶아 저녁을 먹고, 주인집 젊은이를 불러내어 국수 내기 화투를 치고, 자정이나 되어 이가 저린 동치밋국에 꿩과 모밀의 그 깔끄럽고도 미끄러운 밤참을 먹고 밤 국수 먹으러 혹은 밤낚시질 다니다가, 혹은 딴 동네 처녀에게 반해 다니다가 도깨비한테 홀리던 이야기로 두시가 넘어서야 잠들이 들었다.

눈들이 부성한 이튿날 아침은 술 먹은 뒤처럼 머리가 터분하고 속이 쓰렸다. 한은 그것이 도리어 심리적으로는 구수하였다. 꿩 한 자웅에 사 원이 넘는다는 말을 들으니 더욱, 진작 이런 촌에 와 밭날갈이나 장만하고 총 허가나 맡았더면 하는 후회도 났다.

자연 늦은 조반이 되었다. 눈은 겨우 발자국 나리만치 깔리었고 바람은 잔잔하여 사냥하기에는 받은 날씨라 하였다.

열시나 되어 윗마을에 닿았다. 카랑카랑한 늙은 포수는 몰이꾼을 넷이나 데리고 일곱시서부터 길에 나와 섰노라고 성이 나 있었다.

　이내 산으로 들어섰다. 몰이꾼들은 듬성듬성 새를 두어 산기슭, 산 낮은 허리, 중허리, 상허리에 늘어서고 포수들과 윤과 한은 산등을 타고 넘어 두 골짜기 안에 가 목을 잡되, 가장 긴요한 목에 늙은 포수가 앉고 다음 목에 젊은 포수가 앉고, 잘못되어 처지면 이리도 짐승이 빠질는지도 모른다는 목에 윤과 한이 섰기로 하였다. 이들은 만일에 짐승이 오는 눈치면 소리를 질러 다른 목으로 에워만 놓으라는 것이었다.

　거의 한 시간이 걸려서야 뚜―뚜― 소리들이 들려왔다. 아래위로 맞받으면서 가락나무를 뚜드리면서 산을 싸고 넘어왔다. 산비둘기가 몇 마리 날았을 뿐, 짐승은 나타나지 않았다. 포수들은 이번엔 다음 산의 자차분한 솔밭 속으로 들어서며 자귀[1]를 해나가기 시작하였다. 늙은 포수는 이내 꽤 큰 노루의 발자국을 찾아내었다. 자국 난 데 눈을 만져보더니 이날 아침에 지나간 것이 틀리지 않다 하였다. 한 등성이를 넘었을 때다. 갑자기 도무의 이악스럽게 짖는 소리가 났다. 늙은 포수가 아뿔싸! 하며 혀를 찼다. 개가 너무 멀리 앞질러 가 퉁긴 것이었다. 송아지 같은데 목과 다리만 날씬한 것이 벌써 꺼불거리고 다음 산비탈을 뛰고 있었다. 늙은 포수는 큰 사냥터에 꿩 사냥개를 데리고 왔다고 찡찡거렸다. 개는 임자가 불러도 자꾸만 짐승만 다우쳤다.

　"저 노룬 오늘 백 리도 더 갈 거요."

　포수들은 그 노루는 단념하고 다른 데 몰이를 붙였다. 또 허탕

1　짐승의 발자국.

이었다. 그다음 산마루에서 불을 해놓고 점심들을 먹을 때다. 한은 배는 아직 든든하나 다리가 아팠다. 담배를 한 대 피워 물고 꽤 높은 고개의 분수령에 앉아 멀리는 첩첩한 산등성이를 내려다보는 맛과 가까이는 아름찬 참나무들의 드센 가지들을 쳐다보는 것만도 통쾌하였다.

몰이꾼들은 베보자기를 끌러놓고 싯누런 조밥덩이들을 김치쪽에 버무려 우적우적 탐스럽게 먹었다. 그 숫된 사나이들과 화톳불에 둘러앉아 인생의 한때를 쉬어보는 것도 즐거운 일이었다. 그들의 빈 보자기들이 다시 그들의 꽁무니에 채워지고 곰방대들을 꺼내 물 때다. 포수 하나가 무어라고인지 소리를 꽥 질렀다. 몰이꾼의 하나가 총을 집어 들고 만적거린 것이었다.

"그 사람이 총 묘릴 몰라서요?"

"알구 모르구."

"그 사람 노룰 다 쐈는걸요."

"노루를 쏘다니?"

하는데, 침이 지르르한 두꺼운 입술이 빈죽거리며 얼굴이 시뻘게진 당자가 불 앞으로 왔다. 혼솔이 희끗희끗 닳았으나 곤색 양복 조끼를 저고리 위에 입은 것이나 챙이 꺾이었으나 도리우찌[2]를 쓴 것이나 지까다비를 신은 것이나 몰이꾼 패에서는 이채였다. 그러면서도 얼굴만은 어느 쪽에서 보든지 두리두리한 것이, 흰자위 많은 눈이 공연히 실룽거리는 것이라든지 기중 어리석해 보이는 사람이었다.

2 운두가 없고 둥글넓적한 사냥 모자.

"아, 자네가 언제 총을 놔봤나?"

늙은 포수가 물었다.

"왜 난 쏘믄 총알이 안 나간답디까?"

우쭐렁한 대답이었다.

"이런 젠장 누가 총알이 안 나간댔어! 언제 놔봤느냈지?"

그는 아이처럼 흐하하 웃었다. 그리고 대뜸 신이 났다.

"사람 쏠 뻔하던 얘기 할까유?"

"어디 들어보세."

"아! 하마틈 맹꽁이쇨³ 차는걸……."

"요 아래 참나뭇굴서 그랬대지?"

"그럼유! 아, 꿩만 보구 냅다 쏘구 났더니 바루 그쪽에 숯 굽는 패가 둘이나 섰는 걸 금세 보군 깜박 야저먹었지? 가만 보니까 사람이 둘이 다 간 데가 없군요! 맞았음 쓰러졌지 별수 있겠나유? 집으루 삼십육곌 부를랴는데 아, 한 녀석이 도낄 잔뜩 들구 성큼성큼 내려오지 않갔나유? 그땐 다리가 떨려 뛸 수두 없구…… 예끼, 정칠! 이왕 저눔 도끼에 죽느니 총으루 한 방 먼저 갈거나 본다구 총을 바짝 쳐들었죠. 저눔이 소릴 지를 것만 같어서 겨냥을 할 수가 있어야쥬. 그냥 어림만 대구 잔뜩 들구서 가까이만 오길 기다렸죠. 아, 수염이 시커머뭉투룩헌 게 여간 감때가 아니쥬! 저만큼 오길래 방아쇨 지끈 당겼죠. 아, 귀에선 앵― 소리가 났는데 총이 구르지두 않구 연기두 안 나가구 저눔은 그냥 털레털레 벌써 앞으루 다 왔갔나유! 아, 인전 이눔 도끼에 대가"

---

3 맹꽁이쇠. 속된 말로 '수갑'을 뜻함.

릴 찍히구 마는구나! 허구 앞이 캄캄해지는데 얼른 정신을 채려 보니까 그잔 벌써 쇠고삐 한 기장은 지나서 나려가구 있지 않았나유? 보니까 한 손엔 숫돌을 들구 개울루 도낄 갈러 가는 걸 모루구…… 흐하하…….."

한바탕 산마루에 웃음판이 벌어졌다.

"아니 총은 웬 총인데?"

그의 사촌이 한때 면장으로 총을 가지고 있었다는 것이었다. 그는 아직도 너머 동리에서 볏백이나 거둬들이고 산다는 것이었다.

이날은 오후 참에도 결국 탕 소리를 못 내어보고 내려오고 말았다. 다음 날도 노루 한 마리와 도야지 한 마리를 퉁기고도 몰이꾼들이 몰린 덴 너무 몰리고 뜬 데는 너무 떠 어느 한 마리도 총목에 몰아넣지 못하고 말았다.

사흘째 되는 날은, 윤이 아침결에 나가더니 꿩을 두 마리나 쏘아 와, 한은 기운도 지치고 하여 점심에 국수나 눌러 먹는다는 핑계로 혼자 거리에 떨어지고 말았다.

저녁상이 나오도록 사냥꾼들은 돌아오지 않았다. 상을 물리고 거리길에 나서 어정거리는 때였다. 쿵 소리가 시커면 병풍처럼 둘린 뒷산 어느 갈피에서 울려 나왔다. 연이어 또 한 방 쿵 울리었다. 한은 궁금했으나 기다리는 수밖에 없었다. 포수들은 그 후 두 시간이나 뒤에 나타났다. 황소만 한 멧도야지를 잡았다는 것이다. 참나무를 베어 그 위에 얹어 싣고 끄노라니 제대로 내려올 리가 없었다. 옆으로 굴러 한번 도랑에만 떨구면 여간해 끌어 올릴 수가 없었다. 겨우 윗동네 앞까지 와서는 몰이꾼들도 허기가 져 모두 흩어졌다는 것이다. 윤은 한더러, 오늘 밤 안으로는 피가 식지 않을 것이니 올라가자 하였으나 한은 저녁 먹은 것도 그저 뭉클한 채요, 어둡고 춥기도 하였고, 또 꼭 저혈을 먹기 위해 온 소위 피꾼도 아니요, 포수의 말에 의하면 식은 피라도 중탕을 하여 데우면 조금도 다를 것이 없다 하므로 이튿날 식전에들 올라가기로 한 것이다.

세수들만 하고 해돋이에 윗마을로 올라왔다. 동네 사람들은 벌써 허옇게 나와 둘러싸고 있었다. 그 속에 몰이꾼 하나가 불거져 뛰어오더니,

"뭔지 변이 생겼습니다."

했다.

"무슨?"

"어떤 눔이 밤에 와 밸 온통 갈러 필 죄 쏟아놓구 열[4]은 떼두 못 가구 터뜨려만 놓구 살두 여러 근이나 떼 갔군요!"

가보니 정말 그대로였다. 빛깔이나 털의 거침부터 짐승이라기보다 여러 백 년 된 고목의 한 토막 같은 게 쓰러졌다. 도적은 그 배만 가르지 않고 뒷다리 살을 썩둑썩둑 베어 갔다. 그것을 총질한 늙은 포수는 입술이 파래졌다.

"이건 이 동네 사람 짓이 틀림없죠."

하더니 구장 집을 물었다.

"구장은 찾어 어떻게 허시료?"

---

4 '쓸개'의 방언.

"가만들 계슈. 내게 맡기슈."

늙은 포수는 구장을 시켜 동네 젊은 사람들을 모조리 구장네 사랑으로 모이게 하였다. 모두 칠팔 인밖에 안 되는데 그중에 네 사람은 이들의 몰이꾼들로, 그 도끼 갈러 내려가는 숯쟁이를 총으로 쏘았다는 곤색 양복 조끼짜리도 물론 끼어 있었다. 이 칸 방에 쭈욱 둘러 좌정이 되기를 기다려 늙은 포수는, 한편 어금니는 빠졌으나 말은 야무지게 입을 열었다.

"이게 한 사람의 짓이지 두 사람의 짓두 아닌 걸 가지구 이렇게 동네 여러분네를 오시란 건 미안헌 줄두 모르지 않쇠다만, 사세부득 이쯤 된 게니 잠깐만 용서들 허슈…… 내 방법이란 한 가지밖엔 없쇠다. 쥐인장 물을 뒤 대야만 뜨끈허게 데워 내오슈…… 고기에 탐내 그랬겠수. 쓸개에 탐이 났지만 어뒤서 쓸개는 터뜨리기만 해놓구 왔던 김이니 고기두 떼 간 게지…… 아무튼 그 고길 오늘 아침에 삶어놓구 뜯어 먹구 왔을 게요. 배 속을 보선목이니 뒤집어 보잘 순 없는 게구…… 뜨건 물에 손을 당거 봄 고기 주므른 사람 손이면 뜨는 게 있습넨다……."

좌중이 일시에 눈들이 서로 손으로 갔다. 모두 둘씩은 가진 손이었다. 모두 울퉁불퉁 마디들이 험한 손이었다. 선한 일이고 악한 일이고 시키는 대로 할 뿐인, 죄 없는 손들이었다. 더구나 꾀로 살지 않고 힘으로 살기에, 도회지 사람들의 발보다도 더 험해진 그 순박한 손들에게 이런 야박스러운 모욕이란 생후 처음들일 것이었다. 한은 한편이긴 하나 늙은 포수가 오히려 얄미웠다. 이 자리에 한 손도 그 죄의 기름이 뜨는 손은 없기를 바랐다. 그러나 데운 물그릇이 나오기 전에 여러 사람의 시선을 혼자 쪼이는 손이 있었다. 곤색 양복 조끼의 손이었다. 깍지도 껴보고, 무릎 밑에 깔아도 보고, 허리춤을 긁적거려도 보고, 나중엔 완전히 떨리어 곰방대를 내어 담배를 담았다. 눈치 빠른 늙은 포수는 얼른 끼고 앉았던 화로를 내밀었다. 담뱃불을 붙이느라고 길게 뺀 고개가 어딘지 어색할 뿐 아니라 불에 갖다 대는 대통이 덜덜 떨리었다. 늙은 포수는 버럭 소리를 질렀다.

"저 사람이 담밸 붙여 뭘 붙여?"

양복 조끼는 그만 입에서 놓쳐버린 곰방대를 화로에서 집노라고 쩔쩔매었다. 늙은 포수는 옴팡한 눈으로 그를 할퀴듯 쏘아보았다. 그만 양복 조끼의 얼굴은 화로보다도 더 이글거렸다. 늙은 포수는 문을 열어젖히며 안으로 소리를 쳤다.

"쥐인장? 물 데 내올 것두 없쉬다."

그리고,

"한 사람만 남구 죄 없는 분들은 하나씩 일어나 나가슈."

하였다. 끝내 못 일어서기는커녕, 고개도 못 들고 남아 있는 것이 이 양복 조끼였다. 늙은 포수는 어느새 철썩 그의 귀때기를 갈겼다.

결국 구장이 나와, 자기 동리에서 생긴 불상사를 사과하였고, 이쪽의 처분을 기다리노라 하였다. 늙은 포수에게서는 이내 계산이 나왔다.

"피가 그 돼지헌테서 다섯 사발만 나왔겠소? 소불하 다섯 사발 치구두 오십 원허구, 쓸개가 어제 저 사람 제 입으루두 사십 원짜린 염려 없을 게라구 그랬소. 사십 원허구, 뒷다릴 함부루 썰어놨으니 가죽이 못쓰게 되잖었소? 가죽값 십 원만 허구, 백 원만 물어노슈. 오늘 이 지경 됐으니 사냥헐 맛 있게 됐소? 오늘 하루두 우린 손해요."

"참, 손해가 많으시군요! 허나 이 사람이야 단돈 십 원을 해낼 주제가 어디 되나요. 요 너머 이 사람 사춘이 한 분 계시니 내 넘어가 의논허구 과히 억울치 않두룩 마련하오리다. 아무튼 주재소에만 알리지 말구 내려가 기다려주시기요."

늙은 포수는 주재소 말이 저쪽에서 나온 김이라, 오후 세시까지 기다려서 소식이 없을 때는 주재소에 고소를 한다고 하였고,

"저따위 덜된 자석은 몇 해 가막소 밥을 멕여야 사람 구실을 헐 거요."

하고 을러메었다.

아무튼 도야지를 각을 떠 석 점이나 지워가지고 거리로 내려왔다. 식전에 십 리 길을 걸은 속이라 모두 시장했으나 한 사람도 고기 맛이 있을 리 없었다. 뒷일은 늙은 포수에게 맡기고 한과 윤은 젊은 포수를 데리고 꿩 사냥을 나갔다가 어스름해서야 돌아와 보니, 일은 더욱 상서롭지 못하게 번져 있었다. 양복 조끼의 사춘형이 돈 삼십 원을 주며, 이 돈만으로는 포수가 들을 리가 없으니 또 주재소에서도 소문으로라도 벌써 모르고 있을 리 없을 것이니, 주재소로 가서 때리는 대로 맞고, 그저 죽을 때라 잘못했노라 하고, 이 돈 삼십 원밖엔 해놓을 수가 없으니, 이 돈으로 무사하게 처분해 달라고 빌라고 일러 보냈는데 돈 삼십 원을 넣은 양복 조끼는 주재소로도 포수에게로도 나타나지 않았다. 밤이 이슥해서는 그가 월정리역에서 어디로 가는 것인지 차표 사는 것을 보았다는 소문까지 퍼지었다.

사냥은 이렇게 마치고 말았다.

차가 창동을 지나니 자리가 수선해지는 바람에 한은 깜박 들었던 잠을 깨었다. 집이 있는 서울이 가까워온다. 그러나 한은 조금도 반갑지 않았다. 그는 생각하였다. 단돈 삼십 원으로도 달아날 수 있는 그 양복 조끼에게는 세상이 얼마나 넓으랴! 싶었다.

— 〈춘추〉, 1942. 2.

석양

　매헌은 벼르던 경주 구경을 하필 삼복지경에 나서게 되었다. 가을에 동행하자는 친구도 더러 있었으나 가을은 좋으나 친구까지는 그다지 기다리고 싶지 않았다.

　성미가 워낙 아무나 더불어 쉽게 투합되지 않았다. 아무리 허물없는 친구라도 그는 혼자만치 편치 못했다. 여럿이 왁자하며 천 리를 가기보다 홀로 백 리를 가는 것이 더 멀리 가는 맛이기도 했다. 그래 그는 틈이 난 김에 복더위를 그다지 꺼리지 않고 나서버리었다.

　부여가 백제의 고도이듯, 경주는 신라의 고도라는 것밖에는, 그는 경주에 대한 별로 지식을 준비하지 못하였다. 뷰로에 가 차표를 사면서도 경주 안내 같은 것 한 장 청하지 않았다. 신을 가벼운 것으로 바꾸어 신고 하이킹 단장을 짚었을 뿐, 가방 하나도 들지 않았다. 어디 못 가본 데를 새로 구경 간다는 것보다는 한 때나마 번루를 떠나본다는, 최소한도의 단순을 생활해 본다는, 또는 고독에 환원해 본다는 그런 정취에 더 쏠리는 편이라, 살림을 그냥 가방에 꾸역꾸역 넣어 들고 나설 필요가 무엇인가 싶었다. 그리고 경주를 다녀왔다면 으레 몇 군데서 기행문을 조를 것이나, 원고지도 한 장 넣지 않았다. 그는 정신을 차리고 보기보다 정신을 느꾸고 쉬고 싶었다. 그는 그만치 벌써 갖가지로 피로했는지도 모른다. 그저 주머니에 돈 한 가지만 과히 부족되지 않게 넣은 것으로 든든하였다.

남북이 그냥 여름의 한중간이라 차는 달리어도 봄새나 가을처럼 철다툼 한 군데 보이지 않는다. 게다가 여러 번 지나본 경부선이라 차창은 별로 매력이 없이 저물어버렸다. 대구서 갈아탈 때는 아직도 어두웠고 두어 역 지나서부터야 창밖은 낯선 풍경을 드러내주었다. 같은 푸른 벌판이나 이슬빛이 찬란해 아침다웠다. 반야월이란, 시흥을 돋우는 역명도 지나갔고 김이 피어오르는 강가엔 농부보다도 부지런한 어부의 낚대 드리운 모양도 시골 맛이었다. 볕이 차츰 따가워 창장을 내려버릴까 할 즈음에 경주에 닿은 것이다.

조선집의 윤곽인 정거장을 나서니 바른편에 석탑이 한자리 섰다. 벌써 뜨겁기 시작한 해는 결코 동쪽 같지 않은 데서 쏘아온다. 이모저모 부서지고 갈라지고 한 탑은 돌이 아니라 몇만 년 전 지층에서 나온 무슨 동물의 사등이뼈같이 누르퉁퉁하다. 산이 삥삥 돌리었는데 자차분하게 깔리다 만 시가는 경주가 아니라 경주의 부스러기란 느낌이었다.

매헌은 지팡이를 얼마 끌지 않아 납다데한 여관으로 들어섰다. 방은 차지할 것도 없이 툇마루에 앉아 조반을 치르고 담배를 한 대 피우고는 박물관으로 찾아왔다.

조금만 더 넓었으면 거닐기 좋은, 운치 있는 정원이다. 대개 파편들이나 석물들이 정을 끈다. 정거장 앞에서 본 탑과는 빛이 주는 인상이 전혀 달라, 도자기 중에도 이조 것처럼 생활이 그냥 풍겨 나왔다. 잎이 무성한 모과나무 밑에 서서 석등이 결코 지난 시대의 유물 같지 않았고, 그 뒤뚱거리는 신라의 토기들과는 달라, 중후한 곡선으로 조각된 우물 돌들은, 이날 아침에도 붉은 손들이 그 옆에서 쌀을 씻고 나물을 헹군 듯 손때조차 알른거리는 것이다.

진열실에 들어가서는, 왕관이라야 기이할 뿐이고, 그가 감격한 것은 봉덕사 종에서다. 물러설수록 웅대하였고 가까이 볼수록 수없이 엉킨 섬세였다. 웅대와 섬세가 완전히 합일된 것으로, 그는 문학상의 최대작《전쟁과 평화》를 읽고 났을 때의 감격을 이 종 앞에서 다시 한 번 맛보는 것 같았다. 그러나 이 종에서는, 공이를 끌러 한번 때려본다면 웅장한 소리보다는 슬픈 음향이, 그 자신이 지닌 전설보다도 오히려 슬픈 음향이 우러날 것 같았다.

거리로 나선 그는 목이 말랐다. 그러나 빙숫집보다는 고완품 점古翫品店이 먼저 눈에 띄었다. 신라 토기에는 그다지 애착이 없으면서도 그의 호고벽好古癖은 이런 집 앞을 그냥 지나지 못했다. 와전瓦甋이 쌓이고 와당이 쌓이고 토기가 늘어 놓이고, 그리고 여기 고적을 틀에 넣은 사진, 그림엽서들이었다. 와전이나 와당은 볼 만한 것이 없었다. 토기에는 서울서는 보기 드문, 단순한 음각으로도 꽤 변화를 일으킨 것이 몇 가지 눈에 뜨인다. 이것도 사 들고 다니고 싶지 않으나 공연히 버릇처럼 골라보는데 가게 안이 숨이 가쁘게 무덥다. 지지미 샤쓰 바람으로 옆에 와 섰는 소년에게 물을 한 그릇 청했다. 소년은 이내 안으로 들어갔다. 그러나 물그릇을 쟁반에 받쳐 들고 나타나는 것은 소년이 아니라 웬 소녀다. 미목이 청수한 데 매헌은 놀랐다. 맑으면서도 가느스름한 눈매와 두불진 볼록한 턱이 고요하고 듬직한 인상을 준다.

"물이 꽤 차군!"

"우물에서 새로 떴어요."

의젓한 말소리를 듣고 보니 가슴서껀 키서껀 소녀는 아니다. 흰 바탕에 초록 나뭇잎이 듬성듬성 찍힌 수수한 원피스로 위아래가 설명하니 드러났다. 볕에 약간 그을기는 했으나 알마치 부른 팔과 다리엔 잠깐 본 동작이나 꽤 세련된 '도회'가 풍기는 처녀다. 매헌은 반가웠다. 딸의 동무래도 좋을 나이지만 도회 사람에겐 도회적인 것만으로도 고향 사람처럼 반가운 듯했다. 아마 어느 전문학교에 가 공부하다 방학에 와 있나 보다 했다.

매헌은 거의 다 마신 물 대접을 놓고 다시 주무르던, 주전자도 아니요 항아리도 아닌 토기를 들고 먼지를 불었다.

"더 좀 이상허게 된 건 없나 원!"

"이상헌 거요?"

"좀 재밌게 되구……."

"이상허구 재밌게 되구…… 평범허더라두 오래 둬두 애착이 변허지 않을 걸 고르시는 게 좋지 않어요?"

매헌은 입이 얼어 처녀의 얼굴부터 다시 쳐다보았다. 너무나 그의 말은 훌륭한 함축이 있다. 오래 두고 보아도 애착이 변하지 않을 평범이란 그 처녀 자신의 얼굴을 가리키기도 함인 듯, 그냥 담담할 뿐인 표정인데 무한한 애착이 간다.

"어떤 게 그런 걸까? 하나 골라주시오."

처녀는 사양치 않고 두어 군데 손을 망설이다가 이조기라면 제기祭器라고 할, 높은 굽 위에 연잎처럼 널따랗게 펼쳐진 하나를 집어내었다.

"딴은 실과라도 담어놓으면 훌륭헌 정물 그릇이 되겠군!"

"뷘 대루 놓구 봄 더 정물이죠."

처녀는 역시 간단히 해버리는 말인데 깊이가 있다. 고완품을 다루는 집 딸이기로 다 이럴 수야 있으랴 하고 처녀의 교양에 감탄하면서 매헌은 얼른 돈을 치르기가 아까워졌다. 좀 더 그의 교양과 지껄여 보고 싶었다. 그러나 앉을 자리도 없고 무엇보다 무더워서, 여기 어느 여관이 나으냐고 묻고는 나와버렸다.

그 처녀에게 들은 여관을 찾아 점심을 먹고, 다시 나서 첨성대와 석빙고를 보고, 반월성 등성이를 걸어 계림을 지나 문천을 끼고 오릉으로 향하였다.

꽤 늘어지게 걷는 길이었다. 언양가도彦陽街道에 나서서야 다리 건너로 옛 능원다운 울창한 송림이 바라보인다.

표식이 선 좁은 길은 어둡도록 소나무에 덮여 있었다. 천천히 걸어 땀이 들 만해서다. 소나무들이 좌우로 물러서며 아늑한 공지가 트이는데 봉분이라기보다 기름기름한 잔디의 산이 부드러운 모필로 그은 듯한 곡선으로 허공을 향해 붕긋붕긋 올려 솟는 것이다. 신라의 시조 박혁거세를 비롯해 다섯 능이 한자리에 모여 있음이었다. 바라볼수록 그야말로 초현실적인 기이한 풍경이다. 가까이 이를수록 담이 가리어 발돋움을 하나 시원히 바라보이지 않는다. 긴 담을 끼고 나가보았다. 문이 잠겨 있었다. 할 수 없이 정문을 지나 겨우 봉분의 상반 윤곽만이 엿보이는 대로 계속해 담을 끼고 돌았다. 대소가 다르고 고저가 다른 다섯 봉분의 곡선은 보는 각도마다에서 얼마씩 다른 리듬과 하모니를 일으켰다. 거의 한 바퀴가 끝날 즈음에서다. 지형이 약간 도독해 있어 발돋움을 하기에는 가장 편리한 곳이었다. 매헌은 단장에 힘을 주고 발뒤축을 최고 한도로 솟구어 능 안을 엿보았다. 그러나 시원치 않고 오래 견딜 수도 없다. 그만 수건을 내어 땀을 씻는데 문득 공중에서,

"이리 올라와 보세요."

하는 소리가 난다. 놀라 돌려 쳐다보니, 꽤 높은 소나무 중턱에서다. 매헌은 머리가 쭈뼛하였다.

"올라오세요. 여기서가 제일 좋게 뵈요."

매헌은 말소리를 인식하자 순간 반갑기도 했다. 그러나 주위가 너무 호젓한 데라 무슨 착각이나 아닌가 싶어 얼른 움직이지 못했다. 땅도 아니요 몇 길이나 될 높은 나무 위에서 내려다보는 처녀는, 분명 처음부터 이상한 매력을 풍기던 그 고완품점의 처녀였다.

"웬일이오?"

"전 늘 와요."

"그 높은 델 어떻게 올라갔소?"

"올라오세요. 전 윗가지로 더 올라갈 수 있어요."

나무 밑에는 그의 푸른 파라솔과 흰 헝겊 구두가 두 짝 다 쓰러진 채 놓여 있었다. 매헌은 나무 밑으로 왔다. 쓰러진 처녀의 구두를 집어 바로 세워놓아 주었다. 신 바닥에는 엷게나마 땀 자리가 또렷이 배어 있었다. 그는 한결 마음에서 괴이감을 떨어버리며 벗어 들었던 웃저고리는 낮은 가지에 걸뜨리고 구두를 벗고 처녀가 시키는 대로 엉금엉금 나무를 탔다. 처녀는 앉았던 가지에서 일어나 더 윗가지로 올라갔다.

"떨어지리다! 난 이만치서두 좋으니 그냥 앉아 있어요."

"괜찮아요. 더 올라오셔요. 더 올라오세야 더 좋은 걸 보세요."

결국 처녀가 앉았던 자리까지 올라왔다.

"아! 여기선 봉분들의 조화가 더……."

"더 뭐요? 형용해 보세요."

쳐다보니 처녀의 다리가, 발로는 거의 자기 머리를 밟을 만치 가까이 드리워 있었다.

"형용이요?"

"퍽 니힐허지 않어요?"

"니힐!"

오릉의 아름다움은 이 처녀가 발견한 이 소나무의 중턱에서가 가장 효과적인 포즈일 것 같았다. 볼수록 그으윽함에 사무치게 한다. 능이라기엔 너무나 소박한 그냥 흙의 모음이다. 무덤이라기엔 선에 너무나 애착이 간다. 무지개가 솟듯 땅에서 일어 땅으로가 잠긴 선들이면서 무궁한 공간으로 흘러간 맛이다. 매아미 소리가 오되 고요하다. 고요히 바라보면 울어야 할지 탄식해야 할지 그냥 나중엔 멍—해지고 만다. 처녀의 말대로 니힐을 형용사로 쓰는 수밖에 없을 것이다.

"여기 능들이 모다 이렇소?"

"괘릉 무열왕릉 다 가봐두 이런 맛은 여기뿐인가 봐요."

"그래 여기 가끔 오시오?"

"네, 전 경주서 여기가 젤 좋아요. 어제도 왔더랬어요."

"혼자 무섭지 않소?"

"무서운 맛이 아주 없음 무슨 맛이게요."

쳐다보려야 처녀의 얼굴은 보이지 않는다. 숙성하다고 할까, 교양이 치우쳤다고 할까 그의 정신은 그의 몸에 지나친 데가 있는 것 같았다.

"경주가 고향이오?"

"경주 온 지 몇 해 안 돼요."

"경성이더랬소?"

"……."

매헌은 굳이 캐어묻기도 안 되어 화제를 돌리었다.

"그렇지만 당신 같은 젊은 여성이 뭣허러 이런 옛 능에나 자주 와 니힐을 즐기시오?"

처녀에게서는 이번에도 대답이 내려오지 않는다.

"혼자 조용히 쉬는 델 내가 와 떠들어 미안허우."

"저 아깐 책 보드랬어요."

"책이오?"

"네."

매헌은 담배를 피워 물었다. 얼마 뒤부터 위에서는 책장 넘기는 소리가 났다. 매헌은 경주에 잘 왔다 싶었다. 오릉의 신비한 곡선들은 사람에게 신비한 안식을 준다.

해는 첫 봉분 위에 그늘이 들기 시작했다. 매아미 소리도 이런데서 듣는 것은 더욱 유장하다.

어느덧 담배를 세 대나 피우고 나니 능 안은 그늘에 덮여버린다.

"많이 쉬셨어요?"

위에서 처녀가 정적을 깨뜨렸다.

"잘 쉤소! 여기서 당신을 못 만나드면 오릉을 헷 보고 갈 뻔했구려!"

"전 인전 오금이 아퍼졌어요."

매헌도 일어나 나무를 내려왔다. 내려와서 다시 놀란 것은 그 처녀가 들고 내려오는 책이었다. 바로 지난봄에 낸 자기의 수필집이다. 반가운 한편 무안스러웠다. 이런 니힐을 말하는 교양으로 본다면 비웃음을 면치 못할 초기의 감상문들이 꽤 여러 편 실렸기 때문이다.

"요 앞에 냇물이 퍽 맑답니다."

"같이 걸어도 괜찮소?"

"오세요. 인전 포석정엔 아마 못 가실 거야요."

책을 낀 처녀의 걸음은 더욱 도시적인 보법이었다. 상체가 짧고 하체가 길어 양장에 어울리는 체격이다. 얼마 걷다가 매헌은 물었다.

"그 책 재미있습디까?"

"더런 좋은 글이 있어요."

"그 사람 것 다른 것두 읽었소?"

"이인 소설을 아마 더 쓰죠? 소설은 난 별루 안 읽어요."

"왜요?"

"글쎄요…… 소설엔요 많인 못 봤어두요 너무 교훈이 많이 나오는 거 같어요."

"그 책엔 그런 게 없습디까?"

"더러 있어요. 그래두 꽤 친헐 수 있는 이 같어요. 좀 고독헌인가 봐요."

"고독 예찬이 많지 아마?"

"읽어보셨나요, 이 책?"

하며 처녀는 책을 쳐들어 보인다. 매헌은 그저 자기를 감춘 채,

"읽었지요."

해버린다.

"고독을 예찬허누랍시구 쓴 건 되려 고독을 수다로 만들어놓았죠?"

매헌은 얼굴이 화끈했다. 처녀는 말을 계속했다.

"제의題意가 고독이 아닌 글에서 차라리 이이가 지닌 고독미가 은연히 잘 드러난 거 같어요."

"상당히 예리허군요! 저자가 아마 당신 같은 독잘 가진 줄 알면 퍽 다행으로 생각할 거요."

"선생님은 뭘 허시는 분이세요?"

"나요?"

갑자기 눈부신 햇빛이 닥쳤다. 솔밭이 끝나자 강변이다. 처녀는 아직껏 둘이의 대화는 무시해 버리듯 돌아다보지도 않고 이글이글 단 모새 위로 파라솔도 접어 든 채 뛰어나가는 것이다. 매

헌은 어쩔 줄 몰라 다시 소나무 그늘로 들어섰다. 그리고 또 차츰, 이게 정말 현실인가? 자기 눈씨의 의혹이 생기었다. 그, 소녀는 결코 아닌, 더구나 교양으로는 어느 어른의 경지보다도 높은 그 처녀가 그리 멀리도 가지 않아 있는 웅덩이 앞에서 기탄없이 옷을 활활 떨어버리는 것이다. 반짝이는 모새 위에 푸른 먼 산을 배경으로 한순간 상큼 서보는 나체, 그 신비한 곡선들의 오릉 속에서 뛰어나온 요정이 아니고 무엇이랴! 탐방탐방…… 물은 비낀 햇빛에 금쪽으로 뛰었다. 처녀는 그 속에 흐뭇이 잠긴다. 이윽고 상반신을 드러내더니,

"덥지 않으세요?"

소리를 지르는 것이다. 분명히 인간의 소리다. 매헌은 천재와 천치는 일치된다는 말을 생각했으나 이 처녀를 천치로 업수 여길 수는 없었다. 어슬렁어슬렁 그다음 웅덩이로 내려가 땀을 씻고 다시 올라왔을 때는, 처녀는 옷을 입고 파라솔을 받고 발만 맨발로 무슨 곡조인지 나직한 노래를 부르며 어정어정 걷고 있었다.

매헌은 되도록 이 처녀의 기분에 간섭하지 않으려 하였다. 그의 천진天眞을 상해하고 싶지도 않았고, 옆에 사람이 있되 혼자이고 싶은 때는 곧, 기탄없이 혼자가 될 수 있는 그의 자연 그대로의 태도를 그는 본받고도 싶어졌다. 큰길 다리 밑에까지 서로 혼자처럼 걸었다.

"이 다리 아래가 퍽 시원허답니다."

"참 서늘하군!"

"조곰 더 있어야 큰길은 식을 거야요."

하며 처녀는 발은 물에 담근 채 잔디에 자리를 잡고 앉는다. 매헌

도 같은 모양으로 옆에 앉았다. 다리 위로는 자전차도 버스도 사람들도 지나간다.

"실례지만 무슨 학교에 다녔소?"

"저요?"

처녀는 드물게 미소를 띤다.

"내가 나이 자랑이야 헐 게 되오만 나도 딸이 중학에 다니는 것두 있다우. 반말을 쓴다구 어찌 알지 말우."

"전요, 그런 덴 태평이랍니다. 해라라두 허세요."

"아깐 내가 속일래 속인 게 아니라 겸연쩍어 내란 말을 안 했소만 사실은 그 책이 부끄럽지만 내가 쓴 거라오."

"네? 매헌 선생님이세요?"

"내 호라우."

"어쩌면요!"

"그렇게 정독을 해주니 고맙소."

"그런 줄두 모르구 전 아까 마구 말씀드렸죠!"

"어디 막이오? 여간 절실허지 않었소."

"어쩌면요!"

처녀는 암만해도 '우연'이 믿어지지 않는 듯했다. 담담하던 두 눈동자가 날카로운 초점을 일으킨다. 매헌은 먼저 뜨거워지는 눈을 돌이켰다.

"선생님의 글을 읽구 상상했던 선생님관 아주 딴이세요."

"어떻게 다루?"

"다니지 마세요. 글만 못허세요."

"글만⋯⋯."

"퍽 실제적인 인물이실 것 같네요."

매헌은 껄껄 웃고,

"실제적인…… 글 장사니까! 그러나 글 역 내 것이니까 난 역시 기뿌."

하였지만 속으로는 자기 글에 약간 질투가 가는 심사다.

얼마 전 일이다. 어느 책갈피에서 자기의 동경 유학 시절 사진이 나왔었다. 자기인 줄 얼른 몰랐다. 내가 이렇게 젊었었나! 내가 이렇게 남에게 정열적 인상을 줄 수 있었나! 감탄하였고, 지금의 얼굴을 거울 속에 비쳐보고는 그만 사진을 찢고 싶던 충동이었던 것이 매헌은 문득 여기서 생각이 났다.

물은 미뭉―히 소리 없이 흘러 오릉 앞을 감돌아 내려간다. 바닥에서는 모래들도 흘러 발을 간질인다. 매헌은 서글펐다. 자기의 얼굴에서, 글에서보다 몇 배 더 발랄하였을 낭만의 피를 뽑아 간 것은, 이 물처럼 흘러가고 거슬러 올 줄 모르는 세월이었다.

"전 동지사¹ 다니다 고만뒀어요."

"왜요? 영문과더랬소?"

"네. 어머니두 돌아가시구, 경주가 경도보다 더 있구 싶어서요."

"어머님께서 언제 돌아가셨소?"

"지난봄에 대상 치렀어요."

"아버지께선 상점에 계슈?"

"반야월에 가 계세요. 과수원이 있는데 올부터 열기 시작했다나요. 그래 여긴 제가 지키구 있는 셈이죠."

---

1 일본의 그리스도교계 사립대학인 '도시샤 대학'을 뜻함.

"그런데 이렇게 나다뉴?"

"일갓집 아일 하나 둔걸요. 난 뭐든지 내 맘대루 하게 내버려
두라구 어머니가 유언해 주셨어요. 난 세상에 젤 귀헌 유산을 받
은 셈이야요. 어머니께선 내 성질을 어려서부터 잘 이해해 주셨
에요."

"훌륭헌 어머님을 여옜구랴!"

"전 그래두 고독해허지 않을려구 해요. 생각험 고독허지 않은
사람이 있겠어요?"

"실례요만 이름이 뭐요?"

"옳지, 저 봐!"

"왜 그러오?"

"실례란 말 잘 쓰시는 것, 이름부터 알려시는 것, 그런 게 선생
님의 실제성이세요. 제가 바로 알아맞혔죠?"

매헌은 저윽 무안스러웠다. 그리고 그 무안이 걷히면서부터는
자기에게도 먼 옛날에 잃어버리었던 '천진'이 전신에 소생하는
것 같았다.

처녀는 뒤로 들어앉으며 발을 물에서 들어내었다. 새파란 잔
디 위에서 물을 떨치기나 하는 것처럼 꼼지락거리는 열 발고락,
매헌은 와락 고와졌다. 그의 정신보다는 모든 게 앳되어 보이는
이 처녀의 형체에서도 그의 발고락은 더욱 앳되어 보였다. 매헌
은 두 손에 어린아이의 볼기에와 같은 단순한 감촉욕이 후끈 달
았다. 얼른 처녀의 두 발을 붙들었다. 어느 틈에 한 손은 손수건
을 꺼내었다. 물을 발가락 새마다 닦고 모래를 턴 구두 속에 제짝
씩 발을 넣어주고 단추를 똑똑 잠가주었다. 어떻게 손이 자연스

러웠는지 나중에 오히려 놀라웠다. 처녀는 역시 아무렇지도 않은 태도였다.

큰길에 올라서서는 매헌은 담배를 피워 물고, 처녀는 어릴 때 부르던 노래 같은 사사조의 무슨 곡조를 또 콧노래하며 걸었다. 다시 서로 혼자처럼 얼마를 제 생각들로 걸었다.

"선생님, 낼 불국사 안 가시겠어요?"

"좀 안내해 주겠소?"

"덥지만 선생님 가신다면!"

"갑시다 그럼."

매헌의 여관 앞에 이르러서는, 내일 차 시간을 의논하고 헤어졌다.

다시 온욕을 하고 저녁상을 물리고 나니 단열밤이라 어느덧 초경은 지났고 몸도 굳은 자리에 뻗어보고 싶게 곤했다. 그래 누웠으나 잠은 오지 않는다.

어쩌면 그 처녀가 저녁 뒤에 놀러라도 와줄 것 같다. 가까인 모깃소리와 멀리론 개고리 소리가 무인지경처럼 호젓하다. 어쩌면 그 처녀가 이쪽에서 산보 삼아 저희 상점으로 와주지 않을까 하고 기다릴 것도 같다. 그렇다고, 해태 한 갑을 거의 다 뽑으면서도 매헌은 얼른 자리를 일지는 못했다. 나다닐 때에는 별로 다른 줄 모르겠어도 이렇게 한번 자리에 털썩 누웠다가는 좀처럼 일어나지지 않는다. 이런 때 집에서는, 아내가, 왜 점점 게을러가슈? 하였으나 매헌 자신은 게으름이 아닌 것을 벌써 수삼 년 전부터 은근히 깨달아 오는 것이다.

'모든 게 혈긴가 보다!'

매헌은 메마른 두 손을 배 위에 맞잡고 무엇인지 자기의 마디마디 뼈를 해마다 무게를 가해 누르는 그 무형한 힘에게 편안히 인종하려 하였다.

이튿날, 처녀는 첫차 시간에 먼저 나와 있었다. 그 원피스, 그 맨발에 그 흰 구두, 그 파라솔이었다. 매헌은 저만치 처녀를 발견하자 그의 앞으로 뛰어갔다. 퍽 반가웠다. 아침은 자기 인정에도 다시 오는 것 같은 신선이었다.

'청춘! 청춘은 청춘 그것만으로도 얼마나 미덕이냐!'

한 정거장 다음이지만 매헌은 이등표를 샀다. 타보는 것은 다음이요 우선 사는 기분이었다.

시골 아침 차 이등실은 비어 있었다. 처녀는 아무 자리에나 창 가까이 가 앉아버린다. 넓은 찻간에 하필 그 처녀와 무릎을 맞대이려 들어갈 용기가 나지 않아, 매헌은 마주는 바라뵈는 딴 자리에 앉았다.

"저게 안압지야요."

"이것두 무슨 능이래요."

매헌은, 안압지보다, 능보다, 아침 식탁이 기름졌던 듯, 가을 실과처럼 윤택해진 처녀의 입과 잇속과 오라기 오라기 살아나는 것 같은 살랑대는 처녀의 이마 머리칼에 더 황홀한 정신을 두었다. 그러나 차는 햇볕과 바람이 그대로 비치고 풍기게만 달리지 않았다. 휘우뚱 돌아 처녀의 얼굴을 그늘지게도 달리었다. 처녀의 얼굴이 밝았다 어두웠다 서너 번에 불국사역이었다.

좁은 하이어[2] 한 대는 손님을 터지게 실었다. 좁은 데서니 처녀는 매헌보다도 넓은 자리가 필요했다.

"괜찮대두요. 편히 푹 앉으세요."

그러나 매헌은, 더욱 차가 뛸 때마다 말을 타듯 옹송그리며 십 리 언덕을 올랐다.

"어때요? 사진보다 실지가 좋지요, 여긴?"

차에서 내려 몇 걸음 옮기지 못하고 둘이는 우뚝 서버린 것이다. 절이라기엔 너무나 목가적인 서정이 무르녹았다. 청운교, 백운교 흐르는 듯한 돌층계에는 곧 무희라도 나타나 춤추며 내려올 듯하다.

"전 여기 옴 저 돌층계를 오르락내리락허는 게 젤 좋아요! 신라 여자들은 어떤 신발이었을까?"

매헌은 처녀를 따라 백운교를 올라 청운교를 올라 자하문 안을 들어섰다. 한 길이나 돌을 세워 싸돌린 신라 독특한 양식이라는 대웅전의 단아한 기단, 동편엔 다보탑, 서편에는 석가탑, 매헌은 종교적 의의는 떠나, 탑이란, 사람이 쳐다볼 수 있는 미술품으로는 최고의 형식일 거라 했다. 공간과 입체의 조화, 어느 희랍의 인체가 이처럼 자연스럽고 장엄하랴.

"여기서껀 저기서껀 빈 주초가 많지 않어요? 이 절 경내에 건물이 이천여 간이나 있었대요!"

"얼마나 즐비했을까!"

"그게 일조에 불이 붙었으니 여기가 황황 붙는 불바다였을 것 아니에요? 그 불바다 속에 이 두 탑만이 떡 버티구 섰었을 걸 상

2 전세 자동차.

상해 보세요. 얼마나 영웅적이구 비극이었을까요!"

그 말을 듣고 보니 탑들은 더한층 엄연해 보인다. 돌을 쪼은 것이 아니라 녹여 부은(주조) 듯한 부드러운 곡선들의 다보탑은 여성적인 미의 극치요, 간소하나 머리털 하나의 틈이 없이 짜인 석가탑은 금강역사 백을 뭉쳐 세운 듯한 강력한 인상이다. 다보탑과 잘 대조가 되는 남성적 미의 극치다.

매헌은 처녀와 가지런히 범영루에 걸어앉아 탑머리에 지나는 구름을 기다리며 보내며 한나절을 저희들도 구름인 듯 유유히 지내었다.

호텔에 와 점심을 같이 하였다. 복도라기보다 전망대로서 서늘한 등의자가 군데군데 놓여 있었다. 처녀는 영지를 향해 가장 전망이 좋은 자리로 매헌을 이끌었다. 매헌은 담배를 들고, 처녀는 태극선을 들고 깊숙이 의자에 의지해 먼 시선을 들었다. 몇십 리 기장이나 될까, 뽀―얀 공간을 건너 검푸른 산마루를 첩첩이 둘리었는데 그 밑에 한 골짜기가 번쩍 거울처럼 빛난다.

"저게 영지影池로군!"

"네, 아사녀가 빠져 죽었다는…… 전 여기서 내다보는 이 공간이 말헐 수 없이 좋아요!"

딴은 오릉과 일맥상통하는 유구한, 니힐이 떠돈다. 가만히 살펴보면 작은 구릉들이 있고, 숲들이 있고, 꼬불꼬불 길이 달아나고, 꼬불꼬불 냇물이 흘러가고, 산모퉁이마다 작은 마을들이 있고, 논과 밭들이 있고, 그리고 그 위에 구름이 뜨고, 다시 그 구름의 그림자가 마을 위에 혹은 냇물 위에 던져져 있고…… 무심히 보면 그냥 푸르스름한 땅과 뿌연 대기뿐, 아무것도 없노라 하여도 고만일 것이었다.

매헌은 피우던 담배를 버리고 긴—하품을 쉬었다. 얼마 아니
하여 둘이는 쿨—쿨 잠이 들어 버렸다.

얼마를 잤는지 아랫도리에 해가 뜨거워 매헌이 먼저 깨었다.
땀이 전신에 흥건해 있었다. 처녀도 이마에 땀이 방울방울 돋았
다. 매헌은 손수건을 내어 가장 정한 데로 처녀의 이마에부터, 땀
을 씻는다기보다 날쌔게 묻혀내 주었다. 모르고 콜—콜 잔다. 양
편으로 봉긋한 가슴이 숨소리와 함께 솟았다 낮았다 한다. 부채
를 들어 고요히 그에게 바람을 일으켜 보내며 매헌은 처녀의 숨
소리를 따라 하여보았다. 자기보다 훨씬 빠름에 놀란다. 자기가
다섯 번을 쉴 새 그는 여섯 번은 쉬어야 된다. 매헌은 길동무에게
서 떨어져 버리는 고독을 맛보며 다시금 올려 솟는 처녀의 이마
에 땀을 씻어준다. 햇볕은 점점 그의 얼굴을 범했다. 처녀는 입을
옴짓해 침을 삼키며 눈을 떴다.

"아, 아—무 꿈두 없이 잤네요!"

"잘했소."

"죽음이 그런 걸까요?"

"글쎄!"

둘이는 도랑으로 내려와 목마를 했다. 해는 빛이 붉어지며 산
머리에 뉘엿거리었다. 처녀는 호텔 앞 매점에서 불국사 사진이
찍힌 부채를 한 자루 샀다. 그리고 저녁차에 내려가는 자동차표
를 미리 한 장 샀다.

"왜 석굴암엔 안 갔다 가려구?"

"전 저녁차에 집에 가요."

더 문답하지 않았다. 자동차 시간은 아직도 한 시간이나 남았
다. 둘이는 다시 백운교, 청운교를 올라 다보탑 뒤로 해서 절 뒷
산을 올랐다. 장마에 군데군데 패였으면서도 잔딧길이 거닐기 좋
게 솔밭 사이로, 비스듬한 언덕으로 깔려 있었다. 언덕에 이르렀
을 때 해를 가린 구름은 장밋빛으로 탔다. 둘이는 석양을 향해 풀
위에 앉았다. 영지는 순간순간 연짓빛을 띠었다. 산 마루 마루들
에 서기瑞氣가 돌고 어디선지 바람결이 선들선들 날아온다. 처녀
는 부채를 폈다. 부채에도 처녀의 얼굴에도 석양은 황홀히 물들
었다.

"선생님?"

"응?"

"저 여기다 뭐 하나 써주세요."

매헌은 선선히 그의 부채를 받았다. 만년필을 뽑아 잠깐 석양
을 향해 생각하였다. 그리고 이의산李義山이란, 옛 시인의 석양시
한 편을 써주었다.

　夕陽無限好(석양무한호)

　夕陽無限好(지시근황혼)

석양은 무한 좋으나 다만 황혼이 가까워온다는 한탄이었다.
매헌은 자기 자신의 석양을 느끼고 이 글이 생각난 것이다. 영리
한 처녀는 이 부채를 받고 그 위에 이윽도록 고요히 눈을 감았다.

"제가 인제 편지해 드릴게요."

석양은 긴 것이 아니었다. 둘이는 이내 일어섰으니 내려오는

길은 이미 황혼이었다. 매헌은 정거장까지 따라 나가 귀여운 한때 길동무를 어두운 밤차에 보내주었다.

매헌은 불국사에서 사흘을 묵었다. 그러면서도 석굴암에도 올라가지 않았다. 날마다 호텔 복도에 앉아 영지 쪽을 향해 무료히 바라보다 석양을 맞이하곤 하였다.

집에 돌아와 며칠 안 기다려 처녀에게서 편지가 왔다. 경주는 가을이 좋다 하였고, 그중에도 오릉이나, 불국사 호텔에서 영지에의 전망이 더욱 그렇다고 하였다. 가을에 오신다면 그때는 자기도 불국사에 가서 며칠 묵으며 동무해 드릴 수가 있으리라 하였다. 그리고 그의 이름은 타옥이라 씌어 있었다.

'타옥!'

매헌은 곧 답장을 썼다. 자기도 가을에 다시 한 번 가기로 마음먹고 왔노라는 것과 더구나 타옥과 함께 가보려 석굴암은 아껴둔 채 왔노라 하였다. 그리고 자기 수필집을 한정판으로 한 권을 구하여 함께 부쳐주었다.

타옥에게서는 또 편지가 왔다. 책 보내준 것과 석굴암 아껴둔 것을 감사하였고 어서 경주에 가을이 오기를 고대한다 하였다.

가을은 왔다. 당해놓고 보니 매헌한테는 너무 속히 왔다. 또 멈칫멈칫하는 동안에 가을은 가버리는 것도 너무 속하였다. 일정한 어디 출근 시간이 있어야만 행동이 구속되는 것은 아니었다. '청복淸福도 복이라 내게는 무신無信한가 보오!' 하는 탄식하는 편지를 보내고 이듬해 가을을 기약하는 수밖에 없었다.

매헌은 가끔 타옥을 그리었다. 경주가 아니라 타옥이었다. 타옥일진댄 하필 가을이랴 싶어지기도 했다.

　매헌은 몇 번이나 아침에만은 '나 오늘 어쩜 시굴 좀 갈 듯허우' 하고 집을 나왔다. 나와 생각하면 타옥을 만나기 위해 간다는 것이 어쩐지 스스로 민망해지곤 하였다.

　'내가 타옥을 사랑하는 거나 아닐까?'

　매헌은, 아마 지금의 자기의 호흡은 타옥과 육 대 사쯤이나 될 것이라고 스스로 비웃고 어슬렁어슬렁 집으로 돌아와 탁자 위에 놓인, 그 타옥이 '뵌 대로 놓구 봄 더 정물이죠' 하던 신라 토기를 장시간을 정좌하여 바라보곤 하였다.

　그러나 인생의 위기는 노소를 한가지로 어느 철보다도 봄인 것인가!

　매헌은 봄을 지그시 못 보내어 진달래가 저버리기 전에 경주에 내려오고야 말았다. 타옥은 반가이 맞아주었다. 그러나 매헌은 경이라 할까 환멸이라 할까, 타옥을 만나는 순간 일변해 버리는 자기의 심경을 어떻게 수습해야 좋을지 몰랐다. 딴, 전혀 다른 타옥이었다. 경주에 있는 타옥은 역시 유유히 가을을 기다려 만나도 좋을 타옥이었다. 자기를 하루가 급하게 속을 조여온 것은 매헌 자신 속에 생겨난 한 요녀였던 듯, 진정한 타옥의 앞에 서자 매헌의 한 가닥 사념은 뿌리째 뽑혀 사라지고 마는 것이었다.

　"선생님은 그래두 낭만이 계신가 봐!"

　타옥은 이런 말조차 예사롭게, 아니 물처럼 담담한 얼굴로 지껄였다. 매헌의 흐렸던 안정은 그 담담한 물에 단박 씻기었다. 매헌은 악몽에서 깬 듯, 다시금 속으로,

　'차라리 다행한 일이다!'

하였다.

둘이는 먼저 오릉으로 왔다. 그 소나무에 타옥이 먼저 오르고 매헌이 따라 올랐다. 오릉의 니힐한 맛은 봄이나 여름이나 다를 것 없었다.

이들은 이날로 불국사로 왔다. 청운교 백운교의 긴 층계는, 한결같이, 곧 무희라도 나타나 춤추며 내려올 것만 같은 서정이었다. 솔잎일망정 딴 기운을 띠어 푸르건만, 다보탑과 석가탑은 그저 한 빛깔 한 자세였다.

'오, 두 스핑크스여! 언제까지나 저렇게 서 있을 건가!'

매헌은 저윽 처량해졌다.

호텔에 왔을 때는 이미 영지가 짙은 황혼에 묻혀버린 뒤다. 남폿불 밑에서 저녁을 먹고 남폿불 밑에서 옛 전설을 음미하고 문학을 이야기하고, 미술을 이야기하고, 나라 나라들의 흥망을 이야기하고 때로는 깊어가는 밤 자취에 귀를 기울여 이 밤의 달은 지금 지구의 어드메쯤을 희멀건히 비추고 있을까를 의논하고, 아무래도 매헌 편이 곤하여 먼저 드렁드렁 코를 골았다.

이튿날은 석굴암으로 올라왔다. 석굴은 자연과는 사귀지 않은 오로지 인조미의 전당이었다. 예술의 황홀경이었다. 타옥의 말대로 돌에서 근육과 능라의 미를 느낀다는 것은 감탄할 따름이었다. 타옥은 불타의 무릎 위에 떨어진 바른편 손의 새끼손가락만은 떼어 가지고 싶다 하였다. 처음엔 매헌은 그냥 보여지는 대로의 개념이나 얻으면 그만이라 하였다. 그러나 너무나 정력적인 미의 압도에는 정신을 차리지 않고는 견딜 수가 없었다. 먼저 석굴을 구조에부터 눈을 더듬기 시작했다. 매헌은 이내 피로를 느끼었다.

밖으로 나와 한참 쉬어가지고 불상들을 살펴보기 시작했다. 정면의 불타상은 무슨 찬사를 드리는 것이 오히려 경망스럽기만 할 것 같았다. 불타상 바로 뒤에 섰는 십일면관음, 아무리 고운 여자라도 정말 숭고한 미란, 종교를, 또는 철학을 체득하지 않고는 발휘하지 못하는구나! 깨달았다. 매헌은 타옥을 불렀다. 십일면관음 앞에 가지런히 세웠다. 십일면관음의 도독한 손등을 쓰다듬고 그 손으로 역시 도독한 타옥의 손을 쓰다듬었다. 지천명이 내일모레인 자기의 그 집요한 삿된 정욕을 만나는 일순에 돈망경頓忘境에 빠뜨려 놓는 타옥도 역시 자기에겐 숭고한 영원의 여성이었다.

'타옥!'

굴 안은 한결 엄숙한 정경이었다.

매헌은 타옥과 함께 불국사에서 사흘을 지내었다.

매헌은 사흘 동안, 타옥은 이조 백자와 같은 여자라 생각하였다. 화려한 그릇들은 앉을자리를 다투는 것이요, 주인이 눈을 다른 데로 줄까 시새우는 것이요 보면 볼수록 소란스럽고 피로해지는 것이나 이조 백자는 모두가 그와 딴 쪽이다. 바쁜 때는 없는 듯 보이지 않으나 고요한 때는 바로 옆에서 기다리고 있었다. 고요히 위로와 안식을 주며 싫어지는 날이 없는 영원의 그릇이다.

매헌은 서울에 돌아오는 길로 자기가 문갑 위에 두고 일야 애무하던 이조 백자의 필가筆架 하나를 타옥에게 보내주었다. 정말 가을이 오고 또 봄이 오고 다시 가을이 오고, 그동안 타옥과의 순결한 한묵은 끊어지지 않았다.

매헌은 어느 책사와 전작 한 편을 약속하였다. 가을 안으로 출간해야 한다는 것을 초겨울이 되도록 탈고가 되지 않았다. 달포를 책상에 꼬부리고 앉았더니 옆구리와 어깨가 결리는 것은 물론, 전과 달리 현기까지 난다. 날이 차츰 차지어 방을 덥히니 기름기 없는 피부가 조이는 것은 마음까지 윤습을 잃어버리게 하였다. 매헌은 기어이 집에서 탈고를 못 하고 해운대 온천으로 가지고 왔다.

경주와 가까운 데라 오는 길로 타옥에게 알리었다. 그러나 원고를 끝내는 날 다시 알릴 터이니 그때 오라 하였는데 타옥은 다음 기별을 기다리지 않고 먼저 나타난 것이다.

타옥은 만발이었다. 그의 무늬 돋친 연두저고리는 그의 얼굴을 연당에 솟은 한 송이 연꽃으로 보여주었다. 매헌에겐 늙음이 오는 새 타옥에겐 청춘이 절정으로 올라 닿은 듯하였다. 으레 그랬을 것이었다. 만나서 이야기는 편지에서 사연보다 오히려 담박한 그였으나 그의 만발한 청춘의 광채만으로도 매헌에겐 간곡함이 폐부에 스며들었다.

"타옥이가 저렇듯 고왔던가?"

"저를 얼마나 밉게 보셨더랬길래!"

"난 많이 늙었지!"

"늙는단 것도 정신 문제가 아니겠어요?"

"그럴까!"

타옥은 탕을 다녀 나와 모락모락 이는 손으로 매헌의 만년필을 가만히 빼앗았다. 매헌은 어찔해지는 눈을 한참이나 감았다가야 일어서 타옥과 함께 해변으로 나왔다.

바닷가는 바람이 제법 쌀쌀하였다. 파도도 제법 일었다. 매헌은 외투 깃을 일으키고 목을 움츠렸으나 타옥은 고름을 허술히 묶은 동저고리 바람으로 앞을 서 뛰어나갔다.

"어서 오세요."

매헌은 이 해변에 여러 번째지만 처음으로 뛰어보았다.

"선생님?"

"응?"

타옥은 불러놓고 멍―하니 바다만 내다보았다.

"선생님?"

"왜?"

"파도 소리 좋아허세요?"

"그럼!"

"파도 소릴 들음 타고르의 명상이 일어나군 허죠?"

"타고르를 연상허기엔 난 너머 추운걸!"

"파도두 날씨는 물론이구요, 거기 해변 생긴 것 따라, 모새 따라, 물 자체의 맑구 흐린 것 따라 소리가 얼마씩 다를 거야요. 세상의 육지 변두리를 죄다 다녀봤으면! 어디 파도 소리가 기중 좋을까?"

"대단헌 명상이시군!"

"파도 소린 참 유구허죠!"

"저 종아리가 좀 시릴까?"

펄럭거리는 검은 서지 치마 아래로 밋밋한 두 다리, 그 다리가 엷은 비단 양말을 팽팽히 잡아당겨 신은 것도 매헌에겐 새로 느끼는 타옥의 감촉이었다.

이날 저녁이다. 해변에서 옹송그리고 들어온 매헌은 훈훈한 저녁 식탁에서 반주까지 서너 홉 하고 나니 전신이 혼곤해졌다. 식탁에서 물러나 타옥과 몇 마디 지껄이지 않아 깜박 잠이 들곤 했다. 놀라 눈을 떠보면 그동안이 얼마나 짧은 것이었던지, 얼마나 긴 것이었던지, 타옥은 쓸쓸히 혼자 천장을 바라보고 있었다. 당황하여 아닌 것처럼 뻑뻑한 눈알을 굴려보는 매헌 역시 무한히 속으로 쓸쓸하였다. 자기 잠든 새 타옥의 영혼은 넌지시 다른 사람과 대화를 하고 있은 것같이 질투다운, 쓰릿—한 고독이 메마른 가슴을 콱 찌르는 것이었다.

"내가 졸았지 그만?"

"여러 날 너머 무릴 허셨나 봐요. 과로허심 안 되세요."

"그리 과로랄 것두 없는데…… 그래 경주 근방에서두 고려 자기가 더러 난다구?"

"경주랬어요 누가? 김해서요. 저어 계룡산 계통 같으나 계룡보단 훨씬 유헌 게 가끔 출토된다는군요."

"무안 것 비슷헌 게 있지…… 그게……."

매헌은 또 깜박해 버렸다.

"선생님?"

"……."

"선생님?"

"그게…… 그게 그렇지만 고련 아니구……."

"일찍 주무세요."

타옥은 후스마[3]를 열고 옆방으로 가버렸다. 매헌은 또 의자에 앉은 채 졸았다. 얼마쯤 뒤에 눈을 떠보니 술이 홱 깨며 오싹 추워진다. 탕으로 갔다. 한 시간이나 후끈히 몸을 데워가지고 나오니 자리에 들어가기가 아깝도록 정신이 맑아진다. 또 최근의 경험으로 보아 초저녁에 잠깐이라도 졸고 나면 일찍 눕는대야 여간해 잠이 오지 않는 법이다. 담배를 피워 물고 붓을 들기 시작했다.

붓을 든 동안처럼 시간이 빠른 때는 없다. 어느 틈에 손이 시리도록 몸이 식었을 때, 바스스 후스마가 열리었다. 헝큰 머리를 한 손으로 매만지며 한 손으로 자리옷을 여미며 타옥이가 나타났다.

"몇 신 줄 아세요?"

그제야 매헌은 시계를 들여다보았다. 새로 두시가 가까웠다.

"무리허지 마시래두요 네?"

매헌은 붓을 던지고 기지개를 켜고 일어났다. 잠에 취했던 타옥은 붕긋한 턱 아래까지 복사꽃으로 붉으면서도 새뽀얘 있었다.

"그만 주무세요."

"자께."

타옥은 다시 제 방으로 가더니 제 베개를 들고 왔다. 그리고 매헌의 베개를 집어다 제 자리에 놓았다.

"선생님이 저 방에 가 주무세요."

"왜?"

"글쎄요."

---

3 일본어로 '실내 미닫이문'을 뜻함.

"왜?"

"글쎄요."

하며 타옥은 매헌의 자리에 누워버리는 것이었다.

매헌은 더 묻지 않았다. 따스하게 녹은 자리를 주는 타옥의 마음에 그윽히 입 맞추고 그 온천보다는 향기롭기까지 한 타옥의 체온 속에 푸근히 묻혀버리었다.

얼마를 잤을까, 해운대에 와 처음 늦잠이었다. 눈을 떠보니 창장 사이로 햇볕이 눈부시다. 시계를 집으려 머리맡을 더듬으니 웬 종이 한 장이 집힌다. 집어다 보니 타옥의 글씨다.

선생님 전 갑니다. 최근에 약혼을 했습니다. 어제저녁에 이야기 끝에는 이런 말씀도 드리려고 했으나 그만 기회가 없었습니다. 오늘 아침 배에 그이가 동경으로부터 와요. 부산으로 마중을 가려니까 선생님 깨시기 전에 그만 가버리게 되는 거야요. 용서하세요 네? 너머 무리허시지 마시고 편안히 쉬시며 좋은 작품을 잘 완성시켜 가지고 올라가시기 바랍니다.

선생님! 저이들 장래를 축복해 주세요 네?

매헌은 벌떡 일어났다. 머리맡에는 이 편지뿐이 아니었다. 원고 쓰던 책상에 두었던 담배와 성냥과 깨끗이 부신 재떨이까지 갖다 가지런히 놓아주고 간 것이었다.

매헌은 한참이나 턱을 괴고 눈을 감았다가 타옥의 편지를 다시 읽어보았다. 후스마를 홱 열어보았다. 텅 비어 있었다. 비었던 방에는 찬기운이 음습해 왔다. 매헌은 담배를 집었다. 반 갑이 넘어 남은 것을 차례차례 다 태우고야 겨우 일어났다.

'가버리었구나!'

종일 마음이 자리 잡히지 않았다. 술도 마셔보았다. 담배를 계속해 피워도 보았다. 저녁녘이 되자 바람은 어제보다 더 날카로운 것 같으나 매헌은 해변으로 나와보았다.

파도 소리는 어제와 다름없었다. 타옥의 말대로 파도 소리는 유구스러웠다.

석양은 해변에서도 아름다웠다. 그러나 각각으로 변하였다. 너무나 속히 황혼이 되어버리는 것이었다.

— 〈국민문학〉, 1942. 2.

무연 無緣

처음에는 고기를 잡는 재미에 가나 차츰은 낚는 맛에요, 낚는
데 자리가 잡히면 그로부터는, 하필 물에 가야만 낚시질이 아닌
듯하다. 밝는 날 아침에 떠나기 위해 이날 저녁 등 밑에 앉아 끊
어진 실을 잇는 것이나, 뜰망이나 어통을 매만지는 것부터 이미
낚시질이며 물동무와 함께 누워 지난 어느 한때의 낚고 끊기던
이야기로 흥을 돋움도 또한 낚시질이니 지금 내가 이런 이야기
를 쓰는 것조차 한 낚시질일 수 없지 않을 것이다.

한번 송전에서, 한번 인천에서 배를 타고 나아가 낚시질을 해
보았다. 그것으로 바다낚시질을 말하는 것은 심히 망령될 것이
나, 바다낚시질은 좀 소란하고 좀 노동에 가깝고 꽤 물리는 날은
직업적인 결과를 갖게 되는 것만은 사실인 것 같았다.

맑고 고요하고 짐스럽지 않기는 아무래도 민물낚시질이라 생각한다.

내가 서울에서 처음 민물낚시질을 가본 데는 동대문 밖 중랑천이다. 논물이 빠지는 데다가 회기리 쪽으로부터 하수도도 이리 합치는 모양으로 물내가 퀴퀴하고 물리는 것도 메기 따위 잡고기가 흔한데 반두질꾼, 주앵이질꾼, 미역 감는 패, 잡인이 너무 모여 시비부도처是非不到處는 아니었다.

다음으로 가본 데가 소래 저수지다. 경인선으로 가 소사에서 내려 마침 버스가 있으면 대야리까지 타고 없으면 장찬 십 리 길을 걸어야 하는 데다. 얕은 줄밭이 많고 깊은 데는 돌로 쌓은 둔덕에 앉게 되므로 바닥도 좋지 못하고 사람도 너무 뜨거워진다. 그러나 가끔 손아귀가 번 붕어를 낚을 수 있는 맛에 공일 날 같은 때는 무려 삼사십 명은 모이는 데다.

서울에서 과히 떨어지지 않은 망우리 고개 넘어 수택리에 좋은 늪들이 서너 자리나 있는 것은 훨씬 뒤에 알게 되었다. 이시미가 나와 송아지를 먹고 들어갔다는, 좀 오래고 깊은 소 늪에는 으레 있는 전설이 여기에도 있는 만치 두 간 반 낚싯대에 으레 길반은 서는 깊은 물이었다.

고기만을 탐내지 않는 바에는 역시 앉을 자리 좋은 데가 으뜸으로, 자리를 가려 앉으면 물도 맑은 편이요, 울멍줄멍 먼 산의 전망도 일취 있는 데다. 붕어도 소래에서보다 더 큰 것이 가끔 나타났고 어쩌다가는 잉어가 덤벼 줄을 끊거나 한눈파는 새 낚싯대째 끌고 달아나기도 일쑤였다. 은비늘이 물 위에 솟아 뛰고 해오라기 한가히 조는 모양도 수향 경치로는 제격이었다.

그러나 원체 사람이 너무 모여들었다. 버스를 내리는 데서부터 경쟁들이다. 잘 물리는 자리에 앉으려는 것은 욕심이라기보다 누구나의 상정일 것이나 젊은이도 십오 분은 걸리는 데를 늙은이가 뛰는 것은, 뛰다가 그예 떨어지고 마는 것은, 더욱 좁은 논틀길이어서 더 뛰지 못하는 늙은이를 떠다밀고 앞서 달아나는 것은 어느 쪽이나 함께 아름다워 보일 리 없다.

"물립니까?"

남의 옆을 고요히 지나는 교양이 별로 없다. 또 잘 물려도 잘 물린다고 대답하는 정직도 그리 없다. 곤드레가 한 시간만 까딱 안 하면 벌써 탄식이 나온다. 두 시간만 되면 그만 자리를 옮긴다. 다음 자리에서부터는 욕이 나온다. 용왕님이 옆에 있기만 하면 얻어맞았지 별수 없을 것이다. 온 늪의 고기를 제 자리에만 끌어모을 듯이 깻묵과 반죽 미끼를 아낌없이 퍼붓는다. 옆의 친구가 여간해서는 그냥 견디지 못하고 미끼 던지는 경쟁이 일어난다. 이렇게 고기들은 낚시를 찾을 겨를이 없이 그만 배가 불러버리는 것이다. 제일 질색인 것은, 큰 고기에 마음이 들뜬 친구다. 소위 낭에라고, 남이 호두알만치나 달린 것으로 남은 다 쫓아버릴 듯이 혼자 털버덩대고 돌아다니는 것이다. 시정에서 부리던 얌체와 악지와 투기를 그냥 가지고 오는 사람이 거의 전부인 것이다.

'좀 멀더라도 이런 사람들한테 시달리지 않을 데가 없을까?'

수십 년 잊어버렸던 데가 진작부터 생각났고 희미한 기억이 차츰 소명해지는 데가 있었다. 강원도 동주 땅 어느 산촌으로, 산촌이면서 물이 많아 '용못'이란 이름을 가진 동리다. 어려서는 자주 가보던 외가댁 동네다.

외조부님께서 낚시질을 즐기셨다. 손수 낚싯대를 다듬으시고 손수 줄을 다리셨다. 지금 우리가 사다 쓰는 도구와는 다르다. 참대가 귀한 데라 서울 인편이 있을 때, 대설대보다는 배나 굵고, 한 발은 훨씬 넘어서 자르면 끝이 간필 붓두껍만 한 대와, 길이가 그것과 거의 비등할 왕대를 쪼갠 죽편을 사 온다. 통대는 불에 쪼여 굽은 데를 바로잡고, 대설대 만들듯 마디를 뚫는다. 자루엔 소뿔을 깎아 아로새겨 박고 끝은 터질 염려가 없도록 명주실로 감은 후에 밀[1]을 먹인다. 죽판으로는 그 끝에 꽂을 휘추리를 다듬는 것이다. 이것도 굽은 데를 잡은 다음 처음에는 칼을 쓰고 다음에는 사금파리로 다듬어, 다시는 트집도 아니 가고 물도 아니 먹게 기름칠을 해가며 끝을 돌을 달아 몇 달이고 매달아 두는 것이다. 이것을 거꾸로 꽂으면 통대 속에 잠겨버리고, 바로 꽂으면 전체가 꿩의 장북을 든 것처럼 주둥이 처지는 법 없이 쭉 뻐어야 쓰는 것이다. 어려서 몇 번 들어본 기억이나 요즘 사다 쓰는 낚싯대처럼 주둥이 무거운 법은 결코 없는 것이다. 실도 명주로 세 벌로 들여 가락나무 물을 들이고 그것을 청석돌에 감아 기름을 먹여 밥솥에 쪄내는 것이다. 여간 공이 아니었다. 낚시도 머슴아이를 시켜 휘는 것이라 미늘이 커서 여간해선 고기가 떨어지지 않는 것이요, 목줄도 흰 말총을 뽑아다 매는 것으로 물속에 들어가면 투명해 고기 눈에 잘 뜨일 리도 없다. 고기 족댕이는 장마 때 같은 때 댑싸리로 손수 결으셨고 받침대에는 무슨 글인지 한문

<hr />

1 벌집을 만들기 위해 꿀벌이 분비하는 물질.

인데 잔글씨로 여러 줄 새긴 것을 본 생각이 난다.

이 외조부님께서는 '담금질'이라고, 앉아서 하는 낚시질만 다니셨다. 내가 몇 번 따라가 본 데는 쇠치망이라는 데다. 동네 앞을 지나 내려오는 약간 흐린 개울물과 금학산 깊은 산골짜기에서부터 칠송정이니 선비소니 여러 소를 이루며 흘러 내려오는, 차고 맑은 한내천이 합수되는 데다. 석벽 밑은 아무리 가뭄 때라도 바닥이 들여다보이지 않는다. 이시미가 나와 소를 잡아먹어 쇠치망이란 이름이 생겼다는 데로, 고기도 흐린 물 것과 맑은 물 것이 다 모이는 데다. 싯누런 붕어도 있고, 무지개처럼 오색이 영롱한 무당치리도 있고 은비늘에 청옥빛이 도는 참마자 떼와 검고 가시는 세나 맑은 물고기 중에서도 제일급인 꺽지도 있다. 비가 오는 때거나 비가 든 직후여서 물이 붉은 때에는 지렁이 미끼로 붕어와 드럭마자와 미어기를 잡는 것이요 물이 맑아지면 여울담에서 돌미끼를 잡아 참마자와 꺽지를 낚는 것이다. 매미 소리뿐, 그리고 저 아래 여울담에서는 물소리뿐, 무한 고요한 주위였다. 내가 갑갑해하는 눈치면 외조부께서는 낚시는 담가놓은 채 나를 이끌고 원두막으로 가셨다. 참외는 진흙밭에서 아침 이슬에 딴 백사과였다. 희고 둥글고 홈마다 푸른 줄이 진 것인데 배꼽을 따면 불그스름한 것은 무르익은 표였다. 요즘 멜론을 연상시키는 향기와 단맛인데 그 연삭삭한 맛은 멜론이 당치 못할 것이다.

그러나 나는 외조부님보다는 외삼촌들을 따라다니기가 즐거웠다. 외삼촌들은 담금질은 갑갑하다고 하지 않았고 그물을 가지고 선비소로 가거나 낚시질이면 여울놀이를 하였다. 담금질보다 낚싯대도 경쾌하고 낚시도 파리 한 마리를 끼면 고만이게 적다. 곤드레도 수수깡 속보다도 훨씬 가는 무슨 나무의 속을 뽑아 쓴다. 여울에 들어서서 낚시를 흘리는 것이다. 여울 고기는 여간 민활하지 않아, 곤드레가 미처 채일 새가 없이 고기 그것처럼 노는 것이다. 풀은 흘러 내려가고 고기는 거슬려 끌려 올라오므로 낚싯대에 실리는 탄력은 갑절이나 더하다. 장마 뒤면 가끔 호화스러운 무당치리가 끌려 나온다. 은어 비슷하게 생긴 것으로 등은 검으나 몸은 푸른 바탕에 붉은빛이 거칠게 죽죽 그어졌다. 배에는 약간 누른빛까지 돌아 여울놀이에서는 가장 유쾌한 꽃고기다. 가뭄 때에는 이보다 맑고 기름지기는 더한 갈베리, 날베리 들이 물린다. 선비소에서부터 진소까지 오 리도 못 되는 데를 내려가는 동안, 두 사발들이 족댕이가 차버리는 것이 항용이다. 낚시를 물 만한 놈이면 적어도 찌뽐짜리에서부터 굵은 놈은 거의 한 자에 이르는 놈이 간혹 있다.

그물을 가지고 선비소로 갈 때는 족댕이는 안 된다. 아예 옥수수나 오이를 따러 다니는 다래끼를 들고 간다. 큰 바위를 둘러 그물을 치고 돌을 들어다 바윗등을 드윽득 갈면 신짝만큼 한 꺽지, 뚝지, 날베리 들이 나와 그물을 쓰는 것이다. 선비소는 물이 맑고 강변이 깨끗하여 천렵들을 많이 오는 덴데, 옛날, 어떤 선비가 여기 바위 위에 나와 글을 읽다가 책이 바람에 날려, 그것을 집으려다 빠져 죽어서 선비소란 이름인 만치 도깨비 많기로도 유명한 데였다. 낮에라도 아이들끼리만은 무서워 못 오는 데다. 그러나 조금도 어두운 인상을 주는 데는 아니다. 등성이가 잣나무 숲인 석벽이 좌청룡 우백호로 둘려 남향 볕이 언제든지 뜨거웠고 속속들이 자갈이어서 아무리 헤엄을 쳐도 물이 흐르지 않는다. 탐스러운 들백합이 석벽에 늘어져 웃고 구름을 인 금학산은 늘 명상에 조는 처사의 풍토였다. 나는 용못을 생각하면 먼저 선비소부터 그리워지곤 하였다.

우리가 서울 온 후로 외가와 내왕이 드물어졌고, 더욱 나는 공부로, 세상살이로 서울에서도 다시 나돌아 전전하기를 여러 해에 외조부님도 이미 내가 강호에 있을 때 옥루에 오르셨고, 외삼촌들도 누대 살아오던 용못을 버리고 만주 어디로, 북지 어디로 흩어졌다 하니, 나와 용못은 점점 인연이 멀어지고 만 것이다.

그러던 것이 낚시질로 인해 물을 찾게 되었고, 물녘에 앉아 떠오르는 데는 진작부터 용못이었다. 그러나 길이 외지고 이제는 찾아가야 누가 낯을 알 만한 데도 아니어서, 나 혼자 전설의 하나로 즐길 뿐이더니 낚시터를 찾아다녀 볼수록 사람멀미가 못 견딜 지경이요, 청유淸遊가 아니라 때로는 욕되는 적이 없지 않아, 그 매미 소리뿐이요, 그 들백합의 웃음뿐인 쇠치망과 선비소에 한번 낚시를 담가보고 싶은 욕망이 더욱 간절해져 그예 지난여름에는 뜻을 정하고, 여러 날 앞서부터 행장을 갖춰다가 바람 잔 날을 택해 새벽차로, 어느 고운 님을 뵈오려 가는 길이 그처럼 설레랴 싶게 용못을 찾아갔던 것이다.

아아! 십 년이면 산천도 변한다는 십 년이 두어 번 지났기로 과연 세월에는 산천도 못 믿을 것이던가! 동네 한가운데 있는 큰 돌다리 밑에 소녀 하나가 나와 걸레를 헹구는데 흙탕이 이니 개울이 아니라 그만 조그만 도랑이 되어버렸고나! 전에는 겨울에도 얼음 위에서 떡메로 때리면 얼음이 살가는 바람에 손뼉 같은 붕어가 자빠져 뜨던 데다. 이 개울물이 어찌해 이다지 줄었느냐 물었으나 걸레 빠는 소녀는 예전 개울은 본 적도 없으니 내 묻는 것만 부질없었다. 농사가 한참 바쁜 머리라 동네는 빈 듯 고요하였다. 누구를 만난대야 서로 알아볼 리도 없겠기에 예전 외갓집이던 집이 있는 윗말 쪽은 바라만 보고 우선 낚시부터 담가보고 싶은 욕심에 쇠치망으로 향하였다.

걸을 만치 걸었다. 저만치 어드메쯤이 쇠치망이려니 하는 데에서 나는 더욱 요령을 잡을 수 없어 한참이나 망설였다. 분명 쇠치망일 데를 산을 뭉개 메우고 뻘건 진흙길이 비탈을 돌아간 것이다. 김매는 농군에게 물은즉, 거기가 쇠치망이 옳다 한다. 뒷산 골짜기에 광산이 생겨 화물자동차가 드나드느라고 길을 닦아 쇠치망의 소는 없어진 지 오래다 한다. 그 앞에 다가가 보니, 흐르는 물도 좁은 목으로는 성큼 뛰어 건널 정도다. 다시 농군에게 돌아와 물으니, 앞개울 물은 수리조합 저수지에 수원을 빼앗겨 겨우 논에서 빠지는 물이나 내려오는 것이며 선비소를 거쳐 흘러오는 한내천조차 수도 수원지가 되어 읍엣 사람들이 먹어 말리는 때문이라 했다. 그러면 선비소도 물이 줄었느냐 물으니, 물이 뭐요 아마 그냥 갯장변²이리다 한다. 허무한 노릇이다. 왔던 길이니 옛 추억이나 더듬을까 하여 땀을 흘리며 선비소로 올라가니 등성이에 잣나무 숲은 백골 치듯 하얗게 깎이고, 공동묘지가 된 듯 무덤이 됫박 덮이듯 했다. 그새 여기 사람이 저렇듯 많이 죽었는가! 물이 모일 만한 덴데 보이지 않는다. 가까이 가니까야 물

2 '자갈밭'의 방언.

소리가 난다. 흐르는 소리가 아니라 한번 나고 그치는 소리인데 어떻게 되어 난 물소리인지 이상하다. 내 걸음에서 나는 것이 아닌 자갈 밟는 소리가 들린다. 그쪽을 살피니, 웬 하얀 귀신 같은 노파가 선비소의 바로 석벽 밑에서 올려 솟는 것이다. 나는 등골이 오싹해 걸음을 멈추었다.

무얼까? 주춤주춤 자갈밭으로 올라서더니 꾸부정하고 엎드린다. 자갈을 주워 치마폭에 담는 것이다. 한참 담더니 허리를 펴고 돌아서 주춤주춤 석벽 밑으로 내려가는 것이다. 물은 보이지 않으나 물소리가 난다. 아까 들은 것도 자갈을 물에 쏟는 소리였다. 파뿌리 같은 머리가 또 올려 솟는다. 주춤주춤 자갈밭으로 올라서더니 또 자갈을 집히는 대로 치마폭에 담아가지고는 다시 내려간다. 나는 판단하기에 곤란하였다. 선비소에는 여러 가지 도깨비의 전설이 있다 하나 밤도 아니요, 낮이라도 운권천청인데 도깨비라 보기에는 내 자신이 상식을 너무 멸시해야 된다. 사람이라 보기에는, 이런 처소에 옴 직하지 않은 백발 노파일 뿐 아니라 돌을 주워다 물을 메운다는 것이 이해할 수 없는 행동이다. 사방을 둘러보니 산밭에서 김매는 사람들이 처처에 있다. 나는 용기를 얻어 부러 자갈 소리를 크게 내면 석벽 밑에서 물소리를 내고 다시 주춤주춤 올라서는 노파를 향해 나아갔다.

"여보슈?"

노파는 탁 풀어진 뿌연 눈으로 헐떡이며 마주 보기만 한다.

"돌은 왜 담어다 물에 넣소?"

대답이 없다. 꾸부정하고 그저 자갈을 줍더니 또 물로 내려간다. 또 올라오는 것을 소리를 질러 물었다.

"물을 아주 메꿔버릴려구 그러시오?"

그제야 노파는 고개를 끄덕인다.

"왜요?"

역시 말은 없이 자기의 행동만 계속한다.

쇠치망만 그리 못하지 않게 깊고 넓던 여기가 자갈이 내리밀려 평지처럼 변작이 되었는데 물줄기가 여기는 아주 끊어져 버렸다. 다만 석벽 밑에만 겨우 두어 칸통 되게 자작자작한 물이 남았을 뿐인 것을 이 알 수 없는 노파가 부지런히 메우고 있는 것이었다.

금학산만은 예와 같았다. 흰 구름을 이고 태평스럽게 졸고 있다. 석벽을 더듬으니 들백합도 몇 송이 시뻘겋게 피어 있기는 하였다. 연목구어란 말을 생각하며, 어구를 벗어놓고 불볕에 앉아 한참 쉬어가지고는 다시 동네를 향해 들어오는 수밖에 없었다. 노파는 쉬지도 않고 땀을 철철 흘려가며 지성으로 돌을 나르고 있었다.

참외막을 겨우 하나 찾았다. 맨 요새 긴마까뿐이다. 백사과니 감사과니 먹사과니는 이젠 절종이 되었다는 것이다. 그것도 개화 속에 맞지 않아 그런지 긴마까처럼 잘 열리지부터 않고 잘 찾지들도 않는다는 것이다.

참외까지도 고전이 되어버리는가! 나는 종로에서 사 먹는 것보다 좀 신선하기는 한 긴마까를 먹으며 이 참외막 주인에게서 그 선비소의 백발 노파의 수수께끼를 겨우 풀었다.

그는 도깨비도 망령 난 늙은이도 아니라 한 슬픈 어머니였다. 그의 작은아들이 병신을 비관하여 선비소에 빠져 죽었다는 것이다. 넋이라도 건져주려 물굿을 했더니 물에서 나오는 넋은 자기 아들이 아니라 의외에도 자기 아들보다 몇십 년 앞서 빠져 죽은 안마을 어떤 집 종년이었다. 물귀신은 그렇게 언제든지 대신 들어가는 사람이 있어야 나온다는 것으로, 다시 누가 빠지기 전에는 암만 물굿을 한들 자기 아들의 넋은 건질 바가 없었다. 살아서도 병신으로 구석으로만 돌던 것이 죽어서까지 외딴 벼랑 밑 우중충한 물속에서 일구영천 천도될 길이 없을 것을 생각하고는 몇 번이나 그 어머니는 자기를 그물에 던졌으나 번번이 큰아들에게 건짐을 받아 작은아들을 대신할 물귀신이 되지 못하다가, 마침 선비소가 물이 줄고 장마 때면 자갈만 내리쏠려 변작이 되는 통에, 옳구나 하늘이 무심치 않다! 하고 날마다 나와 그 얼마 되지 않은 물을 메우기 시작한 것이라 한다. 허황하나 이 또한 인생의 얼마나 진실한 사정이기도 한가!

나는 윗말로 올라서 우리 외가댁이던 집을 찾았다. 중년 할머니가 손자인 듯 갓난애를 업고 마당에서 밀 멍석에 닭을 쫓고 있었다. 지나가던 사람인데 사랑 구경이나 하겠노라 청하니, 아들이 출타하고 없으니 들어가 쉬어라 한다.

사랑 마당에 들어서니 기억은 찬찬하나 눈에 몹시 설어진다. 누마루가 어렸을 때 우러러보던 것처럼 드높지는 않다. 삼면 둘러 걸분합이던 것이 유리창이 되었다. 전면에 '호상루療想樓'란 현판이 붙었는데 없어졌고, 붕어 달린 풍경도 간데없다. 사랑방은 미닫이가 닫겨 있었다. 누마루 밑을 돌아 연당으로 가보았다. 연은 한 포기도 없이 창포만 무성한데 개구리들만 놀라 물로 뛰어든다. 밤이면 개구리들이 어찌 시끄럽도록 울었던지, 외조부께서 잠드실 동안은 하인을 시켜 돌을 던져 울지 못하게 하던 연당이다. 연당 건너 초당이 그저 있다. 삼간 사랑이 겨울이면 너무 휑뎅그렁하시다고 단칸방에 단칸 마루를 달아 지어, 삼동에만 드시던 초당이다. 새 주인은 이 초당은 돌보지 않은 듯, 이엉 썩은 물이 벽과 기둥에 흉하게 흘렀다. 영창 바로 위에 무슨 글 여러 줄의 흔적이 있다. 종이가 몹시 삭았다. 이것이 이 집에 남은 우리 외조부님의 유일한 필적이나 아닌가 해 반가이 나아가 살펴본즉, 안노공체의 둔중한 운필이 과연 그 어른 모습다웠다.

坐茂樹以終日濯淸泉以自潔採於山美可茹釣於水鮮可食起居無時惟適之安
(좌무수이종일탁청천이자결채어산미가여조어수선가식기거무시유적지안)…….

더 읽을 수가 없이 아래는 종이가 삭아 떨어져 버렸다. 그 초당에 잘 어울리는, 속기 없는 좋은 글이다. 나중에 돌아와 상고해보니 한퇴지[3]의 글이었다. 글은 비록 남의 것이나 한때 생활은 바로 이 어른의 것이었다.

'기거무시 유적지안…….'

나는 초당 마루에 걸어앉아 멀리 금학산 머리에 구름을 바라보며 이런 생각을 입속에 다스렸다.

'이 초당 주인께서 지금껏 현세에 계시다면 오늘의 쇠치망과 선비소에 심경이 어떠실 것인가?'

---

3 당나라 때의 문학자이자 사상가인 한유(768~824).

잘 사시다 잘 가셨다!

자연도 주인과 함께 오고 주인과 함께 가는 것인지 몰라!

기거무시의 생활부터 없으며 이제는 전설일밖에 없는 그런 청복을 시정에서 파는 속취 분분한 물감 칠한 낚싯대와 더불어 낚으러 다닌다는 것은 그 생각부터가 한낱 부질없는 꿈이런가!

외가댁 문중에서 아직 몇 집은 이 동리에 계신 줄 짐작하나 나는 수긋하고, 그 아들의 넋을 물을 메움으로써 건지기에 골똘한 늙은 어미의 애달픔을 한편 내 속에 맛보며 길만 걸어 동구 밖을 나서고 말았다.

한 사조의 밑에 잠겨 산다는 것도, 한 물 밑에 사는 넋일 것이다. 상전벽해라 일러는 오나 모든 게 따로 대세의 운행이 있을 뿐, 처음부터 자갈을 날라 메우듯 할 수는 없을 것이다.

— 〈춘추〉, 1942. 6.

돌다리

정거장에서 샘말 십 리 길을 내려오노라면 반이 될락 말락 한 데서부터 샘말 동네보다는 그 건너편 산기슭에 놓인 공동묘지가 먼저 눈에 뜨인다.

창섭은 잠깐 걸음을 멈추고까지 바라보았다.

봄에 올 때 보면, 진달래가 불붙듯 피어 올라가는 야산이다. 지금은 단풍철도 지나고 누르테테한 가닥나무들만 묘지를 둘러, 듣지 않아도 적막한 버스럭 소리만 울릴 것 같았다. 어느 것이라고 집어낼 수는 없어도, 창옥의 무덤이 어디쯤이라고는 짐작이 된다. 창섭은 마음으로 '창옥아' 불러보며 묵례를 보냈다.

다만 오뉘뿐으로 나이가 훨씬 떨어진 누이였었다. 지금도 눈에 선하다. 자기가 마침 방학으로 와 있던 여름이었다. 창옥은 저녁 먹다 말고 갑자기 복통으로 뒹굴었다. 읍으로 뛰어 들어가 의

사를 청해왔다. 의사는 주사를 놓고 들어갔다. 그러나 밤새도록
열은 내리지 않았고 새벽녘엔 아파하는 것도 더해갔다. 다시 의
사를 데리러 갔으나 의사는 바쁘다고 환자를 데려오라 하였다.
하라는 대로 환자를 데리고 들어갔으나 역시 오진을 했었다. 다
시 하루를 지나 고름이 터지고 복막이 절망적으로 상해버린 뒤
에야 겨우 맹장염인 것을 알아낸 눈치였다.

그때 창섭은, 자기도 어른이기만 했으면 필시 의사의 멱살을
들었을 것이었다. 이런, 누이의 허무한 죽음에서 창섭은 뜻을 세
워, 아버지가 권하는 고농高農을 마다하고 의전醫專으로 들어갔고,
오늘에 이르러는, 맹장 수술로는 서울서도 정평이 있는 한 권위
가 된 것이다.

'창옥아, 기뻐해 다구. 이번에 내 병원이 좋은 건물을 만나 커
지는 거다. 개인 병원으론 제일 완비한 수술실이 실현될 거다!
입원실 부족도 해결될 거다. 네 사진을 크게 확대해 내 새 진찰실
에 걸어노마……'

창섭은 바람도 쌀쌀할 뿐 아니라 오후 차로 돌아가야 할 길이
라 걸음을 재우쳤다.

길은 그전보다 넓어도 졌고 바닥도 평탄하였다. 비나 오면 진
흙에 헤어날 수 없었는데 복판으로는 자갈이 깔리고 어떤 목은
좁아서 소바리가 논으로 미끄러져 들어가기 십상이었는데 바위
를 갈라내어서까지 일매지게 넓은 길로 닦아졌다. 창섭은, '이럴
줄 알았더면 정거장에서 자전거라도 빌려 타고 올걸' 하였다.

눈에 익은 정자나무 선 논이며 돌각담을 두른 밭들도 나타났
다. 자기 집 논과 밭들이었다. 논둑에 선 정자나무는 그전부터 있

은 것이나 밭에 돌각담들은 아버지께서 손수 쌓으신 것이다.

창섭의 아버지는 근검으로 근방에 소문난 영감이다. 그러나 자기 대에 와서는 밭 하루갈이도 늘쿠지는 못한 것으로도 소문난 영감이다. 곡식값보다는 다른 물가들이 높아졌을 뿐 아니라 전대에는 모르던 아들의 유학이란 것이 큰 부담인 데다가,

"할아버니와 아버지께서 나를 부자 소린 못 들어도 굶는단 소린 안 듣고 살도록 물려주시구 가셨다. 드럭드럭 탐내 모아선 뭘 허니, 할아버니께서 쇠똥을 맨손으로 움켜다 넣시던 논, 아버지께서 멍덜[1]을 손수 이룩허신 밭을 더 건 논으로 더 기름진 밭이 되도록, 닦달만 해가기에도 내겐 벅찬 일일 게다."

하고 절용해 쓰고 남는 돈이 있으면 그 돈으로는 품을 몇씩 들여서까지 비뚠 논배미를 바로잡기, 밭에 돌을 추려 바람막이로 담을 두르기, 개울엔 둑막이하기, 그러다가 아들이 의사가 된 후로는, 아들 학비로 쓰던 몫까지 들여서 동네 길들은 물론, 읍 길과 정거장 길까지 닦아놓았다. 남을 주면 땅을 버린다고 여간 근실한 자국이 아니면 소작을 주지 않았고, 소를 두 필이나 메고 일꾼을 세 명씩이나 두고 적지 않은 전답을 전부 자농으로 버티어왔다. 실속이 타작만 못하다는 둥, 일꾼 셋이 저희 농사 해가지고 나간다는 둥 이해만을 따져 비평하는 소리가 많았으나 창섭의 아버지는 땅을 위해서는 자기의 이해만으로 타산하려 하지 않았다. 이와 같은 임자를 가진 땅들이라 곡식은 거둔 뒤 그루만 남은 논과 밭이되, 그 바닥들의 고름, 그 언저리들의 바름, 흙의 부드

---

1 험한 바위나 돌이 삐죽삐죽 나온 곳.

러움이 마치 시루떡 모판이나 대하는 것처럼 누구의 눈에나 탐스럽게 흐뭇해 보였다.

이런 땅을 팔기에는, 아무리 수입은 몇 배 더 나은 병원을 늘쿠기 위해서나 아버지께 미안하지 않을 수 없었다. 그러나 잡히기나 해가지고는 삼만 원 돈을 만들 수가 없었고, 서울서 큰 양관을 손에 넣기란 돈만 있다고도 아무 때나 될 일이 아니었다.

'아버지께선 내년이 환갑이시다! 어머니께선 겨울이면 해마다 기침이 도지신다. 진작부터 내가 모셔야 했을 거다. 그런데 내가 시굴로 올 순 없고, 천생 부모님이 서울로 가시어야 한다. 한동네서도 땅을 당신만치 못 거둘 사람에겐 소작을 주지 않으셨다. 땅 전부를 소작을 내어맡기고는 서울 가 편안히 계실 날이 하루도 없으실 게다. 아버님의 말년을 편안히 해드리기 위해서도 땅은 전부 없애버릴 필요가 있는 거다!'

창섭은 샘말에 들어서자 동구에서 이내 아버지를 뵐 수가 있었다. 아버지는, 가에는 살얼음이 잡힌 찬물에 무릎까지 걷고 들어서서 동네 사람들을 축추겨 돌다리를 고치고 계시었다.

"어떻게 갑재기 오느냐?"

"네 좀 급히 여쭤봐야 할 일이 생겼습니다."

"그래? 먼저 들어가 있거라."

동네 사람 수십 명이 쇠고삐 두 기장은 흘러 내려간 다릿돌을 동아줄에 얽어 끌어 올리고 있었다. 개울은 동네 복판을 흐르고 있어 아래위로 징검다리는 서너 군데나 놓였으나 하룻밤 비에도 일쑤 넘치어 모두 이 큰 돌다리로 통행하던 것이었다. 창섭은 어려서 아버지께 이 큰 돌다리의 내력을 들은 것이 아직도 기억에 남아 있다.

"너이 증조부님 돌아가시어서다. 산소에 상돌을 해 오시는데 징검다리로야 건네올 수가 있니? 그래 너이 조부님께서 다리부터 이렇게 넓구 튼튼한 돌루 노신 거란다."

그 후 오륙십 년 동안 한 번도 무너진 적이 없었는데 몇 해 전 어느 장마엔 어찌 된 셈인지 가운데 제일 큰 장이 내려앉아 떠내려갔던 것이다. 두께가 한 자는 실하고 폭이 여섯 자, 길이는 열 자가 넘는 자연석 그대로라 여간 몇 사람의 힘으로는 손을 댈 엄두부터 나지 못하였다. 더구나 불과 수십 보 이내에 면의 보조를 얻어 난간까지 달린 한다한 나무다리가 놓인 뒤에 일이라 이 돌다리는 동네 사람들에게 완전히 잊혀진 채 던져져 있던 것이었다.

집에 들어가니, 어머니는 다리 고치는 사람들 점심을 짓느라고, 역시 여러 명의 동네 여편네들과 허둥거리고 계시었다.

"웬일인데 어째 혼자만 오느냐?"

어머니는 손자 아이들부터 보이지 않음을 물으신다.

"오늘루 가야겠어서 아무두 안 데리구 왔습니다."

"오늘루 갈 걸 뭘허 오누?"

"인전 어머니서껀 서울로 모셔 갈 채빌 허러 왔다우."

"서울루! 제발 아이들허구 한데서 살아봤음 원이 없겠다."

하고 어머니는 땅보다, 조상님들 산소나 사당보다 손자 아이들에게 더 마음이 끌리시는 눈치였다. 그러나 아버지만은 그처럼 단순히 들떠질 마음이 아니었다.

아버지는 아들의 뒤를 쫓아 이내 개울에서 들어왔다. 아들은, 의사인 아들은, 마치 환자에게 치료 방법을 이르듯이, 냉정히 차근차근히 이야기를 시작하였다. 외아들인 자기가 부모님을 진작 모시지 못한 것이 잘못인 것, 한집에 모이려면 자기가 병원을 버리기보다는 부모님이 농토를 버리시고 서울로 오시는 것이 순리인 것, 병원은 나날이 환자가 늘어가나 입원실이 부족되어 오는 환자의 삼분지 일밖에 수용 못 하는 것, 지금 시국에 큰 건물을 새로 짓기란 거의 불가능의 일인 것, 마침 교통 편한 자리에 삼층 양옥이 하나 난 것, 인쇄소였던 집인데 전체가 콘크리트여서 방화 방공으로 가치가 충분한 것, 삼층은 살림집과 직공들의 합숙실로 꾸미었던 것이라 입원실로 변장하기에 용이한 것, 각층에 수도 가스가 다 들어온 것, 그러면서도 가격은 염한 것, 염하기는 하나 삼만 이천 원이라, 지금의 병원을 팔면 일만 오천 원쯤은 받겠지만 그것은 새 집을 고치는 데와, 수술실의 기계를 완비하는 데 다 들어갈 것이니 집값 삼만 이천 원은 따로 있어야 할 것, 시골에 땅을 둔대야 일 년에 고작 삼천 원의 실리가 떨어질지 말지 하지만 땅을 팔아다 병원만 확장해 놓으면, 적어도 일 년에 만 원 하나씩은 이익을 뽑을 자신이 있는 것, 돈만 있으면 땅은 이담에라도, 서울 가까이라도 얼마든지 좋은 것으로 살 수 있는 것……
아버지는 아들의 의견을 끝까지 잠잠히 들었다. 그리고,

"점심이나 먹어라. 나두 좀 생각해 봐야 대답허겠다."
하고는 다시 개울로 나갔고, 떨어졌던 다릿돌을 올려놓고야 들어와 그도 점심상을 받았다.

점심을 자시면서였다.

"원, 요즘 사람들은 힘두 줄었나 봐! 그 다리 첨 놀 제 내가 어려서 봤는데 불과 여남은 이서 거들던 돌인데 장정 수십 명이 한

나잘을 씨름을 허다니!"

"나무다리가 있는데 건 왜 고치시나요?"

"너두 그런 소릴 허는구나. 나무가 돌만 허다든? 넌 그 다리서
고기 잡던 생각두 안 나니? 서울루 공부 갈 때 그 다리 건너서 떠
나던 생각 안 나니? 시쳇사람들은 모두 인정이란 게 사람헌테만
쓰는 건 줄 알드라! 내 할아버니 산소에 상돌을 그 다리로 건네
다 모셨구, 내가 천잘 끼구 그 다리루 글 읽으러 댕겼다. 네 어미
두 그 다리루 가말 타구 내 집에 왔어. 나 죽건 그 다리루 건네다
묻어라…… 난 서울 갈 생각 없다."

"네?"

"천금이 쏟아진대두 난 땅은 못 팔겠다. 내 아버님께서 손수
이룩허시는 걸 내 눈으루 본 밭이구, 내 할아버님께서 손수 피땀
을 흘려 모신 돈으루 장만허신 논들이야. 돈 있다고 어디가 느르
지 논 같은 게 있구, 독시장 밭 같은 걸 사? 느르지 논둑에 선 느
티나무 할아버님께서 심으신 거구, 저 사랑마당엣 은행나무는 아
버님께서 심으신 거다. 그 나무 밑에를 설 때마다 난 그 어룬들
동상이나 다름없이 경건한 마음이 솟아 우러러보군 헌다. 땅이란
걸 어떻게 일시 이해를 따져 사구 팔구 허느냐? 땅 없어봐라, 집
이 어딨으며 나라가 어딨는 줄 아니? 땅이란 천지만물의 근거야.
돈 있다구 땅이 뭔지두 모르구 욕심만 내 문서 쪽으로 사 모기만
하는 사람들, 돈놀이처럼 변리만 생각허구 제 조상들과 그 땅과
어떤 인연이란 건 도시 생각지 않구 헌신짝 버리듯 하는 사람들,
다 내 눈엔 괴이한 사람들루밖엔 뵈지 않드라."

"……."

"네가 뉘 덕으루 오늘 의사가 됐니? 내 덕인 줄만 아느냐? 내가 땅 없이 뭘루? 밭에 가 절하구 논에 가 절해야 쓴다. 자고로 하눌 하눌 허나 하눌의 덕이 땅을 통허지 않군 사람헌테 미치는 줄 아니? 땅을 파는 건 그게 하눌을 파나 다름없는 거다."

"……."

"땅을 밟구 다니니까 땅을 우섭게들 여기지? 땅처럼 응과가 분명헌 게 무어냐? 하눌은 차라리 못 믿을 때두 많다. 그러나 힘들이는 사람에겐 힘들이는 만큼 땅은 반드시 후헌 보답을 주시는 거다. 세상에 흔해빠진 지주들, 땅은 작인들헌테나 맡겨버리구, 떡 도회지에 가 앉어 소출은 팔어다 모다 도회지에 낭비해 버리구, 땅 가꾸는 덴 단돈 일 원을 벌벌 떨구, 땅으루 살며 땅에 야박한 놈은 자식으로 치면 후레자식 셈이야. 땅이 말을 할 줄 알어 봐라? 배가 고프단 땅이 얼마나 많을 테냐? 해마다 걷어만 가구, 땅은 자갈밭이 되니 아나? 둑이 떠나가니 아나? 거름 한 번을 제대로 넣나? 정 급허게 돼 작인이 우는소리나 해야 요즘 너이 신의들 주사침 놓듯, 애꿎인 금비(약품 비료)만 갖다 털어 넣지. 그렇게 땅을 홀댈 허군 인제 죽어서 땅이 무서서 어디루들 갈 텐구!"

창섭은 입이 얼어버리었다. 손만 부비었다. 자기의 생각은 너무나 자기 본위였던 것을 대뜸 깨달았다. 땅에는 이해를 초월한 일종 종교적 신념을 가진 아버지에게 아들의 이단적인 계획이 용납될 리 만무였다. 아버지는 상을 물리고도 말을 계속하였다.

"너루선 어떤 수단을 쓰든지 병원부터 확장허려는 게 과히 엉뚱헌 욕심은 아닐 줄두 안다. 그러나 욕심을 부런 못쓰는 거다. 의

술은 예로부터 인술이라지 않니? 매살 순탄허게 진실허게 해라."

"……."

"네가 가업을 이어나가지 않는다군 탄허지 않겠다. 넌 너루서
발전헐 길을 열었구, 그게 또 모리지배의 악업이 아니라 활인허
는 인술이구나! 내가 어떻게 불평을 말허니? 다만 삼사 대 집안
에서 공들여 이룩해 논 전장을 남의 손에 내맡기게 되는 게 저윽
애석헌 심사가 없달 순 없구……."

"팔지 않으면 그만 아닙니까?"

"나 죽은 뒤에 누가 거두니? 너두 이제두 말했지만 너두 문
서 쪽만 쥐구 서울 앉어 지주 노릇만 허게? 그따위 지주허구 작
인 틈에서 땅들만 얼말 곯는지 아니? 안 된다. 팔 테다. 나 죽을
임시엔 다 팔 테다. 돈에 팔 줄 아니? 사람헌테 팔 테다. 건너 용
문이는 우리 느르지 논 같은 건 한 해만 부쳐보구 죽어두 농군으
로 태났던 걸 한허지 않겠다구 했다. 독시장 밭을 내논다구 해봐
라, 문보나 덕길이 같은 사람은 길바닥에 나앉드라두 집을 팔아
살려구 덤빌 게다. 그런 사람들이 땅임자 안 되구 누가 돼야 옳으
냐? 그러니 아주 말이 난 김에 내 유언이다. 그런 사람들 무슨 돈
으로 땅값을 한몫 내겠니? 몇몇 해구 그 땅 소출을 팔아 연년이
갚어나가게 헐 테니 너두 땅값을랑 그렇게 받어갈 줄 미리 알구
있거라. 그리구 네 모가 먼저 가면 내가 묻을 거구, 내가 먼저 가
게 되면 네 모만은 네가 서울루 그때 데려가렴. 난 샘말서 이렇게
야인으로나 죄 없는 밥을 먹다 야인인 채 묻힐 걸 흡족히 여긴
다."

"……."

342

"자식의 젊은 욕망을 들어 못 주는 게 애비 된 맘으루두 섭섭
허다. 그러나 이 늙은이헌테두 그만 신념쯤 지켜오는 게 있다는
걸 무시하지 말어다구."

아버지는 다시 일어나 담배를 피우며 다리 고치는 데로 나갔
다. 옆에 앉았던 어머니는 두 눈에 눈물을 쭈루루 흘리었다.

"너이 아버지가 여간 고집이시냐?"

"아뇨, 아버지가 어떤 어룬이신 건 오늘 제가 더 잘 알었습니
다. 우리 아버진 훌륭헌 인물이십니다."

그러나 창섭도 코허리가 찌르르하였다. 자기가 계획하고 온
일이 실패한 것쯤은 차라리 당연하게 생각되었고, 아버지와 자
기와의 세계가 격리되는 일종의 결별의 심사를 체험하는 때문이
었다.

아들은 아버지가 고쳐놓은 돌다리를 건너 저녁차를 타러 가버
리었다. 동구 밖으로 사라지는 아들의 뒷모양을 지키고 섰을 때,
아버지의 마음도, 정말 임종에서 유언이나 하고 난 것처럼 외롭
고 한편 불안스러운 심사조차 설레었다.

아버지는 종일 개울에서 허덕였으나 저녁에 잠도 달게 오지
않았다. 젊어서 서당에서 읽던 백낙천의 시가 다 생각이 났다. 늙
은 제비 한 쌍을 두고 지은 노래였다. 제 배 속이 고픈 것은 참아
가며 입에 얻어 문 것은 새끼들부터 먹여 길렀으나, 새끼들은 자
라서 나래에 힘을 얻자 어디로인지 저희 좋을 대로 다 날아가 버
리어, 야위고 늙은 어버이 제비 한 쌍만 가을바람 소슬한 추녀 끝
에 쭈그리고 앉았는 광경을 묘사하였고, 나중에는, 그 늙은 어버

이 제비들을 가리켜, 새끼들만 원망하지 말고, 너희들이 새끼 적에 역시 그러했음도 깨달으라는 풍자의 시였다.

"흥……!"

노인은 어두운 천장을 향해 쓴웃음을 짓고 날이 밝기를 기다려 누구보다도 먼저 어제 고쳐놓은 돌다리를 보러 나왔다.

흙탕이라고는 어느 돌 틈에도 남아 있지 않았다. 첫 곬으로도, 가운뎃 곬으로도 끝엣 곬으로도 맑기만 한 소담한 물살이 우쭐우쭐 춤추며 빠져 내려갔다. 가운뎃장으로 가 쾅 굴러보았다. 발바닥만 아플 뿐 끄떡이 있을 리 없다. 노인은 쭈루루 집으로 들어와 소금 접시와 낯수건을 가지고 나왔다. 제일 낮은 받침돌에 내려앉아 양치를 하고 세수를 하였다. 나중에는 다시 이가 저린 물을 한입 물어 마시며 일어섰다. 속에 모든 게 씻기는 듯 시원하였다. 그리고 수염의 물을 닦으며 이렇게 생각하였다.

'비가 아무리 쏟아져도 어떤 한정을 넘는 법은 없다. 물이 분수없이 늘어 떠내려갔던 게 아니라 자갈이 밀려 내려와 물구멍이 좁아졌든지, 그렇지 않으면, 어느 받침돌의 밑이 물살에 궁굴러 쓰러졌던 그런 까닭일 게다. 미리 바닥을 치고 미리 받침돌만 제대로 보살펴 준다면 만년을 간들 무너질 리 없을 게다. 그저 늘 보살펴야 허는 거다. 사람이란 하눌 밑에 사는 날까진 하루라도 천리에 방심을 해선 안 되는 거다……'

— 〈국민문학〉, 1943. 1.

뒷방마님

윤은 담배 가게를 둘이나 지나쳤다. 그런데 저만치 또 하나 나타난다. 우편국 안 우표 파는 구멍처럼 유리를 뚫고 얼굴 하얀 소녀가 시퍼렇게 싸인 해태 갑 옆에서 이쪽을 내다보기까지 한다.

'저렇게 모퉁이마다 점령허구 앉었는 걸 봄, 담배란, 인생에게 밥보다 옷보다두 더 소중한 건지두 몰라!'

이런 생각을 하면서 윤은 저고리와 바지의 주머니 바닥마다 다시 한 번 손끝으로 쓸어본다. 각전이란 오 전짜리 한 닢 걸리지 않는다. 그의 손은, 팽팽한 조끼 윗주머니에 찌른, 네 겹으로 겹쳐진 오 원짜리 지폐로 왔다. 아까 집을 때 딸각거리던 소리가 다시 손톱 끝에 느껴진다.

'이걸 부실러?'

그새 담배 가게는 닥쳤다. 얼굴 하얀 소녀는, 윤의 얼굴은 보지 않고 닦은 지 오랜, 볼이 터진 구두에만 살짝 눈을 던지더니 '흥!' 하기나 하는 것처럼 턱을 고이며 얼굴을 딴 데로 돌린다.

'허, 고년!'

윤은 입안은 좀 텁텁했으나 담배 가게를 또 그냥 지나치기를 '잘했다!' 하였다.

하루 배급쌀이 일 원 이십 전, 장작이 한 단에 오십 전, 고기나 이삼십 전어치, 채소라야 일이십 전, 오 원짜리를 부실른댔자 오늘은 아내의 내미는 손에 떳떳할 수가 있으나 그러나,

"거 밤낮 일 원, 이 원, 안달이 나 어디 살겠수?"

하고 십 원짜리, 하다못해 오 원짜리라도 한목 들고 나가 남처럼 고기라도 시목으로 한 근씩 척척 사 들고 들어와 보고 싶어 하는 아내의, 적으나 절실하기는 한 욕망을 단 하루라도 이뤄주고 싶던 것도, 윤 자신에게 있어서도 적으나 절실하기는 하던 욕망이라,

'담배야 잠시 참는다구 살이 내리랴! 아내더러, 거 들어올 때 담배나 뒤 갑 사가지구 오, 하면 오늘 담배는 아내도 군소리가 없으렷다!'

하고 윤은 담배 가게가 다시 나서건 말건 부지런히 집을 향해 걷는데, 큰길을 건너 다시 골목길로 들어서서다. 저만치 웬 마나님 한 분이 앞섰는데 그 뒷모양, 그 걸음걸이가 대뜸 눈에 익다. 머리엔 공단 조바위, 왼편 손엔 회색 책보, 손목엔 까만 염주, 바른 손으론 흰 양산을 낮수건으로 중동을 질끈 동여 짚었다.

'뒷방마님!'

윤은 볼수록 그 아장거림이나 약간 체머리 기가 있어 보이는 것꺼정 뒷방마님이 틀리지 않았다. 그 왼편 손에 든 책보 속에는

그분이 좋은 곳으로 가기 위해 벌써 여러 해째 외우는, 윤도 여러 번 보았고, 한번은 뚜껑을 다시 대어드린 적도 있는, 그《밀다심경》이 들어 있을 것도 틀리지 않았다. 윤은 이런 생각들이 혈관에서 일어나는 것처럼 전신이 화끈함을 느끼며 우뚝 길 위에 서 버렸다.

뒷방마님은 골목을 바른편으로 접어들었다. 윤은 얼른 다시 걸었다. 골목은 다시 트였다. 뒷방마님은 그저 양산을 짚는다기보다 끌며 타박타박 걷고 있었다.

뒷방마님은, 윤이 낳기 전부터 이미 윤의 집 식구였다. 윤의 어머니가 시집 올 때 친정에서 데리고 온 침모로서, 자식도 친척도 없는 여인이었다. 윤의 어머니를 주인이라기보다 자기 딸처럼 아껴 윤의 어머니가 부엌에 내려서게 되면, 바느질감을 붙들었다고 해서 그냥 앉아 있지 않았다. 다른 하인이 없어서가 아니라 윤의 어머니의 시집살이면 무엇이든 대신 맡아서 자기 손발로 해내고 싶어 했다. 그런 다심한 정과 의리에는 윤의 아버지도 일찍부터 감동되어, 내외간 말다툼 한마디 그 뒷방마님 듣는 데서는 크게 하기를 미안해 여겼다. 윤에게도, 그의 할머니나 외할머니보다 오히려 살뜰히 굴었다. 커서 중학에 다닐 때까지도 할머니에겐 떼쓰지 못할 것을 이 뒷방마님한테는 곧잘 떼를 썼다.

뒷방이 그의 방이었던 뒷방마님은 바늘귀가 안 보일 때까지 여러 식구들의 옷을 지어 댔다. 그러나 요즘 침모들처럼 월급이란 것이 없었다. 그는 단지 이 집에서 식구의 한 사람으로 쳐주는 데 만족하였고, 이 집 식구의 한 사람으로 이 집에서 죽을 것을 바랄 뿐이었다. 그랬는데 윤의 집이 갑자기 몰락이 되어 집 한 칸 남지 않게 된 것이었다. 셋집 살림으로 나서게 되어 윤의 할머니까지 그의 딸네 집으로 처소를 옮기게 되는 형편에 이르러, 이 뒷방마님에게만 뒷방이 안재할 리 없었다. 그때는 이미 눈이 어두워 침모로 오랄 데도 없어, 마침내 양로원으로 가 염주를 헤고 앉았게 된 것도 이미 삼 년 전의 사정이었다.

윤의 집 식구들은 뒷방마님을 잊은 적이 있어도 뒷방마님만은 윤의 집을 잊은 적이 없는 듯, 매달은 아니라도 매 철은 따라서 꼭꼭 와주었다. 손목에 벌써 길든 지 오랜 염주를 걸고 그 언제 어디서 죽을지 몰라 잠시를 나와도 놓는 법이 없다는《밀다심경》책보를 들고, 자기 양산은 겨울이나 여름이나 구별이 없으면서도 윤의 옷을 보고는 으레 봄이면 '여태 솜것을 못 벗었구나!' 가을이면 '여태 솜것을 못 입었구나!' 하고 혀를 쯧쯧 차곤 했다. 한번은 '돈이 다 어딜 가 썩누?' 하였다. 윤이 '돈은 있으면 멀 하실려우?' 물었더니 '너이 아버진 물 쓰듯 하던 걸 넌 지금이 한참인데 얼마나 답답허겠니!' 하였고, 윤이 '이담 내 돈 잘 벌어 잘 쓰는 걸 보구 돌아가슈' 하였더니 '그래라, 그땐 날 더두 말구 삼 원만 다구' 하였다.

어느 드팀전에 어느 해 여름에 적삼감 한 가지 끊는 게 한 이 원 된다 하였고, 자기가 가면 할머니나처럼 반가워하는 몇 아는 집 아이들에게 군밤이라도 몇 톨씩 사가지고 한번 가보고 싶다는 것이었다.

윤은 그 후부터는 뒷방마님을 생각하면 삼 원이 생각났고, 어쩌다 삼 원 돈을 만지게 되면 문득 뒷방마님 생각이 나곤 하였다.

이제 오 원 지폐를 몸에 지니고 앞에 가는 노인이 뒷방마님인 것을 알았을 때 전신이 화끈 달아올랐음은 오로지 이런 기회를 맘속에 오래 별러왔기 때문이었다.

'삼 원! 얼른 이 오 원짜릴 담밸 사구 바꾸자!'
뒷방마님의 뒷모양이 저만치 막다른 데에서 다시 옆 골목으로 꼬부라지려는 데서였다. 새로 나타나는 담배 가게로 뛰어들었다.
"피종 한 갑만 주슈."
"그건 바꿀 게 없는걸요."
윤은 잠깐 어쩔 줄 모르다가 뒷방마님의 뒷모양이 다른 골목 안으로 사라지는 것을 보고 얼른 오 원짜리를 도로 집어넣고 뒤를 따랐다.
이번에 나서는 골목은 제법 번화하였다. 반찬 가게와 과일전도 여기저기 있었다. 뒷방마님은 이 세상 모든 시설이 이미 자기에겐 한 가지도 상관이 없다는 듯이 돌아보기는커녕 곁눈 한번 팔지 않고 그냥 앞만 향해서 타박타박 걸을 뿐이었다. 마치 그의 인생의 종점을 향해 나아가는 그의 운명을 보는 듯 번잡한 거리로의 그분의 그림자는 산협 속에서처럼 호젓해 보였다. 윤은 얼른 과일전으로 들어갔다.
"사과 좀 살 테니 이거 바꿀 거 있겠소?"
"웬걸요. 이제 이 위 싸전에서 바꿔 가서……."
윤은 얼른 다시 길로 나섰다.
'예라, 오 원짜리째 그냥 드리자! 삼 원의 거이 갑절, 얼마나 좋아허실까! 우리 집에 와 일생을 희생한 어른 아니냐! 이까짓

오 원 한 장을 그냥 드리지 못허구 부슬르지 못해 발발 떠는 내 꼴이…… 에이!'

윤은 몇 걸음 뛰었다. 이제는 '뒷방마님 어디 가세요?' 하면 이 내 알아듣고 돌아설 만한 거리에 왔을 때다. 바로 싸전 앞인데 배 급쌀 사러 온 사람들이 늘어섰다. 그들의 그, 물건을 산다기보다 목숨을 사는 것 같은, 진실하고 긴장한 태도들은, '배급쌀은 외상 두 없다. 어디 가 한 줌인들 꿀 수나 있는 줄 아니?' 하시던 어머 니의 말씀을 집에서 듣던 몇 갑절 큰 소리로 질러주는 것 같았다.

윤은 그만 뛰던 속력 그대로 뒷방마님에게 내처 뛸 힘이 없어 지고 말았다. 휘휘 둘러보았다. 윤은 육고집으로 들어섰다.

"얼른 고기 반 근만 주슈."

하나같이 뚱뚱한 육고집 주인은 청룡도만 한 칼을 들고 어기 적어기적 창구멍으로 오더니,

"얼마치라구요?"

하고 다시 말을 시킨다.

"반 근이래지 않았소? 그런데 오 원짜리 하나 바꿀 거 있겠소?"

"돈 오 원 없을라구……."

하면서 돌아서더니, 쇠갈고리에 열을 지어 걸어놓은, 갈비를 한 참, 시목을 한참, 다리를 한참, 어디서 베어 와야 할지 몰라 쳐다 만 보더니, 결국 도로 첫머리로 와 시목에서 주먹만치 베어 온다. 저울추가 놓기가 바쁘게 떨어진다. 다시 어정어정 가더니 이번 엔 다리에서 한 점 떼어 온다. 그만 저울추가 반대로 지나쳐 올 라간다.

"여보, 급허우."

윤은 행길을 내다보았다. 꽤 멀어지긴 했어도 뒷방마님의 뒷모양은 그냥 길 위에 있다. 오 원짜리는 벌써 디민 지 오래다. 육고집 주인은 바구니에서 각전을 헤기 시작하였다.

"거, 일 원짜리 지전 없소?"

"그 양반, 각전은 돈 아뇨?"

"급허니까요."

그나마 각전은 사 원도 채 못 되는 모양이었다. 허리띠에 찬 주머니에서 열쇠를 꺼내더니 각전 바구니를 얹어놓은 커다란 궤목 궤를 열기 시작하는 것이었다. 윤은 다시 행길을 내다보았다. 히끗, 분명 뒷방마님의 뒷모양이 또 샛골목으로 빠지는 순간이었다.

"얼른요."

육고집 주인의 투박한 주먹이 지전, 각전 한데 뭉쳐 내미는 대로 받아 들기가 바쁘게 윤은 뛰었다. 그 히끗 사라지던 골목에 다다라본즉, 길은 다시 갈라져 두 갈래였다. 어느 쪽에도 뒷방마님의 뒷모양은 보이지 않는다. 윤은 잠깐 망설이다가 좁은 골목부터 뛰어 들어갔다. 뒷방마님의 걸음으로 더 가지 못했을 때까지 가보나 없다. 도로 나와 다른 골목을 또 그만치 뛰어보았다. 여기서도 만나지 못하였다.

'그럼, 이 근처 어느 집에 들어가신 거나 아닐까?'

그러나 물을 사람도, 귀를 엿들을 데도 없는 것이었다.

윤은 몇 가지 후회가 안타깝게 치밀었으나 그만 담배를 한 갑 사서 피우며 집으로 돌아오고 말았다.

그 뒤, 고작 한 보름 지났을까 한 어느 날 저녁이다. 윤의 집에는 부고 한 장이 배달되었다. 바로 양로원에서 온, 경주 김씨, 뒷방마님의 부고였다.

—《돌다리》, 박문서관, 1943.(최초 발표지 미상)

해방 전후

─한 작가의 수기

　호출장이란 것이 너무 자극적이어서 시달서라 이름을 바꾸었다고는 하나, 무슨 이름의 쪽지이든, 그 긴치 않은 심부름이란 듯이 파출소 순사가 거만하게 던지고 간, 본서에의 출두 명령은 한결같이 불쾌한 것이었다. 현 자신보다도 먼저 얼굴빛이 달라지는 아내에게는 으레 건으로 심상한 체하면서도 속으로는 정도 이상 불안스러워 오라는 것이 내일 아침이지만 이 길로 가 진작 때우고 싶은 것이, 그래서 이날은 아무 일도 손에 잡히지 않고, 밥맛이 없고, 설치는 밤잠에 꿈자리조차 뒤숭숭한 것이 소심한 편인 현으로는 '호출장' 때나 '시달서' 때나 마찬가지곤 했다.

　현은 무슨 사상가도, 주의자도, 무슨 전과자도 아니었다. 시골 청년들이 어떤 사건으로 잡히어서 가택 수색을 당할 때, 그의 저서가 한두 가지 나온다든지, 편지 왕래한 것이 한두 장 불거진다든지, 서울 가서 누구를 만나보았느냐는 심문에 현의 이름이 끌려든다든지 해서, 청년들에게 제법 무슨 사상 지도나 하고 있지 않나 하는 혐의로 가끔 오너라 가너라 하기 시작한 것이 인젠 저들의 수첩에 준요시찰인 정도로는 오른 모양인데, 구금을 할 정도라면 당장 데려갈 것이지 호출장이니 시달서니가 아닐 것은 짐작하면서도 번번이 불안스러웠고 더욱 이번에는 은근히 마음 쓰이는 것이 없지도 않았다. 일반지원병제도와 학생특별지원병제도 때문에 뜻 아닌 죽음이기보다, 뜻 아닌 살인, 살인이라도 내 민족에게 유일한 희망을 주고 있는 중국이나 영미나 소련의 우군을 죽여야 하는 그리고 내 몸이 죽되 원수 일본을 위하는 죽음이 되어야 하는, 이 모순된 번민으로 행여나 무슨 해결을 얻을까 해서 더듬고 더듬다가는 한낱 소설가인 현을 찾아와 준 청년도 한둘이 아니었다. 현은 하루 이틀 동안에 극도의 신경 쇠약이 된 청년도 보았고 다녀간 지 한 주일 뒤에 자살하는 유서를 보내 온 청년도 있었다. 이런 심각한 민족의 번민을 현은 제 몸만이 학병 자신이 아니라 해서 혼자 뒷날을 사려해 가며 같은 불행한 형제로서의 울분을 절제할 수는 없었다. 때로는 전혀 초면들이라 저 사람이 내 속을 떠보려는 밀정이나 아닌가 의심하면서도, 그런 의심부터가 용서될 수 없다는 자책으로 현은 아무리 낯선 청년에게라도 일러주고 싶은 말은 한마디도 굽히거나 남긴 적이 없는 흥분이곤 했다. 그들을 보내고 고요한 서재에서 아직도 상기된 현의 얼굴은 그예 무슨 일을 저지르고 만 불안이었고 이왕 불안일 바엔, 이왕 저지르는 바엔 이 한 걸음 한 걸음 절박해 오는 민족의 최후에 있어 좀 더 보람 있는 저지름을 하고 싶은 충동도 없지 않았으나 그 자신 아무런 준비도 없었고 너무나 오랜 동안 굳어버린 성격의 껍데기는 여간 힘으로는 제 자신이 깨트리고 솟아날 수가 없었다. 그의 최근작인 어느 단편 끝에서,

"한 사조의 밑에 잠겨 사는 것도 한 물 밑에 사는 넋일 것이다. 상전벽해라 일러는 오나 모든 게 따로 대세의 운행이 있을 뿐 처음부터 자갈을 날라 메우듯 할 수는 없을 것이다."

라고 한 구절을 되뇌면서 자기를 헐가로 규정해 버리는 쓴웃음을 지을 뿐이었다.

"당신은 메칠 안 남았다고 하지만 특공댄지 정신댄지 고 악지센 것들이 끝까지 일인일함一人一艦으로 뻐틴다면 아무리 물자 많은 미국이라도 일본 병정 수효만치야 군함을 만들 수 없을 거요. 일본이 망하기란 하늘에 별 따기 같은 걸 기다리나 보오!"

현의 아내는 이날도 보송보송해 잠들지 못하는 남편더러 집을 팔고 시골로 가자 하였다. 시골 중에도 관청에서 동뜬 두메로 들어가 자농이라도 하면서 하루라도 마음 편하고 배불리 살다 죽자 하였다. 그런 생각은 아내가 꼬드기기 전에 현도 미리부터 궁리하던 것이나, 지금 외국으로는 나갈 수 없고 어디고 일본 하늘 밑인 바에야 그야말로 민불견리民不見吏, 야불구폐夜不狗吠[1]의 요순 때 농촌이 어느 구석에 남아 있을 것인가? 그런 도원경이 없다 해서 언제까지나 서울서 견딜 수 있느냐 하면 그런 것도 아니고 소위 시국물이나 일문日文에의 전향이라면 차라리 붓을 꺾어버리려는 현으로는 이미 생계에 꿀리는 지 오래며 앞으로 쳐다

---

1 백성은 관리를 볼 수 없고 밤에는 개가 짖지 않는다. 즉 관리의 수탈이 없는 태평성대를 뜻함.

볼 것은 집밖에 없는데 집을 건드릴 바에는 곶감 꼬치로 없애기보다 시골로 가 다만 몇 마지기라도 땅을 잡아야 한다는 것이 상책이긴 하다. 그러나 성격의 껍데기를 깨치기처럼 생활의 껍데기를 갈아본다는 것도 그리 쉬운 일이 아니었다.

"좀 더 정세를 봅시다."

이것이 가족들에게 무능하다는 공격을 일 년이나 두고 받아오는 현의 태도였다.

동대문서 고등계의 현의 담임인 쓰루다 형사는 과히 인상이 험한 사나이는 아니다. 저희 주임만 없으면 먼저 조선말로 '별일은 없습니다만 또 오시래 미안합니다'쯤 인사도 하곤 하는데 이날은 됫박이마에 옴팡눈인 주임이 딱 뻗치고 앉아 있어 쓰루다까지도 현의 한참씩이나 수그리는 인사는 본 체 안 하고 눈짓으로 옆에 놓인 의자만 가리키었다.

현은 모자가 아직 그들과 같은 국방모 아님을 민망히 주무르면서 단정히 앉았다. 형사는 무엇 쓰던 것을 한참 만에야 끝내더니 요즘 무엇을 하느냐 물었다. 별로 하는 일이 없노라 하니 무엇을 할 작정이냐 따진다. '글쎄요' 하고 없는 정을 있는 듯이 웃어 보이니 그는 힐긋 저의 주임을 돌아보았다. 주임은 무엇인지 서류에 도장 찍기에 골독해 있다. 형사는 그제야 무슨 뚜껑 있는 서류를 끄집어내어 뚜껑으로 가리고 저만 들여다보면서 이렇게 물었다.

"시국을 위해 왜 아무것도 안 하십니까?"

"나 같은 사람이 무슨 힘이 있습니까?"

"그러지 말구 뭘 좀 허십시오. 사실인즉 도 경찰부에서 현 선생 같으신 몇 분에게 시국에 협력하는 무슨 일 한 것이 있는가? 또 하면서 있는가? 장차 어떤 방면으로 시국 협력에 가능성이 있는가? 생활비가 어디서 나오는가? 이런 걸 조사해 올리란 긴급 지시가 온 겁니다."

"글쎄올시다."

하고 현은 더욱 민망해 쓰루다의 얼굴만 쳐다보는 수밖에 없었다.

"그래두 뭘 허신다구 보고가 돼야 좋을걸요? 그 허기 쉬운 창씬 왜 안 허시나요?"

수속이 힘들어 못 하는 줄로 딱해하는 쓰루다에게 현은 역시 이것에 관해서도 대답할 말이 없었다.

"우리 따위 하층 경관이야 뭘 알겠습니까만, 인전 누구 한 사람 방관적 태도는 용서되지 않을 겁니다."

"잘 보신 말씀입니다."

현은 우선 이번의 호출도 그 강압 관념에서 불안해하던 구금이 아닌 것만 다행히 알면서 우물쭈물하던 끝에,

"그렇지 않아도 쉬 뭘 한 가지 해보려던 참입니다. 좋도록 보고해 주십시오."

하고 물러 나왔고, 나오는 길로 그는 어느 출판사로 갔다. 그 출판사의 주문이기보다 그곳 주간을 통해 나온 경무국의 지시라는, 그뿐만 아니라 문인 시국강연회 때 혼자 조선말로 했고 그나마 마지못해《춘향전》한 구절만 읽은 것이 군에서 말썽이 되니 이것으로라도 얼른 한 가지 성의를 보여야 좋으리라는 대동아 전기의 번역을 현은 더 망설이지 못하고 맡은 것이다.

심란한 남편의 심정을 동정해 아내는 어느 날보다도 정성 들여 깨끗이 치운 서재에 일본 신문의 기리누끼[2]를 한 뭉텅이 쏟아 놓을 때, 현은 일찍 자기 서재에서 이처럼 지저분함을 느껴본 적이 없었다.

'철 알기 시작하면서부터 굴욕만으로 살아온 인생 사십, 사랑의 열락도 청춘의 영광도 예술의 명예도 우리에겐 없었다. 일본의 패전기라면 몰라 일본에 유리한 전기를 내 손으로 주무르는 건 무엇 때문인가?'

현은 정말 살고 싶었다. 살고 싶다기보다 살아 견디어내고 싶었다. 조국의 적일 뿐 아니라 인류의 적이요 문화의 적인 나치스의 타도를 오직 사회주의에 기대하던 독일의 한 시인은 모로토프가 히틀러와 악수를 하고 독소중립조약이 성립되는 것을 보고는 그만 단순한 생각에 절망하고 자살하였다 한다.

'그 시인의 판단은 경솔하였던 것이다. 지금 독소는 싸우며 있지 않은가? 미·영·중도 일본과 싸우며 있다. 연합군의 승리를 믿자! 정의와 역사의 법칙을 믿자! 정의와 역사의 법칙이 인류를 배반한다면 그때는 절망하여도 늦지 않을 것이다!'

현은 집을 팔지는 않았다. 구라파에서 제이 전선이 아직 전개되지 않았고 태평양에서 일본군이 아직 라바울을 지킨다고는 하나 멀어야 이삼 년이겠지 하는 심산으로 집을 최대한도로 잡혀만 가지고 서울을 떠난 것이다. 그곳 공의公醫를 아는 것이 반

---

2 일본어로 '스크랩북'을 뜻함.

연으로 강원도 어느 산읍이었다. 철도에서 팔십 리를 버스로 들어오는 곳이요, 예전엔 현감이 있던 곳이나 지금은 면소와 주재소뿐의 한적한 구읍이다. 어느 시골서나 공의는 관리들과 무관하니 무엇보다 그 덕으로 징용이나 면할까 함이요, 다음으로 잡곡의 소산지니 식량 해결을 위해서요 그리고는 가까이 임진강 상류가 있어 낚시질로 세월을 기다릴 수 있음도 현이 그곳을 택한 이유의 하나였다.

그러나 와서 실정에 부딪쳐 보니 이 세 가지는 하나도 탐탁한 것은 아니었다. 면사무소엔 상장이 십여 개나 걸려 있는 모범 면장으로 나라에선 상을 타나 백성에겐 그만치 원망을 사는 이 시대의 모순을 이 면장이라고 예외일 리 없어 성미가 강직해 바른말을 잘 쏘는 공의와는 사이가 일찍부터 틀린 데다가, 공의는 육 개월이나 장기간 강습으로 이내 서울 가버리고 말았으니 징용 면할 길이 보장되지 못했고 그 외에 아는 사람이라고는 공의의 소개로 처음 지면한 향교 직원으로 있는 분인데 일 년에 단 두 번 춘추 제향 때나 고을 사람들의 기억에서 살아나는 '김 직원님'으로는 친구네 양식은커녕 자기 식구 때문에도 손이 휜, 현실적으로는 현이나 마찬가지의, 아직도 상투가 있는 구식 노인인 선비였다.

낚시터도 처음 와볼 때는 지척 같더니 자주 다니기엔 거의 십 리나 되는 고달픈 길일 뿐 아니라 하필 주재소 앞을 지나야 나가게 되었고 부장님이나 순사 나리의 눈을 피하려면 길도 없는 산등성이 하나를 넘어야 되는데 하루는 우편국 모퉁이에서 넌지시 살펴보니 가네무라라는 조선 순사가 눈에 띄었다. 현은 낚시 도

구부터 질겁을 해 뒤로 감추며 한 걸음 물러서 바라보니 촌사람들이 무슨 나무껍질 벗겨 온 것을 면서기들과 함께 점검하는 모양이다. 웃통은 속옷 바람이나 다리는 각반을 치고 칼을 차고 회초리를 들고 이 사람 저 사람에게 거드름을 부리고 있었다. 날래 끝날 것 같지 않아 현은 이번도 다시 돌아서 뒷산등을 넘기로 하였다.

길도 없는 가닥 숲을 젖히며 비 뒤의 미끄러운 비탈을 한참이나 헤매어서 비로소 펑퍼짐한 중턱에 올라설 때다. 멀지 않은 시야에 곰처럼 시커먼 것이 우뚝 마주 서는 것은 순사부장이다. 현은 산짐승에게보다 더 놀라 들었던 두 손의 낚시 도구를 이번에는 펄썩 놓아버리었다.

"당신 어데 가오?"

현의 눈에 부장은 눈까지 부릅뜨는 것으로 보였다.

"네, 바람 좀 쏘이러요."

그제야 현은 대팻밥모자를 벗으며 인사를 하였으나 부장은 이미 딴 쪽을 바라보는 때였다. 부장이 바라보는 쪽에는 면장도 서 있었고 자세 보니 남향하여 큰 정구 코트만치 장방형으로 새끼줄이 치어져 있는데 부장과 면장의 대화로 보아 신사터를 잡는 눈치였다. 현은 말뚝처럼 우뚝이 섰을 뿐 어찌해야 좋을지 몰랐다. 놓아버린 낚시 도구를 집어 올릴 용기도 없거니와 집어 올린 댔자 새끼줄을 두 번이나 넘으면서 신사터를 지나갈 용기는 더욱 없었다. 게다가 부장도 면장도 무어라고 쑤군거리며 가끔 현을 돌아다본다. 꽃이라도 있으면 한 가지 꺾어 드는 체하겠는데 패랭이꽃 한 송이 눈에 띄지 않는다. 얼마 만에야 부장과 면장이 일시에 딴 쪽을 향하는 틈을 타서 수갑에 채였던 것 같던 현의 손은 날쌔게 그 시국에 태만한 증거물들을 집어 들고 허둥지둥 그만 집으로 내려오고 만 것이다.

"아버지 왜 낚시질 안 가구 도루 오슈?"

현은 아이들에게 대답할 말이 미처 생각나지도 않았거니와 그보다 먼저 현의 뒤를 따라온 듯한 이웃집 아이 한 녀석이,

"너이 아버지 부장헌테 들켜서 도루 온단다."

하는 것이었다.

낚시질을 못 가는 날은 현은 책을 보거나 그렇지 않으면 김 직원을 찾아갔고 김 직원도 현이 강에 나가지 않았음 직한 날은 으레 찾아왔다. 상종한다기보다 모시어 볼수록 깨끗한 노인이요, 이 고을에선 엄연히 존경을 받아야 옳을 유일한 인격자요 지사였다. 현은 가끔 기인여옥이란 이런 이를 가리킴이라 느끼었다. 기미년 삼일운동 때 감옥살이로 서울에 끌려 왔었을 뿐 조선이 망한 이후 한 번도 자의로는 총독부가 생긴 서울엔 오기를 피한 이다. 창씨를 안 하고 견디는 것은 물론, 감옥에서 나오는 날부터 다시 상투요 갓이었다. 현과는 워낙 수십 년 연장인 데다 현이 한문이 부치어 그분이 지은 시를 알지 못하고, 그분이 신문학에 무관심하여 현대문학을 논담하지 못하는 것엔 서로 유감일 뿐, 불행한 족속으로서 억천 암흑 속에 일루의 광명을 향해 남몰래 더듬는 그 간곡한 심정의 촉수만은 말하지 않아도 서로 굳게 잡히고도 남아 한두 번 만남으로 서로 간담을 비추는 사이가 되었다.

하루저녁은 주름 잡히었으나 정채 돋는 두 눈에 눈물이 마르

지 않은 채 찾아왔다. 현은 아끼는 촛불을 켜고 맞았다.

"내 오늘 다 큰 조카자식을 행길에서 매질을 했소."

김 직원은 그저 손이 부들부들 떨려 있었다. 조카 하나가 면서
기로 다니는데 그의 매부, 즉 이분의 조카사위 되는 청년이 일본
으로 징용당해 가던 도중에 도망해 왔다. 몸을 피해 처가에 온 것
을 이곳 면장이 알고 그 처남더러 잡아 오라 했다. 이 기미를 안
매부 청년은 산으로 뛰어 올라갔다. 처남 청년은 경방단의 응원
을 얻어 산을 에워싸고 토끼 잡듯 붙들어다 주재소로 넘기었다
는 것이다.

"강박한 처남이로군!"

현도 탄식하였다.

"잡아 오지 못하면 네가 대신 가야 한다고 다짐을 받았답디다
만 대신 가기루서 제 집으로 피해 온 명색이 매부 녀석을 경방단
들을 끌구 올라가 돌풀매질을 하면서꺼정 붙들어다 함정에 넣어
야 옳소? 지금 젊은 놈들은 쓸개가 없습넨다!"

"그러니 지금 세상에 부모기로니 그걸 어떻게 공공연히 책망
하십니까?"

"분해 견딜 수가 있소! 면소서 나오는 놈을 노상이면 어떻소.
잠자코 한참 대설대가 끊어져 나가도록 패주었지요. 맞는 제 놈
도 까닭을 알 게고 보는 사람들도 아는 놈은 알았겠지만 알면 대
사요."

이날은 현도 우울한 일이 있었다. 서울 문인보국회에서 문인
궐기대회가 있으니 올라오라는 전보가 온 것이다. 현에게는 엽서
한 장이 와도 먼저 알고 있는 주재소에서 장문전보가 온 것을 모

를 리 없고 일본 제국의 흥망이 절박한 이때 문인들의 궐기대회에 밤낮 낚시질만 다니는 이자가 응하느냐 안 응하느냐는 주재소뿐 아니라 일본인이요 방공 감시초장인 우편국장까지도 흥미를 가진 듯, 현의 딸아이가 저녁 때 편지 부치러 나갔더니, 너희 아버지 내일 서울 가느냐 묻더라는 것이다.

김 직원은 처음엔 현더러 문인궐기대회에 가지 말라 하였다. 가지 말라는 말을 들으니 현은 가지 않기가 도리어 겁이 났다. 그랬는데 다음 날 두 번째 또 그다음 날 세 번째의 좌우간 답전을 하라는 독촉 전보를 받았다. 이것을 안 김 직원은 그날 일찍이 현을 찾아왔다.

"우리 따위 노혼한 것들이야 새 세상을 만난들 무슨 소용이리까만 현 공 같은 젊은이는 어떡하든 부지했다가 그예 한몫 맡아주시오. 그러자면 웬만한 일이건 과히 뻗대지 맙시다. 징용만 면헐 도리를 해요."

그리고 이날은 가네무라 순사가 나타나서, 이틀밖에 안 남았는데 언제 떠나느냐, 떠나면 여행증명을 해가지고 가야 하지 않느냐, 만일 안 떠나면 참석 안 하는 이유는 무엇이냐, 나중에는, 서울 가면 자기의 회중시계 수선을 좀 부탁하겠다 하고 갔다. 현은 역시,

'살고 싶다!'

또 한 번 비명을 하고 하루를 앞두고 가네무라 순사의 수선할 시계를 맡아가지고 궂은비 뿌리는 날 서울 문인보국회로 올라온 것이다.

현에게 전보를 세 번씩이나 친 것은 까닭이 있었다. 얼마 전

에 시국 협력을 달갑게 여기지 않는 중견층 칠팔 인을 문인보국회 간부급 몇 사람이 정보과장과 하루저녁의 합석을 알선한 일이 있었는데 그날 저녁에 현만은 참석하지 못했으므로 이번 대회에 특히 순서 하나를 맡기게 되면 현을 위해서도 생색이려니와 그 간부급 몇 사람의 성의도 드러나는 것이었다. 현더러 소설부를 대표해 무슨 진언을 하라는 것이었다. 현은 얼마 앙탈해 보았으나 나타난 이상 끝까지 뻗대지 못하고 이튿날 대회 회장으로 따라 나왔다. 부민관인 회장의 광경은 어마어마하였다. 모두 국민복에 예장禮章을 찼고 총독부 무슨 각하, 조선군 무슨 각하, 예복에, 군복에 서슬이 푸르렀고 일본 작가에 누구, 만주국 작가에 누구, 조선 문단 생긴 이후 첫 어마어마한 집회였다. 현은 시골서 낚시질 다니던 진흙 묻은 웃저고리에 바지만은 플란넬을 입었으나 국방색도 아니요, 각반도 치지 않아 자기의 복장은 시국 색조에 너무나 무감각했음이 변명할 여지가 없게 되었다. 그러나 갑자기 변장할 도리도 없어 그대로 진행되는 절차를 바라보는 동안 현은 차차 이 대회에 일종 흥미도 없지 않았다. 현이 한동안 시골서 붕어나 보고 꾀꼬리나 듣던 단순해진 눈과 귀가 이 대회에서 다시 한 번 선명하게 느낀 것은 파쇼 국가의 문화행정의 야만성이었다. 어떤 각하짜리는 심지어 히틀러의 말 그대로 문화란 일단 중지했다가도 필요한 때엔 일조일석에 부활시킬 수 있는 것이니 문학이건 예술이건 전쟁 도구가 못 되는 것은 아낌없이 박멸하여도 좋다 하였고, 문화의 생산자인 시인이며 평론가며 소설가들도 이런 무장武裝 각하들의 웅변에 박수갈채할 뿐 아니라 다투어 일어서, 쓰러져 가는 문화의 옹호이기보다는 관리와 군인의 저속한 비위를 핥기에만 혓바닥의 침을 말리었다. 그리고 현의 마음을 측은케 한 것은 그 핏기 없고 살 여윈 만주국 작가의 서투른 일본 말로의 축사였다. 그 익지 않은 외국어에 부자연하게 움직이는 얼굴은 작고 슬프게만 보였다. 조선 문인들의 일본 말은 대개 유창하였다. 서투른 것을 보다 유창한 것을 보니 유쾌해야 할 터인데 도리어 얄미운 것은 무슨 까닭일까? 차라리 제 소리 이외에는 옮길 줄 모르는 개나 도야지가 얼마나 명예스러우랴 싶었다. 약소민족은 강대민족의 말을 배우기 시작하는 것부터가 비극의 감수였던 것이다. 그렇다고 해서, 그러면 일본 작가들의 축사나 주장은 자연스럽게 보이고 옳게 생각되었느냐 하면 그것도 아니었다. 현의 생각엔 일본인 작가들의 행동이야말로 이해하기에 곤란하였다. 한때는 유종열 같은 사람은, '동포여 군국주의를 버리라. 약한 자를 학대하는 것은 일본의 명예가 아니다. 끝까지 이 인류를 유린할 때는 세계가 일본의 적이 될 것이니 그때는 망하는 것이 조선이 아니라 일본이 아닐 것인가?' 하고 외치었고, 한때는 히틀러가 조국이 없는 유태인들을 추방하고, 진시황처럼 번문욕례를 빙자해 철학 문학을 불지를 때 이것에 제법 항의를 결의한 문화인들이 일본에도 있지 않았는가? 그들은 지금 무엇을 하고 찍소리도 없는 것인가? 조선인이나 만주인의 경우보다는 그래도 조국이나 저희 동족에의 진정한 사랑과 의견을 외칠 만한 자유와 의무는 남아 있지 않을 것인가? 진정한 문화인의 양심이 아직 일본에 있다면 조선인과 만주인의 불평을 해결은커녕 위로조차 아니라 불평할 줄 아는 그 본능까지 마비시키려는 사이비 종교가만이 쏟아져 나오고, 저희 민족문화의 한

발원지라고도 할 수 있는 조선의 문화나 예술을 보호는 못할망정, 야만적 관료의 앞잡이가 되어 조선어의 말살과 긴치 않은 동조론이나 국민극의 앞잡이 따위로나 나와 돌아다니는 꼴들은 반세기의 일본 문화란 너무나 허무한 것이 아닌가? 물론 그네들도 양심 있는 문화인은 상당한 수난일 줄은 안다. 그러나 너무나 태평무사하지 않은가? 이런 생각에서 펀뜻 박수 소리에 놀라는 현은, 차츰 자기도 등단해야 될, 그 만주국 작가보다 더 비극적으로 얼굴의 근육을 경련시키면서 내용이 더 구린 일본어를 배설해야 될 것을 깨달을 때, 또 여태껏 일본 문화인들을 비난하며 있던 제 속을 들여다볼 때 '네 자신은 무어냐? 네 자신은 무엇허러 여기 와 앉어 있는 거냐?' 현은 무서운 꿈속이었다. 뛰어도 뛰어도 그 자리에만 있는 꿈속에서처럼 현은 기를 쓰고 뛰듯 해서 겨우 자리를 일어섰다. 일어서고 보니 걸음은 꿈과는 달라 옮겨지었다. 모자가 남아 있는 것도 의식 못 하고 현은 모든 시선이 올가미를 던지는 것 같은 회장을 슬그머니 빠져나오고 말았다.

'어찌 될 것인가? 의장 가야마 선생은 곧 내가 나설 순서를 지적할 것이다. 문인보국회 간부들은 그 어마어마한 고급 관리와 고급 군인들의 앞에서 창씨 안 한 내 이름을 외치면서 찾을 것이다!'

위에서 누가 내려오는 소리가 난다. 우선 현은 변소로 들어섰다. 내려오는 사람은 절거덕절거덕 칼 소리가 났다. 바로 이 부민관 식당에서 언젠가 한번 우리 문인들에게, 너희가 황국 신민으로서 충성하지 않을 때는 이 칼이 너희 목을 용서하지 않을 것이다 하던, 그도 우리 동포인 무슨 중좌인가 그자인지도 모르는

데 절거덕 소리는 변소로 들어오는 눈치다. 현은 얼른 대변소 속으로 들어섰다. 한참 만에야 소변을 끝낸 칼 소리의 주인공은 나가버리었다. 그러나 그 뒤를 이어 이내 다른 구두 소리가 들어선다. 누구이든 이 속을 엿볼 리는 없을 것이나, 현은, 그 시골서 낚시질을 가던 길 산등성이에서 순사부장과 닥뜨리었을 때처럼 꼼짝 못 하겠다. 변기는 씻겨 내려가는 식이나 상당한 무더위로 독하도록 불결한 내다. 현은 담배를 꺼내 피워 물었다. 아무리 유치장이나 감방 속이기로 이다지 좁고 이다지 더러운 공기는 아니리라 싶어 사람이 드나드는 곳치고 용무 이외에 머무르기 힘든 곳은 변소 속이라 느낄 때, 현은 쓴웃음도 나왔다. 먼 삼층 위에선 박수 소리가 울려왔다. 그러고는 조용하다. 조용해진 지 얼마만에야 현은 밖으로 나왔다. 그리고 맨머릿바람인 채, 다시 한 번 될 대로 되어라 하고 시내에서 그중 동뜬 성북동에 있는 친구에게로 달려오고 만 것이다.

어찌 되었든 현이 서울 다녀온 보람은 없지 않았다. 깔끔하여 인사도 제대로 받지 않으려던 가네무라 순사가 시계를 고쳐다 준 이후로는 제법 상냥해졌고, 우편국장, 순사부장, 면장 들이 문인대회에서 전보를 세 번씩이나 쳐서 불러간 현을 그전보다는 약간 평가를 높이 하는 듯, 저희 편에서도 자진해 인사를 보내게쯤 되어 이제는 그들이 보는 데도 낚싯대를 어엿이 들고 지나다니게쯤 되었다.

낚시질은, 현이 사용하는 도구나 방법이 동양 것이어서 그런지는 몰라도 역시 동양적인 소견법의 하나 같았다. 곤드레가 그린 듯이 소식 없기를 오랠 때에는 그대로 강 속에 마음을 둔 채 졸고도 싶었고, 때로는 거친 목소리나마 한 가락 노래도 흥얼거리고 싶은 것인데 이런 때는 신시보다는 시조나 한시를 읊는 것이 제격이었다.

小縣依山脚 官樓似鐘懸(소현의산각 관루사종현)
觀書啼鳥裏 聽訴落花前(관서제조리 청소낙화전)
俸薄稱貧吏 身閑號散仙(봉박칭빈리 신한호산선)
新參釣魚社 月半在江邊(신참조어사 월반재강변)[3]

현이 이곳에 와서 무엇이고 군소리 내고 싶은 때 즐겨 읊조리는 한시다. 한번은 김 직원과 글씨 이야기를 하다가 고비古碑 이야기가 나오고 나중에는 심심하니 동구에 늘어선 현감비들이나 구경 가자고 나섰다. 거기서 현은 가장 첫머리에 선 대산 강진의 비를 그제야 처음 보았고 이조 말 사가시의 계승자라고 하는 시인 대산이 한때 이곳 현감으로 왔던 사적을 반겨 놀라지 않을 수 없었다. 그길로 김 직원 댁으로 가서 두 권으로 된 이《대산집》을 빌리어다 보니 중년작은 거의가 이 산읍에 와서 지은 것이며 현이 가끔 올라가는 만경산이며 낚시질 오는 용구소며 여조 유신 허 모가 와 은둔해 있던 곳이라는 두문동이며 진작 이 시인 현감의 시제에 오르지 않은 구석이 별로 없다. 그는 일찍부터 출재

---

3 조선 후기 서화가 강진(1807~58)의 시. 조그만 고을 산자락에 기대 있으니 관청이라고 경쇠를 매단 듯/새 지저귀는 속에서 책을 읽고 꽃 지는 앞에서 송사를 듣네/봉급이 얄팍해 빈리라 일컫겠으나 몸은 한가로우니 신선이라 하겠구려/새로 낚시 모임에 참여하니 한 달에 반이나 강가에 나가 있네.

산수향出宰山水鄕 독서송계림讀書松桂林[4]의 한퇴지의 유풍을 사모하여 이런 산수향에 수령 되어 왔음을 만족해한 듯하다. 새 우짖는 소리 속에 책을 읽고 꽃 흩는 나무 앞에서 백성의 시비를 가리는 것이라든지, 녹은 적으나 몸 한가한 것만 신선이어서 새로 낚시꾼들에게 끼여 한 달이면 반은 강변에서 지내는 것을 스스로 호강스러워 예찬한 노래다. 벼슬살이가 이러할진댄 도연명인들 굳이 팽택령을 버렸을 리 없을 것이다. 몸이야 관직에 매였더라도 음풍영월만 할 수 있으면 문학이었고 굳이 관대를 끄르고 전원에 돌아갔으되 역시 음풍영월만이 문학이긴 마찬가지였다.

'관서제조리 청소낙화전! 이런 운치의 정치를 못 가져봄은 현대 정치인의 불행이라 할 수 있을 것이다! 그러나 다시 이런 운치 정치로 살 수 있는 세상이 올 수 있을 것인가? 음풍영월만으로 소견 못 하는 것이 현대 문인의 불행이기도 할 것이다. 그러나 마찬가지로 음풍영월이 문학일 수 있는 세상이 다시 올 수 있을 것인가? 아니 그런 세상이 올 필요나 있으며 또 그런 것이 현대 정치가나 예술가의 과연 흠모하는 생활이며 명예일 수 있을 것인가?'

현은 무시로 대산의 시를 입버릇처럼 읊조리면서도 그것은 한낱 왕조 시대의 고완품을 애무하는 것 같은 취미요 그것이 곧 오늘 자기 문학 생활에 관련성을 가진 것이라고는 생각되지 않았다.

'그렇다고 내 자신이 걸어온 문학의 길은 어떠하였는가? 봉건 시대의 소견 문학과 얼마만 한 차이를 가졌는가?'

---

4 산수 좋은 고장에 고을살이 나가니 송계의 숲에서 책을 읽으리.

현은 이것을 붓을 멈추고 자기를 전망할 수 있는 이 피난처에
와서야, 또는 강대산 같은 전 세대 시인의 작품을 읽고야 비로소
반성하는 것은 아니었다. 현의 아직까지의 작품 세계는 대개 신
변적인 것이 많았다. 신변적인 것에 즐기어 한계를 둔 것은 아니
나 계급보다 민족의 비애에 더 솔직했던 그는 계급에 편향했던
좌익엔 차라리 반감이었고 그렇다고 일제의 조선민족정책에 정
면충돌로 나서기에는 현만이 아니라 조선 문학의 진용 전체가
너무나 미약했고 너무나 국제적으로 고립해 있었다. 가끔 품속에
서린 현실자로서의 고민이 불끈거리지 않았음은 아니나, 가혹한
검열 제도 밑에서는 오직 인종하지 않을 수 없었고 따라 체관의
세계로밖에는 열릴 길이 없었던 것이다.

　　'자, 인젠 무엇을 어떻게 쓸 것인가? 일본이 망할 것은 정한 이
치다. 미리 준비를 하자! 만일 일본이 망하지 않는다면? 조선은
문학이니 문화니가 문제가 아니다. 조선말은 그예 우리 민족에게
서 떠나고 말 것이니 그때는 말만이 아니라 민족 자체가 성격적
으로 완전히 파산되고 마는 최후인 것이다. 이런 끔찍한 일본 군
국주의의 음모를 역사는 과연 일본에게 허락할 것인가?'

　　현은 아내에게나 김 직원에게는 멀어야 이제부터 일 년이란
것을 누이에 역설하면서도 정작 저 혼자 따져 생각할 때는 너무
나 정보에 어두워 있으므로 막연하고 불안하였다. 그러나 파시즘
의 국가들이 이기기나 하면 어쩌나 하는 불안은 이내 사라졌다.
무솔리니의 실각, 제이 전선의 전개, 사이판의 함락, 일본 신문이
전하는 것만으로도 전쟁의 대세는 이미 결정되어 있었다.

　　그렇다고 현은 붓을 들 수는 없었다. 자기가 쓰기는커녕 남의

것을 읽는 것조차 마음은 여유를 주지 않았다. 강가에 앉아 '관서 제조리 청소낙화전'은 읊조릴망정, 태서 대가들의 역작 명편은 도무지 머릿속에 들어오지 않아, 다시 읽는 《전쟁과 평화》를 일 년이 걸리어도 하권은 그예 못다 읽고 말았다. 집엔 들어서기만 하면 쌀 걱정, 나무 걱정, 방바닥 뚫어진 것, 부엌 불편한 것, 신발 없는 것, 옷감 없는 것, 약 없는 것, 나중엔 삼 년은 견딜 줄 예산한 집 잡힌 돈이 일 년이 못다 되어 바닥이 났다. 징용도 아직 보장이 되지 못하였는데 남자 육십 세까지의 국민의용대 법령이 나왔다. 하루는 주재소에서 불렀다. 여기는 시달서도 없이 소사가 와서 이르는 것이나 불안하고 불쾌하긴 마찬가지다. 다만 그 불안을 서울서처럼 궁금한 채 내일까지 기다리는 것이 아니라 그길로 달려가 즉시 결과를 알 수 있는 것만 다행이었다.

주재소에는 들어설 수 없게 문간에까지 촌사람들로 가득하였다. 현은 자기를 부른 일과 무슨 관계가 있나 해서 가만히 눈치부터 살피었다. 농사진 밀보리는 종자도 남기지 않고 모조리 걷어들여오고 이름만 농가라고 배급은 주지 않으니 무얼 먹고 살라느냐, 밤낮 증산이니 무슨 공출이니 하지만 먹어야 농사도 짓고 먹어야 머루 덤불도, 관솔도, 참나무 껍질도 해다 바치지 않느냐, 면에다 양식 배급을 주도록 말해달라고 진정하러들 온 것이었다. 실실 웃기만 하고 앉았던 부장이 현을 보더니 갑자기 얼굴에 위엄을 갖추며 밖으로 나왔다.

"오늘은 낚시질 안 갔소?"

"안 갔습니다."

"당신을 경방단에도, 방공 감시에도 뽑지 않은 것은 나라를 위해서 글을 쓰라고 그냥 둔 것인데 자꾸 낚시질만 다니니까 소문이 나쁘게 나는 것이오. 내가 어제 본서에 들어갔더니, 거긴, 어떤 한가한 사람이 있어 버스에서 보면 늘 낚시질을 하니, 그게 누구냐고 단단히 말을 합디다. 인전 우리 일본 제국이 완전히 이길 때까지 낚시질은 그만둡시다."

현은,

"그렇습니까? 미안합니다."

하는 수밖에 없었다.

"그리고 당신은, 출정 군인이 있을 때마다 여기서 장행회가 있는데 한 번도 나오지 않지 않았소?"

"미안합니다. 앞으론 나오겠습니다."

현은 몹시 우울했다.

첫 장마 지난 후, 고기들이 살도 올랐고 떼 지어 활발히 이동하는 것도 이제부터다. 일 년 중 강물과 제일 즐길 수 있는 당절에 그만 금족을 당하는 것이었다. 낚시 도구는 꾸려 선반에 얹어 두고, 자연 김 직원과나 자주 만나는 것이 일이 되었다. 만나면 자연 시국 이야기요, 시국 이야기면 이미 독일도 결딴났고 일본도 벌써 적을 오끼나와까지 맞아들인 때라 자연히 낙관적 관찰로서 조선 독립의 날을 꿈꾸는 것이었다.

"국호가 고려국이라고 그러셨나?"

현이 서울서 듣고 온 것을 한번 김 직원에게 이야기한 적이 있다.

"고려민국이랍디다."

"어째 고려라고 했으리까?"

"외국에는 조선이나 대한보다는 고려로 더 알려졌기 때문인가 봅니다. 직원님께선 무어라 했으면 좋겠습니까?"

"그까짓 국호야 뭐래든 얼른 독립이나 됐으면 좋겠소. 그래도 이왕이면 우리넨 대한이랬으면 좋을 것 같어."

"대한! 그것도 이조 말에 와서 망할 무렵에 잠시 정했던 이름 아닙니까?"

"그렇지요. 신라나 고려나처럼 한때 그 조정이 정했던 이름이죠."

"그렇다면 지금 다시 이왕李王 시대가 아닐 바엔 대한이란 거야 무의미허지 않습니까? 잠시 생겼다 망했다 한 나라 이름들은 말씀대로 그때그때 조정이나 임금 마음대로 갈었지만 애초부터 우리 민족의 이름은 조선이 아닙니까?"

"참, 그러리다. 《사기》에도 고조선이니 위만조선이니 허구 조선이란 이름이야 흠뻑 올라죠. 그런데 나는 말이야."

하고 김 직원은 누워서 피우던 담뱃대를 놓고 일어나며,

"난 그전대로 국호도 대한, 임금도 영친왕을 모셔내다 장가나 조선 부인으루 다시 듭시게 해서 전주 이씨 왕조를 다시 한 번 모셔보구 싶어."

하였다.

"전조前朝가 그다지 그리우십니까?"

"그럽다 뿐이겠소. 우리 따위 필부가 무슨 불사이군이래서보다도 왜놈들 보는 데 대한 그대로 광복을 해가지고 이번엔 고놈들을 한번 앙갚음을 해야 허지 않겠소?"

"김 직원께서 이제 일본으루 총독 노릇을 한번 가보시렵니까?"

하고 둘이는 유쾌히 웃었다.

"고려민국이건 무어건 그래 군대도 있구 연합국 간엔 승인도 받었으리까?"

"진가는 몰라도 일본에 선전 포고꺼정 허구 군대가 김일성 부하, 김원봉 부하, 이청천 부하, 모다 삼십만은 넘는다는 말이 있습니다."

"삼십만! 제법 대군이로구려! 옛날엔 십만이라두 대병인데! 거 인제 독립이 돼가지구 우리 정부가 환국할 땐 참 장관이겠소! 오래 산 보람 있으려나 보오!"

하고 김 직원은 다시 담배를 피워 물었다. 그리고 그 피어오르는 연기 속에서 삼십만 대병으로 호위된 우리 정부의 복식 찬란한 헌헌장부들의 환상을 그려보는 것이었다. 나중에는 감격에 가슴이 벅찬 듯 후 한숨을 쉬는 김 직원의 눈은 눈물까지 글썽해 있었다.

그 후 얼마 안 있어서다. 하루는 김 직원이 주재소에 불려갔다. 별일은 아니라 읍에서 군수가 경비 전화를 통해 김 직원을 군청으로 들어오라는 기별이었다. 김 직원은 이튿날 버스로 칠십 리나 들어가는 군청으로 갔다. 군수는 반가이 맞아 자기 관사에서 저녁을 차리고, 김 직원에게 이런 말을 하였다.

"왜 지난달 춘천서 열린 도 유생대회엔 참석허지 않었습니까?"

"그것 때문에 부르셨소?"

"아니올시다. 더 드릴 말씀이 있습니다."

"다 허시지요."

"이왕 지나간 대회 이야기보다도…… 인전 시국이 정말 국민에게 한 사람에게도 방관할 여율 안 준다는 건 나뿐 아니라 김 직원께서도 잘 아실 겁니다. 노인께 이런 말씀 드리는 건 미안합니다만 너무 고루하신 것 같은데 성인도 시속을 따르랬다고 대세가 그렇지 않습니다."

"그래서요?"

"이번에 전국유도대회全國儒道大會를 앞두고 군郡에서 미리 국어와 황국 정신에 대한 강습이 있습니다. 그러니 강습에 오시는데 미안합니다만 머리를 인전 깎으시고 대회에 가실 때도 필요할 게니 국민복도 한 벌 장만하십시오."

"그 말씀뿐이오?"

"그렇습니다."

"나 유생인 건 사또께서 잘 아시리다. 신체발부는 수지부모란 성현의 말씀을 지키지 않구 유생은 무슨 유생이며 유도대회는 무슨 유도대회겠소. 나 향교 직원 명예로 허는 것 아니오. 제향 절차 하나 제대로 살필 위인이 없으니까 그곳 사는 후학으로서 성현께 대한 도리로 맡어온 것이오. 이제 머리를 깎어라, 낙치가 다 된 것더러 일본 말을 배워라, 복색을 갈어라, 나 직원 내노란 말씀이니까 잘 알아들었소이다."

하고 나와버린 것인데, 사흘이 못 되어 다시 주재소에서 불렀다. 또 읍에서 나온 전화 때문인데 이번에는 경찰서에서 들어오라는 것이다. 김 직원은 그길로 현을 찾아왔다.

"현 공? 저놈들이 필시 나헌테 강압 수단을 쓸랴나 보."

"글쎄올시다. 아무튼 메칠 안 남은 발악이니 충돌은 마시고 잘 모면만 하십시오."

"불러도 안 들어가면 어떠리까?"

"그건 안 됩니다. 지금 핑계가 없어서 구속을 못 하는데 관명 거역이라고 유치나 시켜놓고 머리를 깎이면 그건 기미년 때처럼 꼼짝 못 허구 당허십니다."

"옳소, 현 공 말이 옳소."

하고 김 직원은 그 이튿날 또 읍으로 갔는데 사흘이 되어도 나오지 않았고 나흘째 되던 날이 바로 '팔월 십오일'인 것이었다.

그러나 현은 라디오는커녕 신문도 이삼일이나 늦는 이곳에서라 이 역사적 '팔월 십오일'을 아무것도 모르는 채 지나버렸고, 그 이튿날 아침에야 서울 친구의 다만 '급히 상경하라'는 전보로 비로소 제 육감이 없지는 않았으나 그러나, 여행증명도 얻을 겸 눈치를 보러 주재소에 갔으되, 순사도 부장도 아무런 이상이 없었을 뿐 아니라 가네무라 순사에게 넌지시, 김 직원이 어찌 되어 나오지 못하느냐 물었더니,

"그런 고집불통 영감은 한참 그런 데서 땀 좀 내야죠!"

한다.

"그럼 구금이 되셨단 말이오?"

"뭐 잘은 모릅니다. 괜히 소문내지 마슈."

하고 말을 끊는데, 모두가 변한 것이 조금도 없다.

'급히 상경하라. 무슨 때문인가?'

현은 궁금한 채 버스를 기다리는데 이날은 버스가 정각 전에 일찍 나왔다. 이 차에도 김 직원이 나타나는 것을 보지 못하고 현은 떠나고 말았다.

버스 속엔 아는 사람도 하나 없다. 대부분이 국민복들인데 한 사람도 그럴듯한 기색은 보이지 않는다. 한 사십 리 나와 저쪽에서 들어오는 버스와 마주치게 되었다. 이쪽 운전사가 팔을 내밀어 저쪽 차를 같이 세운다.

"어떻게 된 거야?"

"무에 어떻게 돼?"

"철원은 신문이 왔겠지?"

"어제 방송대루지 뭐."

"잡음 때문에 자세들 못 들었어. 그런데 무조건 정전이라지?"

두 운전사의 문답이 이에 이를 때, 누구보다도 현은 좁은 틈에서 벌떡 일어섰다.

"그게 무슨 소리들이오?"

"전쟁이 끝났답니다."

"뭐요? 전쟁이?"

"인전 끝이 났어요."

"끝! 어떻게요?"

"글쎄, 그걸 잘 몰라 묻습니다."

하는데 저쪽 운전대에서,

"결국 일본이 지구 만 거죠. 철원 가면 신문을 보십니다."

하고 차를 달려버린다. 이쪽 차도 갑자기 구르는 바람에 현은 펄썩 주저앉았다.

'옳구나! 올 것이 왔구나! 그 지리하던 것이……'

현은 코허리가 찌르르해 눈을 슴벅거리며 좌우를 둘러보았다. 확실히 일본 사람은 아닌 얼굴들인데 하나같이 무심들 하다.

"여러분은 인제 운전사들의 대활 못 들었습니까?"

서로 두리번거릴 뿐, 한 사람도 응하지 않는다.

"일본이 지고 말았다면 우리 조선이 어떻게 될 걸 짐작들 허시겠지요?"

그제야 그것도 조선옷 입은 영감 한 분이,

"어떻게든 되는 거야 어디 가겠소? 어떤 세상이라고 똑똑히 모르는 걸 입을 놀리겠소?"

한다. 아까는 다소 흥미를 가지고 지껄이던 운전사까지,

"그렇지요. 정말인지 물어보기만도 무시무시헌걸요."

하고 그 피곤한 주름살, 그 움푹 들어간 눈으로 버스를 운전하는 표정뿐이다.

현은 고개를 푹 수그렸다. 조선이 독립된다는 감격보다도 이 불행한 동포들의 얼빠진 꼴이 우선 울고 싶게 슬펐다.

'이게 나 혼자 꿈이나 아닌가?'

현은 철원에 와서야 꿈 아닌 〈경성일보〉를 보았고, 찾을 만한 사람들을 만나 굳은 악수와 소리 나는 울음을 울었다. 하늘은 맑아 박꽃 같은 구름송이, 땅에는 무럭무럭 자라는 곡식들, 우거진 녹음들, 어느 것이고 우러러 절하고 소리 지르고 날뛰고 싶었다.

현은 십칠일 날 새벽, 뚜껑 없는 모래차에 모래 실리듯 한 사람 틈에 끼여, 대통령에 누구, 육군 대신에 누구, 그러다가 한 정거장을 지날 때마다 목이 터지게 독립 만세를 부르며 이날 아침 열시에 열린다는 건국대회에 미치지 못할까 보아 초조하면서 태극기가 휘날리는 열광의 정거장들을 지나 서울로 올라왔다.

청량리 정거장을 나서니, 웬일일까, 기대와는 달리 서울은 사람들도 냉정하고 태극기조차 보기 드물다. 시내에 들어서니 독오른 일본 군인들이 일촉즉발의 예리한 무장으로 거리마다 목을 지키고 〈경성일보〉가 의연히 태연자약한 논조다.

현은 전보 쳐준 친구에게로 달려왔다. 손을 잡기가 바쁘게 건국대회가 어디서 열리느냐 하니, 모른다 한다. 정부 요인들이 비행기로 들어왔다는데 어디들 계시냐 하니, 그것도 모른다 한다. 현은, 대체 일본 항복이 사실이긴 하냐 하니, 그것만은 사실이라한다. 현은 전신에 피곤을 느끼며 걸상에 주저앉아 그제야 여러 시간 만에 처음 정신을 가다듬었다. 그리고 이 친구로부터 팔월 십오일 이후 이틀 동안의 서울 정황을 대강 들었다.

현은 서울 정황에 불쾌하였다. 총독부와 일본 군대가 여전히 조선 민족을 명령하고 앉았는 것과, 해외에서 임시정부가 오늘 아침에 들어왔다, 혹은 오늘 저녁에 들어온다 하는 이때 그새를 못 참아 건국에 독단적인 계획들을 발전시키며 있는 것과, 문화 면에 있어서도, 현 자신은 그저 꿈인가 생시인가도 구별되지 않는 이 현혹한 찰나에, 또 문화인들의 대부분이 아직 지방으로부터 모이기도 전에, 무슨 이권이나처럼 재빨리 간판부터 내걸고 서두르는 것들이 도시 불순하고 경망해 보였던 것이다. 현이 더욱 걱정되는 것은 벌써부터 기치를 올리고 부서를 짜고 덤비는 축들이, 전날 좌익 작가들의 대부분임을 알게 될 때, 문단 그 사회보다도, 나라 전체에 좌익이 발호할 수 있는 때요, 좌익이 제멋대로 발호하는 날은, 민족 상쟁 자멸의 파탄을 일으키지 않을까 하는 위험성이었다. 현은 저 자신의 이런 걱정이 진정일진댄, 이러고만 앉았을 때가 아니라 생각되어 그 '조선문화건설중앙협의회'란 데를 찾아갔다. 전날 구인회 시대, 〈문장〉 시대에 자별하게 지내던 친구도 몇 있었으나 아닌 게 아니라 전날 좌익이었던 작가와 평론가가 중심이었다. 마침 기초된 선언문을 수정하면서들 있었다. 현은 마음속으로 든든히 그들을 경계하면서 그들이 초안한 선언문을 읽어보았다. 두 번 세 번 읽어보았다. 그리고 그들의 표정과 행동에 혹시라도 위선적인 데나 없나 엿보기를 게을리하지 않으며 저윽 속으로 이상하게 생각하지 않을 수 없었다.

'이들에게 이만침 조선 사정에 진실한 정신적 준비가 있었던가?'

현은 그들의 태도와 주장에 알고 보니 한 군데도 이의를 품을 데가 없었다. '장래 성립할 우리 정부의 문화 예술 정책이 서고, 그 기관이 탄생되어 이 모든 임무를 수행할 때까지, 우선, 현 계단의 문화 영역의 통일적 연락과 각 부문의 질서화를 위하여'였고 '조선 문화의 해방, 조선 문화의 건설, 문화 전선의 통일' 이것이 전진 구호였던 것이다. 좌우를 막론하고 민족이 나아갈 노선에서 행동 통일부터 원칙을 삼아야 할 것을 현은 무엇보다 긴급으로 생각한 것이요, 좌익 작가들이 이것을 교란할까 보아 걱정한 것이며 미리부터 일종의 증오를 품었던 것인데 사실인즉 알아볼수록 그것은 현 자신의 기우였다. 아직 이 이상 구체안이 있을 수도 없는 때이나, 이들로서 계급 혁명의 선수를 걸지 않는 것만은 이들로는 주저나 자중이 아니라, 상당한 자기비판과 국제 노선과 조선 민족의 관계를 심사숙고한 연후가 아니고는, 이처럼 일견 단순해 보이는 태도나 원칙만엔 만족할 리가 없을 것이었다.

현은 다행한 일이라 생각하고 즐겨 그 선언에 서명을 같이하였다.

그러나 도시 마음이 놓이지는 않았다. '모—든 권력은 인민에게로!' 이런 깃발과 노래는 이들의 회관에서 거리를 향해 나부끼고 울려 나왔다. 그것이 진리이긴 하나 아직 민중의 귀에만은 이른 것이었다. 바다 위로 신기루같이 황홀하게 떠들어올 나라나, 대한이나, 정부나, 영웅들을 고대하는 민중들은, 저희 차례에 갈 권리도 거부하면서까지 화려한 환상과 감격에 더 사무쳐 있는 때이기 때문이다. 현 자신까지도 '모—든 권력은 인민에게로'가 이들이 민주주의자로서가 아니라 그전 공산주의자로서의 습성에서 외침으로만 보여질 때가 한두 번 아니었고, 위고 같은 이는 이미 전 세대에 있어 '국민보다 인민에게'를 부르짖은 것을 생각할 때, 오늘 우리의 이 시대, 이 처지에서 '인민에게'란 말이 그다지 새롭거나 위험스럽게 들릴 것도 아무것도 아닌 줄 알면서도, 현은 역시 조심스러웠고, 또 현을 진실로 아끼는 친구나 선배의 대부분이, 현이 이들의 진영 속에 섞인 것을 은근히 염려하는 것이었다. 그런 데다 객관적 정세는 날로 복잡다단해졌다. 임시정부는 민중이 꿈꾸는 것 같은 위용은커녕 개인들로라도 쉽사리 나타나주지 않았고, 북쪽에서는 소련군이 일본군을 여지없이 무찌르며 조선인의 골수에 사무친 원한을 충분히 이해해서 왜적에 대한 철저한 소탕을 개시한 듯 들리나, 미국군은 조선 민중의 기대는 모른 척하고 일본인들에게 관대한 삐라부터를 뿌리어, 아직도 총독부와 일본 군대가 조선 민중에게 '보아라 미국은 아직 일본과 상대이지 너희 따위 민족은 문제가 아니다' 하는 자세를 부리기 좋게 하였고, 우리 민족 자체에서는 '인민공화국'이란, 장래 해외 세력과 대립의 예감을 주는 조직이 나타났고, '조선문화건설중앙협의회'와 선명히 대립하여 '프롤레타리아예술연맹'이란, 좌익 문학인들만으로 문화운동 단체가 기어이 일어나고 말았다.

이 '프로예맹'이 대두함에 있어, 현은 물론, '문협'에서들은, 겉으로는 '역사나 시대는 그네들의 존재 이유를 따로 허락지 않을 것이다' 하고 비웃어버리려 하나 속으로는 '문화전선통일'에 성실하면 성실한 만치 무엇보다 먼저 해결하지 않으면 안 될 당면 과제의 하나였다. 현이 더욱 불쾌한 것은, '프로예맹'의 선언 강령이 '문협' 것과 별로 다를 것이 없는 점이요, 그렇다면 과거에 좌익 작가들이, 과거에 자기들과 대립 존재였던 현을 책임자로 한 '문학건설본부'에 들어 있기 싫다는 표시로도 생각할 수 있는 점이다. 하루는 우익 측 몇 친구가 '프로예맹'의 출현을 기다리었다는 듯이 곧 현을 조용한 자리에 이끌었다.

"당신의 진의는 우리도 모르지 않소. 그러나 급기야 당신이 거기서 못 배겨나리다. 수포에 돌아가리다. 결국 모모들은 당신 편이기보단 프로예맹 편인 것이오. 나중에 당신만 지붕 쳐다보는 꼴이 될 것이니 진작 나와 우리끼리 따로 모입시다. 뭣허러 서로 어성버성헌 속에서 챙피만 보고 계시오?"

현은 그들에게 이 기회에 신중히 생각할 여지가 있다는 것만은 수긍하고 헤어졌다. 바로 그다음 날이다. 좌익 대중 단체 주최의 데모가 종로를 지나게 되었다. 연합국기 중에도 맨 붉은 기뿐이요, 행렬에서 부르는 노래도 〈적기가赤旗歌〉다. 거리에 섰는 군중들은 모두 이 데모에 냉정하다. 그런데 '문협' 회관에서만은 열광적 박수와 환호로 이 데모에 응할 뿐 아니라, 이제 연합군 입성 환영 때 쓸 연합국기들을 다량으로 준비해 두었는데, '문협'의 상당한 책임자의 하나가 묶어놓은 연합국기 중에서 소련 것만을 끄르더니 한아름 안고 가 사층 위로부터 행렬 위에 뿌리는 것이다. 거리가 온통 시뻘게진다. 현은 대뜸 뛰어가 그것을 막았다. 다시 집으러 가는 것을 또 막았다.

"침착합시다."

"침착헐 이유가 어디 있소?"

양편이 다 같이 예리한 시선의 충돌이었다. 뿐만 아니라 옆에 섰던 젊은 작가들은 하나같이 현에게 모멸의 시선을 던지며 적기를 못 뿌리는 대신, 발까지 구르며 박수와 환호로 좌익 데모를 응원하였다. 데모가 지나간 후, 현의 주위에는 한 사람도 가까이 오지 않았다. 현은 회관을 나설 때 몹시 외로웠다. 이들과 헤어지더라도 이들 수효만 못지않은, 문학 단체건, 문화 단체건 만들 수 있다는 자신도 솟았다.

'그러나…… 그러나…….'

현은 밤새도록 궁리했다. 그 이튿날은 회관에 나오지 않았다.

'마음에 맞는 친구끼리만? 그런 구심적求心的인 행동이 이 거대한 새 현실에서 어떤 결과를 가져올 것인가? 새 조선의 자유와 독립은 대중의 자유와 독립이라야 한다. 그들이 대중운동에 그처럼 열성인 것을 나는 몰이해는커녕 도리어 그것을 배우고 그것을 추진시키는 데 티끌만치라도 이바지하려는 것이 내 양심이다. 다만 적기만 뿌리는 것이 이 순간 조선의 대중운동이 아니며 적기 편에 선 것만이 대중의 전부가 아니란, 그것을 나는 지적하려는 것이다. 이런 내 심정을 몰라준다면, 이걸 단순히 반동으로밖

에 해석할 줄 몰라준다면 어떻게 그들과 함께 일할 수 있는 것인가?'

다음 날도 현은 회관으로 나가고 싶지 않아 방에서 혼자 어정거리고 있을 때다. 그날 창밖의 데모를 향해 적기를 뿌리던 그 친구가 찾아왔다.

"현 형? 그저껜 불쾌했지요?"

"불쾌했소."

"현 형? 내 솔직한 고백이오. 적색 데모란 우리가 얼마나 두고 몽매간에 그리던 환상이리까? 그걸 현실로 볼 때, 나는 이성을 잃고 광분했던 거요. 부끄럽소. 내 열 번 경솔이었소. 그날 현 형이 아니었더면 우리 경솔은 훨씬 범위가 커졌을 거요. 우리에겐 열 사람의 우리와 똑같은 사람보다 한 사람의 현 형이 절대로 필요한 거요."

그는 확실히 말끝을 떨었다. 둘이는 묵묵히 담배 한 대씩을 피우고 묵묵히 일어나 다시 회관으로 나왔다.

그 적색 데모가 있은 후로 민중은, 학생이거나 시민이거나 지식층이거나 확실히 좌우 양 파로 갈리는 것 같았다. 저녁이면 현을 또 조용한 자리에 이끄는 친구들이 있었다. 현은 '문협'에서 탈퇴하기를 결단하라는 간곡한 충고를 재삼 받았으나, '문협'의 성격이 결코 그대들이 생각하는 것처럼 어느 한쪽에 편향한 것이 아니란 것을 극구 변명하였는데, 그 이튿날 회관으로 나오니, 어제 이 친구들로부터 전화가 걸려왔다.

"자네가 말한 건 자네 거짓말이거나, 그렇지 않으면 우리가 본대로 자네는 저들에게 이용당하고 있는 걸세. 그 증거는, 그 회관에 오늘 아침 새로 내걸은 대서특서한 드림을 보면 알 걸세."

하고 이쪽 말은 듣지도 않고 불쾌히 전화를 끊어버리는 것이었다. 현은 옆엣 사람들에게 묻지도 않았다. 쭈루루 밑엣 층으로 내려가 행길에서 사층인 회관의 전면을 쳐다보았다. 놀라지 않을 수 없었다. 아까 현은 미처 보지 못하고 들어왔는데 옥상에서부터 이 이층까지 드리운, 광목 전폭에다가 '조선인민공화국 절대 지지'란, 아직까지 어떤 표어나 구호보다 그야말로 대서특서한 것이었다. 안전지대에 그득한 사람들, 화신 앞에 들끓는 군중들, 모두 목을 젖히고 쳐다보는 것이다. 모두가 의아하고 불안한 표정들이다. 현은 회관 사층을 십 분이나 걸려 올라왔다. 현은 다시 한 번 배신을 당하는 심각한 우울이었다. 회관에는 '문협'의 의장도 서기장도 아직 나타나지 않았다. '문학건설본부'의 서기장만이 뒤를 따라 들어서기에 현은 그의 손을 이끌고 옥상으로 올라왔다.

"이건 누가 써 내걸었소?"

"뭔데?"

부슬비가 내리는 때라 그도 쳐다보지 않고 들어왔고, 또 그런 것을 내어걸 계획에도 참례하지 못한 눈치였다.

"당신도 정말 몰랐소?"

"정말 몰랐는데! 이게 대체 누구 짓일까?"

"나도 몰라, 당신도 몰라, 한 회관에 있는 우리가 몰랐을 땐, 나오지 않는 의원들은 더 많이 몰랐을 것이오. 이건 독재요. 이러고 문화 전선의 통일 운운은 거짓말이오. 나는 그 사람들 말 더 믿구 싶지 않소. 인전 물러가니 그리 아시오."

하고 돌아서는 현을, 서기장은 당황해 앞을 막았다.

"진상을 알구 봅시다."

"알아보나마나요."

"그건 속단이오."

"속단해 버려도 좋을 사람들이오. 이들이 대중운동을 이처럼 경솔히 하는 줄은 정말 뜻밖이오."

"그래도 가만있소. 우리가 오늘 갈리는 건 우리 문화인의 자살이오!"

"왜 자살 행동을 하시오?"

하고 현은 자연 언성이 높아졌다.

"정말이오. 나도 몰랐소. 그렇지만 이런 걸 밝히고 잘못 쏠리는 걸 바로잡는 것도 우리가 헐 일 아니고 누가 헐 일이란 말이오?"

하고 서기장은 눈물이 핑 도는 것이다. 그리고 그 드림 드리운 데로 달려가 광목 한 통이 비까지 맞아 무겁게 늘어진 것을 한 걸음 끌어 올리고 반걸음 끌어 내려가면서 닻줄을 감듯 전력을 들여 끌어 올리고 있는 것이었다. 현도 이내 눈물을 머금었다.

'그렇다! 나 하나 등신이라거나, 이용을 당한다거나 그런 조소를 받는 것이 문제가 아니다! 그런 것에나 신경을 쓰는 건 나 자신 불성실한 표다!'

현은 뛰어가 서기장과 힘을 합쳐 그 무거운 드림을 끌어 올리었다.

나중에 알고 보니 '문협'의 의장도, 서기장도 다 모르는 일이었다. 다만 서기국원 하나가, 조선이 어떤 이름이 되든 인민의 공화국이어야 한다는 여론이 이 회관 내에 있어옴을 알던 차, '인민공화국'이 발표되었고, 마침 미술부 선전대에서 또 무엇 그릴 것이 없느냐 주문이 있기에, 그런 드림이 으레 필요하려니 지레짐작하고 제 마음대로 원고를 써 보낸 것이요, 선전대에서는 문구는 간단하나 내용이 중요한 것이라 광목 전폭에다 내려썼고, 쓴 것이 마르면 으레 선전대에서 가지고 와 달아까지 주는 것이 그들의 책임이라 식전 일찍이 와서 달아놓고 간 것이었다. 아침 여덟시부터 열한시까지 세 시간 동안 걸린 이 간단한 드림은 석 달 이상을 두고 변명해 오는 것이며 그것 때문에 '문협' 조직체가 적지 않은 타격을 받은 것도 사실인 것이다.

그러나 이것을 계기로 전원은 아직도 여지가 있는 자기 비판과 정세 판단과 '프로예맹'과의 합동운동을 더 진실한 태도로 착수하기 시작한 것이다.

이미 미국 군대가 들어와 일본 군대의 총부리는 우리에게서 물러섰으나 삐라가 주던 예감과 마찬가지로 미국은 그들의 군정을 포고하였다. 정당은 누구든지 나타나란 바람에 하룻밤 사이에 오륙십의 정당이 꾸미어졌고, 이승만 박사가 민족의 미칠 듯한 환호 속에 나타나 무엇보다 조선 민족이기만 하면 우선 한데 뭉치고 보자는 주장에 그 속에 틈이 있음을 엿본 민족 반역자들과 모리배들이 다시 활동을 일으키어, 뭉치는 것은 박사의 진의와는 반대의 효과로 일제 시대 비행기 회사 사장이 새로 된 것이라는 국립항공회사에도 부사장으로 나타나는 것 같은 일례로, 민심은 집중이 아니라 이산이요, 신념이기보다 회의의 편이 되고 말았다. 민중은 애초부터 자기 자신들의 모—든 권익을 내어던지면서까지 사모하고 환상하던 임시정부라 이제야 비록 자격은 개인으로 들어왔더라도 그 후의 기대와 신망은 그리로 쏠릴 길밖에 없었다. 그러나, 개인이나 단체나 습관이란 이처럼 숙명적인 것일까? 해외에서 다년간 민중을 가져보지 못한 임시정부는 해내에 들어와서도, 화신 앞 같은 데서 석유 상자를 놓고 올라서 민중과 이야기할 필요는 조금도 느끼지 않고 있었다. 인공人共과 대립만이 예각화되고, 삼팔선은 날로 조선의 허리를 졸라만 가고, 느는 건 강도요, 올라가는 건 물가요, 민족의 장기간 흥분하였던 신경은 쇠약할 대로 쇠약해만 가는 차에 탁치 문제가 터진 것이다.

누구나 할 것 없이 그만 냉정을 잃고 말았다. 여기저기서 탁치 반대의 아우성이 일어났다. 현도 몇 친구와 함께 반탁 강연에 나갔고 그의 강연 원고는 어느 신문에 게재도 되었다.

그러나 현은, 아니 현만이 아니라 적어도 그날 현과 함께 반탁 강연에 나갔던 친구들은 하나같이 어정쩡했고, 이내 후회하지 않을 수 없었다. 탁치 문제란 그렇게 간단히 규정할 것이 아님을 차츰 깨닫게 되었는데, 이것을 제일 먼저 지적한 것이 조선공산당으로, 그들의 치밀한 관찰과 정확한 정세 판단에는 감사하나, 삼상회담 지지가 공산당에서 나왔기 때문에 일부의 오해를 더 사고 나아가선 정권 싸움의 재료로까지 악용당하는 것은 불행 중 거듭 불행이었다.

"탁치 문제에 우린 너머 경솔했소!"

"적지 않은 과오야!"

"과오? 그러나 지금 조선 민족의 심리론 그닥 큰 과오라군 헐 수 없지. 또 민족적 자존심을 이만침은 표현하는 것도 좋고."

"글쎄, 내용을 알고 자존심만 표현하는 것과 내용을 모르고 허턱 날뛰는 것관 방법이 다를 거 아니냐 말이야."

"그렇지! 조선 민족에게 단기[5]만 있고 정치적 통찰력이 부족하다는 게 드러나니 자존심인들 무슨 자존심이냐 말이지."

"과오 없이 어떻게 일하오? 레닌 같은 사람도 과오 없인 일 못한다고 했고 과오가 전혀 없는 사람은 일 안 하는 사람이라 한 거요. 우리 자신이 깨달은 이상 이 미묘한 국제노선을 가장 효과적이게 계몽에 힘쓸 것뿐이오."

현서껀 회관에서 이런 이야기들을 하고 앉았을 때다. 이런 데는 어울리지 않는 웬 갓 쓴 노인이 들어선 것이다.

"오!"

현은 뛰어 마중 나갔다. 해방 이후, 현의 뜻 속에 있어 무시로 생각나던 김 직원의 상경이었다.

"직원님!"

"현 선생!"

"근력 좋으셨습니까?"

"좋아서 이렇게 서울 구경 왔소이다."

그러나 삼팔 이북에서라 보행과 화물자동차에 시달리어 그런지 몹시 피로하고 쇠약해 보였다.

"언제 오셨습니까?"

"어제 왔지요."

"어디서 유허셨습니까?"

"참, 오는 길에 철원 들러, 댁에서들 무고허신 것 뵈왔지요. 매

5 성질이 너그럽지 못하고 조급함.

우 오시구 싶어들 합디다."

현의 가족들은 그간 철원으로 나왔을 뿐, 아직 서울엔 돌아오지 못하고 있는 것이었다.

"잘들 있으면 그만이죠."

"현 공이 그저 객지시게 다른 데 유헐 곳부터 정하고 오늘 찾어왔지요. 그래 얼마나들 수고허시오?"

"저이야 무슨 수고랄 게 있습니까? 이번에 누구보다도 직원님께서 얼마나 기쁘실까 허구 늘 한번 뵙구 싶었습니다. 그리구 그때 읍에 가셔선 과히 욕보시지나 않으셨습니까?"

"하마트면 상투가 잘릴 뻔했는데 다행히 모면했소이다."

"참 반갑습니다."

마침 점심때도 되고 조용히 서로 술회도 하고 싶어, 현은 김 직원을 모시고 어느 구석진 음식점으로 나왔다.

"현 공, 그간 많이 변허셨다구요?"

"제가요?"

"소문이 매우 변허셨다구들."

"글쎄요……."

현은 약간 우울했다. 현은 벌써 이런 경험이 한두 번째 아니기 때문이다. 해방 이전에는 막역한 지기여서 일조 유사한 때는 물을 것도 없이 동지일 것 같던 사람들이 해방 후, 특히 정치적 동향이 보수적인 것과 진보적인 것이 뚜렷이 갈리면서부터는, 말 한두 마디에 벌써 딴사람처럼 서로 경원이 생기고 그것이 대뜸 우정에까지 거리감을 자아내는 것을 이미 누차 맛보는 것이었다.

"현 공?"

"네?"

"조선 민족이 대한 독립을 얼마나 갈망했소? 임시정부 들어서 길 얼마나 연연절절히 고대했소?"

"잘 압니다."

"그런데 어쩌자구 우리 현 공은 공산당으로 가셨소?"

"제가 공산당으로 갔다고들 그럽니까?"

"자자합디다. 현 공이 아모래도 이용당허는 거라구."

"직원님께서도 절 그렇게 생각허십니까?"

"현 공이 자진해 변했을는진 몰라, 그래두 남헌테 넘어갈 양반 아닌 건 난 알지요."

"감사헙니다. 또 변했단 것도 그렇습니다. 지금 내가 변했느니, 안 변했느니 하리만치 해방 전에 내가 제법 무슨 뚜렷한 태도를 가졌던 것도 아니구요. 원인은 해방 전엔 내 친구가 대부분이 소극적인 처세가들인 때문입니다. 나는 해방 후에도 의연히 처세만 하고 일하지 않는 덴 반댑니다."

"해방 후라고 사람의 도리야 어디 가겠소? 군자는 불처혐의간 不處嫌疑間[6]입넨다."

"전 그렇진 않습니다. 지금 이 시대에선 이하李下에서라고 비뚤어진 갓(관)을 바로잡지 못하는 것은 현명이기보단 어리석음입니다. 처세주의는 저 하나만 생각하는 태돕니다. 혐의는커녕 위험이라도 무릅쓰고 일해야 될, 민족의 가장 긴박한 시기라고 생각합니다."

---

6 의심받을 곳에는 가지 않는다.

"아모튼 사람이란 명분을 지켜야 헙니다. 우리가 무슨 공뢰 있소. 해외에서 일생을 우리 민족 위해 혈투해 온 그분들께 그냥 순종해 틀릴 게 조곰도 없습넨다."

"직원님 의향 잘 알겠습니다. 그리고 저도 그분들께 감사하고 감격하는 건 누구헌테 지지 않습니다. 그러나 지금 조선 형편은 대외, 대내가 다 그렇게 단순치가 않답니다. 명분을 말씀허시니 말이지, 광해조 때 일을 생각해 보십시오. 임진란에 명의 구원을 받았지만, 명이 청태조에게 시달리게 될 때, 이번엔 명이 조선에 구원군을 요구허지 않았습니까?"

"그게 바루 우리 조선서 대의명분론이 일어난 시초요구려."

"임진란 직후라 조선은 명을 도와 참전할 실력은 전혀 없는데 신하들의 대의명분상, 조선이 명과 함께 망해버리는 한이라도 그냥 있을 순 없다는 것이 명분파요, 나라는 망하고 임군 노릇을 그만두드라도 여지껏 왜적에게 시달린 백성을 숨도 돌릴 새 없이 되짚어 도탄에 빠트릴 순 없다는 것이 택민파요, 택민론의 주창으로 몸소 폐위까지 한 것이 광해군 아닙니까? 나라들과 임군들 노름에 불쌍한 백성들만 시달려선 안 된다고 자기가 왕위를 폐리같이 버리면서까지 택민론을 주장한 광해군이, 나는, 백성들은 어찌 됐든지 지배자들의 명분만 찾던 그 신하들보다 몇 배 훌륭했고, 정말 옳은 지도자였다고 생각합니다. 그리고 또 의리와 명분이라 하드라도 꼭 해외에서 온 이들에게만 편향하는 이유는 어디 있습니까?"

"거야 멀리 해외에서 다년간 조국 광복을 위해 싸웠고 이십칠팔 년이나 지켜온 고절이 있지 않소?"

"저는 그분들의 풍상을 군이 헐하게 알려는 것도 결코 아닙니다. 지역은 해외든, 해내든, 진심으로 우리를 위해 꾸준히 싸워온 이면 모두가 다 같이 우리 민족의 공경을 받아 옳을 것이고, 풍상이라 혈투라 하나, 제 생각엔 실상 악형에 피가 흐르고, 추위에 손발이 얼어빠지고 한 것은 오히려 해내에서 유치장으로 감방으로 끌려다니며 싸워온 분들이 몇 배 더했으리라고 생각합니다. 육체적 고초뿐이 아니었습니다. 정신적으로 매수하는 가지가지 유인과 협박도 한두 번이 아니어서, 해내에서 열 번을 찍히어도 넘어가지 않고 싸워낸 투사라면 나는 그런 어른이 제일 용타고 생각합니다."

"현 공은 그저 공산파만 두둔하시는군!"

"해내엔 어디 공산파만 있었습니까? 그리고 이번에 공산당이 무산 계급 혁명으로가 아니라 민족의 자본주의적 민주 혁명으로 이내 노선을 밝혀논 것은 무엇보다 현명했고, 그랬기 때문에 좌우익의 극단적 대립이 원칙상 용허되지 않아서 동포의 분열과 상쟁을 최소한으로 제지할 수 있는 것은 조선 민족을 위해 무엇보다 다행한 일이라고 저는 생각합니다."

"난 그게 무슨 말씀인지 잘 못 알아듣겠소만 그저 공산당 잘못입넨다."

"어서 약주나 드십시다."

"우리야 늙은 게 뭘 아오만……."

김 직원은 술이 약한 편이었다. 이내 얼굴에 취기가 돌며,

"어째 우리 같은 늙은 거기로 꿈이 없었겠소? 공산파만 가만 있어 주면 곧 독립이 될 거구, 임시정부 요인들이 다 고생허신 보

람 있게 제자리에 턱턱 앉아 좀 잘 다스려주겠소? 공연히 서로 싸우는 바람에 신탁통치 문제가 생긴 것이오. 안 그렇고 무어요?" 하고 저윽 노기를 띤다. 김 직원은, 밖에서는 소련이, 안에서는 공산당이 조선 독립을 방해하는 것이라 하였다. 이렇게 역사적, 또는 국제적인 견해가 없이 단순하게, 독립 전쟁을 해 얻은 해방으로 착각하는 사람에겐 여간 기술로는 계몽이 불가능하고, 현 자신에겐 그런 기술이 없음을 깨닫자 그저 웃는 낯으로 음식을 권했을 뿐이다.

김 직원은 그 이튿날도 현을 찾아왔고 현도 그다음 날은 그의 숙소로 찾아갔다. 현이 찾아간 날은,

"어째 당신넨 탁치받기를 즐기시오?"

하였다.

"즐기는 게 아닙니다."

"그러면 즐겁지 않은 것도 임정에서 반탁을 허니 임정에서 허는 건 덮어놓고 반대하기 위해서 나중엔 탁치꺼지를 지지헌단 말이지요?"

"직원님께서도 상당히 과격허십니다그려."

"아니, 다 산 목숨이 그러면 삼국 외상헌테 매수돼서 탁치 지지에 잠자코 끌려가야 옳소?"

"건 좀 과허신 말씀이구! 저는 그럼, 장래가 많아서 무엇에 팔려서 삼상회담을 지지허는 걸로 보십니까?"

그 말에는 대답이 없으나 김 직원은 현의 태도에 그저 못마땅한 눈치만은 노골화하면서 있었다. 현은 되도록 흥분을 피하며, 우리 민족의 해방은 우리 힘으로가 아니라 국제 사정의 영향

으로 되는 것이니까 조선 독립은 국제성의 지배를 벗어날 수 없는 것, 삼상회담의 지지는 탁치 자청이나 만족이 아니라 하나는 자본주의 국가요 하나는 사회주의 국가인 미국과 소련이 그 세력의 선봉들을 맞댄 데가 조선이라 국제간에 공개적으로 조선의 독립과 중립성이 보장되어야지, 급히 이름만 좋은 독립을 주어놓고 소련은 소련대로, 미국은 미국대로, 중국은 중국대로 정치 경제 모두가 미약한 조선에 지하 외교를 시작하는 날은, 다시 이조 말의 아관파천식의 골육상쟁과 멸망의 길밖에 없다는 것, 그러니까 모처럼 얻은 자유를 완전 독립에까지 국제적으로 보장되는 길을 택할 수밖에 없다는 것, 이 왕조의 대한이 독립 전쟁을 해서 이긴 것이 아닌 이상, '대한' '대한' 하고 전제 제국 시대의 회고감으로 민중을 현혹시키는 것은 조선 민족을 현실적으로 행복되게 지도하는 태도가 아니라는 것, 지금 조선을 남북으로 갈라 진주해 있는 미국과 소련은 무엇으로 보나 세계에서 가장 실제적인 국가들인 만치, 조선 민족은 비실제적인 환상이나 감상으로가 아니라 가장 과학적이요, 세계사적인 확실한 견해와 준비가 없이는 그들에게 적정한 응수를 할 수 없다는 것, 현은 재주껏 역설해 보았으나 해방 이전에는, 현 자신이 기인여옥이라 예찬한 김 직원은, 지금에 와서는, 돌과 같은 완강한 머리로 조금도 현의 말을 이해하려 하지 않고, 다만, 같은 조선 사람인데 '대한'을 비판하는 것만 탐탁지 않았고, 그것은 반드시 공산주의의 농간이라 자가류의 해석을 고집할 뿐이었다.

그 후 한동안 김 직원은 현에게 나타나지 않았다. 현도 바쁘기도 했지만 더 김 직원에게 성의도 나지 않아 다시는 찾아가지도 못하였다.

탁치 문제는 조선 민족에게 정치적 시련으로 너무 심각한 것이었다. 오늘 '반탁' 시위가 있으면 내일 '삼상회담 지지' 시위가 일어났다. 그만 군중은 충돌하고, 지도자들 가운데는 이것을 미끼로 정권 싸움이 악랄해 갔다. 결국, 해방 전에 있어 민족 수난의 십자가를 졌던 학병들이, 요행 죽지 않고 살아온 그들 속에서, 이번에도 이 불행한 민족 시련의 십자가를 지고 말았다.

이런 우울한 하루였다. 현의 회관으로 김 직원이 나타났다. 오늘 시골로 떠난다는 것이었다. 점심이나 같이 자시러 나가자 하니 그는 전과 달리 굳게 사양하였고, 아래층까지 따라 내려오는 것도 굳게 막았다. 전날 정리로 보아 작별만은 하러 들렀을 뿐, 현의 대접이나 인사는 긴치 않게 여기는 듯하였다.

"언제 서울 또 오시렵니까?"

"이런 서울 오고 싶지 않소이다. 시굴 가서도 그 두문동 구석으로나 들어가겠소."

하고 뒤도 돌아다보지 않고 분연히 층계를 내려가고 마는 것이었다. 현은 잠깐 멍청히 섰다가 바람도 쏘일 겸 옥상으로 올라왔다. 미국군의 지프가 물매미 떼처럼 서물거리는 사이에 김 직원의 흰 두루마기와 검은 갓은 그 영자[7] 너무나 표표함이 있었다. 현은 문득 청조 말의 학자 왕국유의 생각이 났다. 그가 일본에 와서 명곡[8]에 대한 강연이 있을 때, 현도 들으러 간 일이 있는데, 그는

---

7 그림자.
8 중국 원나라 말기에 남쪽 저장 성의 항저우를 중심으로 발달한 희곡.

청나라식으로 도야지 꼬리 같은 편발을 그냥 드리우고 있었다. 일본 학생들은 킬킬 웃었으나, 그의 전조前朝에 대한 충의를 생각하고 나라 없는 현은 눈물이 날 지경으로 왕국유의 인격을 우러러보았었다. 그 뒤에 들으니, 왕국유는 상해로 갔다가, 북경으로 갔다가, 아무리 헤매어도 자기가 그리는 청조의 그림자는 스러만 갈 뿐이므로, '녹수청산부증개綠水青山不曾改, 우세창태석수간雨洗蒼苔石獸間'[9]을 읊조리고는 편발 그대로 곤명호에 빠져 죽었다는 것이었다. 이제 생각하면, 청나라를 깨트린 것은 외적이 아니라 저희 민족, 저희 인민의 행복과 진리를 위한 혁명으로였다. 한 사람 군주에게 연연히 바치는 뜻갈도 갸륵한 바 없지 않으나 왕국유가 그 정성, 그 목숨을 혁명을 위해 돌리었던들, 그것은 더 큰 인생의 뜻이요 더 큰 진리의 존엄한 목숨일 수 있었을 것 아닌가? 일제 시대에 그처럼 구박과 멸시를 받으면서도 끝내 부지해 온 상투 그대로, '대한'을 찾아 삼팔선을 모험해 한양성에 올라왔다가 오늘, 이 세계사의 대사조 속에 한 조각 티끌처럼 아득히 가라앉아 가는 김 직원의 표표한 뒷모양을 바라볼 때, 현은 왕국유의 애틋한 최후를 연상하지 않을 수 없었다.

바람이 아직 차나 어딘지 부드러운 벌써 봄바람이다. 현은 담배를 한 대 피우고 회관으로 내려왔다. 친구들은 '프로예맹'과의 합동도 끝나고 이번엔 '전국문학자대회' 준비로 바쁘고들 있었다.

— 〈문학〉, 1946. 8.

9 푸른 산 푸른 물은 옛 그대로 변하지 않고 비는 석수상의 이끼를 씻는다. 즉 세상이 변했으나 변치 않는 것이 있다는 뜻.

농토

1

여러 날째 강다지로 춥더니 오늘은 해 질 무렵부터 싸락눈이나마 뿌린다.

들여다보는 얼굴까지 뜨겁던 억쇠 어미의 몸도 오늘은 한결 식었다. 숨소리도 편안해졌다. 어쩌면 한고비 넘기었으니 이쯤으로 돌리나 싶어 억쇠 아비는 안경알만 한 유리 쪽에 붙어 앉아 밖을 내다볼 경황도 생기었다.

광대뼈가 한편이 더 불거지어 이마까지 그편으로 찡기는 것이 제격인 억쇠 아비는 찡긴 이마를 문에 대고 작은 눈을 치떠 내다보나 함박눈은 되지 않고 그저 싸래기로 그것도 시원치 않게 뿌린다. 함박눈으로만 펑펑 쏟아져 준다면 억쇠 어미는 내일 아침쯤 툭툭 털고 일어날 것 같다. 그리고 안에서도 초산이라고 모두 걱정 중인 새아씨가 힘들이지 않고 순산할 것 같다.

역시 남의 집 하인의 자식이던 팔월이와 성례나 쌔나 귀밑머리만 풀어 올려 데려오던 날이 함박눈이 탐스럽게 쏟아지던 날이었다. 그래 그런지 함박눈이 쏟아지는 것을 보면 늘 기뻤고 무슨 수가 생길 성싶었다. 억쇠 어미도 몸이 불덩이 같던 그제 어제 이틀 동안은 가슴을 쥐어뜯으며 헛소리처럼 눈 눈 하고 눈을 찾았다. 어느 산꼭대기에라도 눈이 있기만 하다면 억쇠를 시켜 한 함지 담아다 그 물커질 것처럼 골마지 낀 눈에 시원히 보여라도 주고 싶었으나 송악산 위에도 아직 눈은 덮이지 않았다. 냉수나 얼음을 찾지 않고 눈을 찾는 것이 그도 스물여덟 해 전 그 함박눈 쏟아지던 날을 잊지 않고 속 깊이 품어온 듯하여 어서 일어나고 함박눈이나 쏟아지면 이런 것도 옛이야기처럼 하리라 마음먹었다.

바깥은 어느새 어두워 싸락눈 뿌리는 소리만 들린다.

"아버지?"

어미의 이불자락 밑에 손을 넣었던 억쇠가 눈이 둥그레졌다. 어미는 손만 아니라 이불 속에 있는 발까지 싸늘하게 식어 있었다.

"왜 이렇게 차졌수?"

"차다니?"

아비도 와 만져보고는 다시 이마가 찌푸려진다.

'이건 또 무슨 증센구?'

그동안이 잠깐 새 같았는데 바깥날이 꼴깍 저문 것처럼 병인의 손발도 딴판이 되어 있었다.

"여봐? 정신 좀 차리라구?"

몇 번 흔들어보나 반 넘어 감긴 눈이나 반 넘어 벌어진 입도 아무 대꾸가 없이 숨소리만 도로 가빠지며 있었다. 억쇠더러 나가 방도 달굴 겸 물을 데워 오래서 병인의 발을 더운물에 담가놓고 주물러본다. 발은 뒤축이 보름 지난 설떡 갈라지듯 했다. 겨울에는 이렇게 뒤축이 터지어 절름거리고, 여름이면 발가락 새가 짓물러 절름거리던, 평생을 편안한 걸음이 없던 발이었다.

"애비 게 있니?"

문밖에서 노마님의 목소리가 난다. 억쇠 아비는 후닥닥 일어서기부터 한다. 앉아서 대답이란 평생 해본 적이 없는 버릇이다.

"네."

"문 열지 말구."

그러나 병인의 머리맡에 외풍 풍기는 것쯤 가려 노마님 앞에 방 속에서 말대꾸를 할 수는 없다.

"문 열면 안 된대두. 이 미욱스런 녀석아, 내 그런 꼴 보겠다니?"

하마터면 내어밀 뻔한 문고리를 섬쩍 놓으며 그제야 억쇠 아비는 노마님의 문 열지 말라는 뜻을 알았다. 노마님의 말씀대로 역시 저는 미욱한 놈이었다.

"뭘 좀 입에 퍼 넣어보았니?"

"넣는 대루 토하는걸입쇼."

"몸은 그저 끓구?"

"손발은 써―늘하게 식었사와요."

"써―늘해?"

"네. 그래 물을 덥혀다 발을 좀 씻겨보드랬습죠."

"엥이 배라먹을 년 같으니…….'

억쇠 아비는 억쇠 어미가 무슨 트집으로나 앓는 것처럼 노마님의 꾸지람이 지당한 듯, 들렸던 고개가 절로 수그려진다.

"딴 무슨 증센 없구?"

"아까 점심때 못 돼선뎁쇼."

하는데 억쇠 녀석이 아비를 꾹 찌른다. 그러나 아비는 주인 앞에 손톱만 한 것이라도 기어서는 못 쓰는 줄 안다.

"아까 뭐란 말이냐?"

"한참 몸이 달었을 땐뎁쇼. 콧구멍으로 회가 한 마리 나왔사와요."

"회충이?"

"네 크진 않사와요."

"배라먹을 년 갖은 부정 다 떠는구나― 엥이…… 그래 그 게구 싸구 했다는 것서껀 어떡했느냐?"

"마넴 말씀대루 그냥 뭉쳐 이 구석에 뒀사와요."

"내가 내다 빨어두 괜찮다구 헐 때까지 방문 밖에 내놔선 안 된다."

"네."

"온 집안이 목욕재계허구 기다려야 헐 경사에 이게 도무지 무슨 부정이란 말이냐!"

"다시 이를 말씀이와요!"

"아무리 병이기루 고렇게 얌체없는 년은…….'

억쇠 아비는 이마를 찡기며 손이 절로 뒤통수로 올라갔다.

"게 억쇠 녀석두 있지?"

"있사와요."

"밤에 말이다, 밤으루 무슨 일이 있어둥 말이다?"

"네."

"알어들었니? 무슨 변이 생기드라둥 말이야?"

"네."

"울음소리 아예 내선 안 되구."

"……."

"안으로 덥석 뛔들지 말구, 부엌 뒤루 와서 애비가 날 넌즈시 찾어라."

"설마 무슨 일이 있을깝쇼, 횟뱅가 본뎁쇼."

"예끼 미욱헌 녀석…… 엥이 방자스러운 년……."

노마님은 혀를 몇 번이나 차면서 안으로 들어가는 모양이었다.

억쇠 아비도 횟배 아닌 것쯤은 모르지 않으나 마님들께서나 나릿님께서 걱정하는 것이면 어찌 되었든 덜어드리려는 버릇에서였다.

아비는 다시 병인의 발치가래로 왔으나 억쇠는 일어섰던 자리에 그냥 삐죽 서 있었다. 노마님의 말을 듣고 보니 어미의 손발 식는 것이 심상치 않은 것 같았고 죽더라도 울음소리 한마디 내어서는 안 된다는 말에 한 대 얻어 박힌 것처럼 콧등이 찌르르해진 것이다.

그까짓 어미 한두 번 아니게 남부끄러운 어미였었다. 이름도 사람 같지 않게 팔월에 낳았다고 '팔월이'. 누가 보는 데서나 안에서 '팔월이' 소리만 나면 그것이 어른이 부르든 아이가 부르든 '네에' 소리를 길게 빼면서 신 뒤축도 밟지 못하고 달려 들어가는 꼴. 같이 놀던 아이들이 저게 너희 엄마냐? 물으면 말문이 막히어 동무들이 찾아오는 것도 겁이 나던 어미. 얼른 죽어 없어지든지 제가 어서 커서 어디로고 달아나 버리기를 얼마나 바라왔던가. 그런 어미 열 번 없어지기로 눈물은커녕 헛소리라도 곡을 하고 상제 노릇을 하랄까 보아 걱정일 것인데 정작 제 어미 제 계집이 죽더라도 울음 한마디 내어서는 안 된다는 분부엔 어린 속에도 다른 때, 열 번 꾸지람이나 열 번 얻어맞던 것보다 더 야속하게 저리었다.

"저 새긴 앉아 에미 손이나 좀 못 주물러준담?"

"손발이나 주물른다구 낫는답디까?"

"어떡허냐 그럼."

아비는 그 흔한 약 한 첩 못 써보는 것에나 계집이 죽더라도 곡성 한마디 내어선 안 된다는 분부에 아무런 불평도 노염도 없는 듯하였다.

택호만은 그전대로 '윤 판서 댁'으로 불리어지는 이들의 주인은 조선이 망한 후 세도는 없어지고 쏨쏨이만 과해가는 서울 살림에 쪼들리기만 하다가 대감마님 돌아가 삼년상을 치르고는 이집의 전장이 아직 반은 남아 있는 황해도로 낙향한 지 이미 사오년 된다. 낙향이라야 황해도로는 나릿님(돌아간 윤 판서의 아들)만이 소실을 데리고 가서 감농을 하고 있을 뿐 도련님(나릿님의 아들)의 학교 공부를 위해 정작 본살림은 중간 개성에다 차린 것이었다.

이 주인댁 개성 살림 덕에 억쇠는 서울서처럼 잔심부름이 고되거나 아주 농토 옆에 있는 것처럼 거친 일에 부대끼지는 않는다. 도련님의 더운점심 나르느라고 여러 해 학교 마당에 드나들어 어깨너멋글로 언문과 일본 '가나'는 제법이요, 한문 글자도 웬만한 편지 봉투쯤은 뜯어 보게 눈이 트였고 일이라야 앞뒤 뜰 안 쓰레질뿐 잔심부름 한 가지도 없는 날도 있다. 도련님은 종일 학교에 가 있고 저희 아비는 추수 때면 한두 달씩 '가재울'이라는 황해도 시골 댁에 가 있을 뿐 아니라 다른 때도 노상 개성과 가재울 사이에서 있게 된다. 개성 집에는 낮에는 억쇠 하나가 사내일 경우가 많아 주인댁에서는 억쇠를 개나 한 마리 기르는 것처럼 번둥번둥 놀리고 먹이는 것이며 억쇠는 일은 없고 심심해서도 도련님이 보다 버린 것이면 책이든 신문이든 주워다 읽기도 한다. 일 년 삼백육십 일 하루같이 '배라먹을 년', '미욱한 녀석' 소리를 듣다가도 단 한 번을 '그래두 내 밥 먹고 자란 저것들을 믿지, 남을 어떻게 믿구 집안에 두군 부려' 한마디가 당상에서 떨어지면 개처럼 꼬리가 없어 흔들지 못하는 것만 한이 될 뿐, 이 주인댁을 위해서는 뼈라도 갈아 바치고 싶어 하는, 제 자신의 벌이라고는 한 토막 없이 자랐고 굳어버린 팔월이와 억쇠 아비 천돌이었다.

더욱 저희 자식 억쇠가, 시골 웬만한 도련님짜리보다 더 매낀한 손길로 책장이나 넘기며 자라는 것이 누구에게나 입이 마려워 안 꺼내고는 못 배기는 자랑거리요, 한편으로는 그것이 주인댁에 견딜 수 없이 송구스러웠다.

병이란 돌림이란 것이니 사노라면 어쩌나 한번 차례에 올 법

하고 걸린다고 다 죽는 것도 아니며 또 약을 쓴다 해서 다 사는 것도 아니다. 의원을 부른다, 화제를 낸다, 모두가 있는 사람들 치다꺼리지 무슨 소용인가? 약 쓰는 사람들은 더 잘 앓고 더 잘 죽더라, 다 타고난 명수대로 살다 가는 것을 약 못 쓴다고 탓해 무엇하랴, 다만 억쇠 어미가 하필 방정맞게 주인댁에 산경産慶이 있을 무렵에 눕게 된 것만, 암만해도 저희 내외가 주인댁에 정성 이 부족한 표만 같아 얼굴을 들 염치가 없다. 산경이라도 이만저 만이 아닐 삼대독자 도련님이 작년 가을에 장가드신 그 새아씨 의 첫 산경이었다. 태기 있어 그달부터 태점을 치신다, 절에 수명 장수를 빈다, 행여 무슨 동티라도 날까 보아 이 댁 식구들은 초상 집에나 제삿집 같은 데는 발그림자도 얼씬하지 않은 지 오래다. 이런 서슬에 오늘일까 내일일까 해서 산파와 의사가 조석으로 드나드는 판인데 억쇠 어미가 누운 것이다.

"엥이, 방정맞인 거 어느 때 못 앓어서……."

더운물을 다시 떠다 아무리 담가보고 발바닥을 문대보아도 발 은 자꾸만 식어만 간다. 숨도, 인젠 명치끝에서만 발닥거릴 뿐 헤 벌룽해진 콧구멍에선 숨기도 제대로 나오지 못한다.

"이거, 일 나지 않었나 이거, 정신 좀 못 채려?"

병인은 벌써 귀부터 이 세상 것이 아닌 듯했다.

"제─길헐! 하필 날이나 받었단 말인가!"

억쇠 아비는 죽는 사람 불쌍한 것이나 저 홀아비 될 걱정보다 도 주인댁 귀한 며느님 몸 푸시는데 행여 무슨 부정이나 끼쳐드 릴까 보아 그것부터 겁이 난다.

그러나 사십 평생 약이라고는 피마자 기름 아니면 소금물밖에 먹어보지 못하였고 이번에도 호렴 녹인 물 두어 모금 마셔본 것만으로 병세 도지는 대로 몸을 맡겨버린 팔월이는 다만 '돌림'이거니 할 뿐 무슨 병인지 알아볼 필요 없이, 한 마리의 짐승이나 혹은 생사를 초월한 성인처럼 묵묵히 죽음에 들고 말았다.

울음소리 내서는 안 된다는 노마님의 말씀이 천만 지당한 줄 알면서도 억쇠 아비는 입이 걷잡을 수 없이 뒤틀렸다. 꺽꺽 두어 마디 치받히는 올각질 같은 것을 억지로 삼키면서,

"이 새끼 잠자꾸 있어 괜이⋯⋯."

하고 자식부터 돌려 보았다. 억쇠는 울기는 고사하고 죽은 어미와 이런 꼴의 아비를 발길로 지르기나 할 것처럼 새파랗게 노려 보는 눈이었다.

아비는 그저 뒤틀리는 턱주가리까지 눈물이 쩔쩔 흘렀다. 눈물을 아무리 문대고 들여다보아도 억쇠 어미는 숨이 끊어진 것이 틀리지 않다. 이러고는 앉았을 수는 없다. 감기 든 코처럼 저리고 뺵뺵한 것을 손바닥으로 으깨 문대기면서 방을 나서는데 대문 밖에서 인력거 오는 소리가 난다. 어제도 안에 다녀간 이 댁 단골 의사 박 의사였다. 억쇠 아비는 걸음을 멈추었다. 억쇠 어미 죽은 것을 안에 알리기 전에 박 의사가 들어서는 것은 박 의사가 억쇠 어미를 살려놓기 위해 나타난 것 같았다. 얼른 박 의사의 앞으로 내달으며 허리를 꾸벅한다. 손만 후들거릴 뿐, 말이 나오지 않는다. 또 입이 뒤틀리며 울음부터 엄살처럼 쏟아진다.

"자네 왜 이러는가?"

"억쇠 어미요니까⋯⋯."

"참 앓는다구 안에서들 걱정하시드니?"

"그게 그만 죽었사와요……."

"그래? 그거 안됐군!"

"좀 살려주세요니까……."

"거 안됐네그려!"

"한 번만 봐주세요니까…… 무슨 짓을 해서라도 그 은혜는 갚죠니까……."

"아니 죽었다면서?"

"그래두 한 번만 봐주세요니까……."

"죽은 것도 살리나? 비키게."

하고 박 의사는 억쇠네 방문 앞을 성큼성큼 지나 중문간으로 들어가고 말았다.

억쇠 아비는 우두커니 섰다가 비실비실 안채 부엌 뒤로 오고 말았다. 죽은 계집 초혼이나 부른 듯 끼르륵 소리 나는 목을 늘여,

"노마님?"

"노마님?"

불렀다. 노마님은 세 마디 안에,

"알었다."

대답을 했다.

노마님은 죽은 팔월이를 위해서는 선선히 주머니 끈을 끌렀다.

"얼른 가 권 생원 오시래라. 그리구 그길루 드통전에 가 문을 뚜드려서라두 베 한 필 끊어갖구 뛰어오너라. 배라먹을 년 여태 있다 하필 어느 날 못 뒈져서……."

권 생원이란, 이 댁 땅에 도지 없이 삼포蔘圃를 내고 이 댁 바깥 일은 도맡아 보아주는 체하면서 저는 이 댁에서 이 집을 지을 때

도 팔구천 원이나 돈을 대고 매년 변리만 팔구백 원씩 또박또박 따 가는 자다. 이 권 생원은 십 분 안에 나타났고 다시 삼십 분 안에 들것 든 상두꾼들을 데리고 왔고 그래서 안에서 새 아기 울음소리 떨어지기 전에 팔월이 시체를 담아내어 이 댁 주인들의 신망을 더 두터이 하기에 성공하였다.

수철동 공동묘지는 멀지 않았고 땅도 아직 깊이 얼지는 않았다. 죽어서 드는 집도 살아서 드는 집과 마찬가지였다. 능원은 고사하고 평인의 무덤이라도 제격대로 차리자면 칠일장이니 구일장이니도 바쁘다는 것이지만 손 익은 상두꾼들이 관도 없는 들것 송장 하나쯤 한 짐 장작불이 다 타기 전에 묻어버리는 것이었다. 하늘도 팔월이에게는 박한 듯 그의 마지막 시선 위에는 함박눈은 아끼었고 싸락눈마저 걷히면서 무심한 별들만 내려다보기 시작했다. 갑자기 묘표 할 것도 마련하지 못하여 불붙던 장작 한 개비를 박아 표를 하고 들어왔다.

주인댁 솟을대문은 더구나 부정을 꺼리는 때라 굳게 닫혀 있었다. 앞을 섰던 아비는 주춤 물러가고 억쇠가 나서서 두어 번 삐걱거려 본다. 아비는 그렇게 하는 것이 잠든 마님들의 어깨나 흔드는 것같이,

"이 새끼야, 가만 못 있어?"

하고 윽박는다. 어미가 살았을 때 같으면 벌써 나와 열어주었을 것이었다. 가만있으니 발만 더 시리어 억쇠는 견디다 못해 다시 나서서 덜컹덜컹 흔들어댔다. 그제야 노마님의 기침 돋우는 소리가 나왔다.

"애비냐?"

"네."

"왜 요란스럽게 굴어, 이 미욱헌 놈아?"

"……."

"이것 받어라."

대문을 여는 것이 아니라 문틈으로 지전 한 장을 내어미는 것이었다.

"들어올 생각 말구 이 길루 가재울로 내려가거라."

"새아씨께서 몸 푸셨사와요?"

"부정한 주둥이 다물구 있지 못해?"

"……."

"내려가서 나릿님께 손주님 보셨다구 순산이라구 여쭤라. 그러구 같은 밤이라두 팔월이 년은 자정 전에 갔으니까 날짜가 다르구 시신두 자정 안으로 내갔으니 안심허시라구. 그리구 너이 부자는 삼칠일 지나두룩 올러오지 말구 게 있거라."

"네."

"냉큼 정거장으로 나가거라."

"네, 그럼 마냄 다녀옵죠."

밤은 길기도 했다. 정거장에 나와서도 차 시간은 멀었는데 춥기만 하다. 속 시원히 울 수가 있기는 날이 밝기나 주인댁에 들어가기보다 차라리 나왔다. 아비가 끽끽거리고 울음을 터트리는 바람에 억쇠도 어미 묻을 때 보던 샛별들을 쳐다보며 시린 손등으로 눈물을 문대기곤 했다.

2

차 안은 훈훈했다. 몸이 풀리기가 바쁘게 억쇠는 모든 것이 꿈인가 싶고 졸음부터 쏟아진다. 그러나 내릴 정거장이 고대라 한다. 잠을 쫓느라고 두리번거리다가 억쇠는 건너편 자리에 순사가 앉았고 그 옆에는 손목에 맹꽁이 쇠를 차고 팔죽지는 포승줄에 묶인 죄인이 졸고 있는 것을 보았다.

'잡혀가면서도 잠이 오는 걸까?'

처음에는 그런 생각에서 유심히 보았으나 나중에는,

'무슨 죄를 진 사람일까?'

하고 엄마 얼굴과 그 죄인의 얼굴이 한데 뒤섞여 돌아가다가 깜빡 졸아버리곤 하는 머리를 흔들어 다시금 죄인을 살펴본다.

깎은 지가 오래어 수염은 꺼시시하나 이마가 넓고 귓부리가 두툼해 보이는 것이 도련님이 다니는 송도중학의 어느 선생 비슷한 얼굴이요, 양복도 꾸기기는 하였으나 신사복이다. 아무리 보아도 도적질이나 노름꾼 같지는 않다.

'무얼 허다 잡힌 사람일까?'

억쇠는 짐작이 서지 않는다. 어쩌다 안에서 보고 버리는 신문에서 황군이 태원을 점령했으니 상해서 격전 중이니 하는 작년(1937)부터의 지나사변에 관한 기사는 전쟁이라는 흥미에서 유심히 읽어보곤 하였지만, 이삼 년 전부터 흥남 노조 적색 사건이니, 명천 농민반제투쟁이니 작년까지도 꽤 큰 제목으로 나던 원산철도국 노조 적색 사건과 공산주의자협의회 사건 같은 것은 다른 기사들을 모조리 읽고 난 다음 심심해지면 다시 집어다 읽어보는 때가 있기는 했으나 머리에 남길 만치 내용에 끌리었거나 흥미를 느낄 수는 없었다. 더구나 최근 이삼 년간에 조선서 일어난 소작 쟁의는 거의 만여 건이나 되어, 신문에 한두 제목씩 나지 않는 날이 별로 없기 때문에 '소작 쟁의'라는 것은 천기예보와 마찬가지로 신문에는 으레 나는 것으로 여기었을 뿐, 이것에는 아무 관심이 없어온 것이라, 이런 도적도 노름꾼도 아닌 것 같은 죄인에서 억쇠는 그들에게 어울릴 다른 죄목을 연상할 수 없었다. 다만 잡혀가면서도 태평스럽게 졸고 있는 것만 이상스러웠다.

'잠이란 저다지 못 견디는 걸까? 사람은 그렇게 잠자꾸 죽는 걸까?'

억쇠 부자가 이내 토성서 갈아타고 배천 온천서 내리었을 때는 늦은 조반때가 훨씬 지났다. 돈이라고 남은 것은 콩엿 한 반대기를 사니 그만이었다. 이것을 우물거리며 늘어진 이십 리 길을 걷는데 억쇠는 생전 처음인 시골길이 무섭지 않고 재미나기도 했다.

서울서 낳아 열 살까지 동대문 밖 한번 나가보지 못하고 행랑 뒷골목에서만 자란 억쇠는, 개성에 와서 비로소 쌀을 나무에서 대지 않는 것을 알았거니와 여기는 개성보다도 맨 논이요 밭들이다. 그리고 서울서는 산 꿩이란 동물원에 가둔 것이나 보았는데 이 밭머리 저 산기슭에서 임자 없이 날아다니는 것이 신기했다. 그러나 길녘과 바로 사람 사는 집 뒤에도 널려 있는 무덤들이 지난 새벽에 엄마를 묻고 오는 억쇠의 눈에는 시골은 온통 이 공동묘지처럼 역시 무서운 편이어서 정이 들 것 같지 않았다.

'저렇게 많은 논과 밭들이 다 임자가 있을까? 왜 사람들은 서울 가서 벌어먹지 이런 쓸쓸한 시굴서 농사나 짓구 사는 걸까?'

억쇠는 정거장에서 멀어지면 멀어질수록 투정이라도 부리고 싶게 산 밑으로만 들어가는 것이 서글퍼졌다.

동네에 다다라보니 서글픈 생각은 한층 더했다. 맨 오막살이뿐이요, 맨 살이 거칠고 헐벗은 사람뿐이다. 오직 한 채 기와집인 주인댁 뜰 안에 들어서니 마루 끝에 나서는 나릿님이 역시 비단옷이요, 기름이 번지르르한 하이칼라 머리였다. 절로 허리가 굽실 구부러졌으나 나릿님께서는 배고프겠구나 말 한마디는 고사하고 그 살이 올라 가늘어진 실눈 한번 아는 체 던져주지 않는다. 며느리가 아들을 순산하였다는 말에는 고의춤에 꽂았던 손을 뽑으며 입이 히죽이 열리었으나,

"그런데 그만 저것 에미가 엊저녁에 죽었사와요."

소리에는 멍—해서 한참 듣기만 하더니,

"망헌 년 그게 무슨 요망스런 죽음이람— 그래 산고 있기 전에 내다 치웠단 말이지?"

하고 역시 그것부터 캐어물었고 눈초리 새포름한 아씨짜리는 유리 쪽으로 말끔히 내다볼 뿐, 억쇠 아비가 두 번씩이나 굽신거려도 거들떠보지도 않았다. 큰댁 며느님의 아들 순산이란 기별도 이 아씨께서는 자기의 어느 멧소(작인에게 빌려주고 해마다 쌀로 세를 받는 소)가 새끼 낳았다는 기별만 못한 것 같았다.

머슴 있는 방, 웃방이 억쇠 아비가 오면 드는 방이었다. 웃방이라 해도 방은 개성보다 설설 끓었다. 머슴이 조석으로 소여물을 쑤기 때문에 억쇠는 저희 방 군불 걱정은 없었고 그 대신 저

녁마다 안에서 켜는 남포에 기름 넣고 등피 닦는 것이 새 일이 되었다.

이 남포 때문에 억쇠는 생전 처음으로 칭찬도 들어보았다. 주인 나릿님의 세 번째 소실인 여기 마님은 젊기도 했으려니와 성미가 꽤 까다로워 머슴꾼이나 부엌데기를 시켜 닦은 등피는 한번도 마음에 든 적이 없는 듯했다.

"난 여기 와서 처음으로 잘 닦은 등피에 불을 켜본다. 속이 다 시원허구나! 너 개성 가지 말구 여기 있으면서 등피나 닦어라."

이 젊은 마님은 차츰 억쇠가 좋아지는 다른 까닭도 있었다. 서울서 자란 하인의 자식이라 말씨가 공손해 시골 아이들보다 부릴 맛이 있는 것이었다. 더구나 억쇠 아비는 '마냄'으로 부르는데 억쇠는 '아씨'로 불러주는 것이 자기의 젊음을 나릿님한테 일깨워 주는 것 같아 속으로 더 탐탁했다. 그리고 나릿님이나 이 아씨나 다 함께 술 생각이 난다든지 고기 생각이 나더라도 인젠 장날 장꾼 편이나 기다리고 있지 않아도 좋았다. 발이 잰 억쇠는 고기나 생선이나 술심부름을 배천읍에 내보내더라도 아침에 보내면 점심참에는 대어 들어왔고, 점심 먹다 생각나 내어보내면 이날 저녁은 틀림없이 먹고 싶은 것을 차려 먹을 수가 있게 되었다.

장 심부름을 시켜 버릇하니 억쇠는 나릿님이나 아씨 방의 남폿불보다 그들의 식성을 돋우는 데 더 요긴한 존재였고 더구나 무시로 달여가고 있는 보약 풍로도 아씨 자신이 지키고 있지 않아도 약을 넘길 걱정이 없어졌다.

이렇게 아씨는 자기에게 달가우니 광목으로 바지저고리 한 벌을 두툼히 해 입히었고 머슴이나 부엌 사람도 저희들의 일이 덜리니 억쇠에게 고맙게 굴었다.

억쇠 자신도 이런 것 말고라도 시골이 차츰 좋아졌다. 처음에
는 동네 아이들에게 제가 먼저 쭈뼛거리었으나 차츰 눈치를 채
고 보니 여기 아이들은 도리어 저한테 쭈뼛거리는 것이었다. 개
울 밑엣 집 점둥이도 저희 댁 땅으로 사는 집 아이였고, 동네 초
입인 노마란 아이도 길터까지 저희 댁 땅이었다. 그들은 옷주제
도 저만 못했고 저를 뒷집 하인의 자식으로 깔보려기는스레 도
리어 저를 저희들의 지주 댁 마름이나처럼 위하려 들어, 장날 같
은 날 읍에서 억쇠가 사는 것이 많으면 그들은 다투어 서로 들어
다 주는 것이었다.

아이들만도 아니었다. 어른들도 차츰 억쇠를 요긴하게 알았
다. 경답(서울 사람의 땅)이 후하다는 것도 옛말이요, 타작에 북
데기 떨이까지 한몫 끼는 것이나, 장리쌀 이자에 사정없기나, 모
두가 지금 지주들과 다를 것이 없는 데다가 서울 양반이랍시고
거드름만 부리어, 번쩍하면 말씨를 배먹지 못했느니 인사성이 없
느니 하고 꾸지람만 내리는 통에 작인들은 나릿님이나 아씨 앞
에 나서면 먼저 주눅부터 들어 할 말도 제대로 못 하는 수가 많
다. 그러나 장리쌀 한 말을 먹으려도 지주 댁이요, 장날 권 생원
을 만날 때까지는 단돈 일 원을 돌릴 데도 이 지주 댁밖에 없으
니 동리 사람들은 이 나릿님과 아씨의 눈치를 살펴야 할 일이 자
연 한두 번 아니다.

나릿님이나 아씨로도 그러했다. 고단하면 점심때까지도 자리
속에 누웠는데 눈치 없이 창 밑까지 기어 들어와 기웃거리며 찾
는 데는 질색이다. 작인들이 입에 서투른 서울 말씨를 지어,

"나릿님 계서와요?"

"마님 계서와요?"

하더라도 나릿님이나 아씨께서는 그들에게 대꾸하지 않고 먼 소리로 억쇠부터 불러, 억쇠 이외에는 근접을 시키지 않고 억쇠의 전갈을 듣기로 하는 것이다. 이래서 가재울 사람들은 나릿님이나 아씨에게 청 들 일이면 먼저 억쇠, 억쇠 하고 억쇠를 찾게 되었다. 억쇠는 가재울에 온 지 며칠 안 되어 얼마 고갯짓을 해도 괜찮을 지체에 올라섰다. 더구나 상전 앞이라면 뼈대 없이 설설 기기만 하여 저까지 절로 그 본을 뜨게 하는 아비와 떨어지는 것으로도 억쇠는 가재울이 개성보다 더 좋아졌다.

3

봄이 되니 시골 사람들은 서울 사람들 몇 배 바빠하는 것 같았다. 억쇠가 알기로는 서울이나 개성서는 겨울 동안 밀린 빨래 때문에나 바빴고 장이나 담고 조기를 들여다 젓이나 담고 굴비나 말리면 고작인데, 시골서는 그 넓은 땅들을 한번 마당 쓸듯 쓸기만 하려도 큰일인 것을 모조리 갈아 헤쳐야 하는 것이요, 돌을 추려내고 덩어리 흙을 깨야 하는 것이요, 거기다 거름을 져 내고 씨를 뿌리고 물길을 에워 내고 개천 옆으로는 둑막이를 하고 그중에도 못자리 같은 것은 아직 뼈가 저린 물에 들어서서 방바닥 고르듯 공을 들이는 것이다.

들판에서 사내들만 바쁜가 하면 그런 것도 아니다. 젊은 아낙네들은 밭으로 논으로 더운점심과 곁두리를 지어 날라야 했고, 등 꼬부라진 할머니들까지 씨앗 바가지를 들고 울 밑과 밭 살피로 다니면서 여러 가지 씨를 묻었다.

버들가지를 틀어 헌다하게 피리를 만들어 부는 처녀들도 분꽃씨니 꽈리씨니 조롱박씨니 하면서 울 밑과 장독대로 골독하게 돌아다녔다. 모두들 흙이기만 하면 한 뼘 땅도 그냥 두지 않았다. 온 땅에 뿌리고 묻고 하는 씨앗으로 나가는 곡식만 해도 엄청난 것이었다.

'저렇게 아까운 것을 내버리듯 했다가 나지나 않는다면 어떡헐 건가?'

억쇠는 걱정스러워 보였으나 시골 사람들은 사람끼리는 못 믿어도 땅에는 아끼지 않고 묻었다.

억쇠 자신도 이해 봄에는 처음으로 흙에 손을 대어보게 되었다. 서울 창경원에 꽃구경 갔던 주인아씨가 화초 여러 가지를 사온 것이다. 안뜰 안에 둥그렇게 하나, 뒤뜰 안 장독대 곁으로 네모지게 하나, 화단을 묻는 것은 아씨가 총찰하는 대로 억쇠가 사흘이나 걸려 만들었다. 감자처럼 생긴 달리아는 움이 벌써 개구리눈처럼 불거진 것이지만 구근 아닌 다른 꽃씨들은 베개에서 새어 나온 모밀 깍지처럼 아무 무게도 습기도 없는 것들이었다. 이런 것에서 싹이 트고 꽃이 피리라고는 믿어지지 않았다.

그러나 땅은 요술쟁이 같았다. 그런 바람에도 날려버리던 빈쭉정이 같던 씨앗들을 벌레처럼 움직여 놓은 것이었다. 묻은 지 열흘이 안 되어 덮인 흙은 금이 나고 무엇이 갸웃하고 내다보듯 군데군데 떠들렸다. 이 위에 하룻밤 가는 비가 뿌리더니 어떤 것은 새 주둥이처럼, 어떤 것은 콩짝처럼 흙을 떨고 올려 솟았다. 꽃을 피울 것이나 열매를 맺을 것이나 싹이란 싹은 밭에서고 논에서고 울 밑에서고 이쁜 주둥이들이 솟아 일제히 소곤거리는 것 같았다. 농군들은 그 투박한 손으로도 이 어린 싹들을 쓰다듬기나 하는 것처럼 아끼고 끔찍이 여겼다. 암탉은 어리 속에서 병아리를 품고 있지만 함부로 나다니며 새싹을 쪼아버리는 수탉 그놈만 단속을 하면 싹트는 시골은 오직 소곤거림과 귀여움뿐 큰소리 한마디 날 리가 없을 것 같았다.

소곤거림과 귀여움은 흙에서 솟는 푸샛것만도 아니었다. 하루 억쇠는 나릿님의 술안주로 물고기 사냥을 나섰다. 점둥이네 반두를 얻어가지고 앞개울서부터 돌을 들추며 칙바위골로 올라왔다.

물에는 송홧가루가 미숫가루 뜨듯 했다. 가만히 반두를 대고 돌을 들추면 버들치와 날메리 아니면 가재 한두 마리라도 나온다. 아씨께서 봄 가재는 지지면 자기 낭자에 꽂힌 산호 뒤꽂이처럼 붉은 것이 곱거니와 국물이 달아 입맛이 난다 했다.

한참 돌만 들추고 물속만 들여다보노라면 아직 발도 시리고 허리도 아프다. 앉기 좋은 바위에서 허리를 펴고 발을 말리노라니,

'시굴은 참 좋구나!'

생각이 절로 솟는다. 진달래는 한물 이울어 물에도 낙화가 떠내려오는데 양지짝 산기슭의 나무 끝마다에는 솟는 것이 아니라 하늘에서 뿌리는 것처럼 반짝이는 속잎들은 어찌 보면 잔잔한 물결도 같다. 새끼 친 멧새들이 쫑쫑거리고 그 연둣빛 파도를 잠겼다 떴다 하며 난다.

동네에서 꽤 멀리 올라왔다. 점둥이 누이 을순이 또래들이 보

앉으면 눈이 빨개 덤빌, 물 잘 오르고 굵은 버들이 낫이 있다면 단으로라도 베게 있다. 억쇠는 한 가지 꺾어 비틀었다. 소리는 나나 여기 아이들처럼 가락을 넣어 불 수는 없다. 물에 던져버리고 건너편 산기슭만 바라보노라니 그 연둣빛 파도 밑으로는 사람도 하나 지나간다. 벌써 누구네인지 점심 고리를 이고 밭으로 가는 아낙네였다.

문득 죽은 엄마 생각이 난다. 엄마며 아버지며 아들이며 흙내 구수한 밭머리에 물러앉아 샘물을 바가지로 떠 나르며 먹는 점심은 천렵처럼 즐거울 것 같았다.

'나도 나대로 살아보았으면! 점둥이네나 장근이네처럼 남의 땅이라도 얻고, 오막살이라도 우리 집에서 내 농사를 짓고 살아보았으면!'

가만히 바위 밑을 내려다보니 배에 자갯빛이 번쩍하는 무당치리 한 마리가 늘름 나왔다 들어간다. 혼자서는 반두를 대고 한 손으로 움직일 수 없이 큰 돌이다. 가슴이 뚝딱거리나 어쩌는 수 없어 쿵 쿵 돌을 굴러만 보는데, 자지러지게 가락을 넣어 부는 피리 소리가 물레방아 쪽에서 내려온다. 억쇠는 길로 뛰어 올라왔다. 무당치리보다 더 새까만 눈을 가진 기집애다. 을순이보다는 크긴 하지만 벌써 내외를 하려는 것처럼 길을 한옆으로 빗대며 달아나려 한다.

"얘?"

억쇠는 길을 막았다.

"너 저기 가 반두 한 번만 잡어다우?"

얼굴이 빨개지며 말끔히 쳐다만 본다.

"그게 뭐냐?"

억쇠는 그 애가 이고 가는 다래끼 속에 무엇이 들었나 궁금했다.

"이게 무슨 나물이냐?"

"송화두 모르구!"

붉어진 얼굴과는 딴판이게 야무진 목소리다. 입이 동그랗게 열리며 뺨에 볼우물도 동그랗게 패는 아이다. 한 손에는 미나리를 줌이 벌게 뜯어 들었고 한 손에는 그리 굵지 못한 피리채를 꺾어 들었다.

"그까짓 거! 저긴 굵은 게 얼마든지 있는데—"

"굵기만 험 되지 소리가 나는 것두—"

억쇠는 할 말이 막혀 길을 비키었으나 소녀는 넌지시 개울 아래를 내려다본다.

"반두 한 번만 잡어다우?"

"……"

"큰 무당치리 잡어주께."

소녀는 길 아래위를 둘러본다. 다시 동그란 눈으로 억쇠를 쳐다보더니 머리에서 다래끼를 내려놓는다. 그리고 개울로 내려와 짚세기를 벗고 물에 들어서 준다.

소녀는 반두를 대어주고 억쇠는 끙끙거리고 돌부리에 손을 넣어 한 머리를 번쩍 들었다 놓았다. 벌컥 내밀리는 흙탕물 속에서 들리는 반두 바닥에는 무당치리만 뛰는 것이 아니라 꺽지도 그만한 놈이 하나 뛰었다. 억쇠는 좋아서 반두를 받아 들고 보니 소녀는 물탕이 튄 치맛자락을 쥐어짜고 있었다.

"많이 젖었니?"

소녀는 대답 대신 얼굴을 저으며 분명히 웃어주었다. 억쇠가 도리어 우둔이 들려 화끈하는 얼굴을 돌렸다. 그리고 버들가지를 꺾어 그 애 때문에 잡은 고기뿐 아니라 다른 것도 서너 마리 굵은 것으로 골라 끼워가지고 길로 올라서니 소녀는 벌써 다래끼를 이고 소고삐 서너 기장은 걸어나갔다.

"얘?"

소녀는 돌아다본다.

"이거 주께."

소녀는 역시 입엔 웃음을 띠고 다래끼를 인 채 동그란 얼굴을 두어 번 저었다.

그래도 억쇠가 달려오니까 소녀도 뛰어버린다. 멧새와 달리 쫓아가기만 하면 단숨에 붙들 것이나 억쇠는 그 애가 이쁘면 이쁠수록 수줍어졌다.

'저 애가 누굴까?'

소녀는 멀찌감치 가 돌각담 모퉁이에서 돌아다본다. 확실히 생글거리는 그리고 뱅글뱅글 돌아가는 것 같은 동그란 얼굴이다. 땅에서 솟는 꽃순보다도, 멧새나 무당치리보다도 더 마음을 끄는 아이다. 이런 소녀는 이내 돌아서 사라지더니 그 꾀꼬리처럼 자지러지는 가락으로 피리 소리를 보내었다.

봄은 잠깐 새 여름이 되었다. 그 푸샛것들은 꽃이 많이 피고 열매도 많이 맺었다. 그 송화 다래끼의 소녀는 그 뒤에 알고 보니 노마 누이 분이였다. 분이서껀 을순이 모두 물 방구리 이고 가는 손을 보면 벌써 봉선화 물을 들이어 손톱들이 익은 가재 딱지처럼 새빨갛다. 오이밭에서 풋오이를 따고, 감자밭에 들어 두둑한 북을 헤치고 게사니알만큼씩 안은 감자를 캐는 재미란, 억쇠는 비록 그것들이 한물 지날 때까지는 제 밥상에는 오르지 못한다 하더라도 신기하고 탐스럽고 어디엔지 감사해야 할 일 같았다.

더욱 논들은 물만 맞추어 대어주고 많아야 세 벌 김이면 모낸 지 불과 달 반에 한 벌판 그뜩, 땅은 그만 볏멍석이 되어버리는 것이었다.

'땅― 이래서 땅, 땅 하는 거구나― 이래서 저이는 못 먹어도 씨암탉이며 꿀단지며 들고 와서 행여 땅이 떨어질세라, 지줏님 허는구나― 아, 인제 마당질이 시작되면 촌에는 먹을 게 얼마나 지천으루 벌어질까―'

타작날은 어느 집이나 닭을 잡고 절구에 미리 찧은 햅쌀에 밤 밥을 하고 지주를 청한다. 그러나 지주 댁 나릿님이나 아씨는 그 까짓 것쯤 시뜩하게 여기는지 거드름을 부리느라고 그러는지 여 간해 가주지 않는다. 이 바람에, 타작 때는 내려와 있는 억쇠 아 비가 곧잘 포식을 하는데 올해는 억쇠도 한밥 끼었다.

'세상에 농사처럼 좋은 건 없구나!'

그러나 억쇠는 마당질이 끝나 곡식 섬들이 임자를 찾는 자리 에 이르러, 전혀 뜻하지 않았던 사실에 놀라지 않을 수 없었다. 이 동네에서 첫 타작, 이 동네에서 제일 바지런하다는 개천 건너 점둥이네 타작마당에서다. 점심을 자시러는 오지 않아도 마당질 이 끝날 무렵에는 주인 나릿님도 나타났다. 아흔엿 근씩이라고 달아놓은 볏가마니가 열여덟이나 둥그러졌다. 지주 댁 나릿님은 북데기까지 그 자리에서 까불러내게 하더니, 작년보다 가마 반이 늘었다고 비료 대금은 떨어졌다고 좋아하나, 점둥이네 식구들은 도무지 좋아하는 기색이 없다. 점둥이 아버지는 잠자코 지게를 들고 나오더니 지주 댁 머슴과 억쇠 아버지와 함께 한 가마니씩 세 번을 날라 아홉 가마니를 지주 댁 뒷광으로 올려 갔다. 남은 아홉 가마니가 점둥이네 차지였다.

그러나 수세와 비료 대금이 지주와 반부담이었다. 논은 낮은 것일수록 남의 물로만 꾸리는 것이라 소출은 적고 수세는 비싼 법이다. 세 마지기에 열여덟 가마니 소출인데 수세는 일 할이 넘는 두 가마니가 나간다. 그러므로 점둥이네가 한 가마니를 당하면 여덟 가마니가 남는 것인데 다시 비료 세 포대 값 반부담으로 십칠 원 각수가 있고 거기다 호세까지 물자면 두 가마니 벼는 팔아야 한다. 그리고 나면 점둥이네가 먹을 것은 여섯 가마니뿐이다. 밭농사가 반양식은 되는 것이니 여섯 가마니라도 굶지는 않는다. 그런데 언제 왔는지, 그 억쇠 어미 죽은 것 비호처럼 담아 내가던 권 생원이 와 있다가, 가마니 제일 성한 것으로 골라 둘을 가지런히 끌어다 놓고 그 위에 다시 한 가마니를 올려놓더니 그것을 난닥 타고 앉아, 마당질에 지친 허리를 제대로 가누지도 못하면서 그 앞에 와 무슨 사정을 하는 점둥이 아버지에게 대설대로 삿대질을 하고 있다.

권 생원은 그 모지랑수염이 곤두서고 꼬리 샐룩 처진 눈에 불꽃이 일었다.

"다른 빚두 아니구 제 부모 상채喪債를 탈상하두룩 안 갚는 게 사람이야? 개가 부끄럽지 않어?"

하고 권 생원은 소리를 질러도 점둥이 아버지는 말이 막혀 쩔쩔매기만 한다. 삼 년 전에 점둥이 할아버지가 돌아갔을 때 장례 비용이 없어 권 생원의 돈 삼백 냥(삼십 원)을 쓰고 이백 냥은 그해로 갚고, 그때 시세로 벼 한 가마니 값이 될락 말락 한 백 냥 하나 떨어진 이 이자에 이자가 붙어 오늘 회계로 벼 세 가마니를 차지해도 권 생원 계산으로는 후하게 치는 것이라 한다. 관솔불이 시뻘겋게 비치는 점둥이 아버지의 얼굴은 울상을 한다.

"빚진 죄인이라니 무슨 낯짝으로 권 생원 말씀을 노엽다구 하겠사와요? 그저……."

"듣기 싫소. 갓바치 내일 모레 허듯 또 내년?"

"어떡헙니까? 어린 자식들 먹여주시는 셈 치시구 두 가마만이라도 떨궜다 내년 가을에 가마 판으로 해드릴게 받으시기요."
하고 사정하는 광경에, 억쇠는 점둥이와 친하다구가 아니라, 봄내 여름내 땀 흘려 일하는 것을 보았고 그래서 벼 열여덟 가마니를 떨어가지고 권 생원까지 제 욕심대로 세 가마니를 차지해 버리면 겨우 먹을 것이라고는 단 세 가마니, 쌀로 한 가마 판밖에 안 되는 딱한 사정에 은근히 동정이 될밖에 없어, 권 생원이 어떻게 끝장을 내가나 씨름 구경이나처럼 마음이 조이는 판인데, 주인댁 부엌데기가 내려와 억쇠를 꾹 질렀다. 아씨가 찾은 것이었다.

"너 점둥이네 마당으로 냉큼 뛰가서 벼 한 가마니 마저 들여오라구 일러라."

"아까 아홉 가마니 들여온 것 말굽쇼?"

"넌 이 녀석 잊어버렸니? 점둥이 에미가 장리쌀 소두 서 말 갖다 처먹은 거 있지 않어?"

"그건 인제 쌀로 쳐서 가져올 것 아닌가요?"

"저런 명청한 녀석 봐! 권 생원두 벼로 빚을 받으라는데 벼 몇 알 남겠다구 쌀로 쪄다 갚길 바래? 다 먹은 담에 쥐뿔로 받어? 나릿님께서 벼로 치면 이자까지 꼭 한 가마니 폭이 된다시니까 네가 점둥이 에미더러 말허구 한 가마니 냉큼 들여와야 헌다. 그때 이 녀석 네가 말해준 것 아니냐?"

닭을 잡고 밤밥을 해놓고 청하여도 와 먹지 않는 것이 거드름으로만 아닌 것을 억쇠는 비로소 깨달았다. 억쇠는 어쩔 수 없이 관솔불도 그들그들 꺼져가는 점둥이네 마당으로 내려왔다. 권 생원은 저희 삼포지기 영감을 시켜 기어이 타고 앉았던 세 가마니를 모조리 나르고 있었고 점둥이 어머니는 얼굴이 붉으락푸르락해서 애꿎은 젖먹이만 때려주고 있었다.

진날 마른날 농사 뒤치개를 했고 조석으로 양식 됫박을 드는 아낙네들은 저희 마당 가운데 살진 도야지처럼 나둥그러지는 곡식 섬들을 볼 때 이날처럼 흐뭇하고 즐거운 날은 없어야 한다. 그러나 천륜 정해지듯 한 지주에게 반을 주는 것도 대범한 사내들 속과는 달라 품속엣 것을 헤집어 꺼내는 것처럼 아프거늘 반 남는 아홉 가마니에서 벌써 여섯 가마니가 날아가게 되니 탕개가 풀리고 나중엔 악이 받칠밖에 없다. 억쇠는 살인이라도 낼 것 같은 점둥이 어머니나 점둥이 아버지에게 말을 붙여볼 기운이 나지 않는다. 점둥이를 찾았으나 보이지 않는 것은, 보나 안 보나 홧김에 이 억울한 타작마당에서 피해버린 것이었다.

이렇다고 해서 억쇠는 그냥 섰을 수만은 없다. 쭈빗거리며 점둥이 어머니 앞으로 왔다. 점둥이 어머니는 봉당에 펄썩 주저앉아 가슴을 풀어 헤치고 젖먹이 입에 젖을 물리고 있었다. 억쇠는

여기서도 핀뜻 죽은 제 어미 생각이 났다. 부엌에서 비치는 관솔
불에 점둥이 어머니는 남의 집 종은 아니었지만 그렇게 가슴이
앙상하고 그렇게 얼굴이 겉늙은 주름살에 생기라고는 조금도 없
었다.

가까이 오기는 했으나 차마 말이 나오지 않아 머뭇거리는 순
간이었다.

"아—니 그건 어디로 가져가나?"

마당에서 날카로운 점둥이 아버지의 목소리가 난다. 다른 사
람이 아니라 억쇠 저희 아버지였다. 지게를 지고 와 새로 한 가마
니를 지고 일어서는 것이었다.

"억쇠가 뭐래지 않습디까?"

"억쇠라니?"

"아, 장리쌀 먹은 거 있다면서요? 쌀루 찧을 것 없이 아주 한
가마니 턱이라구 벼로 들여오래십디다. 먹은 거 갚을 생각은 안
했드랬수?"

억쇠 아비는 낮에 점심을 그렇게 잘 얻어먹은 것은 잊은 사람
처럼 점둥이 아버지의 대꾸도 들을 것 없이 지고 일어선 채 껍신
껍신 가버리는 것이었다. 어느 댁 분부라고 점둥이 아버지나 어
머니는 군소리 한마디 입 밖에 내지 못했다. 억쇠는 아까 권 생원
이 미웠던 것처럼 주인댁 아씨나 나릿님이 미워졌고 아까 권 생
원의 볏가마니를 져 나르던 삼포지기 영감이 밉살머리스러웠듯
이 이제 주인아씨의 이자로 소두 한 말 쌀이 덧묻은 곡식 섬을
지고 가는 제 아비의 말조차 인정머리 없이 쏘아 던지고 가는 꼴
이 몹시 밉살머리스러웠다.

차츰 알고 보니 이런 타작마당의 딱한 사정은 점둥이네만도 아니었다. 그래도 점둥이네는 아주 빈손은 아니나 손포가 적거나 땅이 토품이 낮은 것을 얻었거나 한 사람은 정말 키짝만 들고 물러설 뿐 아니라 세전부터 장리쌀로 목숨을 이어온 사람들은 빚 청장도 못다 하고 물러서는 집이 있다. 더욱 입도차압제라는 것이 생겨 벼가 익기도 전에 채권자가 차압해서 경매해 버리니까 볏짚 한 단 구경 못 하는 사람도 있다. 개성 장꾼(대금업자)들의 그 그악스러운 돈놀이나 윤 판서 댁 장리쌀에 걸리지 않을 만치 겨우 부지하는 살림이란 사십여 호 이 동리에 안 과부네 한 집밖에 없다. 무서운 줄 알면서도 권 생원의 돈 안 쓸 집이 없고 보릿고개 당해 지주 댁 장리쌀을 안 먹고 견디어낼 질긴 창자를 가진 식구들은 어느 집에도 없다. 농구農具와 일먹이 때 주초酒草 같은 것을 그저 대어주고 떨어지는 식량을 이자 없이 돌려준다 하여도, 혼상 간 큰돈 쓸 일은 정해놓고 빚이 될 수밖에 없는데 이들의 주위에는 가을이면 한 번씩 마당 추수가 있는 것을 저희들의 화수분으로 노리고 핑계만 닿으면 더 붙여먹으려는 돈놀이꾼들과 이자가 오 푼변 턱도 더 되는 장리쌀 임자만이 둘러싸고 있는 것이다.

　　'땅이란 농사꾼들이 그렇게 믿고 그렇게 힘들여 가꾸고 그렇게 소중히 아는데, 또 땅도 그런 농사꾼들에게 그들이 힘들이는 만치는 보답이 있는 것인데, 확실히 그런 것인데, 이들이 먹을 것이 그 겨울 안으로 떨어지고 천 한 자 못 끊고 병이 나도 약 한 첩 못 쓰고 권 생원의 변돈만 쓰고 돈 변리보다 더 비싼 장리쌀을 또 먹고 그래서 해마다 그 식이 장식인 이건 대체 어찌 된 셈

인가?'

억쇠는 땅이란, 땅에다 땀을 흘리는 점둥이네나 장근이네나 노마네에게 좋은 것이 아니라 가만히 앉아서 남이 지어놓은 농사를 절반씩 들어 가는, 그것도 한두 집에서가 아니라 수십 수백 집에서 걷어다가 저 혼자만 위장병이 생기도록 먹고 저 혼자만 계집도 몇씩 거느리고 그러고도 기생이니 유곽이니 병이 나도록 향락하고 집도 서울 집이니 시골집이니 정자니 묘막이니 여러 채씩 두고 혼자 호강하는 지금 이 주인 나릿님 같은, 그런 몇만 명이나 몇십만 명 중에 하나나 될지 말지 한 지주를 위해서만 '좋은 땅'인 것을 이내 깨달을 수 있었다.

그러나 억쇠는 점둥이나 점둥이 아버지나 어머니처럼 땅이나 법률이 이렇게 꼼짝 못 하게 마련된 것은 사람들이 악하고 사람들이 못난 데서 생긴, 고쳐야 할 탈인 줄은 미처 생각지 못하는 것이요, 또 생각하려 하지도 않는다. 땅과 법률의 이런 마련은 태초 요순 때부터 내려오는 천륜 같은 것이거니, 앞으로 억만 년을 가더라도 변할 것이 아니려니, 오직 복종해야만 살며 복종해야만 사람의 도리려니, 그렇기 때문에 인간엔 자고로 부귀빈천의 등별이 있는 것이며 이승에서 빈천한 자는 어서 죽어서 팔자를 고쳐 타고나는 수밖에 없거니…… 불평이든 의분이든 이들은 고작 이런 데서 어물거리다가 결을 삼키고 마는 것이 예사였다.

억쇠도 그 이듬해부터는 장근이네나 점둥이네가 봄내 여름내 피땀을 흘리고 가을 마당질에 와서는 남 좋은 일만 하고 물러나는 꼴에도 그것을 처음 볼 때처럼 마음에 찔리지는 않았다. 찔리지 않을뿐더러 나릿님이나 아씨의 권리를 작인들 앞에 대신 써

볼 때는 권리를 주는 주인에게는 아첨이 절로 늘었고 그 권리에 복종해야 하는 작인들에게는 모르는 새 거드름이 늘어 점둥이나 장근이네 마당에 가서는,

"별놈의 소리 다 듣겠네! 며칠 안 됐으니 이자를 덜어라? 누가 장리쌀 먹으래서 먹었어?"

하고 아이 어른 가릴 것 없이 곧잘 허튼소리가 나오게끔 되었다. 전에는 점둥이나 노마가 저를 업수이 여길까 봐 눈치가 갔으나, 지금은 그와 반대가 되었다. 허구한 날 지주 댁 대청 밑에 가서 장리쌀을 주십시오, 멧소를 한 필 사주십시오, 이자를 좀 탕감해 주십시오, 한 섬만이라도 내년 가을로 밀어주셔야 살겠습니다, 귀밑에 흰 털 박힌 것이 새파란 아씨짜리한테 죽는 엄살을 써가며 때로는 억쇠의 입까지 빌려 비럭질을 하는, 문서에 오른 종보다 나을 것이 없는 저희들의 신세를 억쇠가 깔보고 너무 휘두를까 보아 점둥이나 노마가 도리어 억쇠의 눈치를 보게 되는 것이며, 남들이 제 눈치를 보는 자리에서 억쇠는 또 저도 모르게 우쭐렁해졌다. 노마 누이동생 분이를 만나도 이젠 부끄럽지만은 않아 물 방구리를 인 그와 마주치면 길을 막아 세워놓고 저부터 한 바가지 떠 마실 만큼 속도 제법 시큰둥해졌다.

4

그러나 억쇠의 이 시큰둥은 동네 사람들 눈에 과히 두드러지기 전에 움츠러들지 않을 수 없게 되었다.

절박해 가는 시국은 점점 변동이 심했다. 올해도 벌써 고노에 내각이 히라누마 내각으로 그것이 다시 아베 내각으로 일본의 내각은 연거푸 두 번씩 갈리었다. 전쟁이 벌어지면 쌀값이 오른다고 쌀값만 오르면 은행 빚도 권 생원네 빚도 문제가 아니라 생각해 온 윤 판서 댁 나릿님의 예산과는 전혀 딴판으로 내각은 자주 갈리더니 쌀에도 공정 가격, 땅에도 공정 가격, 시세에 반도 안 되는 법정 가격이 생겼고 게다가 이쪽에서 사 써야 할 일용품은 '야미' 값이 붙기 시작하는 것이었다. 나릿님의 예산이 틀려나가기는 이번이 처음도 아니다.

　　개성에다 집을 지을 그전까지는 몇 해째 곡식 시세가 좋았다. 조선 쌀은 있는 대로 일본으로 먹히는 것 같았는데 수리조합의 번창으로 조선 쌀이 늘기도 했거니와 일본도 해마다 풍년이 들었다. 일본 정부는 조선 쌀을 퉁기기 시작했고 조선총독부는 이미 기공했던 수리조합도 사방에서 중지하게 되었다. 일본은 이 무렵에 조선 쌀을 똥값으로 살 수 있는 경험을 가지어 일본이 웬만한 흉년쯤으로는 다시 조선 쌀값을 올려주지 않았다. 나릿님은 권 생원에게 집 지은 빚의 본전을 꺼나가기는커녕 어떤 해는 이자를 못다 물어 본전에 가산이 되었고 쓰던 솜씨라 그래도 먹을 것은 먹고 입을 것은 입어야 하므로 해마다 돈 천 원씩 빚은 늘기만 했다.

　　'그래두 어떻게 되겠지?'

　　전쟁이 나서 다시 산미증산운동이 일어나는 것은 이 윤 판서 댁 나릿님뿐 아니라 경제력의 바탕이 오직 땅뿐이었던 조선의 재산가들은 죄다 칠년대한에 검은 구름을 보는 것 같았다. 그랬는데 쌀에도 땅에도 이내 공정 가격이 생겨버린 것이다.

　나릿님은 생각하면 조선 망한 것이 이제 와서 서러워졌다. 백성은 누가 다스리며 누구 손에 어떻게 되든 적어도 그때 시세로 저희 생전 놀고먹을 만치 땅만 가진다면 나라 망하는 아픔이 장차 저희들 창자 속에까지 맺힐 줄은 깨닫지 못했던 것이다. 대문만 닫고 행세만 안 하면 그만일 뿐 내 땅에서 나는 밥이야 어디 가랴 싶었다. 따져보면 누가 난봉을 부리었거나 과용을 한 살림도 아니었다. 팥비누면 그만이던 것이 왜비누를 사 써야 했고, 미투리나 갓신이면 그만이던 것이 구두다 양복이다 해서 벼 한 섬이면 되던 일이 벼 열 섬, 스무 섬이라야 되게 되었고, 자기부터도 공부도 제대로 못 하고 나왔지만 동경 가 있는 삼 년 동안 천안 땅 오백 석지기가 달아났다. 일본 자본의 시장으로 생활은 갑자기 새것들과 편리한 것들로 문명이 되는 것 같았으나 나릿님의 생산이란 오직 땅에서 나는 것뿐이요, 그것이 모자라면 그 땅을 파는 것뿐이었다. 전차 한번 타는 것쯤 아무것도 아닌 것 같으나 오직 땅을 팔아 쓰는 사람에게는 종로서 남대문 나가는 데도 밭 한 평이 달아나는 것이었고 서울서 인천을 한번 다녀와도 논 두 평이 달아나는 사정이었다. 전에 큰사랑에 죽실거리던 문객들에 대이면 아무것도 아니나 시골서 일가들이 공진회니 '요사구라'[1]니 하고 올라와 며칠씩 묵는 것도 큰 짐이 되었다. 그렇다고 체면으로 보나 버릇으로 보나 잡혀도 돈이 되고 팔아도 돈이 되는 땅이 있는 날까지는 남한테 궁한 티 보이기는 싫었고 정드는

1　밤 벚꽃·밤 벚꽃놀이.

계집이면 남의 손에 넣기도 싫었다. 나릿님은 이번에도 사실은 권 생원에게 돈을 얻으러 개성으로 왔던 것이다. 작은마누라 친정 어미의 환갑이 닥쳐온 것으로 체면에 모른 척할 수가 없었다.

권 생원은 그전처럼 녹록하지 않았다. 억쇠 아비가 두 번이나 부르러 가도 얼른 일어서지 않았다.

"이 녀석아, 내가 시굴서 올라왔다고 그러지 않구?"

"나릿님께서 오셨다구 첨부터 그랬습죠니까."

나릿님은 말이 막히어 목젖만 오르내리는 꼴을 보고는 억쇠 아비가 민망스러워 다시 권 생원한테로 갔다. 세 번째에야 권 생원은 들고 앉았던 주판을 밀어놓고 따라나섰다.

"거 권 생원 좀 보기 대단 힘드는구려!"

나릿님은 그저 볼이 실룩거리었다.

"언제 오셨나요?"

"좀 올라오슈."

"거 작년에 삼을 캘 것을…… 올엔 삼 시세가 폭락이겠는걸요!"

동문서답으로 주객은 마주 앉았다가 주인 측이 먼저 히죽이 웃는다. 쓴 약을 먹듯 억지로 짓는 웃음이다.

"내 권 생원 만나잔 건 뻔―허지 않소?"

"고맙쇠다. 나 요즘 궁헌데 돈 좀 갚아주시오."

"뭐요? 남 말을 막으러 들어두 분수가 있지! 내가 권 생원 모르게 돈 쓸 일은 생겨도 돈 생길 일이 있을 줄 알우? 남의 사정 다 알면서 그류?"

하고 나릿님은 또 히죽이 웃는 입에 담배를 문다.

"그리게 내 벌써부터 하는 소리 아닌가요?"

권 생원은 조금도 나릿님의 어설픈 웃음을 받지 않는다. 그는 진작부터, 한 군데 빚이 오래 끌면 피차에 재미없으니 땅을 팔아서라도 빚을 갚으라는 것이었다.

"아무튼지 이번에 나두 서울 감 무슨 도리를 채려야겠수. 그러니 노자 한 이천 원만 또 좀 주서야겠수."

"개성서 서울 노자를 이천 원씩이요?"

"좌우간 이천 원은 있어야겠수."

"돈이 수중에 있어야죠."

"괜—이 그러지 말구……."

"야박헌 말 같어두 난 다 겪어봤으니깐 허는 말이지. 오래 끌면 오래 끌수록 댁에 손해란 걸 내 한두 번만 말했나요?"

"어서 낮차 시간 되는데 긴말은 우리 이담 헙시다."

"별수 없습넨다."

"아 정말 이천 원만 써야겠수."

"없는걸요."

"그러지 말우."

"드릴 돈 없어요. 내 언제 농담헙디까?"

"아 권 생원이 돈 이천 원 없으며 권 생원이 개성 바닥서 그만 것 주선 안 된단 말요?"

권 생원은 아— 하품만 하고 수염을 내려 쓰다듬을 뿐이다.

"못 허겠으면 그만두."

나릿님은 피우던 담배를 재떨이에 빡빡 비벼 끄고 발끈해 일어선다. 그리고 조끼에서 금시계를 떼면서 억쇠 아비를 불렀다.

억쇠 아비는 나릿님의 금시계를 잡히는 심부름을 두어 번 한 일이 있다.

"사람이 돈을 모아도 으리가 있어야 하는 거야!"

나릿님 입에서는 반말이 나왔다.

"내 댁엣 일에 으리부동하게 헌 적 없지요."

"뉘 땅을 공정 가격 생긴 틈에 그냥 홀랑 생켜볼려구? 흥 어림없는 수작을……."

"아—니 내가 땅 내랍디까? 돈 내랬지. 이건 자기네 살림 망허는 걸 누구헌테다 화풀일 허러 드는 거야?"

권 생원도 반말이 나온다.

"망해? 그렇게 쉽게? 쥐새끼 같은 놈 어따가 악담을 하는 거야, 이놈아."

노마님이 나타나 더 큰소리는 나지 않고 말았다.

그러나 이날 나릿님의 큰소리와는 딴판으로 나릿님이 가재울서 보이지 않은 지 달포 만에 나릿님네가 망했다는 소문이 났다. 권 생원과 일본 사람과 둘이서 나릿님네 가재울 땅을 맡는다는 소문이 났다. 양반도 이젠 소용없어 빚진 죄인이라니 땅 아니라 신주 토막이라도 팔아 갚을 건 갚아야지 장돌뱅이 권 아무개라고 잡아다 볼기 칠 재주는 지금 세상엔 없다는 이야기도 흥이 나서 주고받는 사람들도 있었다.

아무튼 아씨는 친정 어미 환갑에 다녀오더니 자기 몫으로 멧소 준 것을 팔았고 장리쌀 준 것도 되는대로 거둬들여 돈을 만들어 쥐더니 소문 더 흉해지기 전에 떠난다고 가죽 가방 서너 개에 제 것 요긴한 것만 챙겨 억쇠를 들려가지고 도망하듯 개성으로 와버리었다.

　개성에 와 며칠 안 있어서다. 하루저녁은 노마님께서 억쇠 부자를 불렀다. 뜰아래 선 것을 바로 퇴 위에 올라서라 하고 노마님은 옷고름으로 눈물부터 닦았다.

　"내 생전엔 너일 데리구 있잔 노릇이 누가 이렇게 될 줄 알었나!"

　노마님이 눈을 섬벅거리는 것을 보기가 바쁘게 억쇠 아비는 대뜸 흐득흐득 느껴 울었다. 억쇠 생각에는 이런 앓던 이 빠지는 노릇은 다시없을 것 같은데 아비는 어째서 눈물이 쏟아지는지 알 수 없었다.

　"이럴 줄 알었드면 땅 넘어가기 전에 단 몇 마지기라두 너의 몫을 남겨놓았을걸……."

하고 노마님은 목이 메어 다시 말을 멈춘다.

　억쇠 아비는 그만 아이처럼 엉―엉 울어버린다. 억쇠는 저만 눈이 말뚱한 것을 쳐들기에 겁이 났다.

　"권 생원한테 밭이라두 하루갈이 뽑재두 같이 사는 전주가 안 듣는다구 막무가내구나! 이렇게 되구 보니 다 쓸데없드라. 그래 너희 부자 부쳐먹을 만큼은 다른 작인 해를 떼서라도 농토는 주마 했고 그 가재울 집 바깥마당에 깍짓방 말이다. 그게 사 간이나 되구 재목이 실허니라. 그것두 이 늙은이 말막음으루 준다고 했으니 그걸 뜯어다 어따 세우고 노상 짓구 살두룩 해라…… 그리구 옛다. 풍년거지 더 설다구, 이런 때 한밑천 든든히 못 집어 주는 게 내 맘두 더 아프다. 겨우 이게 사백 환이다. 삼백 환만 주면 시굴 밭 하루갈이 못 사겠니, 제발 하루갈이만 있어두 너이 식구엔 큰 보탬 될라. 그리구 도깨그릇 솥부둥갱이 너이 쓸 만치는 시굴집 걸 갖다 쓰구 돈 백 환 손에 잡고 있으면 올 농사 밑천은 너 끈헐라. 가을엔 수소문해 에펜넬 하나 얻으럼…….”

“싫사와요, 마냄 곁을 떠나 어떻게 따루 살어와요! 굶어두 마냄 모시다 죽지 어디루 따루 나가와요! 죽어도 싫사와요…….”
하고 억쇠 아비는 또 낄낄 울었다.

그러나 결국 억쇠 부자는 어미는 일생이요 아비도 거의 일생이요 자식은 철나도록 세 식구가 종살이를 한 대가로 돈 사백 원과 문짝도 없는 사 간짜리 깍짓방 한 채를 얻어가지고 처음 제 살림을 차려보러 가재울로 내려왔다.

억쇠는 이 김에 아비 품에서 돈 백 원이라도 꺼내가지고 저는 저대로 어디로고 뛰고 싶기도 했다. 그러나 ‘시국’이니 ‘대동아’니 하고 아직은 도회지일수록 더 들볶는 것 같아 허턱 어디로 나서기가 무서웠거니와 생각하면 남의 땅으로라도 내 것으로 한번 심어보고 내 것으로 한번 따고 거두어보기가 소원이기도 했다. 또 은근히 억쇠는 가재울에 끌리는 구석이 있다. 얼굴 동그란 분이가 얼굴에 볼우물을 파고 발돋움을 해서 늘 부르기나 하는 것처럼 클클해지는 것이었다.

‘분이 노마서껀 장근이서껀 점둥이서껀 모두 맘씨는 착헌 애들이지만…….’

억쇠는 주인댁을 기대고 그들에게 얼마 고갯짓하고 지내온 것이 이제 와 뼈아프게 뉘우쳐진다.

‘그때 인심을 사둘걸! 내나 아버지는 첫 농사라 품앗이를 안 해준다면 어떻게 농사를 짓나? 밭 하루갈이! 그것만 제일 가져도

두세 식구는 굶진 않는다는! 우린 그런 밭 하루갈이 살 수가 있기는 하지만!'

억쇠는 밭이나 하루갈이 좋은 것으로 사고 분이와 정혼이나 할 수 있다면 농사일 아니라 더 험한 노릇이라도 신이 날 것 같았다.

'점둥이네도 노마네도 저이 땅이라곤 송곳 꽂을 것도 없다. 우린 하루갈이 살 수 있는 거다!'

감자 몇 톨을 눈만 따 묻으면 감자가 섬으로 쏟아지는 땅, 옥수수를 달기 먹이만도 못하게 부룩만 박아도 그것을 여름내 다래끼로 따 들이는 땅을 터앝만큼도 아니요, 하루갈이 이천 평이나! 포군포군한 분이의 손이 자기가 심은 옥수수를 찌면. 그 옥수수 같은 잇속을 방긋이 드러내 웃는 얼굴이 억쇠는 곧 움킬 것처럼 급해지기도 한다.

'분이가 나를 어떻게 생각헐까? 나헌테 건달기나 있는 줄 알지 않았을까? 나는 왜 그렇게 어질어빠진 시굴 사람들에게 처음처럼 착하게만 굴지 못했을까!'

그러나 정작 시골 사람들은 아무도 억쇠를 못된 녀석이라거나 건방진 자식이라고 여기지는 않는다. 워낙 업수 여김과 억울한 일에는 신경이 무디어진 그들인 데다가 대갓집에 공을 기대인 억쇠로는 처음부터 심보가 착한 아이라는 소문은 났어도 요녀석 두고 보자 벼르는 소리는 들어오지 않았다. 분이도 그랬다. 그 송화 따 오던 길에서 저로는 처음 얼굴을 붉혀보고 가슴을 두근거려 본 사내아이다. 저희 오빠나 점둥이보다는 대처에서 자라 그런지 말도 경우 닿게 하고 인물도 눈이 뚱그렇고 턱이 넓적한 것

이 사내차게 생겨 모두들 그 아비와는 딴판이라 지껄이는 소리
가 듣기 싫지 않았다. 다만 분이 자신이 외할머니에게서 들은 이
야기, 아버지의 딱한 사정을 건져드리기 위해 제 몸을 바다에 빠
뜨린 심청이 때문에는 가끔 꿈이 있었어도 아직 억쇠를 위해서
꿈까지는 없다. 또 혼인이란 것은 허청이든 절름발이든 부모님들
이 알아 시킬 것이지 저희끼리 눈이 맞는다든지 울 너머로 속삭
이든지 하는 것은 난당들이나 하는 짓으로 여기는 것뿐이다.

5

억쇠네는 권 생원네 땅이 된 방축 머리 채마밭에 텃세 백미 대
두 한 말씩을 물기로 하고 집터를 얻었다. 너무 길가요 서향이긴
하나 '이 천지에 내 집, 우리 집이란 것도 지어보는 건가' 하는 감
격에 오직 꿈같을 뿐이었다. 기둥을 세우고 상량이랍시고 들보를
올리던 날, 더욱 부엌에 솥을 걸던 날, 아비는 말할 것도 없거니
와 억쇠도 이날처럼 애달프게 어미 생각이 치민 적은 없다.
"복두 그렇게 못 타고난 건!"
새로 솥을 건 부뚜막에서 김이 무럭무럭 솟는 것을 보고 아비
가 불쑥 해버리는 말에 딴 사람들은 그게 무슨 소리인지 몰랐으
나 억쇠는 이내 제 어미를 가리키고 하는 말임을 알아들었다.
억쇠는 부엌 뒤에 우물을 팠다. 반길도 들어가기 전에 물이 충
충 고여 퍼 쓰기 편한 한다한 박우물이 되었다. 그러나 누구 하나
즐거워하는 사람이 없는 데는 쓸쓸했다. 그리고 억쇠는 목수가

가기 전에 문패도 하나 밀어달래서 상량문을 써준 최 초시한테
가 저희 아버지 문패도 써다 봉당 기둥에나마 붙이었다. 천돌이,
성이 천가였다. 동네 사람들은 차츰 억쇠 아버지를 '천 서방'으로
부르게 되었다.

장독대도 천 서방은 아무 돌이나 가까운 데서 굴려다 놓으려
했다. 그러나 억쇠는 개울 바닥으로 나가 크고 반듯하고 깨끗한
돌로 져다가 공을 들여 쌓았다. 도깨그릇도 나릿님 댁에서 간장
된장이 들어 있는 채 저희 쓸 만치는 물려받았다. 낫과 지게도 그
냥 생겨 억쇠는 몸살이 나도록 서투른 나무도 한동안 때일 것을
해다 가리었다. 우선 양식만은 어쩌는 수 없어 권 생원한테서 장
리로 입쌀 한 말에 좁쌀 닷 말을 갖다 놓고 팥은 두어 말 샀다. 상
전댁에서 먹을 때는 혹시 좁쌀이 많이 섞이면 노염부터 생기곤
하였으나 이제부터는 강조밥을 먹어도 입에 달고 이것이 살로
갈 것 같았다.

촌사람들은 억쇠 생각에 미련해 보이도록 착하였다. 저희 부
자가 전날 고갯짓하던 것을 벌써 잊어버렸을 리는 없는데 미워
하지 않고 홀아비살림이라고 고맙게들만 굴었다. 점둥이 어머니
는 짠무김치를 한 방구리 갖다 주었다. 노마네는 호박고자리, 장
근이네는 수수비와 싸리비도 두 자루씩이나 매다 주었다. 억쇠는
노마네 호박고자리는 분이가 썰어 말렸을 것만 같아 더 맛이 달
거니 했다. 묵이나 두부를 해 먹어도 한두 모씩 들고 와서 어떤
아낙네는 무쳐까지 주고 갔다. 이웃 정리라는 것을 처음 맛보는
천 서방과 억쇠는,

'이래서, 이웃사촌이란 말이 있구나.'

하고 목이 메곤 했다.

'살자! 어서 잘살자! 나쁜 맘만 안 먹음 잘살 수 있을 거다! 어서 우리두 잘살아서 이런 은혜두 갚자!'

어서 돈이 더 부스러지기 전에 밭을 하루갈이라도 장만해야 할 것과 남의 논 얻을 것과 살림할 안사람이 들어서야 할 것 들이 남은 문제였다.

밭은 좋은 것 한 자리가 진작부터 물론 중에 있기는 하다. 약간 경사는 졌으나 양지쪽이요, 동네 옆이요, 네 귀가 반듯하고 토품도 좋아 밀과 콩을 심어도 잘되고 조를 심어도 열 섬은 바라보는 용길네 하루갈이짜리였다. 땅이 좋기 때문에 처음부터 공정가격에는 어림도 없고 공정 가격의 배가 넘게, 삼백팔십 원은 받아야 한다 했다. 억쇠네는 삼백사십 원밖에 돈이 없으니, 그 금사에 청해보았다. 줄 듯이 생각해 보마 하던 용길 아버지는 한참 동안이나 대답을 미루어오더니 껑청 뛰어 사백 원에도 살 사람이 있다는 것이다. 말썽꾸러기 팔근이 녀석이 덤벼든 것이었다.

팔근이는 억쇠도 알기는 한다. 늙은 아비가 죽을힘을 들여 농사지어 놓으면 겨울 한철은 들어와 파먹으며 동리에 노름판을 펴놓다가 봄이 되어 농군들의 일손이 바빠지는 듯하면 어느 틈에 살짝 없어지곤 하는 건달꾼인데, 이자가 없어지기 전에 용길네가 용길 어머니의 상채喪債와 용길이 혼채로 늘어온 빚 때문에 밭을 내놓았다는 말이 퍼진 것이다. 힘 안 들이고 돈 생기는 일에는 팔근이처럼 예산이 빠른 사람은 없어 그는 이내 용길 아버지의 입을 막아놓고 황 군수의 아들을 부추긴 것이다.

가재울 윤 판서네 전장을 넘겨 맡은 것이 권 생원과 일본 사람이란 것은 잘못 전해진 말이었다. 가재울서 십 리는 떨어져 동척에서 여러 만 평 신답풀이하는 것은 있으나 윤 판서네 땅을 권생원과 아울러 산 사람은 조선 사람이었다. 낯선 사람에게나 처음 드는 여관에서는 아닌 게 아니라 일본 사람 행세를 하기도 하나 그도 워낙 이 지방 사람으로 재판소 서기로부터 군수까지 올라갔다가 어떤 남의 집 유부녀와 추문이 있어 파면을 당하였고 그전 동료들이 눈감아 주는 것을 기화로 국유림의 불하 토지 브로커 등에 일약 백만장자가 된 황순환이란 이 근경에 새로 두드러진 유력자였다. 그는 해주 도청에 가면 명함도 내지 않고 도지사 방에 드나든다는 소문도 있다. 그의 아들이 절반은 저희 동네가 된 이 가재울에 양지바르고 배수가 잘되어 과수를 심고 집도 한 채 세울 만한 밭이면 하루갈이에 사백 원이라도 좋다고 불러 놓은 것이었다.

이젠 남과 같이 어엿한 인간으로 땅임자까지 되어본다는 느긋한 희망과 땅이라도 가재울서는 누구나 다른 데 이틀갈이보다 이 밭 하루갈이를 가져보고 싶어 하는 문전이요, 토품 좋은 용길네 밭을 내 땅으로 다루어본다는 욕망에서 억쇠네 부자는 바짝 등이 닳았다. 사백 원에라도 우리가 살 터이니 달라 하였다. 촌 아낙네들이 탐을 내는 부잣집 장독대에 놓였던 크고 길 잘 든 옛날 도깨그릇들을 간장과 된장이 든 채 팔아버린다면 사백 원에서 이미 축이 난 돈머리쯤은 채워질 것 같았고 그래서라도 이 밭만 놓치지 않는다면 몇 해를 맨 소금에 조밥만 먹어도 한이 없다고 결심했다.

그러나 팔근이 녀석은 제 돈을 쓰는 것은 아니라 다시 이십 원을 얹어 불렀다. 억쇠는 기가 막혔다.

아비와 아들은 남은 돈을 꺼내놓고 아무리 세어보고 도깨그
릇을 나가 암만 따져보아야 다시 이백 냥이 불을 데가 없다. 잠이
밤늦게 들었으나 억쇠는 한잠도 제대로 못 들어보고 벌떡 일어
나 앉았다.

'좋은 수가 있다!'

아버지까지 깨워 용길네 밭을 사놓고 볼 테니 보라 장담을 하
고 밖으로 나왔다.

아직 겨우 동틀 머리였다. 그 용길네 밭으로 뛰어왔다. 양지
쪽이라 어느 밭보다도 눈이 먼저 녹고 눈이 안 덮이는 해라도 이
밭엣 보리는 얼어 죽는 법이 없다. 산 밑으로 높은 데는 자갈이
더러 밟히기는 하나 이 밭이 제 손으로 들어만 오는 날은 돌이라
고는 콩 쪽만 한 것 하나 그냥 두지 않으리라 그것부터 별렀다.
신 바닥에 흙 닿는 맛이 시루떡 같은 것도 처음 느껴보는 땅에의
애정이다. 억쇠는 흙을 한 줌 집어 부실러보고 입에 갖다 대어도
보았다.

'토지 감정허는 기사들은 흙 맛두 본다는데 어떤 맛이라야 좋
은 건지……'

억쇠는 용길네 굴뚝에서 아침 연기가 솟는 것을 보고는 단걸
음에 뛰어왔다. 용길이 아버지는 일어나기도 전이었다.

"이거 그만 일어나기두 전에 왔네요."

"어서 들어오게. 일어날 때두 된걸."

"밭은 암만 생각해두 우리가 꼭 가져야겠어서 왔어요."

"뭐 돈 가지면 땅 없겠나?"

"그렇기야 헙죠만 어디 밑천이 넉넉한가요? 돈 두구 안 쓰는 장사 있어요? 더 축나기 전에 꼭 붙들어야 되겠어요."

"그래두 시세보다 벌써 이삼백 냥이나 솟은 걸 없는 사람이 비싼 땅 흥정을 해 어쩌나?"

"용길 아버지?"

하고 억쇠는 억지로 웃음을 지으며 아무 표정의 대꾸도 없는 늙은 용길 아버지를 쳐다보았다.

"도깨그릇까지 판대두 사백 원 될지 말지 헌데요. 남 사백이십 원 낸다는 걸 깎기야 허겠어요. 이십 원만 떨궜다가 가을에 이자 두 쳐드릴 테니 곡식으루 받으시구 우리 살림 도와주시는 일체 루 그 밭은 꼭 저일 주세요."

"도깨그릇이라니?"

"장독이야 이담엔 못 사나요. 땅부터 사구 봐야죠. 땅이 바루 우리 집 옆이구 제일에 맘이 들어 그래요. 이 땅 놓치면 우린 이 동네루 온 게 허사야요. 또 달리 아시다시피 똑 떨어진 하루갈이 만나기가 쉽나요 어디? 돈은 자꾸 부실러질 거구요. 어서 말씀을 끊어주셔야겠어요. 그 은혜 저이가 생전 잊겠어요!"

"거 딱허이그래! 값은 사백 원이라두 잘 받는 금사구 이십 원 떨궜다 가을에 받어두 어련하겠나만 생각해 보게, 우리들이 집터 부터두 다 새 지주네 땅 아닌가? 그 사람네가 사려는 줄 몰랐으면이어니와 알구두 다른 데 팔었다간……."

"그 사람네야 밭 하루갈이 못 사 낭패되겠어요? 군수까지 당긴 점잖은 어른네가 우리 같은 사람 살게 되는 걸 대견해허시지 무슨 혐의들이 있겠어요? 먼저 저이에게 끊어 말씀허셨다면 그만입죠, 안 그래요? 그리구 저인 땅 산다는 게 이게 처음이구 마지막일 거 아니야요? 무슨 수로 땅을 또 사길 바래요!"

억쇠는 남을 설복시켜 보려 이렇게 애타본 적이 없다. 그러나 용길 아버지는 조금도 감동해 주는 얼굴이 아니다.

"아니지, 이 사람 세상일 지금 돼가는 걸 보게나. 자식 기르는 사람이 유력자들헌테 어떻게 눈밖에 나구 사나? 우리만 걱정되는 게 아니라 자네도 그예 그 밭 임자 노릇을 허단 재미없으리. 군수 다니던 사람이야, 큰 지주야, 이 근경선 유력자 아닌가? 그 사람네가 산다는 게니 자네부터두 고이 물러서게, 신상에 해로우리……."

하고 오히려 파의하기를 권할 뿐 아니라 마침 팔근이가 무슨 냄새를 맡았는지 눈이 울퉁해 들어서는 것이었다. 그리고 억쇠가 했다는 이야기를 듣고는 더 눈과 입이 뾰족해지며 입에 권연을 문 채 사뭇 욕을 하듯 지껄였다.

"뭣이? 가을루 가 곡식으루? 그 시들방귀 같은 수작 그만두래라! 과수원 헐려구 얼마에든지 살려는 사람과 쥐뿔도 없는 자식이 무슨 배짱으루 맞서는 거야? 황 군수네허구 네가 맞서가지구 이 동네서 견뎌 배겨볼 테냐? 흥 서울 양반? 그 땅 팔아먹구 거덜나 올라간 윤 판서네 세를 믿구? 지금두 양반 세상인 줄 아니? 얼빠진 자식……."

억쇠는 무안만 보고 숫제 단념하는 것이 옳았다.

아무리 수소문을 해보아야 밭 하루갈이짜리는 나는 것이 없었다. 하루갈이짜리 밭이 날 때까지 돈을 남을 주어 늘리고도 싶었으나 돈놀이에 이골이 난 권 생원이 육장 옆에 와 있는 때여서 돈 못 얻어 애쓰는 사람도 보이지 않았다. 윤 판서네 집자리는 권 생원이 차지하고 내려온 것이다.

이 가재울엔 논보다 밭이 얻어 부치는 데도 더 힘들었다. 권 생원은 멀기는 하나 벌촌 사람이 부치던 것을 논은 여섯 마지기를 떼어주나 밭은 도무지 벼를 수가 없노라 한다. 억쇠네 부자도 밭은 남의 것을 소작하기보다 내 것으로 사기가 소원이었으므로 논만 주는 것도 달게 여기었고 논이 단지 여섯 마지기인 것도 저희 밭 하루갈이를 살 예산으로 적다는 말도 하지 않았다.

무엇보다도 조석으로 밥 끓여 먹는 것이 큰일이다. 아비더러 어서 과부라도 얻어 와야 한다고 걱정들은 해주면서도 이런 일은 돌아서면 그만인 지나가는 말뿐이요 살림이랍시고 첫날부터 남의 장리쌀인 구차한 홀아비한테 달게 나설 과부짜리란 쉬울 리도 없었고 아들을 장가들이려면 그것은 과부나 데려오는 것과도 달라 정혼을 한댔자 빈손으로는 싸 올 도리가 없는 것이다. 아비와 아들이 저희 손으로 조석을 지어 먹고 오 리가 넘는 먼 농틀 농사에 더구나 부엌일, 논일 두 가지가 다 서투른 솜씨라 이웃 사람들 보기에 눈물겨운 바가 한두 가지 아니었다. 그러나 이들은 이를 악물었다.

'이게 살림이다! 이게 남헌테 매인 게 아니라 살림이란 거다! 기를 쓰고 일만 하면 살게 되겠지!'

이해에는 서양서도 전쟁이 일어나 불란서가 망했느니, 조선서는 조선 사람들도 병정으로 끌어내 갈 시초로 '특별지원병' 제도가 생기었느니 하고 떠들썩했으나 농사 연사는 면흉은 되는 해였다. 억쇠네는 엿 마지기에서 벼 서른네 가마니를 떨었다. 그 논짜리로는 면흉이 아니라 평년작이 실하다고들 했다. 억쇠네는 반타작으로 열일곱 가마니를 차지했다. 첫 농사에 그만하면 대견할 게라고들 했다. 그러나 천 서방이나 억쇠는 역시 타작마당의 비애를 아니 느낄 도리가 없었다. 대강 주먹구구로도 이런 어림이 나서기 때문이다. 수세가 평당 사 전으로 칠십 원의 반(반은 지주 부담) 삼십육 원과 비료 매 포대 사 원으로 삼십 포대 값 일백이십 원의 반 육십 원과 '소견 품삯'이라는 것, 논갈이부터 벼 실어 들이는 것까지 남의 손을 쓰고 한 마지기 농사에 사람 품 둘씩으로 갚는 것인데 권 생원네는 농사를 짓지 않으니까 품으로 갚지 않고 돈으로 갚는다. 엿 마지기에 열두 품 값 십이 원과 호세 십 원, 동회비 십오 원, 모두 최소로 '일백삼십삼 원'은 나가야 하는데 벼 한 가마니가 십사 원이 채 못 된다. 열 가마니는 나가야 겨우 청장이 될지 말지 한데 그래도 장리쌀 먹은 것과 텃도지가 또 있다. 이것저것 다 제하면 단 다섯 가마니가 제대로 못 떨어지는 것이다. 그런데 밭 사려던 돈은 우장 한 벌 변변히 차리지 못하고 약수건이나 하는 굵은 베로 고의적삼 한 벌씩 해 입은 것밖엔 생각나는 것이 없는데 백 원 돈이 넘어 부스러졌다. 광목 한 자에 벌써 십오 원이 넘는다. 쌀도 야미 값이 생겼다고는 하나 권 생원처럼 개성으로, 사리원으로 길이 닿는 사람 말이지 쌀고장 배천읍쯤에선 아직 야미 쌀 사려는 사람은 없다.

무엇보다 밭 사지 못한 것이 불안스럽다. 용길네 밭 쪽으로는 머리도 두고 싶지 않다. 송곳 턱에 옴팍눈에 어디 복이 붙었는지 모를 황 군수의 아들이란 자가 '당꼬 쓰봉'[2]을 입고 자전차로 드나들면서 집을 세운다, 과수를 심는다, 펌프 우물을 박는다 하고 누구네와보다도 가까운 이웃에서 돈을 물 쓰듯 하고 일본 말만 하고 정말 팔근이 말마따나 그전 양반들 찜 쪄먹게 서슬이 푸르러 덤비는 데는 공연히 고개가 돌려 억쇠는 집터를 여기다 잡은 것이 후회되었다.

김장 때부터는 권 생원네도 벌써 지주 노릇을 톡톡히 하려 들었다. 억쇠네는 권 생원네가 무 뽑는 날 억쇠만이 가서 거들어주었지만 안사람 있는 작인들은 그 집 김장이 끝나도록 사흘씩이나 가서 매달렸다. 삼십 리 출포는 으레 작인들이 하는 법이라 해서 권 생원네 벼는 어디로 나르는 것이든지 저희들 소작료 분량만치는 삼십 리 길은 갖다 놓으라는 대로 져 나르든 실어 나르든 해야 했다. 권 생원은 지주인 것뿐 아니라 채권자이기도 하기 때문에 전날 지주 윤 판서 댁 나릿님에다 전날 돈놀이 권 생원 자신을 합친 세도를 쓰는 것이었다. 그러면서도 박하기는 더했다. 겨울에 눈이 오면 그 옆에 작인들이 이 집 바깥마당과 사랑 뒷간 길은 으레 쓰는 것이지만 눈이 많이 퍼부어 담아내야 할 때는 안뜰 안 눈만도 수십 들것이 되는 때가 있다. 그전 세상엔 이런 날 아침이나 저녁은 시래깃국에라도 밥 한 끼씩과 엽초 몇 춤씩은 타는 것이요, 정초엔 북어쾌나 하고 담배쌈지 하나씩이라도 돌리는 법이다. 시국 핑계로 저 차려야 할 체모는 모른 척하고 이쪽만 부리려 들며 열 가지에 한 가지라도 마치 시행이 더디면 저를 근본이 장돌뱅이라고 얕잡나 해서 더 기승을 부린다.

한번은 권 생원네 부엌데기가 내려와 억쇠를 찾았다. 해가 다

2 위는 펄렁하고 밑은 단추 등으로 여며 딱 붙게 만든 당꼬 바지.

진 저녁녘이어서 억쇠는 부엌으로 나무를 끌어들이는데 배천읍으로 편지를 가지고 가라는 것이었다.

"해가 다 졌는데 내왕 사십 리 길을 언제 갔다 오란 말이오?"

"내가 아나베— 편지 가지구 가, 그렇게 일르래니께 나야 왔지!"

"저녁 헐 사람 없을 줄두 뻔—히 알면…… 나 없드라구 가서 그류."

하고 억쇠는 배천읍에서 비료며 농구 장사를 크게 하는 일본 사람 이시쓰까에게 갈 것이라는 편지를 집어 내던졌다. 권 생원네 부엌데기는 멀쑥해 편지를 도로 집어 들고 나가다가 짚을 축여 가지고 들어오는 억쇠 아버지와 마주쳤다. 억쇠 아버지는 역시 권력 있는 사람은 모시어야 할 것으로 안다.

"이리 주기요. 내라두 갔다 오리다. 그리구 요새 젊은 애들 함부루 지껄이는 거 가서 그대루 옮기지 말기요."

이래서 억쇠는 할 수 없이 밤으로 다녀오기는 했으나 다녀와 저녁을 먹고 나니 늦기도 해서 그냥 자버리고 말았다. 이른 아침에 권 생원네 앞에 사는 장근이가 내려와 권 생원이 억쇠를 찾는다 했다. 또 밥솥에 불을 지피다 말고 일어섰다. 권 생원은 대청 끝에 뒷짐을 지고 입이 뾰족해 있었다.

"억쇠 너 심부름 좀 시키기 대단 힘드는구나!"

억쇠는 침을 꿀꺽 삼키었다. 못 보는 데서는 욕이라도 하겠는데 목전에선 꼼짝 못 하겠다.

"어제 다녀왔세요."

"다녀왔는지 안 다녀왔는지두 또 사람을 시켜 전갈을 해야 하니? 그런 놈의 심부름이 어디 있단 말이냐? 그래 너이 부자가 심부름 첨 해보니? 내가 네 녀석 심부름 좀 못 시킬 사람이냐?"

하고 권 생원은 가래침을 억쇠 섰는 앞에 내려 뱉는다. 억쇠는 그 침이 제 얼굴에 튀는 것 같아 잠자코 한 걸음 물러선다.

"남 타적 때면 웃짐(엿이나 소갈비 같은 선사) 신구 와서 굽신거릴 땅을 잠자쿠 떼서 주니까 권 아모개 땅은 땅 같지가 않단 말이냐?"

"어젠 밤중에나 오지 않았어요? 아침엔 내가 밥해 먹자니 이따나……."

역시 억쇠는 말끝이 움츠러든다.

"예끼 녀석! 공을 모르구!"

억쇠는 눈이 뿌옇게 몰리고 내려와 늦은 조반도 맛이 없었다.

'힘은 힘대로 들고 탐탁히 먹을 것도 떨어지지 않는 농사, 그나마 지주는 공치사를 하며 사람을 종 부리듯 하려 드니 이렇게 사는 것도 남의 신세란 말인가?'

이 겨울엔 땅 이작移作이 많이 생기었다. 권 생원도 황 군수도 좀 더 저희한테 달가울 사람들로 작인을 갈았고 작인들도 농터가 멀기는 하나 이런 개인 지주들보다 후하다는 바람에 동양척식의 신답풀이들을 맞게 되었다. 수세, 비료 대금 전부 회사에서 부담하고 소출을 사륙분四六分하여, 육 할을 회사에서 차지한다는 것이다.

개인 지주와는 반타작인 것이나 수세와 비료값을 반부담하고 나면 소작인은 실상 삼 할도 제대로 먹지 못하기 때문에 회사 땅은 육 할을 주더라도 작인들이 일 할은 더 이익일 것이다. 점등이네도 노마네도 회사 땅으로 돌라붙었다.

억쇠도 어정쩡해 눈만 껌벅이는 아버지를 졸라 회사 땅 이천
사백 평을 얻기로 하고 새로 상전 노릇을 하려 덤비는 권 생원네
땅은 억쇠가 올라가서 손에 들고 와 던지듯,

"댁엣 땅 그만두겠어요."

한마디로 내놓고 내려왔다.

'이렇게 속이 시원헐 수 있나― 그러나 회사는 또 어떤 놈인
가?'

돈도 이제는 메꿀 수 없이 축이 났거니와 밭도 하루갈이짜리
는 그저 나지 않았다. 밭을 사지 않을 바에는 남은 돈으로 아비든
아들이든 안식구나 한 사람 맞아야겠다는 생각도 났으나 과부짜
리는 그저 걸리지 않았고 아들이 남의 집 딸과 어엿하게 통혼을
하자면 돈 백여 원쯤 이제 와서는 광목 반 통 값도 못 되는 것이
되고 말았다.

'올에 연사나 좋으면……'

벌써 이들 부자도 번연히 속는 줄 알면서도 유일한 희망이 '가
을'이 되고 말았다. 노마 누이 분이가 어깨가 둥글어가고 허릿도
리가 펑퍼짐해 가는 것이 억쇠는 차라리 불안스러웠다.

6

동척 땅은 신답풀이여서 누구나 한몫 끼기가 쉬웠다. 아들이
졸라대었고 점둥이네와 노마네가 한데 휩쓸리는 바람에 한물에

대어지기는 했으나, 농틀이 십 리나 되게 멀었고 소작 계약에 도장을 찍는 데도 여러 군데였다. 농장 관리인 '가토'가 그 면도 자리 새파랗고 테 없는 안경알 속에서 곧 쪼으려는 암탉의 눈으로 서류를 이 장 저 장 넘기면서 처음 써보는 천 서방의 도장을 암팡스럽게 찍어나가는 것을 볼때 천 서방은 공연히 빈손이 떨리었고 노랑 수염 권 생원쯤은 이 가토에다 대면 숭늉일 것같이도 생각되었다.

"그래두 아는 지주네 땅을 눌러 부칠 걸 그랬나 부다."

"별― 아는 도끼에 발등 찍히기지 그 깍쟁이 같은 녀석한테 또 종노릇을 해요?"

"회사 땅은 나을 줄 아니? 일본 녀석들이 그래 권 생원보다 푼푼헐 상싶으냐? 권 생원한테 쌀 떨어진 장리나 미리 먹지, 사정을 해두 열 번에 한 번은 들어주지, 일인들과야 사정이나 봐달랄 수 있다든? 난 모르겠다……."

아닌 게 아니라 억쇠도 속으로는 어리둥절한 판인데 일본은 도조 내각이 되면서 양력 십이월 팔일 미국과 전쟁을 걸었다는 소문이 났다.

'큰일 났군.'

상전댁에 일거리가 벌어지면 언제든지 저희들 신상부터 고달프던 경험에서도 천 서방이나 억쇠는 누구보다도 먼저 벌어지기만 하는 전쟁에 막연한 불안을 느끼었다. 이들에게 있어 전쟁이란 먼저 윗사람이 자꾸 느는 일이었다. 땅만 내어놓으면 그들의 종노릇을 면할까 하였더니, 권 생원은 총력연맹의 이 동네 이사장이 되었고, 미영美英과 싸움을 걸어 일약 일본 제국의 영웅이 된 도조 수상의 성을 따라 도조로 솔선 창씨를 한 황 군수는 이곳 거물 면장으로 다시 관계에 등용되어 면민들을 다스리기 시작했다. 채권을 사라, 애국저금을 해라, 가마니를 짜 바쳐라, 국어(일본어)를 배워라, 묵도를 해라, '고고쿠 신민노 치카이'[3]를 외워라, 신사터를 닦으니 부역을 나오너라, 집집마다 가미다나[神棚][4]를 모시어라, 이루 정신 차릴 수 없게 들볶았고 권 생원도 돌아앉아서는 불평이면서도 누구에게나 우선 명령할 수 있는 것만, 채권자나 지주로만 보다 한층 더 으쓱했다.

순사가 그전보다도 더 뻔질나게 들어왔다. 그전에는 투전꾼 팔근이한테 자주 가던 것이 이번에는 최 초시의 아들 성필이에게 자주 들르는 것 같았다. 송도중학을 고학으로 애써 마치고도 사상이 나쁘다 해서 남처럼 취직을 못 하고 집에서 아버지의 농사일을 돕고 있는 성필이는 팔근이와는 반대로 팔근이가 나타날 농한기에는 성필이는 곧잘 어디 나가 한두 달씩 있다 오곤 하였다. 그러면 주재소에서 으레 불러 갔고 어떤 때는 읍에 본서로도 끌려가서 한번은 반년 동안이나 갇혀 있다 나오기도 했다.

이해 농사는 천 서방이나 억쇠가 보기에는 작년보다 나아 보였다. 그러나 경험 많은 노마 아버지나 점둥이 아버지는,

"웬걸— 일본이 전쟁은 자꾸 이긴대지만 하는 일은 자꾸 틀리는걸!"

하고 낯을 찡기곤 한다. 천 서방이나 억쇠는 신답풀이로 이만하면 잘된 곡식인 것을 가지고 공연히 타박만 하는 것 같고 또 저

---

3 황국 신민의 맹세.
4 집 안에 신위를 모셔두고 제사 지내는 선반.

희들이 봄내 여름내 땀 흘린 결과를 얕잡는 소리만 같아 차라리 듣기 싫었다.

회사에서는 타작하는 방법도 간단하고 공평한 것 같았다. 논 현장에 나와서 벼가 잘된 배미에서 한 평과, 덜된 배미에서 한 평을 작인들이 보는 데서 떨었다. 그 두 평에서 떨어진 벼를 사륙분을 해서 그것을 표준으로 전 평수를 따져 작인들의 육 할 소작료 수량을 정해버리는 것이었다. 소작료를 육 할로 정한 이상, 이 쓰보가리(평예법)라는 것은 서로 간편하고 틀릴 것 없는 방법이라 하였다. 그런데 이것은 이상한 일이었다.

억쇠네는 이천사백 평에 소작료가 아흔엿 근짜리 벼 스물네 가마니가 결정되었다. 이 스물네 가마니가 전체의 육 할이라면 그만치 소작료를 주고도 전체의 사 할인 열여섯 가마니가 억쇠네 것으로 떨어져야 할 것인데 마당질을 해놓고 보니 딴판이다. 소작료를 제하고 떨어지는 것은 단 아홉 가마니밖에 안 되는 것이다. 회사에서 쓰보가리 표준으로 감정한 것은 전체 소출이 마흔 가마니인 것이나 정작 실지로 나온 곡식은 서른다섯 가마니밖에 안 되는 것이니 다섯 가마니가 축이 나는 것이다. 이 다섯 가마니나 부족이 나는 것을 잠자코 소작료를 물라는 대로 문다면 소작료는 육 할이 아니라 칠 할도 넘는 셈이 된다.

"봐라 내 말이 틀리나? 일본 놈이 조선 지주보다 뭣 때문에 우리헌테 후할 줄 아니?"

아버지는 당장 오금을 박아, 억쇠는 마당에 벼 가마니를 늘어놓은 채 회사로 달려왔다. 사택 마당에 등의자를 내다 놓고 신문을 보던 가토는 개가 짖어대는 바람에 작인이 찾아온 것을 기웃해 내다본다.

"오늘 우리가 마당질을 했는데요."

"나니?"

억쇠는 서투른 일본 말을 섞어가며 정성껏 설명해 보았다. 조선 나온 지 이십 년이 넘는다는 가토는 억쇠가 조선말로만 하여도 못 알아들을 리 없었다.

"거짓말이 마라."

다 듣고 나서 가토의 말이었다.

"거짓말이 뭡니까? 지금 마당에 그대루 있구 동네 사람들이 다 보았습니다."

"동네 사람이? 요보 백 명이나 말이 해도 우리 신용이 안 해."

"한두 가마니두 아니고 다섯 가마니나 틀리니 어떻게 회사서 정헌 대루야 바칠 수 있습니까?"

"이놈아? 쓰보가리 우리 사람이 혼자 했나? 네 누깔이 한가지 보지 않았니? 너이도 좋다고 말이 하지 않았나? 약속이나 하고 다른 말이 하는 것이 사람이까? 너이가 먼저 가리 해다 먹었으니까 모자라는 것이지. 빠가야로!"

"먼저 먹다니요. 먹었다면 무슨 불평이겠습니까?"

"잔말이 마라. 먼저 먹지 않았으면 절대로 부족이 될 일이가 없다! 다 사람이나 가격이 있는데 너만 무슨 말이 했소까? 가해레."

하고는 집 안으로 들어가 버리니 개는 점점 기승을 부려 짖고 덤비었다.

그런데 모자라는 것은 억쇠네만도 아니었다. 마당질을 해보는 작인마다 도깨비에 홀린 것처럼 멍청해 물러섰다가 벼 가마니를 다시 세어보곤 하였다. 아무리 세어들 보고 따져보아야 이상할 만치 억쇠네가 모자란 그 비례로, 육칠십 명 작인에 한 집도 예외 없이 똑같이 모자라는 것이었다.

작인들은 절로 한 덩어리가 되어 회사에 진정해 보았으나, 회사 측은, 회사 자의로만 한 것이 아니라 양쪽의 합의로 가장 정당한 방법으로 협의 결정한 소작료니까 계약을 무효로 돌릴 수는 없다고 내대었다.

벌촌과 가재울에는 이 쓰보가리식 소작료 이야기로 자자했다.

"떨어가지구 그 마당에서 갈르는 게 상책이지 새 법식을 내는 것부터 알 증조거든!"

"아무리 새 법식이기루 이쪽에선 눈들 감구 있었나? 한 평을 가지구 했든지 두 평을 가지구 했든지 그걸 표준으루 평수 풀이만 제대루 한다면야 갈데없이 맞어떨어질 거지 주느니 느느니 할 나위가 어디 있느냐 말이야?"

"동척이 뭔지들 아슈?"

노마네가 마당질을 한 날 저녁이었다. 이 집도 줄었는가 늘었는가 궁금해서 모였던 사람들이 감정한 것보다 이 집도 네 가마니나 주는 것을 보고 이러니저러니 주고받는 이야기에 여태 듣고만 섰던 최 초시의 아들 성필이가 말참례를 한 것이다.

"내가 또 입빠른 소릴 허우만, 쓰보가리라는 게 공정헌 것 같어두 작인들만 곯겠습디다. 축이 나면 축이 났지 늘 린 절대루 없겠습디다."

"어째?"

"논에선 벼가 마르기 전 아니오? 벼알마다 부피가 컸을 건데 그걸루 돼보구 정한 것 아니오? 요즘 바짝 말른 건 벼알이 부피가 우선 적어졌으니 말수가 줄 것이고 또 젖었을 땐 벼알 구실을 헌 반실짜리두 마당질에 와선 풍구질에 날려가 버리지 않소? 어디 부피만 그러우? 무게두 벌써 얼마나 차이가 생길 거요?"

성필이는 이것만 일러주지 않았다. 작인들이 단단히 짜고, 실지 소출된 것을 표준으로 한 육 할만을 소작료로 내게 된 것도 성필이가 뒤에서 훈수한 보람이었다.

그러나 가토란 자는 이상할 만치 순순하더니 겨울을 살짝 지내놓고 땅 이작도 때가 지나버린 뒤 벌써 논바닥에 재거름들을 내인 때에야 문제를 세우는 것이었다.

"논바닥에서 서로 제 눈으로 보고 공평하게 작정한 소작료를 제대로 안 바치는 작인은 위약이다. 못다 내인 소작료를 곡식으로든지 돈으로든지 바쳐라. 안 바치는 자는 땅을 뗀다."

지금 와서 땅이 떨어지는 날은 금년 농사는 실농이 된다. 며칠 동안 작인들은 울근불근해 보았으나 별수 없었다. 가을에 가선 어찌하든 올 농사까지는 이 땅을 물고 느는 수밖에 없었다.

억쇠네도 꼼짝 못 하고 벼 세 가마니 값 사십여 원을 이제는 주머니를 털고도 모자라서 차마 말이 나가지 않는 권 생원한테가 빚을 얻어다 회사에 바치었다.

'땅 없는 놈 설구나!'

소작을 평생 해먹느니 진작 죽어버리는 게 마땅할 거다!

억쇠는 제 자신이 당하고 보니, 전날 단순히 동정만으로 점둥이 아버지나 점둥이 어머니를 딱해하던 것쯤으로는 아무것도 아닌, 소작인의 억울함과 희망 없는 일생을 비로소 제 혓바닥으로 쓴 물을 삼켜볼 수 있었다.

'도대체 땅이란 어째 임자가 따로 있는 거냐? 사람이 누가 바위멍덜을 절구질하듯 해 밭과 논을 만들었단 말이냐? 이놈들아 하늘은 왜 금을 긋구 세를 못 받어 처먹니?'

억쇠는 저녁마다 이런 울분과, 울분 끝에는 그래도 한줄기 공상을 해보곤 한다.

'이천팔백 원만 있으면.'

이것은 밭 하루갈이에 사백 원, 논 상답으로 평당 일 원 이십 전씩 쳐 이천 평에 이천사백 원 그래서 이천팔백 원인 것이었다.

'이천팔백 원, 이것 없이는 진작 죽는 게 낫다! 이천팔백 원을 버는 수는 없나?'

이 이천팔백 원의 꿈은 억쇠 하나만의 꿈도 아니었다. 억쇠 아버지나 노마 아버지나 점둥이 아버지 들은 그저 지주님들의 후덕한 처분이나 바라든지, 죽어서 다시 태어난다면 그때나 한번 제 땅 농사를 지어보는 팔자이기를 바라는 데 그치는 것이나, 젊은 노마나 점둥이는 하나같이 이 '이천팔백 원'의 꿈이 간곡한 것이었다. 색시 얻는 것이 아무리 깨가 쏟아진들 용길네처럼 장가들기 때문에 그 알뜰한 땅을 팔게 되어서야 좋을 것이 없었다.

'땅! 밭 이천 평, 논! 이천 평. 사내자식이 그걸 장만할 재주가 없담!'

억쇠는 남의 땅 농사에 절로 마음이 들떴다. 분이는 올봄에는 얼굴이 함박꽃같이 피었다고들 했다.

"이 자식 점둥아?"

"왜?"

하루는 점둥이네 웃방에서다. 화로에 감자를 묻고 그 옆에서 짚세기들을 삼으면서였다.

"우리 돈벌이 한번 나가볼까?"

"벌이? 어디루?"

그 말에는 억쇠도 대답이 막힌다.

"그 경칠 거 돈벌이 나감 자식 버린다구 늙은이들이 엄살만 않는다믄."

"자식을 버리다니?"

"너 모를라. 요 위 살던 광선이라구 더두 말구 조밭 하루갈이 살 것만 벌어갖구 온다구 공사판으루 쫓아다니더니 가막소루 가 콩밥만 이댈 먹었단다."

"콩밥은 어쩌다가?"

"돈이 그까짓 공사판으루나 대녀가지구 벌 게 뭐냐? 돈 보니 욕심은 나구 이 녀석이 노름을 했던. 노름은 누가 그냥 져주나? 나중엔 노름채두 달리니까 밥장수 주머닐 털었다든가."

"돈을 벌라면 먼저 궁릴 잘―해가지구 나서야지, 등에 지게를 지구 나가는 게 불찰이지."

"넌 돈들 잘 버는 개성서 살어봤으니 좀 좋은 궁릴 해내려므나."

"가만있거라, 그렇지 않어두 정칠 놈의 돈, 더두 말구 내 이천팔백 원만 벌 궁릴 연구 중이시다!"

"이천팔백 원!"

"그래, 더두 싫다, 이천팔백 원!"

"그거믄 자농헐 건 되지!"

"밭 하루같이, 논 이천 평, 내 삼 년 안으루 사놀 테니 봐라!"

"뭘루?"

"이천팔백 원으루지!"

마침 화로에서 감자가 피— 소리를 내며 재를 뿜었다.

"이 자식아 감자가 다 웃는다!"

하고 이들은 껄껄대었다.

억쇠나 노마가 돈 이천팔백 원 모을 궁리가 아직 나서기 전에 세상은 점점 소란해 갔다. 개성이나 사리원 한번 가는 것도 여행 증명이 있어야 했고 명색이 지원병이나 강제로 지원병 추리는 것이 점점 심해갔다. 억쇠나 노마나 점둥이는 소학교도 다니지 못한 것이 이런 때는 다행으로 수굿하고 풀 속에나 머리를 박는 것이 수였다.

7

동척에서는 저희가 예산한 대로 작인들이 한 명도 뻗대지 못하고 나머지 소작료를 빚을 얻어서라도 갖다 바치는 바람에 다시 한 가지 우리 땅 농사를 지으려거든 여기 도장을 찍어라, 하는 종이쪽을 내어밀었다. 그것은 다른 것이 아니라, 해마다 새로 소작료를 정하기는 서로 귀찮으니 일정한 도지로 정해버리자는 것이요, 그 도지의 표준 수량은, 작년 가을에 그 칠 할이 넘는 억울한 수량 그대로인 것이다. 회사 측으로 가토는 이런 비싼 소작료를 이렇게 설복시키려 들었다.

"지금은 신답이니까 구답보다 벼가 적게 난다고 할 수 있다. 그렇지만 삼 년만 비료를 넣어봐라. 그담부터 이 소작료는 오 할도 안 되게 소출이 많어질 것이다. 그것은 우리 거짓말이 아니다. 비료도 나라에서 우리 회사에는 특별히 많이 준다. 장래를 보아서는 너이헌테 얼마나 이익이냐. 사람은 장래를 볼 줄 알어야 하는 것이다."

그러고도 한 가지 명령이 또 있었다.

"이제부터는 반도인도 다 같이 황국 신민이다. 내지인과 한가지 창씨할 수 있게 법률로 허락했다. 이번에 소작 계약은 내지인식으로 창씨하고 이름까지 내지인식으로 고친 도장이라야 할 수 있다."

작인들은 갈팡질팡하게 되었다. 한두 사람 아니고 육칠십 명이 갑자기 조선 지주들의 땅으로 돌아 붙을 재주는 없다.

아무리 거름을 실하게 넣는다 하더라도 이삼 년 동안에 구답 소출이 날 리 없는 것이요 생일날 잘 먹자고 미리 굶는 셈으로 장래는 육할 소작질 정도가 되리라 해서 당장 몇 해 동안을 칠할 오 부나 되는 소작료에 도장을 찍을 용기는 나지 않는다. 더구나 그까짓 계약을 창씨를 해야만 해준다니 더 아니꼽다.

창씨 때문에 시달리는 것은 벌써 몇 달째 된다. 성을 갈라는 것은 아비를 갈라는 욕이나 마찬가지란 말을 했다가 최 초시는 주재소에 불려가 이틀 만에 나왔다. 벌써 팔근이는 '가네오카'라, 달운이란 팔근이 짝패는 '미쓰이'라 창씨를 해서 주재소에서 모범 청년이란 말을 듣는다.

억쇠는 이 창씨 문제에 처음에는 누구보다도 귀가 솔깃했었다. 죽은 어미가 '팔월이'였던 것, 아비 이름은 '돌이'인 것, 제 이름은 '억쇠'인 것. 누가 보나 이름부터 남의 집 종 문서에나 박힐 천티 있는 이름이다. 상전이 망하는 바람에 종살이에서 풀려난 이상, 성부터 이름까지 이 김에 깨끗이 갈아버리고도 싶었다. 그래 처음에는 누구보다도 먼저 들먹거리었으나 팔근이나 달운이 따위가 앞을 질러 가네오카니 미쓰이니 하고 고갯짓을 하는 것이 아니꼬울 뿐 아니라 최 초시가 붙들려 가 욕을 당하고 나오는 것을 보고는 더 반감이 생기었다.

'우린 이래두 조선 놈이요 저래두 조선 놈이다! 창씨하는 놈들 하나같이 간사한 놈이드라 봄 차라리 미욱한 놈 소리 듣다 조선 놈째루 죽자.'

억쇠는 저희 아버지더러,

"그래두 최 초시나 성필이한테 의논하기 전엔 허란다구 덥석 허지 맙시다."

일러두었다. 그러나 그렇지 않아도 면에서 적극적으로 창씨 실시 운동을 나오려던 판에 동척 작인들이 창씨 안 할 수 없는 막다른 골목에 몰킨 것을 알고 면소에서는 순사를 데리고 나와 권한다기보다 강제로 시키게 되었다. 윤가는 서울서 윤 아무개가 '이토'로 하였으니 이토요, 이가는 서울서 이 아무개가 '가야마'로 했으니 가야마로, 심가는 본관이 청송이라 해서 '아오마스'로 이런 투로 성을 노느매기하듯 하는 판에,

"이전 성두 배급이군."

한마디를 했다가 억쇠는 면서기한테 따귀를 한 대 벌었다. 아

들이 따귀 맞는 것을 보고는 천 서방은 이내,

"아무걸루라두 나릿님네 생각대루 져주세요니까."

해서 성은 '야마다', 이름은 아비와 아들이 형제간처럼 '후미오'
와 '다케오'가 되어버렸다.

"우린 친척들이 고향에 있으니 뭐라구들 짓는지 알어봐야겠
어요."

"우린 여태 호주가 아버지시니까 아버지가 고치기 전엔 내 맘
대루 할 수 없어요."

옆에 서너 사람은 핑계가 있었다. 자기가 호주요 의논해 볼 친
척도 없어 다만 입맛만 다시다가 집에 와 골을 싸매고 누운 사람
은 노마 아버지뿐이었다.

'성을 갈어야 땅을 줄 테라구? 그 푸진 년의 땅을! 내 대에 와
선 농산 져먹어두 내 조상님엔 사신 다니던 분두 계셔! 누구루
알구 허는 수작이야.'

노마 아버지는 이날 저녁 권 생원을 조용히 찾아갔다. 권 생원
은 노마 아버지가 온 눈치를 이내 알아차렸다.

"어서 덕근이 김 서방두 창씨를 허지요. 별수 있는 줄 아우?"

"나 전에 부치던 땅만 못헌 거라두 한 자리 주시고?"

"흥, 창씨 허기 싫여 동척 땅 놓는 사람두 그저 두지 않겠지만,
그런 사람 땅 주는 지주도 좋지 못헐 거라구 면장님이 다짐을 받
다시피 헙디다. 어서 창씨 허구 가미다나두 말썽들 부리지 말구
하나씩 사다 시렁에 얹어두지요. 별수 없습넨다."

정말 별수 없었다. 동척 땅 이외에는 얻을 도리가 없었고 동척
땅 소작을 눌러 하자면 창씨는 물론, 소작료도 저희 정하는 대로

복종하는 수밖에 없었다. 명령에 복종할 뿐이요, 이쪽 의견은 용납될 곳이 없었다. 날이 갈수록 명령할 줄만 아는 윗사람만 늘어갔다.

용길네 밭 자리에 우선 안채만 세우고 들어온 도조 면장의 아들 '도조 도쿠지'는 읍에 있는 경방단의 부단장, 그의 끄나풀인 가네오카 팔근이는 경방단원이 되어가지고 그전보다 고갯짓이 늘어가며 이틀이 멀다 하고 읍 출입이 잦았다. 일본 말은 억쇠만큼도 못 알아듣는 미쓰이 달운이까지 저희 동생이 지원병 훈련소에 뽑혀진 것을 자세로 도쿠지 패에 얼려 다니며 촌사람들 몰아세우기가 일쑤가 되었다.

하루는 이 미쓰이 달운이가 도쿠지의 자전차를 얻어 배우는 모양으로, 도쿠지네 마당에서 올라앉으면 억쇠네 마당까지 후들거리고 내려와서는 자전차를 가누지 못하고 쓰러지곤 한다. 그 바람에 억쇠가 마당 둘레에 모종해 놓은 댑싸리가 함부로 짓밟히고 부러지고 한다.

"그런데 달운인 눈이 없나?"

억쇠는 보다 못해 한마디 걸었다.

"느에 댑싸리 좀 밟았구나. 나라에서 댑싸리 심으라든?"

"넌 나라에서 허래는 것만 꼭 허니?"

"그렇다 왜, 우리나 도쿠지상네 마당에 누깔이 있거던 가봐라, 뭘 심었나. 건방진 새끼, 다리 뭉두리가 근지러우냐?"

이것은 마당에 나라에서 전쟁 때문에 장려하는 피마자를 심지 않았다는 트집이었다. 억쇠는 꿀걱 참고 물러났다. 나중에 물으니 그는 방공감시초원이 된 것이다. 억쇠는 '그까짓 댑싸리 몇 대쯤 모른 체할걸!' 하고 후회하였다. 조선에도 기어이 징병 제도가 생겨, 벌써 이 동네서도 장근이와 용길이 동생이 징병 검사로 끌려간 것이다. 이런 무시무시한 판인데 방공감시초원이란 어떤 것인지는 몰라도 달운이가 요즘 안하무인으로 꺼떡대는 것을 보아 슬그머니 겁이 나기도 한다.

세상일뿐 아니라 하늘 일도 해마다 이상했다.

비가 제법 기다리기 전에 내려주어 품앗이 급하지 않게 모를 내어놓고 나니 그쳐야만 할 비가 지나치게 퍼부어 가지고 흙탕 침수를 대엿새 겪었다. 그런 데다가 벼농사로는 제일 아기자기한 이삭 솟을 무렵에 이르러 비가 시작이다. 이틀, 사흘, 밤에 잠들기 전에 나가보아도 하늘은 별이 나지 않았고 새벽에 눈을 뜨기 전에 베개에서 귀를 드나 빗소리는 매양 그대로다. 어떤 때는 비가 안 와서 걱정, 어떤 때는 이렇게 지나치게 퍼부어 걱정, 어떤 때는 바람으로, 어떤 때는 냉해로, 충해로, 농사일은 당하고 보니 육신의 노력만이 아니라 반 이상이 마음고생으로 되는 것이었다. 비는 기어이 장마로 채려 무엇보다 꺼리는 '배동바지수침'[5]이 되고 말았다. 벼 이삭이 순째 썩어버리는 것이다. 반농사는커녕 삼분지 일 소출도 거두지 못하게 되었다. 지주 측과 또 말썽이 벌어지게 되었다. 가토 녀석이 제 눈깔로 가끔 나와 벼 된 꼴을 보고도 일단 도지를 정한 이상, 정해진 대로 소작료를 내라는 것이었다. 마당질한 것을 죄다 바쳐도 소작료도 못다 되는 것은 억쇠나 노마네뿐 아니라 거의 전부다. 어떤 사람은 벼를 베다 마당질할

---

5 벼·보리 등의 알이 들 무렵인 배동바지에 침수가 됨을 뜻함.

맛이 없어 그냥 논바닥에 내버려 두었다가 면에서 호령하는 바람에 마지못해 베어 들였다.

아무튼 집을 팔아 베이기 전에는 소작료대로 복종할 길은 없다. 이번에는 소작료를 못 내겠으면 땅을 내놓아라 그러는 것도 아니었다. 회사로서 나라에 바칠 군량인데 이를 거절하는 자들은 우선 '비국민'이라는 낙인을 찍었다. 그렇지 않아도 만 명 작인들의 경관이 아니라 한두 명 지주들의 병정이던 칼자루들이 비국민으로 몰리는 작인들에게 모른 체할 리가 없어, 주재소에서는 작인들에게 주재소로 모이란 명령이 내렸다.

가을 햇볕이 아직 따가운 신작로 마당에 젊은이 늙은이 육칠십 명이 주재소 문간을 쳐다보고 둘러섰다. 밤낮 웃통을 벗어 던지고 지내던 양돼지 같은 소장이 정복을 차리고 나와 먼저 '고고쿠 신민노 치카이'를 시키더니, 술자리에서 지껄이던 것보다는 똑똑한 조선말을 꺼내었다. 관청에서 조선말은 금하는 것이나 저희가 급할 때는 별수 없었다.

"이제는 반도 사람이도 내지 사람이나 한가지 대일본 제국 군인이 되었다. 일시동인하시는 천황 폐하께옵서의 은덕에 보답할 수 있게 되었다. 얼마나 기쁜 일이냐? 귀축 미영은 무엄하게도 황군이 점령한 가다루가나루에 상륙했다 한다! 우리 황군은 물론 일격에 물리칠 것이다. 이러한 국가 다난한 때에 있어, 또 그것과 다르다, 인젠 완전한 황국 신민으로 저 하나만 자리 먹겠다고 생각하면 그것은 대일본 제국 신민이 아니다! 나라가 없어보아라. 너희가 모두 어떻게 될 것인가?"
하고 소장은 발을 굴렀다. 억쇠 생각에는 알아들을 수 없는 소리였다. 이런 나라 때문에, 잘되기는커녕 못되기만 하는 저희들이기 때문이었다. 얼굴이 간지러운 염치없는 수작을 용케도 해가 기울도록 떠들어대더니 나중에는,

"이렇게 알아듣도록 말이 해도 듣지 않는 자는 만주로 이민을 시킬 생각도 하고 있고 또 끝까지 반대하기로 선동하는 자는 용서 없이 체포한다."

을러메었다. 그리고 억쇠로서는, 아니 누구나가 다 전혀 생각지 못하였고 생각해 보아도 모를 일이 일어났다. 그것은 벌촌에서 사는 억쇠네와도 한두 번 품앗이가 있은 '기무라 충신'이라는 작인이었다. 얼굴이 지지벌게서 소장이 섰던 주재소 문턱으로 올라서더니,

"여러분?"

하고 그도 제법 연설을 꺼내는 것이었다. 지금은 '비상시국'이니, '같은 국민으로 남은 전지에 나가 목숨을 바치는데'니, 결국 '나는 오늘 여기서 소장님 말씀에 감동해서 소작료를 전부 바치고 보겠다, 여러분도 황국 신민으로서 나라에 대한 충성으로 다시 한 번 생각하기를 바란다'는 것이었다. 그 말이 끝나기가 바쁘게 뒤에서 누가,

"옳소."

하고 소리를 친다. 돌아다본즉, 회사 땅과는 아무 상관도 없을 뿐 아니라, 제 아비 농사에도 호미 한번 잡는 일이 없는 가네오카 팔근이 녀석인 것이 우스웠고, 기무라 충신이도 바로 사흘 전에 억쇠만도 아니요 여럿이 듣는 데서, 저희도 소작료만 두 가마 판이 모자란다고 말했고 그것이 서로 아는 한바닥 농사에 엄살만도

아니었을 것인데 무얼로 소작료 전부를 낸다는 것인지 이상하였다.

작인들은 덤덤히 입맛만 다시다가 돌아설 수밖에 없는데 신작로를 삼 마장도 못 나와서다. 정 순사가 자전차로 따라오더니 '김덕근'이를 찾았다. 노마 아버지였다.

"제올시다."

정 순사는 자전차를 돌려세우고,

"나잇살이나 처먹은 게……."

하더니 흘긴 눈으로,

"빨리 주재소로 와."

하면서, 무슨 일이냐 물어볼 새도 없게 날름 달아나 버린다. 모두 눈이 둥그레졌으나 맨 벌촌 사람들뿐이요, 가재울 사람은 이 노마 아버지와 점둥 아버지와 억쇠뿐이었다.

"무슨 일일까요?"

"모르겠는데…… 오래니 가볼밖에."

노마 아버지는 말로는 태연한 체하나 손은 후들후들 떨었다.

"우리 따라가 봅시다."

억쇠가 점둥이 아버지더러 그랬으나 그는 어둡기 전에 가다가 산에 매어논 소를 끌러야 하고 꼴도 두어 단 베어야 했다. 억쇠만이 노마 아버지를 따라섰다.

"그런데 왜 오랄까요?"

"내 옆에 팔근이 녀석이 섰드라니……."

"그 자식이 섰었기루 괜한 사람을 뭐랬을까요?"

"내란 사람이 안 해두 좋을 소릴 가끔 헌단 말야!"

"무슨 말씀을 하셨게요?"

"아 그년에 고 답지두 않은 나라 나라 하기에 글쎄 백성이 살구 나서 나랄 거 아니냐구 하두 비위가 틀리게 혼잣소리처럼 했는데 나중에 그 옳소 허는 소리에 돌려 보니 바로 내 뒤에 팔근이 녀석이 섰지 않어! 필시 그걸 그 녀석이 찔른 게로군! 다른 거야 뭐 있을 게 있나……."

"그걸 고자질했음 그누므 새낄 죽여 없애죠."

"경칠 거. 그만 말 한마디에 사람 어쩔라구!"

"조선 눔끼리 서루 잡는담!"

"그리게 망했지!"

주재소는 노마 아버지가 들어서기 전에 이미 살기등등해 있는 판이었다. 웃통을 벗어젖힌 소장은 웬 '츠메에리' 양복의 청년 하나를 그의 하이칼라 머리를 한 손으로 끄들어 쥐고 절레절레 흔들더니,

"오늘 이 같은 시국에 머리 길러 무슨 일이 있나? 나―마이키야로……."

하고 뺨을 철썩 갈긴다. 그리고 노마 아버지가 문간에서 어릿거리니까 정 순사더러 저것이냐 물었고 그렇다니까 냉큼 들어오라고 소리를 질러 노마 아버지는 진작 들어서니만 못한 것 같았다. 소장은 다시 하이칼라 머리 청년에게 '고고쿠 신민노 치카이'를 읽으라 했다. 청년은 머리를 끄들려 눈물이 글썽해 가지고 입술을 축여 떨리는 발음을 낸다.

"고고쿠 신민노 치카이, 이치, 와타쿠시도모와 다이니혼데이 고쿠노 신민데 아리마스. 니, 와타쿠시도모와 고코로오 아와세데

덴노헤이카니 츄기오 쓰쿠시마스. 산, 와타쿠시도모와 닝쿠단렌 시데 릿파나 쓰요이 고쿠민토 나리마스."[6]

이렇게 끝까지 틀리지 않고 외운 덕으로 청년은 더 맞지는 않고 머리만 가위로 앞이마를 두어 군데 잘리고 놓여나왔다. 노마 아버지는 주름살에 땀이 흥건하던 얼굴이 새파랗게 졸아들어 가지고 그 청년이 섰던 자리로 끌려 나섰다.

소장은 말을 눈깔로 뱉는 것처럼 눈을 부릅뜬다.

"오마에모 데이코구노 신밍카?"[7]

노마 아버지는 자기더러도 '고고쿠 신민노 치카이'를 읽으라는 줄로 알았다. 이것을 외우지 못하면 담배 배급도 고무신 배급도 못 탄다 하여 또 무슨 모임에서나 으레 부르는 것이어서 한두 번만 명심한 것이 아니나 도무지 아리송한 데다가 우둔이 들리었다. 그러나 외우는 시늉만이라도 아니 할 수 없다.

"이치…… 와타쿠시도모와 다이일본노 데이쿠노……."

"난—다 고노야로."[8]

하더니 철걱 소리가 났고 자분참 세 번에 노마 아버지는 '아이쿠!' 하고 코피를 쏟으며 주저앉았다. 주저앉은 것을 일어서라고 구둣발로 내지른다. 대뜸 급소를 차인 듯 밖에서 듣기에도 소름이 끼치는 외마디소리가 난다.

"무엇이라고? 나라는 망해도 좋 거시다? 내가 먹어야겠다고?"

"아이구 그랬을 리가 있습니까요……."

---

6 "황국 신민의 맹세, 일, 우리는 대일본 제국의 신민이다. 이, 우리는 마음을 합해 천황 폐하에게 충성을 다한다. 삼, 우리는 인고 단련해 훌륭하고 강한 국민이 된다."
7 "당신도 제국의 신민인가?"
8 "뭐야 이놈."

"거짓말이 마라. 들은 사람이가 있다. 이 나—쁜 놈이 자식아."
또 철걱 소리가 난다.

"아이구……."

"이놈아? 너 같은 비국민은 죽여 좋 것이다!"

하더니 경방단원들 연습시키는 목총을 집어 온다. 딱 소리가 나는데 분명히 어느 뼈대에서 튀는 소리다. 소장 녀석은 시끈거리며 일어선다.

"아이구! 나릿님? 나릿님? 살려주시기요!"

"무엇이?"

"다신 다신…… 죽을죄라 한 번만 용서해 주시기요…… 으흐 으흐……."

이 처량하게 떨리는 소리에 억쇠는 가슴이 선뜩했다.

'별수 없구나— 우리헌텐 비는 것밖에…….'

억쇠는 가까이 엿듣고 있는 것조차 무서워졌다. 성큼성큼 두어 집 건너로 물러서고 말았다.

주재소 안에 남폿불이 켜졌을 때에야 노마 아버지는 비척거리며 그 속에서 나왔다. 나가라는 소리에 다시 살라는 소리 같아 허겁지겁 나오기는 했으나 주재소가 아닌 데서는 한 걸음을 제대로 옮겨 딛지 못하였고 맞을 때보다 더 섧게 가슴을 치며 울었다. 얼굴이 뒤웅박이 되고 옆구리는 쓰지 못하거니와 한쪽 정강이뼈가 으스러졌다. 억쇠는 아무 집으로나 뛰어 들어가 우선 솜을 얻어 태워다가 노마 아버지의 정강이를 싸매고 시오 리 길을 업고 들어오는 수밖에 없었다.

노마는 이내 옥도정기를 얻으러 나서고 노마 어머니는 물을 떠다 영감의 코피를 닦아주기에 정신이 없었다. 억쇠는 부엌을 지나 슬그머니 나오려는데 분이가 물 사발을 들고 가로막았다. 아닌 게 아니라 땀만은 매 맞은 사람보다 더 쏟은 억쇠는 목이 조이던 김에 사양 않고 덥석 받았다. 꿀물이었다. 단숨에 들이켜 고 나니 아버지께도 한 그릇 들여다 놓고 나오는 분이가 이번에 는 억쇠가 내어미는 그릇을 받았다. 그러고도 길을 비키지 않더니,

"저기 도랑에 가 땀 좀 씻구 가요."

한다. 분이네 부엌 뒤로는 맑은 도랑물이 흘렀다.

"괜찮어."

"어서요."

하고 어둠 속에서 박꽃 같은 분이가 얼굴을 돌이키지 않는다. 그 얼굴에 무슨 말을 하고 싶은데 답답하기만 해서 억쇠는 잠자코 분이가 시키는 대로 부엌 뒤로 나왔다. 땀난 등어리보다 가슴이 더 뜨겁다. 적삼을 벗어 팽개치고 도랑에 들어섰다. 분이가 쪽박 을 들고 따라 나왔다. 물을 떠 가려나 보다 했는데,

"더 숙여요."

하더니 쪽박으로 푼 물을 제 잔등에다 부어준다.

저녁이면 밭에서 들어온 저희 오빠를 씻어주던 솜씨인지는 몰 라도 분이는 조금도 서투르지 않다. 물을 두어 번 끼얹었더니 그 매 끄러운 손바닥으로 뽀득뽀득 밀어준다. 여름내 탄 등어리는 꺼풀 이 자꾸 밀리었다. 억쇠는 분이가 그것을 때인 줄 알까 보아 그것 만 걱정되었다.

분이가 내다 주는 낯수건으로 얼굴까지 닦고 적삼을 입으려고 찾으니 적삼이 간데없다. 분이가 쪼르르 다시 나타났다.

"이걸 입구 가요. 등에 피두 막 묻은걸요."

"빨믄 되지 뭐."

"그리게 두구 가요."

"나는 못 빠나."

"빨래를 다 해요 뭐."

"밥두 허는데."

"아이 망칙해!"

"그럼 헐 사람이 없는 걸 어떡헌담!"

"그리게 내가 빨아드린대두."

"괜찮대두."

"고집 너머 씀 나뻐!"

하면서 분이는 들고 나온 저희 오빠의 빨아 다린 적삼을 댑싸리
위에 놓고 달아난다.

억쇠는 품은 좀 좁은 듯한 동무의 적삼을 입고 혼자 집으로 돌
아올 때 시오 리 길이나 무거운 걸음을 한 다리가 조금도 아프지
않았다. 컴컴한 집 속으로 들어가고 싶지 않아 그냥 큰길로 나와
오래도록 별들을 쳐다보았다. 어머니 묻던 날 밤과는 딴 하늘처
럼 억쇠의 눈에 별들도 처음 고와 보였다.

8

억쇠의 눈에도 저녁마다 밤하늘의 별은 고와졌으나 추수한 것
전부를 바치어도 모자라는 소작료 때문에는 눈알이 솟았다.

'봄내 여름내 땀국을 물 먹듯 허구 일헌 게 누군데, 먹진 못해두 소작료는 내라는 거냐? 미리 주재소를 끼는 건 죽어두 짹소리 말란 말이지! 찢어발길 놈의 새끼들…….'

억쇠는 같은 농군이긴 하나 공부도 많이 했고 가끔 억울한 사람들을 위해 입바른 소리도 해주던 성필이를 넌지시 찾아갔다. 성필이는 자기 일처럼 반가워했을 뿐 아니라 진작부터 동척 작인의 하나로 벌촌서는 말마디나 하고 기운꼴도 쓴다는 택길이와 내통이 있는 것도 알았다.

"인제 택길이가 무슨 말이 있을 테니, 모두들 택길이가 허자는 대루만 해요들."

아닌 게 아니라 며칠 안 있어 이른 아침인데 벌촌에서 택길이네 이웃에 사는 작인 하나가 헐떡거리고 찾아왔다. 억쇠더러 노마와 점둥이를 불러오라 하더니 벌촌으로 같이 나가자 했다. 가서 보니 벌촌까지는 아니요 권 생원네 삼포 있는 뒷등성이인데 길에서는 사람이라고 그림자 하나 보이지 않았으나 올라와 보니 젊은 축들로만 사십여 명 작인이 모여 있었다. 이 속에 성필이가 와 있었고 성필이 옆에는 밀짚모자는 썼으나 농사꾼 같지 않은 낯선 사람도 하나 앉아 있었다. 벌촌 쪽에서도 서너 사람 더 나타난 뒤에 택길이가 일어서니,

"인전 얼른 이리들 모이슈."

했다. 모두 성필이와 그 낯선 사람을 중심으로 둘러앉았다. 아무도 낯선 사람을 인사는 시키지 않는데, 그는 얼굴도 희고 손길도 곱상하나 어딘지 억척빼기 택길이만 못하지 않게 묵직해 보이는 얼굴이다. 그는 넓적한 입으로 담배만 빨았고 성필이가 좌우를

둘러보더니 먼저 말을 꺼내었다.

"나는 동척 작인은 아니우만 역시 남의 땅으루 농사짓는 녀석으루 밤낮 억울헌 꼴 당하고 살기는 마찬가지요. 자, 올가을 일을 여러분 어떻게들 허실려우."

잠깐 서로 두리번거리기만 하다가 택길이가,

"어떡허긴 어떡해요? 모두 꿀 먹은 벙어리지만 속두 그런 줄 아슈? 어느 경칠 놈이 농사 죽드룩 져서 회사 좋은 일만 헌단 말이오?"

하고 대뜸 눈방울이 두리두리해진다.

"안 그렇구!"

"무슨 요정을 내야 해 이건!"

"상에 붙들려 가기밖에 더허겠수!"

"그런데 충신이 자식은 저이두 소작료만두 모자란다구 끓던 자식이 뭘루 낸다는 거야 대체?"

"흥! 그럭험 누군 못 내!"

평소에 말이 적던 춘삼이 김 서방이 곰방대를 뽑고 침을 찍 뱉으며 하는 소리였다.

"그럭험 누군 못 내다니?"

"아, 면장님이 모자라는 건 당해줬답디다."

"뭐?"

모두 눈이 둥그레진다.

"면장이 당해주다니요?"

여럿이 모인 데서는 처음 말참견을 해보는 억쇠의 목소리였다.

"충신이 색시가 면장님이 저이 핸 당해주기루 했다구 자랑삼아 우리 집사람더러 지껄이드라는데 그래."

"면장님은 무슨 님? 죽일 놈들!"

택길이가 주먹을 불끈 내밀었다.

"죽일 놈들인 게 보란 말이야! 이를테면 저인 엄살루 죽는 체 허구 우리더런 따라서 진짜루 죽으란 속이지?"

아직껏 듣기만 하고 있던 낯선 사람이 피우던 담배를 꺼버리고 좌중을 둘러보았다. 그나 날카로운 눈매다. 앉은 채 별로 서두르지도 않고 여태 하던 이야기나 계속하듯 말을 시작했다.

"여러분이 소작료로 억울한 일 당해본 건 이번이 처음 아니리다. 이게 앞으로도 한두 번 있구 말 거라면 여러분도 기를 써 싸워 뭘 허겠소? 그렇지만 지주가 따로 있구 작인이 따로 있는 이런 제도가 남어 있는 날까지는 이런 견디랴 견딜 수 없는 이해상반되는 충돌이 자꾸 계속될 거니까, 이걸 고치자는 거구 더구나 이번에 여러분들처럼 지주 편에서 허라는 대로만 하다가는 별수 없이 굶게 되니까 헐 수 없이 무슨 도리를 채리자는 것 아니오?"

"그러믄요!"

택길이의 대답이었다.

"원형이정으루 생각해 보슈? 아무리 남의 땅을 부쳐서라두 십 년을 근고 닦는 일이라면 그래두 북정 밭 한 뙈기라도 늘게 돼야 헐 게 아니오? 세상에 무슨 일 쳐놓구 십 년을 해서 늘진 못허구 고대로만 있는 일이 어디 있단 말이오?"

"어디 고대로만 있으면 좋게."

성필이가 그와 친구 간처럼 반말로 받는 대꾸였다.

"허긴 고대로가 아니라 빚만 늘어가는 거 아니오? 작인들은 빚이 늘었는데 지주들은 그 십 년간에 무에 늘었소? 호강으로 살고도 땅이 늘지 않았소? 종처럼 부리는 작인이 늘지 않았소?"

말뜻은 야무지나 말투가 소탈해서 옆에서 누구나 얼른 말대꾸가 나와진다.

"참 너무두 공평치 못해요니까!"

"아무튼지 여러분들의 금년 추수는 죄다 바쳐두 소작료도 못된다는 것 아니오?"

"밭농사꺼지 팔어 대면 되죠니까."

"그럼 점둥이넨 밭농사꺼지 팔어 벼루 해다 바치겠단 말이야?"

"그렇단 말이지 어느 경칠 놈이……."

"쉬―"

"문제는 간단헌 거요."

이번엔 성필이가 말을 이었다.

"문젠 간단헌 게, 앉어 빼앗기구 죽느냐 일어나 싸워서 안 빼앗기구 사느냐 양단간에 하나뿐인데 여러분 어느 편을 취할 테요?"

"싸우면 안 빼앗기구 무사헐까요?"

"빌어먹을 소리 마라. 땅 짚구 헴치는 노릇만 할 테냐? 중간에 일 잡치지 말구 겁이 나건 그런 물신선은 미리 빠져요."

벌촌에서 온 경순이란 젊은 작인이다.

"누가 겁이 난대?"

"뭐야 그럼?"

"쉬―"

다시 조용해지기를 기다려 이번엔 낯선 사람이 다시 말을 시작했다.

"권력을 쓰는 놈들과 시비곡직을 가리자면 별수 없이 쌈이 되는 거요. 권력과 싸우는 데는 이쪽에선 단결밖에는 수가 없는 거요. 여러분이 한데 뭉쳐 결정헌 대루 끝까지 뻗대구 나가기만 헌다면 결국 수효 많은 편이 이기는 거요. 또 옳고 그른 것이 싸우는데 끝까지 싸우기만 하면 옳은 게 꼭 이기고 마는 법이오. 어느 누가 든든지 죽도록 농사진 사람 굶어 죽지 않겠다구 나서는 노릇을 글다군 안 할 거요. 이런 떳떳한 일일 바엔 여러분 맘먹게 달린 것 아니오? 지주 편에서 다신 얕잡어 보지 못하게, 지주들의 병정인 관리 놈들이 허턱 지주 편만 들구 나서지 못하게, 작인들도 미물이 아니라 사람이란 것, 똑같은 사람이란 걸 한번 본뵈기를 보입시다. 여러분을 짓밟는 발은 여러분의 손으로 분질러놔야지 하늘만 쳐다본다구 되는 게 아니오. 이놈들이 신문에도 내지 못하게 하니까 그렇게 작인들이 들구일어나 지주들의 악착한 착취를 거절하구 싸워서 이기는 일이 조선에두 자꾸 늘어가며 있는 거요. 소련을 보시오. 여러분은 모르고 있으리다만 거기서는 땅은 모두 농사짓는 사람만 갖게 된 거요. 땅을 차지허구 농군들이 지어논 농사를 들어다가 저이만 호의호식하던 불한당 지주 떼들은 거기선 다 없어진 거요. 절로 그렇게 된 줄 아시오? 농군들이 들구일어난 거요. 거깃 농군들이라구 별사람이 아니라 모두 여러분이나 다름없는 농군들이었지만 견디다 못해 단결해 가지구 일어났던 거요. 그게 옳은 일이기 때문에 세계 각국에서 농민들이 일어나며 있구, 그래서 세계 각국에서 농민들의 옳고 떳떳한 요구가 자꾸 실현되고 있는 거요. 생각들 해보슈. 농군은 일은 혼자 허구 굶주리구, 농군은 일은 혼자 허구 헐벗구, 농군은 일은 혼자 허구 병이 나두 못 고치구, 농군은 일은 혼자 허구 자식을 낳두 가르쳐 못 보구, 그게 그래 그대로 나가야 할 세상이란 말이오?"

낯선 사람의 입에서는 단김이 확확 끼치었다. 입술을 축여가지고 그는 더 조리 있게 더 가슴을 푹푹 찔러주는 이야기를 계속하였다. 이 세상이 처음부터 한두 사람 때문에 여러 만 명이 억울하게 살아야 하는 마련은 아니었다는 것, 하늘과 바다가 임자 없이 있듯 땅도 임자가 따로 있을 것이 아니라는 것, 땀 흘려 다루는 사람이 임자일 것이지, 어느 한 사람이 차지하고 여러 사람의 힘을 착취하는 죄악의 도구로 이용되고 있는 것은 잘못이란 것, 인간의 역사에 임금과 양반이 생기게 된 원인이며 또 임금과 양반의 지위나 신분으로도 소용이 없게 돈이 제일인 시대에 이르게 된 것, 다시 이 앞으로는 돈이나 땅 임자의 세상으로 굳어버릴 수도 없이 그 자체가 병이 되어 역사는 어쩔 수 없이 변해나간다는 것, 그것이 인류가 개인으로나 사회적으로나 좋아지는 당연한 발전이라는 것, 그러나 이런 발전이 절로 되기를 바라는 것보다 인간의 다대수요 이런 악제도 때문에 가장 피해자들인 노동자와 농민이 단결해 일어나야 그 발전이 빨리 된다는 것, 그리고 기무라 충신이처럼 밸 빠진 짓 하지 말고 악하고 내 행복을 짓밟는 놈은 털끝만치도 아첨은커녕 도리어 털끝만치도 용서 없이 정정당당하게 미워하고 총과 칼에라도 대항하고 싸워야 우선 그게 사람이요 그게 사람의 사는 거며 이런 사람다운 산 사람이 자꾸 늘어나가야 악한 놈들이 잡은 권력이나 제도가 빨리 무너져

나갈 것이라 했다.

모두가 엄숙해졌다. 누구나 허턱 살고 싶어 하는 '삶'이란 이렇듯 비장한 결심에서 맨주먹으로 총칼을 향해 나가야 누릴 수 있는 건가! 이것을 비로소 깨닫기 때문에 또 주재소 소장 녀석이 용서 없이 체포하겠다던 말이 생각나서 어떤 사람은 얼굴이 해쓱해지고 눈도 어웅해진다. 또 어떤 사람은 자기한테도 세상을 볼 줄 아는 눈이 이제 비로소 트이는 것 같아 그 순박한 눈에 얼음쪽 같은 총기도 솟는다.

억쇠도 마음속에 큰 파동을 일으켰다.

'세상엔 우리 편을 들어 소귀에 경을 읽어주는 사람도 있구나.'

억쇠는 낯선 사람은 물론 성필이도 그전 몇 배 더 우러러보였다.

"여러분들?"

하고 낯선 사람은 다시 목을 다듬었다.

"여러분이 맹세하고 단결해 행동만 한다면 여러분은 땅도 안 떨어지고 소작료도 아무리 시국이니 무에니 해도 금년 같은 핸 안 내고도 배기게 되리다. 그건 여러분의 곁에 이 성필 씨 같은 좋은 동무가 있으니까……."

어디선가 버썩 소리가 나는 바람에 말이 끊기었다. 무엇을 보았는지 벌촌 사람 하나가 후닥닥 일어났다. 그가 뛸 때에야 솔포기 밑에서 일어서는, 모자 끈을 턱에 건 정 순사를 모두들 발견하였다.

"꿈쩍들 말아!"

그러나 꽁무니에서 포승을 뽑으며 올라서는 정 순사의 눈초리가 성필이나 낯선 사람만을 노리는 틈을 타 농군들은 쫙 흩어졌다. 성필이도 휙 돌아섰다. 그러나 성필이나 낯선 사람의 등 뒤에는 어느 틈에 눈깔이 툭 불거진 주재소 소장 녀석이 권총을 대고 떡 막고 서 있었다. 어디서 우지끈 소리가 났다. 택길이가 팔따지⁹ 같은 참나무를 분질렀으나 꺾어 들기 전에,

"고노야로—"

소리와 함께 소장의 총부리는 택길이를 겨누었다. 정 순사는 택길이부터 팔죽지를 꺾어 묶는 바람에 억쇠는 저도 꺾으려고 잡았던 물푸레나무를 놓고 성필이가 눈짓하는 대로 돌아서 뛰고 말았다. 얼마 안 뛰어 노마와 점둥이와 만났다.

"총소린 나지 않았지?"

"못 들었어."

셋이는 숨이 모자랄 때까지 공동묘지 뒷산으로 올라와서야 돌아다보았다. 권 생원네 삼포 앞길이 빤—히 내려다보이는 데다. 낯선 사람과 성필이와 택길이 이외에도 서너 사람이나 붙들려 가고 있다. 억쇠는 눈물이 왈칵 솟았다. 엉엉 울어버리었다.

"우린 뛰길 잘했지!"

겁이 많은 점둥이의 말에 억쇠는 울다 말고 점둥이의 따귀를 갈기었다.

잡혀가는 사람들의 그림자가 길 위에서 사라진 뒤에야 이들은 칡바윗골로 내려왔다.

"그런데 어떻게 알았을까?"

9 '팔'을 속되게 이르는 말.

"어느 놈이 찔렀지!"

"그리게 아무 일도 못 해!"

"그런데 억쇠야, 그게 누구냐?"

"주의자지 뭐."

"주의자―공산당 말이지?"

하고 억쇠에게 한 대 맞고 시무룩했던 점둥이도 말참례를 하였다.

"그럼!"

"그럼, 저렇게 용헌 사람들을 왜 나쁘다는 거야?"

"이 자식아, 넌 지주면 좋아허겠니?"

"허긴 그놈들은 미워헐 테지."

"성필이가 또 몇 달 징역살일 해야 나오겠구나!"

"우리 성필이네 일 그냥 해주자!"

"그래!"

"징역!"

억쇠는 가슴에 푹 찔린다. 그리고 펀뜻 생각나는 것이 있다. 개성서 어머니를 묻고 처음 가재울로 내려오던 날 새벽, 차 안에서 본, 그 노름꾼도 도적도 아닌 성싶던 죄수와, 개성서 신문에서 허구한 날 보던 소작 쟁의와 가끔 큰 글자로 찍혀 나오던 무슨 노조의 적색 사건이니 어디 농민들의 반제 투쟁이니 하는 제목들이다. 억쇠는 경찰이 잡는 것이 도적이나 노름꾼만 아니란 것과 이 겉으로는 평온해 보이는 세상에도 속으로는 목을 내건 사람들의 피투성이 싸움이 계속되고 있다는 것을 오늘 비로소 알아차리게 되었다.

"저런 사람들은 누가 돈을 줘서 댕기노?"

"이 자식이 또 한 대 맞구 싶은가?"

"이 자식아, 모르니까 묻지 않어?"

억쇠는 기가 막힌 듯 허허 웃어버리는데, 노마가,

"이 자식아, 넌 돈만 아니?"

하고 점둥이의 안악을 걸었다. 하마터면 넘어질 뻔한 점둥이도 노마의 기운쯤은 무섭지 않다.

"덤벼라, 이 자식아!"

주재소에서 능지가 되게 맞고 나온 아버지 생각에 젊은 놈 모가지 하나쯤 아무것도 아니란 결심으로 진작부터 핏줄이 핑핑해 오금이 근지럽던 노마라 이들은 좁은 산길에서 호랑이 날뛰듯 씨름이 한판 벌어졌다.

9

벌촌과 가재울은 이날 밤에 개들이 자지러지게 짖었다. 주모자 이외에는 불문에 부친다고 현장에서 끌려간 작인들도 택길이만 내어놓고는 날이 어둡기 전에 놓아주었으나, 이것은 도리어 한 사람도 놓치지 않고 잡으려는 계책으로였다. 모두 마음 놓고 제 집에서 자게 하여놓고 본서로부터 고등계 주임 이하 십여 명의 경관과 수십 명의 경방단원을 풀어, 밤이 새기 전에 권 생원네 삼포 뒤등에 모였던 작인들은 한 사람 빼지 않고 묶어갔다.

그러나 성필이와 그 낯선 사람과 택길이 세 사람 이외에는 취조받을 때 따귀깨나 얻어맞고 이삼일 뒤부터 놓여나온 사람이 많았다. 가재울서도 점둥이와 노마는 이내 나왔으나 억쇠만은 투쟁 의식이 있다 하여 이십구 일 구류를 살았다.

이럭저럭 달포가 훨씬 지나 나와보니 '시국'이라고 불리는 세상은 그새 엄청나게 달라져 있었다. 소작 쟁의를 생각만이라도 하던 때는 딴 천지였구나 싶도록, 논밭에서 난 곡식은 그만두고 내 몸에 달린 모가지도 내 것이랄 수 없이 백성들의 권리란 극도로 박탈되어 있었다. 소작료건 내 몫엣 거건 곡식이란 곡식은 지주와의 문제가 아니라 나라와의 문제로서, 벼만이 아니라 밀이든 좁쌀이든 무슨 잡곡이든 일단 면소에서 칼자루들을 앞세우고 나와 제 해처럼 거둬 가는 것이었다. 우선 감자나 고구마를 먹게 하더니 논바닥에 거름이나 하는 콩깻묵을 먹으라고 배급이 나왔다. 짚은 비가 새는 이엉도 못 해 잇는다. 가마니만 짜서 바쳐라, 관솔을 해다 바치어라, 머루 덩굴을 걷어다 바치어라, 피마자를, 살구씨를, 참나무 껍질을, 놋그릇을, 소를 개를 잡아 껍질을, 그리고 머리를 '마루가리'[10]를 해라, 각반을 쳐라, '몸뻬'를 입어라, 잠꼬대까지 국어로 안 하면 비국민이다, 너는 지원병이다, 너는 학병이다, 너는 징용이다, 너는 보국대다, 너는 경방단이다, 너는 반공감시초원이다, 이 바람에 안손이 없는 억쇠네는 농사는커녕 나오라는 무슨 회니 무슨 연습이니에 나갈손 손포가 없거니와 몇 가지 세금, 몇 가지 저금, 몇 가지 채권 이것을 감당할 도리가 없고 이것이 밀리면 동네 이사장이나 면장의 미움을 사고 그들의 미움을 사면 보국대니 징용이니 하고 북해도나 남양으로 남보다

10 일본어로 '짧게 깎기'를 뜻함.

먼저 끌려 나간다.

하루는 권 생원에게 불려 가 채권값 안 낸다고 눈이 뿌옇게 몰리고 온 저녁이다.

경방단원이 된 후로는 노름 대신에 사람 치는 것이 일이 된 가네오카 팔근이가 읍에서 나오는 길인 듯 경방단 옷을 입은 채 억쇠네 마당으로 들어섰다.

"오토상 오루카?"[11]

이자는 몇 마디 못 되는 것 가지고 일본 말만 쓴다.

"뭐요?"

억쇠는 못 알아듣는 체한다.

"기사마 고쿠고모 스코시 와카랑카?"[12]

그것도 못 알아듣는 체하니까,

"쇼—가나이나."[13]

하더니 조선말을 하는데 그것도 일본식으로 지껄이는 것이었다.

"아버지 없소까?"

이래가지고 억쇠 부자를 앞에 세우고 저는 문지방에 턱 걸터앉아서 하는 수작이 왜 채권값과 세금을 제때 안 내서 우리 동네 성적을 떨구느냐고 한참 꾸짖었고 무슨 비밀이나 이야기하는 것처럼 좌우를 둘러보더니,

"거짓말이나 허면 죽인다 아라쏘까? 억쇠가 나이 몇 살인지

---

11 "아버지 계신가?"
12 "자네 국어도 좀 아나?"
13 "별수 없지."

바로 말이 해."

하고 억쇠 부자를 번갈아 뚫어지게 쏘아본다. 아비도 아들도 아무 대답을 못 한다. 억쇠는 징병에 걸릴 나이였다. 그러나 미천한 아비를 가져 삼사 년 뒤에야 출생 신고가 되었기 때문에 민적 나이로 모면하는 것을 어떻게인지 이자들이 눈치를 챈 모양이었다.

"우리 사람이 그런 것이 몰라한다. 그렇지만 도쿠지상이나 도쿠지상 아버지가 그런 거시 몰라헐 줄 아나? 나—뿐 자식이!"

하고 억쇠의 배를 발끝으로 쿡 내지른다.

"민적이 자리 못 된 것은 참말이 나이대로 말이 하라고 면소에서 말이 하지 않았나? 왜 가만히 있었나? 이런 것은 덴노—헤이카를 속인 것이 한가지니까 알아 있소까? 겜베이다이 잡혀가서 눈이나 묶어놓고 땅 하는 것이……."

하고 이자는 유쾌한 듯이 깔깔거리고 혼자 웃다가 담배를 꺼내 물었으나, 억쇠 부자는 등골에 땀이 후질근했다.

"어떡해서든 한동네서 무사허두룩만 해주시기요."

천 서방은 허리를 두어 번 굽신거리었다.

"아들이 목숨이 아깝나 이까짓 집이 아깝나?"

"집이라닙쇼?"

이자는 담배를 꺼버리고 목소리를 낮추었다.

"내 말 들을 테야? 그럼 억쇠는 무사허지."

"어떻겝쇼?"

"도쿠지상이 저기 밭에다 안채는 짓구 바깥챈 못 짓지 않았어?"

"그렇습죠."

"그 댁에서 돈이나 권리가 없어 못 짓는 건 아니지만 이편 정성이지……."

"네?"

"이 집을 헐어다 바깥채를 마저 세우라구 못 그래? 그러구 억쇠는 징병만 아니라 징용꺼지 면하도록 주선해 달라면 도쿠지상아버지가 누구신데 그래?"

아비와 아들은 말문이 막혀 서로 잠자코 눈만 주고받았다.

"집이 아깝나?"

"……."

"아들보다 집이 아까우면 그만두구 보라구! 억쇠는 소작 쟁의로도 전과자나 다름없는 것이었다!"

"정말 그렇게만 험 무사힐깝쇼?"

"그건 내 장담허지."

"살림이라야 안사람도 없이 물라는 것만 많구 더 살래야 살수도 없쇠다. 그렇지만 집이라군 생전에 이게……."

하고 천 서방은 이내 목소리와 함께 눈이 흐려진다.

"글쎄 생각해 허라구. 내가 억쇠 신상이 좋지 못한 줄 아니까 이웃간에 귀띔을 해주는 거지 내 생기는 게 있어 이러는 줄알어?"

"아 그름요. 저것 하나만 신상에 별일 없다면 오늘 저녁부터한뎃잠 잘가요니까!"

일어나려던 팔근이는 다시 돌아섰다.

"그리구 말야."

"네?"

"도깨그릇은 팔려거든 내게다 팔라구."

억쇠 부자는 밤새도록 생각해 보았다. 별수 없었다. 남의 집 종살이에서 풀려 밭이나 하루갈이 사고 마누라를 얻든지 며느리를 얻든지 해가지고 이젠 남부럽지 않게 한번 살아보려고 남은 깍짓방으로 지었던 것이라 대궐 맞잡이로 알고 이 집을 세울 때 밤엔 며칠을 잠을 못 자고 기쁘던 노릇이, 생각하면 문패를 '야마다 후미오'라 갈아 불러본 것뿐 머릿속에 남는 것이라고는 아무것도 없이 이제 헐어다 바치어야 하는 것이었다.

억쇠네 부자는 묻는 사람에게마다 팔았노라 대답하며 사흘이 걸려 저희 손으로 집을 뜯었다. 아비도 아들도 눈이 헛갈리어 손발이 제대로 놀지 않았다. 몇 번이나 못을 밟고 몇 번이나 떨어지는 서까래에 잔등을 치었다. 지주 댁에 가는 타작 섬이나처럼 저희 등으로 꾸벅꾸벅 져다가 도쿠지네 마당에 갖다 주었고 솥 두 개와 도깨그릇 대여섯 가지는 가네오카네 집으로 져 올렸다.

가네오카는 말로는 산다고 했으나 값을 묻는 일은 없었고 도쿠지는 억쇠네가 빚진 것과 채권값 따위 모두 오십오 원 각수를 받아주고 억쇠를 징용을 면한다는 농업 요원이란 이름으로 저희 집 머슴에 써주는 것으로 도리어 생색을 내었다. 그리고 억쇠 아버지는 몸담을 곳도 없거니와 이내 보국대라는 강제 노동에 걸려 경원선 복선 공사장으로 끌려갔다.

10

농업 요원이란 논과 밭을 을러서 최소한도 구천 평의 농사를 지으라는 것이었다. 억쇠는 그만해도 몸에 익은 농사일이나 밭일 논일 집안 허드렛일, 미처 손이 돌아가지 않았다.

농사를 처음 시켜보는 주인 도쿠지는 모범 면장 저희 아버지가 책상 위에서 증산이니 모범작이니 모범 부락이니 하고 서두르는 그대로 들어와서 억쇠한테 왜 손이 둘밖에 없느냐는 듯이 서둘렀다.

억쇠는 사실 있는 손 둘도 제대로 놀리고 싶지 않은 일이다.

'남처럼 내 집을 쓰고 남처럼 내 농사를 짓고 분이를 다려다가……'

이 클클하게 떼쓰고 싶도록 그립던 욕망도 이젠 여지없이 부서지고 만 것이다.

황국 신민 된 의무다, 나라일이다, 천황 폐하의 일이다 하고 남들에게는 볶아치고 욕질하고 매질을 하면서도 도쿠지나 그런 국민복 입은 면소 패, 군청 패 들은 그다지 바쁜 일은 없는 듯 사흘이 멀다 하고 그들은 해 지기를 기다려 자전차 꽁무니에 갈보와 술병을 달고 들어들 와 밤을 패고 놀았다.

이자들이 들어오는 날은 가재울은 불한당패 든 것 같았다. 아무 집에나 가 방문을 벌컥 열어젖힌다.

"웃방으루 뭬 올라간 게 누구야?"

"우리 메눌애깁죠."

"뒷문으로 나간 건?"

"나가긴 누가 나가요니까?"

"가마닌 안 치구 초저녁부터 무슨 잠이야?"

"아무런들 벌써 자기야 허겠어요."

"그럼 불은 왜 안 켜놓는 거야?"

"기름이 없다 보니 아무것두 못 허구 앉었습죠니까."

"핑계 그만둬. 부엌을 뒤져볼까, 무슨 기름이구 없나?"

"웬 기름이 있어요니까?"

"호주 이름이 누구야? 사내들은 어디 갔어?"

하고 엄포를 해놓고 슬쩍 물러나면 따라왔던 도쿠지나 가네오카
는 어느 틈에 이 집 닭장 문을 열고 그중 묵직한 암탉으로 한두
마리 골라 들고 주인 앞으로 오는 것이다.

"면에서들 나와 나라일루 여태 저녁두 못 먹구 다니는 걸 그
냥 가게 헐 수 있소?"

"저런 얼마나 시장들 허실까요!"

"우리가 저녁은 허지만 한두 번 아니구 찬을 당헐 수가 있소!
이거 얼마 내리까?"

"원 별말씀을! 동넷 손님인걸요."

닭 한 마리쯤 채키는 것 남편이나 아들에 비겨 아무것도 아니
었다. 이자들은 보국대나 징용 인원이 모자란다든지 내일처럼 보
내야겠는데 한두 명이 도망을 했다든가 하면 아무 동네에나 '도
라쿠'를 갖다 대고 닭이나 개 한 마리 채 가듯 이들의 남편이나
아들도 손에 잡히는 대로 채 가기 때문에 닭 한두 마리 계란 한
두 꾸러미쯤은 아무것도 아닐 뿐 아니라 불을 켤 기름이 있다 하
더라도 사내 사람 남아 있는 집에서는 미리 불 없이 앉았다가 이

런 손님이 달려들면 뒷문으로 튀는 것이 상책이었다. 이들이 산다는 것은 어떻게 하면 피할까 그것이 전부였다.

도쿠지나 가네오카는 동네에서 먹을 것이 닭이나 계란만도 아니었다. 먹으려 들면 못 먹을 것이 없었다. 동네 어느 집에 제사나 혼사가 있어 부득이 고기나 술을 써야 할 듯하면 가네오카는 앞질러 찾아다니며 축축이었다. 내 담당할 터이니 밀주를 담그라 하고 으레 한 말은 차지했고 내 담당할 터이니 도야지를 잡으라 하고 으레 한두 쟁기는 가져갈 줄 알았다. 이런 공고기 맛에 뱃심이 자란 가네오카와 도쿠지는 나중에는 소까지 몰래 잡게 하고 한두 다리 들곤 하였다. 먹는 것만도 아니다.

"면화는 나라에 죄다 바치라는 건데 이게 누구넨데 솜을 틀어."

한마디면 솜반이 들어왔고,

"짜란 가마닌 안 짜구 이게 어느 때라구?"

한마디면 명주와 무명필도 들어왔다. 가네오카네와 도쿠지네는 귀한 것 없고 못 먹는 것이 없었다.

11

보국대도 제 것 있는 사람은 좁쌀 말이라도 가지고 와서 '함바'에 붙이든지 그렇지 않으면 저녁 한 끼만이라도 한데 냄비를 걸고 배부른 저녁을 먹어보는 것이나, 천 서방처럼 아무것도 없이 온 사람은 무엇보다 배가 고파 견딜 수가 없었다. 산을 허물어다 복선 철로 길을 돋우는 일인데 같은 흙일이나 농사일보다 생흙 다루는 일은 힘이 갑절 들었고, 그런 데다 먹는 것이 부실해서 한 평 흙을 뜨기 전에 눈에서 별이 돋곤 했다. 촌집에서 야미 떡을 해 파는 것이 있으나 하루 품삯이라는 것이 떡 한 개 값이 모자랐다. 그것도 남처럼 담배를 피지 않는 덕에 사흘에 한 번씩 야미 떡 두어 개 사 먹는 맛이 오직 사는가 싶은 순간이다가 석 달 기한이 차서 일터에서 물러나는 날 천 서방은 갈 데가 막연하였다. 농사는 뒷날 세월 좋아지면 다시 짓기로 하더라도 집이, 그 집이 비록 안손은 있든 없든 내 집이었던 그 집 한 채만이 저희 부자의 유일한 밑천이요 근거일 것을 그 꿈처럼 날려 보낸 허전함이란 천 서방은 머리 둘 곳이 없는 이날 그것이 죽은 계집 생각보다도 더 서러웠다.

아무튼 집은 없더라도 아들이 있는 곳이니 천 서방은 터덕터덕 가재울로 와보는 수밖에 없었다. 동네에 들어서는 길로 아들보다는 먼저 저희 집 섰던 자리부터 찾았다. 구들바닥까지 파헤쳐진 것을 보면 도쿠지네가 바깥채를 짓느라고 구들장까지 뜯어 간 모양이었다. 아들이 그렇게 공들여 파놓은 박우물에는 나뭇잎만 그득 잠겨 있고 장독대에도 쓸모 있는 돌은 죄다 걷어 가고 없었다.

'주릿대 맞을 놈들 너이들만 얼마나 잘사나 보자!'

몇 달 안 보다 만나는 억쇠는 제 아들 같지 않게 틀이 잡힌 실농군이었다. 가슴이 함지박 같고 손매듭이 밤톨만큼씩 여물었다. 이런 범장 다리 같은 아들을 앞세우고 제 농사 제 살림을 못 해 보는 생각을 하니 또 한 번 뼈가 저리다.

일꾼의 밥그릇엔 수수와 콩만 몰아 뜨나 도쿠지네는 그래도 아직 죽은 먹지 않았다. 천 서방은 된밥 몇 끼를 먹어보니 한결 속이 트지근하다. 저희 집 헐어다 바친 것으로 세운 바깥채라 밤에 누우면 잠이 편히 들지 않았으나 아들과 하루라도 더 같이 지내보고 싶고 된밥도 한 끼라도 더 속에 넣어두고 싶었다. 멈짓멈짓 닷새가 되던 날이다. 도쿠지는 천 서방더러 어쩔 셈이냐 물었다. 묻기라기보다 이쪽에서 대답할 사이도 없이,

"이런 비상시국에 우리 집에 노는 사람이 있다구 해보? 내 얼굴에 똥칠을 허는 거구 천 서방 자신도 이번엔 보국대가 뭐요? 징용으로 이 년 기한으로 남양 아니면 북해도로 가는 판이니 미리 알아채리란 말이오."

하였다. 신선처럼 이슬과 바람이나 먹기 전에는 천 서방은 사람 사는 동네를 떠나 피할 곳은 없었다. 아들의 지게를 하나 얻어 지고 이날로 배천 온천으로 나오고 만 것이다.

온천 손님도 끊어진 지 오래여서 지게벌이도 있을 리 없거니와 보국대와 징용군 뽑기에 열이 나 개도 사람으로 뵈는 면소나 군청 노무계 패들 눈에 빈 지게로 어슬렁대는 천 서방이 걸리지 않을 리 없었다.

억쇠가 저희 아버지가 백천 정거장에서 보이지 않는다는 말을 들은 지 한참 뒤 보국대에 갔다 온 벌촌 사람에게서 저희 아버지가 해주 비행장 닦는 데서 일을 하더란 말을 들었다. 다시 달포나 되어서다. 일본 구주九州 무슨 제철소엔가 '비이십구'가 폭격했다는 소문이 나고 징병 검사에 을종들인 장근이와 용길이 아우가 서울로 입영하러 떠난 뒤이다. 억쇠에게 저희 아버지의 세 번째 소식은 면소로부터 주인 도쿠지가 가지고 왔다. 죽었다는 것이었

다. 일을 하다 죽었으면 나라를 위해 명예요 유족에게 위로금도 나올 것인데 변변치 못하게 무슨 병을 앓았고 병은 나아가 다 썩은 콩 볶은 것을 먹고 죽었기 때문에 '센징와 쇼―가나이네' 소리만 듣게 되었다고 도쿠지는 못마땅해하였다.

"언제래요?"

억쇠는 웬일인지 아버지가 죽었다기보다 누구와 싸움을 하다 졌다는 말에처럼 성부터 버럭 났다.

"벌써 수십 일 됐다니까 누가 알어."

농사일 바쁜 때 그건 가보면 무얼 하느냐고 도쿠지는 짜증을 내었으나 억쇠는 이날로 떠나 해주 비행장을 찾아왔다. 열 군데도 더 물어 저희 아버지 밥 먹던 함바를 찾았고, 거기서 더듬어 야마다 후미오가 전염병을 앓았고 병은 나아 비척거리고 두어 번 함바로 와서 밥 누룽갱이를 얻어 들고 가는 것을 보았는데 어디서인지 썩은 콩 볶아 파는 것을 사 먹고 죽었다는 것이다.

"어디다 묻었나요?"

"묻긴? 태워버렸지."

"태우다뇨?"

"전염병이라구 석유 치구 태웠다는데."

억쇠는 이틀을 여기서 묵으며 더 파보아 야마다 후미오의 시체가 그의 것은 신던 '지까다비' 한 짝 남김 없이 한데 태워버린 것을 알았고 그 태운 자리까지 찾아보고는 그만 걸음을 돌리고 말았다.

억쇠는 신작로에 나와 펄썩 주저앉았다. 하늘은 농군들이 기다리는 지 오랜 비도 좀처럼 내릴 것 같지 않다.

'실컷 가물어라? 망해라 어서! 우리 집을 그냥 먹은 건 그만두고라도 내가 고까도 없는 제 집 종살이가 아닌가? 아버지가 일 년을 묵기루 놀구먹을 사람인가? 닷새를 못 가서 내어쫓아? 네 놈들이 앓구 나 먹을 게 없어봐라. 개똥은 안 줘 먹을 테냐? 센징 와 쇼—가나이? 고런 놈들 주둥이에 거미줄 안 쓰는 걸 봄 저눔의 하늘이란 것두 멀쩡한 거구!'

억쇠는 오래간만에 그 권 생원네 삼포 뒤등에서 잡혀간 성필이와 낯선 사회주의자 생각이 났다. 택길이는 석 달 뒤에 놓여나왔지만 성필이는 그저 소식이 없다. 그들이 감옥 속에서 고생할 생각을 해보니 그래도 저는 아직 일월을 마음대로 보고 살기가 미안하기도 하다.

'어서 왜놈이 망해라? 왜놈이 망해야 도쿠지 따위는 쥐구멍을 찾구 그 사회주의자나 성필이 같은 사람들이 맘대로 활동을 헐 거구 그래야 한번 세상이 뒤집히는 보람이 있을 거다? 왜놈이 망키루 도조 면장이나 권 생원이 그냥 꺼떡댄다면? 그럴 린 없을 거다? 그럴 리 죽어도 없을 거다!'

억쇠는 야속할 것을 더듬자면 도쿠지만이 아니다. 그의 계집 년에게도 한두 가지가 아니다. 정말 사형장에서 목이나 매달렸던 것을 풀어 놓아준 것처럼 말끝마다,

"우리 애아버지 아니면 오늘 어떻게 됐을지나 알어?"

소리였고 겨울에 큰 솥에 물이 설설 끓어도,

"무슨 끔직헌 손발이라고 더운물을 쓰려 들어?"

하고 억쇠 제 손으로 길어다 붓고 제 손으로 해다 때주는 나무에도 더운물 쓰는 것을 앙탈하였다.

"막 자란 것들은 헐 수 없대두! 주는 대루 처먹지 장독대를 늙은 개 부뚜막으루 아나 어디라고 올라가?"

하고 찬이 모자라도 고추장이나 된장 한 숟갈 못 떠다 먹게 했다.

'이를 갈자! 미워하자! 그때 그이는 나쁜 놈은 용서 없이 미워하라! 했다! 아— 그런 사람들이 세상을 맘대로 꾸미게 된다면? 그렇게 된다면 어떻게 될까?'

억쇠는 손에 잡히는 대로 풀을 한 움큼 잡아 뜯었다.

'우리 같은 사람두 잘살게 만들 거다! 그인 그때 그랬다. 십 년 근고를 해서 북정 밭 한 뙈기 못 장만하는 건 원형이정이 아니라구. 이런 지금 세상은 마련이 잘못된 거라. 마련 잘못된 이놈의 세상은 어서 뒤집혀야 헌다!'

억쇠는 벌떡 일어나 다시 걸었다. 허턱 주먹질을 해본다.

'악한 놈, 내 행복을 짓밟는 놈은 사정없이 미워해야 헌다. 도쿠지란 놈은 악한 놈이다! 내 행복이면 따라다니며 짓밟으려는 놈이다!'

억쇠는 도쿠지를 미워 안 하고 견딜 수 없는 또 한 가지 중요한 이유가 있는 것이다. 닭이나 계란은 제 손모가지로 들고 가는 것이라 말로는 돈을 낸다는 것이나 도쿠지나 가네오카한테서 닭값이나 계란값을 받아본 집은 별로 없다. 그런데 다만 노마네 한 집만은 닭값도 계란값도 낙자없이 받을 뿐 아니라 금새도 읍에 시세로 쳐서 사흘을 넘기지 않고 보내는 것을 억쇠도 두어 번 심부름을 했다. 그리고 한 달이나 두 달에 한 번쯤 고무신 배급표가 고작 한 반에 한두 장 폭으로 나와 신 한 켤레에 십여 집이 매달려 제비를 뽑는 것이나 이 도쿠지의 주머니에는 고무신표뿐 아니라 비누표 석유표 설탕표 광목표 따위가 언제든지 득실거리었다. 노마네는 제비도 못 뽑았는데 분이도 분이 어머니도 고무신이 떨어지지 않았다. 동네에 세력 못 쓰는 젊은이치고는 농업 요원도 아니면서 절름발이 홍 서방을 내어놓고는, 그저 보국대에도 징용에도 뽑혀 가지 않고 견디는 것도 분이 오빠 노마뿐이다. 이것도 도쿠지란 놈이 뒷배를 보아주는 것이 틀리지 않았다.

'도쿠지란 놈이 분이헌테 꿍심이 있는 게 틀리지 않다! 내 모를 줄 아니?'

억쇠는 속에서 불이 나올 것 같은 입을 악물고 걸었다.

12

'사람두 이 땅 같을 게다! 같은 흙인데 다들 맛부터 좋구 힘 적게 들구 곡식은 쏟아지구!'

그 용길네 밭 자리 하루갈이는 제 손으로 다루어보니 억쇠는 도쿠지한테 채킨 것이 다시금 분해진다. 사과나무를 심어 곡식을 간작을 했고 집터가 백여 평은 차지하여 제대로 심지는 못하였으나 조 이삭 하나가 개꼬리만큼씩 숙었다. 억쇠는 이 밭을 밟을 때마다 분이 생각이 따라 솟기도 한다. 같은 사람, 같은 여자에도 분이는 보기도 이쁘거니와 살림도 잘하고 아이내도 잘할 것 같았다.

'못된 것이 임자라도 좋은 땅은 큰 이삭을 맺는다! 못된 것이 꼬이드라도 착하기만 헌 분이는 고분고분 넘어가구 말 거다!'

억쇠는 이런 생각을 하면 가슴속에 불덩이가 불쑥 치밀어 목구멍을 막는 것 같다.

'하늘이 무심헌 것처럼 땅두 사람두 무심헌 거란 말인가?'

아직 마당질두 끝나기 전인데 도쿠지는 어디서 그 귀한 과수에 주는 비료를 구해놓았다. 읍에서부터 억쇠가 져 들여왔다. 열매가 아직 달리지 않은 과수는 무슨 과수든 식량 증산으로 모조리 뽑으라는 것인데 그것도 면장인 저희 아비 이름으로 남의 것들은 모조리 뽑아 던지면서 저희 것은 간작만으로 그냥 둔다. 아직 어린 나무에 거름이 당치 않았다고들 하나 무엇이든 한번 마음이 내키면 멈출 줄 모르는 성미라 도쿠지는 기어이 억쇠를 시켜 과목들의 둘레를 파게 하고 거름 주는 것을 총찰하던 날이다. 점심 먹고 나와 쉬는 참인데 도쿠지는 억쇠더러 노마를 불러오라 했다.

노마도 노마 아버지도 없고 분이만이 웃방에서 찢어진 제 고무신 깁던 것을 든 채 문을 열었다. 몸뻬를 입어 분이는 몸이 부픈 것이 두드러진다.

"노마 좀 오래는데."

"도쿠지상이 그래요?"

억쇠는 멍청해 대답을 못 했다. 어떻게 도쿠지가 부르는지 듣기도 전에 아는 것이 이상했다. 생글거리는 분이가 이런 때는 이쁘기만 하지 않다.

"누가 오빠 오래요?"

"도쿠지상인 줄 알면서 뭘 그래?"

"내 나가 찾아 보낼게요."

하고 분이는 붉어지는 얼굴을 돌아서 버렸다. 분이 어머니는 장독대에서 무엇을 하다가 아들을 도쿠지가 찾는다는 바람에 눈이 휘둥그레 나왔다.

"이 사람? 그 어른이 우리 애를 어째 부르실까?"

"몰르죠."

"이거 아들 하나 가진 게 무슨 죽을죄나 짓구 사는 거 같으니 어떡헌담! 무슨 일이든 자네 말 좀 잘허게 응?"

"저야 뭘 아나요."

"자식이라군 그거 하난 걸 그걸 내보내군 난 죽지 못 살아요! 못 살아……."

벌써 말끝이 떨리면서 분이 같은 것은 자식으로 치지도 않는 것이었다. 그것이 자식으로 치는 노마를 위해선 분이쯤 아무렇게 굴려도 좋다는 심속 같았다.

어느 명령이라고 지체할 리가 없었다. 분이와 분이 어머니는 집을 비워 던지고 나서 노마를 찾아 보내었다. 도쿠지는 벌써 경방단 부단장의 정복 저고리를 입고 나와 있었다. 이자가 위신을 보여야 할 자리에선 먼저 이 대단스러운 금줄이 붙은 저고리부터 걸뜨리고 나서는 것이다.

"노마 너 어딜 자꾸 나돌아 다니는 거냐?"

"구장네 숫돌루 낫 좀 갈러 갔드랬어요."

"농업 요원두 아니구 이 동네 남어 있는 청년이 너 하나 아니냐? 모두들 넌 왜 안 내보내느냔 소리에 난 귀가 아플 지경이다. 외아들이야 너만 외아들인 줄 아니? 그렇지만 너이 어머니 사정에 여태 내가 생각을 많이 해왔는데 시국이 점점 긴박해진단 말이다.”

노마는 손만 비비고 섰다.

“넌 몸에 병이 있다구 해서 내가 여태 아버지헌테 그렇게 말을 해 밀어왔는데…… 아모튼지 너무 남의 눈에 띄게 나다니진 말어라. 내 말이면 면이나 군에서 저이 맘대룬 못 허는 게니…….”

“네, 그저 도쿠지상께서 염려해 주세야죠.”
하고 노마는 두어 번 꾸벅거리고 물러갔다.

그 후 며칠 안 있어서다. 도쿠지네는 떡을 했다. 도쿠지 장인의 대상大祥이었다. 도쿠지는 바쁜 일이 있어 못 가겠다 했고, 아내와 아이만 배천 온천에 가서 차를 타고 가는 연안 처가로 보내는 것이었다. 억쇠더러는 정거장까지 떡 그릇을 들어다 주고 저물 터이니 배천읍에서 자고 들어오라 했다.

아닌 게 아니라 정거장에 와 막차에 떠나는 것을 보고 돌아서니, 밤이 꽤 늦는다.

‘나더러 늦을 테니 자고 들어오라고? 흥!’

억쇠는 콧방귀가 나갔다.

‘내 속을 너는 모르나 보다. 그렇다구 나두 네놈 속을 모를 줄 아니?’

자기는커녕 억쇠는 속이 닳아 저녁 요기를 할 여유도 없다. 불이나 끄러 오는 사람처럼 억쇠는 숨이 턱에 닿아 가재울을 향해 뛰었다. 눈을 감고라도 다니던 이 이십 리 길이 발부리에 채는 것도 많고 이처럼 아득해 보이기도 처음이다.

‘벌써 자정은 됐을 거다!’

길도 악한 놈의 편이 되어 자꾸 늘어나는 것 같다.

그러나 결국 길은 끝이 있었다. 아직 울타리도 못 한 집이라, 어디로든지 안뜰에 들어서는 것은 문제가 아니었다.

안방은 불이 꺼져 있다.

'설마?'

억쇠는 숨이 가라앉기를 기다리면서 모든 것이 자기의 지레짐 작이기를 바랐다.

'설마?'

억쇠는 더듬더듬 안방 가까이 왔다. 무슨 소리가 난다. 주춤 멈추었다. 울음소리 같다. 억쇠는 귀가 놋대야처럼 왕왕거리어 제 가슴 뛰는 소리가 그런지도 모르겠다. 넙적 업디어 마루 밑을 더듬었다. 억쇠는 이내 배암이나 움키었던 것처럼 진저리를 쳤다. 도쿠지의 지까다비보다도 먼저 볼이 줌 안에 드는 여자의 고무신부터 잡혀진 것이요, 그것은 분이가 제 손으로 깁고 있던 실눈이 도툴거리는 분이의 신발이 틀리지 않았다.

"노…… 노래두요!"

틀림없는 분이의 목소리까지 울려 나온다. 반항하는 소리다. 울음으로 반항하다 못해 떠다밀고 뿌리치고 하는 듯, 옷자락 따지는 소리도 난다. 억쇠는 어떻게 쓴 힘인지 힘은 썼는데 말도 안 나가고 바윗덩이가 된 것처럼 제몸을 꼼짝 못 하겠다. 다리만 후들후들 떨린다.

"너 끝내 요렇게…… 노마가 이뻐서 두 번씩 나온 징용장을 내가 응?"

입에 침이 마른 도쿠지 녀석의 목소리다. 그 헐떡거림이 한 번만 갈기어도 나가떨어질 것 같은 데서 억쇠는 후들거리기만 하던 발을 떼었다. 마루에 신발째 덥석 올라섰다. 분이의 그만 지쳐버리고 만 숨소리는 울음도 그치고 모든 것을 운명에 맡겨버리는 것 같다. 억쇠는 입을 악물고 손으로 문고리를 잡았으나 힘도 쓰기 전에 안으로 걸린 문짝은 꺽 맞섰고,

"다래카?"[14]

하는 일본 말이 도쿠지가 아니라 주재소장의 목소리처럼 무섭게 쏘아 나온다. 억쇠는 문고리만 놓친 것이 아니라, 문이 열리는 바람에 허겁지겁 물러나 마루 아래로 내려섰다. 내려서고 생각하니 비겁했다. 자전차 전짓불이 총알처럼 내어쏜다.

"저 새끼 봐라! 왜 오늘 밤으루 들어와 가지구……."

도쿠지는 단걸음에 뛰어 내려와 철썩 갈긴다. 전짓불 때문에 맞았다. 한 대 맞고 나니까 바늘에 꽂혔던 것처럼 빽빽하기만 하던 사지가 제대로 풀리는 것 같다. 억쇠는 전짓불부터 후려갈겼다.

"네깟 놈의 신세로 살구픈 나 아니다!"

"나마이키나……."[15]

"너 같은 개새끼 하나 맘껏 죄기구 병정 나감 그만이다!"

억쇠의 돌 뭉치 같은 주먹은 도쿠지의 볼때기로 가슴패기로 달려드는 대로 내질렀다.

"우리가 살려는 밭을 가로챘지 요눔?"

하고 갈겼다.

"우리 집을 그냥 먹었지 요눔?"

14 "누구냐?"
15 "건방지게……."

하고 내질렀다.

"날 삯전두 안 주구 부렸지 요눔?"

하고 짓밟았다. 히끗 분이가 부엌 뒤로 해 뛰는 것이 보인다.

"밤낮 허는 계집질에 동넷집 처녀꺼지 건드려 요눔?"

하고 발길을 안겼다. 도쿠지는 땅바닥에서 썰썰 기다가 다시 일어서는 체하더니 그도 부엌 뒤로 뛰고 말았다.

억쇠는 컴컴한 마당에서 욱신거리는 주먹을 털고 바깥방으로 나왔다. 도쿠지란 놈을 달아날 기운이 남도록 설때린 것이 분하다.

'병정으루 나감 그만이다! 나가 죽음 그만이다! 이깟 놈의 목숨 살어서 뭣하는 거냐!'

억쇠는 허리띠를 졸랐다. 죽으면 그만일 바엔 무서울 게 없다. 이왕 손찌검을 한 김에 요놈을 찾아 단단히 버릇을 가르치리라 작정을 하고 다시 일어서는데 바로 옆에서,

"야마다상?"

소리가 난다. 분이었다. 억쇠는 죽으러 나갈 판에는 분이도 밉기만 했다. 분이 상판에 침을 배알으려 했으나 입에 침이 없다.

"앉었으면 어떻게 해요?"

"어떻게 허다니? 웬 걱정이며……."

"도쿠지가 저 가네오카한테루 가나 봐요. 피해요. 어서요, 네?"

분이는 떨었다. 억쇠는 버럭 소리를 질렀다.

"더럽다! 웬 챙견이냐?"

"……."

"그놈의 방에 들어간 게 어떤 년의 발모가지냐?"

"……"

"더럽다! 퉤, 퉤, 퉤…… 나 같은 거, 도쿠지네 마당에서 개 새끼처럼 물매에 죽는 꼴 네 누깔에 씨원헐 게다!"

"……"

"몇 눔이구 오너라!"

억쇠는 병정을 나가서커녕 분이가 보는 이 마당에서 사내자식답게 기운껏 원한껏 싸우다 죽고 싶었다. 마당으로 뛰어나왔다. 그때다. 분이의 그림자가 나무토막처럼 쿵 나가떨어진다.

"……?"

억쇠는 어느 틈에 딴사람처럼 날아와 분이를 일으켰다. 입에 숨기가 없다.

"분이?"

뺨을 대어본다. 식은 눈물이 처끈거리고 이쪽 뺨을 적신다. 억쇠는 그만 제 눈물주머니도 칼에 쿡 찔리는 것 같다. 눈을 껌벅이어 눈물을 떨구며 허둥허둥 분이를 안은 채 길로 나왔다.

아닌 게 아니라 맞은편 가네오카네 집 쪽에서 관솔불이 올려솟으며 몇 녀석의 두런거리는 소리가 난다. 억쇠는 그만 돌아서 큰길 쪽으로 나왔다. 방축 둑으로 들어서 버드나무 밑으로 왔다.

"어떡허나! 분이? 분이?"

분이는 억쇠의 뜨거운 가슴에 안기어 한참이나 사지가 움직여진 때문일까 이내 울음부터 느끼고는 정신을 차리었다.

"놔요."

정신이 들기 바쁘게 분이는 억쇠를 떠다밀었다. 떠다밀수록 억쇠는 힘주어 안았다. 그리고 아이들처럼 소리만 내지 않았을 뿐 둘이는 자꾸 울었다.

"우린 누구두 죄가 없는 거다! 분이 맘을 내가 몰르지 않어! 분이가 아버지나 오빠를 구헐 길이 그 길밖에 없었다면 그걸 맘에 둘 내가 아니야! 나두 사내자식이야!"

억쇠는 도쿠지네 마당 쪽을 돌아다보았다. 도쿠지란 놈은 쩔름거리며 관솔불을 들었고, 팔근이 놈과 달운이 놈은 말장을 뽑아 들고 어슬렁거리며 저를 찾고 있다.

억쇠는 이를 갈더니 얼른 분이를 내려놓는다. 분이는 그쪽으로 달리려는 억쇠의 다리 하나를 붙들고 늘어진다.

밤이 훨씬 깊어서 이들은 분이네 집으로 들어왔다. 그리고 날이 새기 전에 억쇠는 분이 어머니가 싸주는 좁쌀 서너 되를 꽁무니에 차고 가재울을 떠났다.

13

'팔일오'는 바로 이듬해 여름이었다.

곡산 땅 깊은 산골 어느 광산에 가 버력 짐을 지고 있던 억쇠는 해방된 것을 이틀 뒤에야 알았고 팔월 이십일에야 그립던 '내 고향'이기보다 '분이의 고향' 가재울로 들어섰다.

'요 도쿠지 따위 독사 새끼들이 어느 구멍에 대가릴 박았을까?'

억쇠는 주먹에 다시금 신바람이 난다. 농사도 어느 해보다 잘 돼 보였다. 논마다 벼 춤이 줌이 벌 것 같고 밭곡식도 안사람들이 초벌김이나 매었을 것으로 검어툭툭한 속잎들이 제법 실하게 자랐다. 어느 집보다도 분이네 집부터 바라보였다. 태극기가 올려 솟은 지붕에는 박 덩굴이 무성하게 덮여 있다. '분이?' 하고 소리부터 지르고 싶다. 그러나 억쇠는 아버지 생각에 흐려지는 눈으로 풀만 우거진 저희 집터에서 몇 걸음 어정거리다가는 바로 도쿠지네 집으로 뛰어들었다.

짐작이 틀리지 않았다. 도쿠지를 미워할 줄 안 것은 자기만이 아니어서 이미 안방 부엌 광 문짝이란 문짝은 모조리 나자빠져 있었고 경대, 양복장 따위가 깨강정이 된 것도 방으로 마루로 너저분히 널려 있었다. 도쿠지란 놈 신세도 저 경대나 양복장처럼 산산조각이 났는지 어서 누구를 만나야 알겠다.

이 집을 나서 첫 번 만난 것이 징병으로 만주로 끌려가 관동군에 입영해 있다 온 장근이었다―서로 손부터 꽉 붙들었다.

"살았구나!"

"너두 잘 있었구나!"

"언제 왔니?"

"어제 왔다! 노마두 어제 왔다!"

"노마두라니?"

"노마두 징용에 걸린 것 몰랐니?"

억쇠는 가슴이 후끈해 올랐다. 그러리라고는 생각했지만, 노마도 기어이 징용에 걸린 것은 분이가 그 뒤에는 도쿠지의 어떤 위협에도 굴치 않았다는 표였다.

"또 그러군?"

"점둥이가 죽었다는구나!"

"뭐?"

"점둥인 해방되기 뒤—달 전에 일본 복강서 죽었단 기별이 왔다드라!"

"저런 망헐 자식!"

억쇠는 잠깐 점둥이네 집 쪽을 바라보고 입을 비죽거리었다.

"하필 그 자식이!"

장근이도 눈이 젖었다.

"망헐 자식! 해방된 것두 못 보구!"

"그래 넌 인전 어떡헐 테냐?"

"인제야 뭘 해먹든 굶기야 허겠니?"

"그럼!"

"헌데 이 도쿠지란 놈 어떻게 됐다든?"

"글쎄 그 자식을 놓쳤다는구나!"

"엥이, 빌어먹을…….."

억쇠는 주먹을 떨었다.

"가네오카란 놈은 경을 치구 뛰구."

"달운인?"

"그 새긴 멀쩡히 다니든데! 집집마다 다니면서 빌었다드라."

"엥이! 도쿠지 놈을 놓치다니!"

"그때 동네에 어디 젊은 녀석들이 있었어야지!"

"참 성필인?"

"왔단다."

"야! 갇혔던 사람들은 더 기쁘겠구나!"

그러나 속으로는 저도 분이를 만날 기쁨이 누구의 기쁨만 못하지 않았다.

"아, 그만 점둥이가!"

하고 동무와 또 한 번 손을 굳게 잡았다 놓고 억쇠는 분이네 집으로 달려왔다.

분이는 남달리 마음에 쓰이고 있어 누구보다 재빠르게 억쇠가 저희 집에 들어서는 것을 알았다. 그리고 분이는 이젠 오—랜 인습에서까지도 해방이 된 듯, 부모님들 보는 데서 달려나와 억쇠를 어엿하게 맞았고, 어제 저희 오빠가 왔을 때는 울지는 않았는데 오늘은 눈물까지 솟는 것을 감추지 않았다.

"너 내가 살어 온 거보다 억쇠 살어 온 게 더 좋은 게구나?"

하고 노마가 억쇠와 손목을 놓고서 누이를 놀리었다.

분이 아버지도 어머니도 억쇠를 스스럼없이 내 집 사람으로 맞았고 노마 아버지는 한숨을 쉬며 억쇠 아버지를 생각하는 말씀도 했다.

분이는 은근히 사람 기다린 피곤이 눈 가장자리에 남았으나 그것이 생글거리기만 해서 철없이 보이던 때보다 더 믿음직하고 어른티답기도 했다.

모두들 기뻤다. 점둥이네와 아직 나간 사람들 생사를 모르는 집들 외에는 모두들 지치도록 기뻤다.

"인전 우리도 살었다! 인전 조선 사람도 살었다!"

모두 한두 끼 굶어도 시장하지 않았다. 억쇠는 이날 저녁으로 점둥이네 집에 와 인사를 하고 그길로 성필이를 찾아왔다.

성필이는 딴사람 같았다. 머리를 빡빡 깎아 그전 모습이 없는데다, 오랜 동안 굶주렸을 것과는 딴판이게 허—얘진 살이 푸둥푸둥했다. 마루에 거적을 깔고 누웠다가 얼른 내려와 그전보다 친하게 악수를 해주는 데는 감격되었지만, 성필이의 살이 가까이 보니 부은 것임을 알 때 억쇠는 눈물이 핑 돌았다.

"그 속에서 얼마나 고생했어요?"

"동무들 걱정해 준 덕으루 잘 있다 나와 이런 기쁨을 보! 그리구 나 없는 새는 동무들이 우리 집 일루 많이들 애썼습디다그려!"

성필이는 '동무'라 부르며 마루 위로 이끌었다.

"그때 그 어른두 나오셨겠죠?"

"그럼! 그 동무는 다른 사건에두 걸려 원산으로 이송되였드랬는데 으레 이번 통에 나왔을 거요."

"우리 따위가 이렇게 좋을 때 그런 분들은 얼마나 기쁘실까요?"

"암! 그런데 동무넨 그간 아버지가 돌아가셨드군! 그리구 그 애를 써 지었던 집이 헐렸습디다그려?"

"말해 뭘 헙니까!"

"내 대강 얘긴 들었소."

억쇠는 가슴이 울컥 치밀어 멍—하니 눈만 껌벅이었다.

"아무튼 동무가 잘 나타났소. 도쿠지네 집과 논밭을 맡어 나갈 사람이 문제라구들 허더니."

"내가 상관해 괜찮을까요?"

"여부 있나! 도쿠지네헌테 피해 안 본 사람이 누가 있겠소만, 동무네처럼 억울헌 꼴 많이 당헌 사람은 없으니까! 집을 빼앗겨, 이태씩 농사를 지어줘, 농사두 삯전두 없었다며?"

"징용 면허게 해준다구 용돈이나 한 푼 줬나요 어디?"

"그놈의 집 떳떳이 차지허우. 누가 반대허겠소? 그리구 그 집

농사두 땅은 인제 나라에서 결정허겠지만 부치는 거야 떨어질 리 없을 게니 부즈런히 거두구 인전 성가를 해 살 채빌 허슈."

"지금부터라두 그 집 농살 거두기만 험 내가 추수해 먹을 수 있을까요?"

"먹지 않구? 동무가 그렇게 자신 없이 굴면 안 되우. 집을 멀쩡허게 뺏기구, 이태씩 종살이를 허구, 어째 그런 놈의 새낄 철저허게 미워 못 허는 거요? 해방된 오늘두 그자들헌테 쭈뼛거림 안 되우. 인전 우리들 자신이 싸워 이기며 살아야 허는 거요. 우리 헐 일이 인제 많소!"

억쇠는 말은 나오지 않았다. 그러나 도쿠지를 미워할 것이 집 빼앗긴 때문이나 삯전 없이 머슴살이를 한 것이나 아버지를 내어쫓은 것이나 그런 것만도 아니다. 부모나 형제를 구하기 위해서는 제 몸 하나쯤 바치어도 좋다는 분이의 천진한 순정을 낚아 제 야욕을 채우려던, 야수 같은 그놈의 심보를 생각하면 그깟 놈의 집칸이나 농사쯤 차지하는 것으로 풀려버릴 제 속이 아니다.

억쇠가 도쿠지네 집에서 떠나버린 뒤, 징용을 면한다는 바람에 도쿠지네 머슴살이 자리를 노소가 다투어 모여들었으나 도쿠지의 계집은 이런 특권 있는 자리에 저희 친정 조카 한 녀석을 데려다 두었고, 그 녀석이 또 수굿하고 일이나 하는 것이 아니라, 도쿠지만 못지 않게 촌사람들을 휘두르다가 도쿠지가 맞을 매까지 몰아 맞고 뛰어버린 것이다. 억쇠는 도쿠지네 농사를 거두는 한편, 도쿠지네 집도 무너진 부뚜막과 부서진 문짝들을 노마와 노마 아버지의 손을 빌려 대충 고치고 들게 되었다.

14

이 가재울 구석에도 아침저녁으로 새 소문이 연달아 들어왔다. 임시정부가 어느 날 들어온다더라, 서울서 벌써 건국이 되었다더라, 나라 이름이 '대한'이라더라, 아니 '조선인민공화국'이라더라, 대통령에 누구, 육군대신에 누구…… 어른 아이 저마다 지껄이었다. 그러나 지껄일 때뿐이었다. 이젠 공출로 빼앗기지 않을 추수라, 농군들은 밭과 논에 예전 공출 없을 때와 같은, 애착이 끓어올랐다. 올해는 밥이라도 한번 실컷 해 먹어보자! 올해는 추수가 일 년 계량만 되면 남의 자식(며느리)도 하나 데려오자! 나라 이름이 무엇으로 정해지든 대통령이 누구로 되든, 그런 것이 앞으로 저희들 살림에 미칠 영향을 생각할 줄 모르는 이들은 '나라'라는 것에는 이내 무관심할 수 있었다. 못 불러보던 '독립 만세'를 목이 터지게 불러보는 것도 시원은 하나 역시 집에 돌아오면 권 생원네와는 달리 배고픈 것이 급하였다. 누구는 주재소장을 두드려주었다, 누구는 정 순사 놈을 밟아주었다, 누구는 가토란 녀석에게 '조선 독립 만만세'를 불리웠다, 이렇게 평생 처음으로 우쭐해서들 덤비는 것이, 이제는 정말 숨을 쉬고 사나 보다 싶기도 했다.

평양에는 소련 군대가 들어왔다는 소문이 났다. 며칠 안 있어 서울에는 미국 군대가 들어왔다는 소문도 났다. 그리고 삼십팔도선이 무엇인지 바로 벌촌 앞들이 경계로서 조선의 남북이 금이 그어진다는 소문도 났다.

그러나 농군들은 날만 밝으면 논과 밭에 끌리었고 논과 밭에 들어서면 역시 저희를 살리고 죽이고 할 것은 이 논이요 밭일 것 같았다.

"이 왜놈의 땅과 달어난 친일파 놈의 땅은 대체 어찌 될 건구?"

그런 논밭은 그것 부치던 작인들의 차지라는 말이 돌았다.

"아―니 그것도 공평치 못허지! 그럼 달아나지 않을 지주의 땅을 부치던 우리넨?"

"거야 복불복이지 헐 수 있나! 멀쩡한 조선 지주의 땅이야 종전대루 지주네 땅이지 별수 있어!"

"복불복이라!"

"흥 어떤 놈은 공으루 제 땅이 되구, 어떤 놈은 그대루 남의 땅 소작이야?"

새 생활욕과 새 소유욕들은 음험한 공기까지 떠도는 무렵, 하루는 가재울 앞 행길에서 납작한 자동차에 빨간 기를 단 소련 군인 몇 사람이 나타났다. 밭에서 논에서 마당에서 사람들은 길이 메게 모여들었다. 먼저 성필이가 나서며 소련 군인들에게 손을 내어밀었다. 그들은 두툼한 손으로 벙글벙글 웃으며 성필의 손을 마주 잡고 흔들었다. 둥그런 통이 달린 이상한 총을 맸으나 그들은 사귐성 있는 몸짓으로 큰 키를 구부려 둘러선 아이들에게까지 악수를 했다. 계집애들은 부끄러워 달아나는 아이들도 있었다. 논에서 뛰어나와 손에 흙이 묻은 채 억쇠도 그들의 악수를 받았다. 어깨에 금줄이 번쩍이는 장교들이나 이들의 평민적인 태도에 억쇠뿐 아니라 모두가 감격되어서 성필이의 선창으로 진정에 넘치는 '소련 군대 만세!'를 불렀다.

"이분들은 잠깐 조선 농촌 구경을 한다고 읍에서 나왔습니다."

통역이 성필이에게 말했다. 성필이는 이들을 동네 안으로 인도했다. 이들은 농군들의 가정 다섯 집과 권 생원네 가정을 보았고 농구 일습과 농민들이 일하는 것도 보았다. 성필이네 바깥 툇마루에서 동네에서 모여든 꿀물이며 풋밤이며 대추를 먹으면서 지주네 가정에 비기어 소작인들의 생활이 너무나 비참하도록 차이가 있다 하였고, 농사를 짓는 소작인의 실수익이란 사 할이 못된다는 말을 듣고는 더욱 놀랐다. 그들의 열정적인 이야기를 통역은 이렇게 옮겨주었다.

"그러나 여러분 기뻐들 하시랍니다. 자본주의 국가의 식민지에서 해방이 된 여러분은 이 앞으로는 그런 억울한 착취를 당하지 않고 사실 거라 합니다. 노동자든 농민이든 자본가나 지주를 위해 살 것이 아니라 자기 자신들의 행복을 위해 살 수 있는 조선이 될 것이라고 합니다."

누구보다도 성필이는 열광해서 소련 군인들의 묵직한 손을 다시금 잡으며 감사했다.

이날 저녁 성필이네 마당에는 억쇠를 선두로 여러 청년들과 농군들이 모여들었다.

"아―니 낮에 왔던 소련 군인들이 뭐랬다구요?"

"지주가 소용없어진다구 했다면서?"

"그래 달아난 지주나 일인의 땅을 작인들이 제 해루 차지허구 부쳐 먹으리까?"

"지주가 소용없어진다면 조선 지주두 그렇다든가?"

이들의 자기 표준의 구구한 질문에 성필이는 아직 정확하게 분별해 나가며 대답해 줄 자신은 없었다.

"인제 두구 봅시다. 아무튼지 제 손으루 일허는 사람이 가난하구 놀구 앉었는 사람이 잘사는 세상으루 도로 되지는 않으리다!"

"그걸 자네가 어떻게 장담허나? 일본이 졌으면 일본이 쫓겨갔을 뿐이지 땅임자들이 모주리 조선서 떠나가든 않겠지?"

용길이 아버지가 벌에서 늦게 들어오던 길인데 한몫 끼었다.

"그건 성필 씨를 두구 생각해두 그렇진 않지요."

하고 불쑥 성필이의 대답을 앞질러 억쇠가 나섰다.

"성필 씨가 전에 만날 잡혀 다닌 게 일본 사람허구만 아니라 지주들과 쌈허느라구 아니드랬나요? 그러니까 일본 경찰이 없어졌으니 인제 농군들허구 지주허구 쌈해봐요? 그래 백이나 천 명이 지주 하나 못 해낼라구요?"

"그건 울력다짐을 헐 푼수먼야 늙은 나 같은 거 하나기루 지주 하나 못 감당허겠나? 그렇지만 이치에 닿야 말이지."

"왜 이치에 안 닿요? 일 않구 더 잘살구, 일허구 더 못살구 그게 무슨 옳은 이친가요?"

"아, 일 않구 편히 먹는 사람은 그리게 땅임자 아닌가?"

"땅임자라뇨? 제 아비 하래비 악헌 짓 한 것, 물려 가진 멀쩡한 물신선들 그렇지 않음 가진 악헌 짓을 해 남의 피땀을 긁어모은 돈으로 산 거지 착헌 재물이 세상에 어디 있어요?"

"누군 글쎄 무슨 짓을 해서든 돈과 땅 사지 말랬나?"

"아 누가 돈 모구 싶지 않어서 못 몬 사람 있답디까? 착헌 사람치구 백에 하나나 돈을 몰 수가 있었나요 어디? 옛날 세상엔 백성들 잡어다 볼길 치구 뺏들은 재물이랍디다. 요마적엔 모두 관청 놈들 끼구 도조 면장 녀석처럼 협잡을 부렸거나 평생을 구리귀신으루 고리대금을 해서 남 누깔이 뒤지게 구차한 사람들 등을 쳐먹은 그런 악착한 돈들 아니구 뭔가요? 그래두 관청이니 법률이니 한 가지나 우리네 편 들어준 게 있었나요? 그러니까 지주나 재산가는 죄다 우리네 구차허구 용해빠진 사람들관 갈데없는 원수넨다!"

"그렇기두 해?"

"거 억쇠 꽤짜배기구나!"

하고 동무들도 농담으로보다는 더 속으로 감탄했다. 이날 성필이는 이들에게 이런 이야기를 했다.

"그전에두 세계 전쟁이 있었지만 그때는 이긴 나라들두 죄다 남의 나랄 먹길 위주루 허는 나라뿐이었거던. 그래 진 나라가 먹구 있던 약소민족이나 나라들을 이긴 놈들이 도루 노나 먹구 말았지만, 그때두 말루는 미국의 윌슨 대통령이 민족자결이라구 떠들어 그 바람에 조선에두 독립운동이 일어나구 독립운동자들이 파리강화회의에 조선 독립을 시켜달라구 대표가 가서 진정두 했지만 그때 어디 조선이 독립이 됐소? 그랬지만 이번엔 약한 인종이나 약한 민족이나 약한 나라를 먹기 위주가 아니라 해방시키구 도와주는 게 위주인 사회주의 국가가 이긴 나라 중에 하나란 말이오. 그 나라가 끼기 때문에 이번엔 진 놈이 먹구 있던 걸 이겼다구 저이가 다시 노나 먹는 게 아니라, 이번엔 우리 조선처럼 모두 해방을 시켜주는 거란 말이오. 그런 약소민족을 위해, 다시는 종노릇을 안 허두룩 뒷수습을 해, 다시 말험 사회주의 국가가, 세계에 다시는 먹는 나라와 먹히는 나라가 없이, 서로 평등허게 발전하면서 살두룩 주장하니까 이 앞으로 조선 독립두 그냥 내버려 둘 게 아니라 세계에 먹구 먹히는 나라가 없어지듯이, 한 나라 속에서도 먹고 먹히는 백성이 없두룩 그런 평화스런 나라가 되도록 보살펴 줄 거구 또 기왕부터 그런 조선이 되게 헐 양으루 우리 조선 사람 중에서도 목을 내걸구 싸워온 사람이 얼마든지 있었단 말이오. 여러분두 알지 않소? 전에 동척과 문제 있을 때 저기 권 생원네 삼포 뒤등에서 우리헌테 얘기해 주다가 나서껀 잡혀간 이 있지 않었소? 해방만 됐다구 다 된 게 아니오. 모르긴 해두 조선 독립을 좋아는 하면서도 역시 조선 안에선 같은 동포끼린 그전에 저만 잘살던 버릇으루 또 한두 녀석이 여러 백천 동포를 부리면서 살어볼려구 덤빌 거요. 소련 같은 만민 평등으루 사는 나라는 조선이 그런 불평등한 나라로 떨어지길 바라지 않을 거구, 또 우리들부터가 다신 한두 녀석에게 종살이가 아니라 누구나 똑같은 권리루 사는, 정말 사람마다가 제 권리와 제자유로 발전하면서 사는 그런 조선을 세우두룩 힘써야 할 거요. 조선이니 동포니 하지만 우리 삼천만 동포에 어떤 사람이 주인인지 아시오? 우리 같은 구차한 사람이 이천구백만이 넘는단 말이오! 삼천만의 주인은 이천팔구백만이라야 할 것 아니오? 여태까진 거꾸로 백만두 될지 말지 헌 자들이 이천팔구백만을 움켜쥐구 왔단 말이우. 명사니 지사니 하는 자들도 허턱 나라니 동포니 떠들었지만, 동포 속에 십분지 팔구가 되는 노동자와 농민을 염두에 두구 떠든 자는 적었단 말이오. 농민이나 노동자들을 위해 싸워온 사람들, 즉 삼천만의 거이 전부 동포나 나라의 거이 전부를 위해 싸워온 사람들은 신문 잡지엔 이름은 그닥 나지 못했어도 유치장이나 감옥엔 밤낮 이름이 적히던, 아까두 얘기했지만 권 생원네 삼포 뒤등에 왔던 그런 사람들이었단 말이오! 모르긴 해두, 아니 보나마나요! 인제 조선에 누구누구 하던 두목들은 허턱 그전 식으루 독립이니 동포니 떠들다가두 정작 이해타산에 들어가선 몇 놈 안 되는 재산가나 지주 편을 들구 나설 게 틀리지 않을 거요! 그자들 허자는 대로 맡겨나가다간 이천팔구백만의 조선 독립이 아니라 단 백만두 못 되는 몇 놈의 조선 독립밖에 안 되구 말 거요! 해방은 됐지만 정말 조선 전체의 독립, 우리 대중들의 독립이 되두룩은 우리 대중 자신들이 나서야 할 거요! 우리들을 원조허는 선진국이 있구, 우리들을 지도하는 선각자들이 있으니까, 우리는 누가 정말 우리 편인가를 가려낼 줄 알어야 허고, 우리 자신들이 헐 일을 알어채려서 지금부터 맘 준비를 단단히 허지 않으면 안 될 거요!"

성필이의 말소리는 나중에는 연설처럼 높아져서 사람도 자꾸 모였고 다른 집 마당에서는 개들도 짖었다.

별이 퍼부은 듯 반짝이는 밤이었다. 억쇠는 분이가 목마를 시켜주던 날 저녁처럼 별빛 고운 하늘을 즐길 수가 있었다. 억쇠는 제 눈이 자꾸 밝아지는 것 같았다. 권 생원네 삼포 뒤등에서 그 사회주의자의 이야기에 비로소 세상을 볼 줄 아는 눈이 트이는 듯한 감격이었듯이, 오늘 성필의 이야기에서 비로소 이 해방과 이 앞으로의 조선을 보아나갈 눈이 트이는 것 같은 감격이었다. 이런 이야기를 어서 분이와 함께 지껄이고 싶었다.

며칠 안 지나서다. 가재울에 '삼칠 타작'이란 말이 들어왔다.

"삼칠이라니?"

농군들은 귀가 얼얼해 무슨 말인지 가려들을 수가 없었다. 농사 나라 조선 천지에 북조선에서 처음 떨어진 수수께끼 같은 말이다.

"삼칠제라니? 누가 칠분을 먹는단 말이야?"

억쇠는 누구보다도 몸이 달아 성필이에게로 달려왔다. 성필이는 얼굴빛도 이제 제 색이 돌아 읍 출입이 잦을 때였다. 성필이는 억쇠에게 도리어 물었다.

"동무는 그 칠 할을 누가 먹는 게 옳겠소?"

"욕심대루야 작인들이 칠 할을 먹어야 옳지요."

"왜 지주보다 작인이 더 먹어야 옳소?"

너무나 쉬운 질문이어서 억쇠는 씩 웃고 말았다.

"욕심대루라니? 옳은 일인데 그게 왜 욕심이오?"

하고 성필이도 웃었다.

"다대수인 우리가 조선의 주인들이구, 농사를 짓는 우리가 조선 땅의 주인들인 거요. 우리가 생활이 수가 있구 우리 생활이 여유가 있어 자식들을 가르치게 돼야 조선은 문명국이 되는 거요. 가재울서 권 생원 한 집만이 자식을 가르쳐가지군 가재울에 아무 영향두 주지 못허는 거요. 가재울 사십 호가 다 자식을 교육시킬 힘과 병나면 고칠 여유가 생겨야, 또 한 놈은 착취하고 여러 놈은 착취를 당허구 허는 노릇이 없어져야 가재울두 그담부터 미신과 죄악과 인간 모멸의 구렁에서 벗어나게 될 거요. 농민의 이익을 자꾸 주장헙시다. 우리가 남을 착취허는 게 아니라 우리가 남에게 착취 안 당허구 살겠다는 게 도덕으로 봐서 당연헌 거구 생활에 있어 우리헌테 여간만 절실헌 문제요? 우리 이익을 주장헙시다! 이건 우리 이익인 동시에 조선의 이익인 거니까!"

516

억쇠는 가만히 고개를 숙이고 있었다. 이 김에 달아난 녀석의 땅이니 땅이나 생길까 하는 저 하나뿐의 욕심으로만 흥분이 되어오곤 한 저 자신이, 언제든지 농민 전체와 조선 전체의 이익에 열중해 있는 성필이의 말을 들을 때마다 눈이 한 겹씩 더 무지의 안개가 걷히는 기쁨도 기쁨이려니와 한편으로 자기의 무지와 개인 본위의 욕심이 슬며시 부끄럽기도 했다.

"이러구 보니 공부 못 헌 게 참말 한이 돼요!"

"물론 배워야 허우. 그러나 지금 동무 그대루두 얼마든지 훌륭헌 일을 할 순 있단 자신을 가지시오. 세상일이 알기 어려운 게 결코 아니오. 남을 골리고 저만 잘살려는 협잡질에는 복잡한 지식이 필요헌 거요. 그렇지만 떳떳이 옳게만 사는 덴 많은 지식만이 필요헌 것두 아니오. 그렇다구 과학 지식을 무시허는 건 물론 아니오만, 옳게 살 수 있단 자신만은 가지시오. 그리구 우리 틈 있는 대루 학습에 충실헙시다."

"노마서껀 장근이서껀 성인 학교를 하나 지어볼까 공론을 허는 중이야요."

"그거 좋은 일이오! 내 선생은 얼마든지 끌어대리다."

억쇠는 새로 생긴 농민조합에도 누구보다도 열성을 내려 했다. 그러나 어떻게 된 셈인지 분회장에 하필 달운이 녀석이 나선 것은 불쾌하였다. 장근이도 노마도 못마땅해 울근거리었으나 아무도 차마 말은 내지 못하였다.

아무튼 타작은 삼칠제가 틀리지 않았다. 남조선에서는 마지못해 삼일제라고 하나 북조선의 삼칠제는 조금이라도 작인에게 더 유리했다.

"조선이 해방이 아니라 조선 놈이 모두 미치나 보다!"

권 생원의 말이었다. 해방 직후엔 조선 독립이라고 떡을 한 섬이나 치고 동네잔치를 열던 권 생원이 삼칠 타작이란 말에는 눈이 뒤집혔다. 삼칠 타작을 주장하는 사람들이 죄다 미치지 않는다면 권 생원이 미치고야 말 것처럼 덤비었다.

"미친놈들 소리 아닌가. 들어보게. 독립이 됐으면 법두 없나? 독립이 됐으면 태황제 때 법도대루 다스려야 할 것 아닌가? 천지개벽 후 삼칠제 타작이란 어느 임금 때 있었냐 말이다? 이 보두 청으루 갈 놈들아! 남 개미 금탑 모듯 헌 재물을 그냥 먹으려 들어? 아 한 푼변두 안 되는 땅을 어느 시러베아들 놈이 살 거냐 말이다? 농민조합? 흥 그년의 것 메칠이나 가나 보자! 경찰서가 없어졌다구 영영 없어진 줄 아니?"

하고 작인 집 마당마다 가 앉아서 으르대었다. 어떤 늙은 작인들은 역시 뛰어나와 권 생원의 비위를 맞추었다.

"다시 이를 말씀이요! 돈 뫄 땅 사자는 건 타작 받어들이자는 거구 타작은 소불하 금리는 나와야 헐 게지 금리 안 되는 땅을 정말 미쳤다구 사겠어요? 말이 그렇지 지주 삼 할만 주겠단 작인 어디 있을라구요?"

그러나 작인은 죄다 이런 사람만은 아니었다. 곡식이나 가축의 공출은커녕 내 몸과 내 자식의 목숨까지 개처럼 끌려다니던 이 몇 해 동안 농민도 '나'라는 것이나 '내 것'이란 것에 상당히 날카롭게 신경을 써왔다. 만세일계萬世一系니 천장지구天長地久니 하고 억만 년을 저희 세상으로 누릴 것 같던 일본 제국의 위신도 일조에 거꾸러지는 것을 내 눈들로 보았다. 군신의 의義니 주종의

은恩이니 하는 것도 권력을 잡은 한편만의 제 욕심 채우는 속임
수였던 것도 어렴풋이는 깨닫는 사람이 늘어갔다. 그런 데다 한
편에서 인민위원회와 농민조합과 그 밖에도 가재울에선 성필이
같은 사람이 이들의 귀를 마음대로 두드리게 되었다. 여러 해 묵
은 한 덩이 귀지처럼 이들의 고막을 굳게 막았던 봉건 관념은 그
언저리가 떨어져 바스락거리기 시작한 것이다. 권 생원의 비위를
맞추던 몇 사람의 늙은 작인들까지도 남도 다 정말로 삼 할밖에
내지 않는 마당에 이르러는, 저만 오 할 이상의 소작료를 내놓고
싶지는 않았다. 권 생원이 마당 전에 와 떠들지 않아 악을 쓴대야
말대꾸를 하러 나서는 작인은 차츰 그림자를 감추고 말았다.

　농촌은 오래간만에 풍성한 가을을 맞았다. 참말 오래간만이었
다. 삼십육 년 만에 아니 그보다 더 오래간만이었다. 지어놓은 농
사는 지주가 들고 가고, 장리쌀 임자가 들고 가고, 빚쟁이가 들고
가고, 벼슬아치가 들고 가고, 남는 것은 정이월 양식도 못 된다는
타작마당의 전설은 벌써 이들의 몇 대 조상 때부터 콩쥐팥쥐 이
야기와 함께 있어왔으므로 이들은 언제부터인지 알 수조차 없을
만치 오래간만에 풍성한 가을다운 가을을 맞았다. '팔일오' 그날
보다 농사를 지어 생전 처음으로 소출의 칠 할을 차지해 보는 이
날 비로소 농군들은 해방의 기쁨을 할아버지 할머니 아버지 어
머니 아들 딸 온통이 한자리에서 맛보는 것이었다.

　이들의 예상대로 달아난 지주나 일인의 땅에서 추수하는 농민들은 더 실속이 많았다. 같은 삼 할을 인민위원회에 내기는 하나 지주가 옆에서 간섭하는 것처럼 박하지는 않았다.

　억쇠도 그전에 동척 땅에서 당한 억울을 한몫 분풀이한 듯 흐 듯한 추수를 해 쌓았다

　쌀만 있으면 부엌세간도 옷감도 문제가 아니었다. 집도 도쿠 지란 놈이 하지 못했던 울타리까지 아늑하게 둘러쳤다. 가재울만 해도 이 가을에 시집 장가 가는 젊은이들이 많았다. 여러 동네가 서로 사위를 맞고 며느리를 맞고 했다. 이 집 저 집서 끼니 아닌 때도 굴뚝에서들 소담스러운 연기가 올려 솟았다.

　억쇠네 굴뚝에서도 한 날 끼니때 아닌 연기가 무럭무럭 올라 솟았다. 다만 이들의 혼인하는 예식만이 다른 집들과 달랐다.

　그동안 억쇠는 성필이와 정말 동무 간처럼 또는 오래전부터의 사제 간처럼 가까워졌다. 이번 억쇠의 혼인에도 성필이는 자기의 이상적 혼인식을 억쇠에게 실현시키는 것이었다.

　"내가 만일 혼인을 허지 않았다면, 꼭 이 식으로 나부터 해보 는 것인데!"

　성필이는 재래 구식 혼인에는 물론이요, 요즘 사회식이니, 교 회식이니 하는 혼인식에도 마땅치가 않아 자기대로 한 가지 혼 인식을 생각해 두었던 것이 있다. 그것은 도시에서보다 농촌에서 더 적합한 의식이어서 억쇠에게 권하였고 억쇠도 이야기를 듣고 보니 그럴듯하여 분이의 동의를 얻고 즐거이 성필이의 새로운

혼례식을 따르기로 한 것이다.

장소는 동네 사람들이 단오 때면 씨름도 하고 복날이면 천렵도 하는 칙바윗골에 있는 정자 같은 반송들이 둘러선 잔디밭에서였다. 시간은 오후 네시, 동무들과 어른들이 둘러앉고 주례 성필이가 깨끗한 조선옷을 입고 상보 덮은 테이블 뒤에 섰다. 테이블에는 다른 것은 없고 산과 들에서 꺾어 모은 들국화를 중심으로 이슬기 있는 청초한 꽃묶음이 하나 놓여 있다.

이윽고 신랑의 들러리인 장근이가 개울에서 올라와 준비가 된 것을 알리었다. 주례는 내빈들에게 곧 신랑이 나타날 터이니 신랑이나 신부가 개울에서 올라서거든 테이블 앞에 이를 때까지 일어들 서라고 이른다.

신랑은 개울에서 이 닦고 머리 감고 세수하여 머리에는 그저 물기가 있어 올라선다. 옥색 두루마기를 입었으나 발이 맨발이다. 뒤에 따르는 두 들러리들도 발목에 대님은 묶었으나, 모두 맨발로 잔디를 파헤치고 만든 보드라운 생흙길을 밟으며 들어섰다. 숫눈처럼 푸군푸군 발에 묻는 흙은 보기만 하는 사람들에게도 싱그러운 흙의 향기를 풍기었다.

테이블 앞에도 한 간 둘레로 잔디가 걷히고 검붉은 생흙바닥이었다. 신랑이 바른편에 서자, 신부가 나타난다.

신부도 새로 머리를 감고 세수를 했다. 얼굴 그대로 분도 연지도 없고 머리는 그전에 함경도나 평안도에서들 얹었듯 치렁치렁 땋은 머리를 댕기째 올려 둘레머리로 얹었다. 얄밉도록 부자연한 낭자머리보다 이 둘레머리는 자연스럽고 사슴이 뿔을 이듯 자랑스럽게 머리를 인 신부는 한편에 떨군 붉은 댕기와 함께 멋들어진 맵시였다.

두 들러리들도 마찬가지 머리에 마찬가지 맨발들이다. 신부는 분홍 옷, 들러리들은 어느 쪽도 다 흰옷들이다.

"여러분들 앉으십시오."

처음 보는 광경이라 어른들도 조용하지 못하였다. 주례는 근엄한 표정으로 조용해지기를 기다렸다.

"이제부터 천억쇠 군과 김분이 양의 혼례식을 지내겠습니다. 이 두 분은 서로 사랑한 지 오래고 자기들의 사랑이 진실한 것을 믿기 때문에 오늘 여러분 앞에서 부부의 길을 시작하는 것입니다. 여러분이 보시는 바와 같이 신랑과 신부는 지금 발에 짚 한 오리 걸치지 않고 맨발 맨살로 새로 파헤친 생흙을 밟고 섰습니다. 이분들은 지금 어떤 자리에서보다 순박하고 진실하고 경건한 마음으로 차 있을 것입니다. 이들이 서로 사랑을 변치 않을 것과 이들이 부부로의 결합을 영원히 지켜나갈 것을 여기서 이 순진한 마음으로 여러분 앞에 맹서하는 것입니다. 여러분도 진정으로 이들의 결혼을 축복하시며 이 앞으로 이들의 새 가정을 돌봐주시기 바랍니다. 지금 신랑으로부터 신부께 꽃을 드리겠습니다."

주례는 테이블에 놓았던 꽃묶음을 들어 신랑에게 준다. 신랑은 두 손으로 받아 한 걸음 나서며 신부에게 바친다. 신부는 소곳이 꽃을 받아 왼편에 안는다.

"신랑과 신부는 신성한 입맞춤으로 이제부터 완전히 부부 되었음을 표시하겠습니다."

신랑은 신부를 안고 가벼이 입을 맞추었다.

노인들과 아이들은 웃었다. 그러나 눈에 서투를 뿐 너무나 경건한 분위기에 웃음소리들이 크지는 못하였다. 주례의 인도로 내빈 전체가 일어서서 신랑 신부의 만세를 부르는 것으로 결혼식은 끝이 났다.

신랑 신부가 다시 개울로 내려가 신발들을 신고 신부는 화장도 하고 올라와서 술과 국수와 떡으로 해가 저물도록 음식 잔치가 벌어졌다. 면 인민위원회 위원장과 벌촌 택길이의 축사도 있고 동무들의 노래와 춤도 있다가 신랑 집 지붕 위에도 별이 돋았을 때는 횃불을 쌍으로 잡히고 농악이 앞을 서고 신부는 소를 타고 신랑은 말을 타고 동리로 내려왔다.

신랑 집 마당에는 밤늦도록 농악이 그치지 않았다.

동리마다 혼인처럼 풍성하고 평화스러운 풍경은 없다. 집집마다 신혼한 내외처럼 다정스럽고 희망에 찬 생활은 없다. 억쇠와 분이도 행복스러웠다. 옆에 듣는 사람이 없건만 둘이는 늘 소곤거려 이야기한다. 크게 지껄이면 누가 와 빼앗아 갈 행복이기나 한 것처럼 조심한다. 암만해도 꿈같았다.

'우리도 이렇게 살 수 있는 건가? 도쿠지란 놈이 다시 나타나 우릴 이 집에서 내어쫓고 동척이 다시 들어서 육 할 이상이나 되는 소작료를 받고 다시 우리는 권 생원한테 가 장리쌀을 줍쇼, 빛을 줍쇼, 그러는 일은 정말 다시는 없을 건가?'

"이거 봐요."

분이로서는 꽤 큰 목소리로 밖에서 들어온다.

"웬 닭이오?"

분이는 뿌—연 암탉 한 마리를 안고 들어왔다.

"알믄 용—치?"

"샀수?"

"당신은 사는 것밖에 몰루?"

"그럼?"

"요거 지난봄에 내가 안긴 첫배라우. 엄마가 우리 씨닭 허라구 주셨어."

"주시면 뭘 해?"

"왜?"

"이웃인데 가지 않구 있나?"

"가두는 것두!"

"가두면 알 안 낳는 것두?"

"그럼 어떡해?"

"할 수 없지 뭐!"

"어쩌믄 그렇게 태평이우?"

"닭쯤 도루 갔기루."

"그럼 당신은 뭐쯤이라야 아깝겠수?"

"김분이쯤은 좀 아깝지!"

"좀만?"

하고 분이는 눈을 흘기며 광으로 들어갔다.

아내는 모이를 가지고 나왔고 신랑은 노끈을 가지고 나왔다. 동여놓은 닭이 모이 주워 먹는 것을 한참 들여다보다가 분이는 다시 남편의 어깨 뒤로 와 소곤거리었다.

"그런데……."

"뭐?"

"저어 권 생원 댁이 장근 어머닐 나와서 막 야단을 쳤다는구랴!”

“왜?”

“밤낮 저이 세상으루만 아는지 저이 김장허기 전에 먼저 김장
해 넣었다구.”

“그래 뭐랬답디까?”

“뭐래긴 부—옇게 몰리기만 했지 뭐! 장근이서껀두 못 듣는
데선 우쭐렁거려두 정작 권 생원이나 권 생원 댁 앞에선 여태두
썰썰 기지 뭐야? 난 사내믄 안 그래!”

“여잔 그리랬나?”

서로 웃었다.

“그까짓 고추 오늘 저녁으루 내 빠놀 테니 당신은 밤새서라두
마늘서껀 까구 우리두 권 생원네보다 하루라도 앞서 낼루 해 넙
시다.”

“정말?”

“정말 아니구! 내 멀드라두 권 생원네 개울보다 더 위루 날러
다 줄 테니 배추두 기중 상탕 상상탕에서 씻어요.”

“나두 좋아!”

이들 젊은 내외는 오랫동안 눌리고 짓밟히기만 하여 제대로
뻗을 줄 모르는 저 자신들을 북돋우고 버티고 끌어올리기에 가
재울서는 누구보다도 열렬했다.

그러나 억쇠는 가끔 불안이 떠오르곤 한다. 요즘은 더구나 성
필이가 없어 속 시원히 물어볼 데도 없다. 성필이는 해주 도 인민
위원회로 가더니 거기서 다시 해주보다도 더 멀리 평양 북조선
인민위원회에 가 일을 보는 것이다.

'이 집이 정말 우리 집이 될 건가? 이 땅이 정말 삼칠제로 우리가 눌러 부칠 수 있을 건가?'

가재울서는 십 리만 나가면 벌촌 앞뜰이 바로 삼팔선 경계다. 도쿠지의 아범 황가 녀석이 이젠 서울서 쥐구멍에서 나와가지고 '팔일오' 전에 황해도 일본 말 신문에다 '동조'라는 이름으로 공출에 충실해라, 학병에 솔선해라, 일본이 이겨야만 조선 민족도 산다, 떠들어대던 본으로 해방 이후 오늘에도 지주들과 재산가들만 모인 정당에 한몫 끼어서 토지 정책은 어떠해야 하느니 공산당은 매국노들이니 하는 따위 뻔뻔스럽게 정견 발표를 한다는 것이다.

'도루 그자들 세상이 되구 마는 건가? 그럴 수도 있는 건가?'

더구나 삼팔 이남인 개성이 가깝고 그곳다 한끝을 둔 권 생원은 뻔쩍하면 개성과 서울을 다녀와서 남조선은 살기 좋더라 했다. 그러면 남조선으로 갈 것이지 왜 여기 있느냐 물으면 여기도 며칠 안 있어 남조선처럼 되고 말 거라 했다. 조선의 수도는 서울이다. 조선의 유명한 정치가들은 서울에 모였다. 암만 여기서 북조선대로 이러쿵저러쿵해야 나중엔 개 지붕 쳐다보기일 테니 두고 보아라 했다.

이런 말을 들을 때마다 성필이가 하던 '누가 우리 편인가를 알어야 허고, 우리 자신들이 헐 일을 맘속에 준비해야 할 때'란 말이 생각나기는 했으나 이미 행복을 얻어놓은 저로는 우선 그것만이 물거품이 될까 보아 겁부터 나는 것이다.

억쇠는 불안한 내색을 분이에게 보이고 싶지도 않거니와 이런 불안이 떠오르면 밭이나 논을 다시 한 번 둘러보고 싶어서도 밖으로 나온다. 터 앞으로 붙은 밭, 손이 가까워 무엇을 심든지 재미날 것이다. 오이와 고추를 심으면 분이가 밥상을 갖다 놓고도 뛰어나와 오이와 풋고추를 따 올 것이요, 옥수수를 심어 잇속이 옥수수 같은 분이가 옥수수를 찧고 섰는 모양은 꼭 한번 보고 싶다.

논도 밭축 밑에 첫 배미부터다. 동네 구지렁물은 다 흘러 들어가는 밭축이라 이 밭축 물은 제물 거름물이다.

'여기도 서울처럼 돼서 도쿠지 놈 부자가 뻐젓이 나타나 일제 때 권도 그대로 누깔을 부릅뜨고 집을 내놔라 논밭을 내놔라 한다면?'

억쇠는 눈앞이 캄캄해진다. 그러나 이런 때마다,

'내놓고 물러서야지 별수 있나!'

보다는,

'싸우자! 목을 걸구 싸우자! 우리 뒤엔 얼마든지 큰 힘이 있다! 우리 농군이나 노동자두 잘살 수 있는 조선이 되도록 도와주는 나라두 있다! 성필 씨 같은 사람두 하나만 아니다! 김일성 장군 이하 북조선인민위원회가 모두 우리 편이다! 아니, 남조선에도 온통 우리 농민들이다. 또 거기 지도자들 중에도 우리 편은 한둘이 아닐 것이다! 싸우자 목을 걸고!'

이렇게 마음먹는 편이 많기는 하나 이미 행복에 겨워버린 자는 강할 수 있기보다 약할 수 있기가 쉬웠다. 더욱 권 생원이 땅을 팔기 시작하는 것이다. 한 마지기도 좋다, 하루갈이도 좋다, 사려는 사람 마음이다, 돈 자라는 대로 뜯어 파는 것이다. 추수가 풍성했고 곡식값이 자꾸 올라 밭 하루갈이나 논 오륙백 평쯤은 우습게들 사는 눈치다. 농민조합에서는 사지 말라고 선전하였다. 땅을 사도 등기가 나지 않는다, 땅을 사지 않아도 농군이면 땅 없이 농사 못 짓게 되지는 않는다, 아무리 외치어도 평생을 땅에 주려온 농민들은 나중엔 이해 상관이 어찌 되든지 우선 한 평의 땅이라도 '내 땅'이란 것에 소원 풀이들을 하는 것이었다. 농군들의 농토에 대한 애정은 치정에 가까운 것이었다.

"이담 날 땅을 그냥 얻는다 하드라도 좋고 나쁜 땅에 내 차례에 꼭 좋은 게 올 줄 뭘루 믿느냐? 그까짓 땅값 공연히 주는 셈 치드라도 내 맘에 드는 걸 골라 갖는 것만도 어디냐? 땅값이 아니라 골르는 값으로 쳐도 그만이다."

하고 다시 덤비는 사람들도 자꾸 생기는 판인데 하루는 농민조합 분회장인 달운이가 억쇠를 오라 했다.

"내 자네헌테 조용히 귀띔해 줄 일이 있어 오랬지."

"고맙네. 무슨 일인가?"

"나두 동민들에겐 땅 사선 안 된다군 허네만 요즘 돈 애껴선 뭣에 쓰며 또 등기가 안 난다기루 어느 놈이 돈 땅값이라구 영수증 써주군 땅 도루 내라겠나?"

결국 도쿠지네 집과 논밭을 부칠 만치는 살 수 있거든 사라는 수작이다.

"도쿠지가 어디 있는데?"

그것은 가르쳐주지 않았다. 산다고만 하면 자기가 연락은 해 줄 수 있다 하였고 도쿠지쯤 그의 아버지와는 달라 거물 친일파도 아닌데 도쿠지의 소유물이 몰수될 리도 없는 거며 그렇다면 도쿠지가 다른 사람한테 판다든지 소작권을 준다든지 해서 내일

이라도 맡은 사람이 달려들면 무슨 꼴이냐 미리 알아차리라는
것이었다.

그렇지 않아도 불안스럽게 지내던 억쇠는 달운이 말에도 일리
가 있는 것 같기도 했다. 그러나 혼인하느라고 겨우 먹을 양식만
남기고 곡식을 최대한도로 팔아 써버린 억쇠는 밭 하루갈이와
논 이삼천 평 값을 만들 길이 없는 것이다. 억쇠는 눈이 불거지지
않을 수 없다. 좌우간 며칠 여유를 달라 하고 달운이와 헤어졌다.

"왜 누구허구 말다툼했수?"

분이는 그만해도 억쇠의 맘속을 엿보는 데 누구보다 빨라졌다.

"아—니."

억쇠는 억지로 웃음을 지었다. 행여나 귀여운 아내가 자기들
의 행복이 이렇듯 위태로움을 눈치챌까 보아 겁이 나는 것이다.

그러나 분이라고 남들이 땅 사고파는 것을 모를 리 없었고 또
저희들의 행복을 튼튼히 하기 위해 마음을 쓰지 않고 있었을 리
없었다. 서로 기쁘게 하기 위해서는 못 하는 말이 없어도 걱정거
리가 될 만한 말은 아직 서로 제 속에만 두는 신정 무렵이었을
뿐이다.

하룻밤은 저만 깨어 있는 줄 알았는데 신랑도 숨소리가 잠든
것 같지 않았다.

"왜 안 자우?"

"당신은?"

"무얼 생각하우?"

"땅이 말이야…….."

"땅?"

"응."

"어쩌믄 나두 그 생각 하드랬는데! 어떻게 될까 정말?"

"땅을 사는 게 옳기만 허다면 나두 살 순 있어."

"어떻게?"

"달운이가 나섬 연락이 된다니까."

"그래두 곡식 우리 혼인 땀에 다 쓰군?"

"야미 장사두 못 해? 있는 쌀 우선 팔어 땅 약조금 줘놓구 개성으루 열 번만 드나들면서 갈 땐 곡식을 지구 가구 올 땐 병정 구두나 실 광목 같은 걸 가지구 옴 열 행보 안에 그만 꺼 맨들 순 있는 거야."

"그런데?"

"그런데 난 달운이 따위나 권 생원의 말보다는 농민조합이나 인민위원회를 믿구 싶어!"

"그게 무슨 말이우?"

억쇠는 그전 동척과 소작료 문제 때 본 사회주의자 이야기를 꺼내었다. 일제 시대 그렇게 경찰이 그악하던 때에도 목숨을 돌보지 않고 농민들을 위해 일하던 사람들이 있었다는 것, 지금은 농민조합만 아니라 인민위원회가 그런 사람들로 조직이 된 것이니 그네들이 농민들에게 해로운 소리를 할 리가 없다는 것, 그러니까 땅을 사지 말라는 것을 사는 것은 의리로 보더라도 잘못이라는 것, 그리고 악하고 제 행복을 짓밟는 자에게는 털끝만치도 아첨은커녕 정정당당하게 미워하고 대항할 줄 아는 것이 우선 사람이란 것, 여기까지 말이 미치어서는 억쇠는 제 이야기에 저 자신부터 감동이 되었다. 벌떡 일어나 앉았다.

"우리는 오륙이 성허다! 팔 걷고 나서면 못살 리 없는 거구 일을 해두 못살게 되는 날은 해방 아니야 우해방이기루 그런 놈의 세상은 뚜드려 엎어야 한다! 내가 야미꾼 노릇꺼지 해서 도쿠지란 놈헌테 땅값 받읍쇼 허구 갖다 바쳐? 내 누깔에 흙이 들어가봐라!"

"그럼!"

"달운이란 놈부터 나쁜 놈이다! 애초부터 나쁘던 놈이다! 명색이 농민조합 분회장이면서 조합에서 금허는 땅 매매를 허라구? 이만 껀 나로두 판단할 수 있는 거다! 달운인 역시 나쁜 놈이다! 우리 편이 아니다!"

"그래두 여보?"

하고 분이도 일어나 어둠 속에 마주 앉는다.

"그래두 그따위 달운이 같은 것들 괜이 덧내진 말어요."

"왜?"

"난 그때 우리 아버지 매 맞구 오신 거 잊혀지지 않습디다! 지금 와선 분회장이구 뭐구 또 꺼떡대는 거 건드렸다 괜이 오너라 가너라 험 난 싫여! 그까짓 땅 뉘 해 되든 삼칠제만 그냥 나감 살지 뭐!"

"그까짓 땅이라니? 난 당신 담에는 땅이우!"

"그건 나두! 당신 어떻게 될까 봐 그게 애가 씨니까 그까짓 땅이란 말이지 뭐!"

이래서 이들은 서로 아끼고 서로 의지하는 마음은 굳어가면서도 역시 땅 때문에는 불안이 가시지 않던 무렵에 '토지개혁법령'이 떨어진 것이다.

16

토지개혁을 실행하기 위해 면 인민위원회로부터 실행위원들이 나와 가재울에도 농민대회를 열기는 법령이 발표된 지 아흐레 만인 삼월 십사일이었다. 이 아흐레 동안 가재울도 벌촌이나 다른 농촌들과 똑같이 기쁨과 원망과 희망과 저주의 별별 억측이 한데 휩쓸려 떠돌았다.

"경자유기전耕者有其田이라구 밭갈이하는 사람이 그 밭을 가질 것은 성현두 말하신 바다! 농민이 땅을 짓는 것은 또 농민만 아니라 조선 전체가 잘되는 노릇이다. 농민은 조선 사람의 팔 할이나 되니까 조선의 팔 할이 잘되는 일에 누가 감히 반대하랴? 땅도 제 땅만큼 제 살 다루듯 할 것이니 조선 전답은 모조리 옥토루 변할 것이다. 소출도 얼마나 늘 것이냐? 조선, 즉 우리나라가 잘되는 노릇이다!"

토지개혁 실행위원들의 해설을 듣기 전에 성필이 아버지 최초시 같은 이는 벌써 이만치 토지개혁의 옳은 것을 역설하였고,

"과거 친일파나 악덕 지주의 땅이야 빼앗는 걸 누가 무어나? 악덕은커녕 송덕비가 선 지주의 것까지 일률로 몰수라니 이건 알 수 없는 법령인걸? 이런 건 아무래두 기껀 좋은 일을 하면서 일 전체를 그르칠 장본인걸."

하고 토지개혁을 다만 친일파와 악덕 지주에게의 보복 수단으로만 아는 데 그치는 사람도 많았다. 억쇠네처럼 끝까지 땅을 사지 않은 사람들은 기뻐할 것밖에 없으나 무리에 무리를 해 땅값을 치른 사람들은 뒤통수를 긁을 뿐 아니라 땅을 사지 않고도 땅을

차지할 사람들을 시기하는 마음에서 지주나 다름없이 토지개혁을 빈정거리는 자들도 있었다. 이 동네 저 동네서 벌써 남조선으로 떠나버린 지주도 한두 집이 아니다. 이런 지주들은 마치 '팔일오' 당시에 어떤 왜놈들이,

"오 년 뒤에 다시 보자!"

"십 년 뒤에 다시 보자!"

하며 떠난다듯이,

"땅 빼앗긴다고 설어 말고 땅 얻는다고 좋아 말어라!"

하면서 권토중래나 있을 듯이 희떱게 떠나는 지주도 있었다. 권생원은 머리를 싸매고 누웠다는 소문이 돌았는데 바로 동민대회가 열리는 날 아침에는 식전부터 나와 돌아다니다가 억쇠네 집에도 석유 한 병을 들고 찾아왔다.

"글쎄 지주는 조선 사람 아닌가? 자네 알다시피 내 친일파 노릇 헌 게 뭔가? 은행에 예금 있는 것 죄다 알구 비행길 헌납해라 기관총을 헌납해라 못살게 들볶으니 마지못해 돈 만 원씩 빼앗겼지 내가 어디 한 번이나 지원했나? 나처럼 돈 애끼는 놈이 어디 있나? 안 그런가?"

역시 억쇠는 이런 사람이 자기 집에 찾아와 준 것이 어쩐지 한편 황송하고 아무래도 맞닥뜨리면 머리가 제대로 들리지 않아 듣기 좋게,

"그걸 누가 모를라구요?"

해주었다.

"땅이야 내놔라 어쩌라 한다구 어느 구둥이가 금세 부스러지는 건 아니니까 나중 끝날 배야 알 일이지만 집이란 한번 남의

손에 들른 당장 결딴나는 거구 지금 세월에 적은 살림두 아닌 걸 어떻게 끌구 다니겠나?"

"그렇습죠."

"자네두 인전 성갈 했으니 자식 낳구 살자면 이런 험한 시절 일수룩 인심을 얻어둬야 허는 걸세. 어디 조선이 지금 정부나 선걸 가지구 이런다든가? 동척이나 도조 면장의 땅을 몰수허는 건 누가 끓다나? 이 권 아무개 내 생전 내 힘으로 개미 금탑 모듯 한 재물을 무슨 명색으로 먹자는 거야? 생도적놈들 같으니! 못 구차한 사람들을 먹여 살려? 아 가난 구제는 나라두 못 한단 옛말두 못 얻어들었어? 시러베아들 놈들! 내 자네허구 속엣 말이 그냥 튀어나오네만 한옆에서 몽둥이를 깎구 있는 줄 왜 모르는 거야 흥!"

이런 권 생원의 말이 억쇠 내외는 여간 찜찜하지 않았다. 사정이 아니라 은근히 위협이기도 했고 더욱 분이는 물론 억쇠 자신도 오늘 실행위원들에게서 법령 해설을 자세히 듣고 실지로 결정되는 것을 보면 알려니와 아직까지 들리는 말만으로는 토지개혁이 아닌 게 아니라 토지를 받는 사람들로도 안심이 안 될 만치 지나친 데가 있는 것 같아,

"땅 빼앗긴다고 설어 말고 땅 얻는다고 좋아 말어라."

소리가 그대로 맞을 날이 없지나 않을까 하는 불안을 누를 자신이 없는 것이다.

"이런 때 성필이가 있었으면—"

"그러게 말유!"

억쇠는 옳은 일을 하기 위해서는 반드시 많은 지식이 필요치 않다던 성필의 말이 생각나기는 했으나 아무리 머릿속을 더듬어

도 악덕 지주가 아닌 사람을 땅만 아니고 집까지 몰수한다는 것은 알 수가 없었다. 오히려 착한 지주를 위해서는 의분이 일어난다.

"권 생원 말이 옳지 뭐유?"

권 생원이 사라지기가 바쁘게 분이는 토지개혁이란 것에 저윽 실망하는 듯 무안 본 얼굴처럼 볼이 발그레해서 동민대회로 나가려는 남편을 막았다.

"그럴 리 없어!"

"글쎄 법대로 헌다면 안 과부네 몇 알 안 되는 논두 몰수라니 과부가 기름 장살 해 늘그막에 겨우 먹을 만치 장만한 걸 어째 뺏는다는 거유? 그런 건 잘못이니까 토지개혁이란 게 뒤집힐 것만 같어!"

"나두 그런 게 좀 분명치가 않긴 해……."

"길을 막구 물어도 안 과부 같은 집 땅을 뺏는 건 잘못이지 뭐야."

"안 과부네 땅까지 법에 걸리는 그 까닭만 알면 토지개혁을 안심허겠수?"

"아니."

"또 무엇?"

"토지개혁이라면서 집들은 왜 뺏는 거야?"

"그러게 말이야……."

"당신도 잘 알아보구 나서요 괜이!"

"지주들 집 뺏는 것꺼정 까닭을 알면 맘이 놓겠수?"

"응."

"나두 지금 그 두 가지 때문에 어정쩡헌 거유. 그렇지만 난 인제 이런 생각두 나."

"무슨?"

"권 생원이 이러이런 거 잘못이다 틀렸다 큰소릴 허는데 나나 당신은 말이 막히지만 그래 권 생원 말쯤에 인민위원회나 농민조합에서 대답헐 말이 없겠수."

"허긴!"

"우리나 권 생원이 잘못된 거라구 밝혀야 하리만치 그렇게 위에서들 몰랐다거나 알구두 무슨 우격다짐처럼 막 나갈 린 없는 거요!"

"그렇게 생각험 그렇긴 해두……."

"그러니까 무슨 곡절이 있는 일이야. 내 그걸 알어다 바칠 테니 내 속두 시원허고 당신 속두 묵은 체가 내려가게 해줄 테니 병아리나 괜히 독수리헌테 채키지 말구 집 잘 봐요."

"남을 어린애루 알아!"

억쇠는 아내는 약간 아까워하나 권 생원이 놓고 간 석유병을 집어 들었다.

"어떡헐려구 그류?"

"더러운 자식— 석유 한 병으로 남을 쫴볼려구?"

"도루 갖다 주게?"

"그럼! 그 자식들을 미워해야 할 텐데 만나면 꼼짝 못 허겠으니 제—길헐…… 권 생원 자식 개자식! 권 생원 자식 개새끼 말새끼 돼지 새끼……."

하고 억쇠는 소리를 지르며 뛰어나왔고 분이는 대문을 지치며 깔깔거리고 웃었다.

권 생원은 집에 없었다. 안마당까지 들어서니까 눈에 모가 선 권 생원 마누라가 내다보았다.

"이거 아까 권 생원이 놓구 잊어버리고 오셨나 봐요."

"아 그거 자네네 켜라고 안 그러시던가?"

"우릴 왜요."

억쇠는 더 대꾸를 하기 싫어 석유병을 마당 가운데 놓고 뛰어나오고 말았다.

농민대회는 장근네 마당에서였다. 억쇠는 그까짓 병아리쯤 내버려 두고 색시도 같이 올라올걸 싶었다. 남들은 아이 어른 할 것 없이 안팎이 떨어나와 있었다.

멍석을 깔고 가운데는 앉았고 가으로는 울타리처럼 물러서기도 했다. 작년 '팔일오' 때보다도 더 많이 모였다고들 했다. 주인을 따라 모여든 개들도 꼬리를 치고 설치었고 그 바람에 닭들도 놀라 지붕 위로 풍산을 한다. 권 생원도 여기 와 있었다. 달운이가 면에서 나온 실행위원 세 사람 축에 끼어 여보란 듯이 담배를 피고 있다. 절름발이 홍 서방도 쩔룩거리며 들어섰다.

"홍 서방이 오늘두 징용장을 받았나, 신이 났으니?"

하고 놀리는 사람도 있다.

"참깨 들깨 노는 판에 아주까린 못 섞인다든가?"

해서 모두들 웃었다. 일제 시대 남은 다 무서워하는 징용장을 절름발이 홍 서방만은 자동찰 가져왔느냐, 비행길 가져왔느냐, 날 뮐로 모셔 갈 테냐? 하고 큰소리를 쳤던 것이다.

최 초시도 내려온다. 최 초시한테는 실행위원들도 성필이 아버지인 것을 아는지 일어나서 인사를 한다. 억쇠도 앞으로 나가 인사를 했다.

"왔는가? 내 그렇지 않어두 좀 만났으면 했드러니."

"저 말씀이세요?"

"아직 아마 더 올 사람들이 많으니 그새 나 좀 보세나."

최 초시는 억쇠를 데리고 도로 자기네 사랑 툇마루로 올라왔다.

"자네들 학교 질 공론들이 있었나?"

"추수들이나 끝내군 성인 학교를 짓는대다가 그런 선생님 노릇 해주실 성필 씨가 떠난 담에 맥들이 풀리구 요즘은 땅들에 눈이 뒤집혀 저부터두 어디 거기 정신을 씁니까!"

"재목을 치목해 뒀던 것두 아니구 새로 세울 생각들은 말게."

"왜요니까?"

"인제 권 생원네 집 뭘 허나? 그런 거 학교루 쓰게그려."

"아니, 참 이번 토지개혁에 집이 어찌 걸려듭니까? 그렇지 않어두 성필 씨 있을 때 같음 벌—써 뛔 올라와 알아봤을 건데 여간 궁금허지 않습니다."

"나두 첨엔 그게 어정쩡한 일인데, 그런데 내가 요전에 평산 좀 다녀오지 않었나? 거기서 실지루 보기두 했거니와 일전에 성필이게서 편지가 왔네……."

"뭐라구요?"

"지주들의 집을 뺏는 것이 아니라 지주는 살던 동네를 떠나야 한다는 걸세. 그러니까 집이 절루 비는 거지."

"왜 동네꺼지 떠나야 합니까?"

"떠나야만 토지개혁을 허는 보람이 있겠네. 들어보게. 내 다녀왔다는 평산 친구가 큰 지준 아니나 지준 지주지. 그 사람은 법령 나기두 전일세, 아주 자진해 땅을 작인들헌테 노나 주어요. 그래 첨에는 그게 잘허는 일이구 토지개혁두 그런 식으루 나가는 게 옳은 줄 아는 사람두 있었지만 그런 일은 원측이 틀리는 거라구 지금은 문제가 된다네마는 원측에 틀릴 법두 헌 게 지주가 옆에 그저 살구 있으면 땅으로 해 생겼던 폐단이 여간해 안 없어지겠데. 땅을 그저 줬다구 해서 작인들이 참기름이니 찹쌀 되니 뻔질나게 들구 오구 인전 돈두 군색헐 게라구 일거리가 있기 바쁘게 저이 점심들을 싸가지구 와서 그저 해주구 간다네그려."

"그게 인정 아닙니까? 그게 그런 훌륭헌 사람헌테 마땅히 할 일 아닙니까?"

"아닐세! 그런 생각으룬 미풍양속이지, 그러나 그건 작인들이 그런 지주를 오늘 와선 지주 이상 신분으로 섬기려 드는걸그래? 그게 폐단이란 걸세."

남의 집 하인의 자식으로 있어본 억쇠는 '신분' 소리에 선뜩 찔리는 데가 있다.

"주종 관계를 끊자구 한 노릇이 그게 더 심해지니 되겠나? 그런 걸 미풍양속이라 쳐주던 건 인전 다 지나가 버린 군신도덕일세그려—무엇보다 인전 작인들이 아니라 남인데 남들의 폐만 끼치게 되니 땅을 내놓는 근본정신에 틀리는 거구 토지개혁은 무슨 시주施主가 있어가지구 자선 사업으루 허는 게 아닐세. 이 점이 중요허단 걸세. 알겠나? 누구는 떡 앉어서 은혜를 베풀구 누구는 굽신거리구 모여들어 그 은혜나 받구 그러는 게 아니라 첫째, 사람으로 똑같은 평등 지위가 되는 걸세! 그러니까 지주로 보드라도 단지 지주란 걸로 세력 부리던 낡은 환경에서 썩 물러나 그 자신도 새 인간으로 해방이 돼야 헐 거구 그러자니 딴 데루 가야지! 그래서 주종 관계가 전혀 없어진 자유 평등 천지에서 어서 새 미풍양속이 서야 헐 걸세.”

억쇠는 걸터앉은 무릎 위에 깍지를 끼고 있었으나 속으로 크게 무릎을 쳤다.

“알겠습니다!”

“그리게 토지개혁은 지주가 인심을 써 전에 자선 사업허듯 헐 게 아니라 지주는 땅을 맽기구 꺼떡대던 그전 환경에선 쏙 빠져나가야 되겠네. 그래야 즉 잔뜩 노려보는 웃사람이 없어져야 농군들이 그전 소작인으루 가진 비루하던 성질이 없어지구 기를 펴구 정말루 자유스런 인생들루 살게 되겠데!”

“그래서 지주들을 살던 데서 떠나게 허는 걸 암만 생각해두 아는 재간이 있어야지요!”

“성필이가 늘 원측 하더니 평산 그 친구 얘기 듣구 생각해 보니 일이란 딴은 잔사정에 끌릴 게 아니라 원측대로만 나가야 헐 거데! 잔사정에 끌린다는 건 그게 벌써 맘보가 협잡을 부릴 수 있게 틈이 벌어진 증걸세그려! 좀 몰인정헌 것 같어두 일이란 원측대로만 나가야 헐 거데!”

“알겠습니다. 참 속 시원한 말씀 들었습니다!”

동민대회 회장에서 박수 소리가 울려왔다. 이들이 다시 회장에 내려왔을 때는 달운이의 인사말이 끝날 때였다. 이내 실행위원 한 사람이 나서 토지개혁의 취지를 이야기하였다. 억쇠는 최초시의 말에서 토지개혁의 가장 골자를 터득했기 때문에 쉽게 알아들을 수가 있었으나 '역사적 사명'이니 '봉건 악습'이니 '민주 사업'이니 '경각성'이니 문자만 들려 나오는 말에서 다른 농군들은 약간 어리둥절해졌다. 그러나 하나같이 알려는 열성인 데다가 나중에 북조선인민임시위원회 위원장 김일성 장군의 담화를 해설해 주는 데서는 토지개혁의 정신이 분명히 인식되는 듯 머리들을 끄덕이었고 억쇠도 몇 대목은 머릿속에 외워 넣을 수가 있었다.

"조선이 조선 사람 모두가 잘사는 나라가 되자면 동포끼리 제일 큰 착취 제도요 노예 제도인, 지주 있고 소작인 있는 제도부터 없애야 된다는 것, 민족끼리 누구나 동등한 권리를 갖고 평등하게 발전하는 나라를 세우자는 데 반대하는 민족반역자나 친일파들의 근거가 되는 지주 계급을 없애버리자는 것, 민족의 팔 할이 넘는 농민의 생활을 높여서 그들도 자식을 가르치게 하고 그들도 암흑 생활에서 벗어나 문명한 생활을 할 수 있도록 하기 위해서라는 것⋯⋯."

억쇠뿐 아니라 모두들 고개가 절로 끄덕여졌다. 나중엔 박수가 쏟아졌다. 그리고 다른 실행위원이 나와서는 지주들에게 하는 이야기라고 하는데 작인들이 들어도 토지개혁의 정신을 이해하기에 필요하였다.

"지주 되는 분도 오늘 목전엔 섭섭할는지 몰라도 이 토지개혁의 정신이 어떤 사람만 미워서가 아니라 조선 전체를 잘되게 하기 위해서 하는 국가의 발전 사업임을 알고 자진 협력해야 옳은 것입니다. 일제 시대엔 돈을 가지고도 해볼 만한 사업은 왜놈들이 독점했기 때문에 조선 사람들은 땅이나 사놓고 들여다볼 수밖에 없었지만 해방된 오늘은 그런 궁상을 떨 필요가 없습니다. 돈을 모을 만한 유능한 사람들을 위해서는 땅만 지키고 앉았지 않아도 좋게 모—든 사업장이 텅— 비인 채 기다리고 있는 겁니다. 오히려 지주들로 그 죄악의 문서, 소작인 명부나 붙들고 앉았는 골방 속에서 해방이 되어 세계를 내다보며 국가적 생산의 사업주로서 활동해 건국에 공헌할 수 있는 훌륭한 기회가 되는 겁니다."

이런 말에는 억쇠도 다시금 감격되었다.

'그럴 게다. 지주라 해서, 앞으로는 바르게 살려는 사람도 못살게 헐려는 나라는 아닐 거다!'

법령과 세칙과 임시 조치법에 관한 해설까지 끝난 다음, 누구나 어정쩡한 것을 자유로 물어보라는 순서에 이르렀다. 회장은 더 생기를 띠는 것 같다. 그러나 누가 먼저 무엇을 묻나 서로 두리번거리기만 하는데,

"내 한 가지 묻겠시다."

하고 일어서는 사람은 칠순이나 된 안 과부의 시어머니였다.

"내 아들이 손이라군 딸 하나 낳구 죽었시다. 그것 에미가 효부라서 여름엔 농사짓고 겨울이면 백천읍으루 기름병을 이구 다녀 땅날갈이나 사 늘그막에 들어앉어 삼 모녀가 겨우 입에 풀칠이나 허죠니까. 그 땅이 원 어떻게 되리까요?"

"동네 여러분? 저 노인의 말씀이 옳습니까?"

"옳습니다."

여러 사람의 한몫 대답이었다.

"법령대로 하면 땅을 남을 주어 시켰으니 물론 몰수입니다."

"그럼 이 늙은것 고부끼리 어떻게 살아나요? 원, 기맥힌 일두 있지. 제 머리루 기름병 이구 다녀 푼푼 저축으로 장만헌 많기나 헌 땅인가 작인이라구 모두 한 명 그 사람 여기 왔소다, 들어보세두 알지만 십 년이 하루지 말다툼 한번 없었쇠다. 지주 구슬 헐 사람이 따루 있습죠!"

모두들 날카로운 시선으로 실행위원을 쏘아본다. 그러나 실행위원보다 군중 속에서도 말이 나왔다.

"지가 바루 저 댁 작인올시다요. 이제 노인께서 말씀두 계셨습지만 여직 한집안처럼 지냈습죠. 더 내라거나 덜 내겠다거나 한번두 싸운 적 없쇠다요. 다른 땅이면 몰라두 저 댁 땅을 뺏어 날더러 가지램 난 싫쇠다. 그런 남 속 아픈 땅 차지허구 내가 잘될 게 뭐의까?"

"바른말이요—"

"옳소—"

여러 마디가 나왔다. 실행위원은 굽실굽실한 머리를 쓸어 넘기며 히죽이 웃는 것이 쓸 수만 있으면 인심을 쓰고 싶은 얼굴이다.

"이게 그렇습니다. 조선 사람 전체가 다 잘살자는 정신에서 되는 일에 죄 없이 못살게 되는 사람이 있어서야 되겠어요? 저 노인 댁 토지를 그럼 어떻게 하는 게 좋겠습니까? 여러분의 의견을 들어봅시다."

안 과부의 시어머니는 벌써 눈물이 몇 방울 떨어진 눈으로 사방을 둘러보는 것이, 말하는 입보다 더 애원이었다. 이 애원의 눈에는 억쇠도 부딪쳤다.

'잔사정에 끌려선 안 된다! 그건 벌써 협잡과 통허는 거다―목이 부러져두 원측.'

억쇠는 가슴이 찌르르했다. 최 초시에게서 이 말을 듣지 않았다면 억쇠는 이런 때 누구보다도 먼저 일어서 안 과부네 사정을 옹호했을 것이다. 우― 하고 모두 한편으로 얼굴을 돌리는 바람에 억쇠도 그쪽을 쳐다보았다. 장근이가 일어선 것이었다.

"저 할머니네 땅은 나부터두 그저라두 품을 도와드릴 게니 자작 짓는 걸로 해서 땅도 안 떼우구 집도 그대루 지니고 우리 동네서 그대루 살게 해주십시오."

"옳시다!"

"그래야 쓰지오!"

이런 찬사가 무더기로 일어났다. 억쇠는 다시 얼마 어정쩡해진다. 최 초시를 바라보았으나 역시 가타부타 얼굴에도 나타내지 않고 보기만 한다. 실행위원도 머리를 긁적거리더니 멍하니 섰다. 원칙과는 틀려도 잔사정에 끌리어 제 맘대로 정하려는 속인지도 모르겠다.

'나두 남의 사정 딱헌 거 누구만침 동정할 줄 모르진 않는다! 안 과부네가 저이 손으루 농살 짓는다면 이 자리에서 도와준다고 장담하는 사람들만 못지않게 거들어줄 자신도 있다! 그러나 이게 전 조선의 전 조선 사람들의 딱한 사정을 고치자는 일이니 큰일을 생각 않구 작은 사정에 끌려 원측을 떠나는 건 잘못되기 쉬운 거다!'

억쇠는 성필이가 멀―리 평양에서 저희 아버지와 자기를 쏘아보며 왜 멍청하니 앉았느냐고 소리를 지르는 것 같다. 최 초시는 그저 움직이지 않는다. 억쇠는 일어났다.

"저두 한동네서라구만 아니라 타동 사람으로라도 저 할먼네 댁 같은 사정이라면 붙들어 드리구 싶구 저 할먼네가 땅을 그저 가지구 힘에 부친 농사를 지신다면 나두 남만 결코 못하지 않게 도와드리겠습니다. 그러나 아까 다른 실행위원께서 일러주신 이 토지개혁 정신과 이런 개인 사정 보는 것이 상위가 나지 않는지 그걸 알구 싶습니다. 만일 상위가 난다면…….."
하는데 누가,

"원만이 돼 넘어가는 걸 자꾸 꼬집어내 뭘 허나?"
하고 사뭇 말을 막는다. 권 생원이었다.

"아니올시다."

억쇠는 앉지 않는다.

"우리가 이 일을 우리 동네 일루만 알어선 안 됩니다."

"그러이— 원만히 되려면 아직 더 의논해야 허네."
하고 그제야 최 초시도 알은체한다. 최 초시가 거드는 바람에야 모두들 억쇠가 하는 말이 중요한 것인 줄 알고 정신들을 차린다.

"저 할먼네를 우리가 동정헌다 칩시다. 이담 날 법률이 간섭하드라도 끄떡이 없을 만한 근거를 가지구 동정해야지, 이 자리에선 기껀 생색만 내구 이담 법정에서 인정 안 허는 날은 어떡헐려우? 그때는 도리어 저 댁에 낭패를 만들어드리는 것 아닐까요?"

"그렇습니다."

이것은 실행위원 중 한 사람의 대꾸였다.

"그뿐 아닙니다. 이 토지개혁이 우리 조선서 전에두 없었구 이 앞으로도 또 있을 수 없는 굉장한 일입니다. 또 시시비비가 많을 일입니다. 인민위원회에서 훌륭헌 분들이 연구허구 연구해서 결정한 법령입니다. 저 댁 할머니 같은 사정이, 아니 더 딱한 사정두 전 조선에 얼마든지 있을 걸 그분들이 몰랐을 것 같습니까? 죄다 짐작하구 연구해서 결정한 법령인 걸 우린 믿어야 합니다. 그렇다면, 나는 아직 이런 사정 보는 것에 가부를 말하진 않습니다만 다만 법령대론가 아닌가를 밝히구 결정해야 법령 위반두 아니구 우리가 일으킨 동정심두 동정심대루 산다는 겁니다.”

이번에는 ‘옳소’ 소리는 없었다. 그러나 장내가 엄숙해졌고, 최 초시가 혼잣소리처럼,

“사실이지!”

하면서 테이블에 나선 실행위원을 쏘아보았다. 이번에는 머리를 쓸어 넘기는 실행위원의 얼굴도 얼마 자신을 갖는다.

“물론 이게 결정이 아닙니다. 동네 여러분 의견을 고루 들어두는 데 불과합니다. 결정은 이제 여러분이 뽑을 다섯 사람 농촌위원들이 법령에 의지해서 할 일입니다. 법령에 위반이냐 아니냐도 그분들이 더 연구해 결정할 것입니다. 물론 법령대로 나갈 것이 원측입니다.”

동민들은 잠잠했다. 이 틈을 타 권 생원이 일어섰다.

“이 사람두 여쭈오리다. 내 이 근경에선 지주 측에 안 든다군 헐 수 없쇠다. 나 지주외다. 땅은 법령이라니 헐 수 없죠니까! 되는 대루 두구 봅죠니까. 그렇드라두 소위 토지개혁이라면 가옥 몰수란 하관사何關事지 암만해두 알 수 없쇠다그려? 것두 내가 일인이라든지, 안 헐 말루 발 벗구 나섰던 친일파라면 반역자루 몰릴 거지요. 반역자라면 아, 땅뿐이겠소? 이 목이라두 바치리다

요! 길을 막구 물어보구려. 이 권 아모개가 친일파랄 사람은 성 겨나지두 않었을 게니. 설사 법령에 집껏지 든다 하드라두 생각 해 보십시오? 날 어쨌다구 길루 나앉으라는 거요? 내 땅이 이번 에 약간만 분배가 될 거요? 집은 건드리지 못헙넨다!"

하고 동정을 구하기보다 살기등등한 눈으로 어느 놈이 감히 반 대만 해보아라 하는 듯이 좌우를 둘러보는 것이다. 이번에는, 아 까 억쇠가 말할 때 '그렇습니다' 대꾸하던 그 실행위원이 일어 선다.

"이제 말씀허신 분은 아까 이 법령의 정신과 규약 해설을 자 세 안 들으신 듯합니다. 토지개혁은 일인이나 친일파의 토지를 몰수할 뿐만 아니라 일반 지주들의 것도 몰수하는 건, 지주와 작 인이란 그 관계를 없애자는 거구 그걸 없애자는 건, 소작료를 주 고받는 물질적 관계뿐만 아니라 인격적으로 주종 관계, 극단으 로는 상전과 노예 관계, 그걸 없애자는 것입니다. 지주는 오랫동 안 상전이나 다름없는 명령만을 해왔고 작인들은 노예에 가까운 복종만 해온 것이 사실입니다. 소작료는 안 바친다 해도 그런 상 전이 옆에 있으면, 좋게 말하면 인정상, 나쁘게 말하면 뿌리 깊이 박힌 노예근성 때문에 씻은 듯이 잊어버리고 마음 가볍게 저대 로 살기 어려운 거구 또 주인 자신으로 보드라도 차라리 그 옆을 떠나 새 환경으로 나가는 게 새 생활 건설에 적극적일 수가 있고 마음도 편할 것입니다. 그러니까 다른 군으로 가도록 알선하는 거구 자기 농사를 짓겠다면 농토와 집두 준다는 것입니다. 아시 겠습니까?"

이 실행위원의 설명이 권 생원의 귀에는 들어갔을 리 없으나 억쇠나 다른 사람들의 귀에는 다시 한 번 들은 보람 있게, 토지개혁의 근본정신이 점점 분명해진다.

권 생원은 다시 일어섰다.

"나 유식하지 못해 그런 소리 무슨 소린지 모르겠쉬다! 공연히 딴 데다 없는 집 주선해 주려 애쓰지 말구 내 집 나 살게 두면 그만 아니오? 아무튼지 아까 저 노인의 말씀을 동중 의견에 물어주셨으니 이 사람 집 문제두 동중 의견에 한번 물어주시기요."

실행위원은 냉정한 얼굴이다.

"동중에 물을 테니 그럼 당자는 잠깐 이 자리를 나가주십시오."

권 생원은 다시 일어섰으나 나가지 않고 반문한다.

"아까 저 노인두 이 자리에서 내보냈던가요? 이 사람만 어째 나가라나요?"

"저 노인과 당신은 닳습니다."

"닳다니요? 같은 지주두 같구 닳구가 있나요?"

"저 노인은 작인이란 단 한 사람이오. 그러나 당신의 작인이나 채무자나 당신에게 눌려 지내던 사람은 이 마당에 거의 전부요. 당신 목전에서 당신헌테 대한 의견을 마음대로 말헐 자유의사를 못 나타내는 거요. 지주와 작인 관계란 이렇듯 한 사람을 위해 여러 사람이 제 속엣 말도 제대로 못 하고 사는 거요. 보슈, 그러니까 토지개혁을 허는 거구 그러니까 토지개혁은 땅만의 문제가 아니라, 농민들의 눌려만 살아온 의기에부터 자유를 주는 인격개혁인 거요. 당신이 이 자리에서 나가지 않고 있다면 동네 사람들의 자유스러운 의사 표시를 볼 수 없을 거니까 우리는 못 물어보겠소."

"아―니, 어떻게 그다지 남들 속꺼지 잘 들여다보슈? 대관절 난 한 번두 작인들 허구퍼 하는 말 막아본 적은 없쇠다. 그것부터 동중에 물어보슈. 내가 한 번이나 작인들 할 말 못 허게 금한 적이 있는가?"

"그따위 물어볼 필요 없소."

이것은 실행위원의 대답이 아니라 억쇠의 결기 있는 목소리였다. 이 바람에 용길이도 한마디 보태었다.

"그따위를 묻는다 쳐두 당자가 있어선 안 됩니다."

"옳소!"

권 생원은 그만 입속에서 이를 갈듯 한편 볼이 수염과 함께 쌜룩 주름이 잡히더니 자리를 일어섰다. 그러고도 달운이를 비롯해 몇몇 자기에게 만만한 사람들을 두리번거리어 눈을 맞추고야 저희 집으로 올라갔다.

권 생원이 사라지자 실행위원은 입을 열었다.

"여러분이 이 앞으로 맘놓고 자유스럽게 살기 위해선 이제 그 권 씨가 이 동네에 그저 있는 게 좋겠습니까? 없어지는 게 좋겠습니까?"

"잠깐 여러분……."

하고 여러 사람의 입을 막듯이 가로채고 일어서는 자가 있다. 달운이었다. 이 동네 소위 농민조합 분회장이라, 실행위원들도 무시하지 못하는 눈치다.

"나두 이 동네 사람이구, 나두 저 권 생원네 땅 부치던 사람이구, 나두 우리 동네 잘되길 바라니까 하는 말이니 여러분이 참고 적으루 들어두시구 가부를 말씀들 허슈. 사실 권 생원넨 이 토지

사가지구 와서 몇 해 되지두 않았거니와 또 한 번두 지주 재세를
한 적도 없구 또 권 생원은 아직 개성에 현금이 많습니다. 우리
동네다 학교두 하나 지어줄 의견입디다. 그러니…….”
하는데 억쇠가 더 견디지 못해 불쑥 일어섰다.

　“듣기 싫소. 달운이는 농민조합의 분회장이오, 지주조합의 분
회장이오?”

　모두 낄낄 웃고 손벽까지 쳤다. 억쇠는 말을 계속했다.

　“권 생원이 어째 이 동네에 몇 해가 안 되는 사람이오? 떠꺼머
리 총각 때부터 이 동네서 서 푼변 오 푼변의 이자를 따 갔다는
사람이오!”

　“옳소!”

　“또 권 생원네가 어째 지주 재세가 한 번두 없었단 말이오? 지
난가을에두 저이보다 김장을 먼저 했다구 눈이 뿌옇게 몰린 사
람이 저기 앉었소. 지난겨울까지도 권 생원네 뒷간길이나 나뭇
가리길부터 쓸기 전에 제 집 마당부터 눈을 친 사람이 몇이나
되오?”

　“옳소!”

　“우리는 학교를 못 지면 마당에서라두 뱁시다. 해방이 된 오늘
에두 그 뱃속에 욕심과 똥만 들어찬 녀석들이 교주니, 설립자니
허구 돈 자랑 비석이나 세우는 그따위 더러운 학교엔 다니구 싶
지 않소!”

　“옳소!”

　“또 이 앞으룬 집이 없어 학교 못 헐 리도 절대로 없는 거요.”

　“그렇지 않구!”

"그따위 구두쇠는 동네서 아주 하직을 시킵시다."

"옳소. 그따위 그저 있게 허구 시집살이 허구픈 사람은 개성으로 따라감 되지 않소?"

장내가 조용해지기를 기다려 실행위원은 다시 나섰다.

"여러분네 의견 잘 알었습니다. 그러나 아까 다른 분두 말씀허셨지만, 안 노인 댁 땅을 자작 농지로 보존시키구 안 시키는 것이나, 이제 권 지주네 떠나는 문제나 다 이 자리에서 이대로 결정짓는 건 아닙니다. 여러분의 의견이 잘 드러났으니까 이것을 존중해서 이제 이 마당에서 뽑히는 다섯 사람, 이 동네 농촌위원들이 법령에 좇아 결정할 것입니다. 우리 실행위원들도 여러분의 의견을 알었고 여러분 자신들도 이 동민 전체의 의향을 아셨으니 이제는 농촌위원들이 법령을 지켜 결정할 것입니다. 그러나 이 일만 아니니까 무엇이나 여러분의 의견을 잘 대표해서 처리할 만한 위원 다섯 사람을 뽑읍시다. 그런데 여러분의 대표구 위원이구 허다니까 그전 일제 때처럼 허턱 유력한 사람을 뽑아선 안 됩니다. 소위 유력자는 서로 안면 관계도 있고 저만 이롭자는 엉뚱한 생각을 남모르게 잘하는 버릇이 있으니까, 첫째 맘보가 공정한 사람이라야 합니다. 남의 집 머슴 살던 사람도 좋습니다. 그런 사람이 누구보다 농간 부릴 줄 모릅니다. 낫 놓고 기역자도 모르는 무식한 사람이라도 말만 바르게 할 사람이라야 됩니다. 사무적으로 일하는 것은 우리가 죄다 해드리니까요. 그런 줄 알구 겉은 어떻게 됐는지, 공평허구 바른말 할 사람을 뽑으십시오."

권 생원은 거의 두세 집에서 한 사람 폭으로 널리 정했고 여기서 뽑아놓은 다섯 명 가재울 농촌위원 중에는 달운이는 빠지었어도 억쇠가 들어 있었다.

17

이날 하루 동안 억쇠는 십 년을 산 것 같았다. 그렇게 하루 사이에 엄청나게 자랐고, 하루 사이에 모든 것을 알아낸 것 같았다. 최 초시한테와 동회에서 터득한 것, 나중에 면 인민위원회까지 갔던 시위 행렬에서 받은 군중이 가진 무한한 힘에의 자신과 감격, 동민들이 뽑아준 농촌위원으로서 처음 품어보는 책임 의식, 저녁에는 벌촌에 들러 그곳 농촌위원들과 합석하여 실행위원들로부터 다시 한 번 들은 토지개혁의 정신과 법령의 해설, 이제는 누구 앞에서나 토지개혁에 관한 문제이면 무슨 대답이든지 막히지 않을 자신이 생기었다. 이 자신은 새 세상 새 조선을 올바로 보아나갈 자신이기도 했다.

'어서 분이부터 알려주자! 어서 뛰어가 분이부터 안심을 시키자!'

억쇠는 아침에 나와 아직 집에 들어가지 못한 것이다. 벌촌 택길이가 저희 집에서 밤참으로 국수를 눌러 돌아오는 길이 더욱 늦었다.

보름 지난 봄 저녁달은 무리를 쓰고 은그릇처럼 부드러운 것이 걸려 있었다. 논이나 밭들도, 저희를 움켜쥐고 착취하는 죄악의 도구로 삼던 지주들로부터 풀려나와, 제 손으로 갈아주고 제 손으로 씨 뿌려주고 제 손으로 어루만져 주는 정말 임자 농민들에게 돌아오는 것을 즐거워 소곤소곤하는 것 같았다.

억쇠는 방축 머리에 이르러 걸음을 멈추었다. 방축에도 봄물 부풀어 오른 대로 달빛이 넘실거리었다.

"아!"

억쇠는 가슴이 홧홧 다는 것이 못 먹는 술 몇 잔 들어간 때문만은 아니다. 달빛 넘치는 이 방축 머리, 저 실실이 늘어진 버드나무 아래는 분이를 처음 붙안고 같이 울던 자리요, 같이 고락을 맹서하던 자리다.

억쇠는 벅찬 가슴속에서 숨을 몰아내고 저희 집 마당을 둘러보았다. 도쿠지란 놈은 관솔불을 들고 팔근이와 달운이란 놈은 몽둥이를 이끌고 저를 찾아 헤매던 광경이 생각난다.

'아직도 너이 놈들이 조선 어느 구석에 박혀 있단 말이지? 달운이란 놈은 뻐젓이 이 동네 농민조합 분회장이고! 어림두 없다! 그냥 둘 줄 아니? 만날 이럴 줄 아니? 이놈들아? 몇 대를 내려 너이 놈들만 독차지했던 특권두 이제 끝장이 난 줄 알아라!'

억쇠는 집으로 달음질처 왔다. 대문은 걸리지 않았으나 안방 문은 걸려 있다.

"문 열어."

"……."

"문 열어. 어린애처럼 벌써 잔담?"

"가만……."

"얼른."

"되운."

억쇠는 뺨이 따끈하게 잠에 취한 분이가 귀찮은 듯이 일어나는 귀여운 모양을 눈앞에 그리며 장난삼아 문을 흔들어댄다.

"되우두 그류!"

"쫴두 꿈지럭거리네!"

"문고리가 왜 이렇게 안 벗겨질까."

"히히……."

"어쩌면 잔뜩 잡어다니면서?"

억쇠가 잡아다니던 문고리를 슬그머니 늦추어 주어 겨우 문이 열리었다.

"그새 자구 있담!"

"……."

분이는 들창으로 은은히 우러 드는 달빛 속에서 말뚱히 억쇠의 얼굴을 쳐다본다.

"왜?"

"……."

"오늘 술 한잔 먹었지!"

분이는 그저 대꾸가 없이 자리로 가더니 감감하다.

"저렇게 졸렵담? 아침에 뭐랬드랬지? 집 문제구 땅 문제구 뭐든지 척척 물어봐 인전……."

그래도 감감하다. 가까이 와보니 베개에 얼굴을 파묻고 누웠다. 억지로 안아 일으키니 달빛에 눈물이 반짝한다.

"왜?"

"……."

"어디 아퍼? 아프기루 어린앤?"

분이는 그저 대답이 없이 뿌리치더니 다시 이불을 돌돌 말고 발버둥만 친다.

"저건 뭐야?"

억쇠는 등잔에 불을 켰다. 분이는 눈물에 젖은 얼굴을 들어
훅— 하고 불을 꺼버린다.

"이건 또 뭐구?"

분이는 그저 말은 없이 무슨 안타까운 일이 있는 것처럼 발버
둥을 친다.

"저리게 어린애라지! 참 병아리나 잃어버리지 않었수?"

"나뻐!"

"무에 나뻐?"

"당신."

하면서 그제야 분이는 얼굴을 닦고 한숨을 호— 쉬며 남편을 쳐
다본다. 어스름한 달빛에 떠오르는 분이 얼굴은 언젠가 분이네
집 부엌에서 꿀물 마시던 날 저녁에 보던 그 박꽃 같던 얼굴이다.

"흐!"

"나뻐!"

"무에?"

"문을 왜 그렇게 흔들어대?"

"걸은 걸 안 흔들어?"

"남 가슴 아프라구!"

"누가 문 흔들었지 사람 흔들었나?"

"바보!"

"누가 바보람?"

"나 설어!"

"설다니?"

"그날 밤 저놈의 문 걸렸던 생각 힘!"

억쇠는 그제야 선뜩했다. 분이가 도쿠지에게 힐난받던 날 밤 걸려 있던 바로 그 문이요 그 문밖에 섰던 바로 그 저 자신이었다. 걸린 문 흔드는 소리에 분이는 거의 본능처럼, 덜컹 그 생각이 났고, 그날 밤 자기의 그 비참했던 꼴이 다시금 분했다. 팔근이 계집년의 꼬임으로 오빠에게 나온 징용장을 도쿠지에게 제 손으로 갖고 가서 좋도록 해달라고 한마디 부탁만 하면 그만이라기에 복장을 치고 우시는 어머니와 얼굴이 백지장이 되어 저녁도 못 먹고 물러나는 오빠를 어떻게 해서든 구해보고 싶은 안타까움에서만 그 길이 그런 모멸과 굴욕의 길인 줄은 미처 뜻하지 못하고 나섰던 것이다.

"당신이 그날 밤 나더러 그랬지? 그놈의 방에 들어선 게 어떤 년의 발모가지냐구?"

"……."

"나 귀에 못이 박혔어!"

"어린애처럼 노염은!"

"누가 노엽대? 내가 그 말 열 번 들어 싸게 헌걸—"

하고 분이는 또 또루루 이불을 말고 발버둥을 쳤다. 도쿠지 같은 것에게 치맛주름만이라도 따트렸던 것이 그게 제 발로 걸어갔던 것이기 때문에 분이는 정조나 잃은 것처럼 남편에게 얼굴이 들리지 않는 무안이었다.

"이거 바?"

"……."

"지금 우리가 그런 따분헌 생각으루 눈물이나 흘리구 앉았을 땐 줄 알우?"

"……."

"여보?"

벌써 방축으로 나가는 도랑이 얼음이 풀리어 졸졸졸 물 흐르는 소리가 들려온다. 억쇠는 슬쩍 말문을 돌린다.

"며칠 안 있으면 개구리두 입이 떨어지겠구나—"

"바보—"

"왜, 또 바보야?"

"난 벌써 개구리 소리 들은걸—"

"어린애들이 그런 건 먼저 듣는 법이지—"

"참 저녁 어떡했수?"

"난 먹었수만 당신은?"

"혼자 먹기 싫길래……."

"그래 여태 안 먹었수?"

"집에 가 엄마허구……."

분이는 아직도 친정집을 집이라 했다.

"이게 인전 우리 집이래두!"

하고 억쇠는 분이의 한편 귀를 잡아 일으킨다.

"우리 마당에 나가봅시다. 달이 여간 환—하지 않어!"

"달?"

"또 내 모두 얘기두 해줄게."

"당신이 우리 동네 위원이지?"

"어떻게 알았수?"

"엄마헌테."

분이도 약간 헝큰 머리를 흔들어버리며 날쌔게 일어섰다. 억쇠가 자기의 묵직한 겨울 외투를 둘러주는데도 아랫자락을 훕싸며 바깥마당까지 따라 나왔다.

달빛은 안개처럼 포근한 것이 끝없는 대지를 고요히, 마치 어미 닭이 품듯 하고 있었다.

억쇠는 마당과 밭머리를 널다리나처럼 쿵 쿵 굴러보며 걷는다.

"끄덕없는 인전 우리 땅이다."

"정말?"

"뭐든지 물으래두. 내 척―척 대답허지 않으리!"

억쇠는 분이를 바싹 곁으로 이끌었다.

"집두?"

"암―"

"땅은 얼마나?"

"이 터앞밭부터 우리가 지을 수 있는 만치는."

"아이 좋아!"

"내가 이 밭을 못 사 얼마나 속이 닳었는지 알우?"

"나두 다 들었다누!"

"또 당신 때문엔?"

분이는 고개를 깨웃해 억쇠 팔에 기대인다. 억쇠는 꽉 분이의 어깨를 안는다.

"참!"

"뭐?"

"안 과부네 땅은 어떻게 되우?"

"뺏어야지!"

"뭐요?"

"법령대루 해야 허는 거야!"

"아니 안 과부네가 무슨 죄가 있는데?"

"들어볼 테요?"

"그래 안 과부네두 집두 내놓구 떠나야 해요?"

"암, 인제 말이요, 이를테면 여기서 배천 나가는 길을 일자로 곧은 길로 고친다 칩시다. 곧게 나가다가 아까운 논이 한두 평 짤려 나간다구 그래 길을 거기서 구브려트려야 옳소? 그것과 마찬가진 거요! 또 안 과부네 자신도 하루 이틀 아니구 동네 사람들 신세만 지구 거지처럼 동정이나 받구 가련허게 살 게 뭐요? 만일 자기네 힘만으로 살 길이 정말 없다면 떳떳이 나라에서 보조를 받어야 헐 거요. 나라는 인제 국민들헌테 그런 책임을 져야 헐 거요."

"언제나?"

"언제나라니? 농군들은 신산헌 생활을 몇천 년을 참어왔는데 지주들은 나라가 설고선 못 참어?"

"그래두 안 과부넨 가엾지 뭐유! 글쎄 무슨 죄가 있단 말유?"

"그렇게 따지러 들면 정말 죄가 조금도 없는 줄 알우?"

"무슨 죄?"

"아무리 제 힘으루만 몬 돈이라 칩시다. 그걸 그냥 먹든지 그걸 밑천으루 무슨 일이든 제 손을 놀리는 일을 해먹을 것이지 왜 남의 땀만 빨어먹을려구 땅을 샀느냐 말이야? 농사를 제 손으로 짓기 전에 땅을 산다는 건 그게 벌써 어진 맘보는 아닌 거요!"

"……."

"땅 없어 애쓰는 농군의 약점을 노리구 그 사람의 노력을 가만히 앉아서 한몫 먹자는 얄미운 계획이 아니구 무엇이었냐 말이야."

"거야 그때는 세상이 다 그랬으니까……."

"물론 남 다 허니까 무심히 했겠지. 그걸 몰르는 건 아니야, 그렇지만 지금 와 그 집 하나만 어떡허느냐 말이야. 그래 큰길을 억만 년 나갈 큰길을 째나가는 판에 그런 잔사정 하나루 길을 구부러트리란 말이야? 더구나 따지구 봄 역시 남을 착취허구 살던 사람인걸!"

"……."

분이는 그만 무참히 부스러지는 제 조그만 의분심을 더 두둔할 여지가 없어 솔직히 웃어버리고 만다.

"여보?"

"응?"

"당신이 맘이 착헌 건 알어! 그렇지만 착허기만 헌 건 당신만일 줄 알우? 나비 같은 것두 붕어 같은 것두 착허지 뭐야? 그렇지만 우린 사람 아니냐 말요? 미물 아닌 굳센 의지와 판단력이 있어야 옳게 살어나가는 거요. 의지허구 판단력허구!"

억쇠는 분이의 어깨를 놓고 그의 손을 꽉 잡는다.

"분이?"

분이는 이슬기 있는 눈을 쳐든다.

"아까 울었지?"

"……."

"다신 울지 않기루?"

분이는 치어든 얼굴을 끄덕인다.

"울 게 아니라 다시는 한 사람도 모욕받지 않구 사는 세상이 되두룩 이를 악물구 팔을 걷구 나서야 헐 때야!"

"……."

"우린 인전 농군만이 아닌 거요!"

"그럼?"

"이 토지개혁은 알구 보면 이 세상을 새로 만드는 거요!"

"세상을 어떻게?"

"왜놈들만 물러갔으면 뭘 하는 거유? 세상이 공평허게 돼야지. 조선 놈끼리 또 압제나 허구 또 착취나 허는 세상이면 우리 같은 건 밤낮 마찬가지지 뭐요? 토지개혁은 누구나 먼저 사람으루 똑같은 사람이 되구 누구나 다 잘살 수 있는 그런 세상을 만드는 터 닦는 거요 이게!"

"그래두 저희만 잘살던 녀석들이 왜 가만있겠다나?"

"그리게 우린 농군만이 아니란 거야! 전 조선 인구에 댄다면 한 줌도 못 찰 녀석들이지만 여태꺼지 세력 부려온 근거가 있지 않어? 만만히 수그러질 린 없지 않어? 누가 싸울 거냐 말야? 토지 문제에서 생기는 쌈을 우리가 안 나서구 누가 앞줄에 나설 거냐 말야? 소련 군대와 김일성 장군 덕에 먼저 된 여기 토지개혁은 우리가 철벽처럼 지켜야 헐 거구 아직 안 되구 있는 남조선을 위해선 여기처럼 되도록 우리가 밀구 나가야 허는 거요! 저만 잘사는 지주 노릇을 그예 해보려는 녀석들 최후의 한 놈까지 발붙일 한 뙈기 땅이 남어 있지 못헐 때까지……."

"조선 인구에서 백 명이면 여든 명꺼지가 농군이라며?"

"그럼! 또 조선만 그런 줄 알우? 전 인류의 대부분은 농군인 거요! 전 세계에서 농군들이 문명이 되지 않군 문명 세계란 허튼 소릴 거요! 조선서두 이 가재울과 서울이 문명에 들어 똑같이 차별이 없두룩 돼야 그게 진짜 문명국일 거요! 그러니까 어디서나 제일 뒤떨어진 우리 농민들이 어서 깨닫구 어서 배우구 잘 싸우구 잘 건설하구 하지 않으면 안 되는 거요!"

분이는 선뜩 남편의 손을 놓고 한 걸음 물러선다. 억쇠가 좋기만 할 뿐 아니라 이렇듯 든든하고 우뚝 솟아 보여서 바라보기 흐뭇하기는 처음이다.

"아, 어서 조선이 좋은 나라가 됐으면!"

"되구말구! 되구말구!"

달은 가지 않고 섰는 듯 고요한데 어느 동네에서인지는 자지들도 않고 해방된 농군들의 호적 소리며 징 소리며 풍년을 부르는 듯한 농악 소리가 은은히 울려왔다.

―《농토》, 삼성문화사, 1948.

어린 수문장

여름이었으나 장마 끝에 바람 몹시 부는 어느 날 밤이었습니다. 어머니는 이런 말씀을 하셨습니다.

"웃집에 장군네가 살 때는 장군 아버지가 술이 골망태가 되어도 우리 마당을 지낼 때마다 기침 소리를 내어 행결 든든하더니…… 그이가 떠난 후에는 그 소리나마 들을 수가 없구나. 이제는 개라도 한 마리 길러야지 문간이 너무 횅해서 어디 적적해 견디겠니."

자는 줄 알았던 누이동생이 이 말을 기다리고 있었던 것처럼,

"참, 어머니. 저 웃말 할먼네 개가 오늘 새끼를 났대요. 다섯 마리나 났다는걸요."

실상 이 집의 대주代主는 나였으나 늘 집을 나가 있으니까 겨울이나 되어 눈이 강산처럼 쌓이고 지친 대문짝이 바람에 찌걱

거리는 밤에는 어머님 한 분이 어린 누이동생만 데리고 얼마나 헛헛하실 것을 생각하니 어머님 말씀과 같이 튼튼한 개 한 마리라도 문간에 두는 것이 집에서도 얼마간 든든하실 것 같고 나가 있는 나도 속 모르는 사람 둬두는 것보다 그것이 더 미더워질 것 같이 생각되었습니다.

"그럼, 어머니, 젖 떨어지거든 한 마리 얻어 오지요."

물론 어머나나 누이동생이나 내 말에 일치 찬성이었습니다.

그 후 삼칠일이 지난 어느 날이었습니다. 나는 누이동생과 함께 윗말 할머님 댁으로 미리 약조가 있던 강아지 한 마리를 가지러 갔습니다.

홀쭉해진 뱃가죽을 축 늘어뜨리고 뒷다리 둘은 짝 벌리고 앙그라지게 앉아서 젖 빠는 새끼들을 번갈아 내려다보는 그의 어미 개의 알른거리는 눈알은 비록 짐승일망정 개에게도 손만 있으면 이 새끼 저 새끼 쓰다듬어줄 듯이 남의 어머니로서의 따뜻한 애정을 가지고 있는 것같이 보였습니다.

대낮에 남의 새끼를 빼앗으러 간 우리는 공기에 밥을 주어 어미를 부르게 하고 그 틈을 타서 철없는 새끼들만 서로 밀치고 밟고 희롱하는 틈에서 첫째 체격을 보고, 둘째 빛깔을 보고, 암수는 상관할 것 없이 그중에서 제일 똑똑한 놈으로 한 마리를 골라서 좋다구나 하고 안고 나왔습니다.

"오빠, 눈을 감겨야 한다우. 길을 보면 도루 온다는데."

"뭘, 이까짓 게 징검다리나 건너겠니?"

새로 취임하는 우리 집 어린 수문장은 울지도 않고 안겨 왔습니다. 그리고 좌우를 두리번거리며 살펴보더니, 이만한 집은 넉넉히 수비할 수 있다는 듯이 꼬리를 흔들며 좋아하였습니다.

어머님은 그의 밥그릇을 따로 정하시고, 나는 대문간에 아늑한 곳으로 그의 잠자리를 차려놓고 누이동생은 붉은 비단 조각으로 그의 목걸이를 만들어 걸어주었습니다.

이렇게 우리 집에선 새 식구를 하나 맞이하기에 부족함이 없이 만반 준비가 된 것이었습니다.

저녁때였습니다.

어머님보다도 늘 나중 먹던 누이동생이 나보다도 먼저 숟가락을 놓고 나갔습니다.

"어머니, 강아지가 밥을 안 먹었어요."

"가만둬라. 첫날은 잘 먹지 않는단다. 젖 생각이 나는 게지."

나도 얼른 나가보았습니다. 고소한 냄새가 나면 먹을까 해서 깨 부스러기를 섞어주어도 웬일인지 그는 먹지 않았습니다. 이웃 아이들도 쭉 돌아서서 이 광경을 보다가,

"하룻밤 자야 먹어요. 배가 고파야."

우리는 경험자들의 말을 듣고 '그럼 따뜻하게나 재우리라' 하고 정해놓은 자리로 안고 가서 부드러운 담요 쪽으로 한끝은 깔아주고 한끝은 덮어주었습니다. 이제부터는 이 문간에서 자고 있으며 사람이나 짐승이나 주인을 해치러 오는 자면 밤낮을 가림 없이 그를 방어할 것이 그의 고마운 직무인 것을 생각할 때 나는 그의 등을 똑똑 두드려주고 들어왔습니다.

그러나 밤이 그리 깊지도 않아서 그는 괴로운 소리로 끙끙거리기 시작하였습니다. 어머님은,

"저게 에미 품이 생각나는 게로군."

"사람도 난 해가 제일 춥다는데."

나는 '추워서 정말 그러나 봅니다' 하고 불을 켜 들고 나가보았습니다.

그는 내가 깔아준 자리에서 기어 나와 바르르 떨고 앉아서 엄마 부르듯 끙끙 소리를 지르고 있습니다.

나는 얼른 좋은 궁리 하나를 생각해 냈습니다.

아궁이를 말짱히 쓸어내고 따뜻한 편으로 그의 자리를 옮겨다 뉘었습니다. 떨리던 몸이라 따뜻한 기운에 취한 탓인지 아무 소리가 없이 잠잠히 누워 있었습니다.

나는 한참이나 들여다보다가 그가 눈을 감는 것까지 보고 겨우 안심이 되어서 들어왔습니다.

'아궁이에서 자면 버릇이 될걸' 하시는 어머님도 '울지나 말았으면' 하셨습니다.

우리는 모처럼 온 손님에게 후의껏 대접이나 한 듯이 마음 편히 잠이 들었습니다.

이튿날 아침이었습니다. 어머님이 먼저 나가보시더니,

"얘, 강아지가 없어졌다. 담요 조각만 있는데그래……."

정말 강아지는 있지 않았습니다. 아무리 찾아도 눈에 띄지 않았습니다. 길은 안다 하더라도 징검다리를 건너갈 수는 없었을 터인데…… 그러나 의심결에 누이동생을 윗말로 보내고도 혹시 아궁이가 점점 식어가니까 방고래 속으로 기어 들어가지 않았나 하고 불러보고 장대로 쑤셔까지 보아도 강아지는 나오지 않았습니다. 누이동생의 보고도 제 어미에게는 가지 않았다는 것입니다.

불안스러운 일이나 어쩔 수 없이 아궁이에다 불을 때는 수밖에 없었습니다.

어린 수문장이 취임하자마자 행방불명이 된 우리 집에는 그리 큰 변은 아니었으나 내 마음은 종일 불안스러웠습니다. 밤중에 아궁이가 점점 식어 들어가니까 방고래 속으로 들어갔다가 굶은 창자에 기운은 없고 소리도 못 지르고 타 죽지 않았나, 혹은 어미에게로 가려고 개구멍으로 기어 나가서 징검다리를 건너뛰다가 물에 떨어져 죽지나 않았을까……

이런 깜직스러운 생각도 그의 신상에 비춰보았습니다.

과연 이 불길한 추상은 들어맞고 말았습니다.

저녁때 누이동생이 이런 소식을 가져왔습니다.

"오빠, 강아지가 물에 빠져 죽었더래. 저 동리 아이들이 고기 잡으로 나갔다가 저 아래 철로 다리 밑에서 봤다는데……"

나는 그가 죽음의 나라로 떨어진 징검다리로 쫓아 나갔습니다.

그가 웬만큼만 다리에 힘이 있었던들 요만 돌다리야 뛰어 건널 수도 있었을 것이요 혹시 발이 모자라 떨어진다 하더라도 요만 물은 헤어 건널 수도 있었으련만, 그가 우리 집에서 이 개울까지 나온 것이 아무 힘없는 아무 위험도 모르는 그의 난생 첫걸음이었을 것입니다. 어느 돌과 어느 돌 사이에서 떨어졌는지는 모르나 첫째 돌과 둘째 돌 사이를 건너뛴 것이 그의 난생 첫 모험이었을 것입니다.

그 어린 목숨의 가련한 죽음은 그날 밤새도록 나의 꿈자리를 산란하게 하였습니다.

그 후 며칠 못 되어 나는 윗말에 갔다가 그 어미 개와 마주치게 되었습니다.

그는 자기 자식 하나를 그처럼 비참한 운명으로 끌어낸 나임을 아는 듯이 불덩어리 같은 눈알을 알른거리며 앙상한 이빨을 벌리고 한 걸음 나섰다 한 걸음 물러섰다 하면서 원수를 갚으려는 듯한 기세를 돋우고 있었습니다.

　　그때 마침 그 댁 할머님이 나오시다가,

　　"네가 양복을 입고 와서 그렇게 짖는구나. 이게, 이게……."

하시고 개를 쫓아주셨습니다.

　　딴은 내가 양복을 입고 가기는 하였습니다.

— 〈어린이〉, 1929. 1.

불쌍한 소년 미술가

지난여름 어느 날 오후였습니다.

날이 어찌 더운지 이층집 삼층집들도 그만 양초처럼 녹아서 주저앉는 것 같고 기계로 다니는 전차나 자동차도 굼벵이처럼 풀이 죽어 다니는 것 같았습니다.

나도 두 어깨를 늘어뜨리고 흐느적흐느적 구리개 네거리를 걸어가고 있었습니다.

그러다가 그 불빛 같은 뜨거운 햇볕이 눈이 부시게 쏟아지는 벽돌집 앞에 길 가던 여러 사람들이 뜨거운 줄도 모르고 삥— 둘러섰는 것을 보았습니다.

그들은 무엇인지 재미나게 들여다보기에 나도 궁금한 생각이 나서 가보지 않았겠습니까?

그 더운 김과 땀내가 훅 끼쳐 오르는 여러 사람의 어깨 너머로 나는 목을 길게 빼어 들여다보니까 아주 어리디어린 비렁뱅이 하나가 쪼그리고 앉았겠지요. 그래 무엇을 하나 하고 다시 들여다보니까 그림을 그리고 있지 않겠습니까? 그림을 그려도 제법 훌륭한 그림을…… 나는 더운 줄도 모르고 여러 사람의 틈에 한 몫 끼고 들어섰습니다. 나이는 열한 살이나 고작 먹어야 열두 살밖에 안 되어 보이는 사내아이인데, 먼지와 햇볕에 타고 걸어서 새까매진 알몸뚱이에 걸친 것이라고는 다 뚫어진 사루마다[1] 하나밖에는 없었고 연필을 잡은 손가락들이 앙증스럽게 보이도록 그의 몸은 파리하였습니다.

이마와 목에 맺힌 구슬땀은 그가 할딱할딱 숨을 쉴 때마다 한 방울씩 두 방울씩 흘러내리고, 쥐가 잔치 차려먹은 자리처럼 때가 아롱아롱한 콧잔등은 숨 쉴 때마다 발록발록거리고 있었습니다.

그는 어디서 얻었는지 샀는지 그림 그리는 목탄지를 책장만큼씩 오려서 수십 장이나 포개 들고 건너편에 삼층집 하나를 그리고 있었습니다.

한참씩 바라보고 입술을 오물거리다가 이리 획 저리 획획 그리는 솜씨가 여간 선생님이 아니었습니다. 보는 사람마다 칭찬하였습니다.

그리고 그의 앞에 벌써 그려놓은 그림이 여러 장이 있길래 나는 차례로 구경하였습니다.

어떤 것은 달아나는 전차에 사람들이 내다보는 것도 그리고,

---

1 일본어로 '팬츠'를 뜻함.

어떤 것은 자동차와 개가 경주하는 것도 그리고, 또 어떤 것은 전쟁 이야기에 나오는 유명한 장수 같은 군인도 그렸습니다.

눈을 허옇게 부릅뜨고 칼을 잡고 섰는 것이 보기에도 소름이 끼치도록 무서우니 어떻게 그렇게 약하디약한 아이가 그린 것이라고 보겠습니까?

나는 그것이 더 장하여 그 그림을 들고,

"애, 이것 한 장만 나 주지 않으련?"

하고 물었습니다. 그랬더니 그 미술가는 선선히 그리할게 칼을 좀 빌려달라고 합니다. 그래,

"칼은 무엇할려니?"

하고 다시 물으니까 연필을 깎겠다고 하여 나는 칼을 주었습니다. 그리고 그림 대신에 칼을 가지라고 하니까 그는 연필을 다 깎고 나더니 칼을 도로 주면서 칼 넣을 주머니가 없다고 하였습니다.

아, 여러분! 얼마나 마음 곱고 불쌍한 미술가입니까?

그의 옆에 놓인 먹다 남은 호떡 조각은 아마 묻지 않아도 그 가난한 미술가의 점심일 것입니다. 그 넉넉지 못한 점심이나마 얄미운 파리 떼가 엉키어 다 빨아먹는 것도 모르고 그는 그림에만 골똘하고 있었습니다.

아! 지금은 벌써 어느 때입니까? 눈은 거리마다 쌓이고 바람은 골목마다 들이치는데 우리 그 불쌍한 어린 미술가는 지금 어디에서 울고 있는지? 우리는 덧문과 겹창까지 닫고 두둑한 이불 속에서도 춥다 춥다 하는데 헐벗고 배고픈 그는 얼마나 이런 밤에 추워하겠습니까?

그때 그 때 묻은 몸뚱이와 어룽진 얼굴에도 그의 눈방울만은 하늘의 샛별처럼 고왔더랬습니다. 깨끗하고 빛이 나서 반짝반짝 하였습니다. 그것은 엄마 그리운 눈물이 저녁마다 씻어주었기 때문이겠지요.

나는 지금도 그가 준 대장 그린 그림을 벽에 붙여놓고 봅니다. 저렇게 무서운 장사를 그린 그 약하디약한 어린 미술가가 지금은 어디에서 울고 있을까! 문밖에만 나가면 그를 당장 만날 것처럼 그리워서 잠이 오지 않습니다.

오, 우리 불쌍한 어린 미술가여!

— 〈어린이〉, 1929. 2.

슬픈 명일 추석

"엄마, 몇 밤 자야 추석날이우?"

"인제두 저 반쪽 달이 아주 똥그래져야⋯⋯."

동리 아이들은 날마다 해가 지기도 전에 저녁들도 설치고 나와서 높다란 앞산 머리에 달이 뜨기만 기다립니다. 그리하다가 솟아오르는 달이 늘 어제보다 커지는 것을 보고 '이제 몇 밤 안 자면 아주 똥그래진다' 하고 좋아서들 손뼉 치고 노래하며 그 밝은 달 아래에서 숨바꼭질들도 합니다.

명일이 오는 것을 싫어하는 이가 어디 있겠습니까? 명일이 일요일처럼 자꾸 왔으면! 그렇지 않으면 하루에 가버리지 말고 며칠씩 있다 갔으면! 이와 같이 때때옷을 입고 맛난 음식을 먹는 명일! 더구나 나무에서 새로 딴 과실들과 향기 있는 송편을 먹고 밤에도 늦도록 마당에서 놀 수 있는 달 밝은 추석을 누가 기다리지 않겠습니까?

그러나 다른 아이들은 저녁마다 달을 보고 추석을 기다리는 바로 그 동리에 무슨 명일이든지 잠자는 밤중에 얼른 지나갔으면 하고 명일 오는 것을 무서워하고 겁을 내는 이상한 아이 남매가 있었습니다.

오라비는 열세 살 된 을손이요, 누이는 아홉 살밖에 안 된 정손이었습니다. 그 애 남매는 동무들 축에 끼어 숨바꼭질도 하러 가지 않고 윗방 퇴지에 둘이서만 쪼그리고 앉아 눈물 고인 눈으로 둥그러지는 달을 근심스럽게 바라보고 있었습니다.

왜 남이 다 즐겨하는 추석을 을손이와 정손이는 슬프게 맞을까요? 그들은 추석만이 아니라 어느 때든지 명일이 오는 것을 무섭게 근심하였습니다. 명일이면 다른 아이들이 모조리 비단옷을 입는 것이 무서웠습니다.

무슨 명일에든지 자기 남매와 같이 다 떨어진 누더기를 그대로 입고 나오는 아이는 없었습니다. 다른 날은 동무들 축에 끼어 놀다가도 오히려 명일날은 헌옷 입은 자기 남매끼리만 남들이 보지 않는 구석을 찾아 무슨 죄나 지은 듯이 쓸쓸하게 눈물로 보내는 것이 슬펐습니다.

이 을손이와 정손이에게는 명일 옷감을 끊어다 주실 아버지도 돌아가셨고, 맛난 음식을 차려주실 어머니까지 벌써 옛날에 돌아가셨습니다.

지금 있는 집은 작은아버님 댁이나 작은어머니가 어찌 극성스러운 어른인지 자기 아들은 불면 꺼질세라 귀애하면서도 을손이와 정손이는 눈치 한 번만 잘못 보여도 피가 나도록 뚜드리고 저녁을 굶겨 재우는 것은 늘 있는 일이었습니다.

　동리 아이들이 새 옷 입을 추석날은 오고 말았습니다. 을손이는 어느 날과 같이 해도 뜨기 전에 일어나 앞뒤 마당에 비질을 하고 있었고, 정손이는 그 호랑이 같은 작은어머니 앞에서 다리미질을 붙들어드리고 있었습니다. 그 다리미질은 지금껏 자고 있는 정손이의 상전 같은 사촌 오빠, 걸핏하면 을손이를 때리고 정손이는 심심하기만 하여도 머리를 끄들러 울려놓는 그 경손이가 입을 새 옷이었습니다. 그런데 이날 아침에도 정손이가 조반도 얻어먹지 못하고 쫓겨 나간 것은 이 다리미질을 하다가 일어난 일이었으니, 이제 아홉 살밖에 안 된 정손이가 무슨 팔 기운인들 있겠습니까?

　무거운 다리미를 사정없이 내미는 바람에 한편 손에 붙들었던 옷섶을 손을 델까 봐 놓치고 말았습니다. 이것을 본 그의 우악스러운 작은어머니는 두 눈을 부릅뜨고 다시 붙잡으려는 정손이 손등에 그 뜨거운 다리미를 와락 내밀었습니다. 그러니 그 어린 손등에 연한 살이 어찌 데지 않았겠습니까? 정손이는 그만 앗! 소리를 지르며 한 손을 마저 뿌리쳐 덴 손등을 어루만지지 않을 수 없었고 몸을 비틀며 아파서 울었습니다. 그러나 정손이 몸에는 덴 손보다 더 아픈 매가 사정없이 내려 그는 소리쳐 울며 행길 밖으로 쫓겨 나왔습니다. 언제든지 행길 밖으로 쫓겨 나오면 더 맞지 않는 까닭에 을손이와 정손이는 늘 매 맞을 때마다 행길로 뛰어나왔습니다.

　정손이가 조반도 굶고 쫓겨 나간 것을 보고 을손이가 혼자서 목이 메어선들 어찌 밥을 먹을 수 있겠습니까? 을손이는 아직 이

슬도 마르지 않은 뒷동산으로 올라갔습니다. 그곳에는 이렇게 불쌍한 을손이와 정손이를 두고 간 그들의 어머님 산소가 있었습니다.

작은어머니에게 매를 맞았을 때나 동리 아이들에게 놀림을 받았을 때나 늘 을손이와 정손이는 어머님 산소에 와서 울었고, 을손이가 정손이를 찾을 때나 정손이가 을손이를 찾을 때나 그들은 언제든지 이 어머님 산소에서 만났습니다.

이날도 정손이가 어머님 산소 앞에 와서 그 부르터 오른 손등에 눈물을 떨구며 느껴 울고 섰는 것을 을손이가 바라볼 때 그만 자기 가슴이 찢어지는 것과 같이 아팠습니다.

을손이는 정손이의 덴 손등을 입김으로 불며 정손이를 울지 말라고 달래는 자기가 정손이보다 더 아프게 울었습니다.

높이 퍼지는 아침 햇볕에 어머님 산소에 맺힌 이슬은 어느덧 말라졌건만 을손이와 정손이의 눈물은 마를 새가 없이 흘렀습니다. 정손이는 손등이 쓰라려 울었고 을손이는 아파하는 것을 보고 울었습니다.

기운이 없으면 울음을 그쳤다가도 멀리 동리에 새 옷 입고 나오는 아이들을 내려다볼 때 그들은 풀이라도 뜯어 먹고 싶도록 배가 고파 다시 울었습니다.

이와 같이 추석 명일이라도 을손이와 정손이는 배가 고파 울었고 그들의 어머님 산소에는 술 한잔 부어놓는 사람이 없는 대신에 을손이나 정손이의 애끓는 눈물이 하루 종일 잔디를 적시고 있었습니다.

그렇게 배고프고 지루한 추석 명일 하루도 이젠 어둡기 시작하였습니다. 그러나 아주 어둡기도 전에 달이 떠서 다시 대낮같이 밝으니 을손이와 정손이는 동리 아이들이 부끄러워 내려갈 수가 없었습니다.

정손이는 그만 기진맥진하여 손등이 쓰라린 것도 이제는 모르고 엄마 산소에 기대어 잠이 들고 말았습니다.

이것을 본 을손이는 정손이를 업고 내려가고 싶었으나 자기도 진종일 굶은 몸이라 그렇게는 할 기운이 없었습니다. 그리하여 자기 혼자 먼저 내려가 무엇이고 먹을 것을 얻어다가 정손이와 같이 먹고서 동리 아이들이 모두 자러 들어가거든 같이 내려가리라고 생각하였습니다.

만일 자기 없는 새에 정손이가 잠을 깨면 얼마나 무서워할까 하고 생각도 해보았으나 자기 배가 하도 고픈 김에 콜콜 잠들어 있는 정손이를 그냥 두고 내려왔습니다.

동리 아이들을 만나면 놀려질까 봐 멀리 밭머리를 돌아 작은어머니 집으로 들어왔습니다. 집 안에는 마침 아무도 있는 것 같지 않아서 그냥 부엌으로 들어가 먹을 것을 뒤졌습니다. 바가지 하나를 찾아 들고 송편도 손에 잡히는 대로 집어넣고 지짐 조각도 한데 넣어 우선 자기 입에도 넣으면서 정손이가 잠을 깰까 봐 부리나케 나왔습니다.

숨찬 언덕을 뛰어 올라오며, 어머님 산소가 보이지도 않는 곳에서부터 정손이를 부르며 뛰어 올라왔습니다. 그러나 정손이의 대답은 들리지 않았습니다. 어머님의 산소는 그대로 있으나 정손이는 그림자도 없었습니다. 을손이는 떡 바가지를 놓고 정손이를 소리치며 불러보았으나, 깊은 산골짜기나 같이 '정손아' 하고 부를 뿐이요 정손이의 대답은 없었습니다.

을손이는 잠깐 동안 서서 무엇을 생각하더니 비호같이 뒷산 골짜기로 뛰어 올라갔습니다. 달이 밝으나 산림이 하늘을 덮은 산골짜기라 그믐밤같이 어두웠습니다. 그러나 을손이는 무서운 것도 잊어버리고 '정손아' 하고 소리 지르고는 어디서 대답이 있나 하여 우뚝 서서 듣기도 하면서 그냥 뛰어올랐습니다.

을손이가 땀을 비 맞듯 하며 산속으로 얼마를 들어가니까, 그제는 '정손아' 하고 산골짜기가 울리는 소리 이외에 다른 무슨 소리가 들렸습니다. 아, 그 소리는 늑대들의 소리였습니다. 정손이를 물어 간 늑대들의 소리였습니다. 그러니 을손이의 힘으로 정손이를 어떻게 찾아오겠습니까? 그러나 자기가 죽을지언정 정손이가 죽는 것을 보고 그대로 돌아올 을손이가 아니었습니다. 그는 소리치며 바윗돌에 칡덩굴에 넘어지면서 정손이를 부르며 들어갔습니다.

아, 늑대들에게 죽을 것을 알면서도 소리치며 그 무서운 산골짜기를 들어갔습니다.

그러나 그 깊은 산골짜기는 을손이의 정손이 부르는 소리도 아주 끊어지고 말았습니다.

밤은 소리 없이 깊어갔습니다. 그들의 엄마 산소 앞에는 을손이와 정손이가 먹으려던 떡 바가지만이 무심한 달빛에 그들을 기다리는 듯이 놓여 있었습니다.

— 〈어린이〉, 1929. 5.

쓸쓸한 밤길

　아이마다 즐겁게 잠을 깨는 단옷날 아침이었으나 영남이는 이 날도 다른 날 아침과 같이 그 꼬집어 뜯는 듯한 아주머니 목소리에 선잠을 놀라 깨었습니다.

　어린 마음에 울고 싶은 생각도 아침마다 치밀었으나 이만 설움은 하루도 몇 차례씩 겪는 일이요, 울지 않아 몸부림을 하더라도 영남이의 하소연을 받아주고 위로해 줄 사람은 한 사람도 없었습니다. 집집마다 있는 아버지, 아이마다 있는 어머니가 영남이에게는 어느 한 분도 계시지 않았습니다.

　영남이는 아직 컴컴한 외양간으로 들어가 소를 몰고 나왔습니다. 이것은 영남이가 매일 아침 눈을 뜨며부터 맡아놓고 하는 일의 시작이었습니다. 해도 퍼지지 않은 차가운 이슬밭을 드러난 정강이로 헤치며 밭머리를 올라갈 때 어청어청 따라오는 황소도 그 껌벅거리는 눈 속에 아직 잠이 서려 있거늘 나이 어린 영남이야 얼마나 아침 이슬이 차갑고 설친 잠이 졸렸겠습니까? 그러나 영남이는 이만 일은 벌써 졸업이 되어서 아무렇지도 않았습니다.

영남이가 풀 많은 산기슭에 소를 매어놓고 다시 집으로 내려오는 길이었습니다. 어디서 영남이를 보았는지 여기 있는 것을 모르고 공연히 한참 찾아다녔다는 듯이 이슬에 젖은 꼬리를 뒤흔들며 뛰어오는 큰 개 한 마리가 있었습니다.

그 개는 쓸쓸한 영남이의 둘도 없는 동무인 바둑이였습니다. 바둑이는 영남이가 김매러 가면 그도 밭머리에 나와 있었고 영남이가 나무하러 가면 그도 산에 따라와 있었습니다.

바둑이가 영남이를 어찌 좋아하는지 누가 '영남아' 하고 부르면 영남이보다도 바둑이가 어디선지 먼저 뛰어오는 때가 많았습니다.

영남이는 집에 들어오는 길로 안방으로 들어가 사기요강 놋요강을 찾아 들고 걸레를 모아 들고 앞에 있는 개울로 나왔습니다. 물론 바둑이도 꼬리를 흔들며 따라 나왔습니다. 영남이가 바둑이가 어쩌나 보려고 일부러 걸레를 떨어뜨리고도 모르는 체하고 개울까지 와서 돌아다보면 바둑이는 으레 그 걸레를 물고 와서 서 있었습니다.

이날도 영남이는 바둑이 입에서 걸레를 빼서 빨아놓고 요강도 부셔놓고 자기가 세수를 하는 때였습니다. 그때에 누군지 영남이 뒤에서 영남이가 세수하느라고 돌 위에 꼬부리고 앉았는 것을 얌체 없이 왈칵 떠밀어서 물속에 텀벙 빠지게 하고 그리고 영남이가 물에서 나오기 전에 놋요강 하나를 흘러가는 개울에 띄워

놓고 달아나는 아이가 하나 있었습니다. 그 아이는 영남이와 남도 아니었습니다. 영남이가 지금 있는 아주머니의 아들 대근이었습니다.

대근이는 영남이보다도 세 살이나 위요 영남이가 못 다니는 학교에까지 다니는 형으로서, 걸핏하면 공이나 차듯 영남이를 차고 영남이는 알아듣지도 못하는 일본 말로 욕을 하고 놀리고 비웃고 하였습니다.

사실 지금 대근이네가 사는 집은 영남이네 집이었습니다. 영남이가 어머님 한 분과 바둑이와 그리고 일꾼을 두고 남의 땅을 부치면서라도 재미있게 살아가던 영남이네 집을 영남의 어머님이 돌아가시자 대근이네가 옛날에 돈 받을 것이 있다는 핑계와 영남이를 데리고 있으면서 길러주겠다는 핑계로 자기네 집은 팔아가지고 영남이네 집으로 왔던 것입니다.

그러므로 영남이는 영남이 자기 집에 있으면서도 아주머니와 아저씨에게 안방을 빼앗기고 대근이에게 건넌방까지 빼앗겨 영남이는 할 수 없이 일꾼이나 자던 더러운 사랑방으로 밀려 나오고 말았던 것입니다. 그러나 어디 그것뿐입니까? 이제 열세 살밖에 안 되는 영남이는 사랑에서 자는 만큼 일꾼의 할 일을 모두 맡아 하게 되었고 부엌에서 밥을 먹는 만큼 숭늉 가져오너라 하면 숭늉 떠 가고 설거지하여라 하면 설거지도 하여 부엌어멈의 할 일까지 모두 영남이가 하면서도 아저씨에게 아주머니에게 대근이에게 걸핏하면 매 맞고 욕먹고 하는 것입니다.

영남이는 물속에서 나와 달아나는 대근이를 못 본 것이 아니었으나 쫓아가려 하지도 않고 욕도 하지 않고 돌멩이를 들어 팔

매 치려고도 하지 않았습니다만 분을 참지 못하는 그의 얼굴에는 뜨거운 눈물이 흘러내리는 물과 함께 떨어졌을 뿐입니다. 그리고 깊은 데로 떠내려가던 놋요강은 바둑이가 헤엄쳐 들어가 물고 나왔습니다.

몸에서 물이 흐르는 영남이와 바둑이는 아궁 앞에서 마주 앉아 그래도 단옷날이라고 이날은 바둑이도 눌은밥을 먹고 영남이는 흰밥 한 그릇을 얻어먹었습니다. 그러나 아주머니는 '단옷날은 비를 들면 손목이 떨어지니?' 하고 마당 안 쓴 것만 사설할 뿐이요, '왜 옷이 젖었니?' 하고 물어도 보지 않고 갈아입을 옷도 주지 않았습니다.

영남이는 다른 날 같으면 호미를 찾아 들고 밖으로 나갈 것이나 오늘은 설거지와 마당 쓰레질만 하고 바둑이와 함께 뒤꼍으로 갔습니다. 뒤꼍에는 느티나무처럼 큰 살구나무가 하나 있었습니다.

그 살구나무는 영남이가 볼 때마다 어머니 생각이 저절로 나게 되는 살구나무였습니다. 영남의 어머님은 영남이가 단오에 입을 옷을 늘 이 살구나무 밑에 나와서 자리를 깔고 다리셨습니다.

또 영남이가 글방에 다닐 때 집에 와서 글 읽기 싫으면 어머님 몰래 늘 이 살구나무에 올라가 놀았습니다. 그러면 어머님이 '영남아, 영남아' 부르시면서 뒤꼍을 지나가시면서도 살구나무 위에 있는 영남이를 쳐다보지 못하시고 가셨습니다. 영남이는 이런 일을 살구나무를 볼 때마다 생각하게 되고 어머님이 그리워 울었습니다.

영남이는 젖은 옷을 벗어 울타리에 널어놓고 발가벗은 채로 살구나무 위에 올라갔습니다. 잎이 우거져 보는 사람은 없었으나 바둑이는 영남이와 같이 눈물이나 흘리는 듯이 두 눈을 껌벅거리며 살구나무 밑에 웅크리고 앉아 쳐다보고 있었습니다.

새 옷들을 입고 그네터에 모여 그네 뛰며 노는 대근이나 다른 아이들은 이마에서 땀이 흐르지만 나무 그늘 속에서 발가벗고 앉았는 영남이는 소름이 끼치도록 떨렸습니다.

영남이는 가지마다 조롱조롱 달려 있는 새파란 풋살구를 '하나, 둘' 하고 헤어보다가도 바람이 우수수하고 나뭇잎을 흔들며 지나갈 때에는 그만 진저리를 치며 떨었습니다. 그리고 어머님이 그리웠습니다.

'아, 나는 영영 어머님이 없이 이렇게 살아야겠구나!'
하고 눈물을 씻었습니다.

'내가 아무리 이 집에서 개나 소와 같이 있는 힘과 있는 정성으로 진일 마른일 가리지 않고 해준다 하더래도 나의 입에는 언제든지 눌은밥이다. 나의 몸엔 언제든지 이슬과 흙에 젖은 누더기다. 나는 언제든지 이 모양으로만 이런 사람으로만 살아야 할까?'

영남이는 지나간 날에 어머님을 생각하는 것보다도 자기의 장래를 생각하고 더욱 슬펐습니다.

영남이는 이와 같이 하늘도 보이지 않는 녹음 속에서 혼자 마음 놓고 울고 있을 때 갑자기 아래에서 바둑이가 내달리며 짖는 소리가 났습니다.

그리고 여러 아이들의 '하하' 웃는 소리가 올라왔습니다. 내려다보니 대근이가 울긋불긋 새 옷 입은 동리 아이들을 몰아 가지고 와서 발가벗고 나무 위에 있는 영남이를 가리키며 '저놈의 새끼 보아라. 발가벗고 올라가서 익지도 않은 살구만 따 먹고…… 내 저놈의 새끼 맞히거든 보아라' 하며 밤톨만 한 돌을 집더니 이를 악물고 팔매 쳤습니다.

영남이는 볼기짝을 맞았습니다. 둘러섰던 아이들은 '으하하' 하고 손뼉을 칩니다. 이 광경을 보는 바둑이가 대근이를 보고 짖었으나 대근이는 싱긋벙긋거리며 다시 돌멩이를 집으려 할 때 영남이는 어느덧 나는 듯이 땅 위에 뛰어내렸습니다. 그리고 발가벗은 팔뚝으로 대근의 멱살을 움켜잡았습니다.

"너는 내 형도 아니다. 내가 네 집에서 나가면 고만이다."
하고 영남이는 대근이를 꼴단 메어치듯 하였습니다.

구경하는 아이들이 쫙 흩어지자 어떤 아이가 벌써 대근의 어머니를 불러왔습니다. 대근이를 깔고 누르는 영남이를 본 대근의 어머니는 울타리를 버티던 작대기를 잡아 뽑더니 영남이의 정강이를 후려갈겼습니다.

"이놈의 새끼, 도척¹이 같은 놈의 새끼, 형을 몰라보고!"

그 무정한 아주머니는 발목을 안고 나둥그러지는 영남의 볼기짝을 또 한 번 후려갈기더니 대근이를 껴안고 나갔습니다. 몇몇 아이가 남아 서서 눈이 둥그레서 영남이의 꼴을 구경하고 있었으나 대근의 어머니는 다시 와서 그 아이들까지 몰아내고 발목을 안고 뒹굴고 우는 영남이 옆에는 말 못하는 바둑이만 설렁거리고 있었습니다.

그날 밤이었습니다. 영남이가 시퍼렇게 부은 발목을 앓고 누

---

1 중국 춘추 시대의 큰 도적으로, 몹시 악한 사람을 비유적으로 이르는 말.

위 있는 사랑방에는 아침에 영남이가 기어 들어오고 닫은 문이 점심때가 지나고 밤이 깊어가도록 누구 한 사람 열어보는 사람이 없었습니다.

목이 마르나 물을 청할 사람이 없고 배가 고프나 밥을 갖다 주는 사람이 없었습니다. 영남이는 결심하였습니다. 베었던 베개를 집어 팽개치고 발목이 아픈 것도 깨달을 새 없이 불덩어리 같은 몸을 일으켰습니다.

'나가자. 나가자. 이놈의 집을 나가면 고만이다.'

영남이는 비틀거리며 문을 열었습니다. 문밖에는 바둑이가 일어섰습니다.

"가자, 바둑아, 우리 집이지만 떠나자."

바둑이는 꼬리를 치며 앞섰습니다. 벌써 밤은 깊은 때였습니다. 영남이는 절름거리며 앞개울에 나와 물을 마시고 징검다리를 건넜습니다. 그리고 자기가 지게 지고 다니던 산비탈을 돌아 벌판 위에 나섰습니다. 하늘에 총총한 샛별들은 영남이의 앞길을 인도하는 듯이 빛나고 있었고, 멀리 바다에서 들려오는 파도 소리는 영남이의 고생 많을 앞길을 걱정하는 것도 같았습니다.

아, 밤길은 쓸쓸하였습니다. 고향을 떠나는 것이 슬펐고 어머님 생각과 발목이 아파서 절름거리며 울면서 걸었습니다. 그러나 밤은 머지않아 밝을 것이며, 한참씩 달음질쳐 앞서 가던 바둑이가 도로 와서 영남이의 옆에 서주고 서주고 하였습니다.

— 〈어린이〉, 1929. 6.

불쌍한 삼형제

영선이는 저도 밥을 먹지 않고 애를 썼습니다.

'왜 파리를 안 먹을까? 밥알도 안 먹고⋯⋯.'

영선이는 호미를 들고 밖으로 나갔습니다. 벌써 해가 졌기 때문에 잘 보이지 않았으나 감자밭 머리를 파헤치고 가까스로 지렁이 서너 마리를 잡았습니다. 지렁이야 어미 까치가 늘 먹여 버릇했을 것이니까 꼭 먹을 줄 알았습니다. 그러나 눈만 깜빡거리고 앉았던 까치 새끼는 처음에는 한 마리 받아먹었으나 다음부터는 영선이 손가락만 물어뜯으려고 하였습니다.

아무리 하여도 안 먹었습니다. 그리고 노끈으로 동여진 발목만 안타까운 듯이 들었다 놓았다 하였습니다. 영선이는 하릴없이 그냥 우두커니 바라보고 있다가 까치가 눈을 사르르 감으며 고개를 움츠리는 것을 보고 자기도 내려와 눕고 말았습니다.

영선이는 곤하였습니다. 이번 토요일에는 학교에서 돌아오는 길로 까치 새끼 꺼내러 가자는 것이 영선이가 며칠 전부터 동무들과 약속해 두었던 일입니다. 그래서 오늘은 세 동무가 영선이네 집에 와서 점심을 같이 먹고 뒷산으로 올라갔습니다.

그들은 이 산등 저 골짜기로 까치 둥지 있는 나무만 찾아다니다가 해가 다 질 녘에야 둥지 있는 나무 하나를 발견하였습니다.

그 나무는 올라가기 좋은 전나무였습니다. 그러므로 그들은 힘들이지 않고 올라갈 수 있기 때문에 서로 올라가려고 하였습니다. 그것은 올라가 보아서 까치 새끼가 세 마리가 넘으면 올라간 사람은 마음대로 더 가질 수가 있기 때문이었습니다. 그들은 나중에 가위바위보로 정하였습니다.

문봉이란 아이가 올라가게 되었습니다. 까치 새끼는 마침 세 마리뿐이요 어미는 먹을 것을 찾으러 나가고 없었습니다.

세 동무는 이제 겨우 날개가 돋쳐 푸덕푸덕하고 한 칸통씩밖에 날지 못하는 어린 까치를 놓아주었다 다시 붙들었다 하면서 집으로 돌아온 것입니다. 그러므로 영선이는 피곤하였습니다.

영선이는 꿈을 꾸었습니다. 무서워서 달아나려고 하였습니다. 그러나 아무리 뛰어도 한자리에서 헤맸습니다. 소리를 지르려고 하였으나 소리도 나지 않았습니다. 어미 까치를 만난 것입니다. 무슨 까치가 독수리처럼 크고 사나웠습니다. 영선이가 이리 뛰려면 여기서 막고 저리 뛰려면 저기서 나와서 깨물고 할퀴고 영선이를 잡아먹으려고 덤벼들었습니다. 그러나 영선이는 뛰어도 가지지 않고 소리를 질러도 여전히 나오지 않았습니다. 꼭 죽을 것만 같았습니다.

"얘, 영선아 영선아!"

하시고 어머님께서 흔드시는 바람에 그제야 영선이는 '어머니' 소리를 치고 눈을 떴습니다. 온몸에 진땀이 흘렀습니다. 그러나 그것이 꿈인 것만 다행이라고 생각하였습니다.

"무슨 꿈을 그렇게 끙끙거리고 꾸었니?"

영선이는 모조리 이야기하였습니다.

"그러게 그까짓 건 왜 붙잡아 오니? 내일 아침엔 놓아주어라."

"아니야, 어머니. 지금 놓아줄 테야…… 무서워, 어머니……."

"밤중에 놓아주면 그게 어디로 가니?"

"무얼, 마루에서라도 자게 풀어만 놓아줄 테야…… 한데서만 자던 것이니까……."

까치 새끼는 두 눈이 말똥말똥해서 앉아 있었습니다. 마치 영선이가 그런 꿈을 꾸고 있는 것을 모조리 보고 있는 듯이……. 영선이는 새끼까지 무서워졌습니다. 그래서 노끈을 풀어주지도 않고 가위로 끊어주고 문을 열고 손짓을 쳐서 내몰았습니다.

그 이튿날 아침입니다. 영선이는 일어나는 길로 밖에 나와보았습니다. 까치 새끼는 간데온데없고 울 밑으로 가며 여기저기 까치 털이 빠져 있었습니다. 영선이는 뒤꼍으로 들어갔습니다. 그리고 굴뚝 뒤에서 입을 야금거리며 잘 먹은 트림을 하면서 나오는 고양이와 마주쳤습니다.

"이놈의 고양이가 잡아먹었구나!"

하고 영선이는 돌멩이를 집었으나 고양이는 어느 틈에 울타리에 올라가서 '누가 널더러 잡아 오래든?' 하는 듯이 야옹거리고 있었습니다.

이 불쌍한 어린 까치는 영선의 것만이 죽은 것도 아닙니다. 문봉이가 가져간 것은 그 이튿날 저녁까지 살기는 하였으나 문봉이도 자는 밤중에 굶어서 죽고 말았습니다. 그리고 다른 동무가 가져간 것도 살지 못하였습니다. 그것은 붙들어 온 그날 저녁으로 아무도 없는 사이에 노끈이 풀어져서 달아나다가 그만 모깃불 놓은 화로에 빠져서 애처롭게도 뜨겁게 타 죽고 말았답니다.

— 〈어린이〉, 1929. 8.

외로운 아이

순길이는 무슨 장한 것이나 발견한 것처럼 우쭐거리며 사무실로 뛰어갔습니다.

"뭐야, 왜 이렇게 후당탕거리고 뛰어들어?"

선생님이 물으셨습니다.

순길이는 경주에 일등을 해서 상이나 탈 것처럼 씨근거리며 신이 나서 대답하였습니다.

"저어, 인근이가 담배를 먹나 봐요."

"담배? 어디서 먹든?"

"먹는 건 보지 못했어도 길바닥에서 담배 깜부기를 주워서 호주머니에 넣겠지요. 지금 봤는데요."

"정말?"

"네!"

선생님은 순길이를 내보내고 인근이를 부르셨습니다.

인근이는 눈이 휘둥그레서 사무실에 들어섰습니다. 선생님은 매우 괘씸히 여기시는 눈으로 인근이를 쏘아보시며 말씀하셨습니다.

"너 바른대로 말해…… 담배 먹지?"

인근이는 그만 얼굴이 새빨개졌습니다.

"아니야요."

"어디 보자."

선생님은 다 해진 인근이의 저고리 섶을 와락 잡아당기며 안 호주머니에 손을 넣으셨습니다. 선생님은 대뜸 무엇인지를 움켜내셨습니다.

"이놈, 이게 담배가 아니고 뭐냐?"

인근이는 그만 얼굴을 숙이고 부들부들 떨기만 했습니다.

"이놈, 왜 말이 없니?"

선생님은 역정이 나셔서 움켜낸 담배꽁초를 책상 위에 놓으시더니 그 손으로 인근이의 뺨을 철썩 때리셨습니다. 인근은 그래도 아무 말도 없이 서서 버선도 못 신은 맨발등 위에 눈물만 뚜벅뚜벅 떨구었습니다.

"벌써부터 담배를 배우다니?"

선생님은 분하셔서 또 뺨을 한 대 때리셨습니다. 다른 선생님들도 같이 때리고 싶은 것을 참는 듯이 모두 미워하는 눈으로 인근이를 쏘아보았습니다.

"너는 이 시간에 벌을 서야 된다. 이리 나와."

인근이는 말없이 운동장으로 끌려 나갔습니다. 그리고 여러

반에서 모두 잘 내다보이는 복판에 가서 선생님이 하라는 대로 두 팔을 들고 섰습니다.

"고개를 들어."

인근이는 선생님 말씀대로 고개를 들었으나 눈물 때문에 여러 아이들이 반에서 내다보고 손가락질하고 놀리는 것은 보이지 않았습니다.

인근이는 그 이튿날부터 학교에 오지 않았습니다. 아이들은 그 애가 담배를 먹다 들켜서 벌을 서고는 부끄러워 안 온다 하였습니다.

그러나 실상은 그렇지 않았습니다.

인근이는 그만 아버지가 돌아가셨습니다.

여러 날 전부터 앓으시던 아버지가 인근이가 학교에서 벌을 서고 간 날 저녁에 돌아가시고 말았습니다. 그래서 살림이 구차한 인근이는 다시 학교에 다닐 수 없게 된 것입니다.

그리고 지금 안대도 소용은 없습니다만 인근이가 담배 먹었다는 것도 말입니다. 정말은 인근이가 제가 먹으려고 담배를 가진 것이 아니라 앓으시는 아버지가 돌아가시기 며칠 전까지도 가끔 담배를 찾으셨습니다. 그럴 때마다 인근 어머니는 이 집 저 집 들창 밑에서 주워다 놓은 꽁초 담배를 내놓곤 하였습니다. 어떤 때는 그것도 없어서 쩔쩔매는 것을 본 인근이는 그날 처음으로 길에 떨어진 담배 토막이 꽤 큰 것을 보고 대뜸 아버지 생각이 나서 주웠던 것이 그만 동무 눈에 띄어서 그렇게 되었던 것입니다.

— 〈어린이〉, 1930. 11.

몰라쟁이 엄마

어떤 날 아침 노마는 참새 소리를 들었습니다. 그리고 엄마한
테 물어봤습니다.

"엄마?"

"왜!"

"참새두 엄마가 있을까?"

"있구말구."

"엄마 새는 새끼보다 더 왕샐까?"

"그럼, 더 크단다. 왕새란다."

"그래두 참새들은 죄다 똑같은데 어떻게 저이 엄만지 남의 엄
만지 아나?"

"몰―라."

"참새들은 새끼라두 죄다 똑같은데 어떻게 제 새낀지 남의 새

낀지 아나?"

"몰―라."

"엄마?"

"왜!"

"참새두 할아버지가 있을까?"

"그럼!"

"할아버지문 수염이 났게?"

"아―니."

"그럼 어떻게 할아버진지 아나?"

"몰―라."

"아이, 제―기 모두 모르나. 그럼 엄마? 이건 알아야 해 뭐……?"

"뭐?"

"저…… 참새두 기집애 새끼하구 사내 새끼하구 있지?"

"있구말구."

"그럼 참새두 사내 새끼는 머리를 나처럼 빡빡 깎구?"

"아―니."

"그럼 사내 새낀지 기집애 새낀지 어떻게 알우?"

"몰―라."

"이런! 엄마는 몰라쟁인가, 죄다 모르게…… 그럼 엄마, 나 왜 떡 사줘야 해…… 그것두 몰르면서……."

노마는 떼를 부리기 시작했습니다.

— 〈어린이〉, 1931. 2.

이태준 연보

1904년	강원도 철원군 묘장면 산명리에서 아버지 이문교와 어머니 순흥 안 씨 사이에 1남 2녀 중 장남으로 출생.
1909년	아버지를 따라 러시아 블라디보스토크로 이주했으나 아버지 사망. 귀국하여 함경북도 배기미에 정착.
1912년	어머니가 세상을 떠난 후에 친척집을 떠돌아다니며 성장.
1915년	철원 사립봉명학교 입학.
1918년	철원 사립봉명학교 졸업. 원산 등지에서 2년간 객줏집 사환으로 일함.
1920년	서울 배재학당에 합격했으나 입학금이 없어 등록을 포기.
1921년	휘문고등보통학교 입학.
1924년	휘문고등보통학교 학예부장으로 활동. 6월 동맹 휴교 주모자로 지적되어 퇴학당하고 일본 유학길에 오름.
1925년	단편 소설 〈오몽녀〉를 〈조선문단〉에 발표하면서 등단.
1926년	도쿄 조치 대학 예과에 입학.
1927년	조치 대학을 중퇴하고 귀국.
1929년	개벽사 입사.
1930년	이화여전 음악과를 졸업한 이순옥과 결혼.
1931년	〈중외일보〉 기자로 근무. 이후 이 신문이 폐간되고 제호를 바꾸어 창간된 〈조선중앙일보〉 학예부 기자로 일함. 큰딸 소명 출생.
1932년	큰아들 유백 출생.

1933년	구인회 참가.
1934년	둘째 딸 소남 출생. 첫 단편집 《달밤》 출간.
1935년	〈조선중앙일보〉를 퇴사하고 창작에 몰두.
1936년	둘째 아들 유진 출생.
1937년	단편집 《까마귀》, 장편 《구원의 여상》 출간.
1938년	만주 지역을 여행. 《황진이》 《화관》 출간.
1939년	〈문장〉지 편집자 겸 소설추천심사위원으로 활동. 《이태준 단편선집》 《딸 3형제》 출간.
1940년	셋째 딸 소현 출생. 《청춘 무성》 출간.
1941년	제2회 조선예술상 수상. 〈문장〉 폐간으로 직장을 그만둠. 《이태준 단편집》, 수필집 《무서록》 출간.
1943년	황군위문작가단 참가. 절필한 후 강원도 철원 안협으로 낙향, 8·15 해방 전까지 여기서 지냄. 장편 《왕자 호동》, 단편집 《돌다리》 《서간문 강화》 출간.
1945년	해방을 맞아 서울로 올라옴. 문화건설중앙협의회·조선문학가동맹·남조선민전 등 조직에 참여, 조선문학가동맹 부위원장·남조선민전 문화부장·현대일보 주간 등 역임. 《별은 창마다》 출간.
1946년	〈해방 전후〉로 제1회 해방문학상 수상. 7~8월경 월북. 10월 방소문화사절단에 참가해 소련을 여행. 장편 《사상의 월야》 《세 동무》 《상허 문학 독본》 출간.
1947년	《복덕방》 《해방 전후》 《소련 기행》 출간.
1948년	8·15 북조선최고인민회의 표창장을 받음. 북조선문학예술총동맹 부위원장·국가학위수여위원회 문학분과 심사위원 역임. 장편 《농토》 《구원의 여상》 《제2의 운명》 《문장 강화》 출간.
1949년	장편 《신혼 일기》 출간. 이무영과 공저로 《대동사 전기》 출간.
1955년	당의 선전활동가에 대한 김일성 연설에서 비판받음.
1956년	구인회 활동과 사상성의 불철저를 이유로 숙청됨.
1957년	〈함남일보〉 교정원으로 일함.
1958년	함흥 콘크리트 블록 공장의 파철 수집 노동자로 일함.
1964년	중앙당 문화부 창작 제1실 전속 작가로 복귀.
1969년	강원도 장동 탄광 노동자 지구에 거주. 이후 소식은 알려진 바 없음.

18

해방 전후

이태준 중단편전집 2

초판 1쇄 인쇄 2014년 9월 15일
초판 1쇄 발행 2014년 9월 22일

지은이 이태준
펴낸이 이범상
펴낸곳 (주)비전비엔피 · 애플북스

기획 편집 이경원 박월 윤자영 강찬양
디자인 김혜림 김경년 손은이
마케팅 한상철 이재필 김희정
전자책 김성화 김소연
관리 박석형 이다정

주소 121-894 서울특별시 마포구 잔다리로7길 12 (서교동)
전화 02) 338-2411 | **팩스** 02) 338-2413
홈페이지 www.visionbp.co.kr
이메일 visioncorea@naver.com
원고투고 editor@visionbp.co.kr

등록번호 제313-2007-000012호

ISBN 978-89-94353-62-3 04810

· 값은 뒤표지에 있습니다.
· 잘못된 책은 구입하신 서점에서 바꿔드립니다.

「이 도서의 국립중앙도서관 출판시도서목록(CIP)은 서지정보유통지원시스템 홈페이지(http://seoji.nl.go.kr)와 국가자료공동목록시스템(http://www.nl.go.kr/kolisnet)에서 이용하실 수 있습니다.(CIP제어번호: CIP2014022302)」